OPEN是一種人本的寬厚。

OPEN是一種自由的開闊。

OPEN是一種平等的容納。

OPEN 1/25

語言與社會生活
——社會語言學

作　　者　陳　原
責任編輯　雷成敏　林貞慧
校 對 者　陳維信　潘蘇　李蓉君　羅名珍　劉素芬
美術設計　吳郁婷
出 版 者　臺灣商務印書館股份有限公司
印 刷 所
　　　　　地址：臺北市 10036 重慶南路 1 段 37 號
　　　　　電話：(02)23116118 · 23115538
　　　　　傳真：(02)23710274 · 23701091
　　　　　讀者服務專線：080056196
　　　　　郵政劃撥：0000165 — 1 號
　　　　　E-mail：cptw@ms12.hinet.net
　　　　　出版事業登記證：局版北市業字第 993 號

初版一刷　　2001 年 2 月

定價新臺幣 420 元
ISBN　957-05-1681-X（平裝）／ 00738000

OPEN 1/25

語言與社會生活

社會語言學

陳 原／著

臺灣商務印書館 發行

目　次

語言與社會生活

社會語言學

社會語言學方法論四講

台灣版序言

　　《語言與社會生活》、《在語詞的密林裡》、《語言與語言學論叢》三卷書是我在中國大陸改革開放二十年間（1978—1998）從事社會語言學研究和實踐的著述彙編，原書三卷合售，名為《陳原語言學論著》。對於學術研究而言，二十年不算長，但如果從三〇年代參加語文運動算起，我涉獵語言和語言學的領域已虛度了六十載；其間戰爭、革命、建設，加上六〇年代中期發生的社會悲劇（「文化大革命」）……迫使我不能專心一意進行研究工作，直到七〇年代末八〇年代初，才有可能逐步走上專業研究的道路。

　　去年，有評論家認為我同我的許多可敬的先行者一樣，之所以獻身於語言學研究，是從中國知識分子憂國憂民救國救民的願望和理想出發的；進行這樣的研究，其目的是要改革傳統的書寫系統，以利於開發民智，振興中華。評論家指出我是這些先行者中最年輕的或者最後一批中的一個。這個論點言之成理，可能是對的，我不想作出評論之評論；但是我自己知道，我確實是從改革漢字系統即通常說的文字改革的斜面切入語言學研究的。毫無疑問，我所崇敬的先行者們，如陳獨秀、胡適、錢玄同、趙元任、劉復、黎錦熙、吳玉章、胡愈之……他們也多少是從改革漢字系統即文字改革切入語言學領域的。我本人不至於如此狂妄，

竟敢跟這一群可敬的先行者相比，只應當說，我也是依循著他們的腳印走他們走過的路罷了。

我青少年時代參加語文運動，談不上什麼研究，但是這項活動卻引誘我對語言和語言學發生濃厚的興趣。為了改革文字的實踐，我曾不得不去研習語音學、方言學和普通語言學。我作過粵方言的聲調研究，寫過論文，參與過粵語拉丁化（即用羅馬字母記錄和書寫廣州方言）方案的制訂，編過這方面的課本，那些成果當然是淺薄和可笑的，為了展現歷史的足跡，在《語言與語言學論叢》中收載了六十年前為捍衛和宣傳改革漢語書寫系統的幾篇幼稚的論文，雖則會令後人發笑也在所不計了，因為它不僅記錄了我個人的而且記錄了我同時代人的腳印。上面提到過，在這之後，戰爭與革命使我在這個領域沉默了幾近四十年，直到我行年六十，才有機會重理舊業。

應當說，我重理舊業的頭一階段是從字典辭書研究開始的。1973年，由於我推薦出版《現代漢語詞典》，被當時推行文化專制主義的極左分子（後稱「四人幫」）誣陷為「反動勢力復辟」——後人惶惑不解，一本詞典能夠形成「反動勢力」復辟嗎？但這是當時中國大陸的現實。用當時的語言來說，是我挨了「沉重的棍子」。這棍子打得好，它使我有了差不多足足兩三年時間，去通讀幾部著名的中文和英文詞典，並且結合著我青少年時期所獲得的語言學一知半解的知識，從實際出發，日以繼夜地去鑽研詞典編纂學，旁及社會語言學和應用社會語言學。「賦閒」不僅鍛鍊了人的意志，它還誘導人進入一個迷人的學術王國。這段事實，記錄在《語言與語言學論叢》一書附錄柳鳳運寫的〈對話錄：走過的路〉裡。而收載的《語言與社會生活》就是這個時期最初的研究成果。之後，時來運轉，我有幸參與了制訂編纂中外語文詞

典十年規劃，並且在隨後大約五六年間跟蹤這個規劃，為實現這個規劃而奔走呼號，有時甚至為某部詞典的某些詞條做審核定稿的工作。從實踐所得的或者引發的有關詞典學或語彙學的一些觀點，大致寫入我的五篇題為釋什麼釋什麼的論文，我自己很喜歡這幾篇似專論又似雜文的東西，我的一些日本語言學界朋友也很喜歡它們，所以在東京出版了日文譯本。儘管這五篇文章的某些觀點，我在後來的研究中改變了，但我不想去修改它，仍照原樣收在《在語詞的密林裡》，讀者可以從我後來的論文中看到我的觀點的改變。

我的研究工作後一階段，是從 1984 年開始的。從這一年起，直到退休，我投身於文字改革和語言文字規範化的實務，成為一個專業的語言工作者了。雖然行政工作消耗了我很多時間和精力，但是實踐對我的研究仍有極大的好處，它經常修正或深化我的認識和觀念。無論如何我在這個階段仍然有足夠的機會從事理論研究和教學工作。這個時期的成果，見《在語詞的密林裡》收載的《語言和人》以及《語言與語言學論叢》所收一些專門論文。

八〇年代初，當我從封閉的中國走向開放的世界時，六〇年代興起的信息革命，已經在我們的星球上開出燦爛的花朵，我有幸在美洲在歐洲在日本結識了從事當代跨學科研究的語言學家和信息科學家，他們誘導我迅速接觸了新的科學。這使我思考了和研究了一些從前沒有想到過的語言學新問題，包括現代漢語若干要素的定量分析和信息分析以及術語學、語言信息學等等（有一個時期，人們把這一類工作稱之為「語言工程」）。記錄這個時期我走過的路的，主要是收在《在語詞的密林裡》的《語言和人》跟《語言與語言學論叢》的許多論文、演講稿、報告提綱和未成

篇章的札記。有些札記不過是我準備寫作《語言信息學》的素材，未成體系，鑑於餘日無多，便順從我的知友的勸告，也把它印出來以供同好。

三卷書所收單行本著作，比較有影響的一種是《社會語言學》（1983），此書出版以來，印過多次，國內外也屢有評論介紹。也許因為它是近年來國內這一學科的第一本系統著作，也許因為它並沒有採取教科書式的枯燥寫法，所以受到讀書界的歡迎和學術界的關注。我在此書中論述了和闡明了社會語言學的一些重要範疇（其中一些是前人未曾涉獵過的），但遺憾的是它沒有接觸到這門學科一些非常重要的範疇——例如語言的變異、語言的文化背景等等。後來我在另外的場合，試圖作補充的論述——例如在《社會語言學方法論四講》中，論述了語言的變異，可是對另外一些範疇仍舊沒有觸及。

前幾年曾想過將問世多年的《社會語言學》徹底重新改寫，試改的結果，發現難於下筆，可能是原書寫時一氣呵成，修改還不如另起爐灶。因此我放棄了這個念頭。此書雖然有這樣那樣的缺點，可是也有可取的一面，即書中所有的推導都是立足於我們中國的語言文字作出的，即從漢語特別是現代漢語出發進行研究的，涉及外語時也是從比較語言學特別是比較語彙學出發的，跟某些根據外國專著改寫的社會語言學書籍有所不同。多年來我得益於國內外這門學科的先行者，特別是趙元任、羅常培、呂叔湘、許國璋諸先生，我從他們的著作或言談中，得到很多啟發，如果沒有他們的言行指引，我現在這一點點的微小成就也不會有的。飲水思源，我感謝他們。

八〇年代末，我應邀同美國學者馬歇爾（David F. Marshall）一起，共同編輯了一期《國際語言社會學學報》（*International*

Journal of the Sociology of Language），即第81本《社會語言學在中華人民共和國》（*Sociolinguistics in the Peoples Republic of China*）專號（1990），國內著名的社會語言學家都在上面發表了著述。這個學報在國際上久負盛名，發刊於1974年，每年出版三數本，主編是著名的美國社會語言學家費希曼(Joshua A. Fishman)。專號首頁有題詞，雖簡短但情意深長。它寫道：

> 「本專號是美中兩國社會語言學學者合作的成果。兩國學者之間有著太多的東西可以互相學習，而曾經顯得那麼寬闊的大洋，將變得愈來愈容易跨越了。」

專號有兩篇導言，一篇是馬歇爾寫的，一篇是我寫的。我在導言中強調，社會語言學在中國最重要的特徵是它從一開始就帶著實踐性，我指出我國的社會語言學研究著重在應用，即將社會語言學的理論應用到文字改革、語言規劃和語言規範化等等方面。我這篇導言的改寫本，在《在語詞的密林裡》的《語言和人》中（第十四章）可以看到。

現在，我作為一個立足於現代漢語的社會語言學者，將這些年我對這門學科探索的微薄成果，貢獻給海峽那邊的讀書界和同道，使我有機會向他們請教，這無疑是最愉快的事。出版者說，由於眾所周知的原因，海峽那邊的讀書界對我這個人是很不了解的，希望我作點補救。語云：「讀其書而不知其人，可乎？」確實如此。我理解出版者的心情和好意，但是我缺乏觀察我自己的能力，何況自己介紹自己總帶著某些偏見。好在有附錄〈對話錄——走過的路〉和本版增加的同一位作者寫的〈陳原其人〉，著重寫了作為「人」的陳原（而不是一份履歷書），也許略能彌補這個缺陷。

最後，為著這三書的出版，請允許我向海峽兩邊的出版者致以最誠懇的敬意和謝忱。

1998.7.16在北京

語云：讀其書而不知其人，可乎？

陳原其人

柳鳳運

「書林漫步、書海浮沉、書林記事、書海夜航、醉臥書林、人和書、書和人和我、書話、書迷、書人……」這是他為自己的著作取的書名、篇名、章節名，或文中愛用的詞語。

如今，他那十四平米的書房兼起居室，又是四壁皆書了（在那荒唐的「文化大革命」中，他被迫毀棄了上萬卷書）。書架、書櫃、書箱都毫不客氣地在爭奪「生存空間」，幾只「頂天立地」的書架，已是裡外兩排了，每排上面，又有橫臥者，以致凳子底下、椅子底下，直至床底下，都塞滿了書。這些書的登錄卡都裝在他的腦子裡，任何一本書，他幾乎都能一下子就說出是在哪一架、哪一排，前排還是後排。他的書，對他來說，都是值得收藏的，對他都是有用的。新書一到手，他都要立即瀏覽，迅速作出判斷，有用的上架，無用的放在地上；若只有幾章有用，便將這幾章撕下保存。經常見他從大本書刊（哪怕是新買的）中，撕下需要的幾頁，餘者棄去。他說，他的書房不是藏書樓。

他愛書，他是書迷。找書，買書成了他的樂趣——特別是近年「賦閒」以來，去書店「淘」書，幾乎成了他的主要「外事」活動。淘書是他外出的動力，而任何其他外出的動機，也往往以淘書為歸宿。他的行蹤常常是，一出家門便跳上公共汽車，在書店附近的車站下來，找到想要的書，買了就走，又上車，下個書

店又下……有時大獲而歸（有時也難免空手而返）。若果目標明確，便「打的」（搭出租車）直奔某圖書城。去來如閃電。他找書，可真有點「特異功能」，無論是去聽音樂會，還是去逛商店，或是路過書攤，他能都「嗅」到他要的書，摟草打兔子地把書買回家。

除了書，在這間他自稱可以打滾（我以為說「原地自轉」更確切）的斗室中，還擺滿了電腦、掃描機、打印機、電視機、錄相機、影碟機、高保真音響、無線電話、對講機……可見九〇年代的他，不僅漫步於書林，亦漫遊於網上。他已不是傳統的讀書人，他的視野從書本隨時切入社會，且已超越時空，走向世界，貫串古今、直視未來。

＊　　　　　　＊　　　　　　＊

他現在還是開足馬力，每天在讀、在寫，他總是幾本書一起讀，幾篇文章一齊寫。當談到一件有趣而不急的工作時，他常常說「等我老了」再做，彷彿他「並不老」；為此，八十足歲的他，常常被年輕的朋友抓住，一起大笑。的確，他不老。

記得那年他初到商務印書館（1972），才五十有四，應該說正是年富力強，風華正茂之時，他卻也是灰白的頭髮所剩無幾，有那麼兩根，從左邊珍重地拉到右邊，卻仍無法遮蓋那光亮的大片禿頂。他總是微笑著說點什麼，似乎很健談，可是誰也記不起他談了些什麼。在人人都要表態時，他總是拖到最後，說大家都談得很好，現在快要散會了，下次再談罷，下次復下次，於是「化解」了。在那「三忠於」，「四無限」的「文革」年代，這樣做確實有點「大逆不道」，但人家也奈何他不得。所以，無論是善良的人還是充滿敵意的人，背地裡無不說他「狡猾狡猾的！」在這一點上，應該說是老了──「老」於世故了。

他沉默了十年。回頭一望，這沉默是聰明的，是智慧的，也需要很大的耐力和勇氣。隨著「文革」的結束，改革開放年代的到來，他又煥發了「青春」，充滿了活力和生機，他有許多工作要做，有許多書要讀，有許多文章要寫。他總是精神抖擻地出現在會議上，暢談自己的見解。他像消防隊員一樣，隨時出現在困難和問題面前，所到之處，總是給人們帶來辦法和希望，並且以他特有的幽默語言引起一陣笑聲。他的文章和專著，一篇一篇地，一部一部地問世；長的或短的，專業的或通俗的，理論性的巨著或精彩的思想火花，絡繹不絕地問世，誰也不知道他哪裡來的如此多的時間、精力和能量！

他在二十歲時（1938），曾以老到的文筆，為香港報紙寫過驚心動魄的廣州大撤退的長篇報導；二十一歲時（1939），寫成了一部《中國地理基礎教程》，在那時的「大後方」和陝甘寧邊區傳誦一時，給苦難的人民增加幾分抗戰必勝的信心。從此，他筆耕不懈。而今，他的文章在睿智凝鍊之中，卻更多了幾分活力，幾分昂揚之氣。他的年齡實在不可用歲月來計算，他自己也感到較往日似乎更年輕，更有活力，更「文思滾滾」。也許如他所說，在史無前例的「文革」和「文革」前的「運動」年代，他足足損失了二十個春秋，所以他喜歡說他現在只有六十歲；上帝憐憫他，並且給他補償，其代價卻是昂貴的……，他只能更加吝嗇地利用每一分鐘每一秒鐘，使這分分秒秒充滿著生機、活力和創造性。

的確，他不老，見過他的人都這樣說。

＊　　　　＊　　　　＊

凡喜歡音樂，崇拜「老柴」的人，大都讀過他翻譯的《我的音樂生活——柴科夫斯基與梅克夫人通信集》，以及新近翻譯的《柏遼茲》（或譯《白遼士》）和《貝多芬》，認為他準是一個音樂

家、翻譯家；有人讀了他近年出版的幾本散文雜文集，認為他的散文豐富多采，獨具精深之見，發乎自然，絢爛歸於平淡，是「具學人之體，得通人之識」的散文家……等到三卷本《語言學論著》面世，人們又驚異地發現了這是一位社會語言學家。

他，簡直是個「多面人」，「萬花筒」。

何止是學問，作為一個人，他亦復如此。時而研究所所長，時而文化官員，時而翩翩學者，時而總編輯總經理……他在不同的場合給不同的接觸者以不同的印象。由是鑄成他的性格：有時古板嚴肅，有時熱情奔放，有時嚴格得道貌岸然，有時也很有人情味……

他很少談自己；但是，從他的文字中可以發現，他童年受過良好的舊學薰陶；初中三年沉醉於文學美術音樂，高中三年則鑽研數理化和政經哲，古今中外，無所不愛，無所不讀。大學專攻工科，卻因國難日亟，他奮力參加救亡運動。大學一畢業（1938），便投身進步文化事業。編輯、寫作、翻譯、研究、出版、發行、音樂、戲劇、管理、行政，……樣樣都做過。他的社會實踐，他的經歷，他的研究和寫作，似乎不專屬哪一界，又似乎哪一界都沾點邊。以致各「界」都不視其為同道，使他不免略感寂寞，形同一隻離群的孤雁。確實，如他那樣的廣泛涉獵，在學科林立，壁壘森嚴的世俗社會裡，哪一界都很難「收容」他。如今，他已經習慣了，常怡然自得地稱自己為「界外人」。

他十幾歲時寫過〈廣州話九聲研究〉的專論，大學畢業的論文是〈廣州石牌地區水土流失與排水工程設計〉；二十一歲到三十一歲之間，寫譯了十六七本地理書，儼然一位專治地理的老學者；與此同時，作為一個文學青年，翻譯了六七部俄國和西方的文學作品；在戰爭中和戰後，寫譯了大量分析國際形勢的文章，

獨力編成《世界政治手冊》那樣的大部頭專門參考書；六〇年代，他又迷上了鴉片戰爭史，從《林則徐譯書》開始，寫了一系列專論，吸引了史學界的注意（他說，他原想寫一部歷史書外加一部歷史小說），不料，那場浩劫中斷了他的研究，現在，只剩下一箱筆記和殘稿。

六十歲（1978）開始，他才重新搞他的語言學。此時他有了機遇，參加了語言規範和語言規劃的實踐，陸續寫下一百幾十萬字的論著。八〇年代，他應邀參加了許多國際間的學術會議，這種國際間的學術交往，大大開闊了他的眼界，結交了不少邊緣科學研究者，對他的語言研究，影響頗大。由於他不同程度地掌握幾種外語（但他自己常說他其實哪一門外語都沒有通，因為他缺少長住外國的機會），無論訪問歐美俄日，或參加國際學術會議，他都是獨往獨來。外語素養無疑給他提供了極大的方便。

而這三卷語言學論著，主要是近二十年的作品。讀他的社會語言學，似乎不需要多少語言學準備，亦不會令你感到枯燥。正如海外一個青年讀者發給他的e-mail說的，老人和青年讀來都有興味，而且 "You can read it just for fun, or for knowledge, or for thinking, even for serious research." 正所謂不論是為了排遣時間，讀來消閒，還是為了求得知識，或進一步思索，甚至為著嚴肅的研究，讀這三卷都能得益。讀過此書，也許你對他這「界外人」會有更多的體會。

*　　　　　*　　　　　*

八十年前，「五四」新文化運動的前一年（1918），他出生在廣東新會。他是在嶺南文化和通才教育（liberal education）的薰陶下成長起來的。在古老帝國最初的開放口岸廣州的生活，不但激發了他的愛國熱情，也使他很早便沐浴了西方文化。之後，

他在大江南北奮鬥了幾十年，如是養成他的廣博而通達，敏銳而深邃，務實而超然的獨特性格……

讀書與寫作，在他已是生活的不可缺少的組成部分，他曾戲稱之為種「自留地」（是「正業」之外的「副業」），因為那時「正業」要處理的事太多，「副業」只得在夜深人靜時進行。這自然要比常人付出更多的艱辛與勞累。他不以為苦，反以為樂，以致幾十年樂此不疲。推己及人，他總是熱衷於誘導人們去讀書。在戰火中度過青年時代的老人，會記得他在青年時代主編的《讀書與出版》，它曾在艱難年代引導讀者走上進步之路。七○年代末改革開放的最初日子裡，幾位有識之士策劃創辦一個刊物，為讀書人所愛好，同時能在這上面說出自己要說的真話。他提出「要辦成一個以讀書為中心的思想評論雜誌」，他的建議被接受了，這就是近二十年來深得海內外知識界好評的《讀書》雜誌，他被推為第一年的主編。現在，《讀書》的羽毛豐滿了，他也早「下崗」了，如今他帶著幾分滿足，站在遠處，注視著它的成長和變化……

前些年，他喜歡說「醉臥書林君莫笑」；近年，好像他不再「醉臥」了，他在新出版的《書話》中豪邁地說：「書海夜航，說不盡的風流瀟灑。」好一個「說不盡的風流瀟灑！」我想這大約是因為他在人生的黃昏時刻，終於找回了自己的思想，終於找回了他自己，因而他常引用一位哲人的箴言：「人的全部尊嚴在於思想。」正因為這樣，他才更睿智，更虛懷若谷。

這就是我所了解的陳原其人。

1998 年 7 月在北京

三卷本《語言學論著》付印題記

　　如果從我參加三〇年代的語文運動算起，已經過去了整整六十個年頭。在這漫長的歲月裡，我經歷過救亡、戰爭、革命、建設，然後是文化大革命十年浩劫，然後是開放改革。忽而雨雪霏霏，忽而陽光隨處——這個世界原不是單色的、不是孤獨的、更不是平靜的。總算熬過了六十年；生活充滿了甜酸苦辣，坦率地說，充滿了苦難，也充滿了歡樂，常常是在苦難的煉獄中煎熬出來歡樂。不能不說，我所經歷的時代，是一個偉大的時代，是一個變革的時代；是生死存亡搏鬥的時代，然後是為中華民族興盛而拚搏的時代。對於一個社會語言學研究者來說，生活在這樣的時空是幸福的；因為變革中的社會生活給我們提供了無比豐富的語言資源，同時也向我們提出了艱鉅的語言規劃和語言規範化任務。我本不是專治語言學的，只是從來對語言現象有著濃厚的興趣；我長時期參與了文化活動和社會實踐，卻最後走上了專業語文工作者的道路，這是我最初沒有想到的，但也確實感到高興，因為這或多或少圓了我少年時代的語言夢。不過高興之餘，卻著實深感慚愧——因為在這個領域裡，無論是研究著述，無論是實際建設，都做得太少了，僅有的一點點成果又那麼不成熟，且不說其中必定會有的許多疏漏謬誤。當我步入黃昏時分，回頭一望，實在汗顏。

此刻，熱心的出版家卻慫恿我把過去的書稿整理一下，編成有關語言和社會語言學的多卷集問世。這建議充滿了善意，當然也充滿了誘惑。我聽了深感惶惑，難道值得把這些不成熟的東西編印成文集嗎？一個熟悉的聲音彷彿在我耳邊低語：編就編！為什麼不？正好給過去劃上句號，然後再出發。——說得多美：「劃上句號，再出發！」這又是一個動人的誘惑。於是我由近及遠將已出版和發表的有關語言學論著置於案頭，從中挑選出包括單行本和單篇論文在內的著述約一百萬言，輯成《語言學論著》三卷，卷一論社會語言學，卷二論應用社會語言學，最後一卷則為語言與語言學論叢。

　　這三卷論著，主要輯錄了我從事社會語言學研究以來的單本著作以及部分單篇論文。第一卷收錄了《語言與社會生活》（1979）和《社會語言學》（1983）。對於我來說，這兩部書是我進入社會語言學領域最初的系統論述；我對社會語言學所持的觀點，基本上在這裡面闡發了。這兩部書受到學術界和廣大讀者的歡迎，我所景仰的前輩學者作家如葉老（聖陶）、夏公（衍），以及呂老（叔湘）都給我很多鼓勵和教益；甚至有我尊敬的學人將它過譽為開山之作，我當然領會這只是對我的鞭策，因為人們都知道，在這個領域裡，前輩學者如趙元任、羅常培、許國璋等都進行過卓有成效的研究，留下了奠基性的著作。我從他們的研究成果中得到了極大的啟發，而我有幸同他們中的兩位（趙元任先生和許國璋同志）有過或短或長的交往，確實得益匪淺。我自己明白，我這兩部書之所以受歡迎，主要是時代的因素和社會的因素促成的；我只不過是在填補一個絕滅文化運動結束後留下的真空，說出了讀書人久被壓抑的話語罷了。兩書出版後沒多久，我本人也就從業餘單幹戶轉而為語言工作專業戶，即從純理論性的

研究走向與實踐相結合的道路，有機會在實踐中檢驗自己的觀點是否正確，是否可行。實踐是愉快的，這愉快至少勝過在書齋裡獨自沉思；正如一個哲人所說，哲學家歷來都是用不同的方式去解釋世界，而問題在於改造世界。我有機會去進行某些哪怕是微小的變革工作，也實在感到高興。本卷所收《社會語言學專題四講》（1988），便是實踐的部分見證——這部書是我當年為中國社會科學院研究生院語言文字應用系作輔導報告的講稿，收入本卷時，把書名《專題四講》改為《方法論四講》，這是日本青年漢學家松岡榮志先生將此書翻譯成日文時作的改動，這樣改動可能更切合演講的內容。

　　我把第二卷題名為應用社會語言學，第一部分收載了我在《辭書和信息》（1985）一書中的五篇主要論文。這五篇以「釋～」「釋～」為題的論文，是1980至1984的五年間，即我個人「專業化」以前的研究結果，其時我正在全力為實現1975年制定的中外語文辭書規劃而奮鬥。這一組論文是透過辭書工作來觀察語言現象的論著，感謝《辭書研究》雜誌每年都讓出篇幅給我發表其中的一篇。我喜歡這幾篇東西，我的許多朋友，包括日本語言學界的朋友，也喜歡它們；之所以喜歡，大約因為這幾篇東西探索語言學跟其他學科「綜合」的道路，充分顯示社會語言學作為一種邊緣科學的特徵。這組論文另一個特點是貼近生活，當語言學跟社會生活密切結合在一起時，它才能為群眾所喜聞樂見。編入本卷的還有兩部單行本：《在語詞的密林裡》（1991）和《語言和人》（1993）。《在語詞的密林裡》是很特別的語言隨筆；它的頭半部曾在《讀書》雜誌連載，贏得了許多讀者的喜愛，有幾位語言文學界的老前輩，也給我很大的鼓勵；以至於我說「哸哸」（再見）時，引起讀者多人的「抗議」。我手邊還保存著好幾封

「抗議」信；這些抗議信，對於作者來說，無疑是最高的獎賞。至於《語言和人》一書，則是我在應用社會語言學的框框下所作的演講、報告、論述；成書時都曾加以剪裁，有的又是幾次演講的合編，有的卻是原封不動的記錄。我認為所有這些就是應用社會語言學的內涵。

第三卷是單篇論文的彙編。論文大部分作於八〇年代到九〇年代。舉凡我在國內外學報或報刊上發表的論文以及在國內或國際學術討論會或報告會上的發言，基本上都收集在這裡了。原用外文寫成的論文，改寫漢語時曾加某些改造。本卷一部分論文採自《社會語言學論叢》（1991）和幾本雜文散文集，另外一些則從未發表過。編輯本卷時按文章的性質大致分排若干輯，但分輯也很不嚴格。我想說明的是：最初一輯頭幾篇是我在 1935 年寫的，論點當然很幼稚而且在很大程度上是不正確的，但它卻真實地反映了三〇年代語文運動（拉丁化新文字運動）的風貌和作者本人當時的水平；我想，作為史料編入本卷，是有意義的。最後的一輯是我主編的一系列應用語言學集體著作（即《現代漢語定量分析》、《現代漢語用字信息分析》和《漢語語言文字信息處理》）的序論；所議論的主題，涉及語言信息學的內容，讀者如要進一步了解，只好請找原書查考了。一組關於術語學的論文是我訪問了加拿大兩個術語庫後所作的，那時術語學在國內剛剛興起，因為實際生活需要它；當年成立了兩個研制審訂術語的機構，而我的論述就起了拋磚引玉的微小作用。

編輯這三卷文集時，對過去已刊書稿的觀點，不作任何改動，以存其真；這是實事求是的歷史主義態度。原作疏漏之處或筆誤排誤，則盡可能加以改正；少數地方還加上注釋（用〔注〕這樣的符號，排在有關處）。在這裡我得特別感謝柳鳳運——她

在幫助作者編輯本書的過程中，幾乎把整整一年的業餘時間都投入這項工作，逐字逐句認真校讀了所有這三卷書稿，提出了有益的意見，使作者有可能改正一些疏漏和完善某些論點。本書的附錄也是她做的。

最後，對熱心出版這三卷文集的出版家和處理本書的編輯、校對、裝幀工作的同道們，同時對過去出版過或發表過我的著作的出版社、雜誌社的同道們，我也表示最誠懇的謝忱。

著　者
1996 年春於北京

語言與社會生活

前　記

　　我對語言學本無研究，只不過是個門外的愛好者。不過在「文化革命」中，姚文元藉著一部詞典狠狠地給我打了一棍子，黑線回潮啦、復辟啦、大帽子鋪天蓋地而來，暈頭轉向之餘，很不服氣。於是一頭扎進語言現象和語言學的海洋，幾年間──直到群魔垮台之日，寫下了四卷語言筆記，凡百餘萬言。去夏病倒住院，有好事者建議整理成書，可我已半身不便，不易執筆；熱心人為我選錄排比得數十條，由我在病床上修改為六章二十三節，取名《語言與社會生活》。這本小冊子內容多涉及比較語彙學和社會語言學的若干問題，有些重大問題如語言與思維、語言與民族等因為當時就沒深入探討，現在也只能從缺。這六萬言的筆記，自知無甚高論，對學術也不會有什麼貢獻，但作為一個語言學的小學生同文化專制主義的人們作鬥爭的記錄，我想可以公諸於眾，也許可作為這個動盪年代一個小小側面的反映罷。是為記。

作　者

1979年春

1
語言與社會

一　語言是一種社會現象

　　語言是一種社會現象。語言不是上層建築，不是經濟基礎。語言是人與人相互接觸時所使用的交際工具或交通工具；換句話說，語言是人與人之間傳達消息或表達思想的媒介。現代社會生活離不開語言。但是語言沒有階級性。資產階級肚子痛，他說的是：「我肚子痛了。」無產階級肚子痛，他也只能說：「我肚子痛了。」語言中最活躍的因素——語彙，常常最敏感地反映了社會生活和社會思想的變化。社會生活的急劇變革，其中包括社會革命和科學技術革命，往往使語彙發生很多變化。從語彙學的角度來看，這些變化可以歸結成三條：第一條，舊的詞死了；第二條，新的詞產生了；第三條，某些詞的意義改變了——擴大了，縮小了，或者改了原來的含義，或者恢復了古時的含義。所有這些變化，都緊密地反映了社會生活的發展。社會語言學和比較語彙學常常從這些語言現象的研究中，看到社會發展某些規律性的東西。

拉法格[1]寫過一部書，叫做《革命前後的法國語言》，副標題叫做《關於現代資產階級根源的研究》，表明了作者企圖通過語彙的變化（特別它們在社會革命前後所引起的變化），來探明現代資產階級的本質。史達林在他晚年的著作《馬克思主義與語言學》中，曾經尖銳地批評過拉法格這部小冊子，說作者在其中表達所謂「突然的語言革命」，在客觀實際上是不存在的，因此，這種語言學說是錯誤而且有害的。但是史達林本人也肯定，在1789到1794年法國大革命時期中，法國語言確實補充了很多新的詞彙，消失了不少陳舊的詞彙，而某些語詞的含義也有了改變。因此，拉法格在這本小冊子所提出的一些論點，是值得注意的，是不能一棍子把它打死的。探究語言的發展和社會的發展如何息息相關，這就是語言學的新領域，也就是社會語言學（Sociolinguistics）的領域。我們在這種研究中，即從語言現象的發展和變化中，能夠看到社會生活的某些奧秘。

二 當生活急劇變化的時候

當社會生活——政治和經濟生活，或科學技術領域——發生急劇變化的時候，使本來使用某種語言（文字）的人們，一下子暈頭轉向，對表達這些急劇變化現象的某些詞彙或某些表現法，一下子弄不清楚它們是什麼意思，或者更準確地說，一時使操這種父母語的人如墜入五里雲霧中，不知所措。人們一下子很難說清楚這些新詞、新詞組或新的表現法所表達的準確概念。

---

[1] 拉法格（Paul Lafargue, 1842－1911），法國著名的馬克思主義者。他的小冊子原題為 *La langue française avant et après la Rèvolution*，副題為 *Etudes sur les origines de la bourgeoisie moderne*。中譯本（羅大岡譯）商務印書館1964年北京初版。

試舉個例。

諾貝爾獎金獲得者楊振寧博士，1977年4月20日在美國馬里蘭大學對理論物理專業的工作人員和學生作了一個專題演講。據新聞報導，這次專題演講的題目是：

《規範場、單極子與纖維束》①

僅僅十個字，十個漢字，十個方塊字，或者準確地說，只有三個專門詞彙（科學術語）加上一個連接詞（「與」），就這樣，使我們這樣一些具有一般文化水平而沒有受過現代科學訓練的讀者，不得不瞠目結舌，望「詞」興嘆！

「規範」，這個詞好懂，語言也有個規範化問題；「場」——也好懂，磁場的「場」；但是「規範場」，天知道那是怎麼一回事。「單極」的「極」，就是陰極陽極的「極」，「單極子」（或「磁單極」）又是什麼東西呢？至於「纖維束」（「纖維叢」）中的「纖維」，誰都知道，咱們的衣服都是用纖維織成的。「束」（「叢」）就是「光束」的「束」，那麼，纖維組成的「束」就是「纖維束」，但是博士講的不是織布，他講的是理論物理學上的一個概念，你能簡明而又準確地告訴我這個「纖維束」講的是什麼東西嗎？至於把三個概念（科學術語）連結起來，究竟講的什麼科學現象，那就更加不知所云了。十個漢字似曾相識，而實際上只認得一個「與」字，其餘九個漢字所代表的三個概念，都一竅不通，真有如三隻青蛙跳下水：撲通，撲通，撲通！（不懂！不懂！不懂！）

也許可以替自己辯護說，這是一個專門的科學報告，一般人

---

① 上海《自然雜誌》1979年1月號發表了楊振寧博士這篇演講的譯文，並經作者本人親自審訂。文題為〈磁單極、纖維叢和規範場〉，英文為 "Magnetic Monopoles, Fiber Bundles and Gauge Fields"，中譯術語與新聞報導略有不同。

當然不會懂得。這不錯，很有點道理。我們這一代普通人，現代知識貧乏，視野不廣，連常識都很少，落後得很。可是有那麼一條體育新聞，我也說不清其中許多詞彙的準確含義。也是新華社報導。羅馬尼亞有個著名的女子體操運動員娜迪婭·科馬內奇，那年她得到世界冠軍時，新聞報導稱讚她的高低槓動作是：

　　「蹬槓弧形轉體一百八十度接圍身空後翻下，穩穩站住。」

天知道，這個句子除了最後四個字「穩穩站住」可以「穩穩」知道之外，實在連讀也讀不斷，似懂非懂，更不必說要講清它所表達的準確含義了。反正，像我這一代的讀者，已經嗚呼哀哉地落後於現代文化科學的發展，對於人人都那麼欣賞的「高難度而優美」的動作，也只能不知所云了。

　　是不認得字嗎？不是的。這裡的每個方塊字，它們的形、音、義，可以說都不陌生，但由這些原素組成的詞彙、詞組、短句、表現法，似乎都產生了（或被賦予了）一種新的含義——這含義對於我是完全陌生的，或者至少是不那麼純熟的；這含義，是隨著社會生活新的進展而俱來的，恰恰就是這些新的語義，在我「老化了」的腦子（信息儲存庫）裡，根本沒有引起應有的反應。其結果就是：不完全懂，完全不懂，或似懂非懂。

　　要搞現代化，就必然有很多新的東西需要了解，否則就不能適應新形勢的需要。即使是你要反對的東西，你也必須首先「知道」它，盲目反對你所不知道的東西，那不是科學，那是迷信。這就是實事求是的態度。

三　環境污染的語彙學

　　現代化的世界當前一個重大問題就是環境污染。「污染」

（pollution）這個詞是第二次世界大戰以後才活躍起來的，儘管在英語世界，這個詞已經有了千百年的歷史，但它的本義是另外一種意思，同現代的「污染」無關。由於工業化程度的提高，原子能工業和化學、冶煉工業的巨大發展，交通工具的急速增加，使用汽油、重油、煤炭以及種種核燃料的迅速發展，廢氣、廢水、廢物大量湧現，大量使用殺蟲藥以及其他藥劑破壞了生物反饋（biofeedback ——這也是一個廣泛應用的新詞），這才出現了全人類所關心的污染問題。大氣污染、河海污染、光化學污染，總之，環境污染、生物圈污染，這一類詞語已成為人類社會生活中不可缺少的詞彙，成為天天掛在人們嘴邊的語詞。

英語中的pollution是一個很老的字，在拉丁語系統的文字中它差不多都有同樣的意思。五〇年代定稿、在中國流行甚廣的《英華大詞典》（鄭易里編）中，對這個詞的解釋只不過是：「pollute（動詞），(1)弄髒；褻瀆。(2)敗壞（品性），使墮落；污辱，奸污」。由此派生的名詞pollution，釋義為：「污穢，不潔；腐敗，墮落。」它不可能有現代（六〇年代至七〇年代）的含義，這是完全可以理解的。因此，在這部詞典以及同時代的其他詞典中往往舉出 "nocturnal pollution" ＝〔醫〕夢遺（精）這樣的釋義。在英語世界廣泛使用的《簡明牛津詞典》第三至第五版（從三〇年代到六〇年代），這個詞的釋義沒有多少變化，不過是「破壞（某物）的純潔或神聖」，或「使（水及其他東西）混濁」。一直到第六版（1976）才增加了「染壞了或弄髒了（人類環境）」這樣的釋義。這就說明，舊詞被賦予了新義，一個帶有宗教色彩的舊詞被賦予了人類社會新發展的詞義，詞典也就有了時代的氣息。

同牛津詞典不同，以出版科學技術書籍為主要任務的倫敦朗

文（Longman）書店，新近出的一部《當代英語詞典》①，處理這個詞時把「污染」列為第一項釋義，這就是說，讀者翻檢時第一眼就看到這個詞的現代（當代）用法。確實，由於社會生活的發展，pollution這個字首先解作「污染」，而不是「褻瀆」。如果七〇年代出版的詞典而沒有「污染」，那麼，這部工具書就應當說是落後於現實的社會生活，也不能反映語言的發展。

四　「女權運動」和語彙的變化

　　近年來由於美國興起了 "lib"（「女權運動」），引起了語詞的一系列變化。"lib" 是 "liberation"（解放）一詞的縮寫，專指所謂「婦女解放運動」（woman liberation movement），而這裡所說的「婦女解放運動」也不是一般的泛指，而是特指近年來美國出現的女權運動。說得坦率點，就是在維持資本主義制度的原則下，力爭所謂婦女跟男人「平起平坐」的一種思潮、一種活動，或者可以說，是力求在表面上擺脫大男子主義的桎梏，以便男女在社會生活上「平等」相處的一種看法和做法。

　　從這種運動產生而後廣泛流行的第一個語詞，是M's或Ms.——這是個縮略語，英語讀者是很面熟的，他們很快就會想起「原稿」（manuscript）來，一般地「原稿」的略語就寫作ms.，但這個M's或Ms.卻不是「原稿」的意思，一般讀作〔miz〕，譯成「女士」差不多。初學英語的讀者都會懂得，Mr.等於先生，Mrs.等於太太，Miss

---

① *Longman Dictionary of Contemporary English*, 1978, Longman Group Ltd., London. 這部詞典對pollution的釋義為：
「一、使（空氣、水、土等）變污濁，不能用。
二、破壞（心靈）純潔。
三、使（神聖的地方）不聖潔。」

等於小姐——唯獨我們漢語的「女士」卻沒有很相稱的等義詞。女士，這個詞現在在同海外人士交際的場合還是廣泛應用的，更不必說它在舊時代更是廣為流行了。在現代資產階級社會，對於婦女來說，已婚和未婚是一個十分敏感的問題——當然，在社會生活上，比方說，在就業上，已婚和未婚也有很明顯的不同機會。這個問題是如此敏感，以至於容不得半點含混。當你沒有弄清楚對方的身分是已婚還是未婚時，如稱對方為「小姐」，那還可以，已婚的女性聽了會含笑更正，說這是「一個令人愉快的錯誤」；如果對未婚的女性稱她為「太太」，則會引起不甚愉快的局面。怎麼辦？主張男女「平起平坐」的 lib 運動的積極分子們，便想出了Ms.（女士）一詞，對已婚未婚女性可以一律通用而不至於引起後果。當然，如果以為發明了這麼一種稱呼，創造了這麼一個詞，那就等於男女可以「平起平坐」了，那就是做夢。在 1949 年之後的中國社會裡，儘管已婚未婚對女性來說仍然是個含糊不得的問題，但是在我們的社會裡，男人與女人的關係從根本上改變了，雖則有時還不免有大男子主義或重男輕女這些觀念的殘餘存在，可在一般場合下，男的和女的都稱為「同志」，應當說，在新的社會生活中，再沒有比「同志」這個字眼更可親的了，這個詞應當表達出沒有歧視、沒有輕視、沒有卑屈、沒有拍馬的情感。男的對女的稱「同志」，女的對男的也稱「同志」，男對男或女對女也互稱「同志」。當然，在要著重表達性別的場合，也可以著重稱「男同志」或「女同志」，比方在醫院裡，走到婦產科門前，你會看到一個牌子，上面寫著：「男同志請勿進內！」這就是例子。

在大陸這樣的社會中，日常的會話裡已經排除了太太[1]、

---

[1] 中國大陸現在不用「太太」這個字眼，卻用了「愛人」來作為丈夫或妻子的稱呼。但老年人則稱自己的配偶為「老伴」。

小姐一類字眼，也排除了女士這種字眼，但是在同海外人士交往的場合，人們還是欣然使用了太太、夫人（尊稱）、女士、小姐等等語詞。這是完全可以理解的，因為我們尊重不同民族、不同地區的社會習慣。不尊重別人，也就等於不尊重自己。不過，這同上面說到的 "lib" 運動是不相干的〔注〕。

據說「女權運動」的積極分子們，對於英語中帶有man（人；男人）的語詞是深惡痛絕的。man在英語中，既有「男人」的意思，也有泛指包括男女在內、不講性別的「人」的含義。也許這反映了舊時代以男人為中心的社會生活，否則為什麼把具有「男人」意義的字眼拿來表達包括男女在內的「人」的通稱呢？英語中 mankind 一詞（以 man- 開始），意即「人類」，有人認為這是大男子主義，人類怎麼全是由 "man（男人）" 構成的呢？於是主張廢棄此字，而代之以 human being，或有時逕用 people 這樣的字眼來表達「人類」。她們也反對 manmade（人工製造的＝手工製造的）一詞，為什麼？因為這裡分析起來是 man＋made（男人＋製造），為什麼只是男人製造的呢？寧可使用旁的字代替，比如用 synthetic（合成的）或 artificial（人造的）。也許 manmade 這個字也反映了舊時代的社會生活——那時男人做工，女人只主持家務。她們也反對英語中表達「人力」的 "manpower"，原因是同樣的：man（男人）＋power（力量），構成了「人力」這不也反映了男人支配主義嗎？她們主張用 workforce（＝work 勞動＋

〔注〕從八○年代開始，即中國實行開放改革政策以後，社會生活起了巨大變化，人與人交際的稱呼語也起了很大的變化。僅僅十五六年間，日常生活中的「同志」已經縮小了它的使用範圍，「小姐」、「太太」、「先生」、「女士」在一切場合已通行無阻，不限於本書寫作時所說的僅用於「同海外人士交往的場合」了。「同志」則用在黨內、機關內或正式的會議場合（「朋友們、同志們」）。注腳①引用的「愛人」，其使用程度也起了很大的變化。——著者

force 力）來代替 manpower 一字。她們不願說 man's achievements（人的成就），因為 man 也是「男人」，成就怎能由男人獨占？她們寧講 human achievements（人〔類〕的成就）。有的人走得更遠，看見 history（歷史）一字，就覺得有點不順眼，原因是它的頭三個字母是 his-，有點「他的」味道，她們就生了氣，其實「歷史」這個詞是拆不開的（並非 his + story）。有的人半開玩笑地要把 history 改為 herstory（her + story 即「她的」加「事」）。這個也許是政治笑話，但確實有許多詞語是遺留著男性中心社會的殘跡的。

所有上面說到對語詞的改動，可以說並沒有絲毫觸到婦女解放的本質，只不過「紙上談兵」而已。從社會語言學的角度看來，這種思想多少帶有語言拜物教的殘餘。關於語言拜物教，我們在下面馬上就要談到的。

最有趣的是，在這種「女權運動」高漲期間，據說美國某大出版商居然也支持這些「文字改革」。一份長達十一頁，題名為〈關於平等處理兩性語詞的指示綱要〉①，就列舉了哪些語詞不要講、不能講、不必講、不該講；哪些語詞則要提倡、要推廣等等。我不知道這份備忘錄的建議事項是否行得通，但這中間頗有一些有啟發性的例子，值得社會語言學的研究者和有志於文字改革的人們想一想。例如，其中說到「國會議員」（或眾議院議員）通常在英語稱為 congressman（詞尾是 -man 男人），建議改用兩個單詞，男議員仍用原字，女議員則改用 congresswoman（詞尾為 -woman，女人）。至於男女議員的通稱呢？照猜想，只好並用兩個字了。「生意人」、「做生意的人」、「經營者」、「商人」，英

---

① 參看《紐約時報雜誌》（*New York Times Magazine*），Oct. 20, 1974. 中 "Guidelines for Equal Treatment of the Sexes" 一文。

語裡通常用的是 businessman（詞尾又是表示「男人」的-man），人們建議改為 business executive（經商者、經營者）、business manager（經理者）。照此類推，電影攝影師不叫 cameraman（又是用「男人」-man 當詞尾），改為 camera operator（攝影機操作者）等等。其實語言是約定俗成的成分居多，而約定俗成往往帶有濃厚的時代烙印、社會烙印、階級烙印。有些詞語是非改不可的——例如在舊中國漢語中少數民族的名稱，一般都採取了侮辱性的「犭」旁，如猺、玀玀等，這是大漢族主義在語言上的反映，現在我們大小民族一律平等，絕不允許對少數民族歧視，所以「犭」旁已經理所當然地改為「亻」旁了，傜族、僳僳族，已經被法令規定下來了。有些詞語則是可改可不改，改了也不等於立即「消滅」了社會上的某種成見或歧視。這裡不能採取「一刀切」的辦法。

五　精神空虛的語彙學

說到這裡，免不了令人想起西方社會在戰後幾十年間的發展。應當說，所跨的步子是很大的。物質生活是有很大躍進或提高的，這是事實，不容抹殺。電視、電冰箱、空氣調節、電吸塵器，……生活上的改變是頗為驚人的。也出現了好些新的科學技術和新的事物，如電子計算機、高速公路、超級市場、超音速飛行、航天技術、遙感遙控，等等。但是無庸諱言，在那樣的社會裡，精神生活也日見其空虛、頹廢、彷徨、悲觀、失望、絕望，盡情的糟蹋自己，消極的「反抗」現存秩序等等。兩個方面，物質的方面和精神的方面，都出現了無數新的語詞。在空虛的精神生活中出現的一系列詞彙，有時頗令人作嘔、惡心、厭惡，但是

誰也不能一筆抹殺它的存在。前幾年，形而上學猖獗的時候，有些人頗想把這些不那麼好聽的甚至令人惡心的語詞一棍子打死，索性來個「不承認主義」，但實際上一棍子打不死，它們是客觀存在，絕不因為你不喜歡而不存在，它們之所以存在，是由於社會生活上出現了這些現象。例如「娼妓」和「賣淫」兩個詞，你能把它們一筆取消嗎？不，不能。這兩個詞是階級社會的產物，除非社會制度起了根本的變革，否則這兩個詞所反映的社會現實還是存在的。列寧說得好，「偽善的慈善家和嘲弄赤貧狀況的警察辯護人集合起來『反對賣淫』，而賣淫的支持者又恰恰是貴族和資產階級。」①所以不承認這些哪怕是作嘔的語詞，他就不是一個唯物主義者。

比方說，「脫衣舞」（strip-tease），「脫衣舞女」（stripper），「脫衣舞表演」（strip show），以至於侍候老爺們吃晚餐的「無上裝」（topless）女性，所有這些，都是在「夜總會」（night club）和相類似的地方供有錢人（列寧說的「貴族和資產階級」）「娛樂」的一種可憐的人和可憐的動作——在這些被侮辱者身上是沒有什麼罪過的，因為她們要吃飯，而她們又被剝奪了吃飯的其他途徑，真正犯罪的是侮辱她們的上流社會「君子」老爺們。這些語詞當然是反映這個殘酷的悲慘世界的，它們絕不因你喜歡或厭惡而存在或消失。至於「裸奔」（streaking）一詞，則從另一個側面反映了現代西方社會無可救藥的毒瘤。——市議會正在開會，正人君子們正在高談闊論，吐沫四濺之際，忽然闖入了一個或幾個一絲不掛的男人或女人，跑呀跑的在議事堂轉了一圈，又跑到馬路上去了。這是一種無聲的抗議呢？還是一種侮辱性的示威呢？

① 見列寧：〈反對賣淫第五次國際代表大會〉，載《列寧全集》中文版，第十九卷。

或者只不過是一種被壓抑的感情的迸發呢？也許是兼而有之①。為了向傳統的一夫一妻制（這在資本主義制度下常常不是像字面所顯示的那麼一回事）挑戰，在西方社會又出現了另一種「活動」，反映這種「活動」的語詞swap或wife-swap（「換妻」）②就出現了。前幾年出現的「群居」，在某種意義上就是集體的「換妻」。但「換妻」據說也不時髦了。它讓位於「同性戀」——與此有關的語詞homosexual、homosexuality等等就天天充塞西方報刊，雖則「同性戀者」在西方某些國家也並不光彩，有時還會受到法律處分，所以在語彙上又增添了「同性戀者」的委婉語詞——叫做"gay"。美國某些大學生去年還示威反對當局禁止同性戀，並且宣揚只有這樣地生活，才能嘗到「美妙」的人生味道云云。這不消說都是「一個千瘡百孔的社會」精神生活的反映：這些東西在我們的腦子裡，簡直是不可思議的，但這是現實。既是現實，就會出現反映這現實的相應的語言（語彙）。那是迴避不了的。又比如西方社會裡為了「充實」精神生活，掩飾它的空虛，或單純為了賺錢，總要定期或不定期地選「美」，選出「××小姐」、「××皇后」，有全國的，有一州一省一縣一區一校的，真是五光十色，其實質不過把婦女當作男性中心社會的玩物。不過，這種選美，卻也沒有被「女權（lib）運動」者反對。上流社會對此津津樂道，連婦女們也喜形於色，小市民中了他們的毒，也去湊

---

① streak一字，原來只有快跑的意思，後來在俗語中才賦了新的含義，即《簡明牛津詞典》第六版所說的「指脫光衣服跑過公共場所」。美國韋氏大詞典的補編 *6000 words — A supplement to Webster's Third New International Dictionary*（1976）仍沒有收此義。

② swap一字原指「物物交換」（略如barter system）中的「換」，「換馬」（to swap horse）有時也用這個字，換馬者即壟斷資本集團認為他們在政治上的代理人不行了，要換上另外一個更可靠或更有效的走卒也。在某些文章中swap又特指「換妻」這樣的活動。

熱鬧。由於選「美」，又派生了一些新詞，比如其中廣泛流行的一個，就是 vital statistics[1]。這個詞組，照字面解釋，應當是「人生統計」、「人口統計」，本來是人口學上的專門用語，它所指的是出生、結婚、死亡等等的統計數字。但隨著選「美」，這個人口術語卻被借用為選「美」的「標準」。海外把它譯作「三圍」，中國國內的讀者是不懂的，即女性的胸圍、腰圍、臀圍尺寸（the measurements of woman's bust, waist, and hips）。也就是選「美」的尺寸。這當然是十分無聊的事，也反映了精神生活的空虛。這種詞語，你討厭它也罷，不討厭它也罷，反正你不能夠對它採取視而不見的態度。

六　從「垮了的一代」到「自我的一代」

　　語彙的社會意義往往是頗耐人尋味的。比如我們平常說的「世代」，是現代漢語的語彙，猶如英語的 generation；古代漢語常說「世」或「代」而不用「世代」。一千八百多年前，許慎的《說文解字》釋「代」字為「更也」，就是改朝換代的「代」；同書裡有「世」字的釋文，說是「三十年為一世」。可見在我國古代的習慣，也是以三十年為一世代，同當代歐美人對「世代」的理解是相類似的。英語 generation 一般也指三十年[2]。為什麼一代要三十年左右呢？有的說，「這是能夠連續生育一代人的期間」[3]，有的說，指「一個人成長和成家立室的期間」[4]，美國人說是

①《新英漢詞典》中，vital statistics 譯為「婦女腰身（或胸圍等）的尺寸」，是不完全確切的，沒有準確地反映出這個語詞的當代社會意義。
② 習慣有把二十五～三十年，或三十～三十三年，即三十年左右叫做一個世代。
③ 見 *Chambers Twentieth Century Dictionary*，New Edition，1972。
④ 見 *Longman Dictionary of Contemporary English*，1978。

「從這一代人到下一代人成長起來的期間」①。用生物學或社會學的眼光來看，一個世代，就是從一個人出生到結婚，培育出娃娃（下一代）這樣一個時期，即使提倡晚婚，大約三十年左右也就夠了。從歷史的長河看，一個世代只不過是歷史的「一瞬間」而已。歐洲十七世紀的三十年戰爭（1618－1648）整整打滿了一個世代，這當然是人類有文字記載的歷史中比較長的一次戰爭。自然也有比一個世代更長的戰爭，如著名的十字軍戰爭，從十一世紀末打到十三世紀末，誰都知道，那是停停打打的，並非天天都在打仗。我們這一代人經歷過的戰爭，例如第一次世界大戰，只打了四年（1914－1918），第二次世界大戰從1937年算起也不過八年（1937－1945），抗日戰爭，也就是這八年，中國內戰只打了三年（1946－1949）。所有我們親身經歷過的這幾場戰爭，雖然充滿了多少可以描寫的、可以歌頌的、可以詛咒的種種事件，但每一次戰爭其實還不到半個世代。但是對於一個人的生活史來說，一個世代是起著決定性作用的：這是一個人從幼稚到成熟的期間，或者是從成熟走向衰老的期間，是兩代人互相接替的期間。唯其如此，世代才顯得特別重要。

回到語言學上來。第二次世界大戰後，英語世界出現了一個新的詞組，即 generation gap。gap 的意思是缺口、差距、溝，引伸義就是某種不協調、不調和、不對味兒、某種分歧，也就是思想上的、生活上的、習慣上的、愛好上的某種不一致。generation gap 就是指兩代人的這種種不一致。老的一代和年輕的一代，即使他們在政治信念和世界觀上都一致了，但是在作風上、習慣上或者還會存在某種差距。海外有人把這個詞譯作「代

---

① 見 *Webster's New World Dictionary of the American Language*，1972。

溝」，即兩代之間的一條溝；有人譯為「代差」，即兩代之間差別。詞典中也有釋為「不合世代」的，或釋為「世代隔閡」，前者不怎麼明白，後者可能比較妥貼。總之是兩代之間有點隔閡就是了。關於這種「代溝」即世代隔閡（generation gap），前幾年西方報刊上發表過不少感嘆文章，很多人不勝唏噓，大有不知如何是好之慨。有的人猛攻老的一代頑固保守，不可救藥；有的人又指責新的一代輕浮放蕩，看不順眼。什麼態度都有。客觀世界也的確存在著兩代人之間的隔閡或差別，所以好些論點也絕非無的放矢。例如，老的一代愛靜，新的一代愛鬧；老一代聽收音機喜歡把音量開得柔和些，新的一代卻嫌不夠味兒，將音量放大到極限（max）；年老的往往謹慎，因為他走過人生的長途，碰過不少釘子，吸收了很多教訓，年輕的則常常勇猛，因為他還沒有遇到生活的坎坷，心中沒有絲毫餘悸；老的慢吞吞，青的霹靂火；老一代三思而行，甚至三思而不行，青一代感覺敏銳，有時不免顯得莽撞；年老的經驗多，解決問題的手段多，卻有時被自己的框框所束縛，年輕的如一張白紙，敢衝敢打，唯其沒有框框而能突破禁區。所以提倡老中青結合，是很符合實際的，行之有效的措施。取長補短，消滅「代差」。不過在西方社會，這種「代差」是難以徹底地消滅的，因為在那樣的社會裡，人與人的關係有它獨特的一套：支配一切的是發展了的個人主義。老的看不慣年輕的所作所為，且目之為「胡作非為」；而年輕的也看不起他們前一代所建造的那個百孔千瘡的社會，青年人在那樣的世界裡生下來就帶著這樣的社會性的傷痕。他們恨他們的社會，但他們又不知道怎樣去改變他們所憎恨的社會。第一次世界大戰前後出現的文藝思潮，已經預示了近二三十年來西方社會「代差」的前景。比如1915—1922年流行的所謂「達達派」（dadaism）繪畫，將

文藝復興時期的名畫《蒙娜‧麗莎》（Mona Lisa）那個微笑著的美女，加上兩撇鬍子，稱之為「反藝術」（anti-art），就顯示著和預示著新的一代對舊社會傳統、社會生活的一種叛逆。他們還提出過什麼「破壞就是創造」（destruction is also creation）這樣的口號①。二十多年前聞名世界的所謂「垮了的一代」（beat generation），難道不是這種「反藝術」在社會生活上的繼續和發展嗎？

《新英漢詞典》對「垮了的一代」一詞的釋義，是說到點子上的。它說，這是「二十世紀五○年代末出現於美國知識階層中的一個頹廢流派；以蓄長髮、穿奇裝異服、吸毒、反對世俗陳規、排斥溫情、強調『個性自我表達』等為特徵。」美國一本詞典還說，這些年輕的一代不僅穿奇裝異服，連說話（speech）也反抗習俗。這部詞典有一句話講得很得體，說「垮了的一代」這些年輕人，對這個社會已經「失掉指望」了，陷入所謂 disillusionment（幻想破滅了，或希望破滅了）的狀態了。他們利用這種個人的「叛逆」行動，來表達對這個腐朽的社會的抗議。這些人，有不滿意現在他們所處的社會的一面，因此要「反抗」，也有頹廢厭倦、自我消磨意志的另一面。他們「反抗」，只是從個人主義的立足點出發，他們其實並不曉得要達到什麼目的——沒有正確的理論引導他們，他們也不會相信什麼「理論」，他們只好無目的地做些完全與眾不同的傻事，來一個「叛逆」。

接著「垮了的一代」出現的就是所謂「嬉皮士」（hippies）。嬉皮士約從 1967 年左右，也就是中國大陸比較動盪不定的年代最先出現於美國的。物質的豐富與精神的空虛，這就是美國泥土的概括。嬉皮士就是生長在這樣的泥土中。牛仔褲，男的留長髮，女

---

① 這句口號和「破就是立」的說法有著有趣的相似。口號引見 *The Reader's Digest Great Encyclopaedic Dictionary*（1978）第三卷，第 1077 頁。

的有時推平頭，憤世嫉俗，玩世不恭，還不能把他們通通稱為壞人，只不過他們同現在的社會秩序「對著幹」（這裡借用了「四人幫」的幫話「對著幹」）。照一般的社會習俗，男人不是留個分頭或什麼髮式嗎？我偏要留長髮，頭髮長到披在肩上，從背後望過去彷彿是個女士。你不是吸煙嗎？我偏吸大麻精（marijuana），吸迷幻藥（LSD）①，嘴裡哼著新的表現法，"I love Mary Jane"——這不是愛上「瑪麗・珍妮」，不是愛上什麼姑娘，這個「瑪麗・珍妮」不過是大麻精的代用詞。大麻精這個玩意兒也不知道是不是《基度山恩仇記》裡面在那個奇幻的山洞裡讓人吸了產生幻象的那東西。總歸是，嬉皮士算看透了這個千瘡百孔的舊世界，對這個到處發放著金錢腐臭的社會恨透了，不滿極了——至於恨什麼，其實他們也未必說得清。他們從失望到絕望，覺得一切都不順眼，也不甘心受他們不順眼的「傳統」所束縛，但他們也不主張用炸彈、用劫持（hijacking）、用暴力手段去改變現實，於是他們就頹廢起來，聚眾狂歌，男女「群居」，對髮式、對服裝、對朋友、對性關係……對現存的一切社會「準則」都加以蔑視、加以否定、加以反對、加以破壞，以為用自我抵制的方式就能夠達到他們「理想」的彼岸——我已經說過，他們自己也說不清究竟他們的「理想」世界是怎麼樣的。在藝術領域——在繪畫、唱歌、音樂、演劇、跳舞、雕刻，在一切方面，他們都「創造」出反「傳統」的東西，不過這些反傳統的藝術大師們也不一定自稱為嬉皮士，他們「創造」出的是誰也不懂的「反文化」（counter-culture），這種稱為文化的「反文化」，我甚至懷疑連這些藝術家們自己也看不懂。——據說，後來也有一些嬉皮士演變而為「嘻

---

① LSD ＝ *L*ysergic *a*cid *d*iethylamide，港譯迷幻藥，中國大陸報刊譯作「麥角酸二乙基酰胺」，說起來有點拗口。

皮士」（Yippies）[1]，這些青年據說是主張用個人暴力來摧毀舊世界——他們是「激進派」。但實踐已證明他們的個人暴力也是走不通的。

到了七〇年代，「垮了的一代」、「嬉皮士」、「嘻皮士」、「反文化」這類詞在報刊上慢慢地少起來了。據研究家分析說，因為這一類憤世嫉俗者由冷漠、惱怒、不滿和不知所措的複雜心情，演變而成一種陰鬱情緒，「龐客（搖擺）派」（Punk Rock）的出現就是從這種錯綜複雜的情緒產生的。龐客派發源於英國，他們特別愛穿五顏六色的衣服，別上種種的別針，濫用色彩鮮豔的化妝品，使用個人暴力，極端蔑視現存的「準則」，然後很快就傳到了美國。這一派的人數不多，因為它有破壞社會生活的作用，所以在社會上是很出名的。有人認為，像這樣的一種人，是不能據常理加以分析的。他們的小團體有的叫「性之槍」，有的叫「狼人」，有的還叫什麼「死孩子」、「熱刀」之類，真是無奇不有，單從這些小團體的名稱，即可見其怪異了。

近來美國報刊又出現了一個時髦的字，叫做 "me" generation（「自我」的一代）。據《美國新聞與世界報導》（1978.3.27）說，美國時下有些青年人最講究的是「自我欣賞」（narcissistic），追求自我的「幸福」，亦即「自我縱欲」（self-indulgence），另外一些則實行「自我陶醉」（self-understanding），浸淫在名字怪好聽的什麼「唱片舞會」（discos 即從法文 discothèques，是一種狂熱的充滿刺激的舞場，近來有譯作「的是夠格」，也有寫為「迪斯科舞會」的），什麼「性俱樂部」（sex-club），追求「自我」滿足

---

① Yippies，這是模仿「嬉皮士」的構詞法形成的。有人釋 Yip 是 Youth International Party（青年國際黨）的縮寫，但在美國政治生活中其實並沒有這樣命名的一個政黨。

（self-gratification）、「這是我的享受」、「我愛怎樣就怎樣」、「我要追求我自己的享樂，滿足我自己的需要。」什麼人生、什麼理想、什麼夫婦、什麼人倫、什麼禮貌、什麼習慣、什麼事業，這一切通通見鬼去罷！「自我」——這就是一切。為了適應這種「自我的一代」的思潮而賺錢，紐約有的資本家甚至在百貨公司中開設「自我」狂的專櫃，取名為「自我中心」（the self-center）。「自我」狂者在這裡買到「自我陶醉」的食品和化妝品，於是自我滿足了。但是他們還是不停地嚷著：「寂寞呀！」「寂寞呀！」這就是腐朽到了極頂的個人主義發展到「狂熱」程度的一個側面。

　　對 generation（世代）這個詞的探討，觸到了當今的一些社會思潮，同時，也不能不觸到當代科學技術飛速發展的新貌。比如，我們常說，電子計算機第一代、第二代、第三代、第四代，現在面臨第五代。人們把用真空管製造的計算機稱為第一代，在當時來說，這當然也可以說是一個人間「奇蹟」，但是它的體積面積都很大，運算速度也較慢；到了電晶體代替了真空管以後，這是一大飛躍，這樣就進入了第二代；第三代使用了「積體電路」（簡稱 I.C.即 integrate circuits），那就有可能把龐大的機體壓縮成很小的機體，而運算速度卻反而增加了不知多少倍。到了第四代，「積體電路」進展而為「大規模積體電路」（large integrate circuits），於是微型而高速的電子計算機就有了可能出現，微型、超微型，運算功效則成百倍千倍地增加了。現在醞釀著的是第五代，據說更加不可思議了，據說利用的是所謂「磁泡」（magnetic bubble）的東西。計算機如此，收音機、電視機、複印機……也都有了第一代、第二代、……之分。死物而借用了人間的術語（「世代」），科技世界也「擬人化」（personification）

了，語言的社會功能由此可見。

七　黑色的語彙

　　正當西方社會從「垮了的一代」引出「自我」的一代，正當科學世界在一個世代當中完成了被稱為好多「代」的飛躍或突破時，中國發生了一場「文化大革命」。由於社會生活的波瀾十分激盪，語彙也與此相適應，發生了激烈的變化。出現了很多平常不那麼使用或不那麼理解的語詞。最顯著的例子是從「黑」字派生出來的一連串語彙。黑白的黑字，原來只不過表示一種顏色，但是近代社會習慣往往把「黑」當作「紅」的對面，「紅」表達革命的、進步的、激烈的一面，而「黑」則表達反革命的、倒退的、頑固的另一面。在這一點上，「黑」幾乎同「白」是一個含義。「白」在政治概念上也表達反革命的一方，例如紅軍與白軍，紅黨與白黨。

　　在「文化大革命」的十年間（1966—1976），以「黑」字為詞頭組成的語詞，應當說是很不少的。美國出版的一部詞典，在「黑」字字頭下，即收錄了十五個含著新義的語詞（詞組）[1]。下面就是這十五個語詞釋文的摘譯：

　　1.　黑旗—引伸義，指文化革命中反對毛的人。

　　2.　黑話—文化革命中指反對毛的話。

　　3.　黑會—文化革命中指舉行反對毛或黨的會議。

　　4.　黑貨—引伸義，通常指反對毛的思想或出版物。

　　5.　黑線—文化革命中指反對毛的思想，或修正主義思想。

---

① 見美國加州大學出版社出版的《漢英當代用法詞典》（*Chinese English Dictionary of Contemporary Usage*）第725頁。

6. 黑幫——文化革命中指反黨反毛的分子，特指知識分子。

（按：這個特指完全不確切——引用者）

7. 黑店——文化革命中指反對派的司令部或會議場所。

8. 黑文——指批評毛或反黨的文章。

9. 黑修養——指《論共產黨員修養》。

10. 黑秀才——文化革命中指反對毛的知識分子。（按：不確切—引用者）

11. 黑綱領——指反毛、反黨的綱領。

12. 黑六論——指劉少奇的六個論點。

13. 黑八論——指文藝界的八個論點。

14. 黑筆記——特指林彪的個人筆記。

15. 黑五類——指地、富、反、壞、右。

以上十五個語詞的釋義也許摘譯得不夠妥貼，也許原來的釋文就不那麼確切，現在集中起來看，是很有意思的，它們反映了中國前十多年震撼人心的社會生活。實際上，在「文化革命」中產生的是「黑」字開頭的語詞，遠不止這些，例如常用的「黑幹將」、「黑爪牙」、「黑材料」、「黑後台」之類；還有更多的派生詞。以「黑幫」為例——就派生出「黑幫分子」、「黑幫子女」；以「黑線」為例——就派生出「黑線專政」、「黑線回潮」等等。每一個這樣的語詞，都包含著深刻的帶有悲劇性的社會意義、社會影響，都記錄了深刻的歷史教訓，同時喚起了無限辛酸的回憶。這都是我們這一代人，老的、青的、少的，所親身經歷過而又都能道出其中真意來的。

拿「黑幫」一詞來說，其用法和含義也遠遠超過了它原來的詞義。在現代漢語中最早出現這個詞，或者更確切地說，最初被廣大讀者接觸的時候，可能是1938年左右——那時出版了史達

林主持下寫的《聯共（布）黨史簡明教程》中譯本。這部書提到，1905年沙皇統治階級：

> 「為了摧殘革命勢力，又成立了匪幫式的警察性的團體：俄羅斯人民同盟和米哈依爾·阿爾漢格爾同盟。在這些團體中間起重大作用的是反動地主、商人、牧師和跡近盜匪的流氓分子，所以人民稱之為黑幫。黑幫分子在警察協助下，公開打殺先進工人、革命知識分子和學生，放火焚燒群眾開會和公民集會的場所，槍殺集會群眾。」（見該書第三章，著重點是引用者加的。）

很明顯，「文化革命」中人們借用了「黑幫」或「黑幫分子」這個語詞，但是它的含義完全不是上述引文中所指的那些人。在這個時期，所謂「黑幫」或「黑幫分子」，是指當時各個機構的負責人，也就是所謂「當權派」，當權派就是「頭頭」，就是「波士」（Boss），一個部、一個局、一個省、一個區、一個縣、一個基層單位、一個公社、一個工廠、一個企業，無論大小都會有一個或不止一個「當權派」，而在那樣的年代，當權派（除了少數例外）一般都被指摘為「走資派」（即「走資本主義道路的當權派」的略語），他們這些人就是「黑幫」，就是「黑幫分子」，而他們的子女則被目為「黑幫子女」。實踐已經證明，在那些年代裡被指摘為「黑幫」或「黑幫分子」的人們，絕大多數都是好人，都是人民裡面的一員，儘管他們當中有些可能有這樣或那樣的缺點錯誤，可是他們壓根兒不是人民的敵人。這種以自己人為敵，亂打一氣的現實，給人們留下了悲劇性的回憶。林彪、「四人幫」有意地利用善良的人民群眾不明真相以及他們嫉惡如仇的那股勁，煽起他們不分青紅皂白地「懷疑一切」，「打倒一切」，他們利用極「左」思潮，把水搞渾，以便肆無忌憚地進行篡黨奪權的陰謀活動。這是嚴重的歷史教訓。「文化革命」引起了社會生活大變

動，給語彙學帶來了非常豐富的社會內容，確是值得社會語言學研究者去整理和思索的。

八　見面語的社會學

社會習慣的改變——這常常是社會變革或某種非社會變革所帶來的結果，也會對人們的語言發生積極的影響。日常用的見面語，就是明顯的例證。

近來外國報刊爭相報導中國旅遊事業的新氣象，很多文章的標題或開頭，都用了

"nihao！nihao！"（你好！你好！）

這樣的字眼來吸引讀者的注意。說是旅遊者到了中國（他們往往稱之為「開放」的中國），人們都笑臉相迎，路上見面也必「你好！你好！」地招呼一番，有的文章讚美中國人是好客的民族，但也坦率地批評了「你好你好」背後的某些缺點。

用「你好！你好！」這樣的字眼來作見面的開場白，並不從現在開始，可能是五○年代初，中國大陸的同胞就這樣互相招呼了，這句樸實無華的見面語就成為社會習慣了。北京人說「你好！你好！」時，「你」（ni）字還得加上一個-n尾，念作「您」（nin），「您好！您好！」就表示更加客氣些，或者更加尊敬些。人與人之間見面，已經完全廢棄了舊時代許多虛偽的客套話，也不再是默然不相聞問的漠不關心的狀態，因為在新的社會生活中，人與人之間的關係已經是一種平等的關係，不是敵視、仇視或鄙視的階級關係了。試想一想，在舊社會，一個工廠主遇到他廠裡的一個工人，他能向那個他叫不出名字的工人握手致意嗎？同樣，處在被雇傭狀態的工人，一般地說，他不願，也不屑

或不敢向廠主高攀。一個地主碰到他的佃農，儘管他叫得出此人是張老三、李老四，他吆喝斥責還來不及，哪裡會打招呼問好呢？至於普通人之間，見面時也很難有什麼問好的心情，為著生活奔波已經夠操勞的了，見面多半是點點頭，無話可說而又覺得非說不可時，那就不免——

> 「今天天氣——」
>
> 「是呀——哈哈哈！」

根本沒有接觸到天氣怎麼樣，這不過是打破沉默的局面所用的習慣語罷了。當然，在舊社會裡，官場或商場都免不了要「應酬」，不「應酬」的話，他們的官運或財運便不會「亨通」，甚至會遇到阻滯，所以在那樣的社會生活中，初次見面時互相招呼：

> 「幸會！幸會！」
>
> 「幸會！呵！幸會！」

意思說，我有幸會見你是多麼好呀！其實說這話的人，他心裡也並非一定覺得見面就有「幸」，甚至會覺得這可能帶來「不幸」，可是他畢竟還是說「幸會！幸會！」。久未見面，現在又碰在一起了，這種場合說的是：

> 「老兄，久違久違！」
>
> 「是呀，老弟，久違了！」

久違——就是很久沒有見你面了的意思，好像自己心裡覺得很遺憾似的。這可能是真的，也可能是假的。不管真假，習慣上人們在這種場合只好「久違久違」一番。

人們在早上見面時，一般都說「您早！」或者簡單說：「早！」小孩子說得長一些，「阿姨，早上好！」南方人說「早晨！」「早晨！」那麼中午見面呢？下午呢？我們沒有像「早上好」那樣的習慣，也不能像翻譯小說對話中用的「日安！」「日

安！」文謅謅的調子，連知識分子也不那麼說的。現在都用了「你好！你好！」這樣的見面語。當然，在一部分人中間，也還有這樣的習慣語：

　　「吃過啦？」

　　「吃過了。」

或者：

　　「吃了沒有？」

　　「吃啦。」

這樣的見面語當然是毫無意義的。除非有心要請你吃飯，否則這種問答純粹是一種交際習慣（一般地說，在西方社會沒有這種習慣）。問的人，答的人，在一般情況下，說了這樣的習慣語，他們心裡根本沒想到大米飯、饅頭、麵包或什麼菜之類。這樣的對話倒是由來已久，也許它反映出一條真理：在人類生活中（不論是在什麼社會制度下），吃飯永遠是一個非得解決而又不容易解決的「永恆」主題。甚至可以說，在這種日常交際語中表達了一條真理：人是要吃飯的。前幾年「四人幫」橫行時，人們不敢提「生產」，一提，便被誣為「唯生產力論」，這就是違反了自古以來就存在的真理——人非吃飯不可！不生產哪裡能解決吃飯問題呢？正如伽利略受到宗教裁判所判決時所說：「但地球總歸是轉動的呀！」——人也總歸是要吃飯的。只有假「革命」的人才不理會吃飯問題而天天在嘴邊掛著「革命」「革命」的空喊——這種形而上學反映到語言上，兩朋友一見面，互相問候既不能說「吃了？」「吃啦！」這種「唯吃飯論」即「唯生產力論」，也不能說「你好！你好！」這種不「突出政治」的小資產階級情調的語言，而只能像下面那樣的進行見面對話：

　　「您革了命？」

「革了！您呢？」

「革過了！還要繼續革命！」

「繼續革命！」

讀者看到這裡，可能會捧腹大笑。可是回頭一望，我們多少人可確實經歷過與此相類似的日子——不過我在這裡只是作了一點藝術誇張罷了。我們這一代人，因為經歷過第二次世界大戰，不禁聯想起三〇年代初希特勒上台時，納粹黨徒見面，也不准說「早安！」「午安！」「晚安！」之類。當年希特勒分子一見面，既不問好，也不講天氣，更不談吃飯，只是握拳，舉臂，大呼：

"Heil Hitler！"（海爾希特勒！）

對方也作同樣姿態，高呼：

"Heil Hitler！"（海爾希特勒！）

「海爾希特勒！」者，「希特勒萬歲！」也。把人與人日常生活的見面、來往，庸俗化為一種簡單的政治口號，這是法西斯主義的產物；把日常生活所發生的一切，都「拔高」而成一種政治「綱領」，這同樣是「四人幫」法西斯專制主義的產物。這兩者是很相似的。這兩者同樣都是對於現代生活一種莫大的侮辱和諷刺。

不過在古代，特別是在被壓迫階級中，也存在一種見面語。這種見面語毋寧說是一種暗語、一種「切口」、一種行話、一種互相辨認、互相接頭的導語。（地下黑社會直到現在保持這種暗語——見面語）。義大利有個作家在他的一部著名小說①中，就寫到古代羅馬的奴隸們，為了反抗奴隸主，他們結成一個地下的組織，加入了這個地下解放組織，他們之間見面就會有一種握手

① 見拉·喬萬尼奧里（R.Giovagnoli, 1838 — 1915）的《斯巴達克思》（*Spartaco*）。

符號，同時彼此講一句「見面」的暗語。一個說：

　　　「光明！」

另一個說：

　　　「自由！」

那就證明彼此是「同志」（借用現代術語）。「光明！」「自由！」
就是這種奴隸解放組織的成員所用的見面語，代替了我們現在所
用的「你好！」「你好！」。

　　我們現在通行的見面語「你好！」已經在書面語中廣泛應用
了。它已變成人們日常通信的習慣用語，或習慣導語。比方：

　　　「××同志：您好！收到來信，十分高興。」

　　　「媽媽：您好！我暑假回家探親……」

　　　「三妹：你好！上月寄去一信，不知收到沒有？」

　　　「親愛的×：你好！星期六晚上我們一道去看體操表演好

　　　嗎？」

這裡，不分男女老幼、不分親疏、不分上下，通信中習慣都在稱
呼之後、敘事之前，來一個「你好！」你說這有什麼特殊必要
嗎？沒有。不過是一種習慣。而習慣對語言是有很大約束力的。
千百萬人的習慣，一般地說，對語言來講，是不可抗拒的。現在
有些機關團體給人寫有關公事的信，開頭也用「你好！」那就完
全沒有必要，而且顯得過分囉嗦了！

　　每一個民族都有自己的見面語，這是由各民族自己的生活習
慣、語言習慣形成的，自然有相互之間的影響，但強制是行不通
的。有人說「你好！」一詞是五〇年代初期由俄羅斯的見面語
Здравствуй（茲特拉斯烏依）來的，也許是那樣，因為那時兩國
人民之間的交往是很密切的。各民族使用的見面語，有類似的，
也有獨特的。日語叫做「挨拶」（あいさつ aisatsu）的，就包括

了見面語在內的交際用語。大約各民族都有「早安！」「午安！」「晚安！」「夜安！」之分，但有的民族語卻不那樣細分，如法國人習慣，白天都叫「日安！」（Bonjour！）英語還有一個招呼式的見面語：「哈囉！」（Hello！）英國人、美國人都這麼用的，而這個見面語還逐漸轉化到其他民族語去。美國人喜歡用「嗨！」（Hi！或作 Hey！）來作見面語，什麼感情都概括在一個「嗨」字裡面了。

交際用語不只是見面語，還有感謝語、告別語之類，千變萬變，小孩子一學話就得學會這些，學會這些用起來，就叫做有「禮貌」，這「禮貌」也是一種社會準則，這些語詞本身沒有什麼階級性，一般地是全民語言，但在某些（個別）語詞中也不可避免地帶有某種集團、某種階層、某個時代所遺留的烙印。這些全民性的語言，隨著社會習慣而變化，但這變化往往是很慢很慢的。不能把這些語詞都叫做「虛偽的」交際語。

語言特別是語彙隨著社會生活的變化而引起的變動，就是語言的社會性。

2

語言靈物崇拜

九　語言是從勞動中產生的

　　語言是從勞動中並和勞動一起產生出來的。人是一切動物當中最社會化的動物。人類社會由於有了勞動，這就使自己從高級動物例如人猿中區別出來。勞動的發展，又必然促使社會成員更加緊密地互相結合，互相幫助，共同協作，以便合力抵抗自然力所帶來的災難，進一步征服自然力。正因為這樣，每一個人都清楚地意識到共同協作的好處。到了這樣的地步，這些人（或更準確地說，這些正在形成中的人），已經意識到彼此之間有些什麼非說不可了①。

---

① 這裡不打算論述語言的起源問題。在史達林批判過的馬爾（Marr）學派或稱耶菲蒂特（Jafetida）學說以及西方各種語言學派，對這個問題有過大量的爭論或論述。恩格斯在他的著名論文〈勞動在從猿到人轉變過程中的作用〉有一段精闢的論斷。恩格斯說，在動物中間，甚至在高級動物之間，彼此要傳達的東西很少，不用分音節的「語言」，就可以互相傳達。如果經過人的馴養（如狗、馬），情形就完全不同。恩格斯還舉出了一個很有趣的現象，即，鳥是唯一能學會說話的動物，而鳥當中又是鸚鵡說得最好。它一連幾小時嘮嘮叨叨地反覆說著它那幾句話，「的確是出於它十分喜歡說話和喜歡跟人往來。」其他動物的發音器官已經向一定的方向專門發展得太厲害，所以無論如何不能說話了。

這樣一來，語言好像是一種很簡單和平凡的東西。它從勞動中產生，它又成為推進協同勞動的工具——互通情況的工具，表達思想的工具，統一行動的工具。語言，從它產生出來的第一天起，就不帶有神秘的性質，更沒有什麼神秘的力量。

　　那麼，語言的靈物崇拜，或語言拜物教又從哪裡來的呢？

　　人類社會是從原始公社發展到階級社會的。人類社會的交通工具——語言，則在社會的形成過程中，也按著自己的內在規律發展，即由單純的口頭語（言語）發展為記錄口頭語的文字，即書面語。現在還不能確定，口頭語轉到口頭語與書面語並存的局面，同社會發展從無階級轉到有階級的集團的局面，是否完全一致。據認為，大抵是不一致，或不完全一致的。但有一點比較明顯：到了階級社會時，有了統治階級和被統治階級的對立，統治階級的成員以及他們的特定奴僕（例如占卜師、占星師、巫師等），就在很大程度上壟斷了表達（記錄）言語（口頭語）的工具——文字（書面語）。從這個時候開始，占有書面語這種工具的統治階級及其特定奴僕，就有意識地利用了語言文字，利用了語言文字的社會性（作為人與人之間的交通工具），賦予了它們（口語、文字）一種超人的性質，作為愚弄民眾，鞏固自己統治秩序的武器。這就叫做語言拜物教①。

---

① 馬克思在《資本論》第一卷中，用了專門的一節講〈商品的拜物教性質及其秘密〉。他指出，商品拜物教性質，就是來源於生產商品的勞動所特有的社會性質。馬克思說：「商品形式在人們面前把人們本身勞動的社會性質反映成勞動產品本身的物的性質，反映成這些物的天然的社會屬性，從而把生產者同總勞動的社會關係反映成存在於生產者之外的物與物之間的社會關係。由於這種轉換，勞動產品成了商品，成了可感覺的而又超感覺的物或社會的物。」（著重點是引用者加的）。見《資本論》第一卷第一章第四節。這裡所謂的「超感覺」的屬性，就是拜物教的屬性。

一○　語言靈物崇拜的出現

　　語言的靈物崇拜，是從人類還不能理解自然現象和自然力的本質時開始的。例如，人怎麼會死呢？地為什麼會震呢？天空為什麼會打雷閃電呢？火山為什麼會爆發呢？洪水為什麼會氾濫呢？乾旱為什麼會發生呢？日月為什麼會全蝕呢？……等等。不理解自然導致了恐懼，在自然力面前，不能不發生恐懼。恐懼產生了迷信。迷信引起了靈物崇拜。《舊約·創世記》中說：

　　　「神以自己的形象創造了人。」

實際上這是騙人的，恰恰倒轉過來就對了，應當是，

　　　「人以自己的形象創造了神。」

神的代表就是偶像。人創造的神是用偶像的形式出現的。偶像本身並沒有絲毫神秘的地方，它是泥塑的、是木雕的、是石刻的，或者是用金屬鑄造的；它本來是人造出來的，它其實不會產生任何一點點超人的（即超感覺的）、神秘的力量。但是面對著威猛的自然力的脅迫，面對著可能發生的致命的災禍時，人就把願望、祈望、希望寄託於一種神秘的東西——這就是木偶，或者說，是神。自然力被當作神來看待，為消除自然力所產生的破壞作用，人們對物化了的（即形成為物的）偶像賦予了某種神秘的、超人的力量，偶像在人們心目中「神」化了：這就是偶像的靈物崇拜。

　　就這樣，在人們心目中，偶像似乎有了生命，它似乎是活的，偶像不但「活」起來，而且變成一種神秘力量；偶像與偶像之間不但能相互發生關係，而且個別地或聯合在一起，就會形成一種支配人們命運的東西。這就是拜物教。語言的靈物崇拜，大致也是經歷過這樣的歷程。語言本來是人類在勞動中創造出來的一種

工具（媒介），但反過來語言卻被認為具有一種主宰人們命運的神秘力量。

　　能夠說明問題（說明語言的靈物崇拜問題）最普通的東西，就是從前在馬路邊電燈桿上貼著的無頭揭貼。比方它寫道：

　　「天皇皇，地皇皇，

　　吾家有個哭兒郎；

　　四方君子看一看，

　　吾家兒郎一夜睡到大天光。」

　　（注：天光，粵方言，即天亮。「大天光」即「天大亮」。）

以為只要過往的「君子」看一看，就能解決他家兒郎夜哭的問題，這不就是把語言當做一種能產生超人的力量的東西嗎？不就是語言的靈物崇拜嗎？迷信的老太婆，珍重之的把這個無頭揭貼往街心一貼，心裡就舒服多了、踏實多了，她真的相信這樣寫上幾個字的紙條，會產生出一種超人的力量──而這種力量之所以生效，當然還得有「四方君子」看一看這種推動力，能夠把夜哭的魔障鎮服──孩子便可以安然入睡了。

　　魯迅在《門外文談》中提到在牆壁上掛著的「敬惜字紙」的簍子，我小的時候是常常看見的，現在似乎哪裡都沒有了。「字紙」，就是有字的紙，寫上字的紙，或印上字的紙，用過了，寫壞了，隨手一扔，據說這是不允許的。之所以不能隨便扔，就是因為紙上有了「字」（書面化了的語言）。當一張紙寫上了字，它就不是普普通通的「紙」了，它就帶有一種神秘力量了，或者不如說，它就產生了人們所希望的那種神秘力量了。至於究竟是怎麼樣的一種力量，那是誰也說不出來的。既然成為神物，那就迫使所有的「凡人」去「尊敬」它（「敬惜」），以免這種神力使自己倒楣，或使別人倒楣──大抵是害怕使自己倒楣的因素多一

些。這就是語言靈物崇拜。

喬遷新屋，貼上一張紅紙，寫上「進伙大吉」四個大字。而這個「伙」字非得倒過來寫不可，即，要寫成「進㐅大吉」那樣子——否則你的屋子反而會受到火神的光臨。因為「伙」即「火」，「火」就代表火神，你如果不格外地對這火神表示尊敬，他一生氣就會把遷入的新房子放一把火燒掉。火神是很小器的，很貪婪，愛聽別人說好話，當然有點蠻橫無理。把「伙」字這麼一倒寫，不知這表示格外尊敬他呢，還是蔑視他，這火神倒服服貼貼地不敢鬧了。可見老百姓對待橫蠻的火神還是很有辦法的，不怕他，而且敢於把他倒過來，頭朝地，腳朝天，他也就乖乖地聽話了。同這相類似的是，在舊社會裡丟了小孩子，到處張貼無頭揭貼，其標題是「尋人」，而這「人」字也得倒過來，寫作「尋𠆿」！據說只有這樣寫法，才有可能尋到你要找尋的人，如果不然，「人」字不倒過來寫，則所要尋的人就會越走越遠——可見人們相信，寫在紙上的東西（文字），竟然會有超人的力量。這也就是靈物崇拜。

像這樣的語言靈物崇拜，本來已經是前時代遺留下來的殘跡了，不過前幾年它又以現代的形象復活，並且風行一時。十多年間，你會在辦公樓門前、馬路上、禮堂中，看見斗大的字寫成的標語，寫的是：

「打倒走資派某某某！」

而「某某某」非倒過來寫不可，而且在倒寫的某某某（姓名）上非用紅筆打個交叉不可。

把姓名倒寫，這回是表示蔑視、鄙視、敵視，或者象徵著已經把此人打翻在地，頭朝地，腳朝天，即英語所謂 up-side-down 了。至於姓名上用朱筆打個叉，意味著可以行刑了——封建統治時代，

監斬官判斬時往往在犯人姓名上用朱筆這麼一揮，就開刀了。現代的人們，其實也明明知道，這樣的一張標語是沒有什麼神秘的力量的，但是舊時代遺留下來的靈物崇拜的習慣，卻仍使人頭腦昏昏然，覺得這麼一寫，可能就會產生一種超意識的神力，被指名打倒的人，可能給這麼一弄就真的倒了。這當然只是一種想像。實踐證明：許多人的姓名經過這麼一番折騰，在大字報上、在大標語上、在牆壁上、在地上，……都如法折騰了，經過若干時日以後這些人（不說全體，至少是絕大部分）卻仍然「站」起來，並沒有被這種「神力」所打倒。語言的神力其實是不存在的。

　　語言靈物崇拜發展到極端是符咒。符是書面語（文字）的物神化，咒是口頭語（言語）的物神化。靠符咒來收拾妖魔鬼怪，不只流傳在人們的口頭傳說中，而且著名的《聊齋誌異》曾有過出色的、引人入勝的描寫。我小的時候聽大人說：張天師，鬼畫符，也不知什麼意思；反正一串一串似字非字的東西，畫在一起，據說就有捉妖、鎮邪、治病的神力。我見到的西洋的「符」，卻是方方正正的，例如美國人比爾斯（A. Bierce）在他的《惡魔的詞典》（The Devil's Dictionary）中就收有一個治牙痛的符，那是由一連串字母組成的倒三角形：

ABRACADABRA
ABRACADABR
ABRACADAB
ABRACADA
ABRACAD
ABRACA
ABRAC
ABRA
ABR
AB
A

難道它真能治牙痛嗎？恐怕連小孩子也不會相信的。在現實生活中，不論哪一家、哪一門、哪一宗、哪一派的符咒，除了統治階級、特權分子及其僕從存心騙人之外，是沒有任何一點神力的。

在舊時代遇到災難降臨時，老太婆往往口中念念有詞地反覆喃著：

「喃嘸阿彌陀佛大慈大悲

　救苦救難南海觀世音菩薩，

　喃嘸阿彌陀佛……」

那時候，老太婆們相信只要這麼一念，就能夠召喚這麼一位有法力的神仙到你跟前給你保駕消災——這是很可笑的，迷信與無知導致了語言靈物崇拜，到頭來只不過是自欺欺人的「利己主義」而已。

一一　文學作品中的描寫

文學作品中描寫這種語言靈物崇拜的現象是很多的。比如俄國現實主義作家薩爾蒂珂夫‧謝德林的代表作《戈羅維略夫老爺們》[1]裡，就寫了這麼一段情節。主角是一個被稱為「猶獨式加」[2]的戈羅維略夫老爺，眼看著農奴制度逐漸崩潰，他所「建立」的家業，他所維持的家長制秩序，已經發生了嚴重危機，他的暴虐迫害使得他這個舊家庭眾叛親離，他本人最害怕的則是有朝一日對他十分不滿的老母親詛咒他。詛咒——在信教的人們腦海中，這是極為可怕的懲罰。因此，這也是一個帶有神秘力量的字眼。彷彿一詛咒，就會發生超人的力量。這個老爺設想過，萬一他的

---

① **Салтыков-Щедрин**（1826-1889）這部小說原名為 *Господа Головлевы* 。
② 猶獨式加（**Юдушка**），猶大的暱稱。

老母親竟然詛咒他，那麼，轉瞬之間即天昏地暗、飛沙走石、大禍臨頭、無可抗拒。所以他經常害怕老太婆會實行詛咒。小說描寫他所想像的詛咒景象：

> 「神像，點著的蠟燭，媽媽站在屋子當中，幽暗而可怕的面孔……詛咒他！然後是雷聲隆隆，蠟燭滅了，穹空撕裂了，黑暗遮蓋著整個大地，耶和華的狂怒的臉孔在電光閃閃的雲間出現了。」

這當然只是想像。小說接著描寫了老太婆對兒子忍無可忍時的情景——

> 「她沉重地從她的安樂椅上站起來，伸出了手，指著猶獨式加，從她的胸口爆發出一陣響亮的叫喊：
>
> 　　我　詛　咒　你！」

但是一切神力都沒有發生，恐怖的場面連一點兒也沒有出現，動人心魄的景象完全沒有看見。語言的靈物崇拜被證明只不過是人們愚昧的想像，甚至於小說中的這個迷信著、等待著天打雷劈的頑固不化的地主老爺，也覺得自己原來的擔心實在是多餘而且可笑了！

類似的描寫，在法國作家雨果的著名小說《悲慘世界》[①]中也可以看到。在這部名著第二部第一卷中，寫到法軍和英軍在滑鐵盧的決戰。法軍其時已完全陷入絕望的重圍中，英軍向被圍的法軍發出了「勇敢的法國人，投降吧！」的呼喊，而法國將軍康白鸞卻在這千鈞一髮的時刻，向英國人喊出了法國人極端鄙視對方時所用的字眼。——小說寫這一瞬間：

> 「康白鸞答道：屎！」

屎這個字，本來並沒有什麼特殊的含義，但是此時此刻，這個習

---

① Victor Hugo（1802-1885），他的小說《悲慘世界》（*Les Misérables*）在1862年初版。

慣語卻表達出一種民族自尊感。這個字眼被賦予了本義所沒有的意思，這在某種意義上說，也是一種語言的靈物崇拜。雨果寫道：

> 「所以說，在那些巨人中間，有一個怪傑，叫康白鷺。說了那個字，然後從容就死！還有什麼比這更偉大的！……霹靂一聲，用這樣一個字去回擊向你劈來的雷霆，那才是勝利！」

一個字，一個普通的字，果然會有這麼巨大的神力嗎？沒有，也不可能有。但是在特定環境中，人們卻相信它會有一種超乎人間的力。在絕望的形勢下，或者說，在最艱苦的特定條件下，語言——表達人們思想的語言，常常會發生一種意外的效應。這是人們的祈望、願望、希望所引起的效應。

一二　現代迷信和靈物崇拜

現代人是相信科學的，本來不應當有半點迷信。但是在特定條件下，現代人卻搞起現代化的迷信來，其中比較顯著的是語言迷信——這就是在現代（特定）社會生活中出現的語言靈物崇拜。

有過那麼一段時間，不少人（尤其是受極左思潮蒙騙的年輕人）相信語言是一種革命力量，彷彿只要嘴上掛著一些革命的語言，它就會立即發生一種革命的力量。這就是說，硬要否定語言只不過是人與人互相交際、互通訊息、傳達思想的工具。比方說，打電話本來就是人與人之間的一種交際現象。電話照道理應當是這樣的：

　「喂，喂，你哪裡？」
　「喂喂，我是三聯書店。你找誰？」

「勞駕找老王經理聽電話。」

老王不在這，請問你貴姓？」

「…………」

簡單明瞭。要問什麼、了解什麼、找誰，等等；答話也準確地表達了。但是在那麼一段時間裡，這種人與人之間的日常對話，據說沒有革命的內容，或者不如說，沒有披上革命的外衣，於是人們就認為這段問答失去了神秘的力量，即革命的力量。實際上每一個會正常講話的人都知道，絕不因為講幾句帶著革命外衣的話，就會發生革命的力量的。但是按照那時推行的語言拜物教，非得加上革命的語言，然後才能發生交際的力量。例如：

「為人民服務！你哪裡？」

「鬥私批修！我是三聯書店。……」

加線的兩個短句是兩個革命口號，這兩個革命口號在一定場合下有自己的真實含義，但是在日常交際用語中加上這兩個革命口號，那就等於有意識地將這兩個（或別的）革命口號物神化——主觀上就會認為只要加上這麼兩個口號，整個對話就被賦予了「革命」的含義。這是自欺欺人的唯心主義夢囈。加了一句「革命」話，說話的人也就「革命」化了——這就叫做語言的靈物崇拜。現代化的迷信看起來比舊時代的迷信還可笑，而在實踐上也更加有害得多。

「一句頂一萬句。」這也是語言靈物崇拜的一種表現。一句就是一句，一句絕不能等於兩句，何況一萬句？把說話的人神化了，說的話就會被賦予一萬倍的神力。現實生活卻是沒有神力的，到頭來這種說法不過是現代迷信。

「句句是真理。」語言是傳達訊息、表達思想的工具，因之，人說一句話，必然有它的特定條件，有它的針對性——即特定對

象，把人在特定場合所傳達的訊息都說成是可以適用於一切（任何）場合的真理，這是主觀唯心論。如果每句話不給予一種超人的先知力量，要每句話都能適用於任何條件，那是辦不到的。

「句句照辦。」哪怕是最最偉大的巨人，他也是社會中的一員；他所發出的信息（說話），無不受到時空條件的限制。因此，把人的任何一句話都說成是不可改變的，必須照辦的「神示」，那就是語言的物神化。只有「神示」才能句句照辦。但現代社會沒有神，所以也就不可能有「神示」。迷信是不能產生力量的。

在語言靈物崇拜風行一時的日子裡，一個偉大人物的姓名，據說也不能分開兩行寫的，否則就是「褻瀆」──為什麼一個人的姓名，那怕是人人尊敬的偉人，拆開分別寫在兩行（例如表姓的方塊字恰恰寫在第一行最末了之處，表名的方塊字恰恰寫在第二行最初的地方），就被指為褻瀆呢？因為姓名被物神化了。姓名本身也賦予了生命。姓名變成一種有超人力量的東西──或廣泛稱之為「神」。《紅樓夢》就寫過，恨誰，就把誰的名字寫在某處，給符咒一整治，天天用針刺這個姓名，代表這個姓名的那個人就會被一種超人的神力所折磨①。可見舊時代語言靈物崇拜是很厲害的，它還嚴重地影響到現在。

---

① 《紅樓夢》第二十五回寫趙姨娘要馬道婆替她作法整治賈寶玉和王熙鳳。馬道婆「向趙姨娘要了張紙，拿剪子鉸了兩個紙人兒，問了他二人年庚，寫在上面；又找了一張藍紙，鉸了五個青面鬼，叫他併在一處，拿針釘了：『回去我再作法，自有效驗的。』」不久，兩個紙人所代表的真人，就鬧得天翻地覆。後來借了一個道士的法力，才擊敗了馬道婆的「妖」。這樣，鳳姐和寶玉才漸漸的好了。第二十五回末了，寫鳳姐和寶玉「漸漸醒來，知道餓了。」眾姊妹都在外間聽消息。黛玉比誰都焦急，這時「先念了一聲佛」──大約是感謝如來佛救了她心上的人，念佛，當然也是一種語言的靈物崇拜。愛吃醋的寶釵就取笑黛玉了，她說：「我笑如來佛比人還忙：又要度化眾生，又要保佑人家病痛都叫他速好，又要管人家的婚姻，叫他成就。你說可忙不忙？可好笑不好笑？」在這個特定例子中，寶釵卻是破除語言靈物崇拜的先行者。（引文中的著重點是引用者加的。）

語言的靈物崇拜曾給舊時代的人們帶來過很多痛苦，而現代化的語言靈物崇拜則不但給人們帶來了桎梏，而且阻礙著我們的社會向前發展。非得像馬克思剖析商品的拜物教那樣，把語言的社會本質給揭示出來，才能夠打破現代語言迷信。

3

語言污染與淨化

一三　濫用外來詞引起的語言污染

　　在某種特殊的社會環境中——例如國土被占領、進行戰爭、或發生巨大的思想革命……等等——外來詞（借詞）會突然大量地滲入某一種民族語，而且大大地超過了這種語言所應吸收和所能吸收的正常程度，這時候，滲入的外來詞（借詞），有些確實是很必要的，有些是不太必要甚至完全不必要的（比方說，這個語言的詞彙中本來就有滲入者的等義詞），這就產生了濫用外來詞，由此引起了語言污染，雖不是語言污染的全部，但是在好些情況下，則是很重要的一部分。十月革命後兩年（1919），列寧寫過一篇很有名的政論，題目叫做〈論純潔俄羅斯語言〉，副標題是〈在空閒時即聽了一些會議上的講話後所想到的〉[1]，他講

---

[1] 列寧這篇文章1924年才第一次在《真理報》登出，收在《列寧全集》中文版第三十卷266－267頁。全文如下：

我們在破壞俄羅斯語言。我們在濫用外國字，用得又不對。可以說缺陷、缺點或漏洞的時候，為什麼要說「代費克特」呢？

一個剛學會閱讀報紙的人，他就會很熱心地看報，會不知不覺地吸收報上的詞彙。可是我們報上的語言也開始被破壞了。一個剛學會閱讀的人把外國字當作新詞來用還情有可原，可是一個著作家就不能原諒了。現在不是該向濫用外國字的現象宣戰了嗎？

老實說，如果濫用外國字使我厭惡（因為這使我們難於影響群眾），那末在報上寫東西的人所犯的一些錯誤就簡直把我氣瘋了。例如有人把「布吉洛瓦齊」（**будировать**——是從法文轉來的，引用者）一詞當做激起、攪擾、喚起的意思來用。然而法文bouder一詞的意思卻是生氣、發怒。因此，「布吉洛瓦齊」一詞的意思實際上就是「生氣」、「發怒」。學洋涇濱的法國話，等等於學俄國地主階級中那些學過法文而沒有學好，又把俄文糟蹋了的最沒出息的人物的最沒出息的東西。

現在不是該向破壞俄羅斯語言的現象宣戰了嗎？

的就是語言污染和淨化（purification）。列寧說：

> 「我們在濫用外國字，用得又不對。可以說缺陷、缺點和漏洞
> 的時候，為什麼偏要說『代費克特』呢？」（著重點是引用者加的）

列寧指出，俄語中有人偏要用的 дефекты 一詞，是從法語
defect 一詞轉來的，俄語本身有好幾個語感不完全一樣的等義
詞，人們卻不用，卻濫用了一個外國字，這是不足為訓的。

社會語言學所要研究的語言污染，首先的一點就是從濫用外
國字引起的。

由於廣東一帶是我國同西方資本主義世界接觸最早的地區，
所以粵語方言在十九世紀末二十世紀初大量存在了很多濫用的外
國字——或者說是音譯的外來詞。這是十七世紀以來以英國為首
的西方國家最初用通商、接著透過臭名昭彰的鴉片貿易，最終用
武力敲打並打開這個「閉關自守」的「天朝」的大門以後，在語
言上留下的殘跡。

粵語方言中濫用的外國字大部分是從英語借來的，很少一部
分是從葡萄牙語來的。廣州話現在說「打球」，從前叫「打波」
（現在也還有叫打波的），這個「波」字就是從英語 ball 音譯借用
的。——漢語中本來有「球」字，就是英語 ball 的等義詞，「球」
字已經有很長的歷史了，至少不比 ball 字的歷史短。本來不需要
借用一個外國字來表達這種體育用品。不需要而使用，這就是濫
用，濫用破壞了語言的純潔性，所以這就叫做語言污染。這同正
確地使用借詞（外來詞）是兩碼事：民族語本來沒有，借用其他
語言的語詞來表達新的事物或新的概念，這是語言的吸收功能，
語言的吸收功能是正常的，同語言污染不一樣。不稱打球而叫打
波，這才是污染，但這污染遇到了抗拒，擴散得並不順利，例如
在粵語方言中「打足球」、「打排球」、「打籃球」，在口語裡是廣

泛流行的，並沒有人叫「打足波」、「打排波」、「打籃波」；可是在另外一些場合，卻使用了（濫用了）波字，比方「踢波」、「恤波」（籃球中的投籃動作，「恤」也是音譯的外國字，shot，射也）、「刪波」（排球中的攔網動作，「刪」也是變音的借詞，shut，封鎖之意）、「開波」（發球動作）。至於「乒乓波」在過去是口語裡常用的，1949年後「打乒乓波」已逐漸讓位於「打乒乓球」了。在過去華洋雜處的舊社會條件下，粵語的外來詞俯拾即是。「恤衫」中的「恤」，即英語shirt（襯衣）的音譯，那時也還沒有「襯衣」這樣的語詞，「恤」加「衫」，意義是重複的，但這樣的造詞法符合漢語造詞的規律。現在粵語口語裡已經有用「襯衫」代替「恤衫」的趨勢了。粵語中的「夾萬」是從葡萄牙語來的，現稱「保險箱」。滬語中也有一些類似的外來借詞，例如「拉士卡」（last car，末班車）、「派司」（pass，月票、通行證）、「派對」（party，交際舞會）、「罨巴溫」（number one，第一）。十月革命後由於白俄大量逃到哈爾濱，因此當地的口語也被一些從俄語直接音譯過來的借詞所污染了。

　　因特殊的社會條件而產生的語言污染，比較明顯的是日本和西德——日語和（西德）德語在第二次世界大戰後都被很多濫用的英語詞彙所污染，這是直接軍事占領帶來的後果。比起來又以日語所受的污染更為嚴重。

　　幾年前，我在日本一個小鎮上看到一間鋪子門前豎立這樣的一塊牌子：

> ナウなゲージでガッツに
> バチろう感度100パーセント！

這塊「告知板」（廣告牌子）上的片假名，都是音譯借詞，或者

更明白地說，是音譯的英語詞彙。幾個平假名（な、で、に、ろ、う）是表示語法結構的助詞，剩下兩個漢字（「感度」，即sensitivity），三個阿拉伯數字（100）。乍一聽，幾乎覺得這裡不是講日語，當然也不是美國話，而是一種口語混合劑，是受了污染的民族語。原來這個「告知板」上的音譯借詞是：

ナウ＝now（現在）

ゲージ＝gauge（機具）

ガッツ＝guts（美國俚語：勇敢地）

パチ＝paching（一種彈球遊戲用具，現在是流行的群眾性賭具）

パーセント＝percent（百分比）

這個「告知板」是說，請到這裡來玩賭具，我們這裡的一副機器很靈敏，百分之百的靈敏，包你會贏的，沒有你吃虧的地方。陪我散步的一位日本朋友，對此也只好搖搖頭，嘆了一口氣——我知道，這位老人年輕時曾是革命運動中的先行者，他必定是感嘆於他的父母語已經受到令人氣憤的污染了。

語言一旦受到污染，要進行淨化是得花很大力氣的；這比之大氣受到污染以後採取環境保護措施，恐怕還要麻煩些。

一四 「洋涇濱」：語言污染的「頂峰」

上個世紀風行一時的「洋涇濱」英語（pidgin English）①，是

---

① 「洋涇濱」英語（pidgin English）是十七世紀至十九世紀流行在我國南方的一種「混合」語。pidgin English 即 Business English（商業用英語）的訛音，pidgin 又寫作pigeon（鴿子）。有人說，當時這些洋商接觸到操不同方言的西崽，為了得到一種共通的交際工具，故使用了「洋涇濱」云云。參見 M. Mead 的論文 "Talk Boy"，他所謂「講的不是一種話」（Who are not "one talk"）即此意。除「洋涇濱」外，在別的地方還有其他類似的「混合」語，如在太平洋某些島嶼流行的 Beachla-mar，在非洲某些地方流行的 Kroo English 等，參見 Б. А. Ильиш 所著《英語史》275 頁以下。

語言污染登峰造極的例子。「洋涇濱」一類東西，已經粗暴地破壞過原來的民族語，這是殖民主義擴張政策的罪惡產物。當時，殖民主義者夥同他們的代理人（買辦），跟奴僕（西崽）對話，就是採用這種「混合」語加上手勢語來表達的。這是殖民主義強加於被侵略的民族頭上的最原始而低級的交際工具。殖民主義者不屑學習當地人民（他們叫「土著民」）的語言，而被侵略的老百姓當然也不願學習外來壓迫者的語言。結果就產生了三不像的「混合」語——即「洋涇濱」英語。隨著當代歷史潮流的衝擊，儘管國外還有個別「學者」力圖維護類似的「協和」語的生存，但是，人民是不要這種污染了的語言的。在我們國家，甚至連在香港這樣的地區，像「洋涇濱」這種沒有生命的東西也沒有生長的土壤了[1]。

「洋涇濱英語」是從語音、語彙、語義、語法各個方面來污染民族語的。例如最早到廣東來的美國人之一的亨脫[2]，在他著的《舊中國雜記》一書中，就引用過不少的這種「混合」語，此書第30頁有這麼一句話：

"My tinkee you country no got so fashion pa-lo-pa!"

這句話的特徵就是語音搞亂了（th變了t，字尾的k延長為一個音節kee，所以think〔想〕就讀作tinkee；r變了l，pro變了po-lo，per變了pa，所以proper一字就讀作pa-lo-pa）。語彙搞亂了，因而語義也改變了，如so fashion pa-lo-pa，直譯無論如何譯不出

---

① 貝里亞耶娃（T. M. **Беляева**）和波塔波娃（**И. А. Потапова**）於1961年出版的《英國國境以外使用的英語》一書117頁還說：「洋涇濱英語1843年以前流行於廣州，二十世紀初期只有香港還有少量應用。」

② 亨脫（William C. Hunter），1825年到廣州，合股經營鴉片生意，1891年死於尼斯（Nice），著有《廣州番鬼錄》（*The Fan Kwae At Canton*, 1882）和《舊中國雜記》（*Bits of Old China*, 1885）等書，這兩本書記錄了早期殖民主義商販在廣東的見聞。

的；語法也搞亂了，第一人稱單數主格 I 卻使用了領格（屬格）my，「我的」代替了「我」；第二人稱複數領格 your 卻使用了主格 you，連接詞 that 也略去了，got 這個動詞賦予了中國式的含義。結果，真正以英語為父母語的讀者根本不知所云，誰也猜不到這句話帶有這樣的含義：

> 「我想・你・們國家・不會這樣・好罷。」

在「洋涇濱英語」中，恰如漢語一樣，沒有性、數、格之分。「我不能」，在正式的英語應當是

> I cannot.

在「洋涇濱英語」則成為

> my no can.

「這不關我的事」（It is not my affair）則講成

> No belong my pidgin.

belong（屬於）這個字在「洋涇濱英語」中用得很頻繁，一個字代替幾個字，十幾個字，甚至幾十個字用①。例如：

> you belong ploper？
>
> （你好嗎？）—— ploper 就是 proper

這個 belong 就一點也沒有「屬於」的意思，又如

> how muchee belong?
>
> （多少錢？）—— muchee 就是 much。

這個 belong 用得更奇怪，再如

> he belong China ─ side now.
>
> （他現在在中國）

---

① 以上的例子參見顧令（Samuel Couling）編的《中國百科全書》(*The Encyclopaedia Sinica*)，1911 年別發洋行（Kelly and Walsh）出版。這是西方人編的以中國各種題材為詞條的第一部百科全書。

belong變成一個神奇的多義詞①，總之，不論你說什麼，也可以belong一下，這就是「洋涇濱」的特點。

中國強大之後，這一類語言污染就再也沒有存在的可能性了。但是在某些地方，某些島嶼，如果新老殖民主義還是在主宰它的命運時，類似的語言污染是不可避免的。

一五　充塞廢話和髒話的語言污染

在「文化革命」期間，人們用空話、大話、廢話、髒話充塞所有的文章和口語，形成了使人窒息的一種語言污染，其結果使我們中國美麗的語言，頓時變成華而不實、又長又臭又空的一種廢物。每篇文章，每段文章，每句文章都必須穿靴戴帽，下筆萬言，實質上沒說幾句有意義的話。人們生活中大量使用被污染的語言，使胸口發悶，簡直到了呼吸困難的程度。這是我們中國語言受難的悲慘日子。比方說，在詞典裡有這麼一個詞目：「油畫」，它的釋義本來不是很困難的，「用油質顏料在畫布上或紙板上繪成的畫，叫做油畫。」這不就一目了然嗎？可能你是個美術家，覺得這樣的釋義還不夠周密，用詞還不夠精練，當然你可以加以修改，使這個釋義更加完善，但你首先得承認，這樣的釋義包含了人們對「油畫」這個詞所應當了解的最基礎的內容。可是形而上學家們不這樣認為。他們說，這是「資產階級客觀主義」，沒有「階級觀點」，沒有「階級立場」，沒有揭露「油畫」的「階級本質」，即是說，這些「左」得可愛的形而上學家們，把生活中一切東西都賦予了「階級」的「內容」，提到了「路線」

———————————
① 這幾個例子見貝里亞耶娃和波塔波娃上揭書。

的「高度」。因此，必須在說明基本事實（甚至認為這些基本事實都可以不要，不說明也沒有什麼關係）時「穿靴戴帽」，實際上就是認為必須加上許多完全不必要的、千篇一律的、說了等於不說或任何人任何時候對任何問題都可以說的同樣的廢話。於是在「油畫」——「用油質顏料在畫布上或紙板上繪成的畫，叫做油畫。」這樣一句之後，加上：

> 「資產階級用油畫來表現資產階級的生活和感情，無產階級也用油畫來表現無產階級的生活和感情。」

加上去的「階級立場」比原來的釋義「豐富」多了，其實是長多了，但這句話真是「放之四海而皆準」，誰不會說呢？這還不夠，因為加了這麼一點點「階級立場」，還沒有進行「階級分析」，只好又再加上另一條尾巴：

> 「在資本主義上升期，有一些油畫塑造了資產階級開明人物（注：不能用『英雄』這樣的字眼，因為據說『英雄』只能是『無產階級』才有，其他階級只配有非英雄）的形象，不過那也是有局限性的；而在資本主義沒落期，很多畫派的油畫，表現出資產階級的腐朽、頹廢和沒落，把油畫糟蹋得不成樣子。」

這還不夠，因為這裡沒有「突出」無產階級，只講敵對階級，不講無產階級，不行，不行。只得又在這後面拖上一條更長的尾巴：

> 「無產階級以油畫作為階級鬥爭的武器，塑造出無數屬於無產階級的英雄形象，通過油畫，打爛一個舊世界，建設起一個紅彤彤的新世界，在這個新世界裡沒有壓迫也沒有剝削，把油畫提到一個歷史的更高階段，從政治上、思想上、藝術上壓倒了歷來的資產階級所畫的千千萬萬的油畫，成為團結工人階級和貧下中農，向資產階級和一切剝削階級以及它們的階級意識形態進行階級鬥爭，實行

無產階級全面專政的有力工具。」

這樣一個尾巴比較「突出」了，但是這裡說的，難道不是人盡皆知的，可以適用到一切方面的普通話嗎（當然也包括完全錯誤的似是而非的「論點」）？可是這還嫌不夠，因為這裡還沒有「突出」批判修正主義。這樣，尾巴只好再延長下去：

　　「修正主義利用油畫為它服務，宣傳階級調和論的貨色，從而使油畫墮落而為修正主義麻痺人民的工具，」……

這個尾巴還可以隨心所欲地續下去。空話和廢話是不要本錢的，你盡可以把任何尾巴都無限地延伸下去。毫無疑問，這對於讀者簡直是一場災難，一大堆靴子帽子，都是同樣的尺碼，買回來這麼一大堆看上去也很「充實」的空話，你能受用嗎？這就叫做語言污染。這些微粒子，在個別地方恰當使用一次，可能是十分正確的，但是無論什麼場合都一律頻繁地加以使用，那就變成不可收拾的污染狀態了。

　　語言的華而不實走到極點，成為語言的貧乏——語言的貧困和貧困的語言：「最最最最」、「最紅最紅最紅」，和林彪式的「最大最大最大」「最小最小最小」一樣，表達了最貧乏的思想狀態。如果在我們日常生活中，在我們的社會生活中，充斥著這許多看起來似乎很正確，但實際上已不傳達任何有效信息的語言，那麼語言有什麼用呢？這是我們經歷到的一種污染災難。在那災難的日子裡，人們不但用廢話，而且用髒話來污染我們的語言，而幼小的生命和年輕的生命不知不覺在自己的嘴邊掛著這些強盜的語言、流氓的語言、下流的語言。這些醜惡的東西特別毒害年輕的一代，因為正如列寧所說，「一個剛學會看報的人，會不知不覺地吸收報上的詞彙」，何況還不只從報上「吸收」，十年動盪不定的社會生活正好充塞著不知多少這樣的污染物，動不動就：

「砸爛你的狗頭。」

分明是人頭，卻偏咒罵為「狗」頭，「狗」頭且要「砸爛」，可見這話說得多麼惡毒。年輕男女受到語言的污染，開口「操你娘！」閉口「他媽的！」真不知人間有羞恥事。「操你媽的祖宗十八代！」「宰了你這狗崽子！」「滾你媽的蛋！」諸如此類，不堪入耳，不堪入目，好像用下流的語言越多，就越顯得你「革命」。好像用強盜的惡罵，流氓的辱罵，無理取鬧的噪音，就是最「無產階級化」、最「戰鬥化」、最「革命化」。這是對無產階級的污辱；這是對人類的污辱！咒罵和人格侮辱，不是戰鬥，這本來是常識，但是這種下流的語言污染毒害了整整一個世代，直到今天我們還不得不正視這污染的嚴重後果：肅清語言中這種下流的污染物，是學校老師、家長、編輯和作者們的神聖的社會職責 ①。

---

① 當然，外國也有廢話連篇的語言污染，美國報刊稱之為gobbledygook，光這個英語單字就令人發笑，這類文章類似狀師們起草的滴水不漏、似乎是無懈可擊的，可是讀起來使人厭煩得要死的東西。有個外國作者，給這種gobbledygook下了個定義，他說：

「gobbledygook的特點為冗長（prolixity），充滿了廢話（deadword），特別是又長又臭（redundancy）；迂腐（pedantry）——含糊不清（obscure）的行話（jargon），閃爍其詞（hedging）——即：語言曖昧（equivocation）；抽象（abstractness）——大而無當的胡話（big and obscure）；委婉語詞（euphemism）；思想混沌（fuzzy）；陳詞濫調（cliches）；千篇一律（impersonality）。」（引見《アメリカ英語の婉曲語法（下）》第473頁）

4

語言的吸收功能

一六 借詞——外來詞

　　每一種活著的語言，都有充分的吸收功能，這種功能，在很多場合比較明顯地表現於語彙上，也就是說，凡是有生命力的語言，它從來不害怕同其他語言接觸，而且會在社會生活認為必需的時候，吸收自己本來沒有的新詞彙——這些新詞彙反映了外面客觀世界的實際。只有濫用外國字（借詞），即廢棄了這種語言本身已經存在的等義詞彙，而過分熱心無條件地搬用外來詞時，這才會發生語言污染。語言的吸收功能和語言的污染現象，是互相矛盾而存在的，這就是語彙學的辯證法。二十世紀的現代世界中，一個獨立自主的現代民族國家，要排除外國的、異族的、外來的事物（不管你是要吸收它或是否定它），在客觀實際上是完全不可能的，也是極端愚蠢的。在當代世界，鎖國政策，閉關自守，「兩耳不聞天下事」，是一種鴕鳥政策，是導致自己倒退、蛻化甚至滅亡的政策。有些國粹主義者，有些極左的口頭「革命」派，藉口要純潔民族語言，不分青紅皂白地拒絕吸收一切外來

詞，排斥一切外來詞，根本不承認語言的吸收功能，而且把這種正常的吸收功能貶斥為「崇洋媚外」，這不但是神經衰弱、愚昧無知，而且是夜郎自大，阻礙社會生產力的發展，同時也干擾語言本身的發展。

魯迅先生對這個問題，早就有過精闢的論斷。他說：

> 「漢唐雖然也有邊患，但魄力究竟雄大，人民具有不至於為異族奴隸的自信心，或者竟毫未想到，凡取用外來事物的時候，就如將被俘來一樣，自由驅使，絕不介懷。」[1]

接下去魯迅先生還說：

> 「一到衰弊陵夷之際，神經可就衰弱過敏了，每遇外國東西，便覺得彷彿彼來俘我一樣，推拒、惶恐、退縮、逃避、抖成一團，又必想一篇道理來掩飾，而國粹遂成為屏王和屏奴的寶貝。」

在另外一個地方，魯迅先生又舉出漢語吸收了並一直使用著的許多外來詞，如：

「靴、獅子、葡萄、蘿蔔、佛、依犁」[2]等等，魯迅先生稱之為「毫不為奇的使用」著的語詞。由此可見，在社會生產力比較發達、經濟繁榮、文化昌盛的時候，民族自信心很強，由於客觀現實的需要，這個民族的語言一定毫不遲疑地吸收大量的外來詞，因為生活接受了必要的外來事物，不吸收相適應的外來詞，解決不了傳達信息的問題。漢唐之際，大量從梵文吸收語詞，特別是與佛教有關的詞彙，就是一例。到五四前後，思想奔放，人們為了尋找民族解放的真理，一些卓絕的先行者勇敢地「拿來」了西方的種種社會思潮，當然同時也接受了很多西方社會生活新事物，在那樣的新的歷史形勢下，外來詞像春潮一樣湧現在我們

---

① 見魯迅：《墳·看鏡有感》。
② 見魯迅：《熱風·不懂的音譯》。

的漢語裡。這種潮流是歷史的潮流，而歷史的潮流是不可抗拒的。首先「拿來」，然後學習、研究、批判、吸收、消化、應用、發展，以此衝破封建主義長期統治下的閉關自守，走出一條民族解放、獨立自強的新路。因此，有過一個時期，我們的語言吸收了大量的（而不是個別的）從外國語直接移植過來的（而不是間接吸收的）新詞——外來詞，即借詞。以漢字音譯，這是最初的也是最簡捷的途徑。這個時期吸收的借詞，在其後的客觀實踐中或則生存下來，或則改用其他表達方式（如由音譯轉為意譯），或則被淘汰了去。由此可以預見，在新長征的道路上，在進行四個現代化的過程中，不可避免地要吸收一大批外來詞，或者換句話說，一定會出現一個借詞的新高潮。這個高潮之所以不可避免，是因為新的歷史條件要求我們接觸很多新事物、新學說、新方法、新工具，這是客觀實際的需要，同時也是最廣泛的人民群眾利益的需要，這是誰也阻擋不住的。語言學者同科學家的任務就是要有意識地引導、加速並推進這個吸收的過程。

一七　漢語借詞的發展過程

試看下面一段文章：

「五四前後，關於柏理璽天德說得不多，倒是人們成天嚷著歡迎德先生和賽先生——那就是德謨克拉西和賽恩斯。主義學說紛至沓來，什麼安那其，什麼康敏尼，不一而足。當時有個尖頭鰻提倡費厄潑賴，而另一位蜜司脫則以為愛斯不難讀可以代替漢字。布爾什維克的勝利帶來了新的啟示：社會要發生奧伏赫變，特別是要傳播普羅列塔利亞特德沃羅基。但有些小布爾喬亞印貼利更追亞，卻帶著生的門脫兒，傾聽白提火粉的生風尼和朔拿大，悠然產生了煙

士拔裡純，寫下了一首首商籟，預祝英德耐雄納爾的實現。」

對於二十多歲的中國青年讀者，上面一小段文章不啻近乎九天玄女的天書。看上去沒有什麼不識得的方塊字，但讀下來有點不知這裡說的究竟是什麼，正如俗語所說，「如墜五里雲霧中」。或者說，人們只能感覺到它依稀講些什麼，卻不能掌握它準確地在講些什麼。之所以如此，部分地是由於我故意把若干時期的音譯借詞組織在一起，有點惡作劇地排比成這段沒頭沒腦的文章——這裡面的借詞，個別的已有一百多年的歷史，現在已讓位於新的表達方法；多數則「曇花一現」，被別的語詞所代替；只有少數還繼續沿用到今。試把上面一段短文「譯」成現代漢語，應當是——

「五四前後，關於〔美國〕總統（president）的事說得不多了，倒是人們成天嚷著歡迎民主（democracy）和科學（science）。主義學說紛至沓來，什麼無政府主義（anarchism），什麼共產主義（communism），不一而足。當時有個紳士（gentleman）提倡公平忍讓（fair play），而另一位先生（Mr.）則以為世界語（Esperanto）可以代替方塊字。布爾什維克（俄 Большевик）的勝利帶來了新的啟示：社會要發生揚棄〔變革〕（德 Aufheben），特別是首先要傳播無產階級（proletariat）的意識形態（ideology）。但有些小資產階級（法 petit-bourgeoisie）的知識分子（俄 интеллигенция）卻帶著傷感情調（sentimental），傾聽貝多芬（作曲家 Ludwig van Beethoven）的交響樂（symphony）和奏鳴曲（sonata），悠然而生了靈感（inspiration），寫下了一首首的十四行詩（sonnet），預祝〔無產階級〕國際（L'internationale）的實現。」

讀了上面一段「譯」文，人們才知道「原來如此」。當然，這已經近乎文字遊戲（語言遊戲），可它也多少說明了漢語借詞的早

期狀態。

　　由於漢語使用的表達符號是方塊字，而不是拼音（表音）字母（不論它是拉丁式、斯拉夫式、假名式、阿拉伯式、諺文式的，通通都可以比較容易地轉錄單字的音節），因此在漢語吸收外來詞時，往往經歷了從音譯逐漸改變到意譯的過程。這就是說，最初遇到外來的新事物、新思想、新動作時，人們還不能十分理解它的真面貌或含義，為了趕緊「拿來」，就採用了音譯，用方塊字音譯。但是用方塊字音譯出來的新詞，有時很難上口，有時又會使人「望文生義」（即發生了歧義），於是經過一段時期的實踐，往往在很多場合廢棄了音譯，另外創造了新的意譯──或至兩者並存。這種現象，在很大程度上，是由方塊字本身的構造所引起的。舉個例，本世紀初傳入中國的電話，起先叫「德律風」，是從 "telephone" [1]音譯過來的，這個借詞曾經流行過一陣，同「麥格風」（microphone──即「傳聲器」）一樣流行，後來人們不愛叫「德律風」了，大約這三個漢字說起來不怎麼順口，所以改用了「電話」──「電話」是從日本語使用的漢字借詞照搬過來的。於是，這個借詞就跟「電燈」、「電池」、「電鈴」、「電扇」、「電鐘」、「電纜」、「電弧」、「電壓」、「電力」、「電脈衝」，這一類「電＋～」型的詞語並存了。可能是日本語在本世紀初用漢字寫成的借詞比較多，所以漢語就比較簡單地「搬」過來，如「幹部」、「主義」、「世

---

[1] 這裡牽涉到現代科學的術語，不少是「國際化」的，一國創造了或流行了，他國只須按它的語言「轉寫」（transcription）過來，即成了借詞。有的語言學家稱之為「國際化用語」或「國際字」。例如 telephone 是由 tele（遠距離）和 phone（聲音）合成的，這個英語語詞轉到法語為 téléphone，德語為 Telephon，俄語 телефон，西班牙語 telefono，葡萄牙語 telefone，希臘語 τηλεφωυο，羅馬尼亞語 telefonul，世界語 telefono，只須按各國語的拼法「轉寫」，十分簡易。

界語」①等等，但是後來日本語漸漸改到以假名拼音，所以日本語大量地吸收了外來詞。日本語的借詞吸收過程是由意譯轉為音譯，同現代漢語相反——現代漢語，如上所述，往往從音譯改為意譯。

漢語吸收外來詞拋棄音譯的趨向，可以用下面幾個例子說明。例如大陸有一個時期已經通行了的「萊塞光」（Laser）②，這是由音譯的「萊塞」加表意的「光」而構成的，現在已讓位於「激光」（完全表意）了。現在繼續通行的「雷達」（Radar）③是純粹的音譯，沒有加表意的漢字，這個詞用得很廣泛，但現在也有轉化為意譯的趨向，例如「激光雷達」很多地方已寫為「激光測距儀」了。曾經風行一時的「維他命」（vitamin），很久以來在當代漢語裡已改稱「維生素」了——保留了原來音譯借詞中的第一個漢字（「維」），而創造了音義相關的「維生」加上表意的「素」，構成了這樣一個既非音譯、也非意譯的新詞。這個新借詞的出現，卻產生了一個難題，即「維他命」A、B、C、D、E分別改稱為「維生素」甲、乙、丙、丁、戊——這種改用漢語某種字序來稱呼是不科學的，因此也是不合理的，這是一種恐懼拉丁字母的病，說到底，恐怕多少有點潛在的排外病；特別是在漢語拼音方案公布以後——由於這個拼音方案是採用拉丁字母為表音符號，在借詞中對拉丁字母採取排斥的立場是不值得提倡的，而在實際應用中已產生了困難，「維生素K」、「維生素P」、「維生

① 「世界語」（Esperanto），是波蘭醫生柴門霍夫（Zamenhof）創始的人工國際輔助語，日本大正年間稱「世界語」（漢語這個詞恐由日本語搬來），後來改為假名拼音エスペラント。

② 「萊塞」（Laser）為英語 Light amplification by stimulated emission of radiation 的略語。

③ 「雷達」（Radar）為英語 radio detection and ranging 的略語。

素 R」，該怎樣改寫呢？沒有別的選擇，只能沿用 K、P、R 三個字母，因為甲、乙、丙、丁……的序列只有十個。要不，就非將 K、P、R 音譯不可。當然也有這樣辦的——如同用希臘字母表達的「α 射線」（作「阿爾法射線」）、「β 射線」（作「貝他射線」）、「γ 射線」（作「伽瑪射線」）。至於已經通行的「X 光」（x-ray），避免了天干地支的序列，而譯作「愛克斯光」了。

借詞從音譯轉化到意譯，這是看得出來的一種趨勢；同這種趨勢相反的現象也有，例如「邏輯」（logic 的音譯借詞），原先有作「名學」的，後來也意譯為「論理學」，但是都不流行，讓位於純粹的音譯「邏輯」兩字。還派生出「形式邏輯」（「形式」是意譯）、「辯證邏輯」（「辯證」是意譯）這樣的術語。

不過在日常生活也好，科學生活也好，現代漢語的借詞還是從音譯走向意譯。1949 年後一度流行的「布拉吉」（從俄語платье 音譯而來），讓位於「連衣裙」；抗日戰爭時期聞名的新藥「盤尼西林」或「配尼西林」（從英語 pennicilin 音譯而來），已讓位於「青黴素」了。抗生素的一系列譯名，都趨向於意譯（不過在構詞法上，有一點特別的地方，即仿照「維生素」那樣，在詞尾加一個「素」字而成一個新詞彙）。——例如土黴素、鏈黴素、金黴素、四環素……等等[1]，但治療肺病的藥名「雷米封」（從 Rimifon 音譯而來）改稱為「異煙肼」，即由音譯轉為化學構造式的譯名，並不為人們所歡迎。（同樣例子可以舉出：LSD 譯為「麥角酸二乙基酰胺」）。SMP（一種長效的磺胺藥品），也許因為存在著一種「恐外病」（恐懼外國字母），一般都不叫 SMP，而叫做「長效磺胺」。至於五四前後病名借詞，如

---

[1] 土黴素（terramycin 中的 terra 是拉丁文「土」的意思，mycin 港音譯「埋仙」），鏈黴素（streptomycin），金黴素（aureomycin），四環素（tetracycline）。

「窒夫斯」、「柳麻蒂斯」、「巴斯篤」、「虎列拉」──在五四時代的小說是屢見不鮮的──，也逐漸改為意譯的「腸熱」、「風濕症」、「鼠疫」、「霍亂」了。

一個十分有趣的現象是，在現代漢語裡目前還廣泛流行著、使用著，並且看不出在可見的將來會被淘汰的音譯借詞，大量的是供人吃喝的東西──也許因為這些東西一上了口，便難以更改了。例如：酒類中的「啤酒」（beer，音譯＋意符「酒」）、「白蘭地」或「白蘭地酒」（brandy）、香檳酒（champagne，音譯＋意符，有時省略了意符）、「威士忌」（whisky）；飲料中的「咖啡」（coffee）、「可可」（cocoa，北方從前譯為「寇寇」），連帶還有「巧克力」（chocolate，南方譯作「朱古力」、「朱古律」）；冷食如「冰激淋」（冰琪淋、冰激凌，ice cream，採用了意符「冰」＋音譯的辦法），「冰激淋梳打」（ice cream soda）；另外如「白脫」（從butter音譯，又稱「白脫油」、「黃油」，南方稱「牛油」），「芝士」（從cheese音譯，又稱「之士」、「乾酪」），「沙拉」（salad，北方有時作「冷小吃」，南方作「沙律」）。華南把ice cream譯作「雪糕」，北方人覺得好笑，因為ice不是雪，而是冰，冰和雪在北方分得很清楚，南方倒是混為一談的。但現在北京也有叫「雪糕」的了！粵語方言還有不少食品名稱是用借詞的，如「雞蛋撻」（「撻」就是tart的音譯），「蘋果批」（「批」即pie的音譯，點心），「吉列～」（「吉列」即cutlet的音譯）都是。

一八　術語學

隨著中國全國工作重點轉到四個現代化上，術語學（terminology）的問題應當提到有關科學行政部門的議事日程。

術語學的中心課題主要就是如何國際化（internationalization）、標準化（standardization）或規範化（normalization）的問題。國際化，有利於吸收，有利於交流；標準化和規範化有利於克服混亂或歧義。不同學科，不同單位，不同人員，在接受外來詞時（接受一個新的術語時），可能有不同的（或侷限性的、專科性的）理解，也可能採取不同的表達方式（音譯、意譯，意譯又可以作不同的譯法），因而難免得出不同的結果，這是自然而然的，這種結果在短期內雖看不出有什麼大毛病，從長遠看，就會引導到混亂和了解錯誤。在接受新術語的初期，也許會有不同的意見，出現不同的借詞，是無可厚非的，但經過一段實踐，採取一定的行政力量，或通過權威組織（例如設置國家科學術語委員會之類），完全有可能在較短的時間內得到（達到）術語的標準化。收集、討論、研究、鑑別、認可、統一發布——這就是透過權威機關進行術語標準化、規範化的過程。

　　國際化的問題是個很重要的問題，而這個問題在使用拼音文字的國家裡，比較容易解決，只須按本國語文的習慣和拼寫體系加以轉寫，就吸收了新詞。比如computer（電子計算機）一字出現時，它是從法文（拉丁）取得語根的，轉寫為拉丁語系統的民族語（如法語、德語、西班牙語等）時，幾乎用不著改寫，只是轉寫為斯拉夫系統的民族語時，才把拉丁字母轉寫為斯拉夫式字母，如頭一音節com-被改寫KOM-，轉寫為日文時則用假名，轉寫為阿拉伯文時用阿拉伯字母。這種轉寫的規則是簡單明瞭的，也不可能產生混亂。雖則在各國語言的術語學中還有很多問題需要解決，但在轉寫方面比漢語簡單。漢語最大的障礙，是因為漢語並非拼音字母組成的；漢語有自己的拼音系統，在二〇年代有注音符號、國語羅馬字，三〇年代有拉丁化新文字，五〇年代

後有政府正式頒布的漢語拼音方案。但是這些方案一般都處在試驗階段，或者從另一個角度說，這些方案都沒有代替漢字（或與漢字並存）使用過[1]，用方塊字來吸收外來詞，應當如何做到國際化和規範化，還待進一步研究。

在這個領域，有很多問題需要解決。例如，在借詞的構詞（造詞）原則方面，有什麼道路可循呢？是創造一些很不好讀的、音義雙全的新方塊字呢？還是用平常的漢字組成新詞呢？顯然，我們在術語領域中有過一些成功的、不太成功但仍在流行的，以及失敗的經驗。這裡還有個群眾觀感問題，即群眾心理問題——人們是在幾千年漫長的歲月裡天天接觸方塊字的環境中成長的。創造一些新方塊字來解決這個問題，未必是一條好的道路。我們的化學家是當代的倉頡，他們曾創造過不少新的方塊字，表達新的物質，而這些方塊字不管你願意不願意卻還是在流行著和廣泛使用著。比方有這麼三個字：

气　氕　氘

除了天天使用這三個方塊字的專業工作者以外，人們對這三個字只好搖頭。第一，不怎麼好看；或者說，很刺眼；第二，讀不出來，很彆扭。也許這是專業外的人們的偏見。對這三個方塊字需要作一番解釋：

气，讀作「撇」，是取「气」字下的那一撇（「丿」，不是「豎」丨，而是「撇」丿）作音；這是 protium 的意譯——不是音譯——，這個東西是氫（這也是化學家們創造的新方塊字，不過比「气」出現得更早）的同位素之一，符號為 1H。protium 也是一個新造的字，其詞頭出自 proto，意為「一」。方塊字的「丿」

---

[1] 三〇年代拉丁化運動中有過代替漢字的嘗試，但幾乎沒有觸到術語學的領域，這裡不擬詳加論列。

（撇），也是一撇，即一。

氘，讀作「刀」，取「气」字下的那個豎刀作音；是 deuterium 的意譯，氫的同位素之一，符號 D，也叫「重氫」。deu 係希臘文詞頭（接頭詞），意即「二」。方塊字的豎刀（刂），也像數碼的 Ⅱ（＝2）。

氚，讀作「川」，取「气」字下的「川」作音；是 tritium 的意譯，符號 T，是氫的同位素之一，舊稱「超重氫」。tri 係希臘文的詞頭，意為「三」。方塊字的「川」也是三豎，像數碼的「Ⅲ」（＝3），但讀音又不按「三」，而按「川」（四川的川）。

這種造字法實在是很費心思的。這幾個字的造字法其實是不可取的，但現在已約定俗成、用慣了，人們也沒有埋怨了。類似的科學字還有一些，例如「酶」、「酚」、「酮」、「酊」、「醇」①等，大體上這些東西屬於「酒」類，故取「酉」旁，字的右半是表音或表意的構成部分。這又是接受外來術語的另一種途徑。

略字或略語（abbreviation）的接受，也是術語學中的一個重要問題。現代漢語怎樣解決術語學中這個問題，需要科學家和語言學家作些努力。這個問題之所以重要，是因為現代生活中出現越來越多略字。日常生活中的 VIP（＝ *very* *important* *person* 非常顯要的人物），即「大人物」、「要人」、「貴賓」之意；怎樣轉寫呢？照其意思直譯，當然也是一種辦法，也許不是最好的辦法。現在外國報刊經常都看到的 MIRV，其全稱應當是 *multiple* *independently* *targeted* *re-entry* *vehicle*，我們譯作「多彈頭分導重返大氣層運載工具」，意思是對的，但這是全稱，在方

---

① 這幾個字，酚是從 phenol 來的，右側的「分」為 phen- 的音譯，酊是從 tincture 來的，右側的「丁」是 tinc- 的音譯；酮是從 ketone 來的，「同」表的是 -tone 音；醇與酶則其右側「每」「享」則是另外一種構字法。

塊字我們就沒有辦法表達略語 MIRV，你總不能說這是「多分重運」，這四個漢字表達不出「多彈頭分導重返大氣層運載工具」的意思來。又如電子學中的 mosfet，是個新詞——這個新詞同二次大戰出現的 radar、laser 之類相似——，它其實是 *metaloxide-semi-conductor field effect transistor* 的縮寫（略語），是取每個詞的頭一個字母組成的，現代漢語譯為「金屬氧化物半導體場效應晶體管」，此外別無他法，同上面的例子一樣，總不能把它叫做「金半導場效晶」，或「金半場效晶」呀！但是一個 mosfet 譯起來要講十四個方塊字，豈不是有點太囉嗦嗎？縮略語在術語學中是一個很有分量的領域，漢字怎樣解決這個問題，是關係到四個現代化的問題。

5

委婉語詞

一九　日常生活中的委婉語詞

委婉語詞（euphemism）在社會生活中是廣泛而頻繁地使用的。不論在日常生活上還是在政治生活上，隨時都可以遇見各種各樣的委婉語詞。大概是為了說得好聽一些、含蓄一些，在某種容易激動的或敏感的情況下，使人們容易接受。

文學作品是社會生活的一面鏡子。在文學作品中常常有出色的委婉語詞或委婉的表達方法。雨果在他的著名小說《悲慘世界》中，有這麼一段描寫：

> 「那個辯護士談得相當好，他那種外省的語句，從前無論在巴黎也好，在洛慕朗丹或蒙勃里松也好，是所有的律師慣於採用的，早已形成的詞藻，在今天這種語句已經變成了古典的了，它那種持重的聲調，莊嚴的氣派，正適合公堂上的那些公家發言人，所以現在只有他們還偶然用用；譬如
>
> 　丈夫　稱　良人，
> 　妻子　稱　內助，

巴黎　　稱為　　藝術和文化的中心，

國王　　稱為　　元首，

主教先生　　稱為　　元聖，

檢察官　　稱為　　辯才無礙的鋤奸大士，

律師的辯詞　　稱為　　剛才洗耳恭聽過的高論，

路易十四世紀　　稱為　　大世紀，

劇場　　稱為　　梅爾波曼殿，

在朝的王室　　稱為　　我先王的聖血，

音樂會　　叫做　　雍和大典，

統轄一州的將軍　　叫做　　馳名的壯士某，

教士培養所裡的小徒弟　　叫做　　嬌僧，

責令報紙負責的錯誤　　叫做　　在刊物的篇幅中散布毒素的花言巧語等等等等。」①

雨果在這裡開列了一大串代用詞，但後面的一些已經屬於諷刺語詞，不好叫做委婉語詞了，頭幾個如「良人」（＝丈夫）、「內助」（＝妻子），則是道地的常見的委婉語詞。法語中的 "le bon homme" 和漢語中的「良」，有點像；英語叫 "better-half"，直譯出來是「（比我）還要好的（配偶中的）另一半」，也就是同樣的委婉語詞。稱妻子為「內助」，反映了舊社會中習慣上男人出外謀生，女人在家搞家務，故「內助」在舊時也稱「內子」，與此相應，丈夫稱為「外子」。「內助」是稱呼自己妻子的，略帶有謙虛稱謂；如果稱呼朋友的妻子，則加一「賢」字，作「賢內助」，則又是尊敬又是委婉了。從前，稱自己的妻子往往卑稱為「拙荊」，譯成現代日常用的漢語，就是「鄙人的很儉樸的女

① 雨果：《悲慘世界》中譯本第一冊第 329 頁。

人」。「荊」是「荊釵」中的「荊」，有這麼一句成語：「荊釵布裙」，別在頭上的「釵」不用金屬製成，而只用草木製成，就叫做「荊釵」；穿的裙子不用綾羅綢緞做料子，只用粗布做料子，這不就是儉樸的表現嗎？「拙荊」中的「拙」，就是「鄙人」的委婉說法——或者說，是一種卑稱，即說，我這個人不怎麼聰明，我這個人比較蠢，或說我這個人是個笨蛋等等。但你如果不寫「拙荊」，而硬寫成口頭語，把自己的妻子硬說成「我這個沒有教養的笨蛋女人」，那就對尊夫人幾近侮辱，對自己也幾近侮辱了。古人還把自己的妻子，謙稱為「山荊」，可能就等於說我這個伴兒不過是山溝溝裡不見世面的女人——現在這麼說，那就也不怎麼妙了。《水滸傳》中林沖對魯智深說，「恰才與拙荊一同來間壁岳廟裡還香願」，就是林沖剛才帶了他的「娘子」即「妻子」或「老婆」去朝山進香。現代社會生活中稱呼別人的妻子為「夫人」，這「夫人」也是一種委婉語詞，但只能用於稱呼對方，而不稱呼自己的妻子為「我的夫人」，當然，也可以半開玩笑地使用這種表現法。

最可笑的是，人的生活中有許多事情、許多東西都是——唉唉，據說最好不要直接叫出來。也許在幾千幾百年前的社會裡，這是一種禁忌，一種忌諱，一種塔布，後來人們有了知識，打破了某些迷信，對某些現象不覺得神秘了，所以對這些名詞也就不再忌諱了，但社會習慣勢力是很厲害的，雖不忌諱，仍然不願去坦率地把它叫出來，而在歲月的推移中，又出現了一些新的忌諱。為了忌諱——就出現了代名詞，這就是日常生活中使用的委婉語詞。

比方說，幾百年前的英語裡不大說「褲子」（trouser）的，大概那時上流人等神經過於敏銳，或者說都是些假道學之流，一

提到「褲子」，就會想入非非，竟至於想到不道德行為。所以那時候的上流交際社會用的英文，留下了令人發笑的委婉語詞。比如說——

「我買了一條不能夠描寫的東西」，

用 indescribables（不能夠描寫的東西）來代替「褲子」，或者——

「他穿了一條絕不可以提及的東西」，

用 one-must-not-mention-'ems（絕不可以提及的東西）來作委婉語詞。有時就說成是

unspeakables（別說出來的東西）

或

sit-upon's（供你墊著坐的東西）

如果在我們這裡今天講英語還用這幾個令人發笑的委婉語詞，那不只叫人笑破肚皮，簡直會被送入精神病院也說不定。由此可見，委婉語詞有時代性，絕不是一成不變的。

某些生理名詞據認為也不能說的，說出來「有傷大雅」。比方「拉屎」，據說很粗俗，人們在日常生活中改稱為「大便」、「大解」、「解手」、「上廁所」，文言叫「如廁」，但提到「廁所」，也不見得怎麼「雅」。在西方社會裡，一些「文明」的「雅士」，他明明出去「小便」，卻詭稱「我出去一下」，沒有明白地告訴你到哪裡去，可你心裡明白了，因為說的人怕說出了「不雅」；或者，「我到洗手間去一下」，其實他的目的不在洗手。男性在女性面前要說話「雅」些，以免顯得「粗魯」，而女性自己以身作則，說起話來力求其「雅」——這就是西方社會生活的一種方式。外國女性有時說，「我打個電話就來」，你別以為她真的去打電話，其實是

到那個不「雅」的地方去了。這樣的社會生活在某種程度上說，其實是有點虛偽。

日常生活中的不「雅」現象，是不少的。比如婦女的「月經」，本來是正常的生理現象，既非「雅」，也非「不雅」，而且也應當不能引起任何聯想。但是中外都很不喜歡直說。在1949年後的中國，我們的婦女把這叫做「例假」——這個新詞倒記錄了社會生活的新變化，因為解放後我們的工廠實行勞動保護，婦女工作人員遇到月經來潮時，如有需要，允許請幾天假，工資照發，所以稱為「例假」，「我來例假」——例假怎能來呢？其實來的不是「假」。日本有些人把「月經」期間叫做「ブルーデー」，即英語 blue day 的音譯，blue 的引伸義是「憂鬱」，也許是說婦女到了這麼幾天會發生這麼一種精神狀態。據說別的民族還有其他的稱呼法，總之是人們竭力避開直呼「月經」一詞，寧願叫出一個委婉語詞。

「懷孕」——這就更說不出口，非常的不「雅」。當然，這有什麼不「雅」呢？它也只不過是一種生理現象。人們說，「她大肚子了」，大肚子也不「雅」，所以也不便說。人們從前寧願說，「她有喜了」，有喜，你一聽就知道這就是大了肚子的代用詞。人們也說，「她有了」——有了什麼，自然不明說。「她快當媽媽了」，這比較坦率，也比較委婉，據說是比「懷孕」雅了一點。這個習慣現在正在打破。英語世界也有同樣的現象：從前人們寧肯說個法國字 "enceinte"，其實 enceinte 同英語 pregnant，是一個意思，不說英語就「雅」了？真有點欺負人家不識法文。

有個美國幽默作家列舉了一大串「懷孕」的委婉語詞，時代不同，說法也不一樣，直到今天，人們才傾向於直截了當說出了

事。那一大串委婉說法是很有趣的①，請看：

1. 「她取消了她所有的社會交際。」（1856）
2. 「她處在很有興味的情況中。」（1880）
3. 「她處在很微妙的情況中。」（1895）
4. 「她正在編織小囡的襪子。」（1910）
5. 「她快要當家了。」（1920）
6. 「她快生（孩子）了。」（1935）
7. 「她懷孕了。」（1956）

委婉說法又長又囉嗦，不適於現代社會生活的節奏，因此，到今天，又傾向於有什麼說什麼了。

「避孕」──這是計劃生育的必要措施，本來是光明正大，無須忌諱的，但是人們也很不願意說這種字眼。計劃生育，是我們用的術語；西方叫「節制生育」（birth control），又叫「家庭計劃」（family planning）。家庭計劃其實就是計劃生育的委婉語詞，它表面上好像是講經濟計劃、教育計劃，字面上一點也不涉及生孩子的事，其實它管的就是這方面的事。口服避孕丸，英語裡一般用 pill（通常用大寫字母開頭）來代替，就一個「丸」字，藥丸而已，但在一定場合它就特指這麼一種丸。這就是委婉語詞。男用的保險套，英語用 condom 一字，牛津詞典說此字的語源不明，韋氏詞典則認為由一個叫做 Cundum 的軍醫姓名演化

---

① 這七句說法是──
1. She has cancelled all her social engagements.
2. She is in an interesting condition.（或用意語 in stato interesante）
3. She is in a delicate condition.
4. She is knitting little bootees.
5. She is in a family way.
6. She is expecting.
7. She's pregnant.

而來。但condom一字人們日常也不愛說，英國人把它叫做一種法國東西（"French letter"），法國人把它叫做一種英國的東西（"Capote anglaise"）。同是一個社會習慣要迴避的事物，英國人卻說它是法國的，法國人又說它是英國的，煞是有趣。

生理上的缺陷，在日常生活中可以迴避的說法，人們也盡量用委婉語詞。比如說人家「耳朵聾」，似乎也不很「禮貌」，人們不說「聾」，而說「耳朵背」，或者說「耳朵有點不好」，「耳朵有點不便」，古人說「重聽」，英語說"hard of hearing"（聽覺不怎麼利索），都是一個意思。

當今社會生活要求快速、敏捷、準確，所以日常生活中傾向於不說那許多轉彎抹角的委婉語詞，而傾向於簡單明瞭、坦率直說。加上忌諱的、神秘的色彩在現代社會中愈來愈少了，委婉語詞也就日益減縮它的應用範圍了。

二〇　「塔布」和委婉語詞

在社會生活中因為忌諱而應用委婉語詞，是舊時代的一個特徵。特別是在人們對許多事物認識不清，使它帶上很多神秘的色彩，因此引起了對某些事物發生「塔布」時，就必然出現了委婉語詞。在原始社會，或者摩根說的「古代社會」，人們對於死亡是覺得十分可怖，非常神秘的。人們很害怕，或很不願提到死亡以及與死亡有關的名物。甚至死者的稱謂，符號也成為「塔布」，不願再次提及。因此，在各民族和幾乎所有語言中，「死」的委婉語詞（代用詞）是最多的。至少可以說，誰也不願從自己的口中直接講出「死」這樣一個不祥的、使人發生悲哀感情的字眼。據說，英語中「死」的委婉說法有一百零二

種①。古漢語和現代漢語都有同樣的情況。以現代漢語來說，代替「死」一字，人們可以說「過去了」、「不在了」、「去世了」、「離開我們了」、「永遠離開我們」，文學語言還有「逝世」、「辭世」、「歸西」、「仙遊」、「長眠」、「與世長辭」，以及帶有某種稱頌色彩的「犧牲」、「獻出了自己的生命」、「流盡了最後一滴血」等等。當人們談到熟知的親人或朋友長眠不起時，當人們發布訃告或追悼會消息時，人們儘量使用切合身分的和切合當時條件的種種委婉語詞——總是使用「死」的同義語來代替「死」一字。只有當壞人像死狗似的結束他可恥的一生時，我們才直接使用「死了」這種說法。例如在電訊中看到的：

赫魯曉夫死了。

林彪摔死了。

這裡的「死」字，就不僅包含著普通語彙學上的一般詞義，而且包含著十分鄙視、輕蔑、嫌棄的語感。在這裡，有個語感（nuance）問題。平常，一個詞彙的語感是不那麼突出的，但是在這特定場合，語感就很突出了。有一部小說寫人們尋找一個失蹤的孩子，以為他已經淹死了的時候，作者寫道：「他不忍心說淹死，這個時候明明是找死孩子，『死』字幾又得忌諱。」②就是這種心情推動人們使用委婉語詞。

上面說過，在英語中「死」的委婉語詞是很多的。盎格魯·撒克遜時代，往往用了不尋常的古字 steorfam 或 sweltan 來代替平時用的 to die（死）。現代英語用 to go forth（走開了）或 to depart（離開了）、to decease（過去了）、to expire（完了）、to passaway（過去了）、to breath one's last（呼吸了最後一口氣），

---

① 參見：Rodale, *The Phrase Finder* 中 death 及 die 項下。
② 見浩然的小說《艷陽天》。

來表示同一個「死」字，當然各個表現法都帶有不同的語感。英雄們「躺倒了」（to lay），或「倒下了」（to fell），而不說「死了」（to die），好像照直說，英雄的形象就降低了。還有說「他參加了大多數人的行列」，「他走一切凡人所要走的路」等等，都是委婉說法。

同「死」有關的「地獄」，更是可怖的地方，在舊時代，「地獄」這種字眼也是一種「塔布」。英國小說家狄更斯的《雙城記》①開頭一段詩一般的語言，最後一句話只說了半截——

> 「這是最好的年頭，這是最壞的年頭；這是智慧的年代，這是愚蠢的年代；這是足以信賴的時代，這是背信棄義的時代；這是光明的季節，這是黑暗的季節；這是希望的春天，這是絕望的冬天；我們前面一片大好，我們前面一無所有；我們全都直上天堂，我們全都直下另一端——」

上面這段話最後一句原文是：

> We were all going direct to Heaven, we were all going direct the other way——

一種中譯本作「（墮入）地獄」，另一種譯本作「直下地獄」，都把「地獄」一詞點出來了，而原來是沒有直說的。這是迷信世界的習慣，而文學作品恰好反映了這種習慣。

委婉語詞當然不都出於「塔布」、禁忌。比如魯迅寫到過的陳西瀅教授所用的一種委婉語詞，就不是「塔布」。魯迅寫道：

> 西瀅教授曰：「魯迅先生一下筆就構陷人家的罪狀。……可是他的文章，我看過就放進了應該去的地方——說句體己話，我覺得它們就不應該從那裡出來——手邊卻沒有。」

---

① 見 Charles Dickens, *A Tale of Two Cities*。

西瀅教授用「就放進了應該去的地方」，這個委婉說法是出於正人君子的買辦先生們的「文雅」。那個「地方」，也許就是老爺們不願提起的地方——即「廁所」是也。上流人等以為「廁所」這兩個字是很髒的，不屑講出來，一講，就變成「粗野」了，雖然無論怎樣「文雅」的人們，也非得每天上那個不願直呼其名的地方不可。幸而現代社會，「雅」人究竟越來越少了，馬路上很多「廁所」都直接標出來，否則，人們碰到「委婉」的說法，還得猜一大陣才敢跑進去的。但是且慢——當今的飯店、旅館以及會堂等地方，「廁所」之處也常常（不是全部）使用委婉表達法，中外都如此的。有的寫「盥洗室」，有的叫「洗手間」，有的用法文 "Toilet"，有的用從法文音譯的俄國字 "туалет"，有的只寫個「男」字，有的寫個「女」字，有的標出英文的 "Gentlemen"（男人），或 "Ladies"（婦女），或簡直只寫個 M（男）W（女）字母，甚至門前什麼都不寫，畫個圖像，短髮的男頭，長髮的女頭，或穿西裝的男性立像，穿連衣裙的女性立像之類。這些都是日常生活所遇到的委婉語詞，同禁忌大約沒有關係，只表示「文雅」而已。

二一　政治生活中的委婉語詞

在政治上的對話或文告中，有時需要很巧妙的表現法，對某些敏感的論題，發出表面上冠冕堂皇，別人抓不住把柄，卻又能表達出自己的傾向性來的說法。這麼一說，主人懂得，客人懂得，第三者（聽眾）也懂得。這就產生了政治上特別是外交上的委婉語詞。這是特定的歷史、社會條件下對語言應用上的合理要求，在一般情況下這不能算作虛偽。

比方一提「超級大國」，誰都知道是指什麼國。「兩個超級大國」，人們馬上領會這是某某兩國。「另一個超級大國」、「後起的超級大國」，人們明白是某一個國的代名詞。「霸權主義」，這當然可能是泛指；可是在特定條件下，「霸權主義」又是某種委婉語詞，它會巧妙地使人領會是有特指的含義。「社會帝國主義」，即掛著「社會主義」招牌的「帝國主義」國家，這個語詞本來是泛指的，今天，在一定條件下，「社會帝國主義」無疑是指特定的、符合上面定義的國家。「北極熊」，本來是一種動物及其產地，但在一定條件下，它成為委婉語詞，表達了特定的內容。在某種政治生活中，人們不願意或不便說出諸如「霸權主義」的字眼，創造了「支配主義」的新詞，「支配」別人，騎在別人頭上，這也是很微妙的委婉語詞。假如你騎在別人頭上拉屎，你聽到「支配主義」一詞，肯定會很不高興，但你能說什麼呢？一肚子不高興你只好吞下去。在宴會上有些心懷鬼胎的外交人員，一聽見「另一個超級大國」，或「那個後起的超級大國」如何如何，便離座退席，這往往令人捧腹，不但對主人客人都不講起碼的禮節，而且等於「此地無銀三百兩」，不打自招，承認自己就是那個壓迫、侵略人家的「後起的超級大國」。「四人幫」那一夥子強盜，也是這樣，前幾年一看見人家寫個「一定要打倒假馬克思主義者」，就咆哮如雷，橫壓豎批，說這是攻擊他們——這豈不等於自己承認自己等於假馬克思主義者嗎？他們質問作者，你指誰？作者理直氣壯地回答：誰是假馬克思主義者，我就指誰。

《上海公報》裡有一句很著名的委婉表現法，它使用了「台灣海峽兩邊的同胞」這樣的句子。於是雙方就可以接受，尼克森和季辛吉1972年衝破迷霧，跑到中國來開闢新的時代，當然有

他們自己的政治目的，但歷史會證明，這樣的突破是明智的，是順乎歷史的潮流的，雖然當時美國內外都有那麼一股力量在反對他們作出這樣的突破。因此，《上海公報》開創了外交公報的一頁新篇章：各說各的觀點，闡明彼此分歧的見解，同時——從歷史的進程角度來說，更重要的是闡明彼此都可以接受、使這兩個大國關係朝著正常化向前邁進的共同意念。在這當中，台灣問題是個最敏感最關鍵的問題。兩個中國，中國不能同意；一中一台，中國也不能同意；但是美國人絕不能否認台灣自古以來是中國神聖領土的不可分割的一部分，中國當然可以理直氣壯地說，我們一定要統一台灣，但是處在六年前特定條件下的尼克森，他不可能同意寫出如此直截了當的語句，否則，他回去就會受到反對勢力很大的衝擊。為了使兩國關係正常化向前邁進，雙方都認為應當找到大家共同可以接受的靈活調，這樣就出現了「台灣海峽兩邊的同胞」這樣的委婉用語。大家一看就明白：歷史的腳步在前進；因為大家都明白這句話的內在含義。在外交用語上，往往是為了突出某些靈活性，或者打開某些僵局，而使用了一些很巧妙的委婉語詞。

　　1962年10月古巴導彈危機時期，當時的美國總統甘乃迪，下令海軍「隔離」古巴，迫使蘇聯所有運載導彈武器的船隻折返，分明是美國海軍實行「封鎖」古巴，但是美國人寧可不用「封鎖」這兩個在國際法上有嚴重意義的字眼，避開了這樣的字眼，選擇了「隔離」這樣的委婉語詞。況且，一個自命為「民主」「自由」世界「領袖」的國家，怎好在光天化日之下，下令封鎖它所不喜歡的國家呢？又何況，它如果發出了「封鎖」命令，又怕得罪了「另外一個超級大國」，惹起其他麻煩來。於是就出現了「隔離」代替「封鎖」。這事見諸於美國著名的外交人物波倫

（Charles E. Bohlen）所寫的回憶錄《歷史的見證》。同書還記載說，戴高樂將軍喜歡用「從大西洋到烏拉爾山」這樣的表現法，來代替「歐洲」一詞。據說這樣的表現法源出於 1907 年法國《小拉魯斯詞典》，指的是歷史傳統上屬於歐洲的那一大片土地。

美國報紙上前幾年出現過一個什麼詞典也沒有收錄的單字：sutech，原來這個字是「竊聽」的委婉語詞，竊聽（wiretrapping），這種行動是卑鄙的，聲名狼藉了，所以口語裡面有一種委婉說法，叫 bugging，"bug" 一字原來一點也沒有「竊聽」之意，但約定俗成，後來 bug 就是竊聽、竊聽器之類的可恥的委婉語詞了。在官府文書中命令部下去「竊聽」什麼，總不太雅觀，即使在假民主的面具下，也不太雅觀，因此在文書中發明了很好聽的委婉語詞，叫「技術監視」（technical surveillance），這個詞組的倒轉縮略語（即把第二字的字頭 su 與第一字的字頭 tech 合成一字）sutech（如不是倒轉，應作 techsu）就成為「竊聽」的代名詞了。

有人看不慣在政治上使用的委婉語詞日益增多的趨勢，認為這是掩飾真相的虛偽表現（這在某種情況下確是偽善，特別在資本帝國主義社會條件下，是塗脂抹粉，是掩飾真相，是用好聽的話遮掩著醜惡的事），於是很有反感，這是可以理解的。正直而又天真的人們在前幾年的《哈潑氏雜誌》（*Harper's*）上登了一個徵文啟事，請讀者創造一些能夠掩飾美國生活「不愉快的現實」（unhappy reality）的「委婉語詞」。果然有不少幽默家寄去了耐人尋味的「佳作」，比如：

近來世界航線常發生「劫持」事件，「劫持」（hijack）這個字眼就應運而生了。有應徵者創造了「轉向飛行」（redirected flight）來作為「劫持」的委婉語詞，就是說，飛機被劫持以

後，不是按原來的方向飛行了，要按照劫持者的意志轉換方向，到他（或他們）所要著陸的地點了，故曰：轉向飛行。這個詞很幽默，使人啼笑不得。

如果說這兩個委婉語詞是群眾「生造」的，那麼，政府也在生造一些委婉語詞。據1973年《紐約時報》說，美國某機關下了一道公文，叫人們在談論美國經濟的正式文件中，以後不要再用"poverty"（貧困）一語，應該代之以"low-income"（低收入），彷彿這麼一代替，就不存在貧困現象了。在侵越戰爭時期，五角大樓使用了所謂"protective reaction strike"（防禦性反應攻擊）來掩飾它轟炸北越的罪行。分明是侵略人家，卻叫做「防禦性反應」，這不是委婉語詞的罪過，這是創造或使用委婉語詞的人的罪過。

在特定社會條件下，戰鬥的人民運用了委婉語詞或隱喻，作為團結人民、打擊敵人的銳利武器。這真是罕見的語言現象，而且是波瀾壯闊的社會語言現象。

那是在丙辰年。用「丙辰」而不用「1976」，這也是一種政治上的委婉說法。丙辰年清明節在天安門廣場上，有一個波瀾壯闊的「詩海」。如果天下有詩的海洋，那不是別的，只能是那個時期的天安門廣場。憤怒的、悲戚的、勇敢的人們，眼看「四人幫」日益肆無忌憚地進行篡黨奪權的陰謀活動，壓制和迫害悼念周恩來的廣大幹部和群眾，在這曾經爆發過近代史有名的「五四運動」的廣場上再度爆發了一次「四五」人民運動。在那幾天裡，數百萬人次在人民英雄紀念碑前，獻上了自己的小白花、花圈、輓聯和詩歌，這些都是討伐這批強盜的檄文。悲壯的場面使每一個親臨其境的人，都深深感到人民，只有人民是不可戰勝的。

這許多感人肺腑的詩歌，大量地使用了各種各樣的、有時又不約而同的委婉語詞或隱喻語詞，向敵人投出有力的匕首或尖

刀。這是人民詩歌運動。這奇麗壯烈的場面，是一種前所未見的
語言運動。

> 欲悲聞鬼叫，
> 我哭豺狼笑，
> 灑淚祭雄傑，
> 揚眉劍出鞘！

何等的勇猛！念起來使「四人幫」及其爪牙發抖！這裡「鬼」和
「豺狼」都是特定敵人的代語詞，也就是說，在當時特定的社會
條件下，不能直呼其名而只能這樣使用的委婉語詞，但是千千萬
萬人都知道這刀尖指向誰！

一首調寄《浣溪沙》的詞哭道：

> 哭別親人淚未消，
> 山精出洞變人妖，
> 裝腔作勢調門高。
>
> 有意重研擒鬼法，
> 無心輕信狗皮膏，
> 留神拭淚認花招。

人們在天安門前朗誦這首詞，悲壯而又激情，人們都知道親人指
的是誰，人們都知道仇恨集中到那個山精的身上，人們也全了解
他們的調門比誰都高，「革命」、「最革命」、「最最革命」。彷
彿只有他們這夥反革命才能佩帶「革命」的綬帶。人們也了解狗
皮膏指的就是他們的黑班子（什麼羅思鼎，什麼梁效，什麼唐曉
文之流）所賣的狗皮膏藥，人們也會警惕著他們所玩弄的一切花
招。擒鬼法，這是多麼深刻的委婉語詞呀，世間本無這樣的一種
「法」，連鍾馗怕也未必有這麼一部「法」，但是到過天安門的，

或雖未到過而看到這傳抄詩詞的，都領會到我們要研究鬥爭的藝術，非把這些害人蟲消滅不可。

有的詩使用了很明顯的代語詞——也算是一種委婉語詞，例如：

> 蚍蜉撼大樹，
>
> 怒斥不自量！
>
> 浦江逆流滾，
>
> 難阻巨舟航。
>
> 宏橋將閭斷，
>
> 馬卒陷汪洋。

句中的宏橋將閭四字諧音，即「四人幫」的王洪文、張春橋、江青、姚文元的代詞！

有一首兒歌說得又露骨，又含蓄，凡是丙辰清明節前後的正直人們都知道：

> 蚍蜉撼大樹，搖又搖：
>
> 「我的力量大，知道不知道？」
>
> 大樹說：「我知道，一張報，兩個校，
>
> 幾個小丑嗷嗷叫。」

不用說「蚍蜉」這個語詞歷來都用來指藐視的敵人，幾個小丑，也是十目所視，十手所指，就那麼幾個人，彼此心照不宣罷了。至於一張報，兩個校，那就更露骨，幾乎不成其為委婉了。

丙辰清明節前後天安門廣場詩的海洋突出了一個「妖魔」這樣的語詞，這就是勇敢的人民要打倒的「四人幫」。委婉語詞在詩的海洋中成為人民運動有力的武器，這是歷史上罕有的現象，更是語言史上罕見的現象。

6

語彙學與辯證法

二二 語彙和形而上學

語彙學本身充滿了辯證法。因為語彙所反映的社會生活本身充滿了各種矛盾。正所謂：有古必有今，無今不成古。有真善美，就必然會有假醜惡；如果世間不存在假醜惡，又何來真善美。處理語彙的時候，容不得半點形而上學，形而上學不符合客觀實踐的規律，經不起客觀實踐的檢驗。

表達日常生活的語詞，例如「吃飯」、「睡覺」、「休息」、「約會」、「生病」等等，都是任何一種語言中的基本語彙，是各個階級通用的，而且是在比較長的歷史時期內通用的。資產階級說，「我在吃飯。」無產階級也一樣的說，「我在吃飯。」這本是天經地義的常識。如果一個人突然把這一類表達日常生活的語詞通通忘記了，他將怎樣生活呢？不說不可能，至少是比較困難的吧。但是在「文化革命」期間，有些失去正常理智的瘋人們卻在不斷地攻擊這些「生活」詞彙。外語教科書裡不學 butter、bread（奶油、麵包），說那些是洋人的玩意兒、「資產階級」的東西，

你說這兩個單字，便被目為「崇洋媚外」。其實是這些瘋子精神失常，因為西方國家的無產階級也吃奶油、麵包的，他們吃這些被目為「資產階級」東西，正如我們的老百姓啃饅頭或窩窩頭一樣。形而上學的瘋子們要人們學外語時背誦"mantou"、"miantiao"（饅頭、麵條的音譯），這叫做蠻橫無理。所謂「生活詞」，是形而上學家們製造出來的「範疇」，不符合現實社會生活的需要。周恩來在1970年曾對此嚴加駁斥：生活的語言就不要了？生活的語言同「革命」的語言有什麼區別？生活的語言就不革命了？生活就不革命了？形而上學瘋人們杜撰了「生活詞」，並下令將這些表達日常社會生活的語詞一概排斥，使我們的語文詞典和語文教科書受到很大的破壞，留下很深的內傷！

反正在那些動盪不安的年代，無知的蠢話被捧為真理，常識、知識、學識等等都變為罪惡。有瘋子氣勢洶洶地咆哮：大蔥、生薑，誰不知道？應當從詞典裡把這類語詞刪去；他們說，只有地主、資產階級才不懂得大蔥、生薑，你把這些語詞收到書裡去，你存什麼心？你存心為地主、資產階級服務。這是瘋人院裡的語言，不幸它曾經煞有介事地用來整過正直的尊重知識的人們。我就不相信從娘胎一生下來就懂得一個「蔥」字，懂得一個「薑」字。現代社會裡恐怕沒有那一個正常的人相信「不學而知之」。知識是從學習來的，當然，實踐出真知，這話沒有錯，但是更大量的知識是從學習得來的。知道用繩子上吊就是自殺，任何人都是從學習中、從書本中、從別人的口頭語中⋯⋯得來的知識；沒有人會真的上吊了才知道自殺的含義——而且真的用繩子往脖子上一勒，恐怕他就永遠不會知道「自殺」的含義了。上面提過的「大蔥」，你就那麼懂？蔥，小蔥，大蔥，你能說得出什麼分別？是不是小蔥長大了就變大蔥？連那些前幾年口中念念有

詞，成天價地嚷著什麼路線鬥爭、儒法鬥爭的瘋人們，也說不清楚的。把「生活」詞劃為一個「範疇」，然後把這個「範疇」提高到「為剝削階級服務」的「高」度而加以消滅（準確地說，是從書本上消滅），這不但是荒謬到可笑，而且被現實生活所粉碎了。

　　大蔥、生薑還算是「土產」，也就是「國產」，如果你提到「超短裙」（mini-skirt，港譯「迷你裙」）、「搖擺舞」（rock'n' roll），那就立時嚇破了膽——天呀！這是「黃色」的東西，「下流」的東西，通通給我滾開！但現實生活是無情的，人家偏偏穿著「超短裙」施施然到這裡來旅遊了，當然也許在你面前還不敢跳「搖擺舞」，怎麼辦？是把眼睛蒙起來？還是乾脆把人撐出去？或者索性否認：天下根本就沒有這種東西，我說沒有就沒有！都不行。駝鳥政策不能解決任何問題，除了導致毀滅自己。其實「超短裙」並不那麼可怕，也不見得那麼「下流」，它不過是外國一定時期流行的一種女服，是一種時裝，同後來流行的「喇叭褲」一樣，不是地主階級、不是資產階級的特殊飾物。這是外國人的習慣。習慣，你是不能用駝鳥政策否定的。你可以喜歡或不喜歡，你可以提倡或不提倡，但是我們沒有權利去反對其他民族的習慣，正相反，我們只能尊重別人的習慣，然後人家也尊重我們的習慣。再說，這些東西是一種客觀存在，你不要，你甚至閉目不看，完全有你的自由，但你絕不能下命令不准全世界婦女穿這種或那種裙子。你可以運用權力從你編的書中槍斃了這個或那個語詞，但是你沒有本領從現實生活中把它捏死。

　　「跳舞」——這個語詞也可能是個禁忌。其實按藝術史家的說法，跳舞是和語言一樣，是起源於勞動的。跳舞不是什麼「下流的」語詞。但是曾經有過那麼一個時代，在我們這裡，這種被

目為「生活語詞」的東西，幾乎要絕跡於人世。古人稱「手之舞之足之蹈之」，就是指這種動作。這種動作有什麼罪過呢？沒有。有人指責多少犯罪都是從跳舞來的，那麼，可以反駁這種片面論者，因為多少犯罪都是從吃飽了飯（如陰謀家）或吃不飽飯（如饑民）來的，你可以取消吃飯嗎？不幸馬克思在他著名的《資本論》中，也大談其「中國在跳舞」。隨便把一個語詞封之為哪個「階級」的專用品，這是完全荒謬的。如果認為在解放了的國土上已經不存在、或不提倡、或少見的東西，就應當消滅與之相適應的語詞，視而不見，見而不說，這是夜郎自大。

在那些年代，還有一類語詞被稱為「消極詞」。消極和積極，在某些語感上確實是有的，但不是形而上學瘋子們所指責的那種東西。「消極詞」這玩意在「文化革命」時代把人們折磨得好慘。據那些自稱為要「把無產階級專政落實」到每一個語詞的形而上學瘋子們的「革命」意見，書上，文章裡不能出現過多的「消極詞」，能沒有更好──這是從荒謬的「三突出」引伸到語言學上來的，實際上是一種反語言學。舞台上一個反面角色不能站在當中，他只能伏在角落裡，他不能居高臨下，卻只能彎著腰打躬作揖，不能給反面角色照明，這傢伙只能躲在黑暗中。荒唐到了極點。從戲劇學──或叫樣板戲學出發，很快就侵入了語言學的領域：人們要求詞典裡儘量解除所謂的「消極語詞」：「悲」字項下一大串複合詞，例如悲哀、悲傷、悲痛、悲愴、悲愁、悲觀、悲憤……每一個語詞都有它自己的特定含義，也都具備一定的語感，可是形而上學的瘋子們卻說是這麼一大堆「悲」的東西，太消極了，不符合無產階級的需要，不符合無產階級專政的需要，不符合無產階級革命路線的需要。因為無產階級是抱著樂觀主義的，抱著革命樂觀主義的，等等。真是扯不上一塊。但是

生活卻不聽你那一套。甚至有一個時期連「沙發」也犯了罪。辦公室裡的沙發被「清洗」到地下室去，讓它發黴，因為這是外國資產階級的屁股坐在那上頭而後來傳入中國，由中國資產階級的「孝子賢孫」的屁股坐過的那種家具，發黴活該！沙發一夜之間變了瘟疫，彷彿哪一位人士坐上去，屁股就會長瘡，而這人的階級「成分」立刻變了——真所謂「立地成佛」了。這是極左路線對中國人民的極大侮辱。不幸的是，這個語詞成為「眾矢之的」，「消極的」家具不僅要從生活上「清除」，還要從詞典中以及一切文字記載的東西中清除。回頭一望，可笑亦復可恨啊！

極左的瘋人們還繼續入侵語彙學的領域。他們有一陣又發明了所謂「反動語詞」，據這種「革命」理論，「反動」語詞應當儘量避免，或者化「反動」而為「革命」。比方說，一部詞典收個「帝國主義」，這就叫做收了「反動」詞了，因為誰都知道，「帝國主義」不是什麼好東西，更不是正面的值得歌頌的東西。怎麼辦？「化」它一化吧。起碼加上一個例句，這例句最好是有名的革命語錄，比方：「一切帝國主義和反動派都是紙老虎！」好了，這時心安理得了，「反動」詞語已經被「化」掉，被這革命的名言所「化」掉了。這樣就不可避免地充塞了大量不必要的東西——哪怕這些東西是正確的，形成我們在上面專門討論的語言污染現象。

其實許多語詞根本不能把它們劃分為「反動」與「正動」。比方「殺人」一詞，誰也說不明白它究竟是「反」動或「正」動。當反動派「殺人」時，他殺的是革命者，殺的是善良的老百姓，那「殺人」是反動透頂的；當刑事犯「殺人」時，他殺害的是無辜的群眾，那「殺人」是犯罪的；當革命的政權鎮壓民忿極大的陰謀家時，那「殺人」卻是必要的。因此，「殺人」一詞只

不過表達一種動作，至於這種動作應當是什麼性質，則要進行具體分析，這本來是不言自明的。在語彙學裡當然有若干表達反動意識的貶義詞，例如日文中的「支那」，就屬於這一類，英文中的 "Chinaman"（「柴納門」）也屬於這一類。這類語詞都是過去帝國主義分子、殖民主義分子、軍國主義分子瞧不起中華民族，蔑稱我們中國和人民而使用的貶義詞。這類貶義詞，如今外國朋友們早已不使用了，在現代的外國書刊中也基本不用了──但是這類貶義詞確實存在過，它帶著辛酸的歷史進入了語彙的庫房，它留下了時代的烙印和階級的烙印，它反映了階級偏見和民族偏見，我們誰也不能憑主觀意志說：世界上壓根就沒有過這種詞語。在大型的詞典中這類詞語還是要存放在那裡的。

　　把反映古代社會生活的語詞，都一概斥之為「封資修大雜燴」，這是極左的瘋人們又一發明。反映古代社會生活的詞語，有的活到現在，還在口頭語中使用著，有的僅在書面語保存著，有的現在不用了，但在舊時代的書刊文獻中廣泛應用著。人們如果要研究古代的社會生活，研究社會意識，研究古代的歷史發展，誰也不能排斥那些反映古代的語詞。排斥了它們，就等於否定了歷史。「數典忘祖」，這是割斷歷史的形而上學。如「面首」一詞，好久不用了，它始見於《宋書·前廢帝紀》，反映了一千五百年前封建統治階級的淫亂無恥現象。這個語詞沒有死亡。江青在二十世紀七〇年代以女皇自居，寵幸了若干「面首」。如果以為詞典中收了「面首」一詞就是「封資修大雜燴」，那他就是十足的白癡。「四人幫」的一個總編輯也是個白癡，他一碰到「母校」一詞，發現一幅畫題有「寄語母校報豐收」中有「母校」兩字，便驚惶失措，無名火起三千丈，斥之為「回潮」「復辟」。這個白癡根本忘記了有一封著名的信中這樣寫道：「他們不得已

寫信給他們的母校」，而這封著名的信是 1954 年寫的。「母校」何嘗有半點「復辟」味道？只不過是這批「復辟狂」的白癡們入侵語彙學領地犯下的一樁罪惡而已。

在假道學橫行的時代，極左的「大師」又發明了所謂「黃色詞」這樣完全反科學的概念。這些形而上學家唯恐提到社會生活中不可或缺的生理器官、生殖器官以及與此相關的某些動作的名詞或動詞，生怕這些語彙「褻瀆」了什麼，非把它們一一槍斃不可。但是這些語詞是合理的存在，因為它們所反映的事物是客觀存在，因為人體沒有了它們就變得殘缺不全，甚至活不下去。前幾年有人指斥「肛門」一詞為「黃色」，具有正常理智的人（或起碼的神志清醒者）都會啞然失笑，請問一個人光吃飯不通過□□（「黃色」的器官，不要說呀！）排泄出來的話，他能活得成嗎？人們不禁聯想起中世紀或中世紀前後的笑話。據說在某次戰爭，有一位婦女的大腿負了重傷，抬入醫院急救，這真正是千鈞一髮的時候，外科大夫問：你哪兒傷了？她說，傷了肢。大夫急了，又問：上肢還是下肢？回答：不是上肢（唉唉，「下肢」帶有「黃色」味道呀！）大夫越加急不可耐了，問她究竟傷了左腿還是右腿，是小腿還是大腿，或者是其他部分──婦人更加不敢言語了，封建主義的大山壓得她不敢說了，她怕一張嘴就「褻瀆」了上帝。這是笑話。這是外國笑話。不過我們算是幸乎不幸乎，在前幾年也親身經歷過了。有一回，碰到了「子宮」一詞，可真難為我們的編輯了。這是黃色呢還是白色呢還是藍色呢？羅馬婦女救了我們。1976 年 4 月 3 日羅馬街頭發生了幾萬婦女遊行示威，她們反對梵諦岡禁止墮胎的法令，她們提出了尖銳的政治口號：

　　「子宮是我的，我自己安排！」

「子宮」這個語詞，其實連一點點「黃色」味道也沒有了（其實

它本來就沒有），反而變得有很嚇人的「紅色」傾向了（其實它也沒有）。

一遇到「娼妓」、「賣淫」、「通奸」這樣的語詞，就惶惶然不可終日，極左的形而上學家們就會提出質問：你們這些東西把青年引導到哪裡去呀？我們無須回答這樣無知的質問，只須把恩格斯的《家庭、私有制和國家的起源》一書翻出來，攤在這些形而上學家們的面前，讓他們翻翻看就行了。當然還可以反問他：恩格斯把青年引導到哪裡去呀？

社會生活中並不時時刻刻都存在著美麗的幸福的東西，倒是經常都會遇到醜惡的痛苦的東西。語言也不僅反映了積極的、健康的、正面的、革命的、進步的、「紅色」的東西，它必然也反映了消極的、不健康的、反面的、反革命的、倒退的、病態的東西。語彙學就是要正視它們雙方，而不是排斥任何一方。這就是生活的辯證法。也就是語彙學的辯證法。

二三　「神奇」的語彙

如果我們尊重語言的辯證法，那麼，我們就會發現，每一種語言都有幾個、幾十個或更多的語詞，可以被稱為「神奇」的語詞。它像魔術師一樣，能夠變化多端，而且隨著社會生活的變化，這批「神奇」語詞也敏感得很，隨時都被賦予適應性的新含義。學外國語的時候，對這個語言現象，會有切身感受的。最難弄通的就是這麼十幾個、幾十個「神奇」語詞，看上去似曾相識，而它又變化無窮，難以掌握，用得不當，語義適得其反。外國人學漢語，也一定會發現漢語中也有這麼一堆帶著「神奇」性質的語詞，很不容易「攻克」。

比方說，「打」字就不簡單。「打」——這個漢字只有五劃，是屬於可以不必簡化的字，誰都認得了，或者更準確地說，似乎誰都掌握了它的形、音、義。在形而上學猖獗時，有過一部小詞典，「打」字下只有一個釋義，據說，注上「打倒的打」。可能還引上一條語錄或示範句，比如凡是反動的東西，你不打，它就不倒之類。「打」字其實是一個「神奇」的多義詞，它反映了社會生活的複雜化。不錯，一兩千年前的字書——《說文解字》，裡面對「打」字的釋義也只有一條：「打，擊也；從手，丁聲。都挺切。」可能這是記錄了當時的語言現實。現代漢語中的「攻打」、「打擊」，可能就是「擊」的意思——專業人員管它叫「本義」，本來的含義。同這個本義有關的，還有「打仗」、「打人」、「打架」、「三打祝家莊」，這裡面的「打」，也大都是「擊」也。「打倒」的「打」，就不單是「擊」也，還有派生義，打了，而且倒了，故稱「打倒」。但「打官司」中的「打」，卻一點也沒有「擊」的意思，更沒有「打」而且「倒」的意義。有一部詞典說，人與人發生某種交涉行為，叫做「打××」——「打官司」、「打交道」，也許可以套進這個公式。「打他的主意」，也許也可以套進去。可是「打官司」中的「打」，卻是到官府裡去告別人，或希望替自己的冤案平反昭雪；而「打他的主意」中的「打」，卻絲毫沒有這種意思，這句短語有兩種可能的設想，比方你現在缺少一個秘書，「打他的主意」，就是想把這個「他」從什麼職位裡挖出來當你的秘書；但有時人們說這樁事無法下手，非從一個「他」入手不可，這時，也可以使用「打他的主意」，就是拉「他」下水跟你幹，或突破他這個「缺口」來實現你的計劃。

　　日常生活中有不少動作，可以同「打」字聯起來。比方「打

毛衣」，這不是跟毛衣過不去，非把它好好揍一頓不可；也不是打倒這毛衣，不是打爛它，打碎它，而是恰恰相反，要把毛線編織成毛衣。文謅謅的說法是：「編毛衣」，但人們寧可說「打毛衣」。「打草鞋」的「打」，同這有點類似，不是跟草鞋作對，而是用草「編成」鞋子。能不能依此類推？不能。人們不能說「打皮鞋」，也不能說「打褲子」（除非你指的是編織毛線褲）。可見「打」字有點「神奇」味了。

「打醬油」──這裡面的「打」，當然不是打破醬油瓶，也不是編製醬油，而有「買」的意思，凡是買液體的東西，常常用得上「打」字，比如「打酒」、「打二兩酒」、「打油」、「打香油」、「打半斤油」、「打油詩」。光說它是「買」（液體）的同義詞，那也不對。「打水」（「打一桶水」）並不等於買水，或買一桶水，卻是到井邊或到河邊用吊桶提一桶水來；「打洗臉水」，可又無須去井邊或河邊，只要在自來水龍頭那裡裝一盆水來就行了。

買同打不是等義詞。「打醬油」同「買醬油」的語感是不一樣的。前者在口語中表現出更多的生活氣息。打不能代替買，例如，你不能說「到百貨公司去打文具」，「到商店去打個收音機」，這樣用，就不知所云了。打字完全不能同買字一般使用嗎？在某種情況下，卻又不然。「打票」、「打船票」、「打火車票」、「給我打一張五分的票」，票又不是液體，卻又可以「打」一下，這就顯得有點「神奇」了。

從「打仗」的「打」，派生出很多相類似或相近的語義，例如「打游擊」、「打埋伏」、「打伏擊」、「圍城打援」。「長期打算」中「打算」這個詞語，卻完全不是打仗的意思，也有人說就是從「打仗」的「打」引伸出來的。「打門」，當然不是打

破誰的門，也不是「敲門」，而是帶有「叫」門之意，當然也包括用手撞擊關著的門。

玩意兒也利用了「打」字。常常說「打牌」、「打撲克」、「打紙牌」、「打麻雀（牌）」，當然不是揍牌，而是玩牌。某些球類運動也叫「打」，如「打籃球」、「打排球」、「打足球」（「踢足球」）、「打乒乓球」、「打高爾夫球」，毫無擊破什麼球之心，卻是全心去玩球的。「打秋千」、「打單槓」、「打雙槓」，這都是某種運動，打它一下，就是玩它一下。平衡木，吊環，鞍馬，雖都是一種健身器，但不能用「打」字，「打平衡木」，這就不知什麼意思了。

其實除了某種運動之外，生活中有些動作，也用「打」字來表達。「打雜」，這就是指一個人並不專司一門工作，不專攻一門學問，做點雜七雜八的事，什麼也幹，什麼也得幹，說得不好聽，是個「萬金油」幹部，說得好聽，又是一種「不管部長」。「打雜」常常是自謙之詞，「唉，我不過打打雜罷了」，其實他也許是管全面工作，是個頭頭；但也許他真的是做點雜務──這就因人而異，要進行具體分析了。

生理現象也有一些利用「打」字來構詞的。例如「打嗝」（書面語「打噎」）、「打哈欠」、「打哆嗦」（書面語「發抖」）、「打噴嚏」，都是。有一個詞叫「打官腔」，腔就是腔調，打這種腔調即是用這種腔調辦事，也算是一種生理現象──不過它多半已屬於社會學上的問題。一個官僚主義者，跟他辦交涉，他滿口空話、大話、廢話、「普通話」（一般的應付語言）、官話，也就是說幾句四平八穩什麼問題也解決不了的話。這就是「打官腔」。此外，還有「打牙祭」，從字面上說，是「祭」牙，似乎同生理有關，其實是戰爭時期供應困難，遇到什麼機會加幾個菜，

增加一點營養，這叫做「打牙祭」。

　　漢語方言中用「打」字構詞的也不少。吳語方言，店鋪門口寫著：「八時打烊」，是說下午八點停止營業，明天再見。粵語方言有「打單」一說，可能是「打（劫）單（身漢）」的簡稱，即強盜向人勒索。1949年前從廣州開往四鄉去的渡船（客船），被「大天二」（惡霸強盜）「打單」的事是常有的，他們寫恐嚇信，要贖金，否則以炸船相威脅。現在，這個詞已經是歷史上的東西了。

　　現代漢語出現了一個「搞」字。詞典說，搞就是做，幹，這不錯，但這個「搞」字卻是個神通廣大的字，「神奇」詞。「搞生產」，有點「幹生產」的味道，即進行生產。「把國民經濟搞上去」，這裡的「搞」，就不僅僅「幹」的意思，「搞上去」換個「弄上去」、「提上去」，都不行。這是把國民經濟提高到一個新的水平的意思，換掉「搞」字，在當代的表現法裡是不容易傳神的。

　　「搞通」、「搞通思想」——你對某個問題思想不通，積極性不高，非得使你的思想通了，才能有更大的進展。這就來一個「搞」通。「搞通」，無非說服你，批評你，規勸你，或者同你辯論，讓你折服。這一切加起來就是「搞通」。搞通思想多半是自己主動去想通，當然不排除別人「幫」。如果靠別人給你搞通，叫做「打通思想」，又牽到另一個神奇的字「打」。

　　「搞好群眾關係」中的「搞好」，有點「弄好」的意思，但口語裡不說「弄好群眾關係」，而說「搞好」。「你搞什麼工作？」「我搞教育。」這是「做」的意思。「搞一門精一門」；「搞什麼學什麼」，這裡的「搞」，也同「做」差不多。

　　「搞掉他」和「幹掉他」差不多是等義詞，是一種陰謀家口

吻，恐怖分子口吻，殺人滅口行徑，克格勃的勾當。這個「搞」，包含了「殺死」的意思，至於用那一種手段，都行。

「搞點錢來。」——這同「弄點錢來」有類似的意思，但用了「搞」字，語感比較堅決些。反正不是偷，不是搶，也許是借，是募捐，或者變賣什麼值錢的東西。

「搞點東西來吃。」——這個「搞」同上面一段「搞點錢」的「搞」，有點類似，反正你想法去「弄」點東西來吃罷，採取什麼手段我可管不著。

「搞風搞雨」，這有點「震派」味道了，本來是「風調雨順，國泰民安」的，你偏要平地起風波，藉口什麼理由，把本來不需要大亂的事情鬧得天翻地覆，這叫做「搞風搞雨」。

「亂搞」中的「搞」又是另外一種含義，指不正當的男女關係，特指性關係。「這個人不好，愛亂搞」，就是說這個人在性愛問題上不正派，如果要說穿，就是「亂搞男女關係」了。法律名詞的「通姦」、「私通」、「勾引」等等，在口語上用「亂搞」來代替。

「難搞」同「亂搞」完全不同，說某人「難搞」，是說他脾氣不好，或作風不好，或頑固、執著，或不大好同人合作，或身上長刺，故稱「難搞」。「沒什麼搞頭」的「搞」和「難搞」的「搞」有相近的意義。嫌這樁事太小、太乏味，不能發揮你的聰明才智，叫做「沒什麼搞頭」。

可見像「搞」這樣的單字，是個很難搞的「神奇」多義詞。口語裡隨便說說，倒也沒什麼，要認真做語言學的分析，那就得費一番工夫了。

外國語裡也有這樣的多義詞。常見的、很簡單的單詞，其作用卻很「神奇」。比方英語中的take字，連小學生也認得，但這

卻是一個很耐人尋味的字。這個字在初學的讀物中便存在，但用得妥貼卻很不易。英國有個以教外國人學英語著名的洪恩比（A. S. Hornby），在他那本風行一時的《牛津高級英語詞典》中，作為動詞的 take，共列舉了二十八個義項（義項是詞典學上的術語，一個義項即一個語義），他去世那一年（1978）編成的《牛津學生英語詞典》，將此字簡化為十六個義項，另外加上與副詞搭配的若干典型例子。《簡明牛津詞典》列了二十一個義項。

（用手）拿，拿住，拿起，這就是 take。由此派生了一大堆彼此不相關的語義。例如，

　　　　to take cold

不是「拿了冷」，而是「受涼」。同樣，

　　　　take your time

不是「拿你的時間」，而是說 "don't hurry"，漢語就是「不焦急」，「慢慢來」。至於

　　　　take a walk

當然不是「拿來一次走路」，而是「散步」。有時 take 有「帶」的意思，比方

　　　　take-home pay 或

　　　　take-home wages

就是淨帶回家裡去的實際工資——西方國家要扣所得稅，扣什麼稅什麼稅，最後的淨收入，就是這東西。這事在中國大陸是頗費解的，猶如西方朋友聽說中國不納所得稅也一樣費解。另外，

　　　　take a bath

既不拿，也不帶，是「洗澡」之意。同樣，

　　　　take a deep breath

當然不是「拿住」深呼吸，而是「做一次深呼吸」。作筆記就是

take notes，拍個照即 take a photo。這時，take 它一下，就等於
做它一下的意思。可是

    take it easy

卻是「好好幹」，有別緊張，好好幹的含義。至於 take 一詞同副
詞搭配而形成的詞組，更是千變萬化，有點難以「捉摸」。

  人們有時又用 take 字來暗示「死」（to die），成為一種委婉
語詞，比如

    I knew he was ill but I didn't think he'd be <u>taken</u> so soon.

  （我知道他患病，但我沒想到他那麼快就過去了。）

這樣的 take 字，就顯得「神」了。可是不要以為 take 字會有 "to
die" 的語義，沒有的，比方 "take Dickens, now." 是拿狄更斯作
例子，絕對沒有扯到生死那方面的事。

  英語中的 make 字，也是個「怪」字。它帶有現代漢語中的
「做」、「幹」、「製」、「搞」之類的含義。造紙、製磚、做麵包、
做（煮）咖啡、做（沏）茶，都可以運用這個 make 字。用 make
來搭配的許多複合詞組，更產生很多意想不到的意義。例如

    make a face

不是「做」一張臉，而是「做鬼臉」，有這麼一句話，

    The boy <u>made a face</u> at his teacher when she turned her back.

  （老師一轉過身，這孩子就朝他裝個鬼臉）

至於 make do（make + do）是個動詞組，在這樣的句子裡：

    I did not have a hammer, and I had to <u>make do</u> with a heavy rock.

  （我沒有鎚子，我只能拿一塊重重的石頭代用）

可見 "make do" 有點「代用」之意。可是在

    Many families manage to <u>make do</u> on very little income.

這樣的句子中，make do 就不是「代用」，而是「收入很低卻能

勉強維持」那樣的含義。

Make love是時髦的語詞，海外有人譯作「做愛」，這個詞最初只表達談戀愛，後來卻在俗語中表達另外的很不好聽的意義，等於漢語中的「性交」，即與人發生性關係〔have sexual relation with（someone）〕。

有些由make合成的詞組，又同漢語有類似之處，make way常作「讓開一條路」解，如The people made way for the guests（人們為客人們讓開一條路）。

要把這樣的「神奇」語詞弄清楚，是不容易的，至於學會外國語中這類語詞的用法，那就當然更不容易。馬克思講過一句話，說剛學會外國語的人總是要在心裡把外國語言譯成本國語言，但是「只有當他能夠不必在心裡把外國語言翻成本國語言，當他能夠忘掉本國語言來運用新語言的時候，他才算領悟了新語言的精神，才算是運用自如。」

對於民族語中的「神奇」的多義詞，要運用自如，恐怕也只有到了馬克思所說的類似境界才行。

總之，有生命的語言，是活的有機體。它隨著社會生活的變化而發展。僵化的語言是沒有生命力的。這就是語言的辯證法。

社會語言學

社會語言學

序

　　現在呈獻給讀者的這部《社會語言學》，可以說是《語言與社會生活》一書的續篇和發展。《語言與社會生活》自1979年問世以來，出乎作者意料地得到了許多讀者的欣賞；尤其使作者感動的是，這部小書還受到語言學界前輩葉老（聖陶）和呂老（叔湘）的鼓勵。四年來我對這門學科的若干問題繼續進行探索，積累了關於語言與社會，語言與思維，語言與文化，語言與符號，語言與塔布，語言的相互接觸等幾十萬字素材，然後在這個基礎上寫成這部最初打算題名為《社會語言學導論》的小書。稿成後我才發現這部小書已不是什麼導論，實質上是有關社會語言學若干理論問題和若干實際問題的探索，其中有些問題是已經解決了的，有些卻還沒有解決。因此，我索性把這部沒有形成嚴格體系的著作，稱為《社會語言學》。

　　社會語言學這門邊緣學科，至今還沒有一個公認的邊界。照我的理解，這門學科一方面應當從社會生活的變化，來觀察語言的變異，另一方面要從語言的變化或「語言的遺跡」去探索社會生活的變動和圖景。因此，這兩個方面，就是本書要論述的主題，分別見於本書第十和第十一兩章。這兩章之所以編排在本書的中間地位，而不放在本書的開端，是因為這樣可以使作者行文時比較方便。作為本書的開端，我闡述了社會語言學的出發點——語

言作為一種社會現象，語言作為一種交際工具，語言作為思想的直接現實；接著我從信息論語言學的角度扼要地闡明了語言作為信息載體或作為信息系統在社會交際活動中所起的重要作用。在進入這兩個主題以前，我還考察了語言與思維的若干問題，其中涉及語言符號與非語言交際的一些內容。在第十～十一章以後，本來可以展開對社會語言學的其他很多有爭議問題的探索，但我沒有這樣做，主要的原因是由於作者的研究工作是在節假日或公餘的深夜間進行的（一個業餘研究者的苦惱恐怕很難用文字來形容），暫時已沒有足夠的精力和時間去實現這願望了。因此，本書的後半部只接觸和涉獵了一些新的或老的問題，如模糊語言、委婉語詞、語言感情和語言接觸等等，沒有可能進行深入的探討了。

本書的某些內容，幾年來曾分別在國內外演講過，不過這裡所收已不是原來的演講記錄，而是作過很多剪裁和增刪的闡述。涉及的論點來源，在書中已分別註明，對於引用過的著作和它們的作者，我在這裡表示由衷的感謝。

作者自知淺薄，但為了這門學科在我們中國的土地上得到發展，使這部不成熟的著作能成為未來耕耘者的肥田料，我就不顧本書的粗淺，把它印出來，就教於有識之士和廣大的讀者了。

陳　原

1982年11月

0

作爲邊緣科學的社會語言學

0.1 社會語言學的興起和領域

　　社會語言學的興起，是最近半個世紀的事。本世紀三〇年代以來，由於社會政治經濟條件發生了急劇的變化，加上科學技術比之前幾個世紀有了很大的突破，所有這些變化和變革又往往衝擊了人類社會的某些認識和規範，因此，傳統語言學不能滿足當代社會生活的迫切需要，這樣，就產生了一門邊緣科學——社會語言學[①]。

　　作為一門邊緣科學，社會語言學在本世紀六〇到七〇年代才被公認為一門獨立的學科；雖然它屬於人文科學（社會科學），或者可以說是兩門社會科學（社會學、語言學）的鄰接科學，但它越來越受到現代科學的影響，例如信息論、控制論這些自然科學領域的新學科或邊緣學科；它們對傳統語言學固然有很大的衝擊，就是對社會語言學也有較多的影響。由於這門學科興起的時間不長，而且處在不只一種學科（而是很多比較成熟的學科）的鄰接境地，因此，社會語言學的研究對象或範圍至今還沒有一個

[①] 參看作者的論文〈作為邊緣科學的社會語言學——它的興起、生長和發展前景〉
（1982，《中國語文》第五期；又日本東京出版《言語》1982 年 10 月號，日譯本。）

一致公認的界說。有一部倫敦出版的社會語言學論文集①的封底廣告，很能反映出這樣一種不確定的狀態。它寫道：

> 「語言在社會中所處的地位很重要，而且很複雜；這使社會語言學成為很多學科的專家們研究的園地。儘管社會語言學的領域還沒有明確的疆界，但它有很多重要主題已被深入探討，有了不少方法論和基礎理論著作，積累了不少有價值的描寫資料。」

這段約僅一百字的說明文字，沒有給出（也不企圖給出）社會語言學的定義——而我認為，研究一門學問，主要不應從定義出發——，但它向讀者提供了下面幾個明確的觀念：

1.語言是一種很重要而很複雜的社會現象。

2.社會語言學吸引了很多專門家的注意——實際上社會語言學在它形成的過程中吸引了語言學家以外多科專家的注意，其中包括社會學家，人類學家，人種誌學家，心理學家，教育學家，歷史學家，信息論、控制論、博弈論方面的科學家，科學學家，以及制定語言政策的政治學家的關心。

3.社會語言學的「領域」還沒有公認的疆界，大有發展活動的餘地。

4.它的很多重要主題分別在深入探討中（例如語言的變異、語言的通性〔共性〕、語言的接觸、語言的計劃、國際社會通用交際語、社會語境等等，都有或深或淺的研究）。

5.這門學科已有不少研究資料和專題論文，這些有價值的文獻積累，將給未來的研究者很多啟發。

正如上面說過的，這裡沒有社會語言學的定義（不但沒有一致公認的定義，而且也不採納任何一家之言作為「定本」），但是

---

① 見 J. B. Bride and Janet Holmes 合編 *Sociolinguistics* 論文集（1972, London）封底。

這約僅一百字的文字，簡單明瞭地提供了這門學科比較符合實際的目前狀況。

0.2 語言和社會結構的「共變」

作者無意在對具體的問題（社會語言學的諸問題）進行具體分析以前，把各家的定義逐一介紹或評論。那樣做是沒有意義的，而且只能使讀者感到厭煩。我只想提出一個社會語言學家提出的命題在這裡加以討論①。這個命題說，社會語言學的任務在於描述「語言和社會結構的共變」。

「共變」是現代語言學常用的新術語。這個命題說的「共變」，很可能是指語言是一個變數，社會也是一個變數；語言和社會這兩個變數互相影響，互相作用，互相制約，互相接觸而引起的互相變化。如果作這樣的理解，那麼，社會語言學確實是研究這兩個變數的相互關係的。當社會生活發生漸變或激變時，語言——作為社會現象，同時作為社會交際工具——毫不含糊地隨著社會生活進展的步伐而發生變化；如果把這種現象作為「共變」現象，那麼，社會語言學要探索的許多問題，都可以歸入「共變」的範疇。

傳統語言學（無論是歷時語言學還是共時語言學）②其實也

---

① 「共變」論（Covariance）是美國布賴特（W. Bright）在他的《社會語言學》（*Sociolinguistics*，海牙，1964）第一次提出的。參看蘇聯什維采爾（**А. Д. Швейцер**）的《當代社會語言學——理論，問題，方法》（*Современная социолингвистика：теория, проблема, методы*，莫斯科，1977）。

② 傳統語言學是指一般的語言學；這裡的「共時」（synchronic）和「歷時」（diachronic）兩個概念，是瑞士語言學家索緒爾（de Saussure）提出的，歷時語言學研究語言在歷史時期中的發展，而共時語言學則研究人們在一定時期內某一個語言集團的說話規律。見所著《普通語言學教程》（1980，中譯本，頁119－120）。有時把「共時語言學」稱為「描寫語言學」，有些學者則認為「描寫」一詞是不確切的。參看英國萊昂斯教授（John Lyons）主編《語言學新探》（*New Horizons in Linguistics*，倫敦，1970）所寫的序論，見該書頁14。

有時研究這種「共變」現象，但是傳統語言學所著重解決的卻是語言本身的構造和規律，包括語言的音素、語素，包括語音、語彙、語法、語調……等等，一直到表達符號（文字）和表達方式（文體），這是語言學這門古老學科的主題。

對語言本身構造和語言本身諸要素的規律的研究，對於社會生活來說，當然是重要的，而且是必需的，不但現在需要，即在將來也是需要的。但是，顯然，當人類社會生活發展到今天，這種研究不能滿足需要。作為靜態現象（語言現象）的考察，可以而且應該繼續；但人們有必要開闢一條新的途徑，來探索語言的運動過程。這新途徑之一，就是社會語言學的探索。

0.3 社會語言學的三個出發點

作者不企圖在這部書的引論中，給社會語言學的研究對象下定義。作者想首先提出，我們的社會語言學將從下面三個出發點出發去研究語言現象：

　　1.語言是一種社會現象①；

　　2.語言是人類社會最重要的交際工具②；

　　3.語言是人的思想的直接現實③。

---

① 把語言當作社會現象來考察，不是從社會語言學開始的，例如在一些社會學著作，在某些語言學著作中，都曾提出過語言是社會現象一說。瑞士索緒爾說過，「語言無論什麼時候都是每個人的事情；它流行於大眾之中，為大眾所運用，所有人都整天使用著它。」這個學者又說過，語言是「社會力量」的產物。他認為語言「既是言語機能的社會產物，又是社會集團為了使個人有可能行使這機能所採用的一整套必不可少的規約。」大家都知道，史達林在他的著名論文《馬克思主義和語言學問題》（1951）中，反覆論述了語言是社會現象這一命題。

② 「語言是人類最重要的交際工具」，這個命題在馬克思主義文獻中是由列寧於1914年明確地提出的，見所著〈論民族自決權〉（《列寧全集》卷二十）。

③ 「語言是思想的直接現實」一語，是馬克思和恩格斯在《德意志意識形態》（1845－1846）中提出的。

我將在下面的章節中論述這三個出發點。然後，我想提醒讀者，我們的社會語言學將從兩個領域去進行探索：第一個領域是社會生活的變化將引起語言（諸因素）的變化，其中包括社會語境①的變化對語言要素的影響；第二個領域是，從語言（諸因素）的變化探究社會（諸因素）的變化。在第一個領域中，社會是第一性的，社會有了變化，這才引起語言的變化，因此語言是第二性的；在第二個領域中，社會還是第一性的，我們只是透過語言的變化現象，把歷史的或當時的社會生活的奧秘揭示出來，絕不像語言相對論者②那樣，認為有什麼模式的語言，就會產生什麼樣的社會模式或社會文化。那樣的論點是本末倒置的。

① 「社會語境」（social context）是社會語言學提出的一個概念。這裡的「語境」（context）原意是「上下文」（俗稱「上文下理」），人們認為，離開了上下文，就無法理解一個語彙的準確概念。所以有人認為「社會語言學著重研究語言在其社會語境和文化語境中的構造和使用」（見紐西蘭柏拉德教授主編的論文集《社會語言學》序言，1972，該書頁7）。
這部論文集收錄了美國社會語言學家拉波夫（W. Labov）的論文〈在社會語境中研究語言〉（"The Study of Language in Its Social Context", 1970）——拉波夫的代表作題名為〈紐約市英語的社會層次劃分〉（*The Social Stratification of English in New York City*，華盛頓，1966），故人們稱他為「城市方言學派」。——他這篇論文中有一段話是饒有興味的：
「我們可以把『社會語言學的變異』定義為一種與社會語境中的若干非語言學變異——即說話人、受話人、聽眾、背景等等互相關聯的東西。某些語言學特徵（我們稱之為指標indicators）在社會經濟、人種或年齡集團中有著正常的分布，但這些東西卻被每一個人或多或少地在任何一種語境中同樣使用著。如果這裡所說的社會語境能夠分成等級（hierarchy），如同社會經濟集團或年齡集團那樣，則這些指標可稱做『層次劃分』（stratified）。比較高度發展的社會語言學變異（我們稱之為標號markers）不僅表示出社會分布，而且表現出文體差異。」（上引書，頁188）
② 語言相對論即指「沃爾夫假說」（Whorf-Hypothesis），或把沃爾夫的前驅者薩丕爾（E. Sapir）的名字也列入，稱為「薩丕爾‧沃爾夫假說」（Sapir-Whorf Hypothesis）——這個假說，簡單地說是，有那種模式的語言，即有那種模式的社會文化。也可說是「語言決定論」（linguistic determinism），同「地理決定論」一樣，是一種唯心論的學說。這也就是語言決定人們的世界觀（即 linguistic Weltanschauung）的「學說」，參看格林貝格（J. H. Greenberg）所著《語言學新論》（*A New Invitation to Linguistics*，紐約，1975），頁80—81。

本書所將要展開的論述，基本上都屬於上面兩個領域。作者在下文的論證中，常常把這二者（如果可以說是兩個變數即社會、語言的話）交叉在一起，因為現實的社會生活就是這樣錯綜複雜的。

1

語言作爲一種社會現象

1.1 語言是伴隨著人類社會的形成而產生的

　　語言是一種社會現象。沒有人類社會，就很難設想會有我們現在天天使用著的語言。就我們現代科學知識範圍以內來說，人類社會以外的動物世界，儘管存在著種種不同的交際方法（或者說，有著種種不同的信息系統），但還沒有發現在哪一種動物的交際活動中有類似人類語言的交際工具。語言是伴隨著人類社會的形成而產生的，而且跟隨著社會生活的變化而發展。

1.2 語言絕不是一種自然現象

　　有聲語言是靠著人體內的發聲器官（發聲機關）發出的，因此，乍看上去，語言彷彿是一種自然現象。但是可以斷言，語言絕不是一種自然現象。

　　什麼是自然現象？

　　下雨、颱風、山崩、地震、飄雪、結冰、乾旱、洪水，……所有這一切都是自然界發生的不以人的主觀意志為轉移的現象──

這是自然現象。自然現象是由自然界的條件制約而形成（或發生）的過程；它是自然界的物理、化學變化過程。

比如說下雨。陽光照射著地表，地面上的水到達一定溫度就氣化，水氣飛升到氣溫較低的大氣層，就凝結而成水點，由於地球引力的作用，凝結的水點又往地表下降——這就是下雨。下雨是自然力的物理變化過程。

語言同下雨完全不一樣。語言的聲音是信號，這是確定無疑的，這種信號同某些動物發出的聲音信號是不一樣的。某些動物發出的聲音信號，有時是無意識的、無目的的，有時是生理現象，有時即使有某種意義，也常常只是表示感情的信號（例如害怕、驚訝、警告、求愛等），而人類的語言是有意識有語義的——在這一點上說，語言是信息的載體——，人類的語言不僅是表達感情的信號，而且是表達理智的、邏輯的、推理的信號，或者甚至可以說，人類的語言本身更多是邏輯推理的產物。實驗生理學也證明，人的大腦左半球接收和處理語言的、邏輯的、計算的信息，而右半球才接收和處理非語言的例如樂音的或情感的信息。

因此，語言不能認為是自然現象，而是社會現象。

1.3 語言也不是一種生理現象

正是由於人類的語言是以聲音表達出來的，而且單就發聲一點來說，同某些動物的發聲有某種程度的類似，因此，乍看上去，語言似乎可以說是一種生理現象。

但語言並不是一種生理現象。吃得過飽了，就會打嗝，甚至會嘔吐，這是生理現象。血壓高可能引起頭暈的症狀，這也是生理現象。受涼感冒，體溫增高，這平常叫做「發燒」的現象，無

疑也是生理現象。生理現象是人或動物受到外部條件或內部條件的制約而引起的一種物理、化學變化過程，一種生理變化過程。

語言顯然不屬於這樣一種過程。人絕不是因為喉頭癢得受不住了才發聲的——當然，人的生活中會有喉頭發癢而發聲的現象，但那不是語言。那是人的器官受到外部或內部刺激而引起的反應。

誰也不會認為人到了發高燒時才講話——雖然人在發高燒時常常會引起一種不自覺的、下意識的「類語言」（毫無意義的囈語）。囈語是一種特殊的生理現象，也許是有機體的體溫超過了正常程度而對大腦皮層發出某種刺激，這樣引起了發音器官下意識地發聲，而在引起發聲的生理過程中，又不自覺地把大腦永久記憶庫裡存儲的某些信息抽取出來，下意識地傳送出去。這種發聲活動（有時還夾雜著某些當時完全不適用的，或甚至碰巧完全適用的信息）不能稱為語言。囈語不是語言；囈語不過是一種生理現象，而語言則同囈語相反，不是生理現象。

有一陣有人從失語症（aphasia）出發，論證語言不過是一種生理現象。人的頭部受傷，或者說，大腦左半球前區中間部位受傷，會引起講話困難，甚至完全不能講話；這是一百年前生理學家就證明了的。後來又發現大腦還有一些補充部位，受傷了也能導致失語症①。失語症是一種生理現象，這是無可懷疑的。失語症是語言機能消失的現象，就好比發聲機關受到損傷，也能導

① 這裡指的是法國醫生布羅卡（Paul Broca, 1824－1880）1861年發現的大腦左半球後來稱為布羅卡區的部位，是管語言的。後來德國醫生韋尼克（Carl Wernicke, 1848－1905）在1874年又發現了一些補充部位，後來叫做韋尼克區的，也管語言。日本角田忠信教授1981年公布了他的研究成果，認為西方的人才是大腦左半球司語言、邏輯、運算，而右半球司非語言即樂音或情感的，日本人（還有語言同日本語相似，即使用了大量母音——元音——作為字的結尾的民族）卻不完全是這樣子。參看美國麻省工專出版的《語言學：語言與通信導論》第三篇第十三章：〈語言與腦〉（*Linguistics: An Introduction to Language and Communication,* by Adrian Ak majian & c., MIT, 1979），又《信使》雜誌1982年4月號〈母語和腦的發展〉一文。

致形式不同的失語現象。這當然也可以說是生理現象。

但是，從失語症是生理現象很難推斷出講話（言語）也是生理現象。因為語言的活動帶著複雜得多的因素，並且帶有社會因素、意識因素在內。

語言不能認為是生理現象。

1.4 語言也不是一種心理現象

那麼，語言是否是一種心理現象呢？

當人們遇到恐怖場面時——比如遇見火災、地震、慘死、或諸如此類的恐怖場面時，往往會引起心理上的震動，會發生恐懼的、淒慘的、不知所措的心理活動，伴隨著這種心理活動來的常常是發生一種自己不能控制的生理現象，例如手發抖了，腿也發抖了，等等。這種心理現象當然是一種很複雜的大腦高級神經活動過程。

發生這種心理現象時，人可能說話——最可能說出驚呼式的感嘆詞；也可能不說話——所謂「目瞪口呆」；或者想說而說不出話來（類似一種臨時的失語症）。這就是說，人碰到一種能引起強烈心理活動的場面（例如恐怖場面）時，並不一定導致語言活動。心理活動不能導致語言活動，語言從而也很難說是一種心理活動。

1.5 語言當然不是社會經濟基礎，也不是上層建築

論證語言不是自然現象，也不是生理或心理現象，而是一種

社會現象，或者說，語言屬於社會現象的系列時，意味著什麼呢？

這意味著語言是為社會（社會成員）服務的工具，而不屬於社會結構本身，即既不屬於社會經濟基礎，也不屬於社會意識形態——上層建築。

語言不屬於社會經濟基礎，這個命題幾乎用不著論證；因為語言不是物質，不是能量，不是工廠、農莊。但是在本世紀最初三、四十年間，流行著一種論調，說是語言屬於社會的上層建築，語言被認為是社會意識形態之一。這一學說流行於革命後的蘇聯，後來在蘇聯以外的進步文化圈子裡，也這樣地認為。

毫無疑問，每一個社會經濟形態都會有同自己的經濟基礎相適應的上層建築，這是馬克思主義的常識。社會的上層建築竭力與經濟基礎相適應，同時也竭力為經濟基礎服務，在一定條件下，它又反過來對經濟基礎發生反作用。這就是通常說的物質是第一性，精神是第二性。而物質與精神之間存在著一種辯證關係。凡是政治、法律、宗教、藝術、哲學的觀點，以及同這些觀點相適應的政治設施、法律設施等等，都叫做上層建築。過去一般地認為上層建築必定跟著舊的社會經濟基礎的崩潰而消亡，這種概括顯得過於簡單化，或者說有片面性，常常會導致不正確的理解。如果這裡的上層建築指的是政治設施（例如國家機器），上面的說法無疑是正確的，因為改變了社會經濟形態以後，人們絕不能原封不動地運用代表舊形態政治觀點的政治設施，列寧說過，要「打碎」舊的國家機器，就是這個意思。但如果說的上層建築，指的是文學、藝術甚至哲學思想——這些通常也歸到社會的上層建築範疇——，則在舊的經濟基礎崩潰後，它們不會自行消亡，人們也不會把它們徹底摧毀。

一定的社會經濟結構產生一定的社會意識形態，這當然是對的；而且這孕育出來的一定社會意識形態必須同新的一定社會經濟結構相適應，為鞏固和發展這個結構而適應，這當然也是對的。但是對待舊的社會經濟結構所孕育的社會意識形態，卻不能採取消滅的態度。例如，舊時代的文學藝術作品，其優秀部分（精華部分）還必須保存下來，被吸收、消化，而作為新的社會意識形態的養料。當然，這並不排除舊的社會意識形態中某些對新的經濟結構不利的部分經過審慎的「檢驗」而被揚棄了，所謂「檢驗」自然不是個別權威人士的「審定」，而是社會公眾和社會實踐鑑定的結果。這是一個複雜的過程，絕不能採取簡單粗暴的處理方法。

　　上面提到過，本世紀最初三、四十年，語言曾被認為同文學藝術一樣屬於社會結構的上層建築，即社會意識形態。在理論上最初加以論證的，不是後來大家都認為的語言學家馬爾①，而是二〇年代到三〇年代初的「理論家」波格丹諾夫②。波格丹諾夫在上個世紀末（1897）寫過一部《經濟學簡明教程》，曾得到過列寧的好評③，但他的哲學觀點在列寧著名的《唯物主義與經驗批判主義》中受到了嚴厲的批判。他的《社會意識學大綱》出版於二〇年代中期，那時是頗為流行的理論著作，在二〇年代末

<hr>

① 馬爾（Н. Я. Мapp, 1864－1934），蘇聯語言學家，馬爾學派的創始人。他的「語言新學說」（новое учение），或稱耶弗替特學說，在本世紀二〇至四〇年代曾經是蘇聯語言學的「權威」理論，五〇年代初受到史達林的批判。參看史達林《馬克思主義和語言學問題》。
② 波格丹諾夫（А. А. Богданов，1873－1928），蘇聯十月革命前後著名的理論家，馬赫主義者。革命後他任中央輸血研究所所長，因做科學試驗死在崗位上。他的《經濟學簡明教程》和《社會意識學大綱》早在二〇年代末便有中譯本。
③ 見列寧的〈亞·波格丹諾夫《經濟學簡明教程》〉一文（1898），載《列寧全集》中文本，卷四，頁32－39。

三〇年代初，此書也為我國進步文化界所熟悉①。

1.6 波格丹諾夫的論點只能證明語言始終不過是一種社會現象

波格丹諾夫在這部流行一時的著作中，並沒有正面論斷這個問題；他只不過把語言當作社會意識形態在社會發展的各個階段中分別加以論述，使人覺得語言這東西是隨著社會經濟形態的興起或變革而發展或改變的，而波格丹諾夫說來說去也只能說明語言是一種社會現象。此書譯者之一，著名語言學家陳望道早在半個世紀以前（1929）就這樣寫過：

> 「他底意思，如書所示，認言語為社會意識最初的現象。而言語是社會的產物，是社會現象之一；假如沒有社會上人人相與的關係，就沒有言語存在底必要，也就沒有言語發生底可能。」

譯者接著指出：

> 波格丹諾夫「也說言語底本原出於勞動時際所發的亥杭亥育的呼聲；而又為組織技術的及經濟的過程所不可缺的要素。在這書中，雖然不曾如他所著的《經濟科學》中一樣明顯地說，倘若沒有言語，勞動便會像建築巴別塔一樣，終於不得成就，然而隱隱之中仍然含有這意思。可知他認言語和技術關係底密切。」②

---

① 《社會意識學大綱》，陳望道、施存統合譯，上海大江書鋪1929年5月初版，12月再版，可見當時是受讀者歡迎的。譯者之一寫的〈譯者序言〉中說：「所謂社會意識，就是指言語、文字、藝術、哲學、宗教、道德、習慣、法律、思想、科學等『文化』，或『精神文化』，所以實際就是一部文化學。」（頁Ⅰ）書分五篇，(1)序論，(2)原始社會意識時代，(3)權威的社會意識時代，(4)個人主義社會意識時代，(5)集團主義的社會意識。書末有結論。有很多似是而非的立論，摻和著馬赫主義、機械唯物主義等等東西。

② 上引書，頁Ⅱ—Ⅲ。以下所引都出自這個中譯本，頁碼不一一注明了。

如果照這樣的理解，波格丹諾夫所闡明的也只是這樣的命題，即：語言是一種社會現象。但他在著作中也提出了一些使人困惑的論點，雖則現在看起來也是不無有趣的論點。

　　根據作者在本書的論證，人類在「原始社會」中使用的語言，是「概念的意義不明確」的語言，語意的「不確定」是由於原始人「知識薄弱」的暴露，而正因為語意的不確定性，使語言和思維「能夠無限地擴展其領域」。到了所謂「權威的社會意識時代」（指奴隸社會），語言去掉了「不確定性」，產生了語言中的語尾變化、動詞變化。這裡可以明顯地看出，作者硬把語言的內在結構的發展和變化同社會經濟形態的變化聯繫起來。更有趣的是，作者認為在這個所謂「宗法時代」中，無論就語彙的數量來說，還是就語素的配合來說，「當時的言語對於今日的言語，都還有著宗法共同社會底生產對於今日生產所有的同樣的距離。」（著重點是我加的）這就是說，「宗法社會」和「今日社會」的差距，恰如那時的語言和今日的語言之間的差距；換句話說，社會形態變了，語言也隨著變了——注意，這同我們現在的命題，即語言是一種社會現象，語言隨著社會生活的變化而發展是完全不同的。作者認為在「宗法社會」中使用的語言克服了「不確定性」，但「完全沒有抽象」，只表達具體事物，而不能表達抽象概念。到了封建社會，語言變成能夠「用來標記生產底無數要素及由它而生的一切人類相互間的純粹觀念關係」，所以語言「達到有異常豐富的表現力和柔軟性。因此它已到了幾乎能夠表現人類所經驗的任何一切的東西。」到了資本主義時代（書中稱為「個人主義社會意識時代」），語言的發展有兩大特徵，即豐富複雜以及專門化。對於第一種特性，作者寫道：

　　　　「買主與賣主間商業戰底種種階段，現在買主與買主或賣主與

賣主間底種種程度，需要、供給、價格底容易變動的狀況。……這樣複雜的，不時變動的狀況，勢必須有能夠正確反映所有不時新起的變化的極柔軟的『立體的』言語才得表現出來。」

對於第二種特性，作者這樣表達：

「社會的專門化底結果，各個特殊的部門都被逼得造出，幾乎除了他們自己不通用，除了他們自己無用處的一系列的言語文字來了。」

實際上語言的逐漸豐富是隨著社會生活逐漸複雜而來的，並不決定於社會經濟形態的變革；而社會各行業的行語也是自有社會分工以來就存在的，不過到了資本主義社會，社會分工更加細了，行語（即除了本行業以外的社會成員所不懂的專門語彙）的發展也許更甚了，這也並沒有能夠同社會經濟形態的變革直接聯繫起來。因此，作者所能夠闡明的，還不過是語言作為一種社會現象的論點。

耐人尋味的是到了社會主義階段（即本書所謂「集團主義的社會意識」時代），語言會「突變」成什麼樣，作者沒有加以論述，卻熱衷於在結語中提出人類統一語的問題，這個問題同本章的論述無關，卻反映出那本著作形成的時代（二〇年代）以為世界革命會很快席捲全球的思想傾向。

波格丹諾夫關於不同社會經濟基礎導致不同的語言結構這種模模糊糊的論斷，是同社會實踐不符合的。事實證明，新的社會制度代替舊的社會制度，在人類社會不同時代不同地區已發生過多次，但是在每一次制度的更迭中，語言沒有「爆發」革命，作為整體來說，儘管經歷了社會生活的急劇變化（例如社會革命），語言還是代代相傳的，為新的社會制度服務，如同為前一個社會制度服務一樣有效——雖則很可能會產生一些就整體來說

是微不足道的變化。

　　語言不是社會意識形態，語言不屬於社會結構的上層建築，語言是──而且只能是──一種社會現象。

1.7 社會革命不能消滅或變革語言，語言是為整個社會的成員服務的

　　語言屬於社會現象之列，這意義就是它為整個社會服務，因為它是一種交際工具。既然是工具，它只可以改進或改革，而它不可能「爆發」革命。語言在時代的長河中，在人類社會形成和發展的長河中，經歷了千百年，幾千年，或者上萬年，它發生了，成形了，豐富了，洗鍊了，嚴密了，發展了──語言隨著地域和社會集團的不同而存在上百種、幾百種，甚至成千種，加上由於封閉的自然經濟造成的地區阻隔而形成的方言土語也許上萬種，但是沒有一種語言曾因為社會經濟形態──社會制度的變革而消亡，或作徹底的變革。人類歷史上未曾發生過這樣的事實。

　　眾所周知，人類社會經歷了原始共產主義、奴隸制度、封建制度、資本主義制度、社會主義制度，舊的社會經濟基礎在不同的國土先後相繼被置換了，與之相適應的某些上層建築被「打碎」和另外建立了，它所孕育和哺養的社會意識形態好些部分卻仍然被新社會成員所接受，或者說，有選擇地接受。在這過程中，語言只是一代傳一代地傳下來，近兩千年前編成的古字書《爾雅》，它所記錄的大部分語彙仍然為社會主義的社會成員所使用，小部分雖不日常應用，卻仍然可以了解。在變革著的社會裡，不管是革命的一方還是反革命的一方，語言一視同仁地成為任何一方的交際工具。十八世紀開始了法國資產階級革命，法語

並沒有被禁止，並沒有被粉碎，自然也沒有消亡，它傳下來，豐富了自己，並且仍然被勝利的新階級所使用——當然也被革命所打敗了的階級使用，與此同時，法語仍然是，也只能是革命勝利後的法國全體社會成員所共同使用。這裡不是說法語經歷了一場大革命不會起任何一點微小的變化；不，有變化，特別是語言中最敏感的因素——語彙，發生了若干變化①。

　　1917年俄國爆發了社會主義革命，同樣，俄語既沒有消亡，也沒有被「打碎」，俄語還是俄羅斯社會全體成員的公用語，當然也被新掌權的無產階級繼續使用作官方語言。就是反對十月革命的敵對分子，甚至逃到國外去的白俄分子，也還是使用同一的俄語——這是就俄語整體來說的，或者是就其基礎語彙、基本語法和沿用下來的語音、語調來說的，不排除在白俄圈內使用的俄語隨著與國內交際的隔絕而發生某些微不足道的變化，包括某些階級習慣用法在內。至於在蘇維埃國內，只不過把正字法作了很小的改動②——這改動，是使書面語更為合理化的措施，也可以叫做文字改革——文字改革不是修改語言，不是變革語言，而是改善記錄語言的方法或工具。漢語的例子也有同樣的性質。

　　社會革命不能改變語言。語言始終是為全體社會成員服務的。

---

① 參看拉法格（Paul Lafargue）：《革命前後的法國語言》（*La langue française avant et après la révolution-Etudes sur les origines de la bourgeoisie moderne*）。1894版。注意，此書的副標題是「關於現代資產階級根源的研究」；可以說是最初運用馬克思主義唯物史觀來考察語言與社會關係的著作，特別是從語言的變化考察社會的變化——這一點是當代很多社會語言學家沒有做的。

② 指十月革命後俄語正字法中取消了ъ這個符號，將і併入и，ѳ併入ф，ѵ改為и。

1.8 語言絕不能被一個階級「沒收」或「壟斷」 語言是沒有階級性的

語言不屬於一個階級。語言屬於整個社會的全體成員——如果在階級社會中，語言（公用語）既為統治階級使用，也為被統治階級使用；語言既為男性成員使用，也為女性成員使用；男女老幼，上下尊卑，都只能使用同一的公用語，特別是在進行交際時，社會集團的某些習慣語，對於交際雙方的相互了解是不利的。語言絕不能由一個階級宣布「沒收」——物質是可以沒收的，例如敵產可以沒收，但語言是信息載體，或者說語言就意味著信息，信息是不能被「沒收」的。因此語言無法被某一階級所「壟斷」，它也確實不能代表某一階級的階級利益。

任何一個精神正常的人都不會懷疑，當一個地主餓了，作為地主階級的一分子，他只能說：「我餓了，我想吃飯。」同樣，當一個資本家（資產階級的一分子）餓了，他也不得不說著同樣的話：「我餓了，我想吃飯。」這時，如果有一個工人（無產階級的一分子）遇到肚子餓的情況，他能夠不使用地主或資本家上引的表述？不能。儘管思想多麼先進，這個人也只能照樣說：「我餓了，我想吃飯。」他絕不能反其道而行之，竟說什麼：「我不餓，我不想吃飯。」他這樣說表達的是另一種意義，而不是相同的意義。就其整體來說，在有階級的社會中不能認為某一階級竟然能壟斷一種語言。

語言是沒有階級性的。

如果語言只屬於政治實體中某一個特定的階級，那麼，將會發生什麼現象呢？或者換句話說，如果每一個階級都擁有自己的

階級語言，那樣，將會出現這樣的一種情況：當這一階級的成員同另一階級的成員對話時，彼此都無法了解對方所說的是什麼——他們只好通過翻譯。現實生活中不存在這樣的只通用於構成社會的一個階級的語言。

現實生活中有說方言土語的社會成員，不能被同一社會中不會這種方言土語的成員所了解。這是特定情景下產生的現象。方言土語不是階級語言，它不屬於特定地區的某一階級——方言土語是封閉的自然經濟條件下的特定小地區所形成的一種交際工具，有時是從民族公用語轉化而成的，有時是離開民族公用語較遠的。當社會經濟條件改變了，例如打破了自然經濟的封閉圈，交通發達了，這個小地區同外界的往來多了，方言土語慢慢會起變化，向著民族公用語的方向變化，這種變化——語言的變化——是緩慢的，但總有一天會同民族公用語融和，而在這漫長的運動過程中，這個小地區就會同時採用民族公用語和地區方言作為交際工具（從某種意義上說，類似歐洲或非洲一些國家的雙方言現象或雙語現象）。

1.9 「階級語言」，「資產者的語言」，「貴族語言」

但是，當人們說人類社會不存在一種只供一個階級通用的「階級語言」時，不能排除如下的一種可能性和現實性，即：各個階級（或階層）都盡量把階級（階層）本身的意識（思想）、愛好、偏見、情趣、習慣……在公用語（例如民族公用語或民族共同語）結構所能允許的範圍內，塞到為社會各階級即全體社會成員服務的語言中去。在這種場合下，出現了一種特殊的語言構造，帶有特殊的語感，甚至夾雜了某些特有的行話。這是毫不足

怪的。這樣的事實絲毫也不能推翻語言沒有階級性的論斷；它只能證明，不同的社會集團竭力要在公用語中摻進自己特有的語言因素。這樣，人們就會在馬克思主義經典著作中看到所謂「資產者的語言」或作為「資產階級的產物」的某種語言等等提法。

馬克思、恩格斯在著名的《德意志意識形態》中寫道：

> 「資產者可以毫不費力地根據自己的語言證明重商主義的和個人的或者甚至全人類的關係是等同的，因為這種語言是資產階級的產物，因此像在現實中一樣，在語言中買賣關係也成了所有其他關係的基礎。」[①]（著重點是我加的）

在上面所引幾句話發表的差不多同時，恩格斯也寫過類似的論斷：

> 「由於資產者的統治，金錢使資產階級所處的那種可恥的奴隸狀態甚至在語言上都留下了它的痕跡。金錢確定人的價值：這個人值一萬英鎊（he is worth ten thousand pounds），就是說，他擁有這樣一筆錢。誰有錢，誰就『值得尊敬』，就屬於『上等人』（the better sort of people），就『有勢力』（influential），而且在他那個圈子裡在各方面都是領頭的。小商人的氣質滲透了全部語言，一切關係都用商業術語、經濟概念來表現。供應和需求（supply and demand），這就是英國人用來判斷整個人生的邏輯公式。」[②]（著重點是我加的）

在資產階級統治的地方，社會關係都用金錢來衡量，因此，不能不導致這樣的事實，即在語言上也充分運用了商業術語和經濟概念。

恩格斯在另一個地方說過[③]，資產者不把工人看做人，工人

① 見《馬克思恩格斯全集》卷三，中文本，頁 255。
② 見恩格斯：〈英國工人階級狀況〉，《馬克思恩格斯全集》中文本卷二，頁 565－566。
③ 同上。

僅僅被看做「手」（hands）—— 在現代漢語也有類似的稱呼，即「人手」，人手少，人手多，人手不夠。恩格斯說，資產者常常當著工人的面這樣稱呼工人。把工人不當做人，只當是一種商品，即可以勞動並為資產者創造價值的「手」，就是說，人與人之間 —— 在資產者看來 —— 除了現錢之外，就沒有任何其他關係。恩格斯挖苦說，資產者甚至同自己的老婆之間的聯繫，百分之九十九也是表現在同樣的「現錢交易」上。

恩格斯在這裡關於人與人之間的關係都用商業術語表現出來的論斷，同馬克思關於資產者使用自己的語言的論斷，幾乎有著同樣的理論意義①。資產階級把社會上一切關係歸結為金錢關係，竭力使他們的交際工具（語言）滲透著這種氣質，在這個意義上 —— 也只有在這個意義上說，才存在所謂的「資產者的語言」。「資產者的語言」這個詞，帶有諷刺的和形象化（甚至帶有隱喻）的語感，顯而易見，不能理解為存在著一種同社會公用語完全不一樣的階級語言。

同馬克思、恩格斯提到「資產者的語言」一樣，拉法格也論述過「貴族語言」。他指的貴族語言，即法國資產階級革命前十七世紀法國貴族使用的特定的交際工具。

拉法格寫道：

「在整個中世紀，貴族住在他們的莊園裡，四周是他們的藩屬和農奴，可是君主政治把他們集中在巴黎；於是他們攀附在國君周

---

① 史達林在他著名的語言學論文中對馬克思關於資產者的語言的論述，作過如下的解釋：

「那末，馬克思所說資產者的語言『是資產階級的產物』這句話是什麼意思呢？馬克思是否認為這種語言和具有自己特殊結構的民族語言是同樣的語言呢？馬克思能不能把它看成這樣的語言呢？當然不能。馬克思只是想說：資產者拿自己的生意人的慣用語玷污了統一的民族語言，這就是說，資產者有他的生意人的同行語。」（中文本，頁11）

圍，形成他的朝廷。他們喪失了古代封建主的獨立性；他們扯斷了和別的一些階級聯繫的紐帶，而成為國家中的一個單另的整體，而且到最後成為與全國陌生的一個整體，退居貴族階級的首都凡爾賽。貴族既不過資產階級的生活，更不過平民的生活，他們創造自己的風俗習慣和思想，和全國多數人顯然不同，正如他們的特權和資產階級以及手工藝者的權利與義務不同；其結果，他們自然就在衣服、舉止和語言方面和別的國民都不一樣了。他們的專用語言（l'idiome），正和他們舉止的彬彬有禮，他們的儀節的等級分明，甚至他們入席和飲食的樣子一般，像一道壁壘似地屹立在他們四周，使他們和別的階級隔離。」①（著重點是我加的）

這裡所說的「貴族語言」，不是貴族自己根據主觀的隨意排比杜撰出來的，據拉法格的論述，「貴族語言」是「從資產者和手工匠、城市和鄉村所說的通俗語言（la vulgaire）中提煉出來的」，他們從通俗語言中抽用他們日常交際所必需的詞、詞組和詞句，用篩子篩過，只留下極少一部分。據說十七世紀法國有一個文學家叫做索枚士（Somaize）的，就編過這樣的一部語文詞典，名叫《女雅士大詞典》（Grand dictionnaire des Précieuses）②，這部詞典彙集了當時的所謂貴族語言的語彙，給當時附庸風雅、矯揉造作的貴族婦女——即所謂「女才子」或「才女」們檢索應用。

拉法格在這裡給我們描繪了這樣的一幅圖畫：貴族老爺們被從他們的莊園叫到國君的身邊，他們給自己築了一道看不見的圍牆，把他們同外界的一切聯繫都給截斷了。他們（貴族老爺們）同任何階級都沒有交際，沒有聯繫，他們只在他們自己中間進行交際活動。在這種封閉的語境下，他們從凡夫走卒即世俗人間的

① 見拉法格：《革命前後的法國語言》，羅大岡譯本（北京商務），頁 10。
② 見上引書，頁 11，注⑤。

語言中，抽取了一些基礎語彙，順帶借用了一些他們認為是優雅的語彙，從而發展了一種專門用在他們這個社會集團中的貴族語言。這幅圖畫不能證明存在著什麼「階級語言」，卻證明了一種特殊語境（同社會上其他社會集團的聯繫完全割斷了）能產生一種特定的交際工具，這種特定的交際工具（在這裡是「貴族語言」）是從原來整個社會即各個不同的社會集團所通用的交際工具（在這裡是「通俗語言」）提煉而成的，沒有本質的不同。

拉法格這篇論文使用的「通俗語言」（la vulgaire）[①]在俄文譯本中卻使用了「全民語言」（Общенародный）的非等義詞。由於這樣的原因，史達林引用拉法格時也用了「全民語言」這個術語，並且在他的論著中多次地使用這個詞組。如果把「全民語言」看成是社會全體成員所習用的公用語，這可能是正確的；但不要忘記拉法格使用「通俗語言」一詞時，是指當時「資產者和手工匠、城市和鄉村」普遍使用的語言。拉法格之所以使用這個詞組（「通俗」，或者「世俗」），是因為當時有同世俗語言相對立的拉丁語。

特定的社會集團（例如某一階級）有自己的癖好和習慣，他們往往把社會各集團共同的交際工具（公用語）進行加工，選取合他們口味的語言成分來表現他們自己。這是語言的階級烙印，或階級特徵，而不是語言的階級性。歸根到底，語言是一種社會現象，既然如此，它就只有一切社會現象所具備的特性──不是階級性。

---

① 見伍鐵平：〈正確理解拉法格的《革命前後的法國語言》〉一文（上海《外國語》，1981 年第四號，頁 46－49）。作者對這個問題作了深入的分析，很有說服力。
關於「全民」一詞，在史達林語言學論文發表後，無論在蘇聯還是在中國，都用得很多。「全民語言」，這含義是不夠準確的。

2

語言作爲一種交際工具

2.1 語言不是人類唯一的交際工具，但可以說是最重要的交際工具

　　語言是人與人之間進行交際的工具；而且是人類社會中最重要的交際工具[①]。語言只有在人類社會裡產生和發展；現在的科學還不知道有哪一種生物還能使用語言作為交際工具。語言不是人與人之間唯一的交際工具，但它是最重要的交際工具。

　　烽火、鼓聲、手勢，……都可以成為交際工具，而且在特定條件下，這些交際工具都很有效。萬里長城有烽火台，當哨兵發現敵人來侵犯時，便燒起烽火，一個傳一個，住在遠處的人們看見烽火，便知道有敵情了。兩千年前的烽火信號，就是有效的交際工具。在抗日戰爭時，我們的根據地，哪怕是小小的山村，也

[①]「語言是人類最重要的交際工具」一語，是列寧說的。見〈論民族自決權〉(《列寧選集》中文本，卷二，頁508)。這句話是列寧論述現代資本主義發展的語境中說的，上下文如下：

「語言是人類最重要的交際工具；語言的統一和語言的無阻礙的發展，是保證貿易周轉能夠適應現代資本主義而真正自由廣泛發展的最重要條件之一，是使居民自由地廣泛地按各個階級組合的最重要條件之一，最後，是使市場同一切大大小小的業主、賣主和買主密切聯繫起來的條件。」

規定了有敵情時的暗號——例如村外一個小山，經常派人在那裡放哨，有敵情時便將預定的消息樹放倒，以便村裡的幹部和老鄉們可以有所準備。消息樹也是一種交際工具。

非洲民族習慣用鼓聲作為交際工具。人們利用鼓聲的高低、長短，節奏的快慢來傳遞信息。所以鼓聲也是一種有效的交際工具。

人類的社會生活是複雜的，為適應這種複雜局面的需要，人與人之間的交際工具也是多種多樣的，但是在通常的場合，每日每時大量使用的交際工具是語言。

2.2 動物世界的交際工具不是語言

動物之間也存在著交際活動。但動物之間的交際工具不是語言——沒有發現哪一種動物是會講分音節的有聲語言的。

在現今世界上，除了會模仿人類發音而作出無意義的語言的——至少對發音者本身來說是完全無意義的——那些鳥類（「能言鳥」）之外，實在沒有見過哪種動物會發出有意義的分音節的有聲語言。鳥是唯一能學會說話的動物，「而且在鳥裡面是具有最討厭的聲音的鸚鵡說得最好。」（恩格斯）[1]鸚鵡一連幾個小時嘮嘮叨叨地反覆說著牠學會了的那幾句話，對牠來說，這些話是完全沒有意義的——雖則如恩格斯所說，在特定語境中牠也能學會懂得牠所說的是什麼。在一般場合下，儘管能言鳥嘮叨個不停，其實這只是牠的發聲器官的一種重複動作，而不是伴隨著思維過程去進行交際的。

---

[1] 見恩格斯：〈勞動在從猿到人轉變過程中的作用〉（見《自然辯證法》，《馬克思恩格斯選集》中文本，卷三，頁511）。

《紅樓夢》第八十九回寫到林黛玉的丫鬟紫鵑和雪雁，背著主子悄悄地交換聽到的小道消息，議論寶二爺已經定了親卻叫瞞著黛玉的事，提到過黛玉屋外養的那頭鸚鵡。

> 「正說到這裡，只聽鸚鵡叫喚，學著說：『姑娘回來了，快倒茶來！』倒把紫鵑、雪雁嚇了一跳，回頭並不見有人，便罵了鸚鵡一聲，走進屋內。」[1]

　　這裡寫的是鸚鵡在兩個丫頭悄悄議論有關主人的事這種語境中，重複了牠平時不知道重複過多少次，從人那裡學會的兩句話。乍看上去，是這鸚鵡在關鍵時刻的惡作劇。但這其實不是惡作劇，因為這鸚鵡並不明白這兩句話有什麼意思，更不知道在這特殊語境中這兩句話會帶來什麼後果，牠只不過利用了牠那比別的鳥類更發達的發音器官，模仿人的聲音發出了分音節的聲音——語言——來，牠既沒有叫人倒茶的意思，也沒有嚇唬人的意思。任何時候，任何場合，只要牠喜歡，牠都可以重複牠學會的這句話或那句話——正因為這句話那句話在鸚鵡那裡並沒有代表或伴隨一種思維活動，所以牠才在一個不適當的時機（兩個丫頭悄悄地背後議論的語境）說出這兩句話。至於鸚鵡重複這兩句話，平時（在一般場合）並沒有引起丫頭們的注意，但就在這上舉的場合把紫鵑和雪雁這兩個可愛的多嘴的小丫頭著實嚇了一大跳，那是因為恰好在她們背著主子在議論小道消息的時候發生的，這只能算是一種巧合，而不能說是這能言鳥進行交際活動引起的後果。

　　現代科學發現，最愛「說話」的鳥（鸚鵡在內）大約能說三百個詞彙，所有這些詞彙都能模仿人的聲音，但是牠沒有表達發

---

[1] 見曹雪芹、高鶚：《紅樓夢》新校注本（人民文學出版社，1982）卷下，頁1277。

話者的思維活動，可以說是無意識的發音活動，這種活動也絲毫不期待著應有的反應。

鳥類會說話常常在神話、傳說、童話中出現──在現實中，鳥類中的一些確實也能模仿人的聲音「說話」。但寓言中的鳥語卻是另一範疇的事，著名的筆記小說《聊齋誌異》卷九〈鳥語〉一篇，講的就是這另一個範疇①。

這篇〈鳥語〉說，有一個人會聽鳥語，他某一天聽到「鸜」鳴，便告訴他的施主說，這鳥聲警告會發生大火，大家都笑他胡說八道，可是第二天果真起了火，燒了好幾戶人家。另外一天，這人又聽見「皂花鳥」在樹上叫，他明白這鳥說初六要有一對孿生子出世了──但過五六天會夭折，後來果然應驗了，等等。這篇寓言講的不是現實的鳥，只不過是寓言中的鳥，這裡說的「鳥語」完全不在語言學的範疇，所有能知過去未來的能言鳥，都不是語言學的範疇。

恩格斯說：

> 「動物之間，甚至在高度發展的動物之間，彼此要傳達的東西也很少，不用分音節的語言就可以互相傳達出來。」②

動物沒有進到人類的那種高度社會化的群體，因此，動物之間的交際是另外的（與人的語言不相同的）交際。

2.3 動物的交際最常用的是聲音信號

動物之間的交際，最常使用的是聲音信號。

---

① 見蒲松齡：《聊齋誌異》，卷九。
② 見恩格斯：〈勞動在從猿到人轉變過程中的作用〉（見《自然辯證法》，《馬克思恩格斯選集》中文本，卷三，頁511）。

比方，鳥類一受驚擾，牠們就發出唧唧啾啾的高頻嘯聲（high-pitched whistles），這種高頻嘯聲甚至在聲學上都不容易測定。牠們只有在求偶、餵雛等活動時進行的交際，才發出比較容易作聲學測定的聲音。

雞——歷來被人稱作最愚蠢的動物，根據某些科學家研究，牠也能發出幾十種表示不同內容的有聲信號①。比如母雞發現天空中有大鷹在盤旋，牠就發出一種聲音信號，讓小雞趕快藏到牠的翅膀下，以便避開從天而降的突然襲擊。據說連召喚吃食的「雞語」（有聲信號），也有好多種，例如「找到吃的了」、「找到好吃的了」，……都不一樣。研究人員發現，這些有聲信號基本上是在二百一六百赫茲的頻帶，只有這個波段的聲音最容易被雞的聽覺器官所接受。

狗是用不同的吠聲來傳達信息；家犬（經人馴養過的）常會發出一些不同的聲音信號來表達某種意義，但家犬永遠沒有發展分音節的有聲語言。猴子——靈長類高等動物——也往往發出不同頻率的聲音信號，來傳達某些信息。有一種猴據說能發出至少六種不同的警告聲響，報告給牠的同類，說牠遇見了豹子，或遇見了蛇，目的在警告牠的同類趕快逃走，或採取必要的防禦措施②。

---

① 見〈雞……也會說話〉，俄文 *Социалистическая Промышленность*（《社會主義工業報》），1980.Ⅷ.7。文章最後說，「懂得鳥的『語言』，有助於保護機場、菜園、養魚場不受鳥害。從技術上來說，我們的研究工作可能有利於機器人交際系統的研製。」

② 參看《語言學：語言與交際導論》（*Linguistics: An Introduction to Language and Communication*），MIT 版，1980，第一章〈動物交際系統〉，第三章〈鳥類的交際〉（頁 20 起）。

2.4 動物的其他交際工具

但是動物除了聲音信號之外，還採取了其他交際工具①。

例如螞蟻——螞蟻是有社會化傾向的生物，有時螞蟻的社會組織竟然嚴密得驚人。有一種白螞蟻發現了食物後，牠在往回走的路上，放出一種稱為 pheromes 的化學香料，只有牠的同類蟻群才能識別這種香味，牠們一嗅到這種氣味，就沿著那條通路找到原來那隻白螞蟻發現的食物資源。這種被人以修辭的方式稱作「香味語言」的信號，過了若干時候就會消失，別的同類（或別的蟻群）也就不能跟蹤去奪取這食物資料了。有些黃螞蟻或黑螞蟻則利用碰頭（觸覺）來傳遞信息，指示牠的同類應當循著什麼方向找到所需要的食物。

蜜蜂的交際工具又是另外一種。從前人們以為蜜蜂的交際是透過觸覺進行的，但現代科學研究發現蜜蜂的交際工具，是被稱為「跳舞語言」的東西。當蜜蜂找到了可採蜜的花時，牠要召喚蜂群來「勞動」——這時，牠就跳起舞來，用跳舞「密碼」給牠的同類指示方位和距離。蜂群懂得這跳舞密碼，然後「一窩蜂」地飛到偵察蜂指示的地方去。

蜘蛛進行交際使用的當然不是語言——蜘蛛連聲音也發不出——，牠靠的是蜘蛛網所傳達的「波」來分辨信息。觸網的如果是獵物（例如一隻小蟲子），那就會形成一種波；如果是非獵物（例如一片樹葉），那就會發出另一種波，蟲子和樹葉觸網時會引起不同的振動，蜘蛛就靠這種波的差異來獲得牠所需要的簡

---

① 同上書，特別第二章：〈蜜蜂的交際〉。

單卻往往是準確的信息。

動物與動物之間的交際工具，不是語言——更不是分音節的有聲語言，而是種種能直接作用於感覺器官的媒介，例如對聽覺（叫喊聲或獨特的聲音），對嗅覺（化學香料），對觸覺（波），對視覺（舞蹈）發生作用的種種工具。近年來科學家對幾百種動物（包括鳥類、哺乳類動物、兩棲類動物等）的交際工具進行了廣泛的研究，仍然找不出能與人類的語言相比擬的東西。只是在研究動物能否了解人類語言這一項目，近年科學研究才有若干進展，特別是對黑猩猩能否掌握人類語言的研究和探索，將對語言和思維這一類問題會有啟發。這種研究除了手勢語之外，還著重用科學的方法，即不是用分音節的有聲語言（即人們日常應用的語言）作為交際工具，而是通過電子計算機，利用信號鏈進行的①。

有的科學家認為動物所使用的交際工具，都只能「給出信息」（informative），而不是「交際信息」（communicative）②。一個外國學者舉過很簡單的例子來說明這兩個術語的不同語義——據他說，如果誰失手打碎了一個杯子，那是一種「給出信息」的行動，他不是有意識的打碎這個杯子，但他也作出了打碎杯子的響聲，這響聲給出了信息，也傳到別人的耳朵裡，但這不是一種

---

① 見羅姆堡（D. M. Rumbaugh）主編：《黑猩猩學語言——拉娜計劃》（*Language Learning by a Chimpanzee —The Lana Project*，紐約，1977）。「拉娜」即「語言模擬」（language anologue）一詞的縮寫，那一頭接受訓練的黑猩猩取名為「拉娜」。訓練的工具是一台特別的電子計算機和一套特編的詞彙和語法結構。儲存在電子計算機內的人造語，被稱為「耶克斯語」（Yerkish），以紀念拉娜計劃的創始者耶克斯（Yerkes）。經過持續不斷的訓練，拉娜「學會了」這個電子計算機的「語言」，能夠回答研究人員提出的問題——不過提問題不是用有聲語言，而是按電鈕讓電子計算機儲存的詞彙和句子在螢幕上顯示。
② 這兩個術語是心理語言學家馬夏爾（J. O. Marshall）的。引見所著論文〈人與動物的交際的生物學〉（The Biology of Communication of Man and Animals），收在約翰・萊昂斯（John Lyons）主編的《語言學新探》（*New Horizons in Linguistics*，倫敦，1970）第十二章。

「交際信息」，不是一種交際活動——如果有人以打碎杯子為號，有目的有意識的打碎一個杯子，以便向預定的受信者傳遞某種信息，這才是交際活動。波蘭語義學家沙夫也有相類似的見解，他認為動物的種種交際，「同傳達某種知識和某種理智狀態的那種典型的人類交際有本質的區別。」

2.5 打破時空限制的交際工具——書面語（文字）

人類表達思想，傳達感情，交換信息的交際工具——語言，雖然在社會生活中是最重要的，但是分音節的有聲語言，往往受到空間和時間的限制。為打破時空的限制，人們發展了書面語——即文字。文字是用來記錄言語的符號。在留聲機和錄音機發明以前，能使人的講話傳到遠方去和不受時間限制傳到若干年後，就靠著文字。言語和文字常常合起來通稱為語言。有聲語言的書面化就是文字。

從遠古時代開始，人類廣泛應用符號來作交際工具——這裡所說的符號，是指書面語以外的符號，這種符號需要譯成文字，但許多作為交際工具的符號不局限於文字。

古代民族用貝殼、用結繩來作交際工具，人們往往認為用貝殼或結繩當在使用文字以前，不論怎樣，用貝殼同結繩來作交際工具，在社會生活中能夠打破時空的限制。上面提到過的烽火信號，也是一種古代民族常用的交際工具，它的作用就同現代城市防空警報器一樣。

2.6 「實物語言」是古代的交際工具

用實物來傳達信息在古代社會生活中是常常發生的。實物

「語言」是古代的一種交際工具。古代希臘的著名著作，希羅多德的《歷史》中記錄了一個後來人們常常提起的例子。這部巨著第四卷，記載了波斯王大流士征伐斯奇提亞人時發生的一個交際活動①。據說大流士王在征戰中陷入了進退維谷的境地。斯奇提亞人於是派了一個使者專程送一份「禮物」給大流士王——用現代語來說，就是給大流士王送來一份「實物信」（實物傳遞信息的文書）。這封「信」包括：

　　　　一隻鳥，

　　　　一隻老鼠，

　　　　一隻青蛙，

　　　　五支箭。

這份「禮物」當然不是貢物——因為它沒有珍貴的價值——而不過是一封「信」，一封「實物信」。

　　希羅多德的書這樣寫道：

　　　　「波斯人問來人帶來的這些禮物是什麼意思，但是這個人說除去把禮物送來和盡快離開之外，他並沒有受到什麼吩咐。他說，如果波斯人還夠聰明的話，讓他們自己來猜一猜這些禮物的意義罷。」

　　波斯人於是來探討這封「實物信」的意義。

　　大流士王認為這是斯奇提亞人向他投降的表示。

　　理由是——

　　老鼠是土裡的東西，牠和人吃著同樣的東西；青蛙是水裡的東西，而鳥和馬則是很相像的。他又說，箭是表示斯奇提亞人獻出了他們的武力。

---

① 見希羅多德（Herodote, 484－420 B.C.）的《歷史》（*Historiae*），中文本，北京商務，1960，這是一部研究古代戰爭和古代社會生活的著作。此事見卷四第一三一～一四二節，頁482以下。

但是大流士王的一個謀臣卻持著相反的意見，他推論說，這封「實物信」的意義是——

　　　　「波斯人，除非你們變成鳥並高飛到天上去，或是變成老鼠隱身在泥土當中，或是變成青蛙跳到湖裡去，你們將被這些箭射死，永不會回到家裡去。」

後來呢？——

　　後來事態發展證明斯奇提亞人用種種計謀來打擊波斯人，作弄波斯人，以至於最後大流士王不得不承認自己對這封「實物信」的了解是錯誤的，而他的謀臣所理解的卻是正確的。這樣，波斯人趕緊想出很多辦法來對付並迷惑斯奇提亞人，以便他們（波斯人）自己「在遭到毀滅的決定以前離開」。

　　對這封「實物信」的理解，為什麼大流士王錯了，而他的謀臣對了呢？主要就是因為大流士王的謀臣比較了解敵我雙方力量的對比，比較透徹地知道雙方軍事運動的情況，而大流士王卻只是從主觀願望出發去「讀」這封「實物信」。

　　這裡，又一次給我們提出了語境問題——這就是說，理解語言的真正信息，必須洞悉發出信息時的社會環境。

　　為說明這一點，還可以舉出著名的通俗科學作家Ｍ・伊林著作中引用的一個例子①。

　　據說某些部落是用貝殼來作交際工具的。某部落派使者給另

---

① 見伊林（М. Ильин）：《黑白》（Черным по Белому，莫斯科，1930），北京，中文本，1980。所引例子見頁9，上文所舉希羅多德寫的「實物信」，伊林也引用了，但沒有注明是什麼人在什麼場合下寫的。伊林描述這封「信」時說：
「你們能像鳥兒那樣飛嗎？
你們能像田鼠那樣鑽到地底下去嗎？
你們能像青蛙那樣跳過沼澤嗎？
如果你們都不能，那就休想跟我們打仗。只要你們的腳一踏進我們的國土，我們就要用箭把你們射死。」（見中本文，頁11）。

一個部落送去了一封「實物信」——那就是一條帶子上並列著四個貝殼：

> 一個是白的，
>
> 一個是黃的，
>
> 一個是紅的，
>
> 一個是黑的。

對這封「實物信」，可以作完全相反的理解。

第一種理解——

> 「我們願意同你們和好（白色），如果你們願意向我們納貢（黃色）的話；假如你們不同意，那我們就向你們宣戰（紅色），把你們殺光（黑色）。」

但是也可以作另外一種理解——

> 「我們向你們求和（白色），準備向你們納貢（黃色）；如果戰爭（紅色）繼續下去，那我們就非滅亡（黑色）不可。」

哪一種理解正確呢？那就要看當時發出信息和收受信息雙方的語境。如果發信息的一方比受信息的一方強大得多，而且正在顯示出種種實力時，那麼，第一種理解是正確的；如果發信息的一方遠比受信息的一方弱小，而且處在受信息的一方的武力威脅下，那麼，第二種理解是正確的。

人類的交際工具不限於有聲語言。但不論是有聲語言還是非語言，語境對於理解信息（語義）是十分重要的，常常有決定意義。對於「實物信」這一類的交際工具，因為不像語言那麼明確（往往帶有神秘的猜謎語的性質），語境就顯得更加重要了。

2.7 社會生活能不能完全擯棄語言這種交際
工具呢？

　　既然語言只不過是人類社會的交際工具，能不能用別的交際
工具來代替呢？社會生活能不能完全擯棄語言（包括分音節的有
聲語言和書面化的語言——即文字），而代之以別的可以作為交
際工具的東西（比方說實物）呢？這就是說，在社會生活中能不
能完全不使用語言，而直接採用能訴諸人的感覺器官的實物符號
呢？

　　十八世紀的英國諷刺小說家斯威夫特在著名小說《格列佛遊
記》（1726）中，提供了或設想了寓言式的例子[①]。

　　小說描寫巴爾尼巴比有三位飽學之士，他們研究如何改進本
國語言，第一步計劃就是簡化語詞——方法是把多音節的語詞縮
短為單音節的語詞，省略了動詞和分詞，他們認為「事實上可以
想像的事物都是名詞」。他們的第二步計劃是「取消語言中所有的
詞彙」。他們認為這種改革不但對於身體健康有益（因為每當一個
人說出一個字來，多多少少都會使人的肺部受到影響，結果將可
能縮短人的壽命），同時對於更加精鍊地表達思想，將會有很大
的好處。這幾個學者認為，既然語詞只是事物的名稱，那麼，在
談論某一件事情的時候，把表示意見時所需要的東西都帶在身
邊，豈不更加直接，更加簡練，和更加方便嗎？換句話說，與其
使用「信號的信號」（語言），還不如直接使用信號——即用一些
實物直接訴諸人的感覺器官。於是作家描繪了這樣的一種情景：

---

① 見斯威夫特（Jonathan Swift, 1667－1745）：《格列佛遊記》（*Gulliver's Travels*）
　中文版，張健譯，北京，1979。此事見第三卷，第五章，頁168以下。

「我常常看到兩位學者被背上的重荷壓得要倒下去，像我們的小販一樣。他們在街上相遇的時候，就會放下負擔，打開背包，整整談上一個鐘頭。談完了話以後，才把談話工具收起，彼此幫忙把負荷背上，然後才分手道別。」[1]（著重點是我加的）

小說還提到，這種不用語言而用直接交際工具的設想，遭到婦女們、俗人們、文盲們的反對，「因為他們要求有像他們的祖先一樣用嘴說話的自由。」不言而喻，這種奇特的寓言式的設想，在現實社會生活中是決計行不通的。其所以行不通，首先是因為隨身要帶著許許多多笨重「道具」，有些「道具」甚至是帶不了的──例如要交換關於一個熱水瓶的信息，當然可以帶個熱水瓶在身邊作為交際工具；如果要交換關於波音七四七飛機的信息，也可以做一個波音七四七飛機的模型（假如不嫌費事的話）；但如果要講太陽，那既不能帶一個太陽在身邊，甚至想製作一個太陽模型也很費心思，製作出來──比方說──僅僅是一個圓球的話，怎麼能夠不用語言（也不用文字標記）將這個圓球區別於其他圓球，並且能使你的交際對手（受話人）準確地接受這個信息呢？這裡還沒有說到抽象的事物，例如民主、自由、良心、人性、階級，等等，把什麼東西帶在身邊才能準確地表達這種種概念呢？

其次，即使能把交際所需要的一切「道具」都帶在身邊（事實上是不可能的），如果要表達這些東西相互之間的關係，那麼，就必須除了展示這許多「道具」之外，還得使用手勢（手的語言）或模仿某些動作（面部表情、體態，以及其他動作），才能夠比較有效地傳達所需要的信息或思想。

---

① 見上注引書，頁170—171。

最後，當然不是最不重要的，這些可尊敬的學者，想入非非地以為不說話就可以避免傷害肺部，長命百歲，然而他們卻絕對不能創造奇蹟，即不能創造一種不用語言材料進行的思想。但是，如果沒有思想，他怎能預先知道要帶那麼些沉重的「談話工具」呢？如果他思想，他就必須應用語言材料，那他又何必避開這些語言材料（有聲的、無聲的、書面的、代號的），而使用無法完善地表達一切的「談話工具」即「道具」呢？

自然，讀者們都知道，小說家斯威夫特描繪的這一段令人發笑的「故事」，其目的是在諷喻——他譏笑那些脫離實際的學問家如何進行荒謬的學術研究。他所描繪的不是語言活動。但是這諷喻加深了我們關於交際工具的認識。在人類社會的交際活動中，最重要的交際工具不是別的，只能是語言。

2.8 手勢語在特定語境中代替了分音節的語言成為最重要的交際工具

手勢語（不是「指語」①）當然也是一種交際工具，有時在特定的語境中，手勢語代替了分音節的有聲語言，成為交際活動的重要工具。

廣泛流行在聾啞人中間的交際工具（或者可以說，聾啞人最重要的交際工具），就是手勢語。值得注意的是，目前流行在聾啞人中的手勢語，是以語言材料（即分音節的有聲語言的材料）為基礎的傳遞媒介。聾啞人的手勢語中的語彙，有些是國際化的，因為它們所代表的實物或動作，是各民族共通的。

---

① 指語——用幾隻手指的屈伸構成種種形象，每個形象代表一個字母。

在目前澳大利亞某些居民當中，除了通常使用的分音節的有聲語言之外，還使用著一種十分複雜的特殊的手勢語①。這種特殊的手勢符號，是適應於地廣人稀的語境的，比方兩個人相隔很遠，說話聲音很難聽清楚，但對方的手勢卻能夠看得見的時候；或者在當地某些居民的社會習慣規定禁止使用有聲語言進行交際的時候（例如婦女守寡期間），就得使用這種奇特的手勢語。一個人種學家記錄了澳洲阿蘭達部落所用的手勢語共有四百五十多個符號。這些手勢符號不但能表達具體事物，而且在一定程度上能表達抽象的概念。據說這裡有表示事物、行為、性質、等級等等概念的各種符號。據說如果想表達「你的兄弟死了」這樣的思想，就用三個手勢符號，即

先給第一個符號：「兄弟」，

再給第二個符號：「已經」（表示過去了），

最後給第三個符號：「死亡」。

我想著重指出的一點是，阿蘭達部落儘管有如此豐富的手勢語語彙，並不能說明他們不使用分音節的有聲語言；而只能說明，在特定的地理環境或社會環境中（在特定語境中），人們需要使用手勢語來補充有聲語言的不足（或不可能），甚至在特定語境中，它居然代替了有聲語言，但這並不能改變手勢語在那裡只是一種輔助的交際工具。正如我們時常看見在打籃球或踢足球時，裁判員也使用了各種手勢符號，表示哪個球員犯規了，犯了什麼規則等等。裁判員在球類運動這種特定的語境中，不可能使用通常表達信息的分音節的有聲語言，他只能使用代表種種信息的手勢符號作為交際工具。

---

① 參看托卡列夫，托爾斯托夫（С. А. **Токарев**，С. П. **Толстов**）主編：《澳大利亞和大洋洲各族人民》（*Народы Австралии и Окании*，莫斯科，1956；中文本，1980），第三章語言（上冊，頁100以下）。

2.9 「手勢語階段」存在嗎？

曾經有一個時候，有些語言學家認為手勢語（手的語言）是人類語言發展的必經的階段——手勢語階段。由於手勢語不能夠有效地表達日益複雜的社會生活，這才由手勢語發展到分音節的有聲語言。

馬爾學派就是這樣認為的。馬爾本人說過：

> 「觀念（概念）的積累增長了，手的語言這個手段不夠用了。新的要求產生了辯證的過程，由最初的單一的動力語言或線性語言分化而成兩種語言。一種是有聲語言，另一種是文字語言，即初期的巫術文字。」[1]

馬爾這段話說得不那麼斬釘截鐵。馬爾的門徒麥山寧諾夫說得更明確些。他寫道：

> 「很可能，初期文字甚至出現在人類的分音節有聲語言形成以前，因此，文字本身老於有聲語言。」[2]（著重點是我加的）

照這裡的論述，可以表達為下面的圖式：

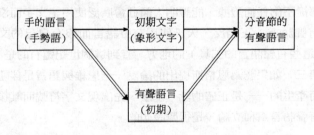

---

① 見馬爾：《語言和文字》（*Язык и письмо*，列寧格勒，1931）頁 17。
② 見麥山寧諾夫：《論文字和語言的階段性》（*К вопросу о письме и языке*，列寧格勒，1931）。

史達林在他的著名論文中本來要反駁馬爾學派的這個假說（在科學上馬爾學派這個見解恐怕只能看作是一種假說）。但他只論斷這是錯誤的、不對的、不可能的，而沒有（或者他本人不想）從各個方面（例如考古學的、人種學的、人類學的、文化人類學的、社會學的等等方面）加以論證。馬爾學說牽涉到很多難題，其中特別是爭論了幾個世紀之久而沒有很好解決的語言起源問題——當然，一切唯物論者絕不能忽視恩格斯的名篇〈勞動在從猿到人轉變過程中的作用〉中關於語言問題的論述，這裡我不打算展開這個難題，也不準備論證馬爾學派的錯誤——我只想從社會語言學的角度，對這個圖式提出三點可供考慮的意見。

　　第一，現在世界提不出證據，能有效地證明在人類發展的史前時期（即在有文字記述以前），有聲語言究竟存在不存在，存在什麼樣的有聲語言，是分音節的還是別的，等等。因為聲音不能固定在發掘出來的或保存在洞穴中的任何遺跡——用碳同位素可以測定年代，但還沒有一種方法能測定已經消逝的有聲語言（或者它還留下什麼聲跡？）。

　　第二，歷史上以及在現今世界不發達的民族（部族）社會中，都提不出任何證據，能證明人類社會廣泛使用了文字而沒有掌握有聲語言；正相反，天天使用有聲語言而沒有自己的文字（記錄這些有聲語言的工具）的地方，直到這個世紀還有的是。

　　第三，如果認為恩格斯提出的論點——思維與語言是伴隨著勞動而產生的——是正確的話，那麼，先出現文字符號而其後才出現有聲語言這種立論，是很難設想的。

3
語言作爲思想的直接現實

3.1 一切名詞都是現實世界客觀事物的反映

　　一切名詞都是現實世界客觀事物的反映①。如果這個世界根本沒有馬這種四足獸，那麼，在人類的語言中就不會出現「馬」這樣一個名詞；也可以說，在人的思想中根本就沒有「馬」這種形象和概念。爲什麼？既然不存在這種四足獸，人們就感覺不到「馬」的存在；感覺不到，就不能在人腦中反映出「馬」來。在這種情況下——當然這是一種假想的情況——，語言中就沒有「馬」這樣一個詞。

　　古代漢語有很多字（詞）表示「馬」的概念：身黑而胯白者叫做「驃」，毛色純黑的叫做「驪」，還有紅白相間的叫「皇」，毛黃而帶紅色者叫「騜」；叫做「騅」的是青白毛混雜的馬，黃白毛混雜的馬則叫做「駓」，此外還有很多「馬」旁的字（如「騏」、「驊」、「駱」、「騮」、「駰」、「駿」、「驒」）以及看起

①　參看艾思奇：〈認識論和思想方法論〉（見《艾思奇文集》，1981，頁330－339）。又，毛澤東：〈艾思奇《哲學與生活》摘要〉稿。

來並沒有「馬」旁的字（如「魚」），各各表示一種不同毛色或不同種屬的馬。據呂叔湘教授說①，在《詩經》——這是遠古中國口頭詩歌總集——〈魯頌・駉〉一詩中，提到馬的名稱就有十六種之多。遠古中國這許多表示各種不同的馬的名詞，在現代漢語裡大部分消失了。這不僅僅因為現代漢語在構詞法方面更多地習慣於採取兩個或三個漢字合成一個詞，而不採用單個漢字表示複雜的不同概念。例如現代漢語寧把兩歲以下的馬叫「小馬」，而不再叫「駒」（或寧叫「馬駒」）；寧叫「黑馬」、「黑色馬」而不再叫「驪」。更重要的應從社會語言學的角度來看語詞的變化——就是說，在遠古中國，馬是重要的交通工具和生產工具，牠是這樣的重要，以至於當時的社會生活要求對「馬」的概念作出細緻的區分；只有作細緻的區分，人們才能更加有效地去指揮生產和管理生活。可是，在現代中國，馬作為交通工具或生產工具愈來愈顯得不那麼重要了，在社會生活中變得不那麼起作用了，因此就沒有必要像古時那樣作細緻的區分了——這樣，細緻區分而創制的「馬」名（各式各樣的馬）就不那麼有用，不那麼常用，有些詞兒就漸漸退出社會生活圈子了。

　　無論在中國還是外國，凡是社會勞動主要處於手工勞動的條件時，馬作為役畜曾經得到廣泛的應用。直到不久以前，表達機械力的單位還是沿用「馬力」（horse-power）這樣的單位——現代漢語中的「馬力」一詞，是從西方語言中照字直譯過來的。社會實踐表明，在機器大工業出現之前，即工業中的工場手工業時期和農業中的半機械化階段，都曾以馬作為重要的動力。

---

① 參看呂叔湘：《語文常談》（1980，三聯）頁 71—72，第六節〈古今言殊〉中的〈語彙的變化〉。

馬克思《資本論》在研究機器大工業的發展史時說①：

> 「在工場手工業時期遺留下來的一切大動力中，馬力是最壞的一種，這部分地是因為馬有牠自己的頭腦，部分地是因為牠十分昂貴，而且在工廠內使用的範圍很有限，但在大工業的童年時期，馬是常被使用的。除了當時的農業家的怨言外，一直到今天仍沿用馬力來表示機械力這件事，就是證明。」

當人們廣泛使用馬做動力時，自然導致把測量動力的標準定為「馬力」——這個名詞在英語文獻中最早出現於十九世紀，後來一直沿用。到這個世紀，好些國家主要的動力已經不用馬了，但是跨入本世紀後很久還是使用「馬力」這個單位。

語言的惰性——由社會傳統或社會習慣所因襲下來的惰性，有時是很頑強的。

3.2 感覺──表象──概念──語彙──語言

客觀事物被人感覺到了，由人的感覺器官傳到人的腦中，被概括而成表象；把表象和感覺加以普遍化的結果，就成為概念。概念形成以後就進入思維活動過程了。

當我們的祖先無數次在下雪天感覺到雪的存在，雪就被概括而成為表象——鵝毛大雪，雨雪霏霏的細雪，各種各樣的雪的表象在人的腦中深化，形成了雪的概念。這樣，語言中的一個表達這個概念的詞——雪——就產生了。為表達這種表象和概念，我們這裡現在只用一個詞「雪」——而在我國南方生活的人們，比如在廣東珠江三角洲生活的人們，從來很少甚至沒有見過真正

---

① 引見《資本論》第四篇第十三章：〈機器和大工業〉，《馬克思恩格斯全集》卷二三，中文本頁413－414。

的雪，因此他們連冰同雪兩個概念也很不容易區別，人們把「冰棍」叫做「雪條」就是一個例子——，但是生活在北極圈裡的愛斯基摩人，在他們的語言中卻能區別種種不同的雪，換句話說，在愛斯基摩人的語言中，有好些名詞表達不同的雪，如同我在上面舉例說的，在遠古中國有幾十個名詞表達不同的馬一樣。對於雪，愛斯基摩人能分辨出很多很多種異狀[1]，我們卻不能——不是因為我們低能，而是因為我們不像愛斯基摩人那樣，每時每刻都同雪打交道。所以，我們現代漢語中只有一個名詞代表雪，而沒有幾十個不同的稱呼，我們要描寫不同情況的雪，只能添上一些附加語；正如愛斯基摩人不需要也不可能區分幾種馬一樣。社會生活環境沒有雪（或不是每時每刻都同雪打交道），就不能提供關於雪的不同信息，因為社會生活不需要這樣做。同樣的情況發生在不同的場合，例如拉普語有著很豐富的關於鹿的語彙，因為拉普人生活在斯堪的納維亞北部，那裡每日每時同鹿打交道。北方人每每笑南方人冰雪不分（可笑的是現在北方人也不叫「冰糕」ice－cream 而叫「雪糕」，道地的南方人稱呼），南方人則笑北方人搞不清「柑」、「桔」、「橙」的區別——見到這三種不同的漿果，北方人大而化之一律稱作「橘子」，因為北方多產蘋果和梨子，而少見種種不同的橘類漿果。在廣東，誰把「新會橙」說成「新會柑」，把「金桔」說成「金橙」，準會把聽眾笑得前仰後合。時下把四川出產的一種漿果叫做「廣柑」，這是一種歷史語言的誤會，廣東的柑完全不是那樣子，廣東人從前常把時下叫做「廣柑」的品種叫做「金山橙」，「金山」即美國加州，出產這種漿果的地方。

---

[1] 見沙夫：《語義學引論》（中文版，1979），頁344。

上個世紀人類社會沒有飛機這種運載工具，幾千年來人飛上天空只能是人類美麗的夢想。阿拉伯人的古老傳說彙編《天方夜譚》(《一千零一夜》)就保存著一個美麗的故事——荷蘭人的飛氈。直到本世紀初，飛機被製造出來了，試驗了，成功了，多少個世紀以來人的幻想實現了，這時——也只有這時——人類語言才有可能和有必要創造出代表飛機這種概念的名詞。

　　英語的 aeroplane 反映了講英語的人們對這個新運載工具的感覺——這個詞借用了希臘語 $\acute{\alpha}\varepsilon\rho o$（空氣、空中）和 $\pi\lambda\alpha\upsilon os$（漫遊）兩個字合成的，人們創造這個詞是指這個新事物「是在空中遨遊」的東西。美國人一般不喜歡文謅謅的希臘古文，美國英語不喜歡用 $\acute{\alpha}\varepsilon\rho o$ → aero 這種字眼，寧願索性用英語的 air（空氣、空中），組成 airplane 這樣一個詞，稱飛機為 airplane；法國人起先也借用了 aeroplane 一字來指「飛機」，這裡順便提一提一種有趣的現象，即兩種都用拉丁字母拼寫的語言互相接觸了，彼此很容易借用對方的語詞（語義卻不常常是相等的），這個過程只能說是一種簡單的機械過程，而不是複雜的高級神經活動。但是法國人漸漸把他們對這種飛行器的表象比作「鳥」，一隻鳥，恰如一隻鳥——後來，不知從哪一天開始，法語就不用 aeroplane 一字了，寧願用一個從拉丁語 avís（鳥）來創造一個新詞：avion——法國人就把「飛機」稱為 avion。而俄國人呢？當他們遇見這種新發明的在天空中像鳥一樣飛的怪物時，他們一時不知所措，叫它什麼好呢？只得從 aeroplane 一字用自己的字母轉寫過來（這當然也是很方便的），成為 аэроплан——但俄國人同法國人一樣，也慢慢嫌棄這個照搬過來的字，卻創造出一個新的合成詞來。俄國人把這個會飛的怪物叫做 самолёт（沙莫利奧特），這個字是由 сам（自己）和 лёт（飛行）合成的，中間的

-o-是組織合成詞所用的介系字母，有時純粹是為了讀音方便而它本身並無語義的輔助字母——самолёт，「自己（可以）飛行（的東西）」，這就是俄國人對這飛天怪物的表象和概念的記錄。日語稱之為「飛行機」，後來又叫「航空機」，這已是很科學的概念了，也許是從德語 Flugzeug 來的!?德語的 flug（飛）＋ zeug（工具、設備＝機），幾乎就等於現代漢語的構詞法——飛＋機＝飛機。也許 Flugzeug（德）→飛行機（日）→飛機（漢）或者 airplane（英）→飛行機（日）→飛機（漢），總之，「飛機」是現代社會的產物，古代社會沒有飛機這種東西，所以不能產生這種名詞。不過現代英語又從 $\begin{cases} \text{aeroplane} \\ \text{airplane} \end{cases}$ → plane，簡化而為 "plane"（飛機）這樣的字了。

　　這裡順便說，德語的 Flugzeug（飛機）是中性名詞——在歐洲好些語種裡，名詞有男性（陽性）、女性（陰性）、中性之分，東方人一碰到這現象，總覺得有幾分好笑。例如德語「飛機」為什麼不是男性名詞而是中性名詞呢？德語的「背心」（die Weste）是女性名詞，法語的「背心」（gilet）卻是男性的；「襯衫」在德語裡是中性的，在法語卻是女性的——男人穿的襯衫變了女性（陰性）名詞，簡直滑稽極了。有些學者以為那是在部落社會遺留下來的殘跡——最初在女性那裡擁有的東西，其名稱（名詞）就是陰性的。有些學者以為不然。現在還找不到可靠的證據來說明這種語言現象的社會原因。

　　現實世界的客觀事物或動作，通過人的外部感覺器官，反映到人腦中，依據不同民族、種族或部族的不同習慣，得出了相異的表象，最後概括而成概念；從這裡出發，利用這種民族、種族、部族語言造詞的特性和規範，創造出不同的名詞、動詞和附加語來。

3.3 語言是思想的直接現實

到這裡，我們才能夠比較深刻地從社會語言學的角度來理解馬克思的論點：語言是一種現實的意識，同時語言又是思想的直接現實。馬克思寫道：

> 「人們之所以有歷史，是因為他們必須生產自己的生活，而且是用一定的方式進行的。這和人們的意識一樣，也是受他們的肉體組織所制約的。」[1]

這裡說的「生產自己的生活」，意思就是人們的生活進程構成了自己的歷史，這就必須首先能夠生活；為了生活，首先就必須保證衣、食、住，以及其他生活必需的東西—即必須生產這些東西[2]。

馬克思進一步指出，意識（精神）注定要受物質的「糾纏」。物質在這裡（在有關意識的關係上）表現為震動著的空氣、聲音，簡言之，就是語言。馬克思說：

> 「語言和意識具有同樣長久的歷史；語言是一種實踐的、既為別人存在並僅僅因此也為我自己存在的、現實的意識。語言也和意識一樣，只是由於需要，由於和他人交往的迫切需要才產生的。」[3]
>
> （著重點是引用者加的）

注意，馬克思在這裡非常明確地論證了語言是由於需要，由於和他人交往的迫切需要才產生的。在另外一個地方，馬克思又

---

① 見馬克思、恩格斯：《德意志意識形態》第一卷，《馬克思恩格斯全集》中文本，卷三，頁34，馬克思自己加的邊注。
② 見上引書，頁31—34。
③ 見上引書，頁34。

提出了這樣的論斷：

> 「在哲學語言裡，思想通過詞的形式具有自己本身的內容。」[1]

（著重點是引用者加的）

這就是說，思想是通過語言表達的，因而得到了這樣的結論：

> 「語言是思想的直接現實。」[2]

思維活動是人類特有的一種精神活動，然而這種活動恰恰是（而且只能是）從社會實踐中產生的。沒有社會實踐，就不可能有思維活動。思維是在表象、概念的基礎上進行分析、綜合、判斷、推理來反映並認識客觀現實的一種能動過程。而語言則是思維產生和實現的必要條件之一。所以說，語言同意識有著同樣長久的歷史。

3.4 語言和意識有著同樣長久的歷史

現在我們進入到語言和思維之間的關係的領域。被批判的馬爾學派堅持認為語言是從勞動產生的，這一點馬爾學派在出發點上是沒有錯的。語言──勞動──思維，這三者的關係，在馬克思主義的文獻中比較深入闡述的是前文提到過的恩格斯的名篇：〈勞動在從猿到人轉變過程中的作用〉[3]。

恩格斯這篇文章的寫作時間是在他和馬克思合著的《德意志意識形態》成書之後三十年，在理論上說應當是更加成熟了。

---

[1] 見馬克思、恩格斯：《德意志意識形態》第一卷，《馬克思恩格斯全集》中文本，卷三，頁525。

[2] 同上。

[3] 恩格斯此文是1876年4月寫的，《德意志意識形態》成於1845－1846年，故這裡說此文寫成於該書三十年後。中譯本見《馬克思恩格斯全集》卷三，頁508－520。

從唯物史觀出發考察語言，語言不是從天上掉下來的，也不是萬能的上帝一手創造的。語言是在人的勞動過程中，伴隨著勞動，由於急迫需要而產生的。人是最社會化的動物。人為了生存和發展，就必須勞動。人的手是勞動工具，而人又逐漸學會了製造工具，簡單地說，人所製造的工具無非是人手的延長。由於勞動發展的需要，促使社會成員更加結合得緊密；而社會成員在漫長的勞動過程中，日益清楚地意識到共同協作的好處。到了這時──「這些正在形成中的人，已經到了彼此間有些什麼非說不可的地步了。」（這句話是恩格斯的，著重點也是他加的）①

　　勞動的社會化引起了協作，而協作卻需要一種調節工具；有了這種需要，於是產生了並且一代一代改進了人體中的發音器官，這樣就能夠發出分音節的聲音（有聲語言）。社會化勞動的需要產生了語言，語言的產生和發展促使人的腦髓進一步發展，同時也促使人的感覺器官更加完善；這些進展又反過來導致語言的複雜化和完善化。腦髓和為它服務的感覺器官，愈來愈清楚的意識，抽象能力和推理能力的發展，又反過來對勞動和語言起作用，為二者的發展提供愈來愈新的推動力。由於勞動（通過手和工具）和語言（通過發聲器官和大腦）的發展，在每個社會成員中起作用，同時也在整個社會生活中起作用，人才有能力去進行愈來愈複雜的活動──到這時，人已經習慣於以他們的思維而不是以他們的需要來解釋他們的行為。這樣，勞動──語言──思維，就成為人類不可分離的、互相依存和互相促進的要素，這也就是馬克思所說的，「語言和意識具有同樣長久的歷

① 恩格斯此文是 1876 年 4 月寫的，《德意志意識形態》成於 1845－1846 年，故這裡說此文寫成於該書三十年後。中譯本見《馬克思恩格斯全集》卷三，頁 511。

史」[1]。

3.5 語言和思維是在社會化了的勞動基礎上產生的

在討論語言與思維的最初關係時，不可避免地要遇到這樣一個難題：究竟在人類社會中先有語言還是先有思維？這個難題同先有雞蛋還是先有雞一樣的困擾人。說是先有雞蛋，那麼，是什麼東西生出來的雞蛋？說是先有雞，那又什麼東西孵化出雞來？如果說語言先於思維而存在，那麼就會有一種無目的無意識即沒有任何思想內容，不表達任何思維活動的「語言」；如果說思維先於語言而存在，那麼，除非承認這樣的論斷，即最初人的思維活動不憑藉語言（而後來又憑藉語言）獨立地進行，而這種獨立進行的思維活動卻又不能不對社會生活施加直接的影響（這幾乎是不可想像的）。恩格斯在上舉論文中，並沒有正面直接接觸這個難題，他當然更沒有作出「是」或「否」的簡單答案。他在這裡只強調了勞動創造了人——同時，也創造了語言。對我們社會語言學最感興趣的是：這裡論證了語言和思維都是在社會化的勞動基礎上產生的——勞動是最初的、基本的、最必要的因素；沒有社會化的勞動，人的祖先就不能生存，更不能發展。社會化勞動有協調的迫切需要，就必須用表情符號——聲音符號來進行這

---

① 馬克思此語見《馬克思恩格斯全集》卷三，頁34。
有的著作說列寧在《哲學筆記》中也說過思維同語言有同樣長久歷史的話。按《哲學筆記》裡，列寧在黑格爾《邏輯學》一書摘要中摘引第二版序言時加了一個旁注（見《哲學筆記》，中文版，頁85）：注意列寧在這裡加了兩個「？」號。

思想史＝
語言史？？

種協調。從最粗糙的聲音發展到分音節的有聲語言，必然經歷了無數世代，經歷了很長很長的歲月，絕不是要講話就能講話的。腦髓的發展也是由很多物質因素促成的（例如肉食；火的使用；等等），而這個過程也是很緩慢的——也許可以認為，在這緩慢的過程中，思維也在此產生了。

當然，這裡又同時觸到另一個爭論已久的難題：語言的起源。

這個擾人的難題，也有一種傳統的答案，就是說，思維是語言的「內核」，而語言是思維的「外殼」；思維的存在憑藉語言，而語言則是思維的工具。人用語言材料去進行思維活動，沒有語言，則不能思維——甚至認為如果沒有語言，則不會有思維；沒有思維，則語言成為無意義的自然聲。語言和思維是同時產生，互為依存的。

這種傳統的答案，按照形式邏輯的推理，是可以成立的。但近年來好些研究哲學的、研究心理學的、研究語言學的，開始懷疑並反駁這種論斷。有人認為語言是以聲音為前提的物質現象，思維是在客觀物質基礎上產生的理性現象，語言的起源和形成要比思維晚得多[①]。對這種反駁的反駁，則認為語言不僅僅是以聲音為前提的物質現象——正如語言所傳遞的信息有兩個要素，一個是形式（傳遞信息的方式），一個是語義（沒有語義的記號不能稱為信息）一樣，光有聲音構成物質現象不能說是語言。

從社會語言學來看這個難題，寧願認為：語言和思維是同勞

[①] 參看吳桂藩：〈論思維和語言的起源〉（見《中國社會科學》1981年第三期）。作者周密地論證了語言的起源和形成比思維晚得多。作者認為三百萬年前人造工具的出現標誌著思維的形成，而語言的「成熟」則在二、三十萬年前，雖則作者也說語言萌芽於南方古猿時代，即三百萬年前。

動一起在人的社會化過程中產生的；語言和思維是社會生活中不可缺少的交際活動；在當代人類社會生活中，如果能把思維分成邏輯思維和形象思維的話，那麼，邏輯思維的全部和形象思維的一部分，都是在語言材料的基礎上進行的。在人類社會的一般場合，思維活動很難設想能離開語言材料。語言作為一種交際工具，至少可以說，給思維活動提供了有效的媒介；沒有思想的「語言」（沒有語義的信息）只是一堆無意義的自然聲，不是語言。

3.6 馬爾的「語言新學說」所謂「爆發」的唯心論傾向

當年史達林狠狠地批評馬爾學派把思維同語言分割開來[1]。他引證馬爾的話[2]：「未來的語言（注意，馬爾是主張語言發展有階段性的，最初是手勢語言，然後才有有聲語言——這裡馬爾指的可能是經過『爆發』而達到的『新』階段，所以他使用了『未來』這樣的字眼）就是在不依賴於自然物質的技術中成長起來的思維」，馬爾同時又聲稱，「在它面前，任何語言，甚至有聲的、仍然同自然規範相聯繫的語言也會站不住腳。」只要細細考察一下馬爾的論斷，就可以認為，馬爾在這裡陷入了邏輯混亂的境界。〔未來的〕語言竟然能不依賴「自然物質」——是不依賴發聲器官？不依賴大腦？不依賴神經元？不依賴傳遞聲波的空氣？——語言竟會在一種連馬爾本人也說不清楚的環境中「成長」，而這〔未來的〕語言不是別的，而正是思維？怎麼語言忽

---

① 見史達林：《馬克思主義和語言學問題》（1950）。
② 見上引書，中文版，頁29。

而又是思維呢？難道語言活動就是思維活動嗎？如果語言活動等同於思維活動的話；那麼，語言就不能同時又是思想的直接現實了。照馬爾的公式，這將是：

　　　　　手勢語言→有聲語言→〔特定的〕思維〔＝沒有語言〕

這種混亂同馬爾「語言新學說」的論斷是互相照應的：語言同社會意識形態一樣，循著誕生→成長→消亡的道路走。語言消亡了（！），只剩下思維。馬爾把語言同思維分割的論點，在這裡又回到了語言同思維重合起來。

　　自然，馬爾在他的著作中，也說過例如「思維與語言是兄妹，是同母所生，是生產和社會結構的產物」這樣的話①，這種話倒沒有把思維同語言割裂開來，也沒有把語言同思維等同而混和起來。在這裡——也只有在這裡——馬爾提出了語言同思維是一母所生的形象化的論點，「母親」就是社會化的勞動。但是在作出這樣論斷的同時，馬爾卻熱衷於「創造」他的所謂語言「新」學說。他在「創造」「新」學說的過程中，離開了上引的基本觀點，卻寧願採取某些唯心主義的觀念。

　　馬爾把自己的「新學說」②叫做「雅非（語言）理論」——光這個稱呼就顯得有點玄乎其玄。雅非是《聖經》中的人物。《聖經・創世紀》中說③，亞當和夏娃的後裔子孫諾亞有三個兒子，一個叫「閃」（Shem），一個叫「含」（Ham），還有一個就是「雅非」（Japheth）。據說那時人世間是混沌初開，罪惡萬千，惹得萬能的上帝怒氣沖天，決定要放出一場洪水，毀滅那時

① 見馬爾給《原始思維》一書所作的序言（1930），參看《原始思維》中文本，頁467。
② 參看《蘇聯大百科全書》（БСЭ）第二版，卷三十，頁85－86，〈關於語言的新學說〉一條。
③ 見《聖經・創世紀》§6、§7、§8（*Good News Bible—Today's English Version*, 1976, pp. 8－9, Genesis, pp. 5－7）。

的人間世——幸而上帝眼中還有一個好人，那就是諾亞。上帝讓諾亞造了一條「方舟」，命令他帶著他一家人，連同那時活著的各種動物——雌雄各一——和植物，當然也帶上食物。「方舟」上的人逃脫了洪水災難，成為後世人類的祖先。這是神話，但這神話也告訴人們，即使是萬能的上帝也不是時常「大發慈悲」的。語言學家把外高加索諸語種稱為「雅非」語，而把中東、近東、非洲等處的語言分別稱為「閃」語（希伯來、阿拉伯、亞述等語）和「含」語（埃及以及某些其他語種）。馬爾認為這些語言同外高加索語言有親屬關係，都是「一母所生」，是從手勢語言發展為分音節的有聲語言的一個「階段」——馬爾稱之為「雅非階段」（**афетические штудии**），然後通過「革命的進展」（馬爾語）或「爆發」（也是馬爾語），才有可能進入「地中海文明」。馬爾於是陷入了唯心主義的泥坑。什麼叫做「地中海文明」呢？照西方資產階級文化史家的說法，現代歐洲文明的源泉是文明的高峰——名之曰「地中海文明」，以別於亞洲、非洲、大洋洲以及南北美洲的「土著文明」（「土著」，是前幾個世紀歐洲殖民主義者給這些地區不發達民族起的蔑稱），甚至稱之為「原始」文化。馬爾論述語言發展竟然陷入這種唯心史觀，可見他的「雅非」學說帶有多麼濃厚的「幻想」成分（這句評語是波蘭語義學家沙夫說的）。無論從方法論還是從實踐檢驗結果來說，馬爾學說中關於語言與思維的奇特關係都是不科學的。人們可以很容易理解，十月革命後，年輕的蘇維埃國家的某些學者，力圖衝破舊文化的束縛，卻又走得太遠，找不到正確的道路。馬爾也不例外。他熱衷於推翻傳統語言學的某些框框，但是他沒有正確地運用唯物辯證法，終於陷入了另一個極端。他的「新學說」是邏輯不強的、有時是自相矛盾的混合體。這個世紀三〇年代初，當馬爾的「新

學說」經過七年（1923—1930）的準備正在形成之際，他發現了
法國社會學派人類學家列維‧布留爾關於原始人思維的著作①，
大為欣賞，引為同道，想利用這位資產階級學者的有關思維與語
言的理論，來證明他的「新學說」的科學性，於是他陷入唯心論
的泥沼更深了。他稱讚列維‧布留爾這部著作的俄譯本為「這本
書的巨大社會意義甚至是無法估量的」。他情不自禁地認為這本
書「是對舊的語言學說投出了塊致命的巨石」。為此，他確信列
維‧布留爾的研究不僅對「新學說」「加上了優勢的砝碼」，它甚
至證明了「不僅語言的進化的變異，而且它的革命的變異都是與
思維的變異密切聯繫著的。」②

　　馬爾離開了「語言是思想的直接現實」的論斷，作出了幻想
中的「語言爆發」（革命的變異）與思維變異的唯心主義結論，
這是很可悲的。

---

① 列維‧布留爾（Lucien Lévy-Brühl, 1857—1939），法國人類學家，試圖從唯心主
　義哲學立場來闡明有關原始人思維特點的理論。他最初寫的《低級社會的智力機
　能》（Les fonctions mentalés dans les sociétés inférieures）出於1910年，其後發表
　《原始智力》（La mentalés primitive, 1922），《原始感情》（L'âme primitive, 1927），
　《原始神話》（La mythologie primitive, 1935）。俄文版《原始思維》（*Первобытное
　мышление*），1930年由莫斯科無神論者出版社印行——此書包括作者最重要的
　著作《低級社會的智力機能》（刪去第四章第三節）及《原始智力》第一、二兩章
　和最後一章。俄文本這種安排，顯然是事先得到作者同意的，因為作者專門為此
　譯本寫了序言。前此，作者沒有用過「原始思維」這個術語。中文本是據俄文本
　的編排譯出的，採用了英文本的目錄，並參照過英文本譯文（丁由譯，1981）。
② 見上引書，中文本，頁465—467。

4
語言作為一種信息系統

4.1 語言是一種信息載體

　　語言是傳遞信息的重要媒介。信息可以通過語言作媒介，也可以不通過語言作媒介；例如，語言以外的圖像或符號，都可以作為傳遞信息的媒介。在這個意義上說，語言本身是信息的載體，信息不能離開載體而存在。但在人類社會的交際活動中，信息不僅僅被理解為物理學上的內容——按物理學的觀念，信息只不過是按一定方式排列起來的信號序列。在社會交際活動中，這個定義還不夠：信息還必須有一定的意義，或者說信息必須是「意義的載體」。世間不存在無物質載體的信息，但是存在無信息的物質。信息是由物理載體（按一定方式排列的信號序列）與語義兩者構成的統一體。在這個意義上說，語言本身也可以稱為信息。在本世紀初，社會生活中很少使用如現在這種語義的信息這個詞；直到六〇年代信息論長足發展以後，人們在探索社會語言學的若干問題時，才廣泛使用了信息這樣的語詞。人們現在對某些饒舌者，不說他講空話、吹牛皮、喋喋多言，而說他講話的信息

很少。因此，在社會交際活動中，語言作為一種信息系統而存在，社會語言學先假定一個人說話的語音合乎標準，語法合乎規範，語彙的使用合乎語義的需要，在這前提下研究信息量的多少以及傳達信息的效果是否達到所能允許的最大值，即最佳效能。

4.2 申農公式——信息與反饋

按照申農[①]的理論：

信號＝信息＋噪聲

所以從信息工程學的觀點看，信號減去噪聲就是信息。信息不是物質，也不是能量，它只能傳遞而不能分配。我有四個蘋果，你有兩個蘋果，如果我分給你一個蘋果，那你擁有的蘋果（三個）就會等於我擁有的蘋果（三個）。蘋果是物質，能夠進行分配。如果我得到四條消息，你得到兩條消息，我絕不能分給你一條消息使你得到的消息與我得到的消息相等。我告訴你一條消息，你便知道三條消息，這不錯；但我告訴你一條消息以後，我仍然有四條消息，告訴你（把信息傳遞給你）以後我所擁有的信息沒有減少。為什麼？因為信息不是物質。

信息論（從社會語言學者的觀點看來）要解決的是遠距離

---

① 申農（C. E. Shannon），美國數學家，信息論的創始人之一，著有《通訊的數學原理》（*The Mathematical Theory of Communication*, 1948），中譯文見《信息論理論基礎》一書，上海，1965；又《自動機研究》（*Automata Studies*, 1956），中譯本科學出版社版。
關於申農的通訊理論，可參看：阿爾貝勃（Michael A. Arbib）《大腦、機器和數學》（*Brains, Machines and Mathematics*, 1964），中譯北京商務（1982），第 3.3.（頁 59起）。參看控制論創始人之一維納（Norbert Wiener, 1894－1964）的《人有人的用途——控制論和社會》（*The Human Use of Human Beings－Cybernetics and Society*, 1954），中譯北京商務（1978）。

（當然包括近距離）、全天候（不論在什麼自然條件下），傳遞信息做到高保真（即把噪聲減到最低限度），同時也能切實保密①。

或者，換一種說法，傳遞信息要解決：

(1)準確度問題

(2)精確性問題

(3)有效性問題

準確度問題是技術學上要解決的（信息工程學主要就是解決這個問題的），而精確性的問題是一個傳遞信息的語義學上的問題，至於有效性的問題，則是語用學的問題。

傳遞信息的簡單機制，可以用下圖來表示②：

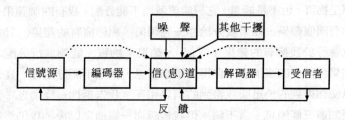

某甲同某乙講話。某甲發問，他就是信號源，某乙就是受信者。某甲講的話某乙懂得，他就不要翻譯（也就是不要編碼，省略了編碼器這一環節）；假如某甲講的話某乙聽不懂，那就要一個翻譯，在這裡可以借用編碼器來作比喻，要通過信息道——兩人講話就是通過聲波，也可以說聲波是靠空氣傳遞的，然後到達某乙。其間，如果某甲站的地方離開某乙頗遠，例如一個在樓

① 關於信息傳遞的保密問題（實際上是保密與破密問題），後來發展而為博弈學（Theory of Games），主要的理論家是馮紐曼（Von Neuman），用維納的話來說，「這個理論講的是一批人在設法傳送消息，而一批人則採取某種策略來堵塞消息的傳送」（見《人有人的用途》，中譯本，頁154，第十一章〈語言、混亂和堵塞〉）。

② 參看阿爾貝勃上引書，中譯頁59，圖3.6「通訊系統簡圖」。

下，一個在十樓，某甲講話（發出信息）時必然受到干擾，周圍的噪聲以及其他干擾，他必須把發聲的音量加大，目的是排除干擾；如果這裡有部拖拉機開著，馬達的聲音（干擾）迫使某甲發出信息時要採取特別的措施，例如用一個錐形傳聲器，或者用一個放大音量的揚聲器，或者用兩隻手作成一個類似錐形器的樣子放在嘴邊，所有這些都是為了「蓋過」噪聲，也就是使信息能夠有效地準確地傳達給受信者。

為說明這個機制示意圖，還可以舉出發電報這樣的典型例子。例如某甲在某地發電報給某乙（在另一地方），那麼，甲是信號源，他要發的信息（電報）必須譯成電碼（在漢語，每一個漢字都有由四個數字組成的代碼；在使用拼音文字的國家，則編成由不同的組合〔一‧，即長、短〕來表示的摩爾斯電報碼），這就是編碼，編成的電碼通過電信號傳到對方所在地的收報機，收報機得到的只是電碼，還要按彼此都理解的程序譯成普通文字（這是「解碼」），然後送給某乙。

從某甲（信號源）到某乙（受信者）的信息傳遞過程，必須引起某乙的回音，這信息傳遞過程才算是「完成」了，或者受到「檢驗」了。回音——在信息科學上有個專門術語，叫做「反饋」，我在《語言與社會生活》中譯作「回授」——，可能是按照某甲的「指令」作出反應，可能是對某甲的「指令」發回某種信息。在嚴格意義上說，有人認為只有後一種「可能」才叫做反饋。比方某甲打電報讓某乙付一百元給某人，某乙可能只按照某甲的「指令」，立即送給某人一百元，也可能不只照辦，還回一個電報給某甲，說已照付某人一百元了。後一個電報，不消說就是反饋；在比較廣泛的意義上說，前一個行動（按「指令」付錢）也是反饋。飛行員與指揮塔的無線電對話，也可以說明信息傳遞過程和

反饋過程。例如設想最簡單的對話：

　　　（飛行員）「么洞拐請求降落。」

　　　（指揮塔）「么洞拐可以降落。」

　　「么洞拐」是「107」的叫法——這在下一節將要講到的——，這裡是這架飛機或這個飛行員的代號。頭一句話是信號源（飛行員）發出信息，通過信息道（無線電波）直接傳到受信者（指揮塔），受信者得到這個信息後，立即作出反饋，這就是第二句話。

　　控制論就是利用數學的方法，分析的方法——模型的方法——去研究能反饋的系統並作出預見的科學。

　　人的大腦接收信息，進行反饋，其原理基本上同上述機制是一樣的。

4.3　人腦的信息活動過程

　　人腦是從感覺器官收取信息的。假使人體外有一個信號源（或者是另外一個人講話，或者是某些自然聲音，或者是一些機械發聲，以及不發聲只顯示圖像、氣味等等）向人發出信息。人的「五官」[1]——視覺、聽覺、觸覺、味覺、嗅覺器官，得到信息後，進入人腦的臨時儲存器，在這裡停留約六至十秒，然後經過選擇，或者要立即反饋，或者進入短期儲存器，在這裡約莫可以儲存二十分鐘之久；又經過選擇，一部分進入永久儲存器——這就是記憶。人腦對所有收取的信息，加以選擇，作出儲存或立即作出反饋的決定，而當作出反饋時，又動用短期的或永久的儲

---

[1] 參看《紐約時報雜誌》（*New York Times Magazine*）1982 年 1 月 24 日 "How the Mind Works" 一文。

存器中記憶信息來作比較或索性動用。所有這一過程，都是通過神經元進行的，人腦大約有 10^{10}（即一百億）個神經元；由 10^{10} 個神經元組成的人腦信息收發儲存系統以及指令系統，好比一個計算機，不過計算機一般的元件只以千數計算，而人腦則以 10^{10} 計算，可見人腦比最大的計算機還要「靈」上不知多少倍。這是人腦信息活動過程的簡要表述——由於現代電子科學，計量科學以及神經生理學的飛速發展，這種表述雖則還有若干推論或假說的成分，但基本上是可信的，大部分是可以間接驗證的。

　　以上表述可以簡化為下面的模式：

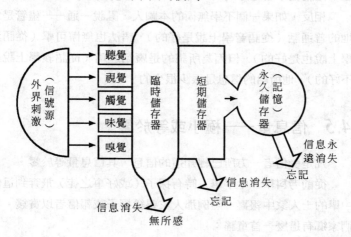

4.4　信息不是詞或句，而是表達語義的單一體

　　信息不是詞或句，信息是表埌語義（思想）的一個單一體——從這樣的出發點去探索交際活動，就不是評論這人說話合不合語法，有沒有「口音」（即符合不符合標準音），等等，而是評論說

話的信息量大或小，是有用（有效）信息還是無用（無效）信息，是主要還是次要信息，是必需信息還是多餘信息。

在這裡還可以提到這樣的事實，即一個有學問的人，即使講話的口音不正（不是說完全走樣，因為假如完全走樣，那就一點也不能起交際作用，必須透過翻譯——譯碼器——才能交際），從語音學的角度看不好，因為信息很多，很有用（由於他有學問），故從語義學的角度看是好的。假如這是個有學問的外國人，而他的口音甚至語法都不夠好，但他給出了很多信息，那麼，從語義學看是好的。

相反，如果一個不學無術的本國人，亂說一通——儘管是道地的普通話（從語音學上說是好的），語法也無懈可擊（從語法學上說也是好的），但因為所講的是廢話連篇（從語義學上說是不好的），他所給的信息是很少很少的。

4.5 信息量——極小或等於零

凡是受信者一方所已經知道的信息，其信息量等於零。

從前考科舉，中了舉人時有探子（或好事之徒）飛奔到這個中舉的士人家中報喜，照例那人家要給探子或報信者以賞錢。我們家鄉有這麼一首童謠：

> 頭報三兩六，
>
> 二報三錢六，
>
> 三報牛屎都沒一堆。

第一個報信的人得賞錢三兩六錢，因為他給出的信息是受信者完全不知道的信息，其信息量應當是最大的；第二個報信的人卻只得十分之一的賞錢（三錢六），為什麼？因為受信者已經知道了

他所傳遞的信息，嚴格地說，這個信息的信息量已等於零，但因為也許頭報的信息不太完備，可以從第二個報信者取得補充信息（至少可以核對原來的信息），因此，第二個報信者給出的信息量雖不大，也還取得一點點報酬。至於第三個報信者，他只不過重複了第一個和第二個報信者提供的信息，對於受信者來說，這種信息的信息量等於零。

為什麼要反對陳詞濫調呢？因為陳詞濫調所提供的信息，其信息量很小很小，甚至等於零。廢話則是一種沒有語義（或沒有正經語義）的信息，對於收信者來說，廢話雖然是頭一次聽到，但既然是廢話，那就是百分之百的無用信息，或無效信息。無用或無效信息，其信息量極小，或幾乎接近於零。

4.6 最大信息量

在日常的社會交際中，很難獲得最大信息量，那是一種理想的境界，但不是不可以做到的。最大信息量的含義不是說信息量最多——假設有很多信息，包括一個主要信息和很多次要（或不必要）信息，實際上主要信息卻被掩沒，被干擾了，那結果使受信者獲得的不是最大信息量。雖然信息很多，但沒有達到最大值。

例如，在副食品店裡的對話：

〔顧客〕有啤酒嗎？

〔售貨員〕有。

〔顧客〕要拿空啤酒瓶換嗎？

〔售貨員〕要。

這一段對話裡，售貨員的答話給出的信息只有一個字，但它已達

到最大值；在這個場合，售貨員所傳遞的信息雖然出乎尋常的簡單，但它包含的卻是最大信息量。

如果換一個售貨員，他（她）不是這樣簡單明瞭，而是回答得很長，卻忽略了主要信息，那麼，他（她）的話就包含了很多次要信息，或者充滿剩餘信息（多餘信息，即 redundancy 的譯名），那不算是最大信息量。能以最必要的信息透過最少的語素，傳達了最大信息量，如上例的兩個單字，就達到了最佳的社會交際效能。

4.7 在語言交際活動中保持主要信息不受干擾的措施

為保證主要信息不受干擾，使受信者能收到最大信息量，在語言交際的場合，可以採用㈠重複原來信息一次或多次；㈡重發信息中可能被干擾的關鍵部分；㈢外加次要的或輔助的信息；㈣為證實收到的信息，受信者進行「反饋」（重發回原發信息）。

例如無線電對話，一般都把呼號重複一次，例如：「我是海燕。我是海燕。我要大地。我要大地。」「海燕」和「大地」都是信號源和受信者之間預先約定的代碼（密碼），這裡重複一次，以便主要信息不致受干擾而模糊，這是㈠的例。在日常發電報時，例如「17 日應匯出 5,000 元」的電報，信號源為保證關鍵信息（哪一天？多少錢？）不受干擾，重發一次，即在電文末尾重發 17、5,000 兩個數字，以便受信者核對，這是㈡的例。在通長途電話時，怕線路上有噪聲干擾，往往加一些輔助信息，例如這樣的電話——

「明天上午我搭飛機來，請來接我。明天早上，明天早上，早

上九點到。」

在長途電話中「上午」同「下午」易聽混了，所以補充說「早上」，早上就不是下午了，然後又補充一個「九點」，說明時間。說完了，再重複一遍，那就更加有保證了。在漢語長途電話中，常常把容易聽錯的數目字（數字往往是關鍵信息）用特定的，社會公認的叫法來稱呼，如：

1 2 3 4 5 6 7 8 9 0

（原名）一 二 三 四 五 六 七 八 九 零

（念作）么 兩 三 四 五 六 拐 八 勾 洞

這裡「一」與「七」在有噪聲干擾的情況下常會聽不清楚，所以「一」（yi）念作「么」（yao），「七」（qi）念作「拐」（guai）；「九」（jiu）和「零」（ling）分別念作「勾」（gou）和「洞」（dong）。至於在特定情況下，受信者需複述一次原信息，進行一次反饋活動，以便向信號源證明，發出的信息收到時是準確的。

4.8 對兩段電文的信息分析

現在想對兩段新聞電報進行信息分析，來論證上面提出的幾個論點。下面是兩個電文：

（甲）	（乙）
參加第十二屆世界杯足球賽半決賽的義大利隊同波蘭隊的角逐已結束，剛才收到的結果，義大利隊以2：0（上半時1：0）戰勝波蘭隊。 　　8日半決賽的另一場比賽將由西德隊同法國隊對陣，誰能進入決賽，取決於他們於北京時間9日凌晨3時角逐結果。	星期四此間舉行世界杯半決賽中，義大利隊以2：0勝波蘭隊。義大利隊上半時以1：0領先。進球手一羅西（21分、72分鐘各進一球）。 　　星期日在馬德里決賽中，義大利將與西德或法國對陣，波蘭將於星期六在阿里康特角逐第三名。

　　(甲)條是我國讀者所習慣的，或者可以說，是報刊所習慣的；

　　(乙)條是外國（西方）讀者所習慣的。習慣對於信息的傳遞和接收，有很大的推力，也有很大的阻力，這是不可不注意的。

　　試把(甲)、(乙)兩條新聞的信息加以分析，我們可以得出下面的對照表：

（甲）	（乙）
(1)第十二屆世界杯足球賽半決賽（電文內無時間、地點）	(1)世界杯半決賽（電文內有時間、地點）
(2)義大利隊與波蘭隊角逐	(2)義大利
(3)義大利以2：0戰勝波蘭隊	(3)以2：0勝波蘭
(4)上半時1：0	(4)上半時義大利以1：0領先
(5)無	(5)進球手（羅西）（21分、72分時各進一球）
(6)8日半決賽另一場由西德隊對法國隊	(6)義將與〈西德 或 法國〉隊對陣
(7)誰進入決賽？（西德或法國）（電文無時間、地點）	(7)（電文有時間、地點）
(8)無	(8)波蘭爭第三名（電文有時間、地點）

這裡從信息交換的角度看，（甲）條的人所共知的話較多（如十二屆——這場球已打到半決賽，人們不需要知道這個「十二屆」的信息；又如足球賽——已報導了好久，人們不知道這個信息也能了解這是足球賽，而不是乒乓球賽。）也就是含有信息量＝0的語句較多。（乙）電提出進球手是誰以及在什麼時候進的球，這是讀者所希望知道的信息，這兩個信息擁有最大信息量。關於後半截，則我國讀者寧願讀（甲）條電文，習慣上容易接受。最後波蘭隊將爭第三名，這也是全信息，（甲）條所未提的。從習慣看，下半段（甲）條電文較為清楚些。

4.9 語言作為信息系統在社會交際活動中起著重要作用

語言作為一種信息系統在社會的交際活動中起著重大作用，這也是社會語言學所要探討的重要範疇。至於語言作為信息的研究，在語言學的很多方面，例如在語義學和詞典編纂學中特別有實用的價值。

詞典的釋義必須依循這樣的原則，即使用最經濟的字數，傳達必要信息，使使用者迅速獲得最大信息量。為達到這個目的——注意，這同通過某種媒介傳遞信息有所不同，因為這裡沒有噪聲也沒有其他干擾——，有時還不得不使用多餘信息加以補充，卻絕對不能用重複全部或部分關鍵構造的方法。

舉一個例。「烏托邦」（utopia）的釋義。

請看列寧在雜文中（注意，不是在詞典中）給出的「烏托邦」釋義[1]：

---

[1] 列寧：〈兩種烏托邦〉（1912），見《列寧全集》第十八卷，中文本頁349。

「烏托邦是一個希臘字，按照希臘文的意思，『烏』是『沒有』，『托邦斯』是地方。烏托邦是一個沒有的地方，是一種空想、虛構和童話。

「政治上的烏托邦就是無論現在和將來都絕不能實現的一種願望，是不依靠社會力量，也不依靠階級政治力量的成長和發展的一種願望。」

我認為，列寧所給出的「烏托邦」釋義，雖不是給詞典撰述的，但是在很多方面滿足了詞典編纂學的需要。我說的很多方面包括：

(a)語源學的

(b)語義學的

(c)語用學的

(d)政治學的

(e)社會學的

需要，在這些方面給出了這個詞的最大信息量。細細分析起來，包括下面的信息：

①希臘字源　　　　　　　　　　　　　　　→ 語源學

②（希臘文）烏＝沒有　　　　　　　　　　→ 語源學

③（希臘文）托邦斯＝地方　　　　　　　　→ 語源學

④沒有的地方　　　　　　　　　　　　　　→ 語義學

⑤〔引申義〕一種空想、虛構和童話　　　　→ 語義學

⑥〔政治上〕現在、將來都不能實現的願望　→ 語用學

⑦不依靠社會力量　　⎫　　　　　　　　　　政治學
　　　　　　　　　　⎬ 的成長和發展的願望 →
⑧不依靠階級政治力量 ⎭　　　　　　　　　　社會學

唯一的不足，是沒有提到英國莫爾以此為書名寫成的空想社會主義著作——靠著這部著作，這個源出希臘文的詞才傳遍世界。

非常有趣的是，翻開漢語和其他語言的詞典（不是百科全書）
關於「烏托邦」一詞的釋義，幾乎沒有超過（＞）以上的信息
量，而常常少於（＜）以上引舉的信息量；但更加有趣的是，幾
乎所有大型詞典都提到了莫爾的書①。這也許是寫文章提供的信
息同編詞典提供的信息有所不同吧。

　　社會語言學著重研究的是作為信息系統的語言在社會生活的
作用。

---

① 例如：兩卷本牛津英語大詞典，頁2444，有這麼一段：
　"1. An imaginary island, depicted by Sir Thomas More as enjoying a perfect social,
　legal and political system."
　著名的法語小拉魯斯詞典（1981版），頁1049，寫道：
　"（lat. *Utopia,* titre d'une oeuvre de Th. More; du gr *ou,* non, et *topos,* lieu）."
　南斯拉夫的 JLZ 百科詞典，頁1029，有：
　"Utopíja（grč:《Nigdjevo》; prema istoímenom fantastičnom romanu Th. Morea）."
　美國 Heritage 詞典（1980版），頁1411：
　"An imaginary island that served as the subject and title of a book by Sir Thomas More
　in 1516 and that was described as a seat of perfection in moral, social, and political life."
　著名的俄語烏沙可夫（Ушаков）詞典，卷四，頁1021，有注解："От названия
　вымышленной страны Utopia с идеальным общественным строем в
　одноименном романе апгл. писателя Томаса Мора（15－16BB.）"

5

手勢語言和「原始語言」

5.1 列維・布留爾反對泰勒和弗雷澤的巫術學說

　　列維・布留爾的原始思維和原始語言理論（如上文所提出的，馬爾學派三〇年代曾引用它來支持自己的「新學說」），是從檢討英國人類學派的著作出發的。十九世紀是英國和法國這兩個殖民國家到各大洲去「研究」不發達國家和地區的所謂「土著」民族的全盛時期；如果暫時撇開德國這樣一個提供哲學理論基礎的殖民國家，則英法兩國的人類學和人種誌學家在研究「土著」民族的社會文化方面處在領先地位。英國學派的人類學家泰勒①的巨著《原始文化》出版於巴黎公社成立那一年，即1871年。他提出的「萬物有靈論」給後來的英國另一著名人類學家弗雷澤②提示了很有份量的論據，弗雷澤的巨著《金枝》初版於1890

---

① 泰勒（Edward Tylor, 1832－1917），英國人類學家，所著《原始文化》（*Primitive Culture*）初版於1871年。此書在倫敦 Murray 出版社出版時，稱《文化的起源》（*The Origins of Culture*），1958年紐約版重印本。

② 弗雷澤（James George Frazer, 1854－1941），其代表作為《金枝》（*Golden Bough*），初版於1890年；其後有補編，出版於1936年，名 *Aftermath: a Supplement to the Golden Bough*。

年，即《原始文化》問世後十九年。《金枝》以巫術① —— 模仿巫術（imitative magic）和感應巫術（contagious magic）為「原始人」一切活動的中心；不只是精神活動的中心，而且是物質活動的中心。在考察這種活動時，這位學者把這一切活動看作完全脫離了人的群體，即脫離了社會（原始社會）而進行的。《金枝》問世時，列維‧布留爾才從高等師範學校畢業不久，還沒有進入法蘭西的學術殿堂。列維‧布留爾的成就已跨入了本世紀，在本世紀最初的一個世代裡，法國也好，英國也好，都還是領先的殖民國家，也就是納粹興起時攻擊的所謂「有」的國家，而不是「無」的國家。

泰勒認為「野蠻人」（比他後半個世紀的列維‧布留爾寧願使用「原始人」這個字眼）分不清自然和超自然的東西；在「野蠻人」的宇宙中 —— 泰勒認為 —— 一切事物都人格化了。「野蠻人」有一種原始哲學 —— 泰勒這樣認為 —— ，這種「哲學」是在這樣的兩條「原理」中產生的，一條是凡相似的事物必然產生新的相似物 —— 相似的東西會產生真的東西；另一條是凡接觸過的事物將會無休無止地繼續起它原來的作用。後來，泰勒的後繼者弗雷澤曾舉引了無數例子來證明泰勒的這兩條「原理」②。「野

---

① 弗雷澤所稱的兩種巫術，可以用他的話來說明（下面的譯文採自李安宅譯：《交感巫術的心理學》，1931，北京商務版；這裡的譯文是當時文體，「感致巫術」即本書所用「模仿巫術」，「染觸巫術」即本書的「感應巫術」；「交感」即 Sympathetic）：「巫術所根據的原理，約有兩點：一為同能致同，或果必仿因；一為相接觸過的東西，分開之後，也可隔著距離互相影響。前者可稱為『相似律』，後者可稱為『接觸律』。根據相似律，術士以為他模仿什麼，便可產生什麼；根據接觸律，他以為凡一個人所接觸過的東西，不管它是不是他自身底一部分，只要在這東西上作了什麼把戲，便和在那人本身上作了什麼一樣。根據相似律而有的魔力，可以稱為感致巫術或模仿巫術；根據接觸律而有的魔力，可以稱為染觸巫術。」（見頁1）

② 參看乍荷達教授（Gustav Jahoda）所著《迷信心理學》（The Psychology of Superstition）一書，倫敦，1969。見第三章，頁34—35。

社會語言學　5 手勢語言和「原始語言」| 173

蠻人」以為只要把他的仇人的圖像燒掉，那就等於毀滅了這真正的仇人，有點像現代人示威遊行時，把他們要打倒的人的模擬像燒掉那樣，不過現代人燒模擬像只是為了洩憤，誰也不至於相信被燒了模擬像的那個真人就會因此而倒台——但是「野蠻人」卻以為凡是相似的（仇人的圖像同仇人相似）將會變成真的，這就是弗雷澤說的「模仿巫術」。「野蠻人」又常常以為只要獲得某人身上的某一點東西（例如毛髮、指甲之類），那麼，他就能夠「支配」這個某人——凡是接觸過的東西，都必將繼續起作用，所以身上物（如毛髮）抓在手裡，就如同那個人被抓在手裡一樣，這就是弗雷澤所說的「感應巫術」。

弗雷澤受到列維·布留爾無情的嘲弄，這位法國人說這個英國人所說的一切都沒有也不可能取得令人信服的證據——那些論點只不過是一種「可能」，一種「大概」，當然——充其量——只能作為一種推理。

5.2 原邏輯思維——「原始思維」的實質

《原始思維》舉過兩個例子，來證明弗雷澤的巫術一說是站不住腳的。

例一，很多民族都有這樣的風俗，就是當一個人死後，往往在他的口中塞進一把穀物，或者塞進一個錢幣，或者索性擱進去一塊金子。對此，弗雷澤解釋道：「最初的風俗可能是在死者口裡放進食物；以後用貴重的東西（錢幣或者其他什麼東西）來代替食物，好像死者能夠自己去買食物。」

例二，在一些原始民族那裡，當一個人死了，要把他生前用過的武器、衣服、物品，甚至他住過的房子都給毀掉。這種風

俗，在弗雷澤眼中，「可能是由下述觀念引起的，即死者會憤恨那些占據了他們的財產的生者……被毀的實物的靈魂會到陰間去與死者會合……這種觀念並不怎麼簡單，所以大概它發生得也較晚。」

在引用了上面兩個例子以及弗雷澤的解釋後，列維·布留爾嘲笑道：

「當然，這個風俗可能是這樣產生的，但它也可能另有來源。」[1]

終於這個法國人說：

「英國人類學派的『解釋』永遠是或然的，永遠包含著隨偶然事件而轉移的某種可疑因素。」[2]

列維·布留爾從這裡出發去建立自己的體系，可惜這體系陷入了另一個唯心主義的泥坑。俄譯《原始思維》一書是他本人同意的，這裡的論點實際上包括了他的最重要的論斷。這部著作雖則充滿了關於原始人的許多有趣的例證，蒐集了人種誌、語言誌、民俗誌的許多有用的資料（直到今天還是很有參考價值的），但他的立論是艱澀的，邏輯是混亂的——時常自相矛盾，觀點是唯心主義的。

列維·布留爾同意採用俄語的術語「原始思維」（первобытное мышление）來轉移他的法語概念「前邏輯（prélogique）思維」，看來是頗經過一番考慮的。前邏輯（或原邏輯）思維即後來稱為原始思維的東西。這位法國學者聲明，這裡使用「原始」一詞，「不應當從字面上來理解。」他指出「我們是把澳大利亞土著居民、菲吉人、安達曼群島的土著居民等等這樣一些民族叫

---

[1] 見《原始思維》，中文本，頁10－11。
[2] 同上。

做原始民族。」（著重點是引用者加的）作者把這些「原始民族」跟「地中海文明」的所謂先進民族作了細緻的比較研究，認為「原始民族」的思維同「文明民族」（這是我按作者的邏輯杜撰出來的一個完全不準確的術語）的思維是不同的；據他推理，原始人的思維是具體的思維，而不是抽象思維，即不會運用抽象概念的前邏輯思維。而文明人（！）差不多可以不假思索地隨時利用抽象思維。原始人是在「一個許多方面都與我們的世界不相符合的世界中生活著、思考著、感覺著、運動著和行動著。因此，生活的經驗向我們提出的那許多問題在他們那裡是不存在的」[1]，因為原始人的表象系統（即客觀事物反映到人腦去而形成的形象體系）同文明人完全不一樣，原始人對文明人運用抽象概念作出的抽象思維活動所提的問題不感興趣。原始人的思維只擁有世世代代相傳的，帶有神秘性質的所謂「集體表象」—認真地說，這所謂的集體表象不能認為是表象，因為它不是智力活動過程的產物，而是包括了情感和運動因素的一種神秘的看不見的東西。列維·布留爾在表述他的理論時，多次嚴肅地使用了「神秘的」這樣一個定語。當他抨擊泰勒或弗雷澤以巫術解釋原始人的社會活動而不分析他們的社會因素、社會條件、社會環境以後，他自己又陷入了「神秘的」力量這個唯心主義泥沼。「原始人的思維本質上是神秘的」[2]，作者這樣斬釘截鐵地斷言。（著重點是我加的）依循著這神秘的集體表象，原始人不受邏輯思維的任何規律所支配；而集體表象之間的關聯只能靠著存在物與客體之間的神秘的「互滲」（participation）—這個術語是列維·布留爾創造的，有人譯為「共同參加」、「參與」，照創始人的解釋，這是存在物

---

[1] 見《原始思維》，頁374。
[2] 見上引書，頁412。

或客體通過一定方式（例如巫術或接觸）占有其他客體的神秘屬性。「互滲」幾乎迫使反駁泰勒和弗雷澤的列維·布留爾跨進同一神秘的王國。作者甚至不自覺地洋洋得意卻又多少帶有神秘色彩地宣稱：

> 「原始思維從那些在他們那裡和在我們這裡都相似的感性印象出發，來了一個急轉彎，沿著我們所不知道的道路飛馳而去，使我們很快就望不見它的蹤影。」[1]

此時，列維·布留爾不能不徘徊於神秘主義的死胡同：「簡而言之，」他說，「看得見的世界和看不見的世界是統一的，在任何時刻裡，看得見的世界的事件都取決於看不見的力量。」[2]

這就是列維·布留爾所設想的「原始思維」的圖景。

假如有人（原始人那裡）生了什麼臟器病，假如有人（也是原始人那裡）被蛇咬了，假如有人（當然還是原始人那裡）被倒下來的大樹砸死了，假如有人（仍然是原始人那裡）被老虎或鱷魚吃了，原始思維竭力去找尋致病致傷致死的原因，然後發現病——傷——死的原因不在生病，不在毒蛇，不在大樹，不在老虎或鱷魚，而在於一種看不見的力量，而在於看不見的力量的意願，——病也好，蛇也好，樹也好，老虎或鱷魚也好，全不過是一種工具[3]。這樣，批判者豈不是同被批判者殊途同歸了嗎？

當然，我在這裡為了表述的方便以及迅速轉入語言的論題，把問題講得也許過於簡單化了些。實際上，列維·布留爾並不是那麼首尾一貫地堅持認為原始人只能按照原始思維去進行思維活動的論點。後來，他有時說，在對待生產和生活的許多事物時，

---

① 見《原始思維》，頁412。
② 見上引書，頁418。
③ 參見上引書，頁418—419。

原始人還是運用了人所共知的邏輯思維的（哪怕是初級的邏輯思維）；只有涉及認識問題時，特別是涉及因果律和矛盾律時，才運用那種神秘的前邏輯思維（原邏輯思維），這樣，在把人的思維分為截然不同的兩種類型的同時，列維‧布留爾不無自相矛盾地聲稱：

> 「在人類中間，不存在為銅牆鐵壁所隔開的兩種思維形式，一種是原邏輯思維，另一種是邏輯思維。但是，在同一社會裡，常常（也可能是始終）在同一意識中存在著不同的思維結構。」[1]

列維‧布留爾提出同一社會的同一意識中存在兩種思維的論點，是在他樹立了原邏輯思維（即後來稱為「原始思維」的東西）理論之後二十年。也許是實際的剖析使這位學者感到了困擾，可能這是一種要向前走的先聲，但他後來沒有再往前走，他這個立論卻使他的學說更加不能自圓其說，更加前後矛盾。

唯物史觀認為人類社會從來就不存在什麼神秘的、看不見的力量，「原始人」──或者說，在脫離了猿的狀態以後最初形成的人類──對自然現象或自然力，不認識，不理解，因而對自然力發生崇拜，這是可以想像的；但不能因為他們由於不認識而發生崇拜歸結於他們有著另外一種思維，即原邏輯思維。而且原始人在對他們所無法理解的自然力膜拜時，他們心目中的神秘形象，常常不只帶有自然力的性質，而且往往夾雜著社會屬性。人以自己的形象創造了神。或者可以補充說，人以自己所處在的社會群體的關係來設計這種神秘力量的關係。神和鬼不只是神秘的自然力的表象，而是通過它的社會屬性即社會意識形態的力量而

---

[1] 見《原始思維》，頁3。

形成的，這就是恩格斯所說的：

> 「一切宗教都不過是支配著人們日常生活的外部力量在人們頭腦中的幻想的反映，在這種反映中，人間的力量採取了超人間的力量的形式。」[1]

恩格斯說的「超人間的力量的形式」，也許可以說就是列維·布留爾所說的那種看不見的神秘力量。恩格斯接著又說：

> 「最初僅僅反映自然界的神秘力量的幻象，現在又獲得了社會的屬性，成為歷史力量的代表者。」[2]

在唯物史觀的光照下，「神秘的」力量具有自然的和社會的兩重性；不是存在兩種不同的思維方式，而是思維活動在它的發展過程中對世界圖像認識的深化。一些「關於自然界、關於人本身的本質、關於靈魂、魔力」等等的謬論，恩格斯通稱之為「虛假觀念」[3]，這種「虛假觀念」，一般地說，是史前時期人類社會經濟發展處於很低很低的階段時所產生的。這樣的低級社會經濟發展條件，使人的認識對這些「虛假觀念」不能作出合理的解釋，因此原始人似乎只能像人類學家、人種誌學家所蒐集到的現象那樣來「思考」問題，這不能說他們存在著另外一種不同於現代人的邏輯思維那樣的原（前）邏輯思維。

現在我們進入了同「原始思維」孿生的所謂「原始語言」的難題了。

---

① 見恩格斯：《反杜林論》，中文本，頁311。
② 見上引書，頁311—312。
③ 參看恩格斯：《路德維希·費爾巴哈和德國古典哲學的終結》（四），《馬克思恩格斯選集》，卷四，頁250。
    又，參看恩格斯1890年10月27日致康·施米特的信，見《馬克思恩格斯全集》，卷三七，頁489。

5.3 所謂「原始語言」的「特徵」和「手勢語言」

　　列維‧布留爾本來是從「原始語言」著手去研究後來所謂前邏輯思維（「原始思維」）的。照他的表述，原始人的語言「特別注意表現那些為我們的語言所省略或者不予表現的具體細節。」馬爾說得對，儘管列維‧布留爾在私人談話時不承認自己是個語言學家，「但與他本人的宣稱相反，他的著作，……正是在語言學說方面有助於並在最近的將來更多地有助於那個必然的進展，有助於對那個在西方唯一占統治地位的作為理論體系的印歐語言學院的更新。」①

　　如果列維‧布留爾不是醉心於建立他的原邏輯思維體系，為此對他關於不發達民族的語言（「原始語言」）憑空加上某些臆測的甚至牽強附會的推論的話，也許他對某些不發達民族（種族）語群的抽象概括，會有更深入的探索。他對大洋洲和南北美洲一些不發達民族的語系和語群的研究，使他抽象出這樣的立論，即「原始語言」帶有比現代「文明語言」更多的具體成分②——這從另一個角度證明語言在人類社會中的發展，一般是從具體到抽象的，恰如意識的發展一般也是從具體到抽象一樣。比方說，澳大利亞「土著」的語言（「原始人」的語言）一般地沒有樹、魚、鳥等抽象的屬名，他們一般不用——或者說，不會用——那種概括性的抽象名詞，如「樹」、「魚」、「鳥」之類；他們寧願對每一種樹，每一種魚，或每一種鳥都給予專門的名稱。塔斯馬尼亞人

---

① 見《原始思維》，中文本，頁 467。
② 他說過，「原始人」的語言「特別注意表現那些為我們的語言所省略或者不予表現的具體細節」。見《原始語言》，頁 132。

沒有表現抽象概念的詞，但他們對每一種灌木，每一種橡膠樹都給予專門的稱謂——雖則在他們的語言中也沒有概括程度很高的名詞①。他們的語言不能抽象地表現硬的、軟的、熱的、冷的、圓的、方的、長的、短的等等性質的形容詞；他們卻使用「具體」的形容詞——為了表示「硬」，他們說，「像石頭一樣」；表示「長」，就說，「像大腿一樣」；說「圓」，就得說「像月亮一樣」，等等。無需去找外國的「原始人」的語言，在我國的少數民族敘事詩或史詩中就可以找到不少這樣的具體表現法。要在北美一些印地安人的語言中，找尋有關動物、植物、顏色、聲音、性別、種屬等等的抽象概念的專門語詞，那是徒勞的②。南非巴文達族語言中，每一種雨都有特定的稱呼，但他們竟不知「雨」這樣的概括名詞。在盧舍人的語言中，不同的螞蟻有十種相異的特定叫法——可見那裡的螞蟻一定種類繁多，而且在社會生活中有很大作用——，不同的簍子有二十多種特定的稱謂——可見那裡一定盛產竹子，並且利用竹子編成簍子，在社會生活中廣泛應用③。有些印地安語（如克拉馬特族語言）沒有概括的類名詞，如「狐」、「松鼠」、「蝴蝶」或「蛙」之類，他們從不說「一隻狐狸」或「一隻蝴蝶」，但他們對這些動物有很多稱呼，因種屬或毛色不同而有特定的叫法。拉普人的語言中有二十個詞代表不同的冰，有十一個詞表示不同程度的冷，有四十一個詞指不同形式的雪，有二十六個動詞描寫上凍或解凍④——但他們很少（或竟沒有）泛指「冰」、「冷」、「雪」、「凍」這類抽象概念。紐西蘭毛利人的語言中，

---

① 見《原始思維》，中文本，頁 163－164。
② 見上引書，頁 164。
③ 見上引書，頁 167。
④ 同上。

每一種住宅，每一種獨木舟，每一種武器，每一種衣服，都各有自己特殊的稱呼，他們不習慣——甚至不理解——總的稱呼該是什麼。「在他們的語言中，實名詞多得幾乎不可數」①，——這句話倒是恰當的小結。

把這種情況同現代社會中兒童的語言比較一下，那將會啟發我們思考某些問題。現代兒童說：

「我不穿衣服。」

「這衣服我不穿。」

「衣服，我不要穿。」

他通常用的是類名詞，概括性名詞，抽象名詞，他在一般情況下很少細分說是上衣、外衣、內衣、夾克、胸衣、背心、襯衣、連衣裙……等等，他只說「衣服」。他很少（或甚至不能）說出各種具體衣物的名稱。為什麼？顯然不是由於「原邏輯思維」（「原始思維」）在活動，不，正相反，「原邏輯思維」習慣於講具體的東西。那麼，究竟為什麼生活在現代社會的兒童能常常說出抽象稱呼呢？主要因為社會生活條件不同。

不但名詞，連動詞在原始人的語言中也是具體的。照列維·布留爾的研究，比方說要表達「一個人打死了一隻兔子」，——現代人只說「打死了」，原始人卻要用很多不同的動詞來表達我們一般不必表達的動作，如我們借助副詞或副詞短句來表達的情景。原始人的語言分別種種不同的情況使用不同的動詞，例如是坐著把兔子打死（一個動詞）還是站著把兔子打死（另一個動詞），是故意打死（第三個動詞）還是無意中打死（第四個動詞），是用弓箭打死（第五個動詞）還是用火槍打死（第六個動

---

① 見《原始思維》，頁 167。

詞）等等。應當注意，現代歐洲語言——所謂「文明」語言——在不同的情景中也使用了不同的動詞，而不是用「使……死」這樣的動詞，例如毒死、害死、窒息致死……都有獨特的字眼：這個事實，反過來證明，在社會生活的交際中有需要的時候，語言必定能作出適當的措施，絕不能隨便把傾向於表達具體事物或具體活動的語言叫做「低級語言」或「原始語言」，同樣也不能把發展到有高度抽象能力或概括能力的語言叫做「高級語言」或「文明語言」。語言總是隨著社會生活的多樣、豐富而變得更加多彩的，本來沒有什麼高低之分。

　　這位學者又比較研究了所謂原始人的語言中關於數目字的表現法①。他認為「原始思維」沒有單數和複數這種抽象叫法。他說，原始人常常沒有抽象的複數，只有具體的複數——例如「原始語言」中有單數，「一個人」——這裡的「一」是單數；但表達兩個人的複數和三個人的複數這兩種複數是不同的（這裡應提醒我們的讀者，歐洲現代語言中多數有抽象的複數，例如英語 book 指一本書，單數；books 指多過一本書（＞1），複數——凡是大於一本書的即兩本書、三本書、四本書……許多本書，都用這個抽象複數）。所以他認為「原始語言」在數的範疇內也一樣地只表現具體而不表現抽象。講到數的範疇，可惜列維・布留爾沒有機會接觸有著幾千年歷史的現代漢語。現代漢語既有抽象的複數，也有具體的複數，抽象的和具體的複數同時並存，例如「人」是單數，加了一個概括的複數名詞「們」，成為「人們」，那就是「人」的抽象複數；但是現代漢語又同時使用具體複數，例如「兩個人」、「三個人」、「很多人」，而不說「兩個人們」、

---

① 見《原始思維》，頁 132－137。

「三個人們」、「很多人們」。這裡，現代漢語對抽象和具體的數的表現法，完全不同於現代歐洲很多語言。在現代漢語裡，有些名詞在計量時不能使用抽象複數，不說「書們」、「樹們」，但可以說「人們」、「學生們」、「教師們」、「朋友們」、「同志們」、「孩子們」；人、學生、教師、朋友、同志、孩子這些都是人的範疇，都可以使用「們」作為複數，但如上面提到的無生物卻不能用「們」——不能說「石頭們」、「房子們」、「書桌們」、「筆們」；有些雖則是生物，也不習慣於使用「們」，如不常說「貓們」、「狗們」（也有極少數人居然用「狗們」等，特別是在諷刺的特殊語境裡），卻可以用概括的代名詞「它們」。由此可見，在數的範疇內，表達複數的不同方式是由不同的社會習慣（社會規範）導致的，這恐怕不能簡單歸結為語言的原始特徵。

列維·布留爾在論述「原始語言」時，除了具體表達的特性之外，他認為還有一個特徵，即「手勢語言」大量存在——原始語言不滿足於帶有只能表達具體事物或動作的「有聲語言」，而必須大量借助於手勢語言。「在大多數原始社會中都並存著兩種語言：一種是有聲語言，一種是手勢語言。」[1]值得注意的是，這位學者強調原始人用手勢語言，不是——或至少不完全是——為了補有聲語言之不足。現代人講話，也常常附以不同的手勢，來加強自己的有聲語言的語氣，這就是補有聲語言之不足。他強調在原始人那裡，手勢語言是同有聲語言並存的，獨立地發展的真正語言——有自己的語彙，自己的語法，自己的表現系統。甚至當兩個部族使用兩種不同的有聲語言，彼此不能聽懂對方的講

---

① 見《原始思維》，頁153。

話時，他們居然能用手勢語言相互交談①。他引用北美一個研究者的話說：「不同部族的印地安人彼此不懂交談對方的有聲語言的任何一個詞，卻能夠借助手指、頭和腳的動作彼此交談、閒扯和講述各種故事達半日之久。」②他認為用手勢語言說話的人擁有大量現成的視覺運動的聯想供他自由支配，使對方看見了手勢就立即發生了聯想。「手與腦是這樣密切聯繫著，以致手實際上構成了腦的一部分。文明的進步是由腦對於手以及反過來手對於腦的相互影響而引起的。」③這就是列維‧布留爾對手勢語言最高的評價。兩種思維（原邏輯思維和邏輯思維），兩種語言（原始語言和「文明」語言）同時存在的假說，也從另一角度說明列維‧布留爾的理論體系不能認真回答實際生活所提出的問題。

5.4 馬爾的學說在列維‧布留爾那裡找到了支持

馬爾學派（「新學說」）斷言語言是有階級性的論點，在列維‧布留爾所謂「特定社會集團所具有的思維的本質特徵，應當在它的成員們所使用的語言中得到某種程度的反映」④中找到了某種間接的支持，因為這裡所謂「特定社會集團」在原始社會階級分化以後就意味著階級。馬爾學派又斷言人類的語言是從手勢語言「爆發」而成有聲語言的，馬爾堅持手勢語言不是補有聲語言之不足，而是一種「獨立的語言階段」。這個立論也在「原始語言」的學說中找到了幾乎是直接的支持。馬爾學派在三〇年代

---

① 見《原始思維》，頁153注④。
② 見上引書，頁153。
③ 見上引書，頁154。
④ 見上引書，頁44。

初「引進」列維‧布留爾的原始思維學說，是因為馬爾發現這位法國學者的論點和例證，足以成為他的語言「新學說」的支柱。

5.5 薩丕爾對「原始語言」的反駁和他本身又走進了另一條死胡同

「原始語言」──即擁有「原始思維」的「原始人」所使用的交際工具，比「文明語言」是低級的東西，不論列維‧布留爾本意怎麼樣，他的學說在客觀上導致了這樣的結論。種族主義者曾經利用這種「結論」硬說當代世界不發達的民族，是「低級」民族，他們的文明是低級文明，需要「文明」民族的「教化」。這是為殖民主義辯護的種族主義所利用之點。

很多語言學家不同意列維‧布留爾的「低級」（原始）語言說，但因為這位學者並沒有在語言學領域展開自己的論據，因此好像很少語言學專著着重反駁過他。值得一提的有趣事件是，美國頗負盛名的人類學語言學家薩丕爾[①]在他的力作中不指名地批駁了列維‧布留爾的觀點，而與此同時，他自己又滑向另外一條死胡同。

當列維‧布留爾的代表作《低級社會中的智力機能》一書出版後十年，這位美國同道出版了他的代表作《語言論──言語研究導論》。他寫道：

> 「某個部落是否有足以稱為宗教或藝術的東西，那是可以爭論的，但是就我們所知，沒有一個民族沒有充分發展的語言。」[②]

他甚至不無嘲諷地宣稱：

① 薩丕爾（Edward Sapir, 1884－1939），他這部著作有陸志韋校訂的陸卓元譯本（香港商務，1977）。

② 見上引書，頁14。波蘭語義學家沙夫說，他這句話是針對列維‧布留爾說的，見所著《語義學引論》，中文本，頁338。

「最落後的南非布須曼人（Bushman）用豐富的符號系統的形式來說話，實質上完全可以和有教養的法國人的言語相比。」[1]（著重點是我加的）

　　在另外一處，他甚至認為「許多原始的語言，形式豐富，有充沛的表達潛力，足以使現代文明人的語言黯然失色。」[2]

　　然後，這位美國人正面闡發了他與那位法國人完全相異的觀點：

　　　　「不用說，在野蠻人的語言裡，較為抽象的概念出現得不那麼多，也不會有反映較高文化水平的豐富詞彙和各種色彩的精密定義。然而，語言和文化的歷史成長相平行，後來發展到和文學聯繫起來，這至多不過是浮面的事。語言的基礎規模——清晰的語音系統的發展、言語成分和概念之間的特定聯合，以及為種種關係的形式表達做好細緻準備——這一切在我們所知的每一種語言裡都已經完全固定了和系統化了。」[3]

　　但是在這同一部著作中，薩丕爾陷入了另外的混亂。他認為——語言比起思維來，卻是最根本的東西。「思維只是潛伏在語言的分類法中和形式中，而最終才可以從語言中看出思維。」[4]

　　從語言中看出思維，這孕育著一套新的假說。語言不是思想的外殼，語言不是思想的直接現實，「語言」，他說，「作為一種結構來看，它的內面是思維的模式」[5]。因此，薩丕爾向知識界宣布：「語言甚至比物質文化的最低級發展還早。」[6]

----

① 同上。
② 同上。
③ 同上。
④ 見上引書，頁10。
⑤ 見上引書，頁13。
⑥ 見上引書，頁14。

幾年之後，這種萌芽的思想，在薩丕爾身上得到進一步的發展。1929年，他甚至單刀直入地說，語言「有力地決定我們對於社會問題和社會過程的一切想法。」[1]是語言決定社會生活的過程，而不是社會生活創造了和發展了語言。這無異是語言決定人們對社會發展和社會運動的看法。他越走越遠，竟至於認為所謂語言是人類交際工具的說法不過是一種「錯覺」；照他的說法，語言不是交際工具。他認為現實世界「不知不覺地」建立在「語言習慣」上面。這不是囈語，這是一個掌握了美洲印地安人豐富的語言材料，對語言學有過精湛研究的學者的論斷！「人不是孤零零地生活在客觀世界中，也不是孤零零地生活在我們通常所理解的那個社會活動中；而人在極大程度上，是受著那種已經成為他們的社會的表達媒介的特殊語言的支配。」[2]如果複述得簡單些，豈不是可以說，語言是客觀世界的主宰，現實社會不過是一種似乎單獨存在而其實只存在於語言中的客體。

5.6 沃爾夫的「語言相對性原理」和「薩丕爾·沃爾夫假說」

這時，美國另一個人類學語言學家沃爾夫[3]，接過了薩丕爾的接力棒。沃爾夫也是最初埋頭研究北美印地安部族語言的學者，他尤其精研荷比（Hopi）語言。他成功地實現了薩丕爾計劃過但始終沒有做到的比較研究，即把「原始人」的語言——荷比語言——跟西方奉為「先進」語言的所謂SAE（Standard Average European），

---

① 見薩丕爾論文〈語言學作為一門科學的地位〉（1929），參看沙夫，上引書，頁339。
② 同上。
③ 沃爾夫（Benjamin Lee Whorf, 1897－1941），美國人類學家和語言學家。

即「標準普通歐羅巴語」，進行了長時期縝密的比較研究，得出了後來發展而稱「沃爾夫假說」的主要論點：荷比語言同 SAE 語言有天淵之別，其差異不是語音、語彙、語法、語調等等方面的不同，不是外形（外殼）的不同，而是從不同的思維出發的「質」的差異。沃爾夫在他的論文中嚴肅地提出了如下的問題[1]：

> 「我們自己關於『時間』、『空間』和『物質』的觀念是以經驗（的形式）給予一切人呢，還是部分地由特定的語言結構所決定呢？」

對這個問題，沃爾夫自己給出了答案：

> 「『時間』和『物質』的概念，實質上不是以經驗的同樣形式給予一切人的，而是受制於〔按：原文為 depend on，依靠於〕語言的性質或人們所發展了的語言的使用。」[2]

如果說得坦率一點，質樸一點，那麼，不妨簡單地認為：世界觀念是受語言結構所決定的。沃爾夫寫道：

> 「現代物理學的相對論觀點，是用數學的術語表述的關於宇宙的看法；而荷比人的世界觀則是用另外的而且是完全不同的一種方式表述的，它是非數學的，而是語言的。」[3]

這就是有名的「語言相對性原理」的萌芽狀態——語言相對性原理有時又被稱為「語言世界觀」（「世界觀」這裡通常用德語 Weltanschauung 來表述，英語則用 world view 來表達，可以譯作「世界的看法」，有時又稱為 world vision，即「世界圖景」）。這亦即上面提到的「沃爾夫假說」——由於這個論斷同薩丕爾的萌芽狀態的論斷有很大的相似之處，故後人常把薩丕爾的名字冠在

---

① 見沃爾夫論文集：《語言、思想與實在》(*Language, Thought and Reality*, MIT 版，1958)，頁 134—159。參看格林伯格（Joseph H. Greenberg）的《語言學新探》(*A New Invitation to Linguistics*，紐約，1975)，頁 80。
② 見沃爾夫上引書，頁 138；沙夫上引書，頁 341。
③ 見沃爾夫上引書，頁 214；沙夫書，頁 342。

這個假說前面，叫做「薩丕爾‧沃爾夫假說」。社會科學界有時乾脆名之曰「語言決定論」。

關於這個「假說」，可以用沃爾夫自己的話簡單表述如下：

(甲)「同一個物理證據，並不使所有的觀察者都得到相同的宇宙圖像，除非他們的語言背景是類似的或者能夠以某種方法互相校定的」[1]；

(乙)「一個人的思想形式，是受他所沒有意識到的語言形式的那些不可抗拒的規律的支配的。」[2]（著重點是我加的）

從以上的表述，可以很快得出這樣的小結，即：有了相類似的語言模式，就能得出相類似的世界圖像；語言模式決定人們的思維方式；語言結構決定人們的世界觀。

凡是讀過本書一～二～三章的讀者，會很快發現這個「假說」是如何地違反唯物史觀，如何地不符合現實社會生活。這個「假說」之所以迷惑人，恐怕是它常常用社會生活、社會條件的一些現象來進行論證，彷彿這立論的出發點是人類的社會，而不是想入非非。

5.7 格林伯格對沃爾夫「假說」的幽默反駁

我在這裡只想引用當代一個同薩丕爾‧沃爾夫同國籍的語言學家的幾句幽默話，來反駁這個常常被人提及的「假說」。這個語言學家就是格林伯格教授，他的一段話說得很有風趣，同時也很尖銳，甚至可以說是一針見血，並且發人深思。他寫道[3]：

---

① 見沃爾夫上引書，頁214；沙夫書，頁342。
② 見沃爾夫書，頁252；沙夫書，頁343。
③ 見《語言學新探》，頁81。

「如果我們的語言實際上決定我們的思想樣式（mode of thought），那麼，沃爾夫是說英語的，他的思想顯然是由英語所決定的，這樣，他又怎能跳出這種侷限，發現了荷比語的不同的範疇，然後又怎樣用英語把它寫出來，且又被有著同樣侷限性的人們所了解呢？」

這樣簡單而辛辣的問句，一下子否定了所謂語言決定思想樣式的「假說」。試設想一下，在第二次世界大戰時，納粹德國講德語，法西斯義大利講義語，軍國主義的日本講日語；德——義——日三種語言屬於不同的語言系統，分別有著極大差別的語言結構，為什麼這三個國家的統治階級卻都具有法西斯侵略的世界觀？為什麼講不同語言的新老殖民主義者都瘋狂地去掠奪殖民地？實踐證明：操不同體系的語言的社會群體，可能有完全相同的「世界圖像」；而操相同語言的社會群體，卻可能具有不同的世界觀。世界觀不是語言決定的，而是不同的社會生產力和不同的社會關係所決定的。語言不是主宰，甚至不是形成世界觀的因素——語言不過是一種工具，一種社會交際的工具。

可惜這種反科學的「假說」，卻還不時被人加以運用，或者說，可惜這種「假說」時常侵入理論的或政治的領域裡。比如著名的義大利符號學家艾柯①就是在符號學理論上這樣提出問題的，例如他說過，究竟是信息形成世界意象呢，信息決定世界觀呢，還是相反？

至於在政治上運用這「假說」，則有其實際意義，也反映了特定的社會意識形態。例如海外有一個漢學家②居然以為「詞」是

---

① 見艾柯（Umberto Eco）的《符號學原理》（*A Theory of Semiotics*），美國 Bloomington，IUP 版，1979），第二章，〈代碼原理〉，頁 79－81。

② 此人就是史剛韜（A. S. Scott），見香港《明報》1981 年 1 月 8 日的美國通訊所引。

社會生活的主宰——據他的分析，中國的文化大革命十年動亂，很大程度上是因為中國人患「詞盲」（據說只認得漢字，而不知「詞」義，便叫做「詞盲」——如認得「民」字和「主」字，未必知道「民主」這個詞是什麼意思，更不必說實行「民主」了云云），依這位語言決定論者（雖則也掛著漢學家招牌）的見解，中國建立了人民共和國以後，凡事都不應稱為「革命」，如果都改稱「革新」（renovation），則必定天下太平；假若當年發動「文化大革命」不叫這個詞，而改稱為「文化大革新」，那就不至於發生這樣悲劇性的動亂云云。

名能夠改變現實，名稱能夠決定社會進展，天下間未必有如此令人捧腹的事了——可見這個「假說」對西方某些學術生活影響之深。

6

「階級語言」

6.1 不存在「階級語言」，但是語言有階級 （社會集團）差異

　　當人類社會分化出階級這樣的社會集團以後，作為社會成員交際工具的語言，是不是也分化出不同的階級語言？有人說是，有人說不是，有人轉彎抹角回答，一下子搞不清他說是還是不是，但是社會現實其實早已給這個問題作出否定的回答。當社會出現奴隸主和奴隸時，就形成了互相對立的兩個階級，但是在任何一個社會裡，兩個互相對立的階級使用的都是統一的、彼此都能了解的共同（公用）語言。如果奴隸主用一種語言，奴隸卻用另一種語言，那麼，奴隸主指揮奴隸勞動時，就必須帶一個「翻譯」，正如在資本主義社會裡，工廠主同工人對話時也要帶一個「翻譯」，或者地主咒罵農民時，也要通過「翻譯」。這是從來沒有過的事。在土地改革過程中農民向地主進行說理鬥爭要通過「翻譯」嗎？顯然不需要。這就是說，在現實社會生活中，只存在社會各個集團（包括各階級）所通用的語言，而不存在各階級

自己擁有的，僅僅被本階級的成員了解，而其他階級成員完全不懂的語言。如果不是這樣，社會交際就無法進行。

但是，不存在「階級語言」，並不排除每一個社會階級（以至每一個社會集團）都會在這個社會公用的共同語基礎上，努力按自己的嗜好和習慣塞進一些階級特性（社會集團特性）的東西。而且，顯而易見，由於階級在社會中所處的地位不同，他們的文化教養也必定有所不同，所以他們的用語（注意，這用語從全體上說也還是整個社會的公用語）也有文白之分；這文白之分常常使人聯想起語言的「階級性」來──但是，這文白之分，不是語言階級性的表現，因為語言沒有質的變化，而文白之分也許可以說是一種階級差異（或者語言的階級變量），這種變異有時是顯著的，在大多數情況下是微乎其微的。如果證之以學生的口頭語，就可以聯想到這種變異。如果把學生當成一個社會集團，那麼，他們的口語常常夾帶著幾個特殊語彙，有時是很可笑的，學生之間聽起來很親切，而又不至於妨礙同其他社會集團的交際。比如北京的學生群中，前些年流行著「根本──」這樣的調調，你問什麼話，他總是回答「根本──」，這「根本」有很多含義，聯繫到特定的語境，對話者明白這兩個字是什麼意思。這些年流行的是「蓋（兒）帽（兒）」──，說什麼東西很好、很了不起、很欣賞，那就用這麼一個誰也說不出什麼意思的「蓋（兒）帽（兒）」，可是講者明白，聽者也明白。這就叫做語言的社會集團變異現象，這個東西（即社會集團的特殊「調調」）可以稱為語言的社會集團變量（variables）。雖則有變量，但各個階級（社會各個集團）卻仍然維護、保持並發展一種社會公用語，在民族國家就是統一的民族語。

6.2 創造「新」文化，把「舊文化」當作廢料扔掉的歷史

但「階級語言」這樣的一個觀念，卻常常徘徊在新興階級的成員的腦際。常常把創造階級的新文化同創造階級的新語言混為一談；又常常把「創造」為新興階級服務的新文化，同繼承和發展舊文化中應當發揚和值得吸收的成分對立起來。特別是在社會經歷了一場激烈的變革——例如經歷了一場社會革命以後，新興階級以主人翁的姿態登上了社會的舞台。這時，不論是新興階級的先進分子，還是這個階級的一般成員，都帶著一種勝利的喜悅心情，力圖趕快建立自己的思想文化體系。法國大革命後，新興的資產階級如此，俄國十月革命後新興的無產階級也是如此。這種強烈的願望是必然產生的——因為需要這種新的思想文化體系來鞏固並發展新的生產關係。這種願望當然是無可非議的。

至於怎樣去建立新的思想文化體系，則常常會發生分歧：多數人的樸素的願望是「除舊更新」——一句話，用新文化來替代舊文化。一般地說，這也可以理解，並且就全體來說，這朦朧的願望也是好的。有很少的一部分人，受唯心史觀或機械唯物論的影響，要廢棄一切傳統的文化，「創造」新的階級的文化，並且以為新文化同舊文化之間沒有一點點同一性，即不可能有繼承關係（全盤繼承不行，批判地繼承也不行）；他們當中一些激烈的「左」傾分子，一心以為應當像對待舊的國家機器一樣來對待「舊」文化和「舊」語言——必須將它們打得粉碎，然後才能夠在嶄新的土地上創立自己的階級文化和階級語言。十月革命後正是有這麼一小批人這樣認為，並且按這樣的思路去「創造」的。這些醉心於憑空「創造」無產階級文化和無產階級語言的唐·吉

詞德們，歷史上叫做「無產階級文化派」①。從波格丹諾夫到普列特涅夫們，都可歸到這一類人中；他們的「理論」受到了社會實踐的嚴格檢驗，同時也受到馬克思主義者的嚴正批評，他們的「理論」破產了，但是在另一場社會激烈變革的語境中，這種「理論」又會重新出現，例如在所謂「文化大革命」中就肆無忌憚地冒充馬克思主義招搖過市。

「讓我們把資產階級文化當作無用的廢物完全拋棄吧！」②
—— 這是1918年9月間召開的無產階級文化協會第一次全俄代表會議上一個發言者這樣慷慨激昂地宣稱。理由也很簡單：

「我們帶著無產階級意識的重擔進入新生活；有人還想要我們背上龐大無比的重包袱——資產階級文化的成果。在這種情況下，我們就會像超載的駱駝，無法繼續前進了。」

好一個「超載的駱駝」！彷彿真是那麼一回事：人類文明的一切有益成果都成了「重包袱」，好像人類幾千年的創造都不但是白癡，而且是破壞者。因此，才有必要把歷史上一切文明產物，都當作「無用的廢物」扔掉！——有一個代表人物波格丹諾夫在他的一篇論文中這樣寫道：

（工人）「無力去對抗無可匹敵的敵對陣營的現成的豐富的文化：因為要全部重新創造某種同樣規模的文化，他是無能為力的，這種文化在其敵人手中仍然是反對他的優良的工具和武器。」③

① 「無產階級文化派」（пролеткульт），即「無產階級文化協會」那一種觀點的人們的總稱。這個組織（最初叫做「無產階級文化教育組織」）於1917年創立，1920年由普列特涅夫（В. Ф. Плетнёв）任主席，它受到列寧和聯共（布）中央多次嚴厲的批評，於1932年解體。這是俄國革命後一個抱著極左觀點的文化團體。
② 指1918年9月15—20日「無產階級文化協會」第一次全俄代表會議中的一個發言，引自鄭異凡編譯《蘇聯「無產階級文化派」論爭資料》（1980），頁395，注25。
③ 見波格丹諾夫：〈論藝術遺產〉（1918），引自注②《蘇聯「無產階級文化派」論爭資料》（1980），頁114。

因為資產階級文化「豐富」、「強大」、「優良」，是一種打擊無產階級的「武器」；所以無產階級一旦掌權，「無能為力」去創造與之匹敵的新文化，怎麼辦？把舊文化當作廢料全扔掉！只能得到這樣的結論。

同一個波格丹諾夫，為證明他的「理論」，舉出了大學為例。他認為資產階級大學是無產階級無法接受的，因為資產階級的大學其基礎是權威思想統治，是嚴格劃分絕對的領導者（教師）以及百依百順地從他們那裡接受「精神的財富」的學生①。而無產階級大學將完全不是這樣，學生將絕對不「消極地接受知識」，工人大學（即無產階級大學）「應是文化教育機構的體系」②。如果工人只是限於學會利用參考書，學會使用科學儀器，學會起碼的科學知識，那麼，工人僅僅帶著這些「走進資產階級知識的舊殿堂」，就會屈服於這種知識的資產階級影響。

儘管很有點邏輯性，但只能得出這樣的論斷，必須砸爛舊大學，而無產階級大學主要不是學科學，學知識，而是另外一種——無獨有偶，這種奇談怪論在過去所謂「文化大革命」期間以至近年來都隨時換穿不同的服飾，顯現在我們的面前。「不管是什麼樣的『自動生產線』，總是資產階級榨取無產階級血汗的武器」，這不是八〇年代的新裝嗎？結論也是不言而喻的，我們無產階級要把不管是什麼樣的自動生產線都當作廢料一樣扔掉或砸爛。這有點可笑？但這是現實。

讓我們回到十月革命後初期的俄國。1918年年底出版舊俄詩人茹柯夫斯基的全集時，引起了一片喧嘩。那些紅色的唐·吉訶德們聲稱，這個桂冠詩人的詩篇落在工人手中，那還得了?!他

① 見波格丹諾夫：〈無產階級和藝術〉（1918），參見上引書，頁97－98。
② 參見上引書，頁98。

們聲稱，工人讀著詩篇〈神佑沙皇〉時，頃刻間就會變成蘇維埃政權的敵人。這種喧嘩引起了列寧夫人克魯普斯卡婭①的注意，她不得不挺身而出，批評這是「沒有根據的擔心」。她寫道：

> 「難道真是這樣嗎？為國歌〈神佑沙皇〉（應當說是被推翻了的沙皇俄國的國歌──引用者）落到工人手中而擔心，這就是把工人當作傻瓜看待。工人看著現實生活，觀察著事變過程，得出了共產主義觀點是最正確的觀點的結論，而一下子突然變了！他讀了在學校裡學過，聽過千百次的國歌，突然變成了保皇黨人！真有意思，他（工人──引用者注）是個需要監護的小孩：只許讀關於神父和富農，關於怎樣過公社生活以及諸如此類的鼓動書籍。」

接著，克魯普斯卡婭繼續說：

> 「當然，誰也沒有認真地說，要把十月革命前出的書籍統統燒掉，但這是從那些想只給工人看鼓動書籍的願望中必然得到的邏輯結論⋯⋯」

6.3 列寧關於無產階級文化的馬克思主義論斷

還是這個「無產階級文化派」，它一本正經地宣布：像舊文化這樣的「舊房子」，無產階級不需要，因為它「充滿著異己的情緒」──異己的情緒，即非本階級的情緒，甚至是敵對階級的情緒。怎麼辦呢？他們宣稱，要建造自己的新房子，「在這裡每一塊磚頭都是泥瓦工自覺地砌上的。」②

這真是絕妙的比喻。對這個妙不可言的諷喻，列寧也報之以

---

① 克魯普斯卡婭（**Н. К. Крупская**，1869－1939），這裡所引見〈沒有根據的擔心〉一文，載《真理報》1919 年 2 月 6 日，引自上引書，頁 129－131。
② 見上引書，頁 6，又頁 395。

幽默的諷喻，他反駁道：

「難道我們比這些資本家愚蠢，竟不會利用這種『建築材料』來建設共產主義的俄國嗎？」[1]

所以那時蘇維埃俄國流行著一句諷刺性的尖刻話，叫做：「可以用資本主義的磚頭，來建設共產主義的大廈！」這是很幽默的針鋒相對，這種語言是很誘人的。聯想到「自動生產線」也屬於要砸爛的資產階級精神文明的說法，就更覺得發人深思了。

1920年10月裡，列寧在一個星期內寫了兩篇非常尖銳的短文，掃清這種貌似十分先進而其實十分有害的論調。一篇是大家熟知的〈青年團的任務〉（10月2日），另一篇也是大家熟知的〈論無產階級文化〉（10月8日）。

在前一篇短文裡，列寧理直氣壯地指出：

「應當明確地認識到，只有確切地了解人類全部發展過程所創造的文化，只有對這種文化加以改造，才能建設無產階級的文化，沒有這樣的認識，我們就不能完成這項任務。無產階級文化並不是從天上掉下來的，也不是那些自命為無產階級文化專家的人杜撰出來的，如果認為是這樣，那完全是胡說。無產階級文化應當是人類在資本主義社會、地主社會和官僚社會壓迫下創造出來的全部知識合乎規律的發展。」[2]

在後一篇短文中，列寧更直截了當地指出：

「馬克思主義這一革命無產階級的思想體系贏得了世界歷史性的意義，是因為它並沒有拋棄資產階級時代最寶貴的成就，相反地卻吸收和改造了兩千多年來人類思想和文化發展中一切有價值的東西。只有在這個基礎上，按照這個方向，在無產階級專政（這是無

---

[1] 見《列寧全集》中文版，第二八卷，頁368。
[2] 見列寧：〈青年團的任務〉，《列寧選集》卷四，頁348。

產階級反對一切剝削的最後的鬥爭）的實際經驗的鼓舞下繼續進行工作，才能認為是發展真正無產階級的文化。」[1]

6.4 「無產階級的語言」是違反科學和社會實踐的

但是「無產階級文化派」這種極左思潮，卻並沒有因為列寧批評了而煙消雲散。一種思潮絕不會因為一個權威（即使像列寧那樣享有崇高威望的權威）批評一兩句而自行消失的。當某種觀點形成思潮時，它要受到實踐的衝擊和理論的反覆批駁才能夠退出社會舞台。

兩年後，1922年9月，《真理報》發表了「理論家」普列特涅夫的文章〈在意識形態戰線上〉，又一次宣揚這種觀點。列寧當天就注意到了，他在文章的許多地方加了旁注，並且把他批注的文章送給當時《真理報》總編輯布哈林，說「這是偽造歷史唯物主義！」（著重點是列寧加的），而且「玩弄歷史唯物主義！」[2]。

就是在這篇被列寧稱為「偽造」和「玩弄」歷史唯物主義的論文[3]中，作者提出了所謂「階級語言」的「新」論點。他說：

「革命的瘋狂的高速度今天已經給我們帶來新的內容，突破了語言的那些『優雅的』古典形式。」（著重點是引用者加的）

革命會給語言帶來「新的內容」，這句話無疑是正確的；特別是語言中最敏感的部分——語彙——會發生相當大的變化，這當然是對的。但這「新的內容」是什麼意思呢？它只能意味著增

---

① 見列寧：〈論無產階級文化〉，《列寧選集》卷四，頁362。
② 見列寧1922年9月27日給布哈林的便條，引自《列寧全集》中文版，卷三五，頁557。
③ 這篇論文中譯見《蘇聯「無產階級文化派」論爭資料》，頁17－33。

加了一些新語彙，淘汰了一些舊語彙，以及改變了某些語彙的傳統語義（或者縮小了，或者擴大了，或者改換了原來的語義），這種變化在日常社會生活中無時無刻不在進行，可是在革命（激烈的變革）的過程中，確實大大加速了，但是這永遠不意味著原來語言的「爆發」。語言之所以不能「爆發」，是因為語言絕不會像社會那樣「爆發」革命。語言是千百代傳下來的社會「規範」；有生命力的語言（活著的語言）每天都在更新著，但是每一個微小的更新都是從原來的基礎出發的，都沒有「突變」原來的規模。社會的任何激變，都不可能將語言從一種形式（語言的外形）「突變」為另一種形式（另一種結構）。「突變」在語言的發展過程中是不可思議的。

這位「理論家」繼續寫道：

「為了服從生活的速度，我們的語彙現在變得像電報般精確，把詞的內容大大壓縮，而且到了毫不連貫的境地。」

這裡的黑線是列寧加的，列寧在這裡還加上一個「？」號。

無論多麼激烈的革命行動，也不能而且不需要把語言倏忽間改造成為「電報般精確」。社會語言絕不能都變成電報。電報用最少的語彙傳達最大的信息，而且盡可能將多餘的剩餘信息滯留不發，只突出最主要的信息。能做到這地步，就叫做「精確」的電報；否則，就是拖泥帶水，不精確。可是社會生活中多數場合不必這樣做，而且在傳遞過程中遇到干擾時還得加上去一些在電報中省略的剩餘信息。人的日常對話如果完全給「改造」為電報那麼「精確」，或者，文學作品如果也用電報的語言來寫，而且把「詞的內容大大壓縮」，形象思維就不能夠通過豐富的語言傳達給讀者。那還叫什麼文學？至於要把語言「改造」到「毫不連貫」的程度，在社會交際中只能引起不必要的甚至可笑的混亂。

語言的發展──儘管它經歷過多次激烈的社會變革──也絕不會沿著電報方向。語言都變成電報，那麼人的生活就變成一種不可能存在的「電報」化交際了。

這位唐‧吉訶德舉了個例子來證明他的新學說：

「你們不妨試試把『電氣化』和『放射性』這兩個詞翻譯成舊的『優雅的』奧勃洛摩夫的俄語，而我們通過這兩個詞，很容易聯想到經濟、技術和科學方面這些現象的無可比擬的規模。」（這裡的黑線也是列寧加的──引用者）

完全正確！「電氣化」和「放射性」絕不能「翻譯」成舊的語言──不，更準確地說，絕不能用舊語彙（不是語言）來「翻譯」像「電氣化」或「放射性」這樣的新事物。這些新語彙是在新的生產力和新的生產關係基礎上產生的。古書中哪裡能找到今日的新語彙呢？（三〇年代時有人提倡什麼從古書中尋活字彙，留下了可笑的記憶！）正如在二〇年代上舉的一篇語言創造家的論文中，找不到我們今天流行的「信息量」、「核擴散」這樣的語彙。這正好說明，社會生活的變化必然引起語言（特別是語彙）的變異；反過來，語彙的變異也必然反映出社會生活的變化。不能因為新語彙「翻譯」不成舊語彙，就認為語言已經「突變」了──「突變」只是一種幻想，語言就其整體來說，還是繼續前進著、生存著、發展著，而在前進的過程中不斷豐富自己。

語言「突變」會引起什麼社會後果呢？據說──

「這就使文學創作的內容、形式及其使命有了很大的改變。個人主義的感受公式讓位給群眾運動，文學創作的背景擴大到無限的規模。概括地、一元論地思維的能力現在變成藝術家的像呼吸、吃喝一樣的需要。」（黑線是列寧加的──引用者）

列寧讀到這裡，批了一個「嘿！」字。

按照上面「一元論地思維」的邏輯，必然得出下列公式：社會革命引起了語言的「突變」，而語言的「突變」引起了文學藝術的內容、形式甚至使命的「很大的改變」。

無需反駁，正常思維的讀者都可以得出應有的結論。

所謂語言「突變」或無產階級「創造」新語言的論斷，一直在延續。1923 年《真理報》又發表了一篇題名為〈論無產階級文學〉[1]的論文，繼續宣揚下面的觀點：

「無產階級詩歌的語言應是工業無產階級的語言。」

「初學寫作的無產階級詩人應當堅持工人語言。」

「布爾什維克在革命期間創造了自己的語言和自己的文體。」

工人的語言「是最深刻含義上的革命的語言。」

「在工人語言中我們可以找到許多背離所謂文學語言的地方。」

「『文法不通』往往只是表現工人口語合乎規律的特點的未完成的形式。」（以上著重點都是引用者加的）

上面摘引的論點，不論從普通語言學或社會語言學的角度看，還是從現實社會生活的角度看，都是站不住腳的。難道在人類社會中果然存在著一種同社會的全體成員的公用語（即史達林論著中所稱的「全民語言」）完全相異的「工人語言」嗎？難道真有一種足以同公用語言相匹敵的「工業無產階級的語言」或「布爾什維克在革命期間創造了的語言」嗎？

這裡所謂的「無產階級語言」，如果不是指某些行話（更準確地說，公用語中夾雜著一些行話或習慣語），而是指一種獨立

---

[1] 這篇文章的作者是杜鮑夫斯科伊，發表於《真理報》1923 年 2 月 10 日；文章是作為批判普列特涅夫而寫的，但文中仍有很多似是而非的觀點。見《蘇聯「無產階級文化派」論爭資料》，頁 317—342。

存在的階級交際工具（有自己的發音，自己的語彙和自己的語法），如果它（這種「獨立存在」的語言）只能為「工業無產階級」服務，而不能為其他社會階級服務，不能為社會全體成員服務，那麼，用這種「獨立」的語言寫出來的文學作品，也只能讓「工業無產階級」本身使用，這種語言（如果真的存在的話）將失去它的社會機能，失去它的作為人與人交際的作用，它將變為一種「切口」，如果不說它變得一文不值的話。現實生活不存在這樣的一種語言。至於工人口頭語中夾雜某些特殊語彙或習慣用法，那是完全可能的，但這不可能發展成為一種獨立的階級語言。

至於把「工人語言」同「文學語言」對立起來，那至少也是一種偏見。文學語言無非洗鍊過的日常語言，而不是帶有特殊含義或造作的語言；同樣，工人語言也絕非一種「未完成」的不合語法的語言。舊時代工人之所以說出不合語法的語言（「文法不通」的語言），因為他們受剝削，被排斥在受教育的大門外，而不是因為越不合語法，才越顯得無產階級化、革命化。布爾什維克即使在最徹底的革命中也不可能「創造」出一種「無產階級語言」來。

7

語言論爭的社會意義

7.1 五四運動和語言論戰——「文（言）白（話）之爭」

　　五四運動是中國現代史上一次深刻的思想解放運動①。這個運動是在俄國十月革命的指引下發生的。這次思想解放運動在知識分子中間爆發，本質上是一場反對封建主義的思想文化鬥爭——五四運動的主催者，中國的愛國的進步的知識階層，為了挽救中華民族的沉淪，反對舊意識，反對「孔家店」（封建主義的代表和頑固的堡壘），反對舊的脫離民眾的書面語（文言文），提倡「德」先生（民主）和「賽」先生（科學）②，提倡個性解放，提倡能表達群眾口頭語的白話文。這次運動是在近百年反帝反封建的人民運動的背景下誕生的，它對未來的新時代起著十分重要的影響。

---

① 這一章是從社會語言學的見地來論述五四運動，大眾語論爭，以及延安整風運動的；作者沒有能力對這幾次思想解放運動作全面論述。讀者將在現代思想史著作中找到這些論斷。

② 「德」先生和「賽」先生——五四時期的外來語，即「德（謨克拉西）」＝民主，「賽（恩斯）」＝科學。

所謂文（言）白（話）之爭的語言論戰，完全超出了語言學的領域，本質上成為思想解放運動的重要組成部分。革新者要導入新的思想——因此，他們堅定地認為，如果繼續使用僵化了的，程式化了的，八股化了的，與當代民眾日常講話嚴重脫節的文言文來作交際工具，絕不能準確地有效地並且優美地表達革新思想，而這革新思想又是全民族所迫切需要的。知識界的代表人物，幾乎毫無例外地參加了這場語言論戰。在世界近現代史上，未必見過如此波瀾壯闊的語言論戰。守舊派人物則竭力維護舊文字的「尊嚴」，實質上是要維護舊思想的統治地位；他們抨擊白話文是凡夫走卒所操的語言，因而是「低級」語言，絕不能登大雅之堂，更不能有效地表達他們所奉為神聖教條的「國粹」思想。守舊派中本來有些有識之士，原先也主張打開窗口看世界，但是他們囿於傳統的偏見，死抱著那僵化了的交際工具（文言文）不放。革新派從語言文字進化的理論出發，同時，本質上從反帝反封建的民主主義思想出發，在嚴肅的論戰中給守舊派以迎頭痛擊。

　　這場鬥爭雖已經過去六十多年了，但是因為它又是語言論爭又不僅僅是語言論爭，因此對它的意義是要作出足夠的估價的。在這場運動中，林紓（守舊派的代表人物之一）和蔡元培（革新派的代表人物之一）交換的信件①，從我們這個論題來看，帶有典型的意義。

　　林紓抨擊蔡元培「覆孔孟，鏟倫常」（這是解放思想問題），且又「盡廢古書，行用土語為文字」（這是語言運動即文字改革

① 林紓：〈致蔡鶴卿書〉；蔡元培：〈答林君琴南函〉。均見 1919 年 3 月 21 日《北京大學日刊》，引自《文學運動史料選》第一冊（上海教育，1979），頁 139 － 149，下文所引，均出此。

問題）。林紓表白自己不是一個鎖國主義者，他自稱花十九年工夫，譯了西洋小說一百二十三種，都凡一千二百萬言，「實未見中有違忤五常之語，何時賢乃有此叛親蔑倫之論。」——這位雖不是鎖國主義，毋寧是頗多愛國主義的迂夫子，他聽人口述（他不懂洋文），由他用雅致的文言文「翻譯」出了很多西洋文學名著，這是不可磨滅的功績；但他把所接觸的西方反封建的作品，都硬納入「五常」範圍，這是可憐亦復可笑的。林紓說，孔子的主張在中國不能貫徹，不是孔子自身的過錯；當今中國積弱，更不能怪孔子。他不理解封建主義長期壓迫下的中國為什麼不能自拔，為什麼要借用「德」「賽」兩先生救中國。他以為反孔家店只是時下的人們「以成敗論英雄」，其迂腐情狀，溢於言表。

林紓這衛道士慷慨陳詞，泣血「上書」，慨嘆「若盡廢古書，行用土語為文字，則都下引車賣漿之徒所操之語，按之皆有文法，不類閩廣人為無文法之啁啾，據此則凡京津之稗販，均可用為教授矣。」於是這位迂夫子長嘆一聲，「總之，非讀破萬卷，不能為古文，亦並不能為白話。」

六十多年後讀這一段引文，自然會搗著嘴笑。但當時的論戰卻是正經的，嚴肅的，認真的。

林紓的公開信載於 1919 年 3 月 18 日北京的《公言報》；同日蔡元培立即覆了一封義正辭嚴，卻又充分說理的信，信中首先批駁了守舊派所誣衊的「鑱倫常」一說，說是「言仁愛，言自由，言秩序，戒欺詐，而一切科學，皆為增進知識之需，寧有鑱之之理歟？」革新派要打倒的是幾千年壓得人民喘不過氣來的封建舊意識及其代表者「孔家店」，而不是要「鑱除」社會成員之間正常的關係（「倫常」）。蔡元培信中指出，「白話與文言，形式不同而已，內容一也。」這就是我們現在說的，白話文和文言

文都只不過一種社會交際工具，而所記錄和傳達的內容則是一樣的。信中還舉例說，《天演論》、《法意》、《原富》等著作，原文都是外國人用外國白話寫成的，而嚴復卻用中國文言譯成；小仲馬、狄更斯、哈德所著小說，也都是外國人用外國白話寫成的，而您林紓卻把它們譯為文言文。難道可以得出這樣的結論，即：嚴譯林譯都是文言文，因此其內容必定高於白話文寫的原著嗎？蔡元培接著說，如果人們上課不用口語（白話）講解古書，那麼，大家聽得懂嗎？

兩派（革新派和守舊派）的代表人物針鋒相對地進行一場表面上只關係到語言（文字）的論戰，實質上，在社會上掀起了一場有深刻意義的思想解放運動。蔡元培、李大釗、陳獨秀、魯迅、錢玄同、劉半農以及胡適、周作人等，當時作為革新派出戰。正如毛澤東後來所說：「五四運動，在其開始，是共產主義的知識分子、革命的小資產階級知識分子和資產階級知識分子（他們是當時運動中的右翼）三部分人的統一戰線的革命運動。」①

7.2 錢玄同和劉半農合演的一場雙簧：語言論戰的插曲

在這場運動中饒有興味的是錢玄同與劉半農在《新青年》雜誌上合演的一場「雙簧」戲 —— 錢玄同化名為「王敬軒」，打扮成一個反對新文化運動的頑固派。「王敬軒」用古奧的文言文，用舊式圈點而不用新式標點，寫了一封古色古香、古味盎然的信給《新青年》雜誌，歷數新文學和白話文的「罪狀」；然後劉半

---

① 見〈新民主主義論〉，《毛澤東選集》四卷合訂本，頁 693。

農以雜誌編者身分——用「記者」名義，覆了一封公開信，對「王敬軒」的論點逐一批駁，用的是白話文，加上新式標點。一封來信，一封覆信，同時刊登在1918年3月15日出版的《新青年》第四卷第三號上①。無論「王敬軒」的「惡毒攻擊」，還是「記者」的針鋒相對，都可謂潑辣幽默，痛快淋漓。這兩封預先商量好的信發表出來，對當時的運動起了很大的推進作用。這叫人聯想起《資本論》出版後馬克思和恩格斯兩人扮演的那場「雙簧」戲——為了打破那時資產階級學術界對這部巨著漠不關心的狀態，恩格斯曾化名扮作一個資產階級學者「抨擊」這部著作，然後馬克思作文加以申辯或駁斥②。不消說得，「王敬軒」被駁得「體無完膚」，於是守舊派的衛道士們就坐立不安，以至於林紓咬牙切齒地寫了一篇文言小說〈荊生〉③，發洩他對革新派的痛恨。小說中一個被否定的人物取名為「金心異」——「金」即「錢」，「心」為「玄」，「異」對「同」，金心異影射錢玄同，可見「影射文學」是自古有之的。小說的正面人物是荊生將軍——這位英雄終於以武力鎮壓了金心異之流的「人間之怪物」，其痛恨之情，溢於言表。

　　這是偉大運動中的一場插曲，不過雖然是小小的插曲，卻反

---

① 兩信見《新青年》第四卷第三號：《文學革命之反響》，〈王敬軒君來信〉和〈答王敬軒書〉，此處引自《文學運動史料選》第一冊，頁47－67。
　　姜德明有一篇寫得很精闢的文章：〈魯迅與錢玄同〉，其中涉及金心異問題，可參看。見《書葉集》（廣州，1981）。

② 恩格斯1867年9月11日寫信給馬克思說：「要推動這部書，我當從資產階級的觀點去加以攻擊，你以為怎樣？」第二天，馬克思回信說：「你從資產階級的觀點『批評』此書的計劃是最好的戰鬥方法。」（見《馬克思恩格斯全集》第三一卷，頁351－352。信件編號為#177及#178。參看我的短文〈要讓論敵說話〉，收在《書林漫步》（上海，1962；北京，1979）中。

③〈荊生〉是一篇很短的小說，全以洩憤為目的。見《文學運動史料選》第一冊，頁131－132。

映出當時激動人心的場景。

站在這場思想解放鬥爭最前列的無疑是魯迅。魯迅不僅以他的鋒銳的雜文，而且以他的新文學作品參加了戰鬥。魯迅一針見血地揭露了守舊派死抱著「僵死的語言」不放的真正目的，於是把文白之爭這樣的語言運動同偉大的思想解放運動聯繫起來。他尖銳地指出：

> 「做了人類想成仙；生在地上要上天；明明是現代人，吸著現在的空氣，卻偏要勒派朽腐的名教，僵死的語言，侮蔑盡現在，這都是『現在的屠殺者』。殺了『現在』，也便殺了『將來』。——將來是子孫的時代。」[1]

7.3 關於語言問題的四條「主張」

從社會語言學的角度看來，在這場思想解放運動中，值得一提的，還有胡適關於表達方式的論述。他在〈建設的文學革命論〉[2]（1918）中揭示的四條「主張」是：

一、「要有話說，方才說話。」

——這就是說，要有什麼信息傳遞或有什麼思想交流時，才發出信息。如果天天重複已經說過多次的話，或者本來沒有話說，卻硬湊幾句「廢話」來說，都是不必要的。按信息論來說，那些話的信息量很少很少，甚至等於零。

二、「有什麼話，說什麼話，話怎麼說，就怎麼說。」

---

① 見魯迅：〈隨感錄（五十七）——現在的屠殺者〉，收在《熱風》中，單行本（1973），頁 50。
② 〈建設的文學革命論〉，載 1918 年 4 月 15 日《新青年》第四卷第四號，見《文學運動史料選》第一冊，頁 68—83。下文引的「四條」，見頁 69。全文可以參看。

——這裡涉及表達方式問題：要用最經濟的、最有效的、最不造作的話，來表達最大的信息量。

　　三、「要說我自己的話，別說別人的話。」

　　——這裡告誡說，不要盲目抄襲前人的話，或照搬別人的話；那樣的語言不起傳達作用，只起重複作用。

　　四、「是什麼時代的人，說什麼時代的話。」

　　——文言文已經脫離民眾很久了，要使信息交換有效，就得說今日民眾還在說著的白話。

　　這四條「主張」，在當時來講，是對舊秩序發生衝擊作用，有它的存在價值的。這四條主張的提法在當時也是新穎的、少見的，因此也應當說是有創見的。

7.4　文體改革的社會意義

　　這樣，文體的改革（用白話文代替文言文，用新式標點符號代替舊式圈點）和「文學革命」（反對盲從古人，反對以「孔家店」為代表的封建舊意識，提倡從吃人的禮教——封建主義的一切束縛下解放人的個性與才能）是息息相關的。由此可見，這種語言運動不是孤立的「純」科學討論，而是與社會運動，社會變革密切聯繫著的。革新者的主張反映了長期受封建壓迫而要起來擺脫或推翻這種壓迫的人們的要求，也符合社會發展的趨向。自此以後，白話文迅速取代了文言文，在新出版物中成為壓倒一切的文體。中國的知識界在這次運動中並沒有、也不可能「創造」什麼「新語言」，甚至根本沒有提出過「創造」語言的論點；只不過要把社會生活中的日常交際工具（口頭語）寫成書面語——白話文，廢棄那種已經脫離了現實生活的「僵死的語言」——文言文。

有趣的是，林紓這位介紹過西方許多作品的先行者，舉了迭更（即狄更斯）的例子來預言古文之不會亡。他說這位「迭更」「累斥希臘拉丁羅馬之文為死物，而至今仍存者」[1]，意思是說，儘管這位大名鼎鼎的英國作家，屢屢反對使用古拉丁文古希臘文，卻始終反不掉——希臘文拉丁文到現在還繼續存在。可憐這位不懂洋文的守舊派不知道，用當代語言去反映當代的社會生活，這是一回事；而古人用古代語言（希臘、拉丁）去反映古代的社會生活，這是另外一回事。這兩者都是合理的，而且是應該的。既然古文反映了古代社會的思想和生活，它一定會存在下去，絕不會湮沒。「五四」以來，我們的白話文在社會生活的一切方面取代了文言文，但是用文言文寫成的古書還繼續印行著，有些人還不斷地對它進行研究，古文是不會滅亡的，只不過它不再被人作為當代社會的交際工具使用罷了。

7.5　文藝復興時期用世俗語言代替僵死的拉丁語

　　語言運動同思想運動密切相關的這一命題，在考察歐洲文藝復興時期的歷史時，又一次得到了類似的證實。

　　文藝復興是歐洲近代一次思想解放運動。歐洲人在文藝復興運動中，擺脫了中世紀的政治枷鎖和思想束縛，重新發現了埋沒已久的人性，衝破了經院哲學及其僵死的古語文的桎梏，打開了一條資產階級個性發展的道路。

　　那時，人們「找回了」古典文化，並將古典文化加以改造，以符合自己的階級需要——這樣就產生了世俗科學（對上界玄學

---

[1]　見林紓致蔡元培信，《文學運動史料選》第一冊，頁140。

而言），即人文科學（對神學而言），排除了神學在思想學術界的統治地位①。

人文科學（即世俗科學）是從講授希臘、羅馬古典修辭學、哲學、天算學等出發的；因此，在這個意義上說，文藝復興運動又不啻為一場從古典再出發的運動。

在我們研究語言史時值得一提的有趣的插曲是，當他們從古典再出發時，突然發現古典語文（主要是拉丁文），作為經院神學長期統治的結果，已經成為一種僵死的語言，不能夠很俐落地、很有效地表達那個時代世俗人群的思維活動，於是，革新者便努力去找尋新的語言工具——他們找到了世俗語言。封建制度使義大利——這是歐洲文藝復興運動的發祥地——四分五裂，那樣的生產關係使大量方言土語孤立地發展，得不到交融的機會，而在上流統治階級的社會中，則流行一種宮廷語言，這是世俗語言的一種階級變體——它不是階級語言，任何人要說也能說，要學也能學會——這種宮廷語言畢竟帶有太多上流階級的習慣用語，它們表達不出世俗人群的活生生的思維活動。

這時，偉大的佛羅倫薩詩人但丁，不但用了托斯卡尼方言（這也許是當時比較最有影響的方言）寫下了不朽的詩篇，而且他以畢生的精力，經過縝密的調查研究和深思熟慮，終於在他去世前不久寫下了《俗語論》②。據但丁的同時代人，另一個著名的作家薄伽丘說，但丁寫這部著作是很用功的——但丁深知僵化的死語言，和外表華麗但只限於少數人運用的宮廷語言，以及為

---

① 參看瑞士布克哈特（Jacob Burckhardt）：《義大利文藝復興時期的文化》（*The Civilization of the Renaissance in Italy*）中文本（北京商務，1981），第五篇，第三章〈語言是社交的基礎〉。

② 但丁的論文《論義大利的語言》於 1577 年在巴黎出版時名為《俗語論》（*De vulgare eloquentia*）。

數眾多的方言土語,都不能單獨成為統一的民族規範語。但丁一方面用自己的作品(實踐),一方面靠自己的研究,奠定了民族語發展的基礎,只有採用富有生命力的世俗群眾語言,吸收許多方言土語的有益成分,來代替那種「高雅」的僵死語言,才能產生近代民族的公用語。這樣,義大利(規範)語言才成為「一個有生命的社會的財產」[1]。

7.6 三〇年代大眾語論爭是「五四」語言論爭的發展

　　三〇年代初在我國知識界中發生的大眾語論爭,從社會語言學角度看,實質上是「五四」前後語言問題論爭的繼續;或者可以說,是五四思想解放運動在新的社會語境中合乎邏輯的發展。以1931年日本軍國主義者發動的「九一八」事變為標誌的民族危機日益加劇,統治階級對革命勢力的「圍剿」(所謂「先安內而後攘外」),也直接加深了民族危機。挽救民族危亡的民族解放鬥爭,在大多數老百姓擁護和參與下席捲全國。在這樣的形勢下,特別是在國民黨統治區對革命文化和進步文化的「圍剿」遭到了失敗的時候,統治階級中的知識界頑固派企圖用提倡「復興文言」和「尊孔讀經」來維持一個「偏安」局面,以便維護那時搖搖欲墜的反動政權──可笑的是,在語言學領域,現在又一次築起了「五四」時期守舊派已經守不住的「文言」堡壘。對於進步的革命的知識界來說,這個堡壘是不堪一擊的;但是在這樣的民族危機深重時,擺在他們面前的,是用什麼交際媒介(文字

────────────

[1] 見《義大利文藝復興時期的文化》,頁 374。

或書面語言）才能更加迅速有效地吸引人民大眾，才能有力地傳播救亡思想，引導人民大眾參加挽救民族危亡的現實鬥爭。

看上去又是個語言問題，至多不過是個語言運動問題，但是這場語言論爭帶有深刻的社會意義，它的實踐作用大大超出了語言的範疇，而進入思想運動的領域。

所以，當人們看到那時思想界的先進分子，如魯迅、瞿秋白、茅盾、陳望道、胡愈之等，都參加了這次語言論爭，這是毫不足奇的。有的人認為「五四」時期提倡的白話文，不過是一種脫離大眾的「新文言」，是一種非驢非馬的語言混合體，甚至是一種從來就沒有活過的（書面）語言；有的人認為「五四」時期習用下來的白話文，已經是一種「死的語言」[1]，它比不上舊小說所用的白話文——舊小說用的白話文，據說比知識界用的白話文，更加接近人民群眾的口頭語，因此，現在要用「新興階級」的語言來寫作。這裡所說的「新興階級」，不是別的，而是新興的無產階級。令人吃驚的是，此時此地又重複了蘇維埃俄國二〇年代的「造語」運動——彼時也一樣提出了工業無產階級語言問題。有的人不以為然，他們提問：「新興階級」的語言是什麼東西呢？在現實社會生活中，到哪裡去找這種「新興階級」的語言呢？

在知識界進行的這場規模宏大的語言論戰，五十年後從社會語言學的角度來看，至少提出了下面幾個我們感到興趣的問題：

一、語言的社會性。為什麼在社會發生激烈變動的前後，或者社會意識形態發生激烈鬥爭的時期，幾乎一無例外地提出了語言問題？法國大革命、俄國十月革命、「五四」思想解放運動、

---

① 瞿秋白語。

民族解放運動，都帶來了不同規模的語言運動（就其象徵的意義說；有時甚至就其實際的意義說），這是為什麼？

二、語言的階級性。漢字（或推廣一點說，漢字所能記載的語言）是社會交際工具呢，還是統治階級特權階級「愚弄大眾的工具」？漢字是整個社會的信息載體，還是只能記錄一個階級（統治階級）所壟斷的「階級語言」？

三、民族語問題。「普通話」（特別是用漢字寫下來的書面語）是不是漢民族的民族語言，或者說是不是中華民族（由幾十個民族組成）的公用語言？那時認為中國還沒有形成一種共通的民族語，更不必說公用語言，因此用漢字寫成的書面語就不能有效地向群眾傳播思想。

四、方言土語問題。既然不存在民族語──或者如那時所認為的，還沒有形成民族共通語──，要傳播思想，就得使用書面化的方言土語為工具。當時的拉丁化運動一個特點，就是提倡方言拉丁化──普通話（北方話為基礎）被稱為「北拉」，即北方話拉丁化寫法①。

五、語言的書寫工具革新問題，即文字改革問題。漢字「難學難懂」，已經不適宜於做語言的書寫工具；漢字甚至有某種程度的僵化，沒有能力來做有效的書寫工具。文字必須改革──提倡廢除漢字，實行用拉丁字母拼音寫法來記錄語言；為了解決漢

---

① 漢語拉丁化新文字是瞿秋白等人參加設計的，1929年發表草案，1931年在海參崴華僑中試行。這就是後來稱為北方話拉丁化新文字方案的嚆矢。1935年12月我國知識界知名人士蔡元培、魯迅、郭沫若等六百八十八位簽名，發表了題為〈我們對於推行新文字的意見〉的文件。隨著救亡運動的展開，拉丁化新文字運動在全國各地蓬勃發展。當時主張方言區都制定拉丁化方案，認為方言經過書面化以及「能自然地、又是受著人工促進地和合成為更高階段的民族統一語」（1939，上海新文字研究會）。從1934到1937年，制定的方言拉丁化方案有十三種，參看周有光：《漢字改革概論》（北京，三版，1979）第一、二章。

語中同音字太多引起混淆，採取詞兒連寫的方法。

　　大眾語論爭並沒有從理論上正確地解決這些問題；尤其是從語言學的觀點看，更沒有達到目的。但是因為這個論爭從頭就同社會運動結合在一起，它對知識界以及人民群眾的思想影響是無比重大的。不消說，頑固派「振興文言」、「尊孔讀經」的倒行逆施，接戰不到一個回合就全軍覆沒，不再哼一聲了。大眾語論爭，帶來了拉丁化新文字運動，這個運動不是什麼「造語」運動，而不過是用拉丁字母為工具將口頭語更好地寫成書面語的文字改革運動；這個運動在三〇年代中期（1934 ─ 38 年）得到了長足的發展、成為新文化啟蒙運動和民族解放鬥爭的一個重要組成部分，如同歌詠運動、世界語運動等一樣，對於全民族的覺醒起著積極的重大的作用。由於社會的原因（例如抗日戰爭以及國共內戰），部分地由於這個語言運動理論上和實踐上有很多問題沒有得到解決，因此到了建國以後，就讓位給政府指導下的文字改革工作了。

7.7　延安整風運動中的語言問題

　　語言問題在 1942 年延安整風運動中重又提上日程，並且受到空前的重視。語言被當作宣傳的重要媒介，被當作表現思想作風的重要工具。1942 年整風運動中的語言問題 ── 從社會語言學的出發點來看 ── 是 1919 年「五四」運動中文白之爭的繼續，也是三〇年代民族解放運動中的大眾語論爭的繼續。那兩次論爭所沒有能解決的某些語言理論問題，在這又一次思想解放運動中被正確地解決了。例如，應當怎樣對待漢語（漢民族的民族語，中華民族的公用語）？應當採用什麼樣的語言來進行我們的

革命工作？應當在哪裡向何人學習語言？應當怎樣改進我們的語言表達能力，以便更精確更有效地傳遞信息和表達思想？等等。前兩次論爭出現的某些帶有片面性的理論或實踐，得到了糾正；有些問題在上兩次爭論中大家都講不清楚，這時也被提高到思想、理論的高度因而能迎刃而解。

從社會語言學的角度看，這次運動把語言問題提到什麼樣的高度？牽涉到哪幾方面的論點呢？我以為大體可以表述如下：

一、革命者必須學好語言。

——語言是思想傳播工具，是革命宣傳的武器，一個革命者必須學習語言，也就是練好武器。毛澤東說得好[1]：「一個人只要他對別人講話，他就是在做宣傳工作。只要他不是啞巴，他就總有幾句話要講的。所以我們的同志都非學習語言不可。」

二、反對空話連篇，言之無物。

——空話和廢話是沒有信息量的，也就是「無物」。如果又長又空，那就下決心不讓讀者看。所以「我們應當禁絕一切空話。」「主要的和首先的任務，是把那些又長又臭的懶婆娘的裹腳，趕快扔到垃圾桶裡去。」（毛澤東）

三、反對裝樣子故意嚇人的文風。

——魯迅批評過這種文風，他說：「辱罵和恐嚇絕不是戰鬥。」嚇人戰術，是剝削階級和流氓無產者所慣用的手段，無產階級不需要這類手段。無產階級需要的是嚴肅的戰鬥的科學態度。毛澤東總結說，「總之，任何機關做決定，發指示，任何同志寫文章，做演說，一概要靠馬克思列寧主義的真理，要靠有用。」

---

[1] 以下所引毛澤東語均見〈反對黨八股〉（1942）。我以為這篇文章是值得一切語言學研究者細讀的。

四、反對無的放矢，不看對象。

──語言是有針對性的，到什麼山唱什麼歌，這說明講話（信號源）要看什麼語境和什麼對象（受信者），隨便亂說是達不到傳遞信息的目的的。〈反對黨八股〉舉了一個生動的例子：「早幾年，在延安城牆上，曾經看見過這樣一個標語：『工人農民聯合起來爭取抗日勝利。』這個標語的意思並不壞，可是那工人的工字第二筆不是寫的一直，而是轉了兩個彎子，寫成了『互』字。人字呢？在右邊一筆加了三撇，寫成了『人』字。這位同志是古代文人學士的學生是無疑的了，可是他卻要寫在抗日時期延安這地方的牆壁上，就有些莫名其妙了。」

五、反對乏味的語言。

──乏味的語言就是語言無味，面目可憎，「一篇文章，一個演說，顛來倒去，總是那幾個名詞，一套『學生腔』，沒有一點生動活潑的語言」，這就叫做語言無味。人民的語言是「很豐富的，生動活潑的，表現實際生活的。」而乏味的語言則正相反。

六、要向人民群眾學習語言。

七、要從外國語言中吸取我們需要的成分。

八、要學習古人語言中有生命的東西。

──第六條涉及語言的群眾性；如果語言離開了人民群眾日常使用的口語（而這些口語是豐富多彩的），那麼，它就變成僵死的語言。第七條涉及外來語問題；社會生活的發展，使我們原來的語彙顯得不夠用了，就要從外國吸收新語彙。吸收新語彙（外來語），不是濫用外國語言。第八條講語言的繼承性；古語中有許多還有生命力的東西，要加以充分合理的運用，而不意味著搬用已經沒有生命力（死了）的語彙和典故。這叫做繼承。任何

人都不能把幾千年、幾百年的語言成分全劃分清楚，語言總是一代傳一代，而在相傳的過程中，有些語素消失了，有些變化了，有些則仍然有生命力。要繼承並吸收的正是有生命力的這一部分。

1942年整風運動是一場思想解放運動，絕不能把它降低為語言運動；但是在整風運動中著重地提出並解決了某些語言問題，特別是在衝破教條主義束縛這一點上，語言和思想運動走到一起來了。「洋八股必須廢止，空洞抽象的調頭必須少唱，教條主義必須休息，而代之以新鮮活潑的、為中國老百姓所喜聞樂見的中國作風和中國氣派。」這就是一場真正的思想解放運動——而語言，如同它在歷史上所有思想解放運動中所起的作用一樣，扮演了重要的角色。

7.8 人民共和國的文字改革問題

1949年這樣一場巨大的社會變革打破了語言的靜態，導致了某種程度的污染，因此1951年《人民日報》發表了〈正確地使用祖國語言，為語言的純潔和健康而鬥爭〉的社論。隨後就進行了文字改革。從文白之爭，到大眾語論爭，到延安整風對語言問題的重視，到五〇年代開始的文字改革措施，這是歷史的發展進程。文字改革的任務被規定為「簡化漢字」，「推廣普通話」，「創定和推行漢語拼音方案」。在可見的將來，還是這三個明確的任務①。

這裡我不打算來闡述這三個任務，我想提出一個問題，即所

---

① 周恩來的報告〈當前文字改革的任務〉（載於1958年1月13日《人民日報》）對三項任務作了十分精闢的闡述。此文有單行本，又收載在《現代漢語參考資料》中冊（上海教育，1981），頁123－134。

有這些措施，都是在承認現代漢語是漢族的民族語和中華各族人民的公用語這個大前提下出發的。明確這一點，是一個在幾十年語言論爭中的一個進步，一個很大的進步。現代漢語是民族語和公用語，那麼，為了整個社會的交際活動，有必要明確以北京語音為標準音（普通話），以進一步消除因自然經濟和交通不發達造成的語言隔閡——推廣普通話，不是企圖禁止和消滅方言，方言是過去幾千年的社會經濟條件形成的，一旦形成，它就成為地區社會成員的交際工具，而且是代代相傳的所謂「母語」，即使全民族公用語（普通話）順利地推廣，為這個地區的社會成員（特別是其中的青年少年）所完全掌握以後，這種傳統的母語（方言）也不會在短時期內消滅的——用行政命令更不能消滅語言。

　　為著更加有效地推廣全民族的公用語（普通話），單靠漢字是不行的，因為漢字本身不是拼音的，望字可以識義，但望字不能生音。利用拉丁字母拼寫漢字和漢語的拼音方案之所以產生和必要，這是最基本的原因。拼音方案並不企圖消滅漢字——漢字是消滅不了的，正如古代語言是客觀存在，它「死了」意味著不再被當代的社會成員當作交際工具，而不意味著消失——，也許將來在更完善的形式下代替了漢字，也許根本就代替不了，這是可以討論和研究的，也是未來的實踐所要檢驗的。沒有理由擔心拼音方案在很短時期內會替換漢字。一個民族，如果用它的語言創造的精神產品只有可數的若干書面成果，那麼，改換記錄這種語言的工具——文字——還比較容易；像漢語那樣的場合，用古漢語和現代漢語寫成的文獻簡直多到不可勝數，一下子用拉丁字母拼音將它置換了，整個社會生活將遭遇到想像不到的困難——甚至可以斷言，在很長的歷史時期中，這是做不到的。

既然漢字在可見的將來一直扮演著記錄現代漢語的角色，那麼，為著普及教育文化的需要，有理由要整理一下流傳了幾千年的這種「信息載體單元」（漢字）。辦法無非是：(1)簡化某些漢字（字形的簡易化）；(2)淘汰漢字的異體（字形的規範化）；(3)限制漢字的數量（用字的標準化）。漢字簡化不只是戰術上的考慮（為了人民書寫更加方便），而且是出於戰略上的考慮（有目的地整理幾千年相傳下來，而現代社會生活每日每時都還在運用著的交際工具）。

8

語言符號與非語言符號

8.1 語言是一種符號集，語言活動是人類高級神經活動第二信號系統

　　語言是一種符號集——符號系列，或符號集合。在錄音設備發明以前，人類使用分音節的有聲語言，往往受到時間和空間兩者的嚴格限制。今天講的話，明天就無法重現了。言語這符號集就不能完全滿足社會生活交際活動的需要。於是人用另一種符號〔書寫符號〕把語言〔聲音符號〕記錄下來，這樣就可以打破時空的限制。因為語言是一種符號，所以人們把文字稱為符號的符號。巴甫洛夫①在研究人類高級神經活動時，把語言的活動歸入第二信號系統，他把語言稱為信號的信號——這位生理學家認為，「如果我們關於周圍世界的感覺與表象，對於我們來說，乃是現實的第一信號——具體的信號，那麼，言語，特別首先是那種從言語器官達到大腦皮質的動覺刺激物，乃是第二信號，即信

---

① 巴甫洛夫（**И. П. Павлов**，1849－1936），俄國著名生理學家。從 1903 年起，他花了三十多年精力，研究高級神經活動，提出了兩個信號系統的學說。

號的信號。」[①]有了文字以後，在更大程度上擴大了語言作為人類交際工具的能力；但是在社會生活的一般情景下，文字常常起著對語言（有聲語言）的輔助作用。

8.2 符號最初帶有任意性或偶然性，但一經「約定俗成」，便表達特定語義

一切符號都帶有任意性。這就是說，為什麼採取這種符號（不論是有聲的或其他形式的符號）來代表這個意義，而不採取另外一種符號來代表，這多半是取決於創始這個符號的人的「主觀」意志。我在這裡說的「主觀」，不完全意味著個人的意志，這裡說的「主觀」，包括了時間和空間的因素（即時代、時期和地域、地區的因素），也包括了社會習慣。採取某一種符號（有聲的或是其他形式的）代表某一種意義，常常帶有一定的偶然性。任意性和偶然性在這個關係上都是指同樣的物事。但是這個被人（常常不是一個人）創始的符號，一經交換信息的社會群體公認──所謂「約定俗成」──和使用，它就不帶有任意性，它就只能表達特定意義，而成為一種公眾準則或社會準則了。分音節的有聲語言是這樣，書面語言（文字）也是這樣，代表一定意義（信息）的其他符號也都是這樣。

先舉個有聲語言的例子──有聲語言的例子，任何一個會講話的人也能舉出來，比如漢語把人稱為「人」，當 ren 這個聲音被公認指〔人〕以後，這個聲音符號〔ren〕當初為什麼就用來代表〔人〕，不能不帶有某種任意性或偶然性，可是一旦被社會

① 見巴甫洛夫全集卷三，第二分卷，頁 232─233。（中文本，《巴甫洛夫選集》，頁 177。）

所承認，〔ren〕這個符號就只能代表〔人〕，而不代表花、草、鳥、蟲……等等，這時就失去任意性了。

例如在現代城市交通管理上，紅燈這種符號，表示「不許通過」。——這裡面可能包括好幾層信息：

(1)指明這條道路前面有危險，不能往前走，不能通過了；

(2)指明十字路口的左右向交通渠道正在打開，車輛正在從左→右，或從右→左運行，十字路的這一條交叉（由前→後和後→前的方向）暫時不能通過，以免同左右通行的車輛碰撞—並非這條道本身前面有危險（如(1)），而是另外的意思；

(3)指明到這裡的車子必須停下來，接受檢查——這是在哨所，檢查所的場合下發生的。

打開綠燈，這恰恰表示了同紅燈相反的語義。綠燈這種符號，象徵暢通無阻——「一路開綠燈」，表示事情進行得十分順利，沒有任何留難或障礙的意思。

紅燈和綠燈，紅旗和綠旗，紅和綠——這一對符號的這種含義，最初可能是任意性的，或者，至少是帶有偶然性的。但是現代社會（不是古代社會）中這一對符號只能表示特定的意義，不帶任何一點任意性。

如果一個長住鄉間，從來沒有進過城的人，到了現代城市來，他就完全不能理解十字路口開紅燈或開綠燈的意義，他完全不能明白這一組符號傳達什麼信息——或者他只覺得很有趣，或者他會聯想到這裡面一定會表示什麼，但他說不出實際表示什麼，因為他完全沒有這種約定俗成（現代城市交通規則）的概念。這個人在開紅燈時闖過去了，這時，他完全不是有意去違反交通規則，換句話說，他完全不打算去反對現時的社會準則，只不過他在實踐上無視了這種約定俗成的社會準則，因為在他的大

腦永久儲存庫（記憶庫）中完全沒有現代城市裡眾所周知的「習慣」語義，而紅燈和綠燈這一對符號（信號）本身，並不能引起這種語義，更不能「創造」這種語義。

這裡應當提起，在「文化大革命」的歲月裡，紅衛兵曾經企圖把這種習慣語義改變過來——但最後沒有成功。這些天真的娃娃那時是一個勁地想鬧革命，而他們從小就知道「紅」這種顏色就是代表革命：紅旗、紅領巾、紅心、紅太陽……等等，而現在忽然發現，在十字路口「紅」燈卻表示要停止不前，他們幼稚而天真的大腦認為這完全是同革命開玩笑，紅應當是所向無前而不應當是退縮不前的，因此他們曾經提議要把紅燈表示可以通過，而綠燈表示不准通過。這種建議現在看起來是可笑的，但當時的娃娃們是嚴肅的，他們的考慮是認真的，只不過他們的思路過於簡單化，從而把人類社會生活看得太不複雜，而又過分強調或崇拜主觀意志能動的力量。把綠的顏色代表停止，讓紅的顏色代表前進，這種想法完全不是可笑的，如果在一個完全與外界隔絕的、封閉的小山村中，完全可能這樣倒轉過來的。但在一個每日每時必須同外界接觸，又經歷了近代現代社會發展進程的城市裡，這種違反社會準則的意願是不能成功的。這時不能引用一切符號都是任意性的這條原理。

日常生活碰到的一件小事，例如藥房中有毒性的藥，一般都貼著一張印有一個骷髏頭加上兩條交叉著的骨頭的警告信號的紙，表明內有毒藥，千萬小心！這個符號（一個骷髏頭加上兩條交叉著的骨頭）能產生毒藥的語義嗎？回答是：能；同時又是：不能。對於有過死人的經驗，在大腦存儲著骷髏記憶的人，這個符號能引起記憶，聯想到死。但是，對於一個三、四歲小孩，他沒有過死人經驗，他不知道人死了會變成只剩下骷髏這種概念，

那麼，這個符號絕不能引起會死的聯想。符號本身是不能創造語義的。在高壓變電站的門外，往往有一條電波↯，再寫上一個「危險」或"danger"或"опасно"字樣，也是一種警告信號，這種符號也是約定俗成，起著警告作用。

語義學家沙夫舉過一個例子①。他說，有兩個人想走過馬路，燈柱上的紅燈亮了，其中一人看見紅燈亮了便立即停下步來，因為他懂得城市交通規則，換句話說，他這個行為符合這裡的社會準則；另一個人卻要繼續前進，因為他不懂得交通規則，但他確實不是企圖違反社會準則。頭一個人制止第二個人，並且向他解釋：「你看見紅燈嗎？這個符號表示，此刻暫時不許橫過馬路；當綠燈亮了，你才能橫過馬路。」不一會，紅燈滅了，果然綠燈亮了，這兩人才繼續前進。到了下一個十字路口，又亮了紅燈，這時，原來看見紅燈也不肯停下來的那個人，中止了橫過馬路的想法，因為他已經懂得紅燈在交通中的語義，從而他的行為也符合了社會準則。在實際行動上，他停了步，他等綠燈。

這個小插曲表示什麼呢？

第一，它表明，如果沒有約定俗成的語義，任何符號都不能達到傳遞任何信息的目的；

第二，它表明，如果人人都不遵從這種社會公認的符號語義，那麼，社會生活就會引起混亂——或者說，當這些公認的符號失掉自己的語義時，它就在社會生活中完全不起作用了。

---

① 見沙夫（Adam Schaff）：《語義學引論》（*Introduction to Semantics*, 1962），中文本（羅蘭、周易譯），北京商務，頁 212－213。
在同一地方，沙夫還舉了這樣的例子：
我對一個不懂法語的人說："Donnez-moí mon chapeau, s'il vous plaît"。他的唯一的反應是：「我不懂你說什麼」。我再用英語重複表示我的意思："Give me my hat, please."這個人微笑了，並且把我的帽子遞給我。他懂得我所說的話的意思了。

8.3 在一定的社會語境裡，語言（文字）要被其他符號所代替

　　現代社會生活的某種特殊情景，不能使用或不滿足於使用語言（有聲語言和書寫語言）作為交際工具，常常求助於能直接打動（刺激）人的感覺器官的各種各樣的符號，以代替語言，以便更直接，更有效，並能更迅速地作出反應。

　　從前，在我國的封建主義時代，大路的某些地方或什麼重要建築物的入口處，常常豎立一塊石碑，上面寫著：

文	武	官	員
到	此	下	馬

那時是以馬為主要交通工具的時代，是一個節奏很慢的社會。官員們騎著馬到這裡，見到有這樣標誌的石碑就停下來，自己下了馬，用兩條腿繼續走到他應當去的地方。那是和當時的社會生活相適應的：節奏很慢，交通工具也只有跑馬那麼快。人們可以隨時停下來，仔細閱讀這塊石碑所鐫刻的文字。於是，刻在石碑上的文字，就起了傳達信息的作用。

　　現在不同了。比方說，現代社會使用的主要交通工具是機車，汽車每小時要開六十公里或更快些，火車的速度就更快。人們駕駛著汽車，看見前面一塊小小的石碑，還來不及看懂上面的文字（不可能！），那上面的一行或兩行字，坐在飛速跑過的汽車上的人看起來，根本看不清那是什麼東西。這塊石碑的指令性的文字，完全不起作用，失去了傳遞信息的作用。高速度的交通工具，不可能隨時停下來，讓開車的司機慢慢閱讀路旁的「指

令」——那樣做完全不符合現代社會的節奏。因此，遇到這樣的場合，通常只是在路邊豎起一個木牌，上面用黃色（或紅色）畫一道橫槓——這就是現代社會公認的符號，語義就是：「不許通過！」用紅色，表示現代約定俗成的語義，同紅燈一樣的語義；用黃色，也許是因為黃色的光波，能傳得較遠。用紅色還是用黃色（有些地方甚至用白色），這要按照那裡的社會習慣而定。一道橫槓——表示「封閉了」。在高速中的受信者從遠處只一眼便認出了這符號，這個符號直接刺激他的視覺器官，立即通過神經元反映到大腦，然後大腦開動了記憶庫和判斷指令「機器」，使這個高速的受信者明白：要停下來。於是高速的交通工具一下子停下來，這樣就完成了預期的信息交際作用。

作為符號集的語言，在一定的社會語境裡，常常要被非語言[①]的圖形符號或抽象（象徵性）圖形符號所代替。在有聲語言不能發揮它的交際作用的條件下，這一套聲音符號往往被另外一種符號系統所置換。

8.4 非語言符號集的廣泛應用和語義的公認

應用非語言圖形符號傳達信息，最初是在道路（公路）上，然後在鐵路交通上，在海洋交通上——用的是路標（公路）、號誌（鐵路）、信號旗或燈語（海洋）。

---

① 我這裡用的「非語言」，是採自符號學中的 non、verbal。「非語言符號」指鼓聲、口哨、香味、體態、病徵、樂聲、密碼、色語、圖像等等「符號」——參照義大利艾柯（U. Eco）教授的《符號學原理》(*A Theory of Semiotics*, 1979)，頁 9 — 13。

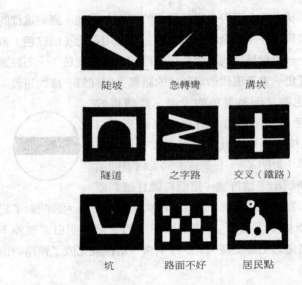

陡坡　　　　急轉彎　　　　溝坎

隧道　　　　之字路　　　交叉（鐵路）

坑　　　　路面不好　　　居民點

　　現代社會最初的路標出現在巴黎的街道上是在本世紀初（1903），當時的路標正式規定了九種①——現在已經大大不夠用了。現在使用的路標，包括在城市街道上用的和在公路（高速公路）上用的，比這個數目多十倍還不止。例如「停車」（即可以存車）的路標就有可以或不可以兩種。

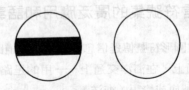

　　這個標誌的底字，外文是"P"，中文是「停」，圖中沒有顯示出來。左邊的圖表示不准停車，右邊的圖表示可以停車。

① 引見 *Наука и жизнь*，1981 年 8 月號。

在現實社會生活中會出現各種各樣的情況，因此在很多國家有不少獨特的（有時是奇妙的）路標。比如有些路標繪著一隻猴子，一隻梅花鹿，或什麼動物，這就是警告汽車注意橫過公路的這一類動物—牠們不懂喇叭信號，不會走避。因此動物保護部門就要豎立標誌，促使開車的人注意。

當然有些奇特到近乎開玩笑的路標。丹麥某處有一個路標，是三角形的，圖上畫著一個正在奔跑的小偷的側面像，他的肩上背著贓物，手裡拿著一把百合鑰匙，他還準備去作案呢。三角形下面有一行小字：「當心小偷！」不言可喻，這個標誌警告汽車的司機，在停車場上盜竊案頻繁，可要小心謹慎。

在一些大城市最繁華的商業街，每天一定時間內不准機車駛入，以便擁擠的步行者得以安心在街上走——人們把東京的銀座叫做「步行者的天堂」，就是這個意思。為了發出不准汽車進入的「指示」信息，通常在「步行者天堂」街口豎立一個路標，上面繪有汽車的側面圖，在這側面圖上加上一條斜槓，表示不准駛入，如同"P（arking）"字或「停」字上加一條斜槓（／），表示不准停車一樣。當然還有其他形式的路標，表達同樣的信息，例如西德卡塞爾市有一個路標，畫了兩隻腳印——說是只許雙腳通過，不許車輛通過——，乍看上去，顯得很可笑，很可能外國人（或不熟習這裡的社會習慣的人）還要好好想一想，才能領會這裡發出什麼信息。

至於鐵路號誌和海上船隻懸掛的信號旗，種類繁多，但正如公路路標有維也納國際協定（1968）一樣，也有相應的國際協

定①。國際協定的意義就是，對於這些符號 —— 非語言的符號集 —— 有一個共同的國際理解，不致於引起歧義。

8.5 在現代社會生活的語境中不得不借助於非語言符號

使用直接訴諸人的感覺器官（首先是視覺，其次是聽覺）的非語言符號，有兩種情況，一種情況是根據幾千年來人類社會積

---

① 例如國際公認的海上信號旗圖形（見175頁，引見比利時版，*Monato* 雜誌1981年12月號。）
具體意義如下：

A　水下有潛水員，請遠離，游泳請放慢。
B　裝運危險物品。
C　是。對。
D　請勿靠近。
E　改變航向，向右轉。
F　落帆。
G　需要領航員（漁船意謂：「舉網」）。
H　船上有領航員。
I　改變航向，向左轉。
J　船上有易燃危險物品。請勿靠近。
K　有事通知。
L　立即停船。
M　本船停航，不能續駛。
N　不。非。
O　海中有人。
P　請即上船，即將啟航（漁船意謂：「網被纏住」）。
Q　船上健康情況很好，請求自由行駛。
R　本無意義；如使用，意謂：請靠邊。
S　反向游泳。
T　靠邊拉。
U　請注意你已進入危險區。
V　需要救援。
W　需要醫生營救。
X　請候我信號。
Y　下錨。
Z　需要拖船（漁船意為：「下網」）。

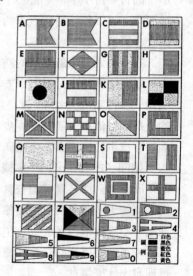

累起來和保持著的社會習慣形成的各種符號；另一種情況則是由於社會生活的現代化（例如空運的盛行使得陸地距離大為「減縮」），以致只靠當地語言不能有效地迅速傳遞信息，不得不借助於各式非語言符號。

屬於前一種情況的，所繪的符號往往代表一種抽象的概念，而這些概念又常常超越了民族或國家的範圍，成為國際社會公認的「習慣」。可以舉一些人們都熟悉的例子：

十字架是基督教的符號，

新月是伊斯蘭教的符號，

紅十字是救死扶傷組織的符號，

紅新月也是（伊斯蘭）救死扶傷組織的符號，

六角星是摩西的宗教符號，

五角紅星是社會主義，共產主義的符號，

五角綠星是人工國際語（世界語）的符號，

鐮刀鐵錘是工人運動，蘇維埃的符號，

卍是德國法西斯（納粹）的符號，

帶束桿的斧頭是義大利法西斯黨的符號，

蒙著眼睛，手裡拿著天秤和劍的女人頭像，是西方社會「公正」的符號，

張著翅膀，拿著箭要發射的赤身小孩，或一支箭射進一個人心，是西方習慣認為「愛情」的符號，

骷髏頭是死亡或危險的符號，等等。

所有這些符號都有它的社會意義，幾乎可以說，上引的每一種符號都有它形成的社會史，這個形成過程可能是久遠的，也可能不太久遠，但都是一個民族一個國家一個地區一個階級或一個集團，在社會生活的萬千次重複交際過程中約定，至少是為了某種特殊的需要由一個特定的社會集團的成員之間公議制定的。

國際社會習慣所形成的並且公認的符號集，除了以上所舉的例子外，還有數學符號、化學元素符號、度量衡計量科學符號以及其他科學符號——有些科學符號是人人都知道的，或者說，是具有起碼的基礎文化知識的人所知道的，例如＋（加）－（減）×（乘）÷（除）＝（等號）∴（所以）∵（因為）＞（大於）＜（小於）√（開方）∞（無限大）♂或♂（男性）♀（女性）＄（元，有時特指美元）£（英鎊），等等，還有地圖上表示的符號如╪（鐵路）⅄⅄⅄（草原）之類。這些符號雖然不是有聲語言或書面語言（文字）那些符號集，或稱非語言符號集，但它們都是書寫在紙上的。此外，還有表示信息的體態或動作，有些還得到國際社會的公認，比如點頭表示同意，搖頭表示不同意，又如賽球時裁判發出的手語，都是國際通行無阻的。十分有趣的是，在很古很古的時候，即在希羅多德寫《歷史》時，就講過波斯人接吻的習慣。他寫道：

> 「如果是身分相等的人，則他們並不講話，而是互相吻對方的嘴唇。如果其中的一人比另一人身分稍低，則是吻面頰；如果二人的身分相差很大，則一方就要俯拜在另一方的面前。」[1]

　　至於現代外國社會吻額、吻頰、吻唇、吻手、俯伏吻腳，都要依循一定的社會習慣，否則就是失禮——失禮就是違反了那個時期的社會習慣，被這個社會成員所不贊許或斥責的。

　　人與人見面時，有的民族互相握手；有的民族自己向對方拱手，但不握對方的手；有的民族互碰鼻子——這是代代相傳的習慣。在封閉的社會裡，這習慣所形成的符號是不能改變的，但如果互相接觸多了，符號是可以改的。例如男的看見女的相互握手

---

[1] 見希羅多德：《歷史》，卷一，第一三四節（中文本，頁236）。

為禮——握手表示互相致意、問候——這種符號幾十年前在我們這裡是完全不可思議的，恰如現在一對愛人光天化日之下接吻一樣大逆不道。「男女授受不親」，怎麼能夠男人握女人的手呢？由於社會條件改變了，握手現在已經形成了社會習慣，甚至成為社會禮儀，這種符號已經約定俗成，誰都這樣做而不以為怪了。

8.6 國際社會的交往和急速節奏要求使用某些非語言符號

社會生活的節奏，現在比過去快速多了。為此，很多場景都起了變化。比方說，一個國際機場來了飛機，從這飛機下來的旅客只是過境旅客，他們分屬於很多民族，講著十幾種不同的語言。休息一小時後，他們便要離開了。他們到這個國際機場，並沒有準備學會這裡的語言——怎麼辦？這就引起了一種新局面，用國際社會公認的圖形符號（非語言符號）寫成標誌，代替作為符號集的語言。例如刀叉和茶杯的標誌，指明這裡是餐廳；電話的標誌，表明這裡是電話間等等。由於國際交往多了，旅遊事業大大發展了，這些代替語言的符號，愈益為國際社會的公共場所所利用。日常生活的國際語——在某種程度上說——已經不是有聲語言，而是以有聲語言為材料編制出來的符號了。

下面的例子是從里約熱內盧一份旅行指南裡摘出來的：

一架飛機的平面投影圖。表示飛機場、航空公司，和有關空運的問事處、辦事處等等。

一艘在水波上航行的輪船的船舷。表示船運問詢處、辦事處等等。

一把鑰匙—表示旅館

 一副刀叉—表示餐廳

 一個杯子、一些調酒器—表示酒吧

 一個在舞蹈的人的象徵圖案—表示夜總會

 幾個捆紮起來的包裹—表示百貨商場

　　下面是從美國加州巴洛・阿爾托（Palo Alto）一家汽車旅館（motel）的招貼畫中抄錄的幾個圖形（非語言）符號：

 離這裡五百呎左右有飯店

 離這裡五百呎左右有酒店

 游泳池

室內游泳池

 有會議室設備

 十二歲以下兒童可以免費同父母住一個房間

8.7 特定的社會集團之間通用的符號（語言或 非語言）

特定的社會集團所制定的符號，往往不是語言文字，而是一些記號、信號或者隱語。這些特約符號是為這個社會集團的成員之間特殊交際活動所使用的，帶有一定的秘密性，大都是這個集團以外的人所不能理解的。

屬於這一類符號，最明顯的就是隱蔽的革命者在敵人占領區活動時，為了接關係，或為了向自己的同志發出危險的信號而制定的聲音符號（暗語）或非語言符號（信號）。著名的小說《紅岩》，寫一個革命者華為到達某個地下交通站時：

> 「撂下菜擔，臉色黝黑的華為揩了揩汗，看了看堂屋兩邊階沿上，預作警號用的一排整齊的小花盆。」（這裡的著重點是引用者加的）[1]

一排整齊的小花盆本身沒有什麼信息——它本身不能傳達什

---

[1] 見楊益言、羅廣斌：《紅岩》，中國青年版，頁259。

麼信息，它本身只能引起這樣的感覺，即這裡養了好些盆花，或者至多表明住在這裡的人喜歡花，愛美。但這裡是一個特定的語言環境——地下聯絡站——，它有特殊的作用，因此它時常要警惕反革命的破壞，它有責任向前來聯絡的人傳遞信息：或者說這裡安全，或者說這裡危險。其實無論安全或危險的信息，都不能從小花盆中得到。小花盆換上別的什麼日用品也行（當然這日用品要適應這個環境，否則就「露出破綻」了）。這種信息不是小花盆所固有的，而是某一社會集團的成員，事先約定，並賦予一定語義的。因此，一排整齊的小花盆就在特殊語境下傳達出既為主人所了解，也為客人所了解的信息。這樣的特定符號，是不穩定的，是隨時可以更換的——而且往往為了避免局外人（或敵人）破譯的可能，要有意識地予以更改。一切密電碼也都屬於這樣一類符號，這是非語言符號，但它起著在特定語境下語言所不能起的作用。

　　黑社會用的特定暗語、切口、手勢，也都屬於以上所說的一類的語言或非語言符號。《林海雪原》中寫到楊子榮努力學會土匪的黑話（暗語），這種從語句表面上看不出語義來的符號，也就屬於這一類。福爾摩斯探案《歸來記》[1]中的〈跳舞的人〉寫的，是用種種不同姿態的跳舞的人來代表不同的字母進行通信，——這本來是簡單不過的——，但這種符號（一連串跳舞的人的圖畫）塗在牆壁上使人誤以為是小孩隨便畫的圖像，沒有想

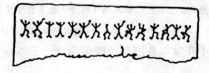

① 見柯南道爾（Conan Doyle）：《福爾摩斯探案集》四，北京，1980。頁53—80。

到這是傳達信息的非語言符號。大偵探福爾摩斯看穿這把戲，將其中一種常見的姿態推論為字母 E 的代符（他所以作出這個論斷是由英文 E 字最常見，出現次數最多），然後借助其他條件，推斷出一串跳舞的人所傳達的信息。這個推理、判斷過程叫做「破譯」。破譯密碼是一門學問（博弈學的一個任務），它是靠符號的邏輯排列來推斷語素的學問。

作家姚雪垠的一部小說《長夜》中，引用了好幾十個語詞是從土匪黑話中採取的，這些黑話語彙，就屬於特定社會集團成員相互了解的交際工具。例如：

> 〔票〕——江湖上將被綁架勒贖的人叫「票」，這位作家說源出〔鈔票〕；〔票房〕——土匪拘留票子的地方；〔花票〕——「花」是女性的代符，即女性的票；〔肉票〕——以別於「鈔票」，這是人，被綁架的人質，不是紙幣；〔撕票〕——土匪殺害人質。

這一串黑話，進入了日常社會生活；在舊社會新聞中經常出現。黑話有時是跨出了特定社會集團的圈子，進入一般語言領域，「票」這樣的語彙，就是一個例子。

《長夜》裡還有這樣的語彙①：

> 〔瓤子〕——飯，飯與「犯」同音，黑社會忌諱囚犯的犯，因此也不說飯音，吃飯說是〔填瓤子〕。連姓范的范，也因為讀音同囚犯的犯，姓范的也改了瓤子了。

有些黑語彙是很可笑的，如狗稱〔皮子〕，狗叫稱作〔皮子炸〕；雞稱〔尖嘴子〕，雞叫稱作〔尖嘴子放氣〕。山寨的寨叫〔圍子〕，攻破圍子稱為〔撕圍子〕。

在西方監獄裡的黑話，也是特定社會集團（囚犯們）彼此之

---

① 見姚雪垠：《長夜》（北京，1981）。

間「約定」的符號系統。我手頭有一份香港赤柱監獄的黑話材料[1]，是1974年左右的，須知這一類黑話過一個時期會不知不覺的改變，那才不致被獄裡的看守們所識破。

> 那裡把監獄長叫「監頭」，
> 把主任督導員叫「二手」，
> 把獄醫叫「三手」，
> 把洋人叫「灰斗」，
> 把非黑社會中人叫「羊牯」或「阿羊」，
> 把被判入獄的獄吏叫「皇冠牌」，
> 把被判入獄的警員叫「帆船牌」。

　　特定社會集團在一定語境下使用的黑話，雖然是有聲語言，但是同這個社會全體成員習慣用的交際工具——全民語言——完全不同；因此，這些黑話雖則是言語，其實卻等於非語言符號。

　　整個社會所約定的非語言符號——那當然不是一部分人，一個集團之間的符號——，在這個社會的全體成員中，是能了解的，實際上它已經是一種社會習慣。例如在歐洲社會，黑色是喪服的顏色，同時也是莊嚴集會衣著的顏色；但在東方社會，喪服往往用白色。我們現代習慣，在追悼會上每個參加者繫一朵白花，或者戴一條黑紗，甚至又繫白花，又戴黑紗。在歐洲，紫色一般地是權力的象徵，而在東方則黃色才是不可侵犯的權貴顏色。中國皇帝的龍袍是黃色的，但紫色同時也代表權貴——唐以後非「天子」不得穿黃袍，唐以前不那麼嚴格。黃色在西方代表下流，故有黃色新聞，黃色小說……等等，但電話簿用黃色紙印的部分，只代表分類號碼，而不代表下流。國際檢疫用的衛生記錄（免疫

---

[1] 見《七十年代》1974年6月號。

記錄），是用黃色封面的，俗稱黃皮書，一點也沒有下流的語義。

還是上面提到過的一句話，所有符號最初都是任意性的，但一到了社會公認的階段，這些符號就有確定的語義，這確定語義有時只局限在一個社會集團，有時則為整個社會成員所承認和理解。他們傳遞信息，就是按照這公認的語義來使用這些符號（符號集）的。

8.8 圖形文字作為一種符號集

圖形文字是十分明顯的符號集。每一個圖形表達的可能是一個詞，也可能不是一個詞，而是一個信息（一個句子，或不止一個句子）。只表達一個詞的圖形，有自己的發音，同時也有自己的語義；這樣，每一個符號幾乎就代表一個完整的字，象形文字就屬於這一類——漢語中有些字的古代寫法，如日、月、人、手（⊙、Ɒ、ℎ、ƒ），是這類象形文字，但漢語就全體而論不是象形文字。

雲南納西族使用的文字，是世界上現存的（即還在作為交際工具應用著的）圖形文字之一[1]。

納西圖形文字原來是納西族巫師（「冬巴」）寫經文用的文字，後來也在社會交際中使用。方國瑜教授稱之為：「是用圖象的方法寫成，以一字象一物或一事，或一意，但與圖畫之惟妙惟肖求其美感不同，而是用簡單筆劃粗具事、物、意的輪廓來表達；筆劃既簡單，則眾字相似，容易相混，沒有分別；既欲其簡，又欲其別，造字的方法很樸質，其技巧令人深思。」[2]

① 見方國瑜編撰、和志武參訂：《納西象形文字譜》（雲南人民，1981）。
② 見上引書，頁56—57。

納西圖形文字例[1]：

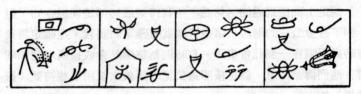

〔釋文〕不只那樣。在大黑牢房中，看不見太陽光，照不著月亮的影子。

公元前1500—前1400年即古埃及十八朝的《亡靈書》，在上個世紀八〇年代（1888）發現了保存得最好最完整的一份。古代埃及是一個奴隸文明光輝燦爛的時代，大約當時的物質文明也到達了那時很高的程度。奴隸主和帝王（帝王本身也是最大的奴隸主）死後，屍體被製成木乃伊，放在陵墓中或石棺中，由他們的奴隸臣僕寫作一部《亡靈書》，擱在墓穴裡供死者閱讀——古埃及相信人死了，只是肉體停止了活動，而他的精神，他的靈魂是不會死的，因此他們要看書；而且這些奴隸主靜靜地躺在地下，沒有別的事做了，既不能繼續鞭撻奴隸，也不能如往常一樣飲酒行樂，就只好默默地讀書了。《亡靈書》的內容包括對神的頌歌、對鬼妖的咒語，以及對死者的稱讚，充滿了古埃及人的宗教觀、社會觀和人生觀。

下面是《亡靈書》的一個樣張[2]——這裡使用的圖形文字，是很美麗的形象，西方學者花了很多工夫，才「破譯」出來，而其準確性如何，也還沒有百分之百的把握，不過語義總算大體可以解釋了。

---

① 見上引書，頁557。
② 見卜德治（E. A. Wallis Budge）編：《埃及亡靈書》（*The Egyptian Book of the Dead*），紐約，1967版（根據1895版）。頁 lxvii。

請別　　鎖著　我的靈魂。　請勿關著　　　　我的影，　　　請打開

一條路　　　給我的靈魂，　給　　我的影，　讓它參拜　　　上　帝

　　與《亡靈書》差不多同時代的產物——甲骨文，即刻在烏龜殼或獸骨上的文字，卻不能一概稱為圖形文字。甲骨文初次被發現是在上個世紀末（1899），比《亡靈書》的發現還要晚一些。亡靈書是供死者讀的頌歌或咒語，甲骨文則是奴隸主和帝王生時通過巫師占卜吉凶的記錄——在遠古的社會生活中，記錄語言的符號集（文字）最初通常都是掌握在巫師一類特殊人物手裡的，東方西方都是這樣。

　　西非洲本世紀初發現的恩西比底（Nsibidi）文字，也是一種圖形符號集。現在保存下來的一個法庭審理案件的記錄是這樣的一幅圖畫①：

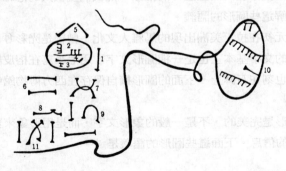

---

① 引見奧爾德羅格、波鐵辛（Д. А. Ольдерогге, И. И. Потехин）主編：《非洲各族人民》（Народы Африки），1954。中文本（1960），頁 159。

西方學者研究的結果，據說這幅圖形的意義是——

  (1)法庭在樹下開審；

  (2)原告和被告站在圈圈內審理者(3)的面前；審理者——或者頭頭——有他的隨從人員(4)；

  (5)圈子外面有些人在交頭接耳；

  (6)另外有一些人（可能已經打過官司了）；

  (7)兩個人互相擁抱著（也許打贏了官司了）；

  (8)站著的人不同意審理者的判決，他手中揮動著一個什麼東西；

  (9)和他一起的人要繳納罰金；

  (10)因為他們不服，只好到很遠很遠的地方請「專家」來會審；

  (11)兩條線交叉，表示這個案件是有關違反婚姻條例的。

  這些解釋對與不對，不是本書所要討論的；這裡要指出的是，恩西比底文字的圖形，同一般以象形為主的圖形是不一樣的，它更抽象些，而且過分的抽象。照我們現代人的思維，很難確切理解這些圖形的語義。

  公元初在拉丁美洲出現的馬雅人文化，曾經是光彩奪目的，馬雅人的文字基本上也是一種圖形文字，用毛筆寫在榕皮紙或鹿皮上，也刻在石碑上。下面的圖形摘自保存在西方博物館中的馬雅抄本①。

  圖形是完美的，不是一般的象形文字，而是用形象來表達一種完整的信息。下面這些圖形的語義是：

---

① 引見葉菲莫、托卡列夫（А. В. Ефимов，С. А. Токарев）主編：《拉丁美洲各族人民》（*Народы Америки*）т. Ⅱ，1959。中文本（1978），頁77。

(1)取火；

(2)砍樹；

(3)播種；

(4)織布；

(5)收可可豆；

(6)搬運；

(7)獵人在捆綁獵物；

(8)獵人滿載而歸；

(9)火雞被捕獲；

(10)鹿被捕獲；

(11)划船。

8.9 非語言符號在當代信息傳遞上有重大意義

　　非語言符號愈來愈得到廣泛的應用，在很多場合下，非語言符號代替了有聲語言或書面語言傳遞信息；在特別的語境中，非語言符號甚至能對信息傳遞中的保真和保密起積極作用——這些

都不是遠古民族所用的圖形文字所能比擬的。

非語言符號還必將隨著科學技術的發展和社會生活的現代化而擴大它的使用範圍，但無論怎樣，它不能取代書面語（文字），這也是可以預見的。

9
非語言交際與形象思維

9.1 非語言交際的三種方式

人類進行交際活動最重要的工具當然是語言，但是交際工具絕不只是語言，例如還依靠很多非語言的符號。這一點在上面已經論述過了。實際上，社會交際常常混合了語言與非語言這兩種工具。一個人講話時，除了發出分音節的有聲語言（這叫做「語言交際」或「有語義的交際」，即 verbal communication）之外，常常伴隨著手勢（這叫做「手勢語言」，或歸入「非語言交際」nonverbal communication 那一類），還有眼色（這叫做「眼睛語言」，是「非語言交際」的一種）還有面部表情（這也屬於「非語言交際」那一類），也許還伴隨著身體動作（這叫做「體態語言」，也可以歸入「非語言交際」那一類）；所有這些動作，所有這些非語言符號，都為著一個目的，加強講話（有聲語言）的印象。很少有人講話是像木頭人或石頭人一樣僵直不動的──即使那樣，在某種場合下，這種僵直不動的姿態，也可以當做一種非語言符號。

有的研究家把人的非語言交際方式分成三種類型①。注意，這裡說的是非語言的交際方式，而不是上一章講的非語言符號（主要不在人身上發生的）。

　　第一種方式是無聲的動姿——例如在說「是」的時候點點頭，或為了表示「肯定」答案時點點頭，為了加重語氣點點頭，這點點頭的動姿，是無聲的，有時是伴隨著同義的有聲語言給出的，有時則索性代替了同義的有聲語言。又如揮揮手，搖搖手，擺擺手，多半是伴隨著一種否定的語義給出的，也是無聲的動姿。微微笑一笑，或皺皺眉頭，自然也屬於無聲的動姿，表達出種種不同的語義——或者是輕輕的讚許，滿意的欣賞，遇到困難或憂慮而不好明確用有聲語言說出來，或者是有禮貌的拒絕，委婉的避開這議題，以至表示一種欣然的承諾，等等，至於具體究竟是哪一種信息，要看語境（上下文）而定。

　　同無聲的動姿相對應的是無聲的靜姿——這是人的非語言交際方式的第二類。人身的靜姿（一動也不動，「呆如木雞」，像一段呆木頭）常常能「說」出很多話來，表達種種不同的信息。比如是直挺挺站著，還是斜斜地靠著門、窗或椅子什麼的，或者坐得端端正正的，坐得七歪八倒的，坐得隨隨便便的，坐著盤著二郎腿的，並排著腿的，交叉著腿的，總之，不動的身體的各種不同的姿態（靜姿），都傳達一定的信息，由於語境不同，可以意味著愛理不理，或者畢恭畢敬，或者侷促不安，或者高傲得很，或者悲痛到木然，或者漠然，或者煩惱極了，或者心滿意足，或者躊躇滿志……「讀」懂一個人無聲的靜姿，是容易的，也是不容易的。說容易是結合著特定的語境，也許猜也能猜到這

---

① 這一說採自貝克（Kurt W. Beck）主編的《語言與交際》（*Language and Communication*），1977。

靜姿是什麼意思；說不容易是因為這無聲的靜姿，並沒有明確傳遞什麼信息，只有一片模糊的形象（這裡用的「模糊」兩字是有特定語義的，參看第十二章）。有的研究者說，至少有一千種不同的體態語言。無聲的靜姿還包括不是人身的一部分，而是附加的物品，例如戴帽子還是不戴帽子，包著頭巾還是不包，紅的還是素的頭巾，以至鞋子、襪子、衣服（最簡單的例子，是穿節日的禮服——或者節日裡穿的最好的衣服——還是穿便服、工作服，穿得整潔、華麗還是隨便等等），以至戴什麼眼鏡、什麼手套、用什麼手帕，還有各種化妝品，包括香水、花露水、香粉、爽身粉、潤膚膏等等，常常都可以（不是一定）給出某種特定的信息，來完成這無聲的交際過程。

第三種方式是人發出的有聲而無固定語義的「類語言」（paralanguage），雖然有聲音，但那是非語言的。例如各種笑聲、哼哼、嘆息、呻吟，以及各種叫聲……。哈哈大笑、爽朗的笑、略有聲音的笑、捂著嘴作出的沉沉的笑、傻笑、苦笑、冷笑、假笑、似真非真的笑、討好上司的諂笑，諸如此類，都等於說話，有時勝似說話，不過它不是分音節的語言，而是發出聲音來的「類語言」。

這三種類型的非語言交際，在人類社會生活的交際活動中占著很重要的地位。語言，如果說它是社會最重要的交際工具的話，那麼，除了語言之外，非語言交際方式也是很重要的交際工具。無論是第三種即發出聲音的方式，還是一二兩類無聲的方式，由於現代錄影和錄音技術的發展，所有聲跡或圖像，都能很方便地錄下來給人研究。前些年有人要編一部體態語詞典，可惜還未見編出來，據想這部詞典應當是用無數（以千或以萬計）圖片來顯示的。除了圖片之外，古往今來的文學作品裡，關於體態

語言的描寫，也是可以排列起來加以邏輯的或數理的概括的（語言的概括或數學公式的概括），而且這一定是很有興味的。

當一個人獨自的時候，也會展示種種動姿或靜姿，甚至會發出聲音來（自言自語不算，那屬於分音節有聲語言範疇），例如高爾基寫過一篇有名的散文，就叫做〈當一個人獨自的時候〉。一個人會對著鏡子伸出自己的舌頭來，或者自己做個鬼臉，或眨眨眼睛。這算是社會交際嗎？嚴格地說，這裡只一個人，而至少要有發信息的一方和受信息的另一方，才能構成通常所謂的交際活動。但當一個人獨自的時候，他長嘆一聲（第三類型），或冷笑一聲（也是第三類型），他知道沒有受信者在場，他是自己同自己對話（獨白是很古的戲劇形式，也是自己同自己對話，自言自語，自問自答——這是用分音節有聲語言作交際工具的），可以稱為在特殊語境下的交際活動。

9.2 「類語言」的社會職能

體態語言常常伴隨著通常的分音節有聲語言發出的，如上文所說，時常補充或加強有聲語言的情感（「語感」）。即使沒有體態語言，有聲語言也能表達語義＋情感。但也有這樣的語境，當體態語言和有聲語言同時向受信者發出信息時，有聲語言發出的卻是冗餘信息（多餘信息），完全不起作用，連一點輔助作用也沒有。

舉一個例。西方社會公路邊常有攔著汽車，要求搭便車的人，有個專名叫做「搭便車的」—hitch-hiker—，他站在路邊，舉手豎起拇指，拇指朝著他要去的方向擺動，如果來車同意他搭便車，看見這個信號（這是用手和手指造成的無聲的動姿，第一

類型），便在這個hitch-hiker跟前停下車來，這樣，交際活動的過程就完成了。這個「搭便車的」通常都是一邊作著動姿，一邊喃喃自語（只好算他自語，因為來車還在幾百米以外，無論怎樣也聽不見），說些例如「我要到××去，是否可以讓我搭便車」之類的話。這段有聲語言是冗餘信息，不起作用；開車者是看了無聲的動姿停下來的（雖則實際上不是僅有無聲的體態語言，還同時發出有聲的並有固定語義的語言），而絕對沒有對那聽不見（無法聽見）的多餘信息發出反饋。

　　另一個例子。當一個人走在路上，他聽見路旁的房子裡一個女人的尖叫──他看不見這個女人，他只聽見她的有聲的「類語言」（尖叫是第三類型非語言交際方式），在他的大腦中立即進行整理、搜索、判斷，然後「發出指令」：救她！聽見女人尖叫的人，並沒有從女人那裡收到什麼用日常有聲語言構成的求救信息，他只是在他大腦的永久記憶庫中，檢索出像這樣的「類語言」的可能語義：〔遇到強暴了，或者遭到不測了〕，他就能了解＝讀懂這「類語言」，立即作出反應。從社會、政治上說，「作出反應」；在自然、生物上說，「起反饋作用」。重複一句，他不需要準確的語言信息，便能作出正確的判斷──不一定是準確的判斷。至於那個女人，如同任何一個社會成員一樣，當她突然遇見一種意外的危險的場面時，她暫時喪失了語言能力（變成臨時失語症[①]），只能發出一聲（有聲的）「類語言」來──用文字來表現的話，這一聲尖叫，後面應當加上!!!這樣的三個感嘆符號。有各種各樣的尖叫──人們已經研究了動物比如猴子遇見危險時發出的尖叫，並且分辨出牠遇見什麼危險便發出哪一種尖叫，但

---

①「失語症」是大腦受到損傷時引起的症狀。

人們似乎還沒有系統地研究過人（男人、女人、小孩）在這種語境下迸發出來的「類語言」，也許是人和社會的因素遠比動物世界的因素複雜的緣故——，每一種尖叫都可能代表一種特定的恐怖。這個例子說明「類語言」完全能夠起著有聲語言的社會職能。

9.3　眼神傳達的語感

「眼睛是靈魂的窗口」，西方人這樣說。社會學家和心理學家做過很多很多實驗，也都認為在人體的各器官中，眼睛能夠表達更多的「無聲的」語言。眼睛傳達出一個人的喜、怒、哀、樂；不用說話，看看眼睛，就知道他想說什麼。當然不能確知要說的詞句，但是可以確知說話的傾向性和感情。甚至可以說，眼睛所傳達的感情有時比有聲語言還深刻，眼睛甚至能傳達超過有聲語言所能傳達的感情。眼睛——比方說，望你一眼，常常包含著很複雜的語義，不是一句話兩句話能表達的。"drink to me only with thine eyes"——英國詩人這樣說，「飲我以君目」，從前有人如此翻譯。俗話常說，「眉目傳情」，這就是說，不只眼睛，連眉毛也有語感的。彼此注視著，不是愛就是恨；至於究竟是表達愛的語感還是表達恨的語感，那就要看具體的語境。自然，眼睛的神色是不同的，用什麼圖譜來明確表達這種「無聲的動姿」，現在還沒有簡單的方法，將來大約會有「眼譜」的。中國講繪畫時往往說「畫龍點睛」；畫人也好，畫「龍」也好，最後要把眼睛的瞳孔恰如其分地「點」上去，點得好，這人或龍就生氣盎然；點得不好，就死板板的。眼睛是神采的表現，神采是物質的，同時又是精神的。

聽一個人演講，可以有兩種情況，一種是看見演講者（如通常在禮堂中聽演講一樣），一種是看不見演講者（譬如聽錄音）。在看得見演講者的場合，分音節的有聲語言傳到你的聽覺器官，與此同時，這個人的「動姿」和「靜姿」都通過你的眼睛傳入大腦。這些「無聲的語言」起著加深有聲語言的語義和語感的作用，聽講者所獲得的信息，其清晰度和精確度，遠比只聽錄音要高得多。這就是為什麼電視比廣播有效得多。學外國語只通過聽錄音帶和同時還看到教員的表情這兩種場合的效果是有區別的，當然不能因此而反對現代化的語言實驗室的教學方法——至少在聽力的訓練上是有效的。據神經生理學的研究，人的大腦左半球接受語言和邏輯信號，右半球接受非語言即形象信號。如果是這樣的話，只聽錄音就意味著僅僅讓大腦左半球工作；視和聽同時並用，則大腦兩個半球都在工作。也許因此所獲得的效果會更深刻些。這是語言教育學（或近來說的「語言獲得學」）所著重要解決的課題。

9.4 形象思維和藝術「語言」

也許因為這樣，人們把思維活動往往分為邏輯思維和形象思維，而語言則是和邏輯思維密切聯繫著的，或者說，邏輯思維的活動是以語言材料為基礎進行的，反之，脫離了邏輯思維，就不能形成語言。

一般地說，藝術主要是表現形象思維。藝術作品表達形象思維除了文學以外，主要不用語言材料，雖然我們有「音樂語言」，「舞蹈語言」，「雕塑語言」，……甚至「裸體語言」這樣的說法，但這毋寧是一些象徵的概念，這裡的「語言」一詞完全

是借用的，不指分音節的有語義的聲音組合。什麼叫做「舞蹈語言」呢？習慣上是指手的動作、手指的動作、腳的動作、身段的動作，所有這些都是「無聲的動姿」；如果在一定時候凍結某一個動作（叫做「造型」），那麼，就形成「無聲的靜姿」。用「舞蹈語言（語彙）」來構成一個舞蹈，就如同用語言材料來寫成一篇文學作品。舞蹈動作（「語彙」）在社會生活中表達某種形象、某種感情、某種信息（形象思維的信息），這些動作（「語彙」）是一種高度抽象化和美學化的動作，這動作又在不斷的藝術實踐過程中程式化——把許多動作經過歸納分析，分成若干種程式（固定的姿態），每一種程式都表達形象思維的某種項目，而每當程式化到了僵化的程度時，就有新的藝術家出來打破這程式，創造一些新的表現法。所有這些抽象化的動作（「語言」）都同與此相應的語言相關聯，如果沒有這種關係，就無法進行思維活動。譬如表達「痛苦」的感情時，有的民族往往是捶胸痛哭，有的則揪自己的頭髮，有的蹲下來拍打大地，有的只是木木然直流眼淚——各個不同民族、不同社會生活所產生的「舞蹈語言」，很可能是採取自己熟知的方式，抽象而為舞蹈動作。就這一點說，一個民族接觸另一個民族的「舞蹈語言」時，由於社會習慣不同，往往會得到不同於創作者意圖傳達的信息或感情。

9.5 「音樂語言」的「感染」

平常說得更多的是「音樂語言」。「音樂語言」也是一種非語言交際手段，音樂所用的材料多半不是語言。這些交際手段和反映社會生活和思想的方法，跟語言和思維的關係，還是社會語言學家研究得很少的問題。有人說，「這樣一個問題特別不清

楚：音樂是怎樣繞過語言還可以不僅有具體感情，而且有時還有深刻的思想內容。」（著重點是引用者加的）①

　　在藝術性的非語言交際手段中，也許「音樂語言」是最抽象的一種。有一個研究者說②，口頭語（言語）只在時間上起作用，而書面語（文字）卻在一個面上起作用；同樣，藝術總的說是在一個面上起作用，而音樂（作為一種表演藝術）則在時間上起作用。不論是在時間還是空間起作用，「音樂語言」所表達的是思想＋感情。

　　波蘭語義學家沙夫③曾舉出過蕭邦（波蘭音樂家）的作品來說明語言同音樂之間的關聯，或者換句話說，「音樂語言」作為非語言的交際手段，它能夠表達語言所要傳達的思想感情，而且在某一程度上說（例如在激動人心這一點上說），「音樂語言」所傳達的包括思想和感情的信息，比之語言（文字）更濃些，更深邃些。他寫道：

「作曲家經驗到愛情的狂喜，他就用音樂語言中的小夜曲的形式把它表現出來，或者他由於他祖國的民族起義而經驗到愛國的激情，他就用革命練習曲來表現他的心情，或者他就用〈雨序曲〉④的形式來感情地傳達雨天的寂寞。許多年以後，別的人聽到這些音樂作品，雖然他們不知道這些作品誕生的環境，也不知道這些作品的名稱，而且也沒有應用理智語詞對這些作品的意義作出任何標題化的解釋，然而，他的確是經驗到了小夜曲的熱戀、革命練習曲

① 見伊斯特林（V. A. Istrin）：《文字的發展》（杜松壽譯，1966），頁19。
② 參看里昂・波特斯坦（Leon Botstein）的論文 "Outside in; Music on Language"（1979）所引康定斯基（Kandinsky）1938年提出的說法，見 The State of Language 論文集（1980），頁344。
③ 見沙夫（Adam Schaff）：《語義學引論》（1962）──中文本（1979），頁129。
④〈雨序曲〉，是蕭邦的ᵇD調序曲（Op. 28, No. 15）的綽號。1839年作。曲中重複使用了音符ᵇA，聽起來引起一種好像雨點密密地下著的感覺，故名。

的激動和〈雨序曲〉的寂寞，如果（然而這卻不是一個無關緊要的條件）他是屬於一個一定的文化傳統，特別是屬於一個一定的音樂的傳統的話。」

作為非語言交際手段的音樂「語言」，不是像語言那樣傳達語義（再加上一定程度的語感），而是「感染」它的受信者，或者叫做直接傳達感情。上引一段話最後半句（如果……），實際上等於說，對於一個完全沒有接觸過歐洲音樂文化的外國人來說，蕭邦的音樂不能起到上述一段話的作用；換句話說，對於完全沒有接觸過歐洲音樂文化的外國人來說，無論是小夜曲、革命練習曲，無論是〈雨序曲〉，都引不起如上段所指出的感受，他可能覺得悅耳、好聽，甚至很好聽，起碼不像噪聲那麼刺耳，那麼難聽；他也可能覺得不好聽，甚至簡直聽不下去──雖則也不像聽見吵耳的喇叭聲或雜聲那麼煩躁。但假如一個中國人（遠離波蘭的異國人），他熟悉歐洲音樂文化（也許他在歐洲生活過，也許他通過書本或其他媒介學習過），那麼，他就立刻會引起一種感覺，受到了某種「感染」。可是一個具體音樂作品在他那裡引起一種什麼樣的感情，即他對這個曲子作出什麼樣的具體解釋，那是因人而異的。例於對蕭邦死後發表的#C小調夜曲①，就有不同的注釋，有的說這是一首悲哀的歌，描寫的是趁天還未亮去尋更多的夢；有的說這首歌雖也悲涼，卻頗豪放，是一個要離開故國的愛國者對祖國的懷戀；還可以有種種不同的注釋。由此可見，這裡並不牽涉到西方社會學常說的「文化模式」決定著人們的思維方式問題，只不過要看聽者（受信者）是否熟悉這特定的「音樂語言」（代碼），如果熟悉，那麼他就能夠如同發信者

① 這裡指未列號#C短調夜曲。

一樣在某一地方引起共鳴。

因此，有些藝術家強調「音樂語言」是國際語，是最能表達信息的國際語，這論點在一定程度上是對的，因為任何一種音樂語言，都能「打動」人，同語言不同。比方一個外國人完全不懂中文（漢語），也不熟悉中國藝術，你給他搖頭擺腦地吟誦白居易的〈琵琶行〉，他無法理解語義，也絕不能在感情上受「感染」，他簡直是無動於衷。但如果給同一個受信者彈一首琵琶曲〈十面埋伏〉，儘管他沒有被提醒這標題的意義，最初他會覺得很悅耳，有的旋律很美，引起一種美感；然後他會覺得某些段落恰如萬馬奔騰，這些段落沒有引起他憂傷的感覺，或恬靜的感覺。同樣，比方一個中國人不懂德文，又不熟悉德國藝術，當他聽到貝多芬的《英雄交響樂》第二樂章（送葬進行曲）時，那緩慢的，沉重而音量又是輕的，節奏是拖曳而又堅定的主題，他絕不會理解為一首「罵人的諧謔曲」[1]，也不會理解為歡樂的頌歌。在這一點上——也只有在這一點上——說，「音樂語言」是最國際化的。離開這種感情的共鳴（雖有某種程度的不同，但畢竟有共同點），就根本談不上什麼國際化。受信者（聽者）可能認為這是一首悲哀的曲子，一首淒涼的曲子，他未必會準確地想到這是送葬進行曲。這不只包括異國人，也包括不熟悉音樂文化的本國人。

進一步能分辨貝多芬的《送葬進行曲》和蕭邦的《送葬進行曲》傳遞的哀傷情感有什麼不同的地方，這又是深一層的問題。「貝多芬自己的獨特的、不可言傳的、壯麗的表現手法，告訴了聽者這首《送葬進行曲》是高尚心靈和高尚理想相結合的產物」，一個音樂學者這樣說。而蕭邦的曲子則給人以「一種充滿

---

① 參看柯克（Deryck Cooke）：《音樂語言》（*The Language of Music,* 1959），中文本，頁29，頁269。

著絕望的悲傷」。是這樣？還是不是這樣？這就提出了「音樂語言」能不能給受信者引起發信者預期的感情，這個問題是很複雜的問題，包含著社會的、民族的、美學的、文化的和個人感情的種種因素，不能用一個公式加以概括。

很可能是「音樂語言」的發信者和受信者都有同樣或類似的遭遇，有相似的語境時，了解的程度就愈高。白居易的〈琵琶行〉末幾句詩說得好：

「同是天涯淪落人，相逢何必曾相識！

我從去年辭帝京，謫居臥病潯陽城。

潯陽地僻無音樂，終歲不聞絲竹聲。

住近湓江地低濕，黃蘆苦竹繞宅生。

其間旦暮聞何物？杜鵑啼血猿哀鳴。

春江花朝秋月夜，往往取酒還獨傾。

豈無山歌與村笛，嘔啞嘲哳難為聽。

今夜聞君琵琶語，如聽仙樂耳暫明。

莫辭更坐彈一曲，為君翻作琵琶行。

感我此言良久立，卻坐促弦弦轉急。

淒淒不似向前聲，滿座重聞皆掩泣。

座中泣下誰最多？江州司馬青衫濕。」

一個被貶的京官，下放到偏僻的地方，遇上一個曾經紅極一時的歌女；這個歌女彈了一曲琵琶，訴說心中的怨恨，惹得這位貶官思前想後，長吁短嘆。於是再彈一曲，引起了悲哀的共鳴——淚水濕了衣衫。聽者被樂聲深深地打動了；其所以打動，因為彈者滿腹愁緒都從樂音中傳送出來了。或者這就是音樂學家①說的

---

① 見柯克：《音樂語言》中文本，頁31。

「人們只能根據自己對情感的感受能力來感受作品中所表現的情感」。或者是另一個音樂家①所說，「對同一作品的不同解釋是源於不同聽者所提供的不同記憶形象（memory—images）。」

9.6 音樂語言傳達感情和描繪客觀世界

「音樂語言」這種非語言交際手段，用什麼方法來表現客觀世界呢？②

頭一種方法，是直接模仿。對於像杜鵑、牧羊人的笛子，或者獵人的號角這一類能發出固定音響的客觀事物，「音樂語言」把它們用幾乎同樣的音響再現出來。

第二種方法，是近似模仿。比如雷鳴、小溪流水的潺潺之聲、風吹樹枝的聲音、暴風雨聲，「音樂語言」不可能按照音響和強弱「再現」這些自然現象，定音鼓的滾奏不能「再現」雷鳴，但它可以有雷鳴般的感覺；小提琴上的半音階同風聲也不完全一樣，但有可能引起某種程度的風聲感覺。

第三種即最後一種方法，是用象徵的想像的方法——它們並不模仿，也不近似，可是如果帶上指示性的語言標題，就會引起聽者的聯想。在這裡，音樂和繪畫的距離似乎近在咫尺，可實際上又十分遙遠。畫家用水墨或用彩色繪出「雲」的變幻和層次，給出了具體的「雲」的形象，音樂家卻不能——德布西的三首夜曲中的一首叫做〈雲〉，聽者知道這個標題，他就會聯想到「雲」的變幻，即從「音樂語言」的變化中聽出了（幾乎等於看出了）

---

① 這是著名的德國音樂家興德米特（Paul Hindemith, 1895－1963）說的，引自注①所引書，頁31。
② 這裡採用柯克的說法，見注①所引書。

雲的變幻。假如沒有標題，即使作曲家本來有所指（比方說他心中認為寫的是雲的變幻），聽者也無法肯定它要表達什麼。因此，表達情感和描寫客觀世界，對於音樂語言這樣抽象的非語言交際手段，是不能同語言的方式相等同的。

而上面說的這三種表現客觀事物的方法，常常融合在同一部音樂作品裡。例如大家所熟悉的貝多芬《田園交響曲》（第六）中，杜鵑和鵪鶉的鳴聲（直接模仿）打斷了潺潺流水（近似模仿）——在「暴風雨」這一樂章中，雷鳴（通過定音鼓）作了近似模仿，而閃電和下雨則是第三種方法——暗示和聯想——，接著是天朗氣清（一種暗示），一個牧羊人的短笛（美妙的牧童短笛）吹出了悅耳的小調——這是直接模仿。

如果聽聽法國作曲家聖桑的《動物狂歡節》組曲①，就比較容易了解「音樂語言」怎樣去「描繪」客觀世界和「傳達」個人感情。《動物狂歡節》在音樂史上雖然是遊戲之作，但在本書這一節裡提及是很有意義的，請看這首曲子的標題內容：

> 序
> 獅子的莊嚴進行曲
> 母雞和公雞
> 野驢
> 龜
> 象
> 袋鼠
> 水族館
> 長耳朵的人們——猴子

---

① 聖桑（Saint-Saëns, 1835－1921）的 *Le Carnaval des Animaux*，1886 年作，1922 年才發表。

密林中的杜鵑

　　　鳴禽

　　　鋼琴家

　　　化石

　　　天鵝

　　　結尾

每一種動物的聲響（鳴叫、腳步聲、移動聲，等等）都有直接模仿
或近似模仿，有時還不免帶有些微的想像。這裡的〈天鵝〉就是
柴可夫斯基《天鵝湖》中的主旋律，不是模仿，而是一種標題聯
想，有趣的是動物中有一種叫做「鋼琴家」的，他們在拚命地在鋼
琴上作音階練習，震耳欲聾，十分可笑——這是模仿，也是聯想。

9.7 語言或非語言手段所表現的形象思維

　　正如上面說過的，語言材料是文學作品的主要構造材料，而
文學作品則主要是表現形象思維的（如果我們可以把人類思維分
成邏輯思維和形象思維的話），而非語言交際手段一般地說也主
要在表現形象思維——因此，在「語言」的觀點上（無論是有聲
語言還是非語言或類語言），這裡並沒有不可逾越的界限。一個
政治報告，或一篇學術講演，是用說理的方法，進行邏輯思維活
動，使聽者在理智上被說動了（說服了，信服了）；一支曲子，
或一部小說，是用形象的方法，通過語言或非語言交際手段，進
行形象思維活動，「打動」聽者和讀者，使他們受到「感染」，
激起共鳴。

　　詩是高度抽象的語言精華組成的。比如元曲大家馬致遠（十
三世紀）寫的一首小令〈天淨沙〔秋思〕〉，是膾炙人口的：

枯藤——老樹——昏鴉。

　　小橋——流水——人家。

　　古道——西風——瘦馬。

　　夕陽西下，

　　斷腸人在天涯。

這短短的幾句詩，給人展開一幅秋天的圖畫，而且帶著很多情感的風景畫，富有感染力。自然，它主要傳達了感情，但難道沒有引起一定的邏輯思維活動嗎？讀者會特別注意頭三句，每句三個詞，共九個名詞，完全不用介詞，三個三個的排列成一詩句，在中國古詩中類似的組合（即單純名詞的排列）是一種獨特的表現方式。這是一幅恬靜的，多少帶有點憂傷的荒野的油畫——你不僅看見這些常見的（但在這裡卻帶著某種令人淒然的）事物，而且彷彿聽見流水聲，微風聲，樹枝抖動聲，馬嘶聲，寒鴉聲，或者隱隱約約的老人呻吟聲或嘆息聲。每三個名詞組成一句詩，每一句詩引出了一個意境。這樣的語言結晶使人得到了久久不能忘卻的印象。

　　如果一部文學作品所描寫的角色分屬不同的社會層，不同的文化層，又各自有自己的個性，那麼，他（她）所講出來的每一句話，都必須有獨特的表現方式。如果每一個人都講同樣結構的話，讀者就會感到索然無味，還覺得這部作品寫得不真實。說一部作品不真實，不但指它在典型環境中沒有可能發生這樣的事件，而且指它在語言上不適應所描寫的社會環境，不符合它的使用者的身分和個性。

　　焦菊隱[1]說得好，語言代表著「人物的豐富而複雜的思想活

---

[1]　見《焦菊隱戲劇論文集》（1980），〈導演・作家・作品〉一節，頁6—30。

動」。他認為高爾基使用的語言，是提高了的群眾語言，即精鍊的文學語言。「表面上看去，他的台詞不很連貫，沒有邏輯性，很滯澀，有時還不好懂。然而，不要放過那些短短的句子，甚至每一個字。在那裡面都蘊藏著無限豐富的思想活動。」（著重點是我加的）他推崇老舍的劇本，「語言寫得也是又精鍊又有行動性。在〈茶館〉第一幕裡，作家只用幾筆就勾勒清楚了二、三十個不同性格和不同舉止的人物，特別是馬五爺，只有短短的三句台詞，就寫出一個吃洋教的小惡霸的內心活動來。」[1]

老舍是個語言大師，請看下面提到的一段[2]：

（二德子）……一下子把一個蓋碗攦下桌去，

摔碎。翻手要抓常四爺的脖領。

常四爺：（閃過）你要怎麼著！

二德子：怎麼著；我碰不了洋人，還碰不了你嗎？

馬五爺：（並未立起）二德子，你威風啊！

二德子：（四下掃視，看到馬五爺）喝，馬五爺，您在這兒哪？我可眼拙，沒看見您！（過去請安）

馬五爺：有什麼事好好地說，幹嘛動不動地就講打？

二德子：著！您說的對！我到後頭坐坐去。李三，這兒的茶錢我候啦！（往後面走去）

常四爺：（湊過來，要對馬五爺發牢騷）這位爺，您聖明，您給評評理！

馬五爺：（立起來）我還有事，再見！（走出去）

馬五爺是「吃洋教」的，即那時依附帝國主義傳教士的勢力，為非作惡的小惡霸。那時滿族人怕在營裡當差的流氓，而

① 同上，頁19。
② 見老舍：〈茶館〉（1980年四川版），頁5。

流氓卻怕馬五爺這類洋人狗腿子。二德子是這麼一個小流氓，他要揪打滿族人常四爺時，馬五爺只說了七個字（二德子，你威風啊！），才七個字，就嚇住了小流氓。小流氓發現了這麼一個吃洋教的，連忙走過去請安，這時馬五爺說了第二句話，總共十七個字（有什麼事好好地說，幹嘛動不動地就講打？），完全把這個小流氓給鎮住了。然後那個被揪打的滿人連忙跑過來獻殷勤，要求馬五爺主持公道，可馬五爺哪裡瞧得起這個傢伙，他忽一聲站起來，似理不理地說了第三句話（我還有事，再見！），只六個字，一點也不多。一副惡棍的傲相，躍然紙上。這個惡棍第一句話彷彿是自言自語，又彷彿對那流氓說的，表示他在現場；第二句話確實對這小流氓說的，教訓教訓他不要旁若無人地為所欲為，至少警告他不要在他馬五爺的眼皮底下耍威風；第三句話是對那個誤以為這個惡棍同情他而來獻殷勤的滿人說的，答非所問，冷若冰霜，誰管你死活！凡是卓絕的語言藝術，都是非常洗鍊的，短短幾個字幾十個字有時比之一篇沒有洗鍊過的長文還更精確地而且豐滿地（帶有感情地）表達出某種思想。

《紅樓夢》裡的語言也是精鍊的文學語言典範。寶玉、黛玉、寶釵各有自己的個性、社會屬性、社會環境（語境），他們的語言是不能互換的。寶玉瀟灑，略帶一點傻氣；黛玉尖刻，寶釵圓滑。俗話說「文如其人」，確實聽其言就知這是什麼人。他們三個人遇在一起，時常暗暗鬥嘴。例如第三十回寫得淋漓盡致，先是寶玉奚落寶釵，然後寶釵又指桑罵槐地回敬，黛玉正在暗自洋洋得意，想找一句話來挖苦寶釵──不意寶釵看穿了，連忙將寶、黛兩人諷刺一番。這裡使用的語言，彷彿把讀者帶領到他們三人當中聽他們鬥嘴似的，活像高爾基舉引的巴爾扎克小說

《驢皮記》那樣，高爾基寫道[1]：

> 「當我在巴爾扎克的長篇小說《驢皮記》裡，讀到描寫銀行家
> 舉行盛宴和二十來個人同時講話因而造成一片喧聲的篇章時，我簡
> 直驚愕萬分，各種不同的聲音我們彷彿現在還聽見。然而主要之點
> 在於，我不僅聽見，而且也看見誰在怎樣講話，看見這些人的眼
> 睛、微笑和姿勢，雖然巴爾扎克並沒有描寫出這位銀行家的客人們
> 的臉孔和體態。」

尖刻的語言在《紅樓夢》中隨處都有例子。第三十一回寫兩個
丫鬟——晴雯和襲人——鬥嘴，襲人說，「好妹妹，你出去逛逛兒，
原是我們的不是。」晴雯一聽「我們」兩字（自然是指襲人和寶玉
了），「不覺又添了醋意，冷笑幾聲，道：我倒不知道你們是誰，
別教我替你們害臊了！你們鬼鬼祟祟幹的那些事，也瞞不過我去！
不是說我正經，明公正道的，連個姑娘還沒掙上去呢，也不過和
我似的，那裡就稱起『我們』來了？」晴雯的語言是這樣的犀利，
由我們引出了你們，由你們又抨擊我們，如聞其聲，如見其人！

9.8 諺語是洗鍊了的語言

諺語是勞動人民的全部生活經驗與社會歷史經驗的結晶，高
爾基寫道[2]：

> 「必須知道人民的歷史，還必須知道人民的社會政治思想。學
> 者們——文化史家們、人種誌學者們——指出，這種思想表現在民
> 間故事、傳說、諺語和俚語中。正是諺語、俚語以特別富於教訓意
> 義的形式表現了人民大眾的思想。」

---

[1] 見高爾基：《論文學》（1978 年北京版，頁 183）。
[2] 同上引書，頁 88—95。

而正是這些諺語能夠表達出語言的形象性。

　　最容易找到的一部書《古詩源》①，裡面輯錄了一些我國古代的諺語，是用精鍊的語言和形象的語言寫成的，例如——

　　　　「少所見，多所怪，見橐駝言馬腫背。」

　　——後來簡化而為「少見多怪」一句成語了。

　　　　「將飛者翼伏，將奮者足跼，將噬者爪縮，將文者且樸。」

　　——總結了自然、生理現象的規律，從而總結了社會生活的某些規律。

　　　　「上求材，臣殘木；

　　　　上求魚，臣乾谷！」

　　——這是人民思想的昇華，如果有所謂「人民性」，這種語言材料構成的諺語就具有人民性。

　　在我國，因為農耕是歷代主要的生產，所以特別發展了農諺（天氣諺語為主），這是用精鍊的語言對生產實踐經驗的總結。例如②——

　　　　「朝起紅霞晚落雨，

　　　　晚起紅霞曬死魚。」

多麼形象化，精鍊而又有風趣！

　　　　「一日南風三日曝，

　　　　三日南風狗鑽灶。」

　　　　「鹽罐返潮，大雨難逃。」

沒有一句廢話，乾淨、俐落。這就是精鍊的語言，同時，也反映了生活和生產實踐。

---

① 《古詩源》：清代沈德潛編，有多種版本。
② 引自《觀天看物識天氣》（南寧，1973），這是一本編得很認真的、很有趣味的小書。

10

從社會生活觀察語言變化

10.1 社會生活的變化引起了語音、語法和語彙的變異

著名的城市方言學派社會語言學家拉波夫說過一句耐人尋味的話：

> 「社會語言學的基本問題，是由於有必要了解某人(1)為什麼(2)說某種話(3)而提出的。」[1]

他提出了三個變量——什麼人，為什麼，如何說——即這個人（或那個人）在這個情況下（而不是在另一個情況下）非要這樣說（而不是那樣說），而且用這種說法（而不用另一種說法）來說這種內容（而不是那種內容）的問題。實際上可以理解為六個變量，即什麼人、什麼地方、什麼時候、為什麼、怎麼樣、說什麼。

三個變量（可以理解為六個變量）在社會語言學上即意味著：誰（人）在特定的社會語境裡（時，地）為什麼和怎樣說，

---

[1] 見 W. Labov: "The study of language in its social context"（1970）（〈在社會語境中研究語言〉），引自 *Sociolinguistics* 論文集（1972）的版本，頁180。

以及說什麼。研究這三個（可理解為六個）變量也就是要探明語言隨著社會生活的變化而形成變異（變體）的問題。

這裡可以用現代漢語在近半世紀所起的變化為例[1]，來論證語言的社會變異，這裡的論證是以一般說話者為對象的。

首先是語音變異。

語音變異在語言中是很緩慢的，通常需要三十年或三十年以上，才能看得出某些語音有顯著的普遍性變異。語音的變異這種變量，在語言的發展中進行的速度很低，面也很窄。

這些年現代漢語的語音變異，也許可以從三個方面表現出來：

(1)由於大力推廣以北方方言為主體的普通話，使各大方言區的社會成員提高了講普通話的能力，聽普通話語音的能力；正是由於這個社會語境的原因，方言的音值受到影響——例如在粵方言區可以聽見某些字句帶有普通話的語音影響，雖則還不能發現明顯的變化。

(2)由於上述的社會原因（推廣普通話），加上現代信息傳遞手段的廣泛應用（例如中央廣播電台的聯播），方言區某些漢字的讀法，有離開原來的土語語音趨勢，而傾向於採用（不自覺的模仿）普通話讀法。

(3)普通話（北方話）的詞尾「兒」化音的減少、減輕（即發音的時值減少），以至於在書面語（文字）中幾乎消失，這個變化是比較顯著的。在用道地北京方言寫作的語言大師那裡，曾經看到書面語大量存在「兒」化現象，比如：

---

[1] 參看陳原：〈社會語言學的興起、生長和發展前景〉（《中國語文》1982年第五期）§5.1。此文修改本見《言語》1982年第十期（東京‧大修館書店），特集《社會言語學の動向》，《學際科學としての社會言語學》，頁85－86。

「馬威進了書房，低聲兒叫：『父親！』」（老舍）

「有系統總比沒有系統有辦法一點兒。」（趙元任）

「低聲兒」、「一點兒」現在都寫作「低聲」（或「低聲地」），「一點」（或「一點點」），很少人把「兒」字寫出來了——在廣大群眾每日必讀的報紙上，更少看見「兒」化現象。至於北京話中的「名兒」、「好好兒」、「白字兒」、「時候兒」、「寫法兒」、「取燈兒」——在普通話中已念成「名」，「好好（地）」、「白字」、「時候」、「寫法」、「火柴」了，末一個詞連語彙也改了。

其次是語法。

語法的變異也是很緩慢的，但語言這個東西卻是天天在那裡變，因此，經過十幾年，幾十年，某些語法現象也在那裡變。

例如在中國大陸常常看見這一類沒有定冠詞的句子：

「文章說……」（＝這篇文章說……）

「小說寫的是……」（＝這篇小說寫的是……）

把文句中這些地方的定冠詞省略掉，是近三十年的事，從前不那麼省略的。很可能是五〇年代大量從俄語翻譯電訊或文章，而俄語不用冠詞（英語用定冠詞 the 和不定冠詞 a），常常光禿禿地寫 статья ……（文章）， роман ……（小說），意思不是泛稱，而是指文中所指的（特定）東西。久而久之，受了這種譯文的影響，在這種情況下就不用「這個」、「那個」或「這」、「那」一類的定冠詞了。

近年來在科學著作中常常出現例如「當且僅當」這種組合方式，過去是不常用的，如：

「我們要求反應元件當且僅當有刺激＋1存在時才作出反應。」[1]

---

① 引自《大腦、機器和數學》中文本（1982），頁47。

這就是說，當「有刺激＋１存在」的時候，以及只有在這個時候，才作出反應。這「當且僅當」是從外語直譯出來的，目前在很多科學文獻中已經廣泛使用了。

最後是語彙。

語彙是語言中最敏感的構成部分。語彙的變化（變異）是比較顯著的，而且不需要等很長時間，語彙變異的速度是比較快的。社會生活出現了新事物，語言中就迅速地出現了與此相應的新語彙。這裡社會生活的含義是比較廣泛的，包括基礎與上層建築的變化，當然也包括科學技術的迅速發展。

10.2 語彙的變化適應並滿足社會生活的需要

近三十年現代漢語出現了不少新語彙，可惜沒有一部專門記錄這些新詞彙的詞典。比方以「軟」字為詞頭組成的新詞，就頗耐人尋味。

中國大陸鐵路客運中出現的「軟席」、「軟座」、「硬臥」，從前不這樣說。從火車在中國首次開行直到那時為止，我們的火車分為頭等、二等、三等，「頭等臥車」、「二等臥車」、「三等臥車」；1949年搬用了蘇聯的火車客運方式，才創造了「軟」「硬」這樣的術語（這自然是翻譯過來的），因為火車的座位和臥鋪，不再分三等了，只分為兩類，一類是「硬」的（低級的），一類是「軟」的（高級的）。但公路交通和海河航運卻沒有用這樣的制度。長途汽車是不分等的，輪船卻有頭、二、三、四等之分，在舊中國有時稱為「官艙」、「二等艙」、「大艙」（＝最低級的艙）。飛機在很長的時期內也不分等級，近來也分兩、三等了，可是沒有採用「軟」「硬」的名稱。

六〇年代電子技術突飛猛進，我們導入了電子計算機，在這之後，中國的現代漢語詞彙庫中才有「軟件」的稱呼，「軟件」是對「硬件」說的，——凡是裝載程序的設備，都叫做「軟件」。日本科學界七〇年代以後提出「軟科學」一詞——可能是從「軟件」派生的，即指處理信息的科學。

　　同樣，當人造衛星以及各種航天器成功地發射以後，中國又有了「軟著陸」這樣一個詞，以別於「硬著陸」。凡是航天器在地球上或其他星球（如月球）上原封不動地安全著陸，本身沒有受到破壞的動作，就叫做軟著陸。

　　這幾年我們中國實行了對外開放政策，慢慢地我們口語中有了「硬通貨」和「軟飲料」這樣的名詞，「硬通貨」指可以兌換的外幣或外匯（而戲稱「軟通貨」，即不可兌換的本國紙幣，不是學名，也不見於書面語言）。「軟飲料」也是近年仿外國的稱呼而興起的，指不包含酒精的飲料、葡萄汁、橘子水、汽水、蘇打水，直到啤酒（我們叫做「酒」，其實所含酒精成分很少，外國不把它歸入酒類）。「軟飲料」的對稱是「硬飲料」，指的是含酒精的飲料，不過在語言裡幾乎沒有使用這個語詞。近來又出現了「軟包裝」的飲料，例如汽水一向是用玻璃瓶或金屬瓶（都是硬的）裝的，現在塑料製品多了，也有採用透明的軟塑料容器裝的，稱為「軟包裝」。

　　順便提一下，粵方言有「軟殼蟹」一詞，它不是新詞，一直沒有導入全民的普通話裡。這個詞我懷疑是從英語soft-shell crab直譯過來的。詞典說這種蟹產於北美，也許廣東沿海也有出產，使用這個詞是用其隱喻，蟹本來是橫行霸道的，其貌凶惡得很，可是如果蟹殼是軟的，那就不堪一擊——比喻某些人或物，看起來不可一世，但一碰就垮，頂不住任何打擊。有點像「紙老

虎」、「泥（巴）巨人」①的味道。柯烏斯編的《粵語詞典》②也
沒有收這個詞，卻載錄了 uěn—hôk—taân（軟？殼蛋），釋義為
「壞的蛋」（不是指「壞人」的專門詞「壞蛋」）。近人編《廣州話
方言詞典》③收有「軟皮蛇」（yun5 péi4 sé4），釋為「疲疲沓
沓，對甚麼都無所謂的人」。

　　凡是社會生活出現了新的東西，不論是新制度，新體制，新
措施、新思潮、新物質、新觀念、新工具、新動作，總之，這新
的東西千方百計要在語言中表現出來。不表現出來，那就不能在
社會生活中起交際作用。就這個意義說，語言（任何一種活著的
語言，即有生命的語言）是不穩定的，因為它每年每月在變化
中。但是語言又是穩定的，因為在歷史的長河中，語言在不斷的
變化過程中卻保持它自己的穩定性，如果沒有這種穩定性，我們
的語言就不能代代相傳，就不能保持基本的語音、語彙和語法。

　　新詞的出現是社會生活變化的結果。一般地說，語彙的變異
表現在下列四種方式：

　　⑴創造新詞。

　　　　——例如：「團伙」、「生產責任制」、「攻關」。

　　⑵舊詞被賦予新義。

　　　　——例如：「朋友」（在一定場合下，＝戀愛對象）、

　　　　　　　　「愛人」（＝丈夫或妻子）。

　　⑶原詞壓縮了語義（狹化），或轉為特定的貶（褒）義。

　　　　——例如：「批判」（→「批評」）、「反省」（原意較寬，新
　　　　義較窄）。

─────────────

① 「紙老虎」是毛澤東最初用的，「泥巨人」（泥足的巨人）是列寧引用過的。
② Roy T. Cowles: *The Cantonese Speaker's Dictionary*（1965）。
③ 饒秉才、歐陽覺亞、周無忌：《廣州話方言詞典》（1981）。

272 ｜ 語言與社會生活

(4)外來語音譯（或意譯）新詞。

—— 例如：「迪斯可」（disco ＝ discothèque）、「雷達」（radar）、「激光」（laser，海外又作「鐳射」）、「軟件」（software）。

10.3 科學技術的新發展帶來了相適應的新語彙

科學技術的發展導入了很多新語彙，它們不改變社會生活所需要的基本語彙，但是它們卻豐富了人類的語彙庫。由於現代科學的發達，同時由於傳播工具的發達，這些新語彙幾乎一出現就成為所有語言的共同語彙（外國有人因此稱這些科學新語彙為「國際語彙」），為全人類所共享。

試舉一例。在本世紀頭二十年，科學界知道的粒子不多，如原子、電子……。但是在過去六十年間，粒子理論有了很大的發展，新的粒子出現了，就要求一個新的名稱，語言就出現了一個新詞，於是我們隨手拈來就有：

原子	atom
電子	electron
核子	nucleon
中子	neutron
質子	proton
介子	meson
引力子	graviton
光子	photon
超子	hyperon
層子	straton

膠子	gluon
中微子	neutrino
陽電子	positron
π 介子	pion
κ 介子	kaon
σ 介子	sigma — meson
ε 超子	sigma — hyperon 等等。

要搞清每一個粒子的含義，不是本書的任務——此地我只想展示這樣一幅圖景，當科學向前發展時，發現了新事物，創造了新理論，語言必然迅速適應這變化，形成了新的語言符號（語彙）。

很有趣的是，現代物理學家居然借用了愛爾蘭小說家詹姆士・喬伊斯的作品中的一個字「夸克」（quark）[①]來作粒子的名稱，指三個假設中的粒子中任何一個，這如同從前往往採取聖經或別的經典性著作中的某些名詞，來稱呼新發現或新出現的事物一樣。這也是創造新詞的一條有趣的途徑。

有些新詞是由產品的商標來的，也就是使專用名逐漸轉化為普遍使用的名詞。例如英語中的kleenex（擦面紙），老的字典裡沒有這個字——它本來是一種擦面紙的商標名，可現在已經普遍化，成為「擦面紙」這樣的一個代名詞了。同樣的例子還可以舉出xerox（複印），這xerox一字本來也是複印機的專門牌子，現在卻可以當作「複印」這樣的動詞用了。

---

① 見James Joyce 的 *Finnegan's Wake*，說是 "three quarks for Muster mark"，見《牛津大詞典》（兩卷本），增補（1964）。採用「夸克」一詞者是物理學家蓋爾曼（M. Gellmann）。

10.4 配偶稱呼的變化說明出現新的事物 或關係時必然產生新語彙

現代漢語中的配偶名稱，1949年後的三十多年間也有很明顯的變化。不知從哪一天開始，突然出現了這樣的對話：

「介紹一下。這是我（的）愛人，某某同志。」

我說「突然」，是指一個從海外歸來探親的人──他突然聽到「愛人」一詞，覺得很詫異。然後，他才突然醒悟過來，「愛人」指的是配偶，無論是男的（丈夫）還是女的（妻子），都叫做愛人。「愛人」在漢語中原來的意義──在戀愛著的人，即還在進行戀愛而沒有結婚的人，某個時候叫做「情人」──突然失去了，它的語義突然改變了，從戀愛著的雙方到結為夫婦的雙方，它幾乎變成生物學上的「雌雄同體」；至於從什麼時候開始，誰也講不清。一下子就傳開了，就通用了。先前──即在舊中國裡──習慣稱呼的：

我（的）先生（＝丈夫），我（的）太太（＝妻子），

突然不用了，至於舊式的文謅謅的「外子」和「內人」，自然不再有人提起了。粗俗一點的稱呼：「我（的）男人」（＝丈夫），「我（的）女人」（＝妻子），也讓位給那彷彿好聽得多，時髦得多，好像也平等得多的「愛人」了。至於老百姓習慣的「老公」、「老婆」，卻還在群眾中間流行著，不過年輕人覺得這種稱呼過分「俗」氣，也許有點不太「雅」──至於為什麼「俗」氣，誰也說不清──，不願意繼續使用「公」「婆」這種老氣橫秋的字眼。像「阿毛他爹」和「阿毛他娘」那種羞澀的稱呼，城市裡再也聽不見了。時代變了，社會生活變了，人與人的關係變了，女人

在社會中的地位變了，這一切都使「愛人」（既代表丈夫也代表妻子）這個新詞在社會語彙庫鞏固起來。沒有人下命令，也沒有什麼會議作出決定，但這個新詞在社會生活中生根了，抹不掉了——這就叫做「約定俗成」。大抵可以說，社會生活中的新詞彙，都是約定俗成而固定起來的，而科學技術的新詞彙，則帶有更多的主觀決定因素——或者由發明者和倡導者提議的，或者由某些機構或社會集團一致決定的。

現在再回到「愛人」這個詞。「愛人」既失去了它原來的語義——戀愛著的雙方——，它就讓出了這個語義的場地。對於正在戀愛的男女，就不能不重新創造一個共性名詞。於是，「朋友」的新義出現了。「朋友」被賦予了新的語義，「朋友」突然變成一個十分親暱的符號了。一個青年人稱他（或她）為「朋友」，這就不簡單了。

　　「她有了朋友了。」

這就是說，她已經有了一個男的，而且兩人都心心相印，在戀愛中了。同樣，如果說，

　　「這女孩子就是他（的）朋友。」

這女孩子就不僅僅是男青年（他）的一般意義的〔朋友〕，而是特殊意義的「朋友」，這女孩子跟那男青年關係不一般了。在這裡，「朋友」就等於「對象」。

　　「她有了對象，」

在這樣的場合下，幾乎等於說：

　　「她有了朋友。」

可是「對象」和「朋友」的語感是不完全等值的。「對象」帶有比較更多的客觀敘述的色彩，而且不及「朋友」那麼親暱。別人（第三者）可以悄悄地指手劃腳告訴你，

「瞧，那個男的是她的對象。」
當然別人在這場合也可以使用「朋友」來代替「對象」。可是當
事人很少（或者幾乎沒有）把自己的「對象」稱為「對象」，當
事人不說，

　　　「介紹一下。××同志，我（的）對象。」
他寧願說，

　　　「××同志，我（的）朋友。」
至於「對象」是否一定成功，以及「朋友」是否一定轉化為「愛
人」，那就要看情況了。吹了，就另外找新的「朋友」；成了，
這「朋友」就變為「愛人」。

　　　這時，「朋友」一詞又失去了它原來的語義；它不再表達彼
此建立了友誼關係的人，它不僅僅不同於「識得的」、「相識」、
「見過面」、「打過交道」的人，而且不同於一般意義的〔朋
友〕。

　　　但是，「朋友」一詞同「愛人」一詞不一樣，「朋友」在一
般語境中還保留著它原來的語義，例如在宴會上祝酒，

　　　「同志們，朋友們！」
這個「朋友」就完全不是「對象」的意思。又如

　　　「我們的朋友遍天下！」
這裡的「朋友」只能是它的本義，絕不能理解為我們的對象遍天
下。由此可知，有些詞失去了原來的語義，被賦予新語義；有些
詞雖則生成了新的語義，但仍保留原來的語義。語言這個東西之
複雜，由此可見。

　　　人到中年，彷彿已經走過了值得回味的戀愛、結婚的美妙時
刻，此時，他（或她）往往不好意思把自己的配偶稱為「愛人」──
似乎「愛人」這個字眼帶有青年人那種甜甜蜜蜜的味道，中年人

說不出口了，或者不好意思說出口了，這時，又出現了一個新詞，叫「老伴」。「老伴」也是一個雌雄同體，男女都適用的。不一定非七老八十才叫「老伴」。「老伴」同「愛人」一樣也有親暱的語感，不過說的人總在中年以上了。或者索性稱為「孩子他爹」、「孩子他娘」，變成第三者了。這幾年因為政治生活氣息比較濃厚，有一陣年輕人也不很慣說「愛人」，但又不甘心稱「老伴」，便出現了一個新詞，「老頭」。「老頭」不是一個共性名詞，只限於女性稱呼男性。當你聽到年輕的妻子向別人提起她的年輕的丈夫，竟毫不躊躇地說，

　　　　「我老頭出差了。」

這時，你不禁啞然失笑——要是從海外歸來的人聽到了，只得瞠目結舌了。稱年輕的愛人為「老頭」，帶有一點幽默感，當然帶有很大程度的親暱感。「老頭」長、「老頭」短，也許這「老頭」還不到三十歲呢。年輕丈夫不能把自己的年輕的妻子稱為「老太婆」——他寧願說，

　　　　「我那一口子」……

女的稱男的自然也可以說「我那一口子」，這時，又出現另一種代詞了。

　　從舊時代一直沿用下來的「老公」、「老婆」（夫、妻），其語義著重於「公」和「婆」，而不在「老」。這個「老」不帶有年紀大的語義。這個「老」也不同於「老虎」、「老鼠」的「老」，也不同於「老陳」、「老李」的「老」，更不同於「老大爺」、「老大娘」的「老」。由這裡派生了一個很有趣的詞，叫做：

　　　　「夫妻老婆店」。

「妻」不就是「老婆」麼？為什麼不叫「夫妻老公老婆店」？——這是沒有人能答覆得了的。在社會主義改造前有這麼一種小店，

由夫＋妻＋子女（＝一家人）經營的小店，是對大百貨商店起輔助作用的一種私人所有制的，方便居民的設施，後來給合併了，這個詞就消失了。

不料最發達的頭號資本主義國家——美國——也有這麼一個相應的詞，那是：

　　　　　mom－and－pop store[1]

也是一個怪里怪氣的字，說者謂"mom"是「媽」的訛音，"pop"是「爸」的訛音，總之是夫妻老婆店的意思，可見社會生活中出現這麼一種東西，就必然要出現相應的語彙。

10.5 只有當社會生活停止的時候，語言才不起任何變化

假如社會生活忽然停下來，或者像義大利龐貝城[2]那樣，忽然被火山的熔岩所淹沒了——社會生活自然也不可能不停止了，語言也就會僵化。也只有這個時候，語言才會不起任何變化。不過在這個場合——龐貝城被埋掉的場合，那裡的人一個也沒有活下來，所以也就根本沒有什麼語言僵化不僵化的問題了。除非像柴可夫斯基的舞劇《睡美人》[3]那樣，王子公主們以及他們的周圍一下子被巫術或神法所迷，憩睡達百年之久，當他們醒過來時，他們的語言仍然保持中魔入睡時的樣子，沒有一點新意，他

---

① mom-and-pop一字最初收在 *"6000 Words"*（《韋氏第三版新國際大詞典》補篇）一書中，釋為small in size（規模很小），and own or operated by one person or family（一個人或一家人所有或經營的）。

② 龐貝城（Pompeii），義大利古城，公元79年因維蘇威火山爆發而被埋在地下，到十八世紀始被發現。

③ 柴可夫斯基（П. И. Чайковский，1840－1893）的舞劇《睡美人》，根據貝洛爾（C. Perrault, 1628－1703）的童話改編。

們之間交談是不成問題的，只是同外間世界就幾乎很不容易交際了——比如他們就不懂得什麼叫「飛機」，什麼叫「原子彈」，當然更不懂得什麼「雷達」、「激光」等等了。

美國作家華盛頓·歐文[1]有一篇家喻戶曉的短篇小說，叫做〈李迫大夢〉——這是林紓的譯法。還是引用林譯，雖則那譯文不「信」（不忠實），但精神倒是對的。李迫出外打獵，一醉而睡二十年，醒後歸來，什麼也弄不懂了。

> 「演說之人遽執李迫之手言曰：『君祖何黨？』李迫張目弗省。尚有一侏儒，仰跂其足，問李迫曰：『你為聯合黨耶，共和黨耶？』李迫仍瞠目不答。……」

大約李迫外出時還沒有政黨，所以問他政黨的事——李迫根本不懂這指的是什麼。社會生活在向前進，而李迫卻睡著不動，他所掌握的語言（語彙）還是二十年前的，因此他什麼也聽不懂。語音是懂的，語義卻不懂。於是，李迫只好「浩嘆」了，且看他自己問自己道：

> 「一夕之醉，而世局變幻如是，然則一身於世為畸零矣！但有所問，而所對者咸如隔世，且村人有語，我咸弗審，何也？」

他自以為只醉臥一夜，而周圍一切都變了——其實已醉了二十年。如果真正只睡了一夜，語言是變不了那麼快的。

距今一千六百多年前，晉朝的陶淵明作的〈桃花源記〉[2]，寫的也是這類趣事。他寫一個晉朝漁人，一邊打魚，一邊沿溪前行，進入了一個秦時避難的人群聚居的村落。這些與世隔絕的人群，

---

① 歐文（Washington Irving, 1783 — 1859），小說名 *Rip van Winkle*。此處引自林譯小說叢書《拊掌錄》（1981 新版），頁 11 — 12。

② 陶淵明（365 — 427），晉人。所著〈桃花源記〉，見《古文觀止》，中華版（1978）下冊，卷之七，頁 290 — 291。

「自云先世避秦時亂，率妻子邑人，來此絕境，不復出焉，遂
與外人間隔。問今是何世，乃不知有漢，無論魏晉。」

光是漢朝，前後經歷約四百多年（公元前202－公元220），加上
魏晉，起碼超過五百年──五百年與外間隔絕，能同外界人士用
五百年前的語言交際嗎？恐怕很難，至少這個漁人講話中的許多
新名詞，山裡的人全不懂；也許經過幾天解釋，總算基本弄懂
了。不過陶淵明不研究社會語言學，他寫這故事是一種諷喻，我
們就不能對他苛求了。

10.6 語言的時間差異和地域差異

語言的變異可以由很多因素促成。這其間包括時間的因素
（古──今）、地域的因素、社會的因素、社會集團（階級、階
層、其他社會集團，如學生、女工等）的因素，等等。以上幾章
所舉的例子，這許多因素所引起的語言變異，大抵都接觸到了。
這裡再舉一個時間（歷時的）變異和地域（共時的）變異的例
證。

現在提倡古書今譯，即把古代重要的著作譯成目前通行的白
話文。為什麼要這樣做呢？因為古文（古代人的書面語）經歷了
千百年，現代人讀不懂。即使把古人的讀音略而不談（即用今音
來代替古音），現代人讀古書還是讀不懂，或不大懂。古書今譯
是很重要的工作，它通過翻譯（即把古人的書面語轉寫成今人的
書面語），使現代人能夠取得古代文明中有益於現代事業的養
料。我們常說「批判地繼承」，如果連讀也讀不懂，或者只限於
為數極少的專家才讀得懂，那麼，這所謂批判繼承只不過是一句
空話。歐洲現代民族國家用民族語（例如英語、法語、德語）來

譯古代希臘、羅馬著作（如希羅多德的《歷史》），這也就是古書今譯。

古書裡有些很簡單的句子，今人也還是讀不大懂的。例如《史記》，成書約在二千年前（公元前一世紀），它有一篇描寫荊軻刺秦王的故事，寫得活龍活現。「四人幫」渲染所謂「儒法鬥爭」時，這篇東西幾乎變成毒草，因為秦始皇是大法家，行刺法家就是現行反革命。司馬遷卻不管這些，他把秦始皇寫得很可憐，遇到荊軻上殿獻圖，「圖窮而匕首現」——把匕首夾在圖裡，展示到最後一刻，匕首就出來了，刺客執匕首要處死這個暴君。秦始皇嚇得魂不附體，繞柱而行，困在殿下的群臣，都是教條主義者，他們礙於皇帝下過的死命令，臣子不得到允許是不准上殿的，為了提醒他們的主子，只得大聲叫嚷：

「王負劍！」

從前有些版本重複了一句，作「王負劍！王負劍！」我欣賞這句重複的話，它顯出了當時的語境。「王負劍！」是由三個單音詞組成的感嘆句（或祈望句），也許就是那時喧喧鬧鬧的書面記錄。那時還沒有錄音機，說的話恐怕很難十分精確地傳到今日我們的耳朵裡了。如果用當代的北方語音孤零零地誦讀這個短句——即使發音十分準確——，沒有準備知識的聽眾，還是聽不懂的。即使看了那寫下來的三個字，如果沒有古漢語的起碼知識，那也是看不懂的。為什麼？因為現代漢語不用「負」字作這樣的用途，也不作如此結構的陳述。語言在變化著，儘管變化的過程很緩慢。

不同地域引起的語音和語彙的變異（或者在一定場合下還可能有某種語法、語調方面的變異），是顯而易見的，而且就全體而論，不同於方言土語的範疇。方言土語當然也是一種地域變

異。而且方言土語往往是一種異體，但方言土語是自然經濟占支配地位的情況下，當交通條件不發達，與外界的交際不是那麼急迫需要的「鎖國」情況下生長和鞏固的一種語言現象。這裡說的地域性語言變異是指普通話，公用語（全民語言）在不同的地域引起的差異。比如北方叫「冰棍」的東西，吳語區大都叫「棒冰」，而在南方卻稱為「雪條」。冰棍、棒冰、雪條，其實都是同一個東西——現在全國交通發達，人與人的社會交際活動又比過去任何時代都要頻繁，這種很普通的為全體社會成員所熟悉的名物，也有不同的稱呼，可見地域的影響是不可小看的。當然，這個具體例子很可能加上了方言的因素。南方因為不易看見下雪，所以人們腦際往往冰雪混用，不像北方日常生活中對「冰」和「雪」的概念有那麼明確的劃分。至於在華東，冰雪是分得開的，卻不知為什麼字序（構詞法或稱造字法中重要的東西）都起了變化，不叫「冰棒」而倒過來叫「棒冰」。

　　香港使用的普通話書面語也有變異，這種變異當然夾雜著粵方言語彙的成分，但不能說這是方言。有人講笑話，謅了四句來取笑這種變異，說是：

　　　拿士的，（「士的」即"stick"音譯，手杖也）

　　　坐的士；（「的士」即"taxi"音譯，出租汽車也）

　　　去士多，（「士多」即"store"音譯，港地曾興用「辦館」，即副食店）

　　　食多士。（「多士」即"toast"音譯，烤麵包之謂）

這四句話有點滑稽，不過至少顯出了香港書面語（它的基礎是現代漢語）的一種傾向，即吸收了過多的外來語成分。「巴士」即「公共汽車」（bus），「小巴」即我們所說的「麵包車」（指其形狀有如長方麵包，是由minibus譯來的）。至於香港出版物喜歡將

大陸說的「超短裙」（miniskirt）寫成「迷你裙」，將 mini 音譯為「迷你」，可以反映出一個社會的風尚。港文常說「～～性」之類，如「可讀性」、「知名度」，也是從外文中移植來的表現法，「可讀性」這樣的詞近幾年也慢慢入侵內地，我們這裡有些文章或交談中也常使用「可讀性」這字眼了。

美國英語和英國英語的差別①，也是語言地域變異的明顯表現。美國英語的歷史不長，充其量不過是兩三百年前由英國移民帶到新大陸去的，現在它生長了，發展了，成為一種英語的變異，有些人索性稱之為美語。且不說語音、語法、語調的變異（那需要專門的論著，本書不準備作詳細論述），單從語彙來看，也是很有意思的。

在美國，一見面叫一聲「嗨！」（hi），你也說「嗨！」，我也說「嗨！」，很簡單的見面語，在很多場合代替了早安、日安、下午安之類的客套，卻又比說「哈囉！」（Hello）有更多的含義。在英國，可沒聽見「嗨！」「嗨！」的聲音。英國人把「地下鐵道」叫做 "underground"（地底之下），美、加國卻說 "subway"（底下的路）；英國人把「電梯」叫 "lift"（升起來的東西），美國人卻叫 "elevator"（升高的東西）；諸如此類，不一而足。有時還會因語義和慣用法的不同而引起誤會。

對於這兩個不同地域的英語的演化，即它們的發展以及未來的命運，也就是說，這種地域變異將會演化到什麼程度，是愈來分歧愈大，以至於形成兩種互相不能了解的語言──兩國人之間

---

① 參看郭伯愈：《美語與英語的差異》（1979）；柏奇菲爾德（Robert Burchfield）的《英國英語和美國英語》（*British and American English*, 1979），北京商務有講學記錄本，見《詞典編纂學》（1979）附錄。
莫斯（Norman Moss）著有《差別何在？── 英語／美語詞典》（*What's the Difference? A British/American Dictionary*），1977，很可參看。

要通過翻譯才能進行交際──呢，還是隨著時間的推移，這兩者將會重新融合而形成單一的共同使用的英語呢？英國人和美國人對這個問題有爭論，有兩派見解①，一派認為必分，一派認為必合。說分的強調語言的變異因素（例如地域的、民族的、國家的、社會習慣的、民族文化的等等）；主張融合的則強調國際社會的因素，即（甲）由於政治上經濟上的原因，兩個主權國家參加的國際社會接觸，將會比任何時代更為頻繁和密切；（乙）由於科學技術上的飛躍發展，大大縮小了空間的局限性，因此兩種同源的語言頻繁接觸的結果，形成兩種獨立語言的可能性是很小的，而融合為一種語言（保持某種地域差異）的可能性是很大的。

在一個民族國家中，由於不同的種族或社會集團引起的語言變異（不是指方言），可以舉美國國內黑人英語為例。以前，「黑人英語」（Black English）②這樣的詞也是不那麼為人所稱道的。但差異是客觀存在，現在美國人也正式研究這變種了。黑人英語有引人注意的語言變異現象，例如名詞複數不加 s（說 five girl，而不說 five girls）；名詞所有格不加's（說 the boy hat，而不說 the boy's hat）；動詞過去式不變位（說 he play 以表 he played），──這些在中國人看來很合口胃──看來這種變異還在繼續發展中，因為這裡有人數很不少的社會集團（黑人）天天使用著。

---

① 主張「分」的如柏奇菲爾德，主張「合」的如英國另一個語言學家夸克（Randolph Quirk）。
② 參看斯皮爾士（M. K. Spears）：〈黑人英語〉（Black English），見 *The State of the Language* 論文集（1979），頁 169－179。

11

從語言變化探索社會生活的圖景

11.1 從語言變化或從「語言的遺跡」去探索社會生活的變動和圖景

用唯物史觀的方法觀察和分析語言的變化，特別是語言中最敏感的部分——語彙——的變化，去探究社會生活的圖景和變動，從而概括出某些規律性的東西，這應該是社會語言學的艱巨而又極有意義的任務。這個任務，語言學一向是不過問的；語言學不過問人類學和社會學的事，正如人類學和社會學不過問語言學的事一樣。例如著名的《古代社會》作者摩爾根①在簡單地論

---

① 摩爾根（Lewis H. Morgan, 1818－1881），為馬克思、恩格斯所高度讚揚的美國民族學家，或後來所謂文化人類學家。他和美洲印地安人建立了深厚的感情，1847年被易洛魁人中的塞內卡部鷹氏族收養為成員，以後畢生致力於印地安人原始社會的研究，取得了輝煌的成就。繼《易洛魁聯盟》（1851）和《人類家族的親屬制度》（1862）之後，出版了他的力作《古代社會，或人類從蒙昧時代經過野蠻時代到文明時代的發展過程的研究》，之後又寫了《美洲土著的房屋和家庭生活》（1881）。馬克思從1881年5月到1882年2月研讀了《古代社會》，並作了「十分詳細的摘錄」，即後來出版的《摩爾根〈古代社會〉一書摘要》，企圖用唯物史觀來闡述摩爾根的研究成果，但是他在1883年3月離開了人世，這個意願沒有實現。恩格斯於1884年寫成《家庭、私有制和國家的起源——就路易斯·亨·摩爾根的研究成果而作》。恩格斯在自己的序言裡譽《古代社會》為一部紀念碑著作，說「他研究自己所得的材料，到完全掌握為止，前後大約有四十年。然而也正因為如此，他這本書才成為今日劃時代的少數著作之一。」

述了人類語言的演變以後，他就趕緊聲明，「這個大題目本身自成一門學科，不屬於本書研究範圍之內。」不過，在實際上，所有人類學家、社會學家、歷史學家、民族學家，曾不得不從作為社會現象的語言著手，去推斷社會的變化。摩爾根本人就是這樣做的，有他的巨著為證。只不過從前沒有那麼明確地自覺地宣稱，應當有一門邊緣科學，或者叫跨學科的科學——這裡講的是社會語言學——有意識地去探索這些問題罷了。

社會生活任何變化，哪怕是最微小的變化，都會或多或少地在語言——主要在語彙——中有所反映，因為語言是社會生活所賴以進行交際活動的最重要的交際手段。1927 年江西出現了工農兵政權，這個政權的出現是當時中國社會的一個急劇的巨大變化，它反映到語言中，出現了「蘇維埃」這樣的詞彙。「蘇維埃」是從俄文 совет 一字音譯而成的，因為當代漢語沒有任何一個詞彙能表現這種社會變化，而古書中的一切漢語詞彙更不能表現這種社會變化，所以必須採取新的詞彙。音譯的「蘇維埃」照三個漢字本身以及三個漢字的組合，都不能給出任何信息或聯想，但這個詞卻不脛而走，蘇區（蘇維埃區的簡稱）裡所有的老百姓，不論他識字與不識字，都從實際社會鬥爭中懂得這個新詞的豐富含義。差不多同時出現了「紅軍」這個詞，因為要保衛鬥爭果實，保衛蘇維埃，這個新的社會結構需要一支武裝力量，叫什麼呢？需要創造一個新詞。這就是「工農紅軍」，簡稱「紅軍」。漢語裡有過「紅軍」這樣的詞彙，但這時的「紅軍」卻同傳統的（甚至是農民戰爭的）軍隊不一樣，而蘇區的老百姓，不論識字與不識字，在實際反「圍剿」的鬥爭中，深刻地了解「紅軍」這個詞的含義。紅軍經過二萬五千里長征到達了陝北，由於民族危機的嚴重，起了深刻的社會變化。此時「統一戰線」的概念迅速

地傳播開來，深入人心——這樣的社會變化，必然反映到語言中來，「蘇維埃」這個詞在邊區的日常生活中消失了，代之以其他的新詞，其中一個就是「邊區」。由此可見，從研究語彙的出現、變化、派生、消失等語言現象著手，去探究社會生活變動，是有可能的、有必要的，而且會取得很有意義的成果。

幾千年來，有文字記錄的人類社會無時無刻不在變動中。某些社會變化已經發生過了，某些現象或者早已消失了，甚至也沒有留下什麼實物可以探究了，但是這些事物必然或多或少，或直接或間接保存在語言中，對語言作語源學的、歷史學的或結構上的細緻研究，可以推斷或還原那已經消失了的某些社會變動。所謂「語言的遺跡」，就是指此而言；正因為有「語言的遺跡」，才使後人比較清楚地明瞭前人的某些東西。如果結合著地下文物，那麼，「語言的遺跡」就會給人類社會提供更多東西。甚至在研究地下文物時，常常也離不開語言（這種場合常常是古代語文或死語言），例如中國的甲骨文、古埃及的圖形文字等等。

被馬克思和恩格斯高度評價的美國民族學人類學家摩爾根，深入生活在美洲印地安人那裡，從實際生活中觀察了和收集了印地安人那種原始狀況的社會物質文化資料，發現了氏族的本質，揭示了原始共產主義的內部組織的典型形式，對於發展唯物史觀，作出了重大的貢獻。他對有關家庭、親屬關係的研究，有很多地方是從古代民族或現在生活在原始狀態的部落對家庭親屬的稱謂語出發的。

恩格斯把摩爾根的《古代社會》譽為在論述原始社會方面是一部「像達爾文學說對於生物學那樣具有決定意義的書」[1]。馬克思發現了這部書，並且說他「很喜歡這本書」，為此，他精心研

---

[1] 見恩格斯1884年2月16日致卡爾‧考茨基的信（《馬克思恩格斯全集》卷三六，頁112）。

讀了此書，還參考別的原始文化史文獻，寫下了附有馬克思本人批注的「十分詳細的摘錄」。摩爾根給自己的書定了一個副題：

「人類從蒙昧時代經過野蠻時代到文明時代的發展過程的研究」

這本書甚至誘導馬克思要運用唯物史觀寫一部關於原始共產主義社會的著作。馬克思的意願沒有實現，卻是由恩格斯寫成了一部輝煌的歷史唯物主義的巨著：《家庭、私有制和國家的起源》，作者謙遜地加上了這樣的副標題：

「就路易斯·亨·摩爾根的研究成果而作」

現在已不用懷疑，凡是研究馬克思主義，研究唯物史觀的人，凡是研究人類文明史和社會發展史的人，凡是要獲得歷史學和社會學科學方法的人，都會精研摩爾根的書、馬克思的筆記和恩格斯的書。我以為，社會語言學的研究者也有必要細讀這三部書，並且從語言的角度來考察社會與語言這樣的根本命題。

11.2 從社會語言學的角度研讀摩爾根的《古代社會》得到的若干論點

摩爾根的《古代社會》這部書不是語言學專著；對於一般讀者甚至對於語言學研究者，也許沒有很大的吸引力。但它講到了很多同社會語言學有關的問題或提供了有趣的令人信服的例證。我想摘出本書中社會語言學感興趣的論點並作一些批注，來闡明我的觀點。

(一)〔語言〕

「人類的語言似乎是由最粗糙、最簡單的表達形式發展起來的。必然是先有思想而後才有語言；同樣，必然是先用姿態或手勢表達語意而後才有音節分明的言語，正如盧克萊修斯所隱約提到的那樣。單音節先於多音節，而多音節又先於具體詞彙。人類的性靈

不自覺地利用喉舌發音而發展出清晰的語言。」（頁 5）[1]

　　這一段話是摩爾根多年考察印地安人社會生活所概括的結論，觸到了最令人頭痛的語言起源問題。有些論點例如思維與語言何者先有的難題，手勢語是否一定出現在分音節的有聲語言之前的難題，都是引起爭論的，我在前面的章節中已經簡單的論述過了。恩格斯在《古代社會》（1877）寫作的同時寫的〈勞動在從猿到人轉變過程中的作用〉（1876？）一文中，只提出勞動——思維——語言這三者差不多是在一個階段中產生的，並沒有答覆思維與語言何者為先的問題。至於盧克萊修斯「所隱約提到的」，見《天道賦》，楊東蒓等譯文：「……且代婦孺，乞求憐愛。或出之以呼號，或無聲而作態。」[2]

---

① 從㈠到㈤所注的頁碼，均見《古代社會》，楊東蒓、馬雍、馬巨譯本，「漢譯世界學術名著叢書」版（1981，北京商務）。

② 參見方書春譯《物性論》，第五卷：
　　「……也是在那時候
　　鄰居們開始結成朋友，大家全都
　　願意不再損害別人也不受人損害，
　　並且代孩子和婦人們向人求情，
　　他們吃吃地用叫聲和手勢指出：
　　對於弱者大家都應該有惻隱之心。
　　……
　　自然促使人們發出各種舌頭的聲音，
　　而需要和使用則形成了事物的名稱，
　　其方式大抵正如不能說話的年齡
　　迫使小孩子們去運用手勢，
　　叫他們用手指在這裡那裡指著
　　他們面前的東西。……」
　　在同一卷，作者又說：
　　「最後，在這件事上面有什麼值得驚奇，
　　如果具有有力的聲音和舌頭的人類
　　按照他們的各種感覺的催促
　　用不同的話語來標示周圍的東西？
　　……
　　因此，如果不同的感覺促使
　　那些雖然永遠不會說話的動物
　　去發出不同的聲音，那麼，認為
　　人類當時能夠用許多不同的聲音
　　來分別標示各種東西，自然更合理。」
　　　　　　　　（見北京商務 1981 年版，頁 327－329）

㈡〔文字〕

　　「文字的使用是文明伊始的一個最準確的標誌，刻在石頭上的象形文字也具有同等的意義。認真地說來，沒有文字記載，就沒有歷史，也沒有文明。」（頁30）

使人發生興趣的是，摩爾根在這裡加了一個注，說：

　　「拼音字母之出現，也和其他偉大的發明一樣，是連續不斷努力的結果。遲鈍的埃及人改進他們的象形文字，經過若干形式，才形成一個由音符文字構成的方案，而他們所盡的力氣也就到此階段為止。他們能把定型的文字寫在石頭上了。隨後出現了富於好奇心的腓尼基人，他們是最早的航海家和海上貿易者。不論他們以前是否熟悉象形文字，總之，他們似乎一躍就投入了埃及人所致力的工作，憑著天賦的靈感，他們解決了埃及人所夢想解決的問題。腓尼基人創造了由十六個符號構成的新奇的字母，及時地給人類帶來了一種書面語言，人類由此有了寫作和記載歷史的工具。」（頁40）

　　在這裡摩爾根強調了書面語言的重要性——他有很多地方作推斷時是引證古代語言的，如果沒有文字記錄，他的推斷就無法進行，因此他作了過分的強調，即提出沒有文字就沒有歷史也沒有文明的論點。就嚴格的邏輯意義上說，應當倒過來：沒有歷史，沒有文明，則文字根本就失去存在的價值，文字只是記載語言的工具，文字本身不可能創造文明。

　　根據用碳同位素 C^{14} 測得的結果（對半坡遺址的測量），可以得出這樣的概念，即漢字的發生約在六千年前[1]。彩陶和黑陶上所寫所刻的符號，被認為是漢字的原始階段。接著在龜甲獸骨上刻字——叫做甲骨文——約在公元前一千三百多年到一千一百多

---

[1]　參看郭沫若：〈古代文字之辯證的發展〉（見《考古學報》1972年第一期），C^{14}說見該文附注。

年，大都是占卜的記錄，這也許就是最初的漢字。接著是刻在（實際上是冶鑄在）青銅器上的銘文——稱為金文或鐘鼎文。值得注意的是，殷代已有「筆」的概念，除了以刀為筆（「刀筆」）之外，還有毛筆。約二千年前的《爾雅·釋器》有：

> 「不律謂之筆。」

郭璞注：「蜀人呼筆為不律也。」韓國讀「筆」為 Put，越南讀「筆」作 But，廣東（粵方言）保存了古音，「筆」讀作 pet（p 和 t 均不送氣）。在漢字系統，石刻是較晚的事了。

確實，人類發明了文字，就打破了原來交際工具的時空限制。所以〈共產黨宣言〉發表時（1848）寫的第一句話：「到目前為止的一切社會的歷史」，在四十年後恩格斯特別加了一個注，「確切地說，這是指有文字記載的歷史。」（著重點是恩格斯加的）在同一個注裡，恩格斯稱譽摩爾根發現了氏族的真正本質及其對部落的關係，「這一卓絕發現把這種原始共產主義社會的內部組織的典型形式揭示出來了。」

(三)〔語言的起源〕

> 「即使我們不說那些蒙昧人，就是在野蠻人當中，遇到他們彼此方言不同而要互相交談的時候，仍然以手勢為共同的語言。美洲土著就曾發展了一種這樣的語言，由此可見，要形成一種適用於普遍交談的手勢語言是可能的。根據他們使用這種語言的情況來看，這種語言使用起來既很文雅，又富於表情，還能使人感到有趣。這是一種自然符號的語言，所以它具有通用語的要素。發明一種手勢語言比發明一種音節語言要容易；而且，因為掌握手勢語言也要方便得多，所以我們作出假定，認為手勢語言之出現早於音節分明的語言。」（頁42）

> 「語言和手勢均產生於蒙昧階段，並肩發展，臻於興盛，而在

進入野蠻階段很久以後，二者仍始終結合在一起，不過結合程度較輕而已。凡是急於想解決語言起源問題的人，最好充分注意手勢語言所能提供的啟示。」（頁43）

這是上面所引第㈠段立論的進一步闡發——手勢語言顯然在摩爾根眼中有很大的份量，手勢語言在原始階段所起的作用當然是值得重視的。但有沒有可能手勢語言與聲音語言差不多同時發生，或者說手勢語言不占一個發展階段呢？這是引起很多爭論的問題。

㈣〔語彙反映的社會生活〕饒有興味的是摩爾根從分析荷馬的史詩〈伊利亞特〉的語彙出發，推斷了人類在蒙昧和野蠻時期的社會生活——「希臘人在進入文明階段以前即已知道了」什麼。

「偉大的野蠻階段之所以顯得偉大也有四項非常重要的事跡，那就是：家畜的飼養、穀物的發現、建築上的使用石材、鐵礦熔化術的發明。」（頁38）

社會語言學研究者發現摩爾根分析〈伊利亞特〉的語彙時，實在會感到很大的興趣。研究這首史詩的語彙，可以證明社會生活的四項重要「事跡」。

(甲) 家畜的飼養

馬	ιππος（注意：特洛伊馬，著名的故事）
牝馬	τρισχιλιαι ιπποι
驢	ονος
騾	ημιονος
牛	βους
牝牛	βους
牡牛	ταυρος

山羊　　　$\alpha\iota\xi$

狗　　　　$\kappa\nu\omega\nu$

綿羊　　　$o\iota\zeta$

豬　　　　$\sigma\nu\zeta$

乳　　　　$\gamma\lambda\alpha\gamma o\zeta$

乳酪　　　$\tau\nu\rho o\zeta$

牛乳　　　$\gamma\alpha\lambda\alpha$

(乙) 穀物的發現

大麥　　　$\kappa\rho\iota\theta\eta$

白大麥　　$\kappa\rho\iota\lambda\epsilon\nu\kappa o\nu$

大麥麵粉　$\alpha\lambda\phi\iota\tau o\nu$

大麥飯　　$o\nu\lambda o\chi\nu\tau\alpha$

小麥　　　$\pi\nu\rho o\zeta$

黑麥　　　$o\lambda\nu\rho\alpha$

麵包　　　$\sigma\iota\tau o\zeta$

酒　　　　$o\iota\nu o\zeta$

甜酒　　　$\mu\epsilon\lambda\iota\eta\delta\epsilon\alpha\ o\iota\nu o\nu$

豆　　　　$\kappa\nu\alpha\mu o\zeta$

豌豆　　　$\epsilon\rho\epsilon\beta\iota\nu\theta\zeta$

蔥　　　　$\kappa\rho o\mu\nu o\nu$

葡萄　　　$\sigma\tau\alpha\phi\nu\lambda\eta$

葡萄酒　　$o\iota\nu o\zeta$

鹽　　　　$\alpha\lambda\phi$

(丙) 建築、造船

房屋　　　$\delta\omega\mu\alpha$

柵牆　　　$\epsilon\rho\kappa o\zeta$

船隻	νηηνς
白帆	λευκον ιστιον
纜	πρυμνησια
槳	ερετμος
檣	ιστος
龍骨板	στειρη
船板	δορυ
長板	μακρα δουρατα
釘	ηλος
金釘	χρυσειοις ηλοισι

(丁) 冶煉、武器

金	χρυσος
銀	αργυρος
銅	χαλκος
錫（白臘？）	κασσιτερος
鉛	μολιβος
鐵	σιδηρος
戰車	διφρος
冑	κορυς
胸甲	θωραξ
脛甲	κνημος
矛	εγχος
盾	σακος
圓盾	ασπις
劍	ξιφος
板斧	πελεκνς

鏈	μακελλον
戰斧	αξινη
手斧	σκεπαρνον
錘	ραιστηρ
砧	ακμων
風箱	φυσα
熔爐	οανοζ

㈤〔方言與部落〕印地安人有很多部落，各有不同的方言。

> 「有多少種方言，就有多少個部落，因為當方言尚未出現差異
> 之時，部落也就還沒有徹底分離。」（頁101）

分離出去的部落，語言就發生了歧異。

> 「在美洲土著當中，一個部落包括操不同方言的人民的例子是
> 極其罕見的。凡遇到這樣的例子，那都是由於一個弱小的部落被一
> 個方言很接近的強大部落所兼併的結果。」（頁102）

摩爾根的假設：

> 「南、北美洲大量的方言和語系，除了愛斯基摩語以外，都
> 是從同一種原始語言衍化出來的，它們形成所需要的時間當以文化
> 上三個期來衡量。」（頁103）

立論的根據：

> 「一種口語，雖然其詞彙能維持得很久，其語法形式能維持得
> 更久，但總不可能永不改變。人們在地域上相互分離以後，到了
> 相當時間就會引起語言的變化；而語言的變化又會引起利害關係
> 的不一致，終至於各自獨立。」（著重點是引用者加的）（頁103）

摩爾根接著說：

> 「部落和方言大體上是範圍一致的，不過在某些特殊情況下也
> 出現例外。比如達科他人的十二個團體現在可以稱之為十二個部

落，因為它們的利益和組織都不相同；它們曾經過早地被迫分離，因為美國人侵入了他們的原居地，把他們趕到了平原上。他們以前保持著極其親密的關係，所以在密蘇里河沿岸時只開始形成一種新的方言，即提頓方言，這種方言的母語就是密西西比河流域的部落所用的伊桑提方言。幾年以前，切羅基部有過二萬六千人，在美國境內所曾見到的說同一種方言的印地安人以此為最多。但在佐治亞州的山區，已經出現了一點語言分歧，不過還不足以另立一種方言。其他類似的例子也能找到幾個，但無論如何不能打破土著時代的一般規律，即：部落與方言範圍等同。」（頁 110-111）（著重點是引用者加的）

摩爾根在印地安人部落中觀察方言的形成過程時所歸納的一些規律，對於語言同社會的互變（共變）現象是一種實際證明。方言是分裂出去的部落由於特定的社會語境而形成的，方言必需有一個母語，部落和方言的範圍一般是等同的。

（六）〔從家畜名稱找到畜牧生活的證據〕在論證拉丁人進入義大利半島時已飼養家畜，還可能種植穀類和其他作物，已越過野蠻社會，接近文明之域的時候，摩爾根引用了蒙森的《羅馬史》[1]。蒙森寫道：

> 「當現已分離的印度－日耳曼系諸民族尚未分化並操同一種語言的時候，他們的文化已經達到了相當的水平，而且他們已經有一套與此文化相適應的詞彙。其後各民族帶著這套詞彙及其習慣用法作為他們共同獲得的嫁妝，並作為進一步構成他們各自方言的基礎。……由此我們便能從固定不變的家畜名稱中找到那個遙遠的

---

[1] 蒙森（Theodor Mommsen, 1817－1903），德國歷史學家，曾支持1848年革命，後又反對俾斯麥政策，代表作有他畢生研究古羅馬文化和社會所著成的《羅馬史》（1856－1885）。

時代已經發展畜牧生活的證據；例如，梵語的 gâus（牛），即拉丁語的 bos，即希臘語的 βονζ；梵語的 avis（羊），即拉丁語的 ovis，即希臘語的 οιζ；梵語的 açvas（馬），即拉丁語的 equus，即希臘語的 ιππος；梵語的 hañsas（鵝），即拉丁語的 anser，即希臘語的 χην；……另一方面，我們尚未找到任何證據能證明當時已經有了農業。從語言來看，頗傾向於否定有農業的觀點。」（頁 296）（著重點是引用者加的）

在同一處地方，摩爾根又引用了費克[①]的有關論點：

「（原始社會中）人們的物質資料完全不取給於農業。涉及農業的原始詞彙為數甚少，即可完全說明這一點。這類詞彙有：yava—野果，varka—鋤或犁，rava—鐮，以及 pio, pinsere（焙烤），和 mak，即希臘語之 μασσω，義為打穀和碾穀。」（頁 296）（著重點是引用者加的）

這兩條注闡明一個現象，即語言中沒有或少見的語彙，就是這個社會生活中所沒有或少見的現象。有的語言農業語彙多，這就是說，操這種語言的社會集團已經在發展農業了；反之，即得到相反的結論。如果日常使用的語言中，發現很多科學詞彙，那就足以推斷，這個社會生活的科學水平很高了。

(七)〔氏族一詞的語言學含義〕摩爾根分析得最多的是氏族、家庭、家族關係等等範疇。例如他曾從語言學去闡明氏族最初是什麼意思，他寫道：

「拉丁語之 gens，希臘語之 γενος，梵語之 ganas，本義均指親屬而言。它們分別含有本語言中的 gigno，γιγνομαι 和 ganamai 等詞的相同成分，這三個詞的意義為生殖；gens 等詞從而

---

① 費克（August Fick, 1833－1916），德國語言學家，他編著第一部印度歐羅巴諸語言的比較語源詞典。

也就暗示一個氏族的成員們有著直接的共同世系。因此，氏族就是一個由共同祖先傳下來的血親所組成的團體，這個團體有氏族的專名以資區別，它是按血緣關係結合起來的。」（頁62）（著重點是摩爾根加的）

在論證希伯來人的氏族、胞族、部落、家族……時，摩爾根寫道：

「希伯來語的beth' ab表示『父族』、『宗族』、『家族』的意思。如果希伯來人有氏族，那就是這種團體了。用兩個詞來描寫這種團體自會使人感到疑惑，除非專偶制的個體家族在當時已經非常多、非常突出，以致不得不使用這種曲折的說法來概括這種親屬。……比『宗族』高一級的為『家室』，看來這就是胞族。希伯來語對這種組織的名稱是mishpacah，意即『聯宗』、『睦族』。它是由兩個或更多的『宗族』組成的，是從一個最初的團體分化出來的，而各有一胞族式的名稱以資區別。這與胞族是非常符合的。……最後一級，即『部落』，在希伯來語中稱為matteh，意指『樹枝』、『莖幹』或『支條』，其組織類似於希臘人的部落。」（頁365-366）

(八)〔家族一詞在拉丁部落中出現較晚〕在分析專偶制時，摩爾根對「家族」（英語family）一詞作了耐人尋味的分析，他寫道：

「我們可以從家族（family）一詞的意義推斷出它在拉丁部落中是晚近才出現的。family出自familia，familia含有famulus之意，famulus＝僕從，因此familia可能出自鄂斯坎語的famel，famel＝servus，意為一個奴隸。從family一詞的本意來看，它與配偶及其子女毫無關係，而是指在pater familias（家族之父）的權力支配下為維持家族而從事勞動的奴僕團體。在某些遺囑條文中，familia與patrimonium通用，意為『傳給繼承人的遺產』。這個詞被

引入拉丁社會，來指明一種新的組織，這個組織的首領支配妻室兒女和在父權控制之下的奴僕團體。蒙森用『奴僕團體』來表示familia一詞的拉丁意義。因此，這個詞及其概念不會早於拉丁部落的嚴酷的家族制度，而後者既晚於希臘人與拉丁人兩支的分化，也晚於農業的出現和奴隸制的合法化。」（頁474—475）（著重點是引用者加的）

由於羅馬人的民法家們為了確定遺產繼承關係而成功地用一種排列方法和說明方法來表達一大群支系龐雜、人數眾多的親屬，他們對家族關係的稱謂語就建立起來了。摩爾根說：

「他們稱父方的諸父、諸母為patruus（伯叔父）和amita（姑母），而稱母方的諸父、諸母為avunculus（舅父）和matertera（姨母）。」（頁394）在這個地方作者加了這樣一個注：

「我們的〔按：指當代——引用者〕稱謂aunt（姑母）是從拉丁語amita（姑母）來的，uncle（舅父）是從拉丁語avunculus（舅父）來的。拉丁語的avus（祖父）一詞加上指小詞尾就成了avunculus。因此它的意思是指『小祖父』。有人認為拉丁語的matertera（姨母）一詞源於mater（母）和altera（另一個），意即『另一位母親』。」（頁397）

難怪摩爾根說：

「拉丁語中有關姻親的稱謂是特別豐富的，而在我們的英語中卻使用father-in-law, son-in-law, brother-in-law, step-father, step-son〔按：意即法律上的父親＝岳父，法律上的兒子＝女婿，法律上的兄弟＝姻兄弟、繼父、繼子——引用者〕以及諸如此類不恰當的名稱來表示二十來種非常普通、非常密切的親屬關係（對於這些親屬關係在拉丁語中差不多全都有專用的稱謂詞），英語的貧乏由此可見。」（頁490）（著重點是引用者加的）

這使我們想起恩格斯寫給布洛赫那封有名的信①。布洛赫提出了為什麼甚至在血緣家庭絕跡之後，在希臘人那裡兄弟姐妹之間的婚姻並沒有成為非法的問題，恩格斯回答說：

> 「首先，……普那路亞家庭形成的過程是逐步逐步的，甚至在本世紀，夏威夷群島王室家庭中還有兄弟和姐妹（同一母親生的）結婚的。而在整個古代史時期，都可以遇到這種婚姻的例子，例如托勒密王朝還有這種情況。可是在這裡，也是第二點，應當區別母親方面或只是父親方面的兄弟和姐妹。'αδελφός, 'αδελφή這兩個詞是從 δελφλνζ 即媽媽一詞來的，因此原來的意思只是母親方面的兄弟和姐妹。從母權制時期起還長期保留這樣的概念：同一母親的子女，雖然是不同父親的，也比同一父親但不同母親的子女彼此更親。普那路亞形式的家庭只排除前者之間的婚姻，而絕不排除後者之間的婚姻，因為根據相應的概念，後者甚至根本不算親屬（因為起作用的是母權制）。」（著重點都是恩格斯加的）

在這封信裡，恩格斯注意到希臘文的「兄弟」、「姐妹」兩個詞，是從「媽媽」一詞轉化來的，因此作出了如上的推斷。母權制時期的概念一直還保存在語言（語彙）裡，母權制消失了，語彙卻還沒有消失，人們常常可以從保存在語彙庫中的舊日遺下的概念推斷出這種概念所反映的社會實際來。

　(九)〔血親稱謂多少反映了能不能到達專偶制〕以同樣的分析語詞的方法，摩爾根推斷了雅利安式親屬關係。他寫道：

> 「如果在雅利安人之中曾經存在過土蘭尼亞式親屬制，那麼我們也可以設想這種親屬制的大部分稱謂將會在專偶制之下消失。凡是對原屬同一種親屬關係而現在將予以區別開來的那些人的稱謂都

---

① 指恩格斯1890年9月21—22日致約瑟夫·布洛赫的信（《馬克思恩格斯全集》，卷三七，頁459—460）。

將不得不停止使用。除了這種假設之外，不可能再有別的說法來解釋雅利安式親屬制的固有稱謂之貧乏。在各種雅利安方言中，只有父母、兄弟、姐妹和兒女的稱謂是共同的，除此之外還有一個共同的稱謂（梵語，naptar；拉丁語，nepos；希臘語，ανεΨιοζ）不加區別地用來稱呼甥、侄、孫和從表兄弟姊妹。就如此之少的血親稱謂而論，他們根本不可能到達專偶制所包含的那種進步狀況。但是，如果以前存在過一種類似土蘭尼亞式的親屬制，那麼這種貧乏現象就可以解釋得通了。」（頁483）（著重點是引用者加的）

摩爾根從這個推斷出發，他指出以前的土蘭尼亞式親屬制的殘餘仍然保留在例如在匈牙利人的親屬制中，在這裡，「兄與弟、姊與妹均以不同的稱謂區別開來。」（頁483）他還接著指出在法語中也可以發現同樣的情況：

「除frère〔兄弟〕和soeur〔姊妹〕外，還有aîné以表示兄；puné和cadet以表示弟；aînée和cadette以表示姊與妹。」

摩爾根還進一步對雅利安方言關於祖父的稱謂作了分析。他寫道：

「我們不能想像在雅利安民族的母語中不存在祖父這一親屬關係的稱謂，蒙昧和野蠻部落都普遍認識到這種關係；但是在雅利安諸方言中卻不存在這一親屬關係的共同稱謂。在梵語中有pitameha，在希臘語中有παπποζ，在拉丁語中有avus，在俄語中有djed，在威爾士語中有heudad，最後這個詞像德語的grossvather〔大父〕和英語的grandfather〔大父〕一樣，是個複合詞。這些詞的詞根是不同的。但是，在以前的親屬制的稱謂中，有一個詞，不僅用來指真正的祖父、祖父的兄弟、祖父的從表兄弟，而且還用來指祖母的兄弟和從表兄弟，它是不可能用來指專偶制下的直系祖父和祖先的。隨著時間的推移逐漸放棄這種稱謂是不難的。這樣來

解釋在這種原始語言中缺乏對這一親屬的稱謂的現象似乎是合乎情理的。」（頁484）（著重點是引用者加的）

在另一處地方，摩爾根又同樣地作了另一推斷：

「在雅利安族系中，當操拉丁語、希臘語和梵語的部落尚未分化的時候，氏族組織即已存在，根據他們的方言用同一名詞（gens, γενος, ganas）來表示這種組織，即可證明這一點。」（頁230）

（著重點是引用者加的）

摩爾根甚至比語彙學家還更深入細緻地研究各種民族種族的親屬稱謂，這對於推斷社會生活的真實圖景有很重要的參考作用。在他的《古代社會》中，為闡明夏威夷式親屬制，他制定了一個包括一百七十六個稱謂的〈夏威夷式和洛特馬式親屬制〉的表（頁414）。如下例（第一個括號內係夏威夷人的，第二個為洛特馬人的）：

(1)我的曾祖父（kŭkŭ'-na）（mä-pĭ-ga fä）

(2)我的曾祖父之兄弟（kŭpŭ'-na）（mä-pĭ-ga fä）

(3)我的曾祖父之姊妹（kŭpŭ'-na）（mä-pĭ-ga hon'-ĭ）

(4)我的曾祖母（kŭpŭ'-na）（mä-pĭ-ga hon'-ĭ）

(5)我的曾祖母之姊妹（kŭpŭ'-na）（mä-pĭ-ga hon-ĭ）

(6)我的祖父（kŭpŭ'-na）（mä-pĭ-ga fä）

(7)我的祖母（kŭpŭ'-na）（mä-pĭ-ga hon-ĭ）

……

他又制定了一個包括二百一十八個稱謂的〈紐約州塞內卡──易洛魁印地安人與操達羅毗荼語泰米爾方言的南印度人的親屬制度對照表〉（頁444）和包括一百五十七個稱謂的〈羅馬式與阿拉伯式親屬制（稱謂對照表）〉（頁493），舉後一表為例：

	（拉丁語）	（阿拉伯語）
(1)曾祖父之曾祖父	tritavus	jidd jidd jiddi
(2)曾祖父之祖父	atavus	jidd jidd abi
(3)曾祖父之父	abavus	jidd jiddi
(4)曾祖父之母	abavia	sitt sitti
(5)曾祖父	proavus	jidd abi
(6)曾祖母	proavia	sitt abi
(7)祖父	avus	jidd
(8)祖母	avia	sitti
(9)父	pater	abi
(10)母	mater	ummi

……

（十）〔中國九族〕摩爾根力圖闡明中國親屬制度同他在《古代社會》中所發現的原始狀況的關係，遺憾的是他沒有足夠的語言條件和實踐條件。

他提到過「中國的九族關係」，即在「我」之上有四族（父、祖父、曾祖父、高祖父）和在「我」之下有四族（子、孫、曾孫、玄孫），加上「我」為一族，共九族。「這些人全都同宗，雖然每一族屬於不同的支系或家族，但都是我的親屬。」這種解釋出自《尚書‧堯典》，後人有以為「九族」包括母系（父系四，母系三，妻族二），《明律》和《清律例》基本上也保持上有四族，下有四族之說，但同時推向橫系，兄弟、堂兄弟，再從兄弟、族兄弟共四族。

摩爾根大約向當時在華的外國人調查中國的親屬制度，可惜他得到了的是住在廣州的英國人海關總監羅伯特‧哈特1860年提供的材料（見頁423），推斷出

> 「在中國人當中流行一種特殊的家族制度，這種制度似乎含有
> 古代某種氏族組織的遺跡。」（頁361）

哈特提供的材料大意是：

(1)中國人稱民眾為百姓，意指「一百個家族的姓」，是否說
「中國人是由一百個分族或部落〔氏族？〕組成」？

(2)現在，中國約有四百個姓，其中某些姓與動物、果實、金
屬、自然事物等有關，如馬、羊、牛、魚、禽、鳳、李、花、
葉、米、林、……。

(3)中國有許多大村莊，每個村莊只有一姓。

(4)中國人的夫和妻總屬於不同的家族，即不同姓。禁止同姓
通婚。子女屬於父親的家族，即承襲父姓。

摩爾根根據他得到的很不完善的材料，匆忙下結論說，中國

> 「各氏族的名稱也還保留著原始的形態。這些氏族由於分化而
> 增至四百，這是可以料想得到的結果；但是，當野蠻階段早已過去
> 之後，它們竟一直維持到現代，這卻是值得驚異的事，同時，這也
> 是他們這個民族十分固定的又一證據。」（頁362）

由這樣的前提出發，他到達了一個完全與實際社會生活不符
的推論——

> 「我們還可以料想，在這些村莊中，專偶制的家族尚未得到充
> 分的發展，而且，在他們當中也未必沒有共產主義的生活方式和
> 共妻的現象。」（頁362）（著重點是引用者加的）

由此可見，不到實地考察，不占有大量材料，遽然下過早的
結論，總是非科學的。作者把他所搜集到的一鱗半爪材料都納入
他從觀察印地安人社會所概括出來的原始社會規律，而不理解這
個國家長期處在封建主義桎梏下，親屬關係根本不是他所假想的
那樣子。本書譯者對此加了一個注，其中寫道（頁376）：

「中國有史時期的姓氏制度分為兩個不同的階段。戰國時代以前，『姓』和『氏』有別，『姓』可能與上古氏族的圖騰有關；『氏』應相當於氏族下的家族，其名稱與圖騰無關。戰國時代以後，『姓』和『氏』的區別消失，即形成流傳至今的姓氏，這些姓氏大多沿襲前一階段的『氏』，所以與氏族的圖騰無關。摩爾根根據這一點甚至猜想在這些村莊中『專偶制的家族尚未得到充分的發展』，還可能『有共產主義的生活方式和共妻的現象』，這完全是錯誤的臆斷。」(著重點是引用者加的)

(土)〔命名與詞義〕

「在蒙昧階段和野蠻階段的各部落中，每一個家族是沒有名稱的。」（頁76）「代表家族的姓氏並不早於文明社會之出現。但是，印地安人的個人名字通常卻能表示出個人所屬之氏族，以別於同部落中屬其他氏族的個人。一般習慣，每一個氏族都有一套個人名字，這是該氏族的特殊財產，因此，同一部落內的其他氏族不得使用這些名字。一個氏族成員的名字就賦予它本身以氏族成員的權利。這些名字或在詞義上表明它們屬於某氏族，或者眾所周知其為某氏族所使用者。」（頁76）（著重點是引用者加的）

例如奧馬哈人使用的個人名字有下列的例子（頁85）：

男孩的名字

阿——希塞——那——達 〔長翼〕

拉拉——當——諾——微 〔在空中頡頏之鷹〕

內斯——塔塞——卡 〔白眼鳥〕

女孩的名字

美——塔——娜 〔黎明時的啼鳥〕

拉——塔——達——溫 〔群鳥中的一隻〕

瓦——塔——娜 〔鳥卵〕

研究原始民族的個人名字，能在某種程度上推斷出一些有關社會生活的東西。由此可見，人名學——名字學——地名學等等有它的社會意義，例如從地名往往推斷得出古代的（乃至當代）的社會狀況來。

　　㈡〔語言與戰爭〕

> 「部落和方言的增多，成為土著間不斷發生戰爭的根源。一般而言，相持最久的戰爭總是在不同語系的部落之間進行的；如易洛魁人與阿耳貢金人的戰爭、達科他人與易洛魁人的戰爭即是。反之，阿耳貢金人與達科他人彼此一般相安無事。……操同一語系方言的各部落之間可以憑口語交涉，通過這種方式解決他們的糾紛。」（頁108）（著重點是引用者加的）

　　以上所引摩爾根所涉及的十二個論點，是從社會語言學的角度摘引的。其中關於語言㈠，文字㈡，語言的起源㈢，方言與部落㈤和語言與戰爭㈡都可以歸到我在第十章提出的第一個方面，即從社會生活出發，探究語言的形成、發展和變化；另外關於語彙所反映的社會生活㈣，關於從家畜名稱找到畜牧生活的證據㈥，關於氏族在原始社會和在語言中的含義㈦，關於家族一詞在拉丁部落中為什麼出現得晚㈧，關於血親稱謂多少與專偶制的關係㈨，關於命名與詞義㈡，都可歸到第二個方面，即從語言（特別是語彙）的變化探究社會現象的本質，作為這方面研究的一種方式。還有一題即從中國九族推斷中國的社會㈩是一種不符合實際的臆測，也可歸入第二個方面推斷失敗的例子。

11.3 從親屬稱謂的變化觀察中國社會生活的變動

　　郭璞給《爾雅》加注約在一千六百多年前，這部書有中國封

建關係親屬稱謂的最古老最完備的記錄。不僅有生時的記錄（如父、母、妻），還有死後的稱謂（如考、妣、嬪），這些親屬稱謂見現存十九篇中的第四篇（〈釋親第四〉）。這裡收載了寶塔似的層層親屬稱謂，例如：祖父（祖母）、曾祖父（曾祖母）、高祖父（高祖母）；兄、弟、（姊、妹）（姑）、孫、曾孫、玄孫、來孫、晜孫、仍孫、雲孫──有趣的是，在「孫」的一級竟有七代之多！在「宗族」題名下即有舅、有甥、有姨、有私（女子謂姊妹之夫為私）、有出（男子謂姊妹之子為出）、有姪、有離孫（出之子）、姪孫（姪之子）、外孫、有姒（女子同出，謂先生為姒）和娣（後生為娣）、有嫂（兄之妻）、婦（弟之妻），娣婦（長婦謂稚婦為娣婦）、姒婦（稚婦謂長婦為姒婦）。在「妻黨」題名下則有舅（稱夫之父──猶如後來的翁）、有姑（稱夫之母），死去則稱先舅先姑；還有少姑（稱夫之庶母──反映了一夫多妻制）、兄公（夫之兄）、叔（夫之弟）、女公（夫之姊）、女妹（夫之女弟）、婦（子之妻）、婿、姻（婿之父）、婚（婦之父）等等。當時的親屬稱謂可能比這裡提到的還複雜些。這許多稱謂直到現在還廣泛應用著，雖則有些稱謂已經簡化了。封建主義結構重視這些親屬特徵，因此有嚴格區分親屬關係的稱謂語詞──無論哪一方面的社會交際，都必須嚴格按照親屬稱謂的規定；不論是喪禮婚禮，承繼遺產，以至一人犯罪，波及九族，都要按這親系樹的等級辦理。前資本主義時期（或者如摩爾根所指的由蒙昧、野蠻時期進入文明時期），親屬稱謂的複雜和嚴格劃分是一個特徵，一個反映到語彙中的明顯的特徵。

現代漢語關於父系和母系的親屬稱謂還是分得很清楚的，不似資本主義社會忽視這種親屬關係，所以在西方現代語言中，並不重視這些細緻的區別，也就是摩爾根感嘆現代英語如此「貧乏」

的原由。現代漢語關於父系母系的概念，請看下例便見一斑：

（甲）父系	（乙）母系
姑（稱父的姊妹）	姨（稱母的姊妹）
叔（稱父的兄弟）	舅（稱母的兄弟）
姑丈（稱父姊妹的丈夫）	姨丈（稱母姊妹的丈夫）
嬸（稱父兄弟的妻子）	妗（稱母兄弟的妻子）
侄（稱上二者的子女）	甥（稱上二者的子女）

而在現代英語，通常只使用 uncle 和 aunt 來稱呼，前者代表「伯父」、「叔父」、「叔」、「舅」、「姑丈」、「姨丈」等，後者代表「伯母」、「姑」、「嬸」、「姨」、「舅媽」、「妗」等等。

　　親屬稱謂的簡化，意味著家族關係在社會生活中不占那麼重要的地位；資本主義關係下的家庭，其構成和社會作用完全不同於封建主義關係，在語言中也能找到反映。

　　在當代中國，有些親屬稱謂又發展了新的語義，這也反映了新的社會關係。以「姨」「叔」兩字為例，在社會生活中凡是尊稱女性時都叫她為「阿姨」——只是對年長的婦女才稱為「大媽」、「大娘」、「老大娘」等——，在幼兒園裡孩子們把他們的導師稱為「阿姨」，在醫院裡常常有人把護士同志親切地叫「阿姨」，把保姆也叫「阿姨」；凡是尊稱男性時一般都叫「叔叔」，特別是年輕人或小孩都把年紀不老的大人叫「叔叔」，少年先鋒隊員或小孩，都把解放軍指戰員親暱地叫「解放軍叔叔」。「阿姨」、「叔叔」這兩個詞在新的中國社會生活中有了全新的語義，從這新語義來看，已經脫出了舊的親屬稱謂，進到了一個新的生活場景。這裡，人都應該受到尊重，人與人之間應該是平等的和互相敬重的關係。

　　由於人口壓力太大，現代中國提倡晚婚，並且提倡一對夫婦

只養一個孩子。「獨生子女」這個複合詞，現在比過去任何時代都使用得多了。「獨生子女」是我們社會現時的社會現象。一個時期以後——比如說，一個世代即三十年後，在未來的社會生活中，「哥」「弟」「姊」「妹」這些詞就會失去它的真實含義——即會失去它的親屬稱謂（或血緣親屬稱謂）的語義，而只具有象徵性的或非親屬稱謂的意義；因為「獨生子女」沒有胞兄、胞弟、胞姊、胞妹，但是兩家人兩個獨生子女聚在一起，年長的男孩仍被叫做「哥哥」，年幼的男孩仍被稱為「弟弟」，這時「哥哥」「弟弟」的語義就不再含有嫡親（血緣）的味道了。因此，從理論上說，嚴格按照親屬關係的稱謂，甚至根本不需要這樣的語彙——但是，誰都不會懷疑，這幾個語彙在實際生活中是不會消失的。由此可見語言的複雜性。

11.4 稱謂語的演變和它的社會意義

《古代社會》中說，對一個印地安人直呼其名，或直接詢問對方的名字，都被視為唐突無禮的行為（頁77）。書裡又說，印地安人在親暱的交際或正規的客套話中，雙方都根據聽話人對說話人的關係而按人倫稱謂來稱呼。這就是說，如果雙方有親戚關係，則按親屬稱呼；如果沒有親戚關係，則改稱「我的朋友」。

大約自古以來，人與人的交際都必須有稱呼語，絕不能無禮到只叫一個「喂」字；而這些稱呼語也反映了時代和社會。凡有親屬關係的一般都按親屬稱謂來招呼，而老一輩對小一輩則往往可以直呼其名（甚至是名字的暱稱），而小一輩則不得對長輩直呼其名。一部外國電影《英俊少年》中，小兒子直呼他的爸爸的名字，這在西方社會也是少見的。同輩則互稱名字的居多；親暱

的同輩之間可以稱呼彼此的諢名、綽號、或者加某些親暱詞頭（詞尾）。除了親屬稱謂之外，社會成員之間的稱呼，無論是口頭語還是書面語，都是頗為講究的。這套稱呼牽涉到等級制度，也許是從原始社會的親屬稱謂（輩份稱謂）演變而來的。

可以認為，在階級社會裡統治階級（奴隸主、封建主——從皇帝到貴族、到地主、到資本家）對被統治階級（奴隸、農奴、平民、工人）的成員，可以直呼其名，而反之則不可。這有點類似親屬稱謂中長輩可以直呼晚輩的名字，而不能倒過來。比如見皇帝則稱「陛下」，見親王必說「殿下」，見高貴官員（所謂「達官顯貴」）則必言「閣下」，稱將軍可要講「麾下」，一般貴人還須稱為「老爺」；不加這種特定的敬稱不行，亂用敬稱也不行——如果把某親王稱為「陛下」，雖則尊稱上升了一級，卻也不得不目為「失禮」，甚至唐突、不敬，以至褻瀆，更不必說採用低一級的稱謂了。

等級森嚴也許是階級社會（特別是封建社會）的特徵。看到等級差別的稱呼和官銜、等級銜的稱呼非常複雜，非常繁多，而且劃分得非常清楚的語言現象，就可以推斷這個社會是處在怎樣的一種生產關係中。

社會主義社會在理論上是推翻一切剝削階級，消滅一切等級差別的社會，在社會主義時期出現的稱呼語「同志」，本來是一個崇高的稱號——它代表社會成員之間平等的關係和親如手足的關係。彼此稱同志，就是反映了這種關係。但是在社會主義社會中除了「同志」的稱呼之外，還有很多職銜稱呼，特別是在外交場合——對手還處在階級社會中，不能不使用這些表示尊重的客套稱呼，故在外事場合互稱職銜是必要的和合適的，如總理、首相、大臣、部長、局長、議長、司令，甚而至於董事長、總經

理、社長，都是不應省略的。男的加「先生」，女的加「小姐」（未婚）、「夫人」或「太太」（已婚）、「女士」（已、未婚），也是不加不行的，否則就是失禮。此外，在工作需要時也可以在工作場合稱其職銜——如市長、校長、會長、社長之類。但是在實際生活中，有許多不必要的稱呼（甚至是同社會主義精神格格不入的），卻仍存在著，例如對共產黨支部書記，不稱某某同志，而稱某某書記；對機關內部不稱同志，而叫職稱（如處長、科長、股長、主任），只能說是根深柢固的階級社會習慣的殘餘。後人看到書面語上這種不應發生而居然存在的等級稱謂時，他們就會推斷出，此時的新社會是從舊社會蛻變出來沒有多久的社會，還不是成熟的社會主義社會。

蘇維埃俄國革命後對一般社會成員曾推行過「公民」一詞，作為社會上的普遍稱謂，而以「同志」為布爾什維克（以及進步分子）的稱謂。公民××——也許是從1871年的巴黎公社那裡傳下來的①，巴黎公社的人們彼此間就以「公民」互稱。但在十月革命後，「公民」這稱謂詞沒有預期的生命力，它雖被推行了好些年，後來卻不流行了，一部分被「同志」一詞所代替，一部分被職稱所置換了。也許是舊的社會習慣不容易改變的緣故。

在中國大陸社會裡，「同志」式的相互稱呼，這是值得提倡的社會準則。在我們的社會交際中，也出現了「老」和「小」兩個親暱詞頭，記錄了新社會的成員之間親切的關係。凡是對十多二十歲的男女青年，一般都在他（她）的姓氏前冠以「小」字，如小陳、小李、小王——這「小」字不帶一點蔑稱，而帶來很親

---

① 隨便舉個例，如巴黎公社時期一個戰士寫給軍事代表的信中有：「因此公民，請您接受我的最小的兒子，我誠心誠意地把他交給共和主義的祖國，您隨意使用他吧。」（引自利沙加勒：《1871年公社史》，中文版，頁212）。

切的感覺。說的人很親切，聽的人也覺得很親切。叫慣了，這小鬼長大了，也還是叫他（她）小×。「老」這暱稱是從舊時代沿用下來的，也是用在姓氏之前，如老陳、老張、老王，比直呼其名客氣一些，有禮貌一些、尊敬一些、比叫陳、張、王同志又親切一些、親密一些。「小」和「老」也是現在的稱謂語的社會準則。至於「老」字作為詞尾加在姓氏後，如陳老、張老、王老，則完全是對老一輩的尊稱──反映了我們的社會敬老的風尚，不像資本主義世界那樣怕老，那樣漠視老年人。

11.5 從甲骨文以及古代文字探索中國古代社會圖景的先行者

利用甲骨文和銘文研究中國古代社會史，已經有不少學者進行這種勞作了。最初企圖用唯物史觀去利用這些語言材料，去探究中國古代社會的，當推郭沫若的著作。郭沫若的〈卜辭中的古代社會〉[①]，利用甲骨文闡明古代的社會生產和上層建築的社會組織，從社會語言學的角度看來，是饒有興味的。

在這部研究論文中，作者探究羅振玉所輯卜辭一千一百六十九條，除五百三十八條的內容都涉及祭祀，占最大多數外，有一百九十七條講漁獵內容，占次多數。但因為羅振玉的考釋主要是收錄較完整的甲骨文，「其斷缺不可屬讀者不復入焉」，故不能以此作出統計學的根據。作者考證出一百九十七條漁獵中有一百八十六條為田獵，只有十一條是漁。而在一百八十六條田獵當中

---

① 此文收在郭沫若：《中國古代社會研究》（1929），見1954版第三篇（頁163－221），其〈序說〉為〈卜辭出土之歷史〉。參看于省吾：《甲骨文字釋林》（1979）。

每次差不多都寫明了「王」字，「王」親自「絲御」（用車馬）打獵。在卜辭中記載了田獵所獲的東西，但獲物少有百匹以上的，上了百數的只發現六條。獲物以鹿為主——一百八十六條田獵中發現「鹿」字二十四次，最高獲得三八四頭。這證明當時的自然環境多產鹿。而雉兔只發現二處，占極少數。卜辭中少見虎豹，而有一項「獲象」的記錄。雉兔和虎豹理應是原始社會所大量遇到的，但卜辭中反而極少，也許證明卜辭所記錄的社會已經進入文明階段了？卜辭中記錄獵用的工具，有弓箭、犬馬、網羅、陷阱等，罕網阱三字在字面上很清楚了，而射字則可以看見那時已使用弓箭：

罕（擒意）　　　陷（阱也）　　　網　　　　　射

作者由語言現象推斷出一些有趣的論點，比如說由此可見當時的漁獵已經有遊樂味道，足以證明當時的生產狀況已經脫離漁獵時代。又因為記錄了狐鹿、野馬、野羊、野豕、野象是捕獲物，可見「三四千年前的黃河流域的中部，還有很多未經開闢的地方。」

仿此，在這篇論著中作者還推斷了牧畜、農業、工藝、貿易的狀況，繼而論斷氏族社會和奴隸制等問題。值得一提的是，作者是依據摩爾根的《古代社會》和恩格斯《家庭、私有制和國家的起源》兩書的研究方法來探究中國原始社會的，而且所根據的材料主要係卜辭，即刻在龜殼或獸骨上的文字。從語言材料研究社會狀況，〈卜辭中的古代社會〉不失為嚆矢之作，更多的探索等待著後人去完成。

11.6 有些語詞明顯地並且深刻地反映了社會的變動

　　有些語詞非常明顯地並且深刻地反映了社會的變動，例如現代漢語中的「洋灰」和「洋油」就是。

　　「洋灰」和「洋油」都是中國社會從長時期（以千年為計算單位）的封建桎梏走向半封建半殖民地化過程中出現的語詞。灰和油都是古老中國一直都存在的，恐怕至少有幾千年的歷史。在這兩個漢字上加上一個「洋」字，表示這是從外國進口的——在半殖民地社會中，民族的工農業都得不到應有的發展，只好依賴外國，依賴西方資本帝國主義。要搞現代建築，就得用水泥——水泥在舊中國叫做「洋灰」。水泥最初運到中國，是從通商口岸進來的；這種建築材料從廣州引進時，人們不知道叫它什麼好，不是麵粉，不是米粉，也不是石灰，但有點像灰，無以名之便採取接受外來語最簡單的方法——譯音，按粵方言讀 ce-men-t，即得到近似的三個漢字：士－敏－土（董秋斯翻譯革拉特可夫的著名小說初版本即用《士敏土》一詞）；後來——也許是差不多同時——水泥又從上海、寧波這些港口引進了，基於同樣的理由，人們用吳方言寫出了另外三個漢字：水——門——汀。「士敏土」和「水門汀」都曾流行過一陣。它們同許多外來語的命運一樣，或者主要由於這幾個漢字聯在一起給不出一個語義（別的漢字常常聯起來會生成一個語義），所以不久這種音譯外來語就讓位於意譯外來語，「士敏土」和「水門汀」即變為「洋灰」，這種造詞法也是漢語中一種簡易的方法，凡是外來的都加上「洋」、「番」之類字眼就行了。1949年以後，許多前所未有的工業都建

立起來了，其中就包括這種建築材料。人們不喜歡「洋灰」這種記錄歷史上的污辱語詞，創造了（或者更確切地說，選擇了）「水泥」這樣的名詞作為這種建築材料的名稱。「水泥」並不出現在1949年以後，「水泥」曾與「洋灰」並用過一個時期，只是在1949年後，人們才有意識地永遠拋棄了這帶「洋」字的「洋灰」一詞，而選擇了「水泥」這樣的語詞。下面就是這個詞的演變：

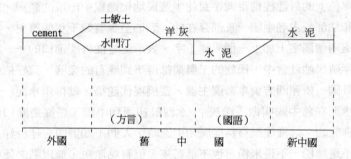

「洋油」是個集合性的名詞，統指石油產品——汽油、煤油等。在舊中國沒有開採出多少石油，只是依靠從西方石油公司進口的石油，才能夠開汽車和搞化學工業；還得依靠進口的煤油來點燈。粵方言把「煤油」稱為「火水」，這表明最初人們遇到這種東西時的驚訝不已的狀態，會出火——會燃燒——的水——火和水哪裡能混在一起呢，但老百姓倉頡們不管那一套，造了一個詞叫「火水」，很幽默。請比較「火酒」（alcohol）一詞，現稱「酒精」，是能起火的酒呀！

六〇年代中國開發了大慶油田，所以出現了一句豪言壯語：「依靠洋油過日子的時代已經一去不復返了！」為什麼？因為我們自己也能開採出大量石油。我們將是石油大國——從此，我們

捨棄了那種帶有恥辱性的稱呼「洋油」，而採用了比較科學的稱謂：石油、煤油。

並不是每一個詞都有它的社會意義，但確實有一些語詞能反映出（或由它推斷出）社會的演變，社會生活的變化。

舉一個外國語詞的例子。以現在各國通行的cassette為例。這個字法語叫cassette（從古法語casse加「指小」詞尾而成；源出拉丁語capsa），世界語kasedo，德語Kassette，俄語 кассета，義語cassetta，日語カセット……，都來自同一字根（根詞）。這原來是一個小盒子、小箱子，十八世紀貴婦人用來裝首飾用的小首飾箱。在十八世紀文獻中遇到這個詞，只能說它反映了貴族社會婦女的生活。到十九世紀攝影術興起以後，借用這個字作為裝底片的暗盒——那時是硬片，不是現在那樣的軟片——，在這個時期書面語中出現的這個字，反映的已不是貴族生活，而是資本主義文明了。到二十世紀中葉，當攝影底片已普遍採用軟片以後，這個詞就去失了它的第二個語義，到電子科學飛躍發展時，這個詞便賦予了第三個語義——現時中國譯作盒式錄音帶（從前也有譯作卡式錄音帶的，卡即ca的音譯）的就是這東西。所以在當代文獻中碰到這個詞，只要不是特指，它的語義只能是盒式錄音帶。這同一個語詞，從十八世紀經十九世紀到二十世紀，它變換了三次語義，消失了兩次原來的語義，現在固定為第三語義，而在這漫長的過程中，社會生活大大變化了，同一個語詞卻反映了這個變化，而且是反映得太明顯了。

語彙在語言中出現的頻率，一般地說是相對穩定的；但是當社會生活發生急劇變化時，某些語彙的出現頻率會大大增加。因此，當人們研究語言史時，發覺語彙頻率的變化，可以由此推斷社會思潮或結構發生變動。例如在六○年代détente（「緩和」，台

灣當時譯作「迭蕩」）一字忽然在報章雜誌中頻頻出現，這是兩個超級大國搞的政治鬧劇的反映。如果在六〇年代下半期考察我們日常應用的語彙頻率，那麼，將發現「修正」一詞用得超乎尋常的多。由這頻率的突增，可以想見當時的社會思潮特別或過分強調社會生活中相對抗的一面，強調社會成員之間一切關係都提高到對抗的程度。「鬥爭」一詞頻率的激增；反映了或展現了一幅後來被稱為一場浩劫的社會圖畫。語言相對論者錯誤地認為，是這幾個不祥的語詞導致了一場社會悲劇，這恰恰是本末倒置了；不，不是這樣，而是一場社會悲劇引起了幾個語詞的頻頻使用。在這一意思上，語言與社會「共變」這種說法是可取的。

12

語言的模糊性與模糊語言

12.1 語言的模糊性是普遍的客觀存在，是社會生活所不能廢除的

　　語言的模糊性是普遍的客觀存在。語言的模糊性同語言的含混性不是一回事。人們在社會交際中常常要消除語言的含混性，力圖提高語言的精確性，還想減少某些模糊性。但實際上在人與人的交際中，特別在社會生活而不是在通常的科學研究中，卻要承認這種模糊性，在很多場合，不但不能或不該消除這種模糊性，還要利用這種模糊性。

　　比方說：

　　　「正在下大雨。」

日常生活說的「大雨」，實際上是一個模糊概念。一般地說，誰也不知怎樣給他所說的「大雨」下個定義。「大雨」不過是「小雨」的對稱──不是很小，而是很大，「小」和「大」其實也不過是一個模糊概念，一般地也是很難下定義的。但在日常的社會生活中，人們的交際活動碰到這種模糊概念，也就滿足了──語

言完成了它的社會職能，它傳達了信息，說話者給聽話者傳達了外面沒有出太陽，也不是陰天，也不是密雲不雨，而是

　　　下大雨。

「大雨」是個模糊概念，但交際的雙方都了解這個模糊概念的實際意義，聽話者作出了反應——他知道，如果他要出去，那就必須穿雨衣，或打雨傘，而且即使有雨具，也一定會淋得濕濕的，因為不是細雨，而是大雨。

　　當日常生活滿足於例如「下大雨」這種模糊概念時，科學工作的需要卻不能滿足。科學的語言要求精確性，越精確越好，或者說，精確度越高，則這個語詞所含的信息量越大。於是科學就把下雨作出了人工的分類，下了人工定義，即規定在交際中新的特定的約束，例如：

　　　「大雨。凡在二十四小時內雨量累計（在雨量收集器內）達四
　　　十至七九・九毫米（mm）的，叫做大雨。」

　　天氣預報所說的「小雨」、「大雨」，不是隨便說的，它用的是科學語言，而不是日常的交際語言。預報中說「明天將有大雨」、這不是我們隨口說的「外面下大雨」那樣的「大雨」，而是降雨量達到約定（規定）標準的一種雨。小雨、中雨、大雨、暴雨、大暴雨——人們為了尋求精確性，將雨量人工地分為五級，每級規定一個稱謂——這時，消除了一般語言的模糊性，增加了科學語言的精確性。

　　無疑這是必要的。但這精確的定義往往只局限於科學生活，而不能擴大到日常生活的各個方面；甚至為了普及科學，也把最精確的定義改為帶有模糊性的定義，例如，人們宣傳說，你怎樣判斷是下大雨還是下小雨呢？科普工作者就作了這樣的說明：

　　　「你聽到雨聲激烈，排水不良的地方很快就有了積水，這就是

大雨；下雨的聲音不大，慢慢淋濕衣服，泥路漸漸濕透了，這才叫小雨。」

這樣的說明充滿了模糊語言，什麼叫做「雨聲激烈」？也許你以為「激烈」，而我並不以為。什麼叫「排水不良」呢？什麼叫「雨聲不大」呢？什麼才叫做「淋濕了衣服」呢？什麼叫泥路「濕透了」呢？各人有各人的看法──當然也不排除各人的觀感常常會達到一致──，這就不精確；換句話說，這就是模糊概念。當然，有了這麼些個模糊概念加在一起，也許比光是一個「大雨」所表達的模糊概念要減少些，或者說，向著精確性邁進了一步，但僅僅是一步。所有模糊概念合在一起不能得出精確性。

平常說，「她真美。」「美」也是一種模糊概念，且不說審美觀念不同，就是審美觀念一致了，承認不承認她美，這也不很容易達到一致──但是日常社會生活卻也滿足於「她真美」這樣的模糊語言，彼此心領神會，雖則幾個人同時說「她真美」這句模糊語言時，各人心目中認為美的程度都不相等，有的打八十分，有的打九十分，有的只給七十分。古語說，「情人眼裡出西施」。西施是古時的絕世美人，但在情人眼中，對象的美等於西施那麼樣，或者甚至超過西施。「美」，在這裡沒有精確性，而只要求一種模糊性。西方選美大會選美女，定下了人工標準，這不是精確語言，這是侮辱女性，是西方社會把人當作商品來賺錢的一種把戲。

日常社會生活存在著大量的模糊性，在某些場合，人們甚至還不去追求準確性，而寧願要模糊語言。

「這個人真胖。」

「他瘦極了。」

「這個梨子很甜。」

「哎喲，酸死了。」

所有「胖」、「瘦」、「甜」、「酸」都帶有模糊性。當然也不是漫無標準。苦的東西誰也不說是甜。但怎樣才叫甜，怎樣才叫不甜，怎樣叫很甜，怎樣叫不很甜，在日常生活中就給不出數據——而甜、很甜、不很甜、不甜，這一連串表達方式本身，也帶有模糊性，它們本身也就是模糊語言。

比方讓你到會場去找一個人，給出的特徵是：

「找一個中年男人（不是女人，把會場中的「人」縮小了二分之一——從理論上說），

身材不高——（不是高的，也不是矮的），

戴黑邊眼鏡（把不戴眼鏡的除外；又把眼鏡非黑邊的也除外），

灰白頭髮（把黑髮、全白髮、禿頂的人都排除了），

穿灰西裝的（把不是灰上衣的，灰上衣而非西裝式樣的都除外）。」

應當說，發出的指示信息全是模糊語言，但你卻不很費勁地把所要的對象找到了（如果找到同條件的三個人，你還得加上另外一些條件，或者問他是不是你所要找的人），可見即使是模糊語言，也起了社會交際作用。

如果給出的指示信息用的是精確語言，例如：

「找一個五十一歲的男人（五十一歲是精確的，這「男」字也是精確的），

身高一米六二，體重五十一公斤二五，

戴黑色化學鏡框，鏡片直徑為四厘米（cm），克羅絲玻璃，

頭髮百分之五全白，百分之二十五灰色，百分之七十黑色，

穿西服，用料是百分之四十棉加百分之六十人造纖維紡成

的。」

精確度可謂高矣，但你到會場去找，可要遇到很大的麻煩。首先你把會場上的男人都量一次身高，量一次體重，光這兩項就沒有可能，而且完全不需要。這就是說，要在會場中找這麼一個人，只需要模糊語言，或者說，寧願按照模糊語言去找尋，也不能按照精密語言（精確度很高語言）去完成任務。

12.2 社會交際需要一定的模糊語言，但不完全排除精確信息

那麼，是不是說，生活僅僅需要模糊語言，而絕對不需要精確語言呢？答案是否定的。

即使日常生活，在某些場合也不能不使用最精確的語言。例如召集開會，應當規定——

  時間：1982 年 10 月 1 日上午九時正。

或者像開酒會（招待會）那樣規定——

  招待會時間：10 月 1 日下午五時至七時。

前一個例（九時正）是要求準確無誤，遲一分鐘也不行；後一個例（五時至七時）看來是鬆動的，實際上也是準確無誤的，就在這個範圍內，早一點（例如四點五十分）晚一點（例如七點十分）都不行。

在日常社會交際活動中，需要相當程度的精確性，究竟要多少精確度，因事因人不同。值得一提的是，在小生產或手工勞動生產占主要地位的場合，比如在我國現時的農村，信息的傳遞往往有更大的模糊性，或者反過來說，在那樣的場合下，更容易適用模糊語言；如果在節奏比較快的社會裡，或者集體生產活動的

場合，語言的精確度要求就比較高。農村裡招呼開會，只需要給出一個模糊信息，例如，「今天晚上在大祠堂開會」。晚上──這是一個模糊概念，大約從吃完晚飯到入睡這段時間，都可以歸到這個概念──但「吃完晚飯」也是一個模糊信息，東邊一家七點吃完，西邊一家七點半還沒吃完，它本身也有一段伸縮範圍，「入睡前」同樣也是一個模糊信息。所以，來開會的時間就前前後後，反正在那一段時間內都行。如果要急，那就只好派人挨家挨戶去「撞」人。大陸現在在城裡開會也有的地方不準時，可以說是這種落後生產力的語境的反映。當農村生活慢慢地富裕起來，精神狀態振奮了，物質條件改善了（例如都有了手錶），社會習慣也會改變的──那時就要求減少模糊語言，提高語言的精確度，這都是絲毫用不著懷疑的。

科學研究要求高度的精確性。新近西德科學家發現了序號為109的原子，它只存在了五千分之一秒。五千分之一秒，這對時間的精確度要求很高。我們日用的手錶只能記錄一秒的單位，運用秒錶能記錄十分之一至百分之一秒的單位，我們手頭還沒有一個能記錄這麼精確（五千分之一秒）的手錶，這就是說：手錶的精確度不夠。但語言的精確度是夠用的，我們毫不費力地寫下了「五千分之一秒」這幾個精確字眼，雖則要測定這個結果是不容易的。科學上──在一般意義來說──要求使用精確信息，上面的例子不能改為：西德科學家發現109號原子，它只存在了很短很短的時間。很短很短，這是一個模糊信息。科學（在這一點上）不要模糊信息，它需要精確信息。

同樣一個顯而易見的例子是體育競賽，比如射擊，需要的是多少環──需要一個數值，而數值一般地說比語言要精確得多；比如賽跑，也需要幾分幾秒又幾分之一秒，不能只得出一個誰

「快」，誰「慢」，誰「很慢」這樣的模糊信息。

　　新聞報導、文章、文件，一般地說首先要求準確。準確性是「文以載道」（傳達信息）的根本條件。準確不等同於精確。準確性在一種情況下要求更大的精確性，在另一種情況下也可以容忍一定的模糊性。「準確」表達的是真或假的問題，或者按邏輯推理說，是表達真值還是假值的問題。準確性是使新聞報導有十足的信息價值的保證。客觀世界所沒有發生過（或發生過與所傳達的信息完全不同）的事情，把它憑空寫出來，製造假信息，這就完全失去了信息的價值。如果說受信者得到他早已知道的信息，那信息量＝0的話，那麼，受信者得到完全沒有其事的假信息，那信息量就是一個負數。為什麼又可以容忍一定程度的模糊性呢？因為生活是很複雜的，只要主要信息準確度很高，其他次要的、更次要的或冗餘的信息就可以使用模糊語言——而且有了這模糊語言襯托，準確性就更突出了。試比較下面的兩條報導：

（甲）	（乙）
俘獲大砲三門，迫擊砲十門，彈藥三千多發。	俘獲××口徑大砲三門，迫擊砲十門，××口徑大砲彈××發，××口徑砲彈××發，迫擊砲彈××發，××步槍彈××發，……

按其準確性來說，假定都是無可非議的，即其中項目和數字都是準確的，而（甲）條所發信息，容許了一定程度的模糊語言，（乙）條信息的精確度比（甲）條高得多，但在一般情況下，對於一般聽眾顯得過於囉嗦，只有向上級正式填寫報表時才是合適的。

　　為什麼在日常社會生活中的交際，容許一定程度的模糊性呢？波蘭語義學家沙夫有一段話說得耐人尋味，他寫道：

　　「交際需要語詞的模糊性，這聽起來似乎是很奇怪的。但是，

假如我們透過約定的方法完全消除了語詞的模糊性，那麼，正如前面已經說過的，我們就會使我們的語言變得如此貧乏，就會使它的交際的和表達的作用受到如此大的限制，而其結果就摧毀了語言的目的，人的交際就很難進行，因為我們用以交際的那種工具遭到了損害。」[1]

12.3 電子計算機要求精確的指令，它不能適應模糊語言

電子計算機要求的是精確的語言。而且是再精確不過的語言；計算機沒有能力去接受、貯存和處理模糊信息。這是電子計算機現在無論如何比不上大腦的地方，大腦靠著它數以億計的神經元，能夠接受、貯存和處理最複雜的模糊信息，當然它也能接受、貯存和處理精確信息。

計算機語言是人機對話的交際工具。計算機在目前階段不能識別自然語言，它只能識別計算機語言（或機器語言）。簡單地說，就是利用0和1編碼的指令寫出「計算機語言」來，這就叫做編程式。把機器語言編成的程式輸進計算機，它會接受並貯存起來，而且按照指令進行運算和處理。機器是嚴格按照用機器語言精確編成的程式工作的，機器不能適應模糊概念。模糊集的創始人數學家扎德[2]有過這樣的一段說明，我認為是恰當的：

---

① 見沙夫：《語義學引論》，中文本，頁355。
② 扎德（L. A. Zadeh），美國數學家。他在1965年發表了關於模糊集（fuzzy sets）的第一篇論文，誘發了有關模糊概念（fuzzy concepts）的一系列學科：模糊數學、模糊邏輯、模糊語言學。這裡所引見扎德1975年發表的〈語言變量的概念及其在近似推理中的應用〉（The Concept of a Linguistic Variable and its Application to Approximate Reasoning）第一章第一節〈導論〉。此文收在中文本《模糊集合‧語言變量及模糊邏輯》一書，1982，科學（陳國權譯，涂其枬校）。頁1—2。

「由於人們尊重精確、嚴格和定量的東西，蔑視模糊、不嚴格和定性的東西，數字計算機的出現，使定量方法的應用在遍及人類知識的大多數領域中獲得迅速發展，這是不奇怪的。無疑，數字計算機在處理機器系統方面已證明是高度有效的；所謂機器系統是指行為由力學、物理、化學和電磁學所規定的無生命系統。可惜關於人文系統不能作出相同的結論；這類系統——至少到現在為止——已證明與數學分析和計算機模擬有點隔閡。對於生理學、心理學、文學、法律、政治、社會學和其他人類判斷所及的領域中提出的基本論題，計算機的應用卻沒有提供多少啟發，這一點已得到普遍的承認。」（著重點是引用者加的）

計算機語言有很多種，分別適應不同構造的電子計算機，但總的要求是精確，否則機器無法執行指令。機器語言不能交談（說不出來），而且都帶有指令性[1]，但它首先是非常準確的。由於計算機是在英語國家裡首先完成和應用，所以機器語言的許多基本符號其實都是英語——但機器使用者已經承認這不過是符號而不是英國的民族語言——，例如BEGIN（開始）、END（結束）、READ（讀）、WRITE（打出）、UNTIL（直到）、WHILE（當）、COMMENT（注解）、STRING（行）、LABEL（標號）、VALUE（值）、SWITCH（開關）、TRUE（真）、FALSE（假）等。所以這樣的一段計算語言（ALGOL 60式）是乾巴巴的，讀不出來的，只能按電鈕表達的，但卻是完全精確的指令：

```
BEGIN
REAL a,b,c,x,y;
READ 4（a,b,c,x）;
```

---

① 見肯納（Hugh Kenner）：〈機器說話〉（Machinespeak），載 *The State of the Language*（1980），頁 471，475。

```
y:=（a×x+b）×x+c;
WRITE 1（y）
END
```

用自然語言翻譯出來，這個無比精確的語句的含義就是：

> 「開始！設有實型數a,b,c,x,y。讀入 a,b,c,x。計算 ax2+bx+c 的
> 值，並把結果送到 y 中。（在印表機上）輸出計算結果 y。結束！」

計算機能準確地迅速地處理規定它能處理範圍內的一切精確信息，就是不能處置模糊信息，同大腦不能比擬。

有這麼一個笑話。以機器人（電子計算機操縱的人形工具）為主題的美國電影《未來世界》中描寫一個場面，主角（真的活人）同一個女郎（機器人）接觸時，發現她能對答如流地回答很多複雜的技術問題，最後約她晚上出去公園邂逅——這個女的（機器人）經過幾秒鐘的「考慮」（她檢索所有的貯存信息），回答說：「沒有這個程式！」因為造這個機器人女郎時，沒有把「約會」編成程式輸入貯存，所以這個機器（外形是一個女郎）無法處理這個程式以外的問題。

在人類社會交際中，往往出現了很多很多程式以外的（即不能用精確語言表達的）問題，特別是用模糊概念組成的問題，只有人的大腦能夠適應並解決——雖則現在電子計算機的研究也要逐步解決這個問題。

計算機翻譯是由蘇、美兩個大國開始試驗的。它所遇到的難題，恐怕也是人類語言中存在的大量模糊信息，要靠上下文（語境）來識別它的真正語義，至於模糊信息所含有的情感因素，那就更加不是一種精確的計量，為目前的機器所更難恰當（準確地）地反饋（由一種自然語言轉變為另一種自然語言）的；但毫無疑問機器翻譯的前景是令人鼓舞的。

12.4 模糊集理論的創立以及對語義分析 所得到的模糊概念

　　模糊這個概念成為一個科學術語，是從扎德 1965 年發表的論文〈模糊集〉①開始的。他在引言中說明為什麼要研究「模糊」概念。

　　他認為，自然界有很多東西，是不能進行精確分類的。狗、馬、鳥，這些東西可以明確地歸入動物一類，而把岩石、液體和工廠這些對象排除在動物的概念以外。他說，像星魚、細菌這類對象，分在動物還是不分在動物類，就產生一種含混狀態。「比 1 大得多的實數」、「美人」、「高個子」，這些概念是含混的，帶有模糊性，它們不構成數學意義上的類或集；也就是說，不能給它們下精確的定義。但是這種帶有不精確定義的「類」，卻仍在人的思維活動中，特別是在圖像識別、信息通訊和抽象的領域中起著重要的作用。扎德把這個對象稱為「模糊集」②。

　　世界上（包括人類社會和自然界）有些事物和現象是確定的，有些事物和現象是不確定的。這裡存在著不確定性。有兩種不確定性：頭一種是可以下明確的定義，但它不一定出現，這種事物的不確定性稱為隨機性──這是控制論以及一些新興的邊緣科學所要研究的對象；另一種是已經出現或已經存在，甚至大量存在而又很難給它下精確定義的那種不確定性，稱為模糊性。模糊概念就是從模糊性出發來分析問題的一種概念。

---

① 「模糊集」又譯「模糊集合」，即 fuzzy sets，參見前頁「扎德」註。
② 見《模糊集合‧語言變量及模糊邏輯》一書，頁 2。

我們不來論證或判斷這樣一個原理（不兼容原理）是否完全符合實際──這個原理斷言，高精度與高複雜性是不相容的。但是我們不能無視這樣的事實，即人文學科（處理社會現象）是十分複雜的，而力求高精度的計算機，處理如此複雜的現象時，目前效果還不夠理想。即使用最精確的數值計算，也很難掌握人類思維過程以及決策的高度複雜性。或者說，要對最複雜的事物進行分析研究，有助於將來解決怎樣能夠修改或推翻上面所舉的高精度與高複雜性不相容的原理。

語義學家卡茲十年前曾分析反義詞的語義複雜性[1]，他認為反義詞有三種狀況，第一種如「生～死」，是絕對矛盾不可互換的；第二種如「貧～富」，是對立的，但不是不可互換的，即不是絕對的；最後一種如「買～賣」，是相對的，隨時可以互換的。義大利符號學家艾柯[2]也分析過反義詞的語義，例如"bachelor"（獨身男子；鰥夫）的反義詞是"spinster"（寡婦），這是「鰥夫」的對立物，同時還有一個反義詞為"married"（已婚者），這是「獨身男子」的對立物。「貧～富」的對立更複雜，照艾柯的分析，有三種見解：(1)貧與富是天生的，命定的，因而「貧～富」是絕對不能逆轉的矛盾；(2)貧可以有某種機會致富，因而「貧～富」不是絕對的，是可以互換的對立；(3)因為富者剝削了別人的剩餘價值，別人這才貧起來，因此「貧～富」是完全可以而且應該互換的反義詞。

對這樣的反義詞作語義的分析，結果可以證明語言的語義含

① 見卡茲（Jerroid J. Katz）：《語義學原理》（Semantic Theory），紐約，1972。參看艾柯：《符號學原理》（Umberto Eco: A Theory of Semiotics），米蘭、印第安那（1979），頁81。
② 見艾柯《符號學原理》，頁81。

有高度的複雜性。而上舉的語詞，都含有一種不確定性，故語義學和符號學家都稱之為「模糊概念」①。

12.5 凡是有集合意義而不能下精確定義的詞稱為語言變量；模糊詞集

這樣，我們就可以進而研究語言的模糊集。凡是一個有集合意義的而又不能下精確定義的詞，可稱為語言變量②。例如：

年紀

幹部

容貌

嬉皮

這四個詞都帶有上面的特徵，都可以稱為語言變量。語言變量不是以數值為計算單位，而是以語素為計量單位的。從社會語言學出發，這裡說的語言變量同通常說的「模糊語言」具有同等含義的，而不用數值表示的變量，當然是不精確的計量。

談到年紀（語言變量）時，我們會有很多語詞來描述這個變量，理論上有無窮多的量，這些量的總體叫做這個變量的「詞集」，例如：

T〔年紀〕（T是語言變量的標號）

$\neq$年輕＋不年輕＋不很年輕＋很年輕＋非常年輕＋不太年輕＋非常非常年輕＋……＋老＋不老＋很老＋不很老＋不太老＋……＋中年＋不是中年＋不算中年＋……＋不年輕也不很老＋不老也不是中年＋……＋極老＋……

---

① 艾柯稱之為 fuzzy concept，見上引書，頁82，頁296。
② 用扎德的說法，見《模糊集合‧語言變量及模糊邏輯》一書，頁3—7。

「年紀」有它自己的基礎變量，這是以數值來表示的，例如：

很年輕（20歲到30歲）

年　輕（20 —— 35）

中　年（35 —— 55）

老　年（55 —— 90）

不很老（55 —— 60）

老　（60 —— 70）

很　老（70 —— 80）

極　老（80 —— 90）

因此，「很年輕」、「年輕」、「中年」、「老」、「很老」……這些都是模糊概念而各有相應的數值極限，雖則嚴格地說，每一個數值也都是不確定的，因而也可以說是帶有模糊性的。表示語言變量「年紀」中表示詞義的值（不是數值）以及與它相應的基礎變量（數值）之間有如下的結構，形成一個體系結構：

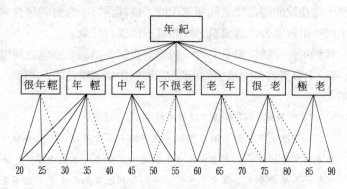

從理論上說，表達「年紀」的模糊詞集是由無窮多的模糊概念組成的——在實際上卻沒有那麼多——，它們各有自己相對應的數值表示。可是語言變量「幹部」、「容貌」、「嬉皮」卻沒有

相應的基礎變量（即用數值表示的值），而只有一個由理論上無窮多（實際上沒有那麼多）的模糊概念組成的模糊詞集。

T_1〔幹部〕＝老幹部＋中年幹部＋青年幹部＋不算太老的老幹部＋很老的老幹部＋離休老幹部＋退休幹部＋不太老的中年幹部＋不太年輕的青年幹部＋……

T_2〔容貌〕＝美麗＋很美＋十分美＋太美＋極美＋不太美＋不算太美＋不算太好也不算不好＋不好＋很不好＋一般＋不怎麼樣＋極不好看＋極難看＋醜＋……

T_3〔嬉皮士〕＝{長頭髮的＋吸毒的＋反社會的＋奇裝異服的}

＋{刮光頭的＋吸大麻的＋反秩序的＋不穿衣服的}

＋{不修邊幅的＋吸毒的＋反一切現實的＋吊兒郎當的}

＋{　　}＋{　　}＋……

可以認為，這樣的語言變量（嬉皮、容貌、幹部、年紀）都是模糊詞集。

也許可以聯想到恩格斯這樣的話：

「運動無非是一切可以從感覺上感知的運動形式的總和；像『物質』和『運動』這樣的名詞無非是簡稱，我們就用這種簡稱，把許多不同的、可以從感覺上感知的事物，依照其共同的屬性把握住。」[1]（著重點是恩格斯自己加的）

這裡說的「簡稱」，按其實質來說，就是我們要討論的語言的模糊性。

---

[1] 見恩格斯：《自然辯證法》，中文本，頁214。

12.6 對語言精確性的要求

　　如果按照形式邏輯來看模糊語言，那麼，模糊語言是同精確語言相對立的，既然科學的進步以及社會生活的進步，愈來愈要求信息表達的精確性，能不能認為應當絕對排斥模糊語言呢？

　　不能夠這樣認為。其原因之一是人類社會生活是複雜的，而且趨勢不是走向簡單化，而是更加複雜化；要適應這種複雜性，在語言交際的過程中，任何場合，任何情景，任何語境都使用絕對精確的語言，是辦不到的，不需要的，有時反而是不利的。原因之二是因為模糊性與精確性的對立，是辯證的統一，不能認為A即是A，B即是B。「辯證法不知道什麼絕對分明的和固定不變的界限（hard and fast lines），不知道什麼無條件的普遍有效的『非此即彼』！」[①]（恩格斯）恩格斯批評格林的形而上學論點[②]：德國方言不是高地德意志語，就是低地德意志語，而且認為法蘭克方言完全消失了。恩格斯經過周密的論證，得出了這樣的結論：「只是在格林死後法蘭克語才重新被發現：薩利克語革新成尼德蘭方言，里普利安語革新成中萊茵和下萊茵的方言，這些方

---

① 上引書，頁190。

② 可以參看恩格斯在〈社會主義從空想到科學的發展〉一文（見《馬克思恩格斯選集》卷三，頁418）的一段精闢論述：
　「在形而上學者看來，事物及其在思想上的反映，即概念，是孤立的，應當逐個地和分別地加以考察的、固定的、僵硬的、一成不變的研究對象。他們在絕對不相容的對立中思維；他們的說法是：『是就是，不是就不是；除此以外，都是鬼話』。在他們看來，一個事物要麼存在，要麼就不存在；同樣，一個事物不能同時是自己又是別的東西。」
　他舉例說，「例如，在日常生活中，我們知道，並且可以肯定地說某種動物存在還是不存在；但是在進行較精確的研究時，我們就發現這有時是極其複雜的事情。」

言部分地在不同的程度上轉變為高地德意志語，部分地則依然是低地德意志語，所以法蘭克語是一種既是高地德意志的又是低地德意志的方言。」[1]（著重點是恩格斯加的）

我們完全有理由說，在社會生活中既需要精確的語言，又需要模糊語言，不能夠因為在特定場合要求精確度很高的語言——甚至達到不能讀出來的機器語言那樣精確的程度——，而一概排斥模糊語言；不止不能排斥，有時還要很好地加以利用。

除了計算機語言之外，一切文件，特別是社會兩個集團訂立的文件，包括條約、契約、協定、合同、議定書，即對雙方都有約束性的文件，對使用的語言要求特別明確和精確，不能有半點含糊，即盡可能地排除所有的含混性[2]（含糊不清的、一字多義的、能作歧義解釋的）和模糊性（語義的範圍比較不固定的、伸縮的幅度比較大的）。

與此相對的是，在應用委婉語詞的場合，特別是在一些政治性場合，適當地使用模糊語言是委婉化的一種有效方式。這種場合應用的模糊語言增加了交際的靈活性，並且使乾巴巴的場面變得稍微活躍起來。自然，在日常社會生活中，人們也時常樂於使用模糊語言，使彼此的交際不至於僵化。這不能簡單地叫它為虛偽——也許人們聯想到油滑兩字，是的，有時使用某些模糊語言，會產生油腔滑調的印象，但它們絕不是一對等義詞。比方某甲穿了一件新衣，興沖沖地來問你，「這衣服好看嗎？漂亮嗎？」你一看，心裡直嘀咕，你不喜歡，那麼，你回答說：「還好。」——還好就是一個模糊語言集的一種表達。「還好」＝「既不怎麼好

---

[1] 見恩格斯：《自然辯證法》，中文本，頁195。
[2] 沙夫在他的《語義學引論》中提出了「含混性」（ambiguity）一詞，見中文本，頁350。

看，也不怎樣不好看」的意思，而後面這一表達方式本身自然也是模糊集的一個。某甲聽了，也許嫣然一笑，「是呀，不見得特好！」她自己也說了一句模糊語言。一場交際活動這就圓滿地結束了。如果你不這樣回答，而用另一種說法：「醜極了！」如果用數量表現，那麼，是百分之百醜，還是90％醜？誰也「量」不清。這句答話中，「醜極了」是模糊語言，要精確，就只能說數量，例如百分之百醜。談話的對手聽了，會覺得掃興。她當然不會怪你，也絕不能怪你。但這不是原則問題，何況好看不好看經常帶有主觀成分，往往只能用模糊語言來表達，而不大好用數值來表達。所以，社會生活其實離不開模糊語言。

只是在科學研究和科學論著中，一般場合下才要求提高語言的精確度。這是不言而喻的。正如用藥的份量必須精確，用極微量的砒劑，對某種疾病是有療效的，但一超過這份量，它就是致命的毒藥——這種場合要求絕對的精確：處方不能採用「砒——微量」這種模糊語言，只有加糖水時，可以用「微量」或「適量」這種模糊語言。總之，一般地說，對於科學和技術（且不說電子計算機了），要求語言表達的精確性，而盡量減少模糊性。

甚至在詞書中也不能要求下定義絕對的精確。對於語詞（特別是科學性的語詞），要按詞書的性質、規模和其他條件來決定精確到什麼程度（或反過來說，採用模糊語言到什麼程度）。對於例如科學性的名詞，在專科詞典中下定義要求更高的精確性；而同樣一個名詞在一般兼收百科詞語的語文詞典中，所下的定義則可以容忍更多的模糊性——語文詞典的規模愈小，則容忍的模糊性愈大；或者，詞典的對象越是普遍化、大眾化，則要容忍的模糊觀念就應當越多。比如對 nylon（尼龍）、rayon（人造毛），在專業詞典、百科詞典、大型語文詞典、一般詞典中，應當對定

義的精確度有不同的要求。同樣，「國家」、「階級」、「民族」、「政府」在不同性質的不同規模的詞典中，要求所下定義精確到什麼程度，模糊性可以容忍到什麼程度的問題，都有不同的標準。在一部供一般群眾使用的中小型語文（兼收百科）詞典中，釋「人造毛」有這樣的精確語言：「切斷長度一般為六十毫米以上，纖度為三旦以上」；釋「人造棉」有同樣的精確語言，這兩個數字分別降為三十八毫米和二點五旦。另外一部同樣性質的小型詞典採用了模糊語言，這兩條定義分別為「其長度和纖度與羊毛纖維相仿」，「其長度和纖度與棉纖維相仿」——前者有數值，數值是精確度的標誌；後者只說相仿，沒有數值，純粹是模糊語言。但是對於專門的讀者，那兩個數值顯然是需要的，對於一般讀者，這兩個數值雖然精確，卻不如「與羊毛纖維相仿」、「與棉纖維相仿」這種模糊語言那麼形象化。因此，對一般讀者來說，後一種表達方式，儘管使用模糊語言，卻給出更加容易使人了解的信息。

13

語言的相互接觸

13.1 任何一種語言都不可能「自給自足」，因此需要借詞

　　語言既然是人類最重要的交際工具，同時又是思想的直接現實，當它作為一種信號系統履行它的社會職責時，各個民族（種族）所固有的語言就不能不互相接觸。簡單地說，當兩個或兩個以上的社會集團互相接觸時，它們所固有的語言——當然是由於特定的社會環境所形成的、世代相傳的自然語言——也就不能避免互相接觸的局面。凡是活的語言，它就有生命力；有生命力的語言全然不怕同別的語言接觸，它不怕別的語言取代它，而且別的語言也不可能取代它；儘管有時發生一種語言「壓迫」另一種語言的現象，但被「壓迫」的語言千方百計保存自己，雖則有時不免遍體鱗傷（叫做「語言污染」），卻仍伺機生長和發展。當代由於國際社會的接觸比過去任何時代都要頻繁（這是第二次世界大戰後國際社會政治經濟發展的結果），而交際的技術條件比過去任何時代都更便利（航空事業和電子通信技術的突飛猛進），語言的接觸比人類歷史任何時期都更經常和更必要。語言一經接

觸，就必然會相互影響，於是產生了新的問題。

　　大約六十年前，語言學家薩丕爾論證語言之間的相互影響時，令人信服地提出了這樣的一個論點，即語言很少是「自給自足的」。他寫道①：

　　　　「語言，像文化一樣，很少是自給自足的。交際的需要使說一種語言的人和說鄰近語言的或文化上占優勢的語言的人發生直接或間接的接觸。交際可以是友好的或敵對的。可以在平凡的事務和交易關係的平面上進行，也可以是精神價值——藝術、科學、宗教——的借貸或交換。」（著重點是引用者加的）

　　語言很少能保持自然經濟那種「自給自足」的狀態。即使是自然經濟形態的封建社會，語言之間的接觸也經常發生，一方面是外來的語言，一方面是內部的少數民族語言和方言土語，這種接觸所產生的結果可能是微小的，也可能是緩慢的；很難舉出當代哪一種語言是完全「閉關自守」、「自給自足」地自我封閉起來的。甚至人工國際輔助語ESPERANTO（我國現名世界語）也不例外②。如果作為信息系統的某一種語言絕對不同外界接觸，那麼，它必然會僵化，最後非像中世紀的拉丁語那樣僵死不可③。不同外界接觸，那就意味著這種語言不能起交際作用，那麼，在當代開放的世界上，它就沒有存在的價值。

　　薩丕爾關於語言不能自給自足的論點，提出來後沒有得到應有的重視。在他提出這個論點時的社會交際狀況來說，無論是他

① 見薩丕爾：《語言論：言語研究導論》（Edward Sapir, *Language —An Introduction to the Study of Speech*, 1921），中文本第九章：〈語言怎樣交互影響〉，頁120。
② 國際語 ESPERANTO 的國際協會，設有 ESPERANTO 的科學院（Akademio），每年議定吸收的借詞或創始的詞彙，公布於世，這證明連這種人工語只要它是活的就不能靜止，也不能自給自足。
③ 希臘語和拉丁語隨著「古代末期」的終結而「衰退和死亡」，參看恩格斯：〈古代世界末期300年左右和中世紀末期1453年的情況的差別〉之一、之二（《自然辯證法》，中文本，頁169）。

心目中還是聽者的心目中，所謂接觸只限於借詞，即這一種語言借用另一種語言的語彙。現代的國際社會使語言接觸的意義超出了借詞的範疇，例如語言污染和淨化、中間語言、國際社會輔助語等等，也都可以列入。

13.2 拼音文字處理借詞是方便的，只需要「轉寫」

借詞①是一種重要的社會語言現象。如上面說過的，任何一種有生命力的語言，它不怕同別的語言接觸，它向別的語言借用一些它本來所沒有，而社會生活的發展要求它非有不可的語彙，與此同時，不可避免的是別的語言也向它借用某些同樣需要的語彙。一方面是借入，一方面是出借；借入和出借有些像貿易上的輸入和輸出，但借入和出借不必平衡，也不可能求平衡，大抵是這種語言缺少某一方面的語彙，這才有必要借入；而這種語言之所以缺少某一方面語彙的原因，當然首先是社會的原因——經濟政治的發展、科學文化的發展、技術的發展，都會使某一種語言在特定方面顯得不足。彌補不足的途徑有兩條，一是自己創造，二是借用。高爾基曾經提示過②：

「文化史教導我們，在人的社會活動最緊張的時代，隨著新的

---

① 借詞，有時稱為外來詞。借詞是由英語 loan-word 照字直譯的，同德語 Lehnwort 的語義，即借用外國語彙來表達信息。
② 見高爾基：〈和青年作家談話〉《《論文學》，中文本，頁333)。
　高爾基在〈論語言〉一文中提出了下面精闢的論點：
　「應該記著：在詞彙裡面包含著許多由長期的勞動經驗所產生的概念。一件事是批判地檢查詞的意義，另一件事是歪曲詞的含義，因為人們只要一感覺到這些觀念的含義於自己不利，就要有意無意地來竭力歪曲它。為了語言的純潔性，為了語言的含義的準確性，為了語言的銳敏性而鬥爭，也就是為文化的武器而鬥爭。這武器越銳利，它的方向越準確，它就越能取得勝利。正因為如此，才有一些人永遠企圖把語言變得遲鈍笨拙，而另一些人卻力圖把語言變得銳利有力。」

勞動方式多樣化和階級矛盾尖銳化，語言會特別迅速地豐富起來。」
馬克思說的，也是這個意思①：

> 「在再生產的行為本身中，不但客觀條件改變著，例如鄉村變
> 為城市，荒野變為清除了林木的耕地等等，而且生產者也改變著，
> 煉出新的品質，通過生產而發展和改造著自身，造成新的力量和新
> 的觀念，造成新的交往方式，新的需要和新的語言。」（著重點是引
> 用者加的）

在社會經濟蒸蒸日上，科學文化興旺發達，民族自信心很強的
國家、民族、社會那裡，由於發展生產，提高生產力的需要，由於
普及教育，提高科學文化水平的需要，往往要大量吸收外來語詞，
即接受大量借詞。這是必然的，只有僵化頭腦才拒絕借詞。而在繁
榮昌盛的社會裡，必然有新的創造可供別的社會所借鑑——這新的
創造就是通過出借語詞來與其他社會群體接觸和交流的。自然，
當借詞達到超飽和程度（即超過了必要的程度），語言就會發生
某種程度的污染（語言污染不限於借詞），這時就需要淨化。

在使用拼音文字的語言裡，借詞的處理是比較容易的，雖則
在理論上也有音譯和意譯兩種方式，但大量借詞都是轉寫過來
的。轉寫就是原封不動地搬過來②，或者按本民族語的習慣加以

---

① 馬克思的話引自馬克思關於政治經濟學批判的手稿，見《馬克思恩格斯全集》卷
四六（上），頁494。
② 原封不動的轉寫，尤其是語系相同或相近的文字，往往會引起不完全一致的理
解。英語從法語，或法語從英語轉寫來的借詞，有時就會引起這種感覺。簡單地
說，因為兩種語言的某一個拼法相同的詞彙，語義有廣狹之分。民主德國的哲學
家克勞斯（Georg Klaus, 1912－1974）說過：
「（維納這部著作的）這個副標題說：控制論是關於在動物和機器中控制和通訊的科
學。在這裡，切不可將英文 control 簡單地翻譯為 Kontrolle（意即按德語正字法
「轉寫」為德語——引用者），因為德文 Kontrolle 並不能包括原來這個英文字和維
納所指的內容的全部微妙含義。」（著重點是引用者加的）見所著《從哲學看控制
論》（Kybernetik in Pliloiophischer Sicht, 1961），中文本，頁6。

改寫。英語詞典編纂學家把前者叫做alien——一看就知道是外來的語詞，如英語用eau-de-cologne（花露水），這是法語構造，不說自明的——，把後者叫做denizen，例如德語schwindle借到英語時把sch改寫為s，即變成swindle（欺詐）。schw是德語常用的，英語習慣不這樣用。意譯的單字借詞問題往往比較簡單，要研究的意譯借詞常常指整個句子或一種表現法，例如英語中本無it goes without saying（不用說、不消說），是從法語cela va sans dire對譯過來作為借詞用的。正因為拼音文字有這樣方便的轉寫條件，特別是新創造的術語可以原封不動地借用（例如「雷達」Radar原出英文，一下子就被各拼音文字所採用了），故術語學的內容只著重在如何命名，而幾乎不包括如何借用（借詞）的問題，一下子就解決了國際化、標準化和規範化的難題。所以歐洲人把這些字叫做「國際詞」①，意即國際化了的單字，雖則有正字法的不同，但一望而知是借來的（近來的趨向連正字法也不考慮）。德文和法文報刊中，現今出現了不少從英文來的借詞，都是原封不動地·抄過來的。日文中有更多的借詞是從英語來的，這是昭和以前的日文所沒有看見的，報刊上充斥了片假名詞彙（日語規定凡是音譯借詞都要用片假名而不能用平假名來轉寫，例如只能作プロレタリア而不能作ぷろれたりあ），發生了語言污染問題——即過多地不適當地使用借詞問題。

舉一個轉寫的例。比如「控制論」這門科學是第二次世界大戰以後由維納創始的，維納給這門科學命名，是從希臘文借用了一詞，他寫道②：

---

① 即叫做international words的那些詞。
② 見維納：《人有人的用處——控制論和社會》（Norlert Wiener, *The Human Use of Human Beings—Cybernetics and Society,* 1954），中文本，頁7（序言）。

「直到最近（指1948年左右——引用者），還沒有現成的字眼來表達這一複合觀念，為了要用一個單詞來概括這一整個領域，我覺得非去創造一個新詞不可。於是，有了『控制論』一詞，它是我從希臘字 $\kappa \upsilon \beta \varepsilon \rho \upsilon \eta \tau \eta \varsigma$ 或『舵手』推究出來的，而英文"governer"（管理人）一字也就是這個希臘字的最後引申。後來我偶然發現，這個字早被安培（Ampère）用到政治科學方面了，同時還被一位波蘭科學家從另一角度引用過，兩者使用的時間都在十九世紀初期。」（著重點是引用者加的）

　　維納從希臘文轉寫「控制論」一詞，是易如反掌的，他只須把希臘字母換成拉丁字母，然後按英語的正字法和構詞法寫出就成了"cybernectics"（控制論）。這種轉寫也很容易，法文作cybernétique，德文作Kybernetik，西班牙文作cibernética，都是按各自的正字法和構詞法處理的。採用拼音文字的語言，儘管用的是不同系統的拼音文字，也可以按照科學的或習慣的對照方法轉寫——例如俄文用的不是拉丁字母，轉寫也極方便，那就成了кибернетика，就是用片假名拼音的日文，轉寫起來也不費吹灰之力，作サイバネテイツクス——注意，日文以サイ（sa-í）開頭，是按英語發音（cy一念作saí）轉寫的，德語俄語則均按希臘語 ку-，ки-，發音轉寫的。

13.3 現代漢語借詞的五種方式以及排斥音譯借詞的傾向

　　現代漢語的書寫系統不是拼音文字。國家頒發的漢語拼音方案只作為輔助的，試用的性質而進入社會生活的，還不是文字現代漢語的借詞形成，比之使用拼音文字的語言來是複雜得多了。

一般地說，借詞的形成通過下面的途徑：

一是轉寫。轉寫就是音譯，即用漢字（方塊字）按借詞原來的讀音寫成一般不能按漢字組合解釋的新詞（借詞）。例如「咖啡」、「沙發」、「坦克」、「雷達」、「邏輯」①。

轉寫中有一個特殊情況，就是從日語借來的新詞，往往把日文的漢字組合原封不動地抄過來，不是按原來日語的讀音，而是按日文的漢字寫法照搬過來。日本明治維新以後曾一度大量吸收外來語——這反映了當時社會政治和科學技術革新的急切需要——而那時的日文借詞還傾向於用漢字意譯，而不像現代日文那樣用片假名轉寫，所以把英語的 revolution 譯成「革命」，把 culture 譯成「文化」，把 civilization 譯成「文明」，把 economics 譯成「經濟學」，漢語在吸收借詞時索性採取「拿來主義」，把日文的漢字借詞搬到現代漢語中來，而按照現代漢語（而不按照日語）的讀音來讀這個借詞。照抄漢字名詞，也是一種轉寫②。

二是在轉寫的借詞後加一個「指類名詞」③，表明它的屬性。例如一種軟飲料 beer，轉寫（按原文讀音）為「啤」，本來就夠了，恰如「咖啡」、「坦克」、「沙發」似的；但因為只用一個漢字而這個漢字又不能「望文生義」，因此加了一個「指類名詞」——酒——形成借詞「啤酒」，前一個漢字是音譯借詞，後一個漢字是指類名詞。從此，人們知道「啤」不是什麼椅子、桌子，而是一種酒。不過也害了這種飲料，在創始這種飲料的國家

---

① 英語為 coffee, sofa, tank, radar, logic。
② 參看王力：《漢語史稿》下冊，中華，1980，第四章第五十六節(2)〈盡量利用日本的譯名〉，頁 528－535。王力教授對這個問題有詳盡的論述。
③ 「指類名詞」，這是我杜撰的，即在構成一個新詞時為表明前面一個借詞（往往是單字）的種屬而加的一個名詞。

卻並不把它當作「酒」。酒在那裡是指帶有相當程度酒精成分的飲料，而啤酒不過是一種軟飲料。又如「卡車」也是這麼一種結構，「卡」是音譯借詞（英語 car），「車」是指類名詞，表示這「卡」不是飲料，不是食品，而是一種「車」。「霓虹燈」也是同一種借詞，「霓虹」是轉寫的音譯借詞（英語 neon 氖），「燈」則是指類名詞。

這種辦法產生借詞，在現代漢語是很多的（在別的語言較少），也是一種獨特的方法。上面所舉幾個音譯借詞，也有時加上指類名詞用的，如人們也說「咖啡茶」、「坦克車」、「沙發椅」。

三是半音半意譯。將原來的一部分按讀音轉寫，另一部分卻不按讀音而按語義翻譯寫成漢字。例如「冰激淋」（「冰淇淋」）即英語 ice-cream，頭一個漢字「冰」，是從 ice 意譯來的，不是音譯；而第二三個漢字則是按音轉寫（音譯）而成。如果都轉寫，那該叫做「埃斯激淋」；如果都意譯，那就變成「冰奶油」了。後兩種寫法（叫法）都沒有存在過，人們寧願採取非驢非馬的方式。

四是意譯組合（外國人叫做「摹借」，即英語 calque，俄語 калька），把原詞的組成部分都按語義寫成漢字，然後照漢語構詞法把它結合成新詞。這種借詞是現代漢語很喜歡用的，例如「足球」即 foot（足）ball（球），「雞尾酒會」即 cock（雞）tail（尾）party（酒會）。這種借詞同下面第五種可以合成一類，但有微小的差別。

五是道地的意譯——不是按照原詞的構成部分譯成漢字，而是按照原詞整個語義譯成漢語，或者說，按原詞的語義創造了一個新的詞。例如「激光」，是按 laser（原來音譯為「萊塞」，後加

指類名詞「光」而成「萊塞光」）的科學意義來創造的，laser本來是一個縮略字，是"light amplification by stimulated emission of radiation"的簡稱（取各實名的頭一個字母，而不管by, of等字），也就是利用輻射而激發的光，如按各字意譯則不成為一個科學名詞，所以採用這種根據原詞的科學意義來譯寫的借詞方法。

現代漢語的借詞存在著一種傾向，即抗拒音譯轉寫，而樂於接受部分音譯或全意譯。例如「德謨克拉西」用了幾年，轉為「民主」；「萊塞（光）」用了多年，轉用「激光」；「懷娥鈴」（violin）和「披雅那」（piano）已被棄置，轉為「小提琴」和「鋼琴」；五〇年代流行的「布拉吉」（俄 платье）被「連衣裙」代替了，「習明納爾」（俄 семинар）成了「課堂討論」。漢語的書寫系統（漢字）排斥音譯，這是由漢字和漢語本身的結構導致的。在漢語書寫系統改用拼音文字（或與拼音文字共存）以前，現代漢語借詞的這種趨向（即排斥音譯轉寫的趨勢）不但不會改變，而且只有愈來愈烈。

借詞在進入一種異化的語言後，經過若干時期的社會實踐，人們已經公認非要它不可了，或者從另一方面說，它已經在社會生活中生根了，根深柢固了，那麼，這個借詞（轉寫的也好，意譯的也好）幾乎失去了它的異國情調，甚至還會加上一些異化語言的某種語感（而為原來語詞所沒有的或至少是不強烈的）而被使用，它進入了那種語言的基本語彙，成為基本語彙的不可分割的構成部分，使用的人──所有社會成員，幾乎都辨認不出這是從外國或外族語言來的異化成分，幾乎都不以為這是借詞。這時，只有這時，這個借詞就不再是語義學上的借詞了。

例如「蘇維埃」和「共產黨」這兩個借詞，前者是從俄文

совет 來的，後者借來大約還要早些，也許是從西歐語言communist 來的。這兩個借詞進入了我國的社會生活後，中國的現實發生了翻天覆地的變化。不是說這兩個詞語有什麼神力，而是說隨著這兩個借詞的進入現代漢語，這兩個語詞所代表的一種新的思想也就逐漸掌握群眾了。社會的變革絕非由語言（更非由借詞）所能引起的，這是馬克思主義的ABC；我在這裡所要指明的是，作為思想——新的思想——的載體，借詞就有這麼一點點用途，載體的用途。古人說「文以載道」，就是類似「載體」的意思。於是，經過幾個世代的社會實踐，「蘇維埃」和「共產黨」已進入了現代漢語的基本語彙，前者是音譯借詞（第一種），後者是意譯借詞（第四種）。

很多食物、飲料或用品的借詞，也成為現代漢語的基本語彙的組成部分。「啤酒」就好像「茅台（酒）」或「汾酒」那樣，是社會生活缺少不了的飲料，誰也不去懷疑這是舶來品，而啤酒也確實是由我們土生土長的啤酒花（當然是引進的）及大麥芽（我們遠古的祖先所傳下來的）製成的；因此幾乎沒有人去探究這是「外來語」，這是「借詞」。至於「獅子」、「葡萄」和「菩薩」那些在一兩千年前就借入漢語的借詞，就更不在話下，有誰以為這是「異國情調」的東西呢？甚至如果你說「革命」、「文學」是借詞，是從外國語借來的（引進的！），那麼，包準人們以為你是瘋子。這些借詞已經失去了異國的語感，成為道地的民族語不可或缺的基本語彙了。

13.4　漢唐之間大量進入漢語的借詞

漢語在歷史上曾經出現過大量吸收外來詞（借詞）的兩個時

期，一個是漢唐時期，一個是近百年來即晚清到「五四」前後。

漢唐時期（公元前206－907）幾乎有一千年之久，特別是在漢一唐盛世即社會生產力最發達的兩段時期，科學文化興盛，國內政局安定，國勢大振，其間發生了兩件時斷時續的事件，一是通西域──這個「通」字包括政治的、經濟的、貿易的、軍事的、文化的交往，有時也不免帶有軍事征戰的味道──，一是求佛經。漢張騫（？－前114）出使西域是在公元前二世紀，所至遠達中亞諸國，又由這裡間接影響到南歐；唐玄奘（602－664）於七世紀到南亞各國，帶回並編譯了大量佛經。這兩者是漢唐時期最突出的社會活動。政治經濟的、軍事的、乃至文化的接觸，引起了語言的接觸，大量借詞被吸收到漢語的語彙中，其中有些逐漸納入全民族的公用語彙庫，由是豐富了漢語。與此同時，也因這大規模連綿不斷的接觸，無可避免地「出借」了一些語詞到西亞和南亞，爾後又經此而達南歐、西歐和東南亞等地。現在我們的民族語（中國各民族的公用語）叫「漢」語，古代的漢語稱「古漢語」，當代的稱「現代漢語」，這裡的「漢」同漢唐時代的漢可能無關；但海外中國人自稱為「唐人」，大城市中國人聚居的區域稱為「唐人街」，華僑稱祖國為「唐山」，這裡的「唐」字不免使人聯想起有著輝煌燦爛的文化的唐代。

也許因為漢代中國的社會政治經濟水平發展得較高，也許同時因為古代中國對自己抱有一種世界中心的樸素想法，漢（唐）從西域輸入的借詞，大抵是新遇見的或新帶回國的動物、植物、食品和樂器等等的名稱。《通志略》說：

> 「葡萄藤，生傳自西域。……張騫使西域，得其種而還，中國始有。」（著重點是引用者加的）

《博物志》云：

「張騫使西域，得安石國榴種以歸，故名安石榴。」（著重點是引用者加的）

這兩條記錄都說明張騫使西域，帶回了種種植物（當然同時還帶回其他東西），這些東西當時無以名之，一般就採用漢字記音，有時加一「胡」字作詞頭（例如胡蘿蔔、胡琴），形成了一大堆借詞。究竟這當中有多少已成為漢語語彙庫中的一部分，沒有作過細密的考察。

至於佛教傳入中國以後「引進」即「借入」的借詞，為數頗多，有許多只在佛經中看見，有許多卻已成為漢語的語彙。佛教為什麼隋唐時在漢民族地區大行其道，說法不一。有的說是政治壓迫深重，民不聊生，平民便追求來生的幸福，作為一種對苦難現實的解脫。有的則說是政治安定經濟昌盛的局面使統治階級找尋一條通向永久幸福的天國的道路。這不是本書所要探究的主題，這裡只想提一提，因傳播佛教而「借入」的大量不文不白的語彙，經過一千多年的交際實踐，其中一大批已經完全進入漢語語彙庫中，人們有時甚至分辨不出來哪是外來的借詞了[1]。

舉例來說。「佛」是從梵文借來的，梵文作 Buddha，不同時期不同經書譯作「浮屠」、「沒馱」、「勃馱」、「浮圖」、「佛圖」、「佛陀」，最後才簡化而成「佛」，其他幾個譯法（音譯借詞）沒有進入公用語彙，只有最後簡化的「佛」字才成為人人所習用的詞彙。音譯所用的漢字，都只取其音，而不取其義。梵文的語義是「覺行圓滿」的人，而現代漢語的「佛」，卻可能比原來的語義更加崇高、更加純潔、更加令人肅然起敬，甚至心目中朦朦朧朧意識著佛法無邊。這也許是一千幾百年間佛教傳入中國

---

[1] 參看王力：《漢語史稿》下冊，〈西域借詞和譯詞〉、〈佛教借詞和譯詞〉，頁 517－523。

以後在受苦受難的人們中間「薰陶」的結果。這種為了追求未來世界的幸福，教人容忍現實世界的苦難，也許就是歷代統治階級有意識或半意識地推廣佛教的原因，也許這也就是擺脫不了自己的厄運的勞動人民一種消極的自我「解脫」；有時不免使人聯想起耶穌基督在歐洲人當中的情景。

「救人一命，勝造七級浮屠」，這裡的「浮屠」卻不是「佛」，而是「塔」（梵文為 stupa），最初為什麼譯為「浮屠」與佛相混，沒有確切的說法。有一個時期則音譯為「窣堵波」或「塔婆」，後來到處建造像 stupa 的建築，簡稱為「塔」。塔本來是用以藏舍利和經卷的「倉庫」——「舍利」梵文作 sarira，故也音譯作「設利羅」，就是現代漢語的「骨灰」，把佛的骨灰安放在塔裡，這是出於一種對聖者的尊敬與懷念。在漫長的封建社會中，建塔已經成為社會生活的一個部分，除了邊疆或氣候過分嚴峻的地方以外，差不多哪個城鄉市鎮，或者高山穹谷，都建造了或高或低的塔。一般地說塔為單層，逐漸發展為一種具有民俗風格的建築，裡面也不一定藏什麼「舍利」或經文。也許它成為虔誠和神聖的象徵，也許它甚至已成為風景的一種裝飾。「塔」這樣的借詞，於是變成漢語的基本詞彙。現代西歐文字的「塔」（英 pagoda，法 pagode，西 pagoda，德 Pagode）是從巴利語（prakrit）的 bhagodτ 轉寫而來，有「神聖」之意而無建築物之實，當然，這個詞也成為現代西歐羅馬語系或日耳曼語系諸民族語的一個基本語彙了。甚至有許多一眼望上去非常像漢民族原來就固有的語彙，例如「和尚」、「僧」、「尼」、「菩薩」、「羅漢」、「地獄」、「閻羅」等等，其實也是借詞，乍看上去，幾乎吃了一驚，有誰想到「和尚」就是梵語 Upa-dhya-ya 的音譯呢？這究竟是聽不清楚時作了不確切的音譯呢，還是聽清楚了（有時

音譯作「鄔波馱耶」，比較近似些）故意減去了某些音節，使音譯的借詞更「靠攏」漢語詞彙構造呢，已經不能十分明白解釋了。「地獄」可以說是合乎漢語造詞法的一個語彙，「地下＋監獄」。這顯然不能說是梵文 Naraka 的音譯，為什麼當時不採取音譯而採取意譯呢？暫時也解答不來。主管鬼國，主宰「地獄」而稱王的「閻羅」卻正是梵文 Yamara-ja 的音譯——或者是簡化了的音譯，取 Yam 和 ra-兩音，而輕讀-ma-和-ja-。「羅漢」也是簡化了的音譯借詞，源出梵文 Arhat（阿羅漢），把 A 音省略了，更像漢語語彙。「僧」出自梵文 Samgha（又音譯僧伽），而略去一音節，「尼」出自梵文 Bhiksunī（又音譯比丘尼），而略去兩音節，都是變成漢語基本語彙的借詞。

「菩薩」也可以說是基本語彙，但構成這個詞的兩個漢語單字都另有語義，菩薩≠菩＋薩，它出自梵文 Bodhí-Sattva 曾音譯為「菩提薩埵」，略去第二第四兩個音節，成了「菩薩」。菩薩是上下人等心目中的善者，而且具有超人的法力；又善良，又有權勢，是個救苦救難的象徵，同原來的語義不甚捲合——這原是釋迦牟尼修行尚未成佛時的稱號。人以自己的社會結構創造了神的世界，佛比菩薩高一級，而菩薩比（譬如說）羅漢又高一級。社會的等級移植到靈魂的烏有之邦，這是何等的明顯。菩薩進入漢語基本語彙庫，生成了唐代教坊曲名「菩薩蠻」，這詞雖有種種語源傳說，但無論如何不能無視「菩薩」是個借詞。漢譯的佛經中常見的語彙「菩提」，確實是無法意譯的借詞，源出梵文 Bodhi，指的是一旦悟道，豁然清醒的境界；有一個名詞叫「菩提心」，是佛教的最高的正果——悟道悟到最高級了。「菩提心」是從梵文 Anuttara-Samayak-Sambodhi（曾譯為「阿耨多羅三藐三菩提」）來的，音譯的詞同方塊字反正是格格不入，後來人們

索性把那一串囉嗦的稱呼都刪去了，形成一個半音半意譯的「菩提心」，表示修行到最高境界的一種心願。

　　元朝（1271－1368）的統治不到一個世紀，也許因為蒙古民族的文化水平達不到當時漢民族的高度，也許因為其他社會因素（例如人口比例即兩個語言集團人數的比例），蒙古語的借詞並沒有大量滲到漢語中去，這同後來日本占領東三省後的情況有所不同。當然也可以舉出元人作品中初見的非漢語語彙——例如「衚衕」＝「胡同」（巷），作為源出蒙語的借詞，但為數並不很多，遠比不上翻譯佛教經典生成的借詞。

13.5 近百年漢語吸收的大量借詞反映了半殖民地半封建的社會現實

　　第二次大量吸收借詞，是在經歷了封建社會的長期停滯以後，在晚清到「五四」約一百年這一段時間。一方面是西方的殖民者用種種方式叩打古老帝國的大門，一方面是那個封建秩序中的先進分子要打開窗戶看世界。先是英語、葡語、西語，然後是日語、俄語、法語同現代漢語相接觸，反映了舊的社會秩序（封建主義）及其意識體系同當時新的社會秩序及其科學文化相接觸的現實。

　　這一次的大規模借詞現象，是從海外接觸和「通譯」開始的。在鴉片戰爭前後，當欽差大臣林則徐到粵海禁煙時，他為了知彼知己，曾設立了類似翻譯局這種機構①，將「夷事」（外國人動態和事物）寫成「華言」（用漢語把它翻譯過來）。新的信息

① 參看陳原：〈林則徐譯書〉，收在《書林漫步》（1962）內，頁185－192。

就必然要求新的語彙，「柏里璽天德」（總統，英語 President）這種政治術語的音譯借詞，便進入了漢語的領域。確實，當人們接觸到「花旗國」（美利堅合眾國的代詞）時，知道那裡的最高統治者不叫「國王」，也不叫「皇帝」；他們很容易對待英國的 King 和 Queen（王、女王），因為那時人們早已習慣有這樣的頭頭，但遇到 President，那就一時想不起漢語有相應的等義詞，實在也不存在這樣的等義詞。倉促之間，「通譯」只好用方塊漢字把語音記錄下來。這就是為什麼許多漢語借詞最初借入時都是音譯的緣故。

這一百年內借詞的範圍很廣泛，包括了政治、經濟、社會、科學、文化，以及日常用品、食品，凡是這個古老國家所未有的東西的名稱，都必須輸入（現在叫「引進」），而輸入必須用借詞。

考察這個時期的借詞，可以發現最初轉寫（音譯）借詞是大發展的。本來鴉片戰爭後的《海國圖志》①輸入了不少借詞，音譯的卻不多。如鴉片，以為來自英語 opium。但《本草綱目》中稱「阿芙蓉」，一名「阿片」，還注上「俗稱鴉片」。《本草綱目》約於 1590 年即十六世紀末編成，那時已經有「鴉片」這樣的俗稱，不能證明是從英語借來的。只是到了「五四」前後，音譯借詞才比較盛行一時，如：

德謨克拉西（英 democracy）→民主

賽因斯（英 science）→科學

＊蘇維埃（俄 совет）

英特那雄耐爾（法 Iternational→俄 интернационал）→國際

---

① 《海國圖志》，清魏源編著，鴉片戰爭時期受林則徐委託著成，初刻於 1842 年，十年後增訂。

布爾喬亞（法 bourgeois）→資產者（資產階級）

布爾喬亞汎（法 bourgeoisie）→資產階級

普羅列塔利亞（特）（法 proletariat）→無產者（無產階級）

＊布爾什維克（俄 большевик）

印貼利根追亞（俄 интеллифенция）→知識分子

這些都是政治語彙，請注意這批音譯借詞除了極少數例外（上面打了＊號的），都沒有活下來，它們大都讓位給意譯借詞。只有食品、飲料和某些日用品等的音譯借詞卻長生不老，它們悄悄地但是堅定地進入了現代漢語的基本語彙——再也不會引退了。下面就是一些例證：

咖啡（英 coffee）

可可（英 cocoa）

巧克力（英 chocolate，又作朱古力）

三明治（英 sandwich，又作三文治）

蘇打（英 soda）

土司（英 toast）

威士忌（英 whisky）

白蘭地（英 brandy）

可口可樂（美 coca cola）

嗎啡（英 morphine）

沙發（英 sofa）

歇斯底里（英 hysteria）

模特兒（英 model）

摩登（英 modern）

沙龍（法 salon）

也許「邏輯」（logics）這個音譯借詞是例外，它取代了意譯

借詞「名學」——或者這兩個漢字用得好，既可以引起某種聯想（編輯？輯在一起？），又不致望文生出歧義。語彙（特別是借詞）的生命力必須在群眾的社會實踐中考驗，不是哪一個人所能左右的。

音譯借詞在這個時期以後還不時產生，但也應注意到，它們往往經過幾年、十幾年的廣泛應用後，由於某些部門（權威部門）的規範化活動，被一個新的意譯借詞所代替。例如：

維他命（英 vitamin）→維生素

德律風（英 telephone）→電話

配（盤）尼西林（美 penicilin）→青黴素

萊塞（LASER 複合縮略語）→激光

但也有例外，如「吉普」（jeep）有時只加一個「車」字，成為「吉普車」、「拖拉機」（трактор）、「康拜因」（комбайн）、「托拉斯」（trust）、「康采恩」（concern）、「卡特爾」（cartel）——這些借詞沒有讓位，也看不出有讓位的趨勢。

現代漢語有使用意譯借詞的強烈趨向，這在保持漢語語言構造的一致性來說是可取的，但在接受借詞過程中卻是頗為傷腦筋的事。

《海國圖志》一百多年前所輸入的借詞，就顯示了這種傾向。例如「戰艦」（battle ship 意譯）和「火輪船（舟）」（steam ship 意譯）——粵方言長時期稱之為「火船」，只是在最近三十年中才改稱「汽船」（「汽」是 steam，「船」是 ship，典型的意譯借詞）。同樣，「火輪車」，指最初的「火車」，「火車」這個借詞起初用以表達「火車頭」，後來則泛指一列火車。今天叫做「鐵路」（railroad 或 railway）的，那時叫「轍路」，也是道地的意譯借詞，但同書也使用了「鐵路」一詞，沿用至今。「螺絲釘」和「公司」

也是這部書創始的借詞，可這已經是比較抽象的意譯了。

其後的意譯借詞還有如下的例子：

機關槍（英 machine-gun）

電話（英 telephone，初音譯「德律風」）

揚聲器（英 microphone，初音譯「麥克風」）

足球（英 football）

排球（英 volleyball）

籃球（英 basketball）

信息（英 message）

電視（英 television）

電報（英 telegram）

修正主義（俄 ревисионизм）

集體農莊（俄 колхоз）

國營農場（俄 совхоз）

現代漢語的意譯借詞，幾乎可以說嚴格按照漢語的造詞法寫定的，乍一看，完全看不出這是照外國字的語義翻譯過來的。這裡順便一提的是，有時按原字的表面語義直譯過來，得出的意譯借詞會使人望文生義，得出不正確的理解。例如尼克森訪華時將 grapefruit 照字面譯為「葡萄果」，那就不知是什麼東西了，而這種東西是同柚子同類的，後來譯為「葡萄柚」——也不知是什麼。香港因為這種小小的柚子酸得要命，故譯作「酸柚」（又作「西柚」）。所以，在輸入借詞進行意譯時，是煞費苦心的。

在音譯（或意譯）借詞之後加上一個指類名詞，例如 wireless（wire 線＋less 沒有）輸入現代漢語，從來也沒有音譯過，意譯借詞也不作「無線」，而作「無線電」（無＋線＋電），「無線」是意譯借詞，但非加上一個指類名詞「電」，才完成這一

輸入動作。這種造借詞法好像很受歡迎。隨便舉一些例：

來福槍（英 rifle ——音譯—— ＋槍）

卡車（英 car ＋車，而卡＝車）

吉普車（英 jeep ＋車）

卡片（英 card ＋片）

雪茄煙（英 cigar ＋煙）

檸檬水（英 lemonade ＋水）

香檳酒（法 champagne ＋酒）

啤酒（英 beer ＋酒）

雞尾酒（英 cocktail ＋酒）

高爾夫球（英 golf ＋球）

恤衫（粵方言，英 shirt ＋衫）

沙丁魚（英 sardine ＋魚）

沙皇（俄 царь ＋皇）

13.6 粵方言比現代漢語的公用語吸收了更多的借詞

保留在粵方言中的借詞，也許是現代漢語公用語和各方言系統中為數最多的，其主要的原因應當從社會環境去尋找。儘管中國的北部、西部和西南都有語言接觸，如俄語、蒙語、朝語、哈薩克語、印地語、緬語，以及法語（通過法國的殖民地），但是只有在粵方言區，才有大量的頻繁的連續不斷的中外接觸。在海禁開放後（即第一次鴉片戰爭以後）不必說，即在海禁時期（鎖國時期）由於地理上的原因和社會的原因，這種接觸也是年復一年在進行著。外國人與漢民族的接觸，必然導致了語言的接觸——

即外國語同現代漢語（包括粵方言）的接觸。在語言接觸過程中無可避免地產生了借詞。由於⑴時間很長；⑵交通發達；⑶粵方言本身的結構（保存著北方話已經消失了的入聲，發展了「聲」調——粵方言有九「聲」——），所以粵方言存在大量借詞。這些借詞在一百至二百年間大部分經過輸入、實踐、淘汰、消亡，而只保留了一小部分；雖則在口語中或在香港粵方言中還可以遇到更多的借詞①。

粵方言的借詞主要來自英語，也有極少數來自葡語②（須知葡萄牙占澳門是在1553年）；有些還來自中國境內其他民族，如「薩其馬」（一種甜點心）是從滿語來的，「黏埋一舊」（「沾作一團」）的「一舊」③是從僮語來的，「（車）站」是從蒙語來的，等等。

有人認為在粵方言中保留了從英語來的借詞約有二百個。這個數字當然可以討論，但是粵方言中大量從英語借詞，是有其歷史的、社會的原因的。在這些借詞中，以日常生活所見的語彙為主，小部分業已淘汰，大部分卻還在口語裡流通。

中國大陸一般稱「球」為「波」（英 ball），「打球」叫「打波」。但「足球」、「籃球」、「排球」卻從不稱為「足波」、「籃波」、「排波」，只有在統稱的場合採用了借詞。一般稱「襯衣」為「恤」（英 shirt）或「恤衫」（衫為「指類名詞」）。故「波恤」即是打球時穿的襯衣＝運動衣。

吃的東西直到現在還使用不少借詞，例如「撻」（英 tart），

① 參看饒秉才、歐陽覺亞、周無忌：《廣州話方言詞典》，香港商務，1981，〈廣州話方言詞彙特點〉之（參），詞源方面，頁318－322。
② 如「夾萬」（保險櫃）據說來自葡語，現在粵方言口語還在用。
③ 此說根據王力教授的著作《漢語文稿》。

還派生出「蛋撻」或「雞蛋撻」、「椰絲撻」（都是點心）；「批」（英pie），派生出「雞批」（一種點心）；「戟」（英cake），派生出「旦戟」①、「乞戟」（英hot cake；一種煎餅）；「占」（英jam）即「果漿」；「芝士」（英cheese）即「乾酪」；「忌廉」（口忌口廉）即「奶油」（英cream）；「多士」（英toast）即「烤麵包」；「朱古力」（英chocolate）；「拖肥」（英toffee）即「奶油糖」；「鳥結」（法nougat）即杏仁或花生糖。奇怪的是butter在粵方言中使用了意譯借詞「牛油」（以別於「豬油」），而在滬方言卻用了「白脫」或「白脫油」。

當「巴士」（英bus）已讓位給「公共汽車」，「的士」（taxi）卻隨著開放旅遊而重新進入粵方言和普通話（公用語），而在香港流行的粵方言則一直保留著「巴士」和「的士」這樣的轉寫（音譯）借詞，甚至還有「小巴」（minibus）的派生詞（普通話稱為「麵包車」，也是很別致的）。半個世紀以前在粵方言中曾經流行的「士坦」（英stamp，郵票）、「煙子」（英inch，吋）、「骨」（英quarter，四分之一時或一刻鐘）消失了，雖則在香港粵方言中還是通行無阻。有一個借詞「菲林」（英film，即膠片、膠捲）卻根深柢固地使用著，攝影者還是樂於使用這樣的借詞；同性質的一種借詞「燕梳」（由英動詞insure轉來）卻不能長久使用，至少在內地已讓位給「保險」了——保險公司，這幾乎可說是一種法定的公用語，不能不把方言中習用的轉寫（音譯）借詞排掉。

粵方言中有兩個借詞的結構和消長是同社會生活息息相關的——一個是港用的粵方言將前幾年時興的miniskirt譯為「迷你

---

①「旦戟」──北京和平賓館對外餐廳1982年10月有出售這種點心。

裙」，「迷你」是mini的音譯，「裙」是意譯。為什麼這裡要用「迷你」呢？「迷你」，這兩個單字在現代漢語有一種引誘人的味道；加在「裙」字上面反映出一種社會風尚，而其實這種裙子只不過短一些，或者說短得很，可它並沒有「迷你」，要是"mini"譯為「迷你」，那麼，「微型」、「小型」、「小規模」等詞就失去了意義，"minibus"就不是「小巴」，而是「迷你巴」──而這種「麵包車」一點也不「迷」人。還有一個借詞是「貼士」（英tips）──這就是小費，在西方社會人們付小費，接受小費；做雜工的薪金不多，他們指望顧客們的小費。我們中國不付小費，也不接受小費，於是「貼士」這個轉寫借詞（連同它的意譯借詞「小費」）都已經成為語言的遺跡了。社會生活的不同或變化，反映到借詞中也是很明顯的。

當一個自以為很熟悉粵方言的講普通話的人走到香港，接觸香港的交際手段──粵方言時，他立即會發現從英語來的借詞（大部分是音譯借詞）比在粵方言區使用的為多。這也反映了語言的接觸（英語和漢語）在香港頻繁地發生著的社會現實。香港實際上是所謂多語區（multilingualism），除了粵方言（公用語）、英語（公用語）、普通話（近年發展起來的）之外，還有潮州、福建、客家等方言並行。在多語區中接觸得最多的當推粵方言和英語，這就是不斷產生新的音譯借詞的社會原因。

13.7 由漢語出借到各民族語去的語詞
（絲、茶、棋）

任何一個民族或國家，都很難世世代代保持一種永久不變的理想中的「鎖國」局面。民族和民族的接觸，國與國的接觸，社

會成員與社會成員的接觸，看來都是不可避免的。因此，正如本章開頭所提出的論點所說，任何一種語言都不可能做到「自給自足」——凡是有生命力的語言，它「輸入」，也「輸出」；它從它所接觸到的語言輸入借詞，也向其他語言輸送詞彙——成為別的語言的借詞。

　　漢語的「絲」和「茶」兩個語彙，進入了世界各民族的領域，這是因為這兩個語彙反映了中國的古代文明。中華民族養蠶而紡絲，大約在兩千年以前。在發掘春秋戰國墓中有大量的絲綢衣物可以作證。據說①在古希臘亞里士多德（公元前384－前322）的著作中就曾提到過蠶。恩格斯在他〈歷史的東西——發明〉這篇札記中寫道：

　　　　「蠶在550年左右從中國輸入希臘。

　　　　……

　　　　棉紙在七世紀從中國傳到阿拉伯人那裡，在九世紀輸入義大利。」②

恩格斯所指大約像550年由兩個景教（Nestorian）僧人將蠶傳到拜占庭，那時在位的為查世丁尼一世（Justinian）③。英語 silk（絲）一詞很可能是訛音或模擬。照現時出土文物來估算，古代世界絲織的水平，中國應當處在前列。正因為當時這種物質文明以及同這種物質文明相適應的精神文明，比之當時很多民族發展得較高，某些語彙才能為其他語言所借用。

　　「茶」也許比「絲」進入更廣泛的各國語言。據一般說法，中

---

① 據顧令（Samuel Couling）所說，見所編《中國百科全書》（*The Encyclopaedia Sinica*），1917，頁514。
② 見恩格斯：《自然辯證法》，中文本，頁170。
③ 《中國百科全書》（*The Encyclopaedia Sinica*），1917，頁514。

國種植茶樹是在六世紀前後，據記載八世紀便有茶稅。「茶」這個語彙傳到歐洲去，有兩條途徑，一條經由南方人的接觸（南方人操閩方言→同英語接觸），一條經由北方人的接觸（北方話──普通話→同俄語接觸）。同閩方言接觸而傳到外國去的借詞是由英語 tea 派生的── tea 是閩方言「茶」的讀音模擬；同北方話接觸而傳到外國去的借詞是由俄語 **чай** 派生的── **чай** 是北方方言「茶」的讀音的轉寫。距離中國很近的日本，不僅借用了漢字「茶」，而且借用「茶」的北方方言讀音，作ちゃ（茶）[chia]。令人奇怪的是，英語中記錄各種茶的語彙，比之其他語言多，大都是從漢語方言來的借詞。如：

   Bohea（閩方言，「武夷」的音譯）

   Pekoe（閩方言，「白毫」訛音，茶葉面有細小白毫毛）

   Oolong（閩方言，「烏龍」）

   Congou（閩方言「功夫茶」的訛音）

   Souchong（閩方言「小種」的訛音）

   hyson（粵方言「喜春」的訛音；派生的 young〔嫩〕hyson，

     即「雨前」，一種龍井茶）

令人吃驚的是英語中這些茶名的借詞，不是收載在專門的或大型詞典裡，而是收在日常應用的詞典裡①──這說明了這批借詞進入了英國的日常社會生活，同時也說明從十八世紀開始，中英貿易中的很大份量是茶。

  從上面的例子，可以知道，有時借詞的讀音（儘管常常是不準確的訛音）反映了語言的接觸史。有些借詞不是直接從甲語言進入乙語言，而是經由中間語言才傳過去的。漢語「圍棋」進入

---

① 均見《簡明牛津字典》（*The Concise Oxford Dictionary*）第六版。

歐洲語言就是經由這樣曲折的路。英語「圍棋」作"go"，乍看上去，連「圍棋」的影子也沒有。當然，很早的時候，英國人也直接借用過音譯wei-chi（即漢語「圍棋」兩字的轉寫）①，但是正當其時，英國人接觸了日本人，更多地從日本人那裡學到圍棋的棋藝，因此借用了日語的讀音（日語圍棋作「碁」，讀作ご），日語這個「碁」字卻正是古代漢語所指的圍棋。據說中國的圍棋是唐朝傳到日本去的。有趣的是日語也有「圍碁」這樣一個詞，它的讀法為「いーご」（i-go），有人說「いーご」（i-go）就是古代漢語「一局」的轉寫。

由此可知，漢語「碁」這個語彙在唐時傳入日本，在近代又由日本傳到歐美；歐洲人照日語的讀音把它當作日語借詞收入歐洲好幾種語言的語彙。後來，歐洲人同中國人接觸中也發現了這個玩意兒，並記錄下它的漢語叫法wei-chi（圍棋），也許因為先入為主，卻都採用了go, goh或甚至I-go這樣形式的借詞②。尤其可笑的是，在英美的著名詞典中，go這個借詞釋義為「日本的棋藝」，還是著名的法國拉魯斯詞典說得確切，「源出中國」。其他語言的詞典也就有這麼兩種說法，從借詞看語言接觸的社會意義是很有意思的。

13.8 凡是一個語言集團所特有或專有事物的名稱，作為借詞將具有強大的生命力

有些語詞只不過是由於語言接觸當中一時的需要，趁特殊的

---

① 指英國人車壨（H. F. Cheshire）著的 *Goh or Wei Chi* 一書。
② 見《簡本牛津英語大字典》（*The Shorter Oxford English Dictionary on Historical Principles*），頁 2631。

機會作為借詞進入其他語言，不久就成為曇花一現的東西。但是民族（種族）中專有的事物名稱或動作，記錄這種東西的語彙作為借詞進入別的語言後，一般地不會消亡，不管在初接觸時碰到的是多麼不準確或不可考的情況，這種借詞卻在異化語言中具有強大的生命力。

比如「袋鼠」這種動物是澳大利亞的特產，其他各洲的人沒有見過這種動物，所以，別的語言裡沒有「袋鼠」這個詞。據說十八世紀英國的一個探險家初到這裡，看見了這麼一個肚子裡有個袋可以裝牠自己的小崽子的動物，他就問那裡的「土著」：「這叫什麼？」「土著」回答說：「kangaroo（康一咖一魯）。」這個探險家以為這種動物（袋鼠）叫"kangaroo"，於是kangaroo便作為借詞進入了一種歐洲近代民族語，又由這種民族語（英國人說是英語）作為借詞轉寫到其他語種中去。可是「康一咖一魯」難道就是這動物的名稱嗎？有人說，這是那個被接觸的「土著」自己的姓氏，有人說，這是那個被接觸者回答「我不懂（你說什麼）」的意思。不管怎麼樣，kangaroo成為幾乎一切現代語言中表「袋鼠」的詞彙（日語也用カンガル的音譯）。只有漢語不這麼辦，中國人寧願形象地描繪這種動物而創造了一個詞「袋鼠」。「袋鼠」是借詞麼？是借詞，上面說過第五類借詞，可一點也看不出它的異國味道。這種形式的借詞，在現代漢語裡是最富有生命力的。

澳洲還有一件為世人所熟悉的原始兵器，叫做boomerang（不一默一冷），作為現代漢語的借詞，即「飛去來器」。飛去來器在歐美現在是一種體育玩具，投擲出去如果打不中目的物就會飛回投擲者手中，是一種很好玩的、削成有一定曲線的竹木製品。boomerang這個詞十九世紀初進入英語，然後轉寫成為幾乎

所有現代民族語的借詞，原來還有另外形式的寫法如 wo-mur-rang 或 biemarin，都沒有活下來。

"Boomerang"和"Kangaroo"這是澳洲特有的事物，它們作為借詞輸送到各語種去，毫無疑問是不能被別的詞代替的，因此它有很強的生命力[①]。

13.9 激烈的社會變革所創造的新詞彙，往往作為借詞進入外間世界

每一次激烈的社會變動——其最尖銳的形式或者是革命，或者是戰爭，都會把一些新創造的事物名詞同外間世界接觸，這些詞彙必然作為借詞進入外間世界的各語言中去。其中有些經過短期的實用，因為原來事物消失了，這種借詞也就消亡了，有些卻儘管原物已成為歷史的殘跡，它卻是這個社會變動的見證而長久地活下來。

當十七世紀下半期「法國是歐洲最大的強國」（馬考萊語[②]）時，法語給世界輸送了一大堆語詞，它們作為借詞進入至少是當時歐洲各國的語言，例如「回憶錄」（memoir，1673）、「戰役」（campaign，1656）、「諷刺文」（lampoon，1645）、「小夜曲」（serenade，1656）、「大衣」（surtout，1686），大部分借詞仍原封不動地在歐洲許多語言中活著。十八世紀末震動世界的法國大

---

① 參看陳原：〈人類語言的接觸和相互影響〉（La Kontakto Kaj Interinfluo de Homaj Lingvoj），1981 年 7 月 27 日在巴西利亞國際大會大學（第三十四屆）宣讀的論文，原文為世界語。

② 馬考萊（T. B. Macaulay, 1800－1859），英國著名作家，詩人。引自庫寧（A. Кунин）所著《英語語彙學》（English Lexicology），莫斯科，1940，頁 39，此書關於英語借詞有詳細的論述。

革命也借出了一堆語詞，其中包括現在廣泛使用著的借詞，如「斷頭台」（Guillotine —— 法國醫生 J.-I. Guillotine 於1790年建議製出這種專政工具，那時以他的名字命名這個殺人器）；「苦迭打」（coup d'état，1791 — 1793年，coup 是推翻，狠狠一擊；état 是國家之意）；「無褲黨」其實是「無套褲黨」，「無套褲分子」（sansculotte，1790），這裡法語幾個字聯成一起，sans 就是「無」，革命時不穿貴族的套褲（culotte），聯成「無褲黨」是貴族階級對貧苦平民及其政治集團的蔑稱。巴黎公社給全世界獻出了「公社」（commune）這個詞，它曾作為郡（canton）下面的行政單位存在過，也作過1784年被鎮壓的一個巴黎造反機構的名字，但「公社」這個字進入現代語言作為借詞，則含有巴黎公社的那令人永遠憑弔的英雄集體的貢獻。

十月社會主義革命當然是人類歷史上無與倫比的社會變革，它給現代各國語言借出的詞彙，是大家所熟悉的，這裡只須提到下面的一些語彙：「杜馬」（дума），「蘇維埃」（совет），「布爾什維克」（большевик），「孟什維克」（меньшевик），「集體農莊」（колхоз），「國營農場」（совхоз），「自我批評」（самокритика），「五年計劃」（пятилетка），「少年先鋒」（пионер），「契卡」（чека，全俄肅反委員會），等等。

第二次世界大戰無疑也是一次社會變動。「法西斯蒂」（義語 fascista）、「納粹」（德語 Nazi ＝ Nationalsozialist）對人類瘋狂的侵犯早已成歷史殘跡，但這兩個詞作為歷史的借詞或作為隱喻的借詞，則一直留存在各種語言裡。就連那種突然襲擊式的侵略戰術「閃電（擊）戰」也以德語的 Blitzkrieg（即 Blitz 閃電＋Krieg 戰）作為借詞原封不動在很多語言中廣泛使用著。「裝甲（部隊）」（德語 Panzer）也是1939年作為借詞進入其他語言的。同這有關

的，例如「奎斯林」（人名：Quisling）是賣國賊的代詞（源出 1940 年挪威軍方奎斯林投靠納粹德國），「合併」（德語 Anschluss）專指希特勒吞併奧地利，「合作分子」（Kollaborateur 指與德國占領者合作的人）就是「內奸」，「第五縱隊」（英 the Fifth Column）──指西班牙內戰（1936）時法西斯軍隊聲稱，包圍首都馬德里除四個縱隊之外還有城內的第五個縱隊，這個詞泛指暗藏的通敵分子。這些都以借詞形式進入了各國的語言。就連早在上個世紀末這個世紀初就存在於俄語的 погром（在沙皇俄國有組織地屠殺敵對階級的群眾的殘暴手段），在這次大戰中也突然以新的語義（專指納粹在波蘭或其他地方屠殺猶太人的惡行）作為借詞進入各國語言。

無需諱言，在動亂的所謂「文化大革命」中，至少有「紅衛兵」、「大字報」等語詞輸送到外間世界。它們作為歷史的見證，還會以借詞的形式活下去的。

14

術語和縮略語的社會作用

14.1 術語的國際化、標準化和規範化對科學 發展和中國「四化」建設的意義

　　隨著科學技術的高速度發展，各學科接合部形成獨立的邊緣學科，以及現代科學需要大規模跨學科的協作，所有這些都使各國科學家之間的接觸、各國科學家同人民之間的接觸、以及各國協調科學活動的官員之間的接觸，在二十世紀六〇年代以後的這一段時期，比之過去歷史上任何時期都顯得更加頻繁，更加密切，更加迫切。單獨一個科學家與外界毫無接觸地通過冥思苦想去「發明」一些什麼的時代，已經一去不復返了。接觸的頻繁和緊迫，向我們至少提出了三個問題：

　　1.用什麼交際工具來達到交換信息和交流思想的目的？這樣，國際公用語（輔助語）的問題被提到日程上來。

　　2.每日每時產生的新概念，要求有新的語彙——科學術語的釋義和科學術語的國際化問題，也是大家關心的問題。

　　3.當一種語言出現了新的科學術語，它以什麼方式作為借詞進入其他語言，或者反過來說，一種語言如何吸收新的科學術語

借詞，就成為科學家（因為他們要同外國科學家接觸）、教育學家（因為他們要用新成果同學生接觸）、語言學家（因為他們要使這個社會交際工具對社會各部門都顯得有用），以及調節、制定科學政策的官員們（因為他們要知道他們所接觸的是什麼東西）所必須關注並且妥善解決的大事。任何一種語言由於科學技術的新成就而創始的新術語，都會迅速地被其他語言所吸收和借用，——因此，科學術語的國際化問題，以及標準化和規範化問題，就是本世紀社會生活中十分迫切的問題。

國際化有利於互相接觸時容易被了解、被吸收；標準化有利於對語義有一致的理解；規範化有利於對語音和詞形有共同的用法。所有這些都是為了準確地、精確地交換信息和收受信息，盡可能最大限度地消滅歧義和錯誤。

因此，術語學的研究，對中國四個現代化的社會主義建設具有重要的意義。

14.2 化學家是當代的「倉頡」

現代術語的書寫系統不是拼音的，所以科學術語的制定和科學術語借詞的寫定，比較要多花點腦筋。

化學家是今日的「倉頡」，因為他們創造了很多新字——各門科學家也在創造新詞（新術語），但大都使用原來的漢字加以排列組合，只有化學家不得不創造一些誰也不知道的新字。這也難怪他們，在漢字被拼音系統替代以前，他們遇到新物質，還是要「發明」新漢字的。人們常見的气、氘、氚（讀作撇、刀、川）①，

---

① 气、氘、氚這三個借詞是外來語 protium, deuterium 和 tritium 的意譯。

有點像漢字，也有點不像漢字，管它像不像，這三個字已經使慣了，改也難了。——可見當初創造新字新詞時，需要多麼慎重。因為一使用，一約定俗成，改也改不過來了。

　　在當今已發現的一百零八種化學元素當中，使用原漢字來命名的不超過二十種，約有八十多種元素名稱，都使用一些從來沒見過的「漢字」。——有些是生造的，多數是轉寫了原名的第一個讀音，加上一個指類偏旁，形成一個幾乎讀不出來的漢字。例如：

　　　1.　使用原來漢字（並且用這個字的原義）的：

　　　　　金、銀、銅、鐵、錫、鉛、硼、汞、硫、磷

　　　2.　借用原來漢字（賦以新的字義）的：

　　　　　鈉、鉀、鈣……

　　　3.　取漢字字義加上指類偏旁的，如：

　　　　　氧＝羊（養）＋气（表氣體），「羊」不是音譯；

　　　　　氯＝彔（綠）＋气（表氣體），「彔」不是音譯；

　　　　　氮＝炎（淡）＋气（表氣體），「炎」不是音譯……

　　　4.　音譯加指類偏旁的[①]，如：

① 這一類元素名稱有：
Actinium	錒（借用 a-）
Americium	鎇（借用 -mer-，原詞由阿美利加轉來）
Astatine	砹（借用 a-）
Barium	鋇（借用 ba-）
Beryllium	鈹（借用 be-）
Bismuth	鉍（借用 bi-）
Cadmium	鎘（借用 cad-）
Californium	鐦（借用 ca-，原詞由加利福尼亞〔州〕轉來）
Cerium	鈰（借用 ce-）
Cesium	銫（借用 ce-，為了同另一借詞區別開，採用了另一偏旁）
Chromium	鉻（借用 -ro-）
Cobolt	鈷（借用 co-）

氙＝气（指類偏旁，表氣體）＋山（xenon 的第一音節 xe-
　　的音譯），

氬＝气（指類偏旁，表氣體）＋亞（argon 的第一音節 ar-
　　的音譯），

氡＝气（指類偏旁，表氣體）＋冬（radon 取第二音節-
　　don 音譯），

氖＝气（指類偏旁，表氣體）＋乃（neon 的第一音節 ne-
　　的音譯），

〔霓虹燈〕：霓虹＝氖

Curium	鋦（借用 cu-）
Dysprosium	鏑（借用 dy-，「滴」的偏旁）
Erbium	鉺（借用 er-）
Fermium	鐨（借用 fer-）
Francium	鈁（借用 fran→fan）
Gadolinium	釓（借用 gad-，採用「軋」的偏旁「乚」）
Germanium	鍺（借用 ger-，原詞由日耳曼〔德〕轉寫）
Hafnium	鉿（借用 haf-→ha）
Holmium	鈥（借用 hol-→ho）
Iridium	銥（借用 i-）
Krypton	氪（借用 kryp→kyp→ky）
Lanthanum	鑭（借用 lan-）
Laurencium	鐒（借用 lau-）
Lithium	鋰（借用 li-）
Lutecium	鎦（借用 lu-）
Magnesium	鎂（借用 mag-→ma）
Manganese	錳（借用 mang-）
Molybdenum	鉬（借用 mo-）
Neodymium	釹（借用 neo-）
Neptunium	錼（借用 nep→ne，原詞為海神名）
Nickel	鎳（借用 nic-）
Niobium	鈮（借用 ni-）
Nobelium	鍩（借用 no-，原詞由諾貝爾一字轉來，採用「諾」字的偏旁「若」）
Osmium	鋨（借用 os→o）
Palladium	鈀（借用 pall→pa）
Platinum	鉑（即「白金」，借用 plat→pa）
Plutonium	鈽（借用 plu→pu）

鎄＝金（指類偏旁，表金屬）＋哀（Einsteinium 的第一音
　　　　節 Ein 的音譯），

　　銣＝金（指類偏旁，表金屬）＋如（Rubidium 的第一音
　　　　節 Ru-的音譯），

　　釕＝金（指類偏旁，表金屬）＋了（Ruthenium 取第一音
　　　　節 Ru-讀作 Riu-）……

這一百零幾個元素的名稱，反正已經「約定俗成」了，成問題的
是將來不斷出現的新物質、新化合物、新概念，應當有一種命名
的方案──符合國際化、標準化、規範化的方案，才有利於科學
的發展和科學的普及。

Polonium	釙（借用 po-）
Praseodymium	鐠（借用 pra-→ pa → pu）
Promethium	鉕（借用 pro-→ po，原詞由普洛米修士轉來）
Racliun	鐳（借用 ra-）
Rhenium	錸（借用 rhe → re → le → lai）
Rhodium	銠（借用 rho → lao）
Samarium	釤（借用 sam-，採「杉」字偏旁「彡」）
Scandium	鈧（借用 scan-→ can）
Selenium	硒（借用 se，加「石」旁，表示非金屬）
Strontium	鍶（借用 s-）
Tantalum	鉭（借用 tan-）
Technetium	鎝（借用 tech → te，取「得」字偏旁「旁」）
Tellurium	碲（借用 te-，加「石」旁，表非金屬）
Terbium	鋱（借用 ter-）
Thallium	鉈（借用 tha-）
Thorium	釷（借用 tho-）
Thulium	銩（借用 thu-）
Titanium	鈦（借用 ti-）
Uranium	鈾（借用 u-，讀 yu）
Vanadium	釩（借用 van-）
Xenon	氙（借用 xe-）
Ytterbium	鐿（借用 yt-）
Yttrium	釔（借用 y-）
Zinc	鋅（借用 zin-）
Zirconium	鋯（借用-co-）

14.3 藥名的複雜問題與「藥盲」

藥物的名稱也是傷腦筋的——醫生和藥劑師的記憶力是驚人的，普通人硬是沒法「上口」。這對於社會語言學家來說，也是一個難題。人們喜歡用商標名或抽象名，如消炎片、止痛片、退熱片（外國則由製藥廠生造一個似乎有意義又似乎沒有意義的商標名）。藥名真難懂又難記呀——人們都嘆息著說。

「複方磺胺甲基異噁唑片」

「雙氫氯噻」

「異丙嗪」

「異煙肼」

「噻替派」

「氨喋呤」

唉唉，一種消炎片叫做「複方新諾明」的，已經夠難記了，幸而還短一些，而且似有意實無意的「新」——「諾」——「明」，也比較「上口」——據說也是一種商標名。假如要講「複方磺胺甲基異噁唑片」，那就真是讀不斷，理還亂，而且有點滑稽——怎麼又「噁」又「唑」呢？

噁、唑、噻、嗪、喋、呤、肼，……是讀偏旁（惡、坐、塞、秦、枼、令、并）呢，還是另有讀法呢？舉目四顧，只好茫然。至於這些都是些什麼東西，那就更把人難住了。可見這已不是一個語言問題，而是一個社會問題。而藥名問題不只發生在中國。據英國一家報紙說，一個由聯合國教科文組織支持的調查表明：在英國至少「一百萬人是藥盲」——藥盲同文盲相類，只是不懂藥名。

藥名的確定和借用，不僅有標準化和規範化的問題，還有一個

大眾化的問題——特別是社會常見藥，更要大眾化。考慮到現代漢語的結構，上舉那種表意的藥名（如消炎片、退熱片之類）是受群眾歡迎的；在科學處方上是不準確的，在日常生活是受欣賞的。

14.4 縮略語是解決語詞太長與節奏太急的矛盾的結果

由於現代社會生活的節奏很快，語言接觸引起的一個新問題，就是縮略語問題。節奏快，以至於在某些場合要採取符號（非語言的記號）來顯示信息。縮略語就是把必要信息壓縮（濃縮）到在接觸的一瞬間就能立刻了解的程度。把必要信息轉化為圖形（非語言記號），是適應高速度和其他現代社會條件的需要而產生的。把必要信息壓縮為語言符號，那就是縮略語。

同縮略語相似的一種表現法，是由字母加上其他語詞形成的，如人所習見的「X光」、「X射線」——最初也叫過「倫琴（射）線」，從這種射線的發現者倫琴（W. Roentgen, 1845－1923）而得名。「X光」，也譯作「愛克司光」，——音譯借詞——不過現代漢語常常不喜歡使用這種借詞，這種稱呼現在已不多見了。常見的 α、β、γ 這三種射線，拼音文字一般都用這三個希臘字母，在現代漢語的通俗科學文章中，卻常用音譯，即用漢字記錄這三個字母的讀音（alpha, beta, gamma），例如「伽傌射線」，還不如直接搬用三個希臘字母為好。

科學概念有很多要用拉丁字母或希臘字母來表示的，從廣義說，也是一種縮略語，或者可以叫做類縮略語①——最常見的如化

①「類縮略語」，是我在這裡杜撰的術語。在外國大詞典中往往在 Symbol 一字項下有這樣一個表。

學元素的代表符號，如「銅」為 Cu、「鐵」為 Fe、「氧」為 O、碳為 C，等等。做初等數學就遇見一個希臘字母 π，代表圓周率，小孩子都念得出來的。見到 π，任何一種文字都念出[pai]（漢語拼音 pa-i），我們也一樣，不管說什麼語言，都按希臘字母的音來念，而且一見到它就知道它是 3.14159……這麼一個常數的代號。如同數學符號＝（等於）、≠（不等於）、≈（近似於）、∞（與……成比例）、<（小於）、>（大於）、≤（小於或等於）、≥（大於或等於）、≪（極小於）、≫（極大於）、≡（全等）、↑（增）、↓（減）；也如同生物學常見的代號♂或♁（雄）、♀（雌）；氣象學常見代號◍（雨）、*（雪）、ⱪ（雷雨），醫生處方符號 R，版權符號©，以及貨幣代號 $、£，¥等。

數理邏輯有所謂「命題邏輯語言」[1]所使用的縮略語──從外形看，它們都可以說是非語言符號，但本質上這些符號卻是命題邏輯的縮略語，可以而且必須按照特殊的規定讀出來，例如：

　　～A ──讀作「非A」或「並非A」

　　A∧B ──讀作「A並且B」

　　A∨B ──讀作「A或者B」

　　A→B ──讀作「如果A，則B」

　　A↔B ──讀作「A，當且僅當B」[2]

　　A↛B ──讀作「或者A，或者B」

數理邏輯還有不少其他符號，其實際作用也等於縮略語。例如：

　　用─和→表示否定，

---

① 參看楚巴欣、布洛德斯基主編：《形式邏輯》（Формольная логика，1977）第二編，《符號邏輯》第一章§2〈命題邏輯語言〉，中本文，頁257。

②「當且僅當」這種表現法在現代漢語中的出現，參看本書第十章。

用&和‧表示合取，

用⊃表示包含，

用～和≡表示等值，

用≢表示嚴格析取等等；

還用峨特字母和希臘字母作為元字母。波蘭邏輯學家J.盧卡西維茨[①]則使用字母N（否定）、K（合取）、A（析取）、C（包含）、E（等值）、J（嚴格析取）來代替符號，也可以認為是特殊的縮略語。

在拼音文字作為書寫系統的語言中，縮略語一般地是把每一個單字的頭一個字母抽出來「濃縮」而成，例如：

1. VIP（＝very important person）
十分重要的人物、要人、貴賓。

2. NATO（＝North Atlantic Treaty Organization）
北大西洋公約組織。

3. UN（＝United Nations）聯合國。

4. UNESCO（＝United Nations Educational, Scientific and Cultural Organization）
聯合國教（育）科（學）文（化）組織。

5. USA（＝United States of America）
美利堅合眾國＝美國，美國就是美利堅合眾國的縮略語。

6. USSR（＝Union of Soviet Socialist Republics）
蘇維埃社會主義共和國聯盟＝蘇聯，蘇聯就是蘇維埃社會主義共和國聯盟的縮略語。

7. MIRV（＝Multiple Independently targeted Reentry

---

① 參看《形式邏輯》，頁261。

Vehicles）

　　　　多彈頭分導重返大氣層運載工具。

　　用現代漢語的構詞法來表達縮略語，就沒有如此方便。例如上舉MIRV，你總不能濃縮為「多分重運」這樣一個詞，這不是一個漢語語詞。因此，縮略語經過語言接觸之後，有時始終以自身的面目走進各種語言（原形；音譯；意譯），有時則按照不同語言的正字法和構詞法規則重新表達出來。上舉的第7例這一類縮略語，在現代漢語究竟應當如何表現，還得經過一番掂酌——這又一次表明，縮略語學的探討對「四化」建設會有積極作用的。

　　縮略語是解決語詞太長和節奏太急之間的矛盾的結果。語詞長而囉嗦，而這個語詞又經常使用，為適應急速進行的生活節奏，就不得不創造一個縮略語。在創造（「濃縮」）時，如果「倉頡」們能遵循下面三條原則，那就會得人心了。(1)在不太必要的場合，不要勉強生造一個縮略語；(2)在不可能「濃縮」或有種種原因濃縮後會引起歧義時，不要硬造一個縮略語；(3)「濃縮」的縮略語，要合情合理，合乎心理習慣，容易記，容易上口。

　　七〇年代流行過「唯批」和「正處」這兩個縮略語，它們直到現在還有人使用著，但始終使人覺得彆扭，不能進入語彙庫。這兩個縮略語是這樣「濃縮」的：

　　　　「唯批」＝《唯物主義與經驗批判主義》
　　　　「正處」＝《關於正確處理人民內部矛盾的問題》

這兩個縮略語是兩部書名的壓縮。本來就無需壓縮。如果通篇都是探討或引證這兩部著作的話，只要在第一次提到時提書名就行了，用不著每句話、每段話都念出書的全名；如果作為文獻引用的話，那也只須在第一次使用全名（這是完全必要的），而下文

各處都可以用別的省略辦法（例如：「上引書」第×頁）解決，不必每引用一次都用全名。致於不是通篇研究這著作，只是偶爾提及時，更不必使用壓縮的書名。縮略語的生成，首先要符合社會交際的需要，在壓縮時又經過深思熟慮，使用後又經過一定時期的實踐檢驗，這才叫做「約定俗成」，這才能有生命力。

五〇年代初報刊上出現過「生救」這個縮略語，不多久它就消亡了。「生救」是什麼？「生救」就是「生產自救」的縮略語——遇到天災或遇到不可避免的災難而引起群眾生活發生困難，這時，消極的解決辦法是發救濟金，而積極的解決辦法是除了臨時和必要的救濟之外，要組織起來進行可能的生產，以便把自己從窘境中解救出來。這就是「生產自救」。「生產自救」是由四個漢字組成的，很簡潔，而且語義明確——正如成語所謂「言簡意賅」——，不必要進行壓縮，而且這四個漢字也無法進行濃縮。所以，「生救」這種硬造的縮略語不可能在群眾中生根。

六〇年代到七〇年代有一個縮略語叫「惡攻」——這個詞是由無數自覺的或不自覺的犧牲者的鮮血寫成的。「惡攻」罪在文化大革命動亂的十年中，受到最嚴厲的懲處，這是「惡毒攻擊無產階級司令部」的縮略語。這個縮略語記錄了一個時代的悲劇。產生它的社會環境已經全然改變了，但這個縮略語留下了辛酸的記憶，隨著它臭名昭彰的「發明人」可恥的下場載入漢語社會史裡。這個縮略語沒有「約定俗成」，純粹是強加於人民頭上的咒語。

有的縮略語外形一樣，但因為產生的社會背景和時代不同，兩者的語義完全兩樣。例如「三反」這樣一個縮略語，在五〇年代初期是「反貪污、反浪費、反官僚主義」的壓縮，而這種壓縮

（不是「反──反──反」，而是按「反」的數量3縮寫）是現代漢語特別是近三十多年的一種特別構詞法。「三反」在六〇年代中期則完全不是指貪污、浪費、官僚主義的問題，而是「反黨、反社會主義、反毛澤東思想」的縮略語。像「三反」這種構詞法，還可以舉出常見的例子，如「三無世界」、「三降一滅」、「三和一少」、「三支兩軍」、「三自一包」、「四有三講兩不怕」等等。

「政協」也是縮略語──乍一看，幾乎以為它是一個道地的詞組，其實它是「中國人民政治協商委員會」的「濃縮」。這個縮略語表達了原來詞組的最主要的信息，即政治和協商，因此它在社會生活中就很有生命力；當然也不能忽略權威力量的創制、認可和經常的實踐。如果考慮得不周詳，比方把這個詞組「濃縮」為「中政」、「中協」、「人政」、「政委」、「中政委」，等等，都不是最好的壓縮，有時還會引起歧義（例如「政委」不是可以引起歧義嗎？），即使有權威力量的推廣，但它本身不會成為很有吸引力的縮略語的。

現代漢語常見的縮略語，還有一種有著很特別的構造，例如：

原材料＝原料＋材料（略去一個「料」字）

中小學＝中學＋小學（略去一個「學」字）

土特產＝土產＋特產（略去一個「產」字）

進出口＝進口＋出口（略去一個「口」字）

牛羊肉＝牛肉＋羊肉（略去一個「肉」字）
　　　　　　　　×

節假日＝節日＋假日（略去一個「日」字）
　　　　　　　　×

青少年＝青年＋少年（略去一個「年」字）
　　　　　　　　×

工夾具＝工具＋夾具（略去一個「具」字）
　　　　　　　　×

皮便鞋＝皮鞋＋便鞋（又釋作皮製的「便鞋」）
　　　　　　　　×

指戰員＝指揮員＋戰鬥員（略去「揮、員、鬥」三字）
　　　　　×　×　　　×

以上例 1 ── 9 只縮減了一個漢字，其中第9例還有兩種語義，第10例則縮了三個漢字。這些由三個漢字（而理應由兩個兩個漢字的詞組）合成一個帶有混合含義的縮略語，指的是兩種人或物，不是一種人或物，而這兩種人或物在社會生活中卻又常常在某種情況下由於某種需要聯結在一起。這種只省略一個漢字（第10例不只一個漢字）的縮略語，卻是人們所喜歡用的。同這種縮略語形式上類似的三個漢字組成的詞組，它本身是一個詞，代表一種（而不是兩種）人或物，不是縮略語，而是普通語詞或詞組。例如「鏜銑床」（有鏜床，也有銑床，但叫做「鏜銑床」的機床，卻不是兩台，而是一台兼有鏜床和銑床性能的機床），「高低槓」（不是「高槓」和「低槓」，而是一種專門的體操器具），「泥瓦匠」（一般地指一個人，而不是「泥匠」＋「瓦匠」），「裝卸工」（不是「裝工」＋「卸工」），「泥石流」（不應當了解為「泥流」＋「石流」，而是指一種破壞力極大的泥石運

動現象，根本就分不開兩種「流」，只有一種混雜的泥石流）。

縮略語不能隨便濫用。濫用縮略語首先是不能精確地傳遞信息——因為受信人不能掌握這「濃縮」語的確切語義；其次是給語言帶來不好的影響，說得重一些，即引起某方面的語言污染。

15

塔布和委婉語詞

15.1 語言「塔布」導致了語言拜物教，又導致了語言禁忌

　　語言禁忌最初顯然是從塔布[1]產生的。塔布則是人類還不理解或不能理解自然現象和自然力的本質而產生的。十八世紀英國航海家庫克[2]到了南太平洋東加（Tonga）群島，同那裡的居民接觸時，發現他們有很多奇特的社會現象，例如某些東西只允許特定的頭等人物（神、僧侶、國王、酋長）使用，而不允許一般人使用；或只允許作特定的用途，而不准用於一般目的；或不許某一社會集團（例如婦女）或某些人使用等等。那裡的居民稱這種禁忌為「塔布」。「塔布」這個詞後來就進入了人類學、人種誌學和社會學的領域，作為一種特殊的社會現象（禁忌）的專用名詞而被廣泛使用。「塔布」現象包括兩個方面：一方面是受尊敬的神物不許隨便使用，一方面是受鄙視的賤物不能隨便接觸。因此，所謂

---

① 塔布（作 taboo 或 tabu）。參看《牛津大詞典》兩卷本卷二，頁 2230；國弘正雄：《アメリカ英語の婉曲語法（上）》（東京，1974），頁 14－15。
② 庫克（James Cook, 1728－1779），南太平洋的探險家。他於 1777 年到達東加島。

語言塔布，實質上也包括兩個方面，一是語言的靈物崇拜（語言拜物教）①，一是語言的禁用或代用（委婉語詞和鄙視語詞）。

　　語言本來是與勞動同時發生和發展的一種社會交際工具。但是在對自然現象和自然力太不理解的環境裡，語言往往被與某些自然現象聯繫起來，或者同某些自然力給人類帶來的禍福聯繫起來。這樣，語言就被賦予了一種它本身所沒有的、超人的感覺和超人的力量；社會成員竟以為語言本身能夠給人類帶來幸福或災難，竟以為語言是禍福的根源。誰要是得罪這個根源，誰就得到加倍的懲罰；反之，誰要是討好這個根源，誰就得到庇護和保佑。這就自然而然地導致了語言的禁忌和靈物崇拜。

　　最常見的例子是人的名字、部族的名字或圖騰的名字，在古代社會那裡往往具有神秘的力量。本來人的名字不過是一種符號，他叫張三，不叫李四，這完全是一種稱呼他這個人的代碼。但是古代社會並不這樣認為。古人認為名字不是一般的符號，而是具有某種超人力量的符號。《西遊記》這部寫於十六世紀的長篇小說，多次反映（描繪）了名字的超人力量。例如第三十四回至三十五回，一個老魔頭有一件法寶（葫蘆），只要他叫一聲你的名字，要是你答應了，這件法寶就把你吸進葫蘆裡。有一次，這老魔頭故意叫了一聲「者行孫」，這「者行孫」當然是「孫行者」的逆寫名字，即，不是真名字，孫行者一想：「我真名字叫做孫行者，起的鬼名字叫者行孫。真名字可以裝得，鬼名字好道裝不得。」於是孫行者在老

---

① 語言的靈物崇拜（fetishism）、語言拜物教（word fetishism），這裡用起來是一個意思。這個詞專指某些民族把無生命的東西當作崇拜對象，認為它具有超人的神力。馬克思有商品拜物教一語，見《資本論》第一卷第一篇第一章（商品）第四節（〈商品的拜物教性質及其秘密〉），參見，《馬克思恩格斯全集》，卷二三，中文本，頁87－89。關於語言靈物崇拜，參看陳原：《語言與社會生活》2（〈語言靈物崇拜〉），北京，1980，頁35－48，其中頁47注①曾引舉了《紅樓夢》第二十五回所寫的語言拜物教現象。又，國弘正雄上引書，（上）頁27起，〈婉曲語法はFetishism〉一節。

魔頭召喚「者行孫」這個鬼名字時，大膽的應了一聲——孫行者本人就被嗖的一聲吸進法寶裡去了。名字同真人等同起來了，小說裡甚至挖苦地說連逆寫的名字也同真名字一樣具有超人的力量。名字成為神物。不過作者吳承恩在四個世紀前卻有一個難得的科學頭腦，他寫道：「原來那寶貝，那管甚麼名字真假，但綽個應的氣兒，就裝了去也。」原來是只要有一聲答應，就把你吸進去了。

不過古人並不這樣認為。古人往往以為人的靈魂附在人的名字上。因此，要把災禍降於這個人，只需知道這個人的名字就行，或者再加上某些必要的東西——例如他的生年（也許是同名的人多了，附了一個限制條件就可以更加確定些），他使用過的東西或他身上的東西（如指甲之類），也許這更加易於識別。只要把這個名字加以某種處理——例如用針刺它，用釘釘它，用火燒它，用符咒作難它等等——災難就必然會降於這個人。此時，語言就無可避免地成為一種被人崇拜的對象，因為它彷彿具有超人的神力，做到了凡人所不能創造的奇蹟。

當人類分化為階級，社會上最初出現了統治階級和被統治階級時，統治階級以及他們特定的奴僕（例如職業占卜師、占星師和巫師等），在很大程度上壟斷了表達和記錄語言（口頭語）的書寫系統（文字），他們在恐懼、膜拜和祝願的同時，逐漸有意識地利用語言文字的社會性和抽象性，更加強烈地賦給它一種神力，以便加強和鞏固自己的統治地位。

15.2 禁忌產生了委婉語詞，即用好聽的、含蓄的話代替禁忌的話

人以自己的形象創造了神——神的代表就是偶像。人創造的

神在現實世界中是以偶像的形式出現的，誰也不曾見過活著的真神。偶像本身並不神秘，它或者是泥塑的，或者是石刻的，或者是木雕的，或者是用金屬鑄造的；它本來是人製造的，實際上它是死的東西，它絕不會產生任何一點點力量，更不必說有什麼超人的神秘力量。但是，在古代社會——即尚未分化成階級的原始公社——，人們面對著不可克服的自然力的威脅，把所有的願望、祈求、祝福、希望、甚至詛咒，都寄託於這個沒有生命力的東西——偶像。偶像就是神的化身。是人，對這物化了的（即形成為物的）神，賦予了某種超人的力量；這樣，偶像在人的心目中似乎有了生命，似乎它是不朽的，似乎它可以降福或降禍於人間。偶像在人的想像中活起來了。於是偶像與偶像之間不但相互發生關係，而且它們又結合在一起，按照人的社會力量的結合模式，形成了一個神的世界。神的世界是人的世界的反映。隨著人類社會分化為階級，神的世界也就有了寶塔似的統治機構。這個神的機構成為人的社會支配人的命運的主宰。

這裡，社會語言學感到興趣的問題是，要讓一個偶像產生超人的神力，在一般情況下，必須借用語言的力量——口頭語或書面語都行。當信教的人（甚至還沒有皈依某種宗教的虔誠者）向著他們篤信的上帝——上帝有各式各樣的稱呼，這裡指的是一個廣義的神——懺悔、祈禱、膜拜時，不論他們面對的是抽象的神（即沒有形象的，卻在冥冥之中存在的），還是物化的神（如偶像、聖像、圖像或僅僅用幾個字寫成的代像），他們不得不使用語言（文字）這個交際工具。哪怕他們在默禱，他們也不得不使用無聲的語言作媒介。這時，語言就或多或少地被賦予一種超人的力量。

在無法避開自然現象（自然力）或社會現象所降給人們的災難時，人們相信鬼。這裡用的「鬼」字，是邪惡的通稱，即「神」

的對面。或者可以說，當人們把希望寄託在他心目中的神時，他們卻遇到了災難，於是他們把這歸咎於鬼（邪惡勢力）的作祟。他們恨鬼，但他們中多數怕鬼。人們後來又相信人死了變成「鬼」——這個「鬼」同剛才那種想像中的「鬼」是不同的，這個由離開人間的人變成的「鬼」，是「靈魂」的代名詞。漸漸人們又相信靈魂，靈魂的外殼是肉體，靈魂離開了外殼就成為飄緲的東西——在這個時候，有些原始民族就相信人的名字代表著他的靈魂。所以，在很多場合，人的名字被物神化了。不能隨便叫喚一個活人的名字，更不能隨便答應不知來歷的稱呼名字的呼喚；也不能隨便叫喚死者的名字。如果聽到別人呼喚自己的名字，答了腔，人的靈魂就出了竅，被邪惡的代表奪走了。致於為什麼答應了別人的召喚就會丟掉靈魂，這只能說名字被物神化了。這時產生了禁忌。禁忌產生了委婉語詞。委婉語詞就是用好聽的、含蓄的、使人少受刺激的、或矇著邪惡的代表使他一時聽不明白的代詞，代替所要禁忌的語言。

15.3 語言靈物崇拜的極端：符（書面語的物神化）咒（口頭語的物神化）

語言靈物崇拜到了極端就是符咒[1]。

---

① 《隋書》（成於656年，即一千三百多年前）就記錄了古代專門記錄符籙的書。《志‧二十七》說：「漢末，郎中郗萌，集圖緯讖雜占為五十篇，謂之《春秋變異》。宋均、鄭玄，並為讖律之注。……起王莽好符命，光武以圖讖興，遂盛行於世。」（中華版，頁941）《志‧三十》經籍四中說：「後魏之世，嵩山道士寇謙之，自云嘗遇真人成公興，後遇太上老君……其後又遇神人李譜，云是老君玄孫，授其圖籙真經，劾召百神，六十餘卷，及銷鍊金丹雲英八石玉漿之法。太武始光之初，奉其書而獻之。帝使謁者，奉玉帛牲牢，祀嵩岳，迎致其餘弟子，於代都東南起壇宇，給道士百二十餘人，顯揚其法，宣布天下。太武親備法駕，而受符籙焉。」（頁1093－1094）

符，這是書寫的語言——看上去似懂非懂的圖形「文字」；咒，這是口頭的語言——聽起來似懂非懂的神秘「語言」。符是書面語的物神化，咒是口頭語的物神化。大洋洲某些部族，他們的「貴族」（上層分子）所受的教育主要是學咒語，學會他一生在各種場合能夠應用的咒語①。比如播種時，他非得會念咒語，如果咒語念得好，那麼他的收成就會好；如果咒語念得不好，他的收成將會很壞。又比如他的情人變了心，他就非念咒語不可，念咒語的作用是讓他的情人能回心轉意。再如他有仇人，他想讓他的仇人氣絕身亡或猝然暴死，那麼，他只須念一套適當的咒語。但是，假如他在念咒語時念錯了一個字，那麼，在很多場合，這咒語就會完全失靈，有時甚至會適得其反，給自己招來橫禍。咒語起的作用不外兩條，一條是辟邪自衛，一條是存心害人。

咒語雖被相信為法力無邊，有時卻也受時空限制，在那樣的場合，咒語就讓位於符籙。大約世間的事，不如意者十常八九，在原始社會中常遇到的是自然力的破壞，而在階級社會裡則常常是人為的災難，有時也夾雜著自然力破壞所引起的災難在內。在一些迷信習慣很濃的社會裡，身上總要帶靈符，以便逢凶化吉。一個人類學家這樣寫道②：

> 「農民身上佩帶使酋長息怒的符籙；行路的人佩帶避野獸防疾病的符籙；婦女的腰佩帶防止不育的符籙；戰士身上佩帶幾種避兵器的符籙，還佩帶幾種令人喪膽的符籙。」

在描寫抗日戰爭的小說裡，還可以看到侵略軍身上佩帶保護

---

① 所引見美國人類學家呂威（Robert H. Lowie, 1883－1975）的《文明與野蠻》，呂叔湘譯（生活，1935）。

② 見《文明與野蠻》一書。

自己的靈符——那時，日本已是一個發達國家，可是被迫當兵的日本老百姓，在那場侵略戰爭中不能掌握自己的命運，面對著不可知的死神的威脅，他們只好把生還的希望寄託在符籙上。這個例子說明，社會傳統的習慣勢力是多麼的頑強，當人們遇到不可抗拒的自然力或人為的壓力時，往往只能將自己的命運交託給不可知的「神」——即靈物化了的語言。

現代科學昌明，人類對自然力的了解雖不完全，但也掌握了許多基本道理；對社會生活和生產，對社會成員間的關係，也有了比較確切的理解，本來就不需要靈物化了的語言了。但是習慣勢力如此的頑強，以至於人們一旦陷入對一個人、一種信仰或一種事物的狂熱崇拜時，便喪失了全部或大部理性，轉化而為一種宗教式的現代迷信，由此導致了悲劇性的社會後果，而在特定環境中出現了現代的語言靈物崇拜。這時，陷入迷信的人們，過分強調語言的力量，不把語言看做交際手段，而把語言當作傳達某種超人力量的媒介。例如一個被崇拜者的名字（又是名字！）偶爾被分寫在兩行（而不是在一行）裡時，這個書寫者就十分倒楣，彷彿他心懷不軌，硬要把被崇拜者「身首異處」。這對於有正常理智的人來說，應當是可笑的，甚至是荒謬的。但那是現實。人的名字分寫，同實際生活中的「身首異處」怎麼能等同起來呢？語言文字怎麼能等同於被表達的人或物呢？如果這兩者（文字、現實）等同起來，那麼，中國古代寓言中的「畫餅充飢」豈不就是可以實現的了？

語言（靈物化了的語言）不再是交際工具，不再是思想的直接現實，而是思想本身。語言不是「載體」，而是有神力的思想。這時，思想反而是語言的直接現實。變革社會不是靠革命實踐，而是靠語言的力量。這當然是可笑的，但現代的語言拜物教

是特定社會語境的產物。只有在這種特定語境不存在時，現代迷信才會讓位於科學。

15.4　古代漢語和現代漢語的委婉語詞

委婉語詞的產生，大抵是從塔布（禁忌）開始的。當人們不願意說出禁忌的名物或動作，而又不得不指明這種名物或動作時，人們就不得不用動聽的（好聽的）語詞來暗示人家不願聽的話，不得不用隱喻來暗示人家不願說出的東西，用曲折的表達來提示雙方都知道但不願點破的事物——所有這些好聽的、代用的或暗示性的語詞，就是委婉語詞。

「死」這樣的語詞，在各種語言中都大量存在代用的委婉語詞。因為「死」是一種不可抗拒的生理現象，因為這種現象牽涉到社會一切成員，因此它又是一種難以避免的社會現象。死亡是一種不幸，一種災禍；人們——特別在古代社會裡——覺得死有一種神秘的感覺。因此，人們在死亡面前感覺到一種不可解的超人間的力量。把「死」字隱去，代之以別的說法——委婉語詞，是在人們知道死就是永遠離開人間的意思以後。使用這些委婉語詞，有時是為了尊敬死者，有時是為了懷念死者，有時是為了讚美死者，有時只是為了避免重提這個可怕的神秘的字眼。這也許已經成為一種社會習慣，而社會習慣往往是根深柢固地存在千百年的。當人們不想提「死」這個可怕的語詞時，就輕輕地說，「他過去了」，「他不在了」；有必要文謅謅地說話時，就說「他永遠離開了我們」，或者「他離開了這個世界」。當人們描述一個革命者過早地死亡時，就說「他被奪去了生命」或「他被過早地奪去了生命」——被誰奪去呢？被死神，這不用說；如果描述一個革命

者不屈服於強暴而被殺時，人們說這個烈士「犧牲了」，或者說「英勇就義了」。當一個正直的人，作為人民的公僕勤奮工作，卻被不可抗拒的自然力或疾病奪去了生命時，人們說「他流盡了最後一滴血」，或者強調他的作用，說「他獻出了自己的生命」，或者換一個說法，「他付出了自己的生命作代價」。——「犧牲」是「死」的一種委婉說法，這個詞帶有一種稱頌、悼念的崇高感情。每一個委婉說法都帶有自己的感情，即語感。也可以有反面的語感，例如講述一個壞人時，就說「結束了他的一生」，或者乾脆說「結束了他可恥的一生」——後一種表現法比前一種表現法增加了很多貶義。貶義很明顯，但仍不失為委婉說法。人們也可以遇到直截了當的表述，不用一點點委婉說法，例如報刊上有過「赫魯曉夫死了」這樣的表達法，就是不用委婉語詞的例子——這種表達方式給人們帶來完全不同的語感。在現代社會生活中，有趨勢要採用更為直接而不那麼委婉的表現法。

　　古代漢語有很多描述「死」的字和詞①。這些特定的含有「死」的語義的不同的詞，帶有很濃厚的階級烙印，或者說，帶有深深的封建主義殘跡。這個階級的成員死了，同那個階級的成員死了，使用不同的語詞——「死」的委婉語詞——；甚至同一階級而身分不同的人死了，也有專門符合他的身分的同義語。例

---

① 試從《康熙字典》（1716印行）摘出有關死的單字：死，斫（夭死），殂（欲死貌），欹（死而復生），殀（壽之反也），俎（往死也），殄（絕也），殢（死貌），殝（死而更生也），殉（殉殉欲死也），殇（夭也），殕（死也），殘（殘殘欲死貌），欹（死而復生），殉（用人送死也），殊（死也），兝（音亂，諸物臨死之時迷離沒亂之意），殭（音決，死也），殑（音良，死物），殕（臨死畏怯貌），殒（殒殒，欲死貌），殗（欲死之貌），殘（枯死），殝（＝卒）（大夫死曰殝），殯（死也），蔟（草木萎死），殗（卒死也），殛（殭也），殣（俗語謂死曰「大殣」），殤（未立名而死），殙（人死貌），殪（誅死——斥死曰殪），卿（音巷，死腐），殰（殁也），殤（未成人喪也），殖（死也），殦（死人胖也），殭（死不朽也），甍（音沒，物臨死之時曰甍兝），羵（牛羊死也），殈（死也），殨（歹歷歹歷欲死貌）。

如天子死叫做「崩」，一般人死了就不能說「張三駕崩了」，那樣說就不符合身分，而且被認為大逆不道。諸侯死了叫「薨」，大夫死了叫「歹卒」。唐代二品以上官員死了也叫「薨」，五品以上官員的死則叫「卒」，五品以下直到庶民，直稱為死。未成年的人死了叫「殤」，也是死的委婉說法。由於社會生活起了變化，許多委婉說法也改了個樣——而某些委婉語詞往往隨著時間和社會條件的不同，已失去它的委婉性質。

使人感到興趣的是，大陸著名演員新鳳霞在她的回憶錄《藝術生涯》中提到舊時代戲班的忌諱。她那戲班對五種動物實行「塔布」——不能直叫這五種動物的本名，叫了本名，就要受處分，有時還會受到極嚴厲的處分。戲班尊老鼠、刺蝟、蛇、黃鼠狼、狐狸這五種動物為「五大仙」，都要稱「爺」，例如：老鼠得叫灰八爺，刺蝟叫白王爺，蛇叫柳七爺，黃鼠狼叫黃大爺，狐狸叫大仙爺。新鳳霞回憶她有一次說了「等一會兒，我先歇歇！剛跑到這兒，渾身都是汗，累得都散了架子了……」這句話，尾音還沒有落，把頭李小眼就大聲吼叫：「忌諱！」他接著說，「你他媽的還是在戲班長大的，怎麼這麼外行哪？這個字是戲班兒的忌諱，妳不知道哇？妳怎麼不說是拆了架，碎了架？」原來舊時代的戲班最忌諱「散」字，因為散班是戲班裡最大的災難。凡是與「散」字同音的，也必須用別的字代替，比如雨傘，因為「傘」字與「散」同音，得叫雨蓋、雨擋、雨遮、雨攔——現在粵方言一般人仍把「雨傘」叫做「雨遮」，就是用委婉語詞來避開忌諱。

15.5 社會日常生活中的委婉語詞

在日常社會生活中的禁忌大抵是關於人的身體、人體上的器

官、人的若干生理現象以及性行為等等的語詞。這一類語詞在社會上沒有公開立足的地位。不是說它們沒有立足的地方，而是說它們沒有公開立足的地位。它們被完全按照社會傳統習慣加以忌諱，在不同的語言中有不同的處理方法。它們不能出現在日常的書面語中；而在所謂「有教養的人」那裡，它們也不在口頭語中出現。偶然出現，人們就會嗤之以鼻；它們的出現也許不至於受到法律懲處，但常常受到人們的白眼。人們把忌諱視為理所當然，而不忌諱則被目為不文明、無文化、沒有教養。有的人認為這是階級社會的虛偽、偽善；但是社會習慣是經歷千百年才形成的，其中會有階級偏見的成分，但不完全是階級關係，當然也不是由某一個人的主觀意志規定的。詞典中不收載這些語詞是荒謬的，但在日常社會生活中忌諱說出這些語詞則是另外一回事。在日常社會生活完全不用委婉語詞，至少在可見的將來是不現實的，不能一概稱之為虛偽。例如「月經」、「廁所」、「小便」等等人生經常要說的語詞，在任何社會（不管它是什麼制度）和任何社會集團中，都會有特定的代號——委婉語詞。

「月經」有什麼可隱瞞的？有什麼值得忌諱的？這是成年婦女所必然產生的生理現象，但是任何社會都不好意思直呼其名——大約醫生除外。外國人管這叫「不好」、「不妥」、「欠妥」，也有人說「她在週期中」（in her period）、「在花期中」（in the flowers）、「難題的日子」（problem days）、「憂鬱的日子」（blue days），這都是委婉語詞。——也有鄙視性質的委婉語詞，例如說那「該詛咒的（東西）」（the curse），指的就是這撈什子。我們這裡——現代漢語也有相應的委婉語詞，試舉常見的說法，比如「例假」：「她這幾天例假」，就是說她這幾天月經來潮，她也許其實沒有請假——按我們的規定，女幹部和女工在月經來潮時都可以

給不扣工資的幾天假期——，但也一樣稱她這幾天「例假」。也有說「倒楣」的，「她今天倒楣」，同「該詛咒的」一樣鄙視這撈什子，但這「倒楣」卻不是這個詞的本義，其實她那天不見得不好。

另外一個很有趣的委婉說法是關於性病的。儘管在西方社會性病是較多的，但社會輿論總認為染上這種病是不光彩的，所以大都用委婉語詞來稱呼它。有趣的是都把這種不光彩的病，這種社會上討厭的東西，推到別國去，把病名說成是外國來的。英國人說這是「西班牙痘」；法國人稱這是「尼亞波利特病」，推到義大利去了；東歐人說這是「法國病」——推回法國去。大家都往外國推，煞是有趣。

大約在任何一個階級分化以後的社會（這當然把原始社會除外），對於性關係和淫亂等行為和名詞都是忌諱的，因為這些東西不符合人類長時期習慣的社會準則。即使是在所謂「開放性」或「鬆散性」的社會——即指不太依循傳統準則的西方社會，人們還是忌諱與色情有關的東西。西方當然有「色情文字」、「色情」那一類字眼（而且 Porno 這樣的縮略語幾乎成了國際字），但這類印刷品也有一個委婉稱呼，叫做「成人」印刷品，以區別於非色情印刷品。「成人」印刷品原則上是嚴禁未成年的青少年看，有人說這不過是自欺欺人之談；有人說這也算社會準則的一種，未可厚非。同印刷品相類似，電影也有所謂「成人」電影，那就是黃色電影（黃色電影也是一種委婉說法，它代表的是淫穢電影）；據說這只能讓「成人」看，其實正經人也未必樂於去看。美國把電影分成 G、M、R、X 四種，也許叫四級，總之分得較細了，X 級就是未成年觀眾禁止入場的影片，是黃色影片或恐怖影片那一類；G 是一般觀眾看的，M 是成年觀眾看的，R 是

未成年觀眾要有家長陪同看的。只有 X 一種是嚴格不許兒童看的。用四個字母代表四級影片，也是一種代號的表現法。

提起四個字母，不禁想起英語世界中有所謂「四個字母」語詞①——都是一些忌諱的或粗野的說法，也包括一些下流話，帶有強烈的「流」氣。「文明人」呼籲要禁用這種「四個字母」的語詞，但是在小說詩歌等當代文學作品中，為了描述當時的語境，為了繪影繪聲地表現某種人、一句話，為了加強說話時的某種氣氛，和傳達一種有強烈感情色彩的信息，人們還是不時使用了「四個字母」的語詞，以至於在前幾年出版的一部英國詞典中，也收錄了幾個常用的這類語詞，儘管它用△的記號標明「塔布」（忌諱），但它畢竟收載了這麼五個字②：

1. ball1 △ = Nonsense!（混蛋！昏蛋！）
2. bastard △ = ruthless insensitive person（混蛋！）

   （也有不是鄙視的語義：混球！）
3. nigger △ = （對黑人的不禮貌和侮辱性稱呼）
4. piss △ = （小便）
5. tit3 △ = （女人的）奶頭

這一類語詞已經衝進當代文學作品，其中的一些完全有可能進入社會的基本語彙裡，例如上舉第四個字 piss 日益在英文報紙上露面了，雖則「文明人」還是不認可它。

六○年代末七○年代初，在開放性社會裡曾經形成過對現存傳統的衝擊波。什麼要「塔布」，什麼不要「塔布」，那時很多人

---

① 「四個字母」組成的字（four-letter word）指英語中的俗字，據說一般由四個字母組成，如 fuck（指性交）、cunt（指女性生殖器），有人（如 Edward Sagarin 在他的《髒話解剖學》*The Anatomy of Dirty Words*）認為只有 fuck 一字算得上「四個字母」組成的下流字。有人戲稱最常用的四個字母單字是 word（字）和 work（工作）。

② 指的是 A. S. Hornby 主編：*Oxford Student's Dictionary of Current English*（1978）。

都發表過意見，請看下面一段發表在銷路很廣的《新聞周刊》[1]上的言論，就可見一斑：

> 「舊的塔布過時了，或者正在過時了。一個新的，更為鬆動開放的社會正在形成。它的輪廓已在藝術上逐漸顯現了——試看今日的電影全裸鏡頭以及裸露程度，試看今日美國的小說戲劇裡充滿了直言不諱的、常常是淫蕩不堪的語言，試看通俗（pop）歌謠中那些憨直的抒情句子，前進派（avant-garde）芭蕾舞中幾乎一絲不掛，試看性愛藝術和電視表演的穿著，以及各種時裝表演和廣告。而在這些藝術的鬆動開放日益擴大的背後，有一個轉型期的社會，這個社會對於例如婚前性行為與獨身主義、婚姻、生育控制和性教育等等重大問題，失去了一致的輿論；這個社會對於品德、語言和態度的標準，對於能看到能聽到的究竟是什麼，不能取得一致的意見。」

15.6 政治上廣泛利用的委婉語詞

在政治上和國際社會的交際上，廣泛應用委婉語詞和委婉表現法，是使交際活動能夠順利進行，或者能夠取得較顯著的效果的途徑。交際雙方在特定語境中都知道所提的委婉語詞指的是什麼，因而雙方都理解所表達的信息，但同時又因為沒有點破所要表達的實體，遇到不順利時容易「下台階」。

比方說，分明贊成對方的某一活動或反應，但在一定的政治環境中又不宜或不便直截了當地表示贊同，可是又有必要表達自己的傾向性意見，這時，人們就用委婉語詞——人們會說，某一

---

① 見 *Newsweek*，1967 年 11 月 13 日。

活動或反應「是可取的」。「可取」，這是委婉語詞，它帶有贊成的傾向，但沒有直接表示贊同，也許雖贊成卻還有少許保留，但總的傾向還是贊同的；也許可以說是內心裡贊同，而表面上不便說，或還沒有到說穿的火候，但無論如何，「可取」代表了一種肯定的傾向。如果對某一活動或做法表示「可以理解」，這自然也是一種委婉語詞，它既沒有對這一做法表示贊同，也沒有對它表示反對，只不過表明「可以理解」對方這樣做的原因——致於贊成不贊成，沒有說，也許將來會表示贊成，也許會表示不贊成，但是當人們表示「可以理解」時，總是表達這樣一種信息，至少是暫時不會提出反對，不只不反對，甚至多少還帶有若干諒解的因素，或贊同的因素；這可以說是一種諒解而非支持（但也不反對）的意思。對一種做法或活動，還可以表示「欣賞」；欣賞也是一個委婉語詞。表示「欣賞」所表達的信息帶有某種感情成分，這信息彷彿在說：你做得不錯嘛，頗有點意思嘛，致於我，我打算怎樣表態，至少現在還沒想好；但我現在也不反對，不僅不反對，在感情上多少是同你站在一邊的。

瞧！表示「可取」，表示「可以理解」，表示「欣賞」，這三種委婉表現法包含著多麼複雜的語義和細微差別的語感。這就是為什麼人們在政治生活中這樣喜歡利用委婉語詞的緣故。

第二次世界大戰後，嚴格地說，本世紀六〇年代以後，有些委婉語詞反映了國際社會的新的語境。例如「發達國家」和「發展中國家」這兩個術語就是。如果不認為「發達國家」是委婉語詞，那麼，「發展中國家」則是道地的委婉語詞。本來，戰後「殖民國家」的殖民地紛紛獨立了，「主人種族」那種威風掃地了；民族和國家不論大小都是平等的，大國和小國可以平起平坐了——至少在字面上，在表面上是這樣。總之，現在要在書面語

或口頭語上歧視、卑視任何一個國家或民族（哪怕是很小很小的國家或民族），已經違反國際社會準則，會惹起公憤了。所以，把經濟發展到很高水平的國家稱為「發達國家」，其對面即經濟發展水平很低的國家，怎麼稱呼好呢？稱為「落後國家」？太瞧不起人了。稱為「不發達國家」？也有點卑視味道。這樣，國際社會創造了「發展中國家」這樣的委婉語詞，表示這些國家正在發展中，也許將來會發展到很高水平，而將現在不惹人高興的狀況暫時不提。

現代再也沒有像《原始思維》的作者①那樣，赤裸裸地把一些落後民族的社會稱之為「劣等社會」了——從前，在十八、九世紀殖民主義橫行世界的時候，把一些部族稱為「野蠻人」或「土著民」，說他們是「未開化」的「落後種族」，現在，儘管有些地區經濟發展還很落後，但再也沒有（或者少有）用這種「卑視語詞」了。這是不可抗拒的歷史潮流在語言上的反映。

政治上的委婉語詞用得很廣泛。常見用東、西、南、北這種表方位的語詞組成委婉語詞。比如前幾年我們常說的「不是東風壓倒了西風，就是西風壓倒了東風」——本來是小說《紅樓夢》中林黛玉說的，指的是「家庭之事……」②，可是我們現代說的「東風」和「西風」卻不是指「家庭之事」，而是比喻政治上的事，「東風」喻革命和進步力量，而「西風」則喻「帝國主義和一切反動派」。「東風」、「西風」就成為一種政治上的委婉語詞。西方報刊上說的「東方國家」指的是蘇聯和東歐各國，有時

① 指 Levy-Brühl 所著《劣等社會的思維作用》（*Les fonctions mentales dans les sociétés inférieures*, 1910），這裡有譯作「下層社會」，實際上是下等、低級、劣等之意，同現代漢語的「下層」不同。
② 見《紅樓夢》第八十二回。

還泛指社會主義諸國;「西方國家」指的是美歐各資本主義國家。「東方」和「西方」也都是委婉語詞,但其語義同「東風」和「西風」完全不同。「東西方會談」,指的就是這兩類國家的會談。後來又出現了「南北對話」——這裡的「南」和「北」也都是政治上的委婉語詞。這裡的「南」和「北」,根本不是地理觀念,而是政治概念。「南」意味著「發展中國家」(「南」和「發展中」都是委婉語詞),「北」意味著「發達國家」,「南北對話」不是南半球同北半球對話,而是發展中國家同發達國家對話。也許因為發展中國家(亞、非、拉)多半位於南半球,所以產生了這樣的委婉語詞。

為了表現外交宴會的氣氛,暗示著一種交往的境界,人們常常用一些委婉語詞來描繪這些宴會。西德出版的一部國際關係術語詞典[①]中,羅列了十六種措詞,從「在親切的氣氛中」一直到「在熱烈友好和相互充分諒解的氣氛中」,這都可以作為委婉表現方式,敏感的人們常常從這些委婉用語的字裡行間猜測和估計雙方交往的「熱度」。

[①] 見亞謝克(Stephan Jaschek):《漢德國際關係術語詞典》(*Chinesich-deutsches Wörterbuch der internationalen Beziechnungen*,波恩,1976),頁 670—671。

16

語言感情和國際社會

16.1 語言感情是一種很特殊的社會心理現象，民族的公用語

　　使用某一種語言的社會集團——一個民族、一個部落、一個地區、一個方言區——對自己的母語都擁有強烈的感情。這種被稱為語言感情的心理狀態包括兩個方面：

　　一方面，這個社會集團的成員在不流行它的母語的社會語境中，強烈地感到要用它的母語彼此交際。比方上海人在上海以外不講滬方言的地方會面時，總是有一種強烈的欲望，要用方言代替普通話；廣東人也是這樣，別的方言區的人也完全一樣。日本人在異國同他的日本同胞會面時，難得不用日語（母語）交談；同樣，法國人、英國人、德國人在異國遇到這種情況也一樣願意用法語、英語或德語對話。人們不太喜歡用他所在國的語言交際——除非他們都出生在這個國家，另一種民族語業已成為他們的母語。

　　另一方面，任何一個社會集團的成員，雖則能掌握另外一個社會集團所使用的語言，在一般情況下他總歸認為只有使用他的

母語對話，最能夠表達感情。因此，在感情激動的片刻，他只願意使用母語來表達，而往往不想用他業已掌握的其他語言（即使是公用語）對話。

語言感情是一種很奇特的現象，也許是因為他生下來就孕育在其中並時刻在使用這種媒介，使他覺得分不開，而且最能表達他自己。這是一種心理現象，同時也是一種社會現象。我在這裡稱之為語言感情的東西，是有物質基礎的，是從千百年世世代代共同生活而又共同使用同一種交際工具因而形成的。這不是生理現象，而是社會‧心理現象。可以斷言，儘管普通話──公用語──被推廣得極有成效（毫無疑問這是完全必需的），上海人在外地見面，廣東人在外地見面，還是寧願說他的滬方言或粵方言。這不能歸結為地方主義，這是一種不可用暴力禁壓的社會習慣。禁壓一種語言，甚至禁止使用一種方言，是完全無效的，而且會招致很大的反感，導致激烈的社會矛盾。

是不是每一個民族都必須有一種共同的語言？這個問題不只在社會學、政治學、語言學的領域中激烈爭論過，在實際社會生活中，這個問題也是極其重要的問題。是不是一定按照曾被認為經典式的定義去理解？「民族是人們在歷史上形成的一個有共同語言、共同地域、共同經濟生活以及表現於共同文化上的共同心理素質的穩定的共同體」，這是史達林關於民族的經典定義①。其實這個定義在語言方面導源於十九世紀中葉歐洲的理論與現實，那時民族主義興起，都認為語言是民族的一個重要決定因素，換句話說，即有沒有一種共同語言，這是給民族下定義的決定性因素。菲希特是持這個論點的代表理論家，人所共知他

---

① 見史達林：《馬克思主義和民族問題》（1913），《史達林全集》第二卷，頁294。

曾說過①：「不論在什麼地方，只要你發現一種不同的語言，那就必定會有一個民族，這個民族有權處理自己的事情，……有權去管理自己。」直到二十世紀，這種理論還是占上風。凡爾賽條約的一個基本精神，就是根據語言區來劃分國界——當然對戰勝國有一點例外照顧，而且對少數語區予以尊重。人口的移動多少也是依循這樣的論點。波蘭人大量移徙到波蘭走廊，日耳曼人則大量撤離這個地區。1923年色雷斯的作為少數民族的土耳其人同小亞細亞的希臘人互換地區。當墨索里尼提出蒂羅爾（Tyrol）的領土要求前，他促使義大利人移民到那裡去；當希特勒提出奧地利、蘇台德區（捷克）應合併到德國去時，他的一個重要理由就是那裡的居民是亞利安種，說的是德語。按照法西斯的邏輯，說同一語言的居民聚居處，就得合併到講那種語言的國家去。這當然是荒謬的邏輯。但是我們還沒有解決那經典式的定義，即一個民族是否必須有一種共同語言。也許居住在美國的這個民族（美國人）是對這個問題的一次挑戰。美國人來自四面八方，他們最初的母語多種多樣，不完全是英語；直到現在，這些由四面八方來的移民——即構成叫做「美國人」（民族）的移民——的後裔，還有不少能操不同於英語的語言，例如波蘭語、俄語、猶太語（Yiddish）、西班牙語、漢語等等，他們現在當然使用了一種公用語〔美國英語〕。也許這是一個複雜的問題，不必在這部語言學著作裡求得明確的答案。

如果把中華民族作為一個整體，那麼，由漢民族以及其他五十五個少數民族組成的一個整體，既有一種公用語言（普通話——從前叫做「國語」），同時還有多種民族語，這樣的事實是證明那

① 菲希特（J. G. Fichte, 1762－1814），德國哲學家。引自《語言與社會語境》（*Language and Social Context*, 1972），頁358。

個經典式定義呢，還是對那個經典式定義的挑戰呢？

　　撇開那個經典定義不談，如果我們從現實出發，至少我們可以得出這樣的結論，即，在多民族的國家裡，很可能出現的局面是使用一種公用語（這種公用語往往是而且一定是人口占多數或政治——經濟力量占主導地位的民族的語言），同時在各民族聚居的地區，還使用它自己的民族語，公用語和民族語同時是官方語言，有著同樣的法律效力。只要這結合在一起的各民族之間相安無事，或者進一步做到水乳交融，那麼，在這種使用公用語的社會語境裡，不會發生語言紛爭，或者說，不會因為語言的不同引起不和和騷動。反之，如果各民族由於歷史上的，或社會經濟上的原因，不能和睦相處時，那麼，常常借著語言問題導致衝突，或者以語言為契機引起衝突。而在社會主義制度下面——儘管這是還不完善的制度——，還沒有發生過「語言戰爭」，還沒發生過如著名的《經濟學家》雜誌[1]所說的「歐洲的語言戰爭：字句可能折斷你的骨頭」的那種局面。階級社會加劇了語言紛爭，看上去好像是因語言而引起的衝突，往往有它內在的深刻的社會政治—經濟原因。

16.2 兩種語言在一個政治實體中並存時發生的三種情況

　　有些國家由於民族的、社會的、歷史的原因，使用兩種或兩種以上的公用語言（法定語言），這兩種或多種公用語至少在理論上是完全平等的，例如比利時（使用法語、弗萊明語），瑞士

---

[1]　見 The Economist，1978 年 9 月 16 日出版的一期。

（使用法語、德語、義語、羅曼語）、加拿大（使用英語、法語），稱為雙語區或多語區；這種語言現象稱為雙語現象或多語現象①。

當兩種語言同時在一個政治實體（國家）的社會生活中起著交際媒介的作用時，會發生下面三種狀況：

1. 同化。使用甲語種（一種民族語）的民族在政治──經濟或文化上占主導地位，而使用乙語種（也是一種民族語）的民族處在從屬或落後的地位，這時，乙語種就會被同化，或者融合起來，乙語種不再與甲語種平起平坐，或者自行消亡了，或者不起公用語的作用。

2. 共處。甲乙兩個語種的使用者在政治──經濟和文化上勢均力敵，或者雖然不是均勢，較弱的使用者（語言共同體）聚居一處而不是散處各地，抱得很緊而不是鬆鬆散散，那麼，這兩個語種就能相安無事，平起平坐。

3. 衝突。兩個語種的使用集團的力量不相上下，而由於其他原因發生矛盾時，兩種語言常常引起衝突，互相排斥，甚至會引導到政治衝突。

以漢語為例。當蒙古民族在中華領土上占著政治領導地位時（即元朝──1279－1368年），蒙語與漢語保持一種特殊的關係。統治階級用的語言（蒙語）理應成為全國唯一的公用語，但因為漢族當時的社會──經濟和文化都比較高，漢語仍然不失去它的主導地位，甚至可以說蒙語在絕大部分地區還沒有能同漢語達到平起平坐的情景。蒙語沒能淘汰漢語，至多到達上面所說的

---

① 「雙語現象」（Bilingualism）──一個國家（地區）使用兩種權利完全平等（至少理論上如此）的語言，叫做「雙語（地區）現象」；使用兩種以上的語言叫「多語現象」（multilingualism）。

第二種情景，可也沒有導致語言衝突。當滿族占統治地位時（即清朝——1644－1911），社會——經濟和文化情景同元朝相類似，滿語的書寫系統（書面語）在朝廷上有與漢語同等的功能，但在整個社會生活中並沒有如歐洲目下一些國家那種雙語現象。滿語比蒙語的生命力更小些，滿語在幾百年的期間中甚至漸漸退卻。當日本軍國主義占領我東北地區（1931－1945）時，在那軍刀下製造出來的偽滿洲國中，漢語和滿語同外來的日語發生了抗衡的局面。軍國主義者力圖消滅漢語和滿語，被侵略的語言集團則竭力保衛著母語的獨立——在這種依仗政治力量的語言高壓下，產生過一種叫做「協和語」的混合語①，一種非驢非馬的被污染的語言，這種語言污染隨著日本軍國主義的崩潰而終止了——純正的漢語和滿語從1945年以後重又在這一地區為漢族和滿族用作正常的交際工具。軍刀下推行的日語未能使漢語和滿語同化；一般地說，在二十世紀社會條件下，一種語言被另一種語言「吞併」的現實性是不存在的；可以暫時從社會生活中隱去，但它終究不會消滅的——法國作家都德②寫的短篇小說〈最後一課〉，那麼感動人，是因為在那地區被德國占領而不能再在學校中教法語了，這就引起這被占領區的法語使用者無限的憤懣。這也是一種語言感情。

---

① 協和語是生吞活剝地將日本式的語法和語彙強加到漢語中，搞亂漢語的習慣用法，形成一種不三不四的被污染的語言。下面是從《滿洲事情案內所報告》（第五十八本）《滿洲農業狀況》摘出的一段，是比較好懂的協和語：
　「人生所需要的衣、食、住一切物品、無一不可以大豆供給的、福特汽車王曾經講過『完全用大豆作成而使用豆油馳驅的汽車、不久就可以出現了』、由這句話也可以窺知大豆的用處偉大了、大豆有以上的廣範的用處、所以在將來發展上有莫大期待的。」

② 都德（Alphonse Dauder, 1840－1897），法國小說家。他這篇短篇小說〈最後一課〉，收在我國出版的很多選本裡。

1949年以後，各民族語並存的和睦局面是有目共睹的。各民族的公用語是漢語──國語是普通話，而在各民族地區則民族語（如蒙、藏、朝、哈薩克、維吾爾等等）與漢語同時並用，具有同樣的「官方」語言性質。為了發展民族教育──文化，1949年後還給若干原來沒有文字的民族語，制定了書寫系統。少數民族的語言在全中國受到了尊重，而少數民族則並不認為漢語是一種統治語言，而僅僅承認它是各民族之間最合適的公用交際工具。

16.3 語言衝突不完全是語言感情問題，而是與民族矛盾和階級矛盾息息相關的

　　有的社會語言學家認為美國的模式是語言同化的範例。在立國之前，美國沒有一個統一的民族。說英語的和說其他語言的人，陸續來到這個新世界。有一個先決情況是值得注意的，即在這片新大陸上主導的語言是英語；說其他語言的各方人士，到了美國後分散在英語世界裡──他們只好學習他們所不熟悉的語言──英語──了。由於教育普及，而進行初等教育所用的語言主要是英語，因此，儘管到這裡來的許多人的母語是其他民族語，他們經過兩個、三個、四個世代後，已經完全「同化」在英語中，也許在家庭中還流傳著原來的母語，但是作為交際工具，他們使用了，也只能使用英語①。

　　在西班牙則是另外一種模式。西班牙統一以後，加泰隆人作為一個工業化程度較高，生產水平也較高的民族，進入這個民族

----

① 英語在美國發展了幾百年，慢慢形成了美國英語，同英國英語有很多不同。

國家，同他們結合而在政治上占主導地位的卡斯蒂爾人卻是經濟發展比較後進的民族。民族感情的矛盾，社會——經濟諸因素的矛盾，再加上統治民族的處理不善，使加泰隆民族認為自己是受壓迫和受剝削的民族，這導致了 1640 年及 1705 年的民族矛盾激化。加泰隆人在十九世紀認為中央政府實施的低關稅政策損害了他們的工業。同時，加泰隆語處在垂死的邊緣。到 1860 年只在最偏僻的山村中才說加泰隆語。1876 年保守勢力被擊敗後，教會轉而支持加泰隆人。那時商人因為反對中央政權，也支持加泰隆人。十九世紀末二十世紀初，加泰隆民族運動興起，激烈的矛盾也時隱時現。1917 年加泰隆工業家聯合社會黨及其他左派勢力要求民主選舉。但是加泰隆的工業資產階級並沒有民族解放的雄圖，1923 年竟支持里維拉作為一個獨裁者上台——里維拉上台後不但沒有支持加泰隆人獲得平等權利，反而變本加厲，禁止在學校裡教加泰隆語。但是加泰隆的左派力量在本世紀二〇至三〇年代仍然很活躍，然後，他們連同國內的進步勢力導致了西班牙共和政府的出現，雖則這個共和政府失敗了，可是加泰隆語卻得到了承認，作為西班牙的法定公用語之一。在西班牙還有一個少數民族，巴斯克人，他們說巴斯克語。宗教界卻仍然抱著中世紀的「古文」——拉丁語，因為地理關係，很多中學裡外國語課教的是法語。照社會語言學家弗格遜[1]規定的「語言情景公式」[2]，西班牙的情景是

$$5L = 2L_{maj} + 1L_{min} + 2L_{spec}$$

式中 L 是語言，maj 是「主要語種」，min 是「小語種」，spec 是

[1] 弗格遜（C. A. Ferguson），美國語言學家，見所著〈雙語區〉（Diglossia），載 *Word,* vol.15, pp. 325—40, 1959。
[2] 這裡的「情景」即 Situation。

「特殊語種」。這個公式顯示，在西班牙一共使用五個語種（5L）作為交際工具：其中兩個是主要語種（L$_{maj}$），即西班牙語和加泰隆語；一個是小語種（L$_{min}$），即巴斯克語；還有兩個是特殊語種（L$_{spec}$），即拉丁語（宗教界）、法語（中學裡教的外國語）。

　　由以上的表述，可以得出這樣的結論，即語言問題不完全能由語言感情來解釋，語言問題往往伴隨著民族問題、階級問題、社會——經濟問題而被渲染。捷克的民族運動者馬薩利克[1]在1907年表達了這樣的完全正確的見解：「民族問題不只是語言問題。它同時是一個經濟問題和社會問題。」

　　加拿大的情況也是這樣。加拿大有兩種語言，一種是英語，一種是法語。原來這也不單純是語言問題，而是兩個「種族」或者兩個民族的移民合併到一個政治實體去產生的問題。很久以來，英語在政府、軍隊和大商業活動中占著統治地位。因為加拿大法語區多半是從事農業活動，而英語區則從事工業和商業活動，法語區和英語區的矛盾，表面上是法語同英語的矛盾，即語言矛盾，但實質上卻是農業區同工商業區的矛盾，或者農場主與工商業資產階級之間的矛盾。而直到第二次世界大戰為止，法語區的教育不如英語區那麼發達，這又導致了新的矛盾——法語區多次要求從統一的國家分離出去，他們常常亮出法語受壓的旗幟，因此，乍看上去也像是一場語言衝突，其實本質上不是語言衝突。

　　在歐洲所謂「最文明」的地區，語言衝突（當然它還意味著不只語言衝突）的激烈也是外間所想像不到的。像西歐共同體那樣的機構，使用一種還是兩種還是三種公用語的問題，真可謂

---

① 馬薩利克（T. G. Masaryk, 1850－1937），捷克首任總統。此語引自 R. F. Inglehart & M. Woodward 所著〈語言衝突和政治共同體〉（Language Conflicts and Political Community, 1967），載《語言與社會語境》，頁 370。

「吵得死去活來」。小小的一個比利時，語言的問題也很突出。自1815年以後，比利時掌權階級是說法語的，一部分原因是法國在這裡統治了二十年，荷蘭語（它的變種是弗萊明語）簡直奄奄一息。此時，這個地區併入奧倫治的威廉一世領下，作為尼德蘭王國的一部分。國王是說荷蘭語的，他宣布荷蘭語（弗萊明語）為法定語言——只有瓦龍（Walloon）地方除外。在其後十五年間，比利時民族獨立得到了勝利。新的民族國家由於反對荷蘭統治的結果，禁止行政機關、法院、軍隊、大學中學使用荷蘭語（弗萊明語）。這是前一段歷史的反撥。十九世紀是以法語占壓倒地位，而弗萊明語簡直可以說銷聲匿跡的時候。只是到了二十世紀（第一次世界大戰以後），在民族運動思潮的衝擊下，語言問題又提上了議事日程，弗萊明語又重新進入某些社會生活。說弗萊明語的人們堅持反對歧視這種語言，而且強烈要求同法語平起平坐。比利時的語言衝突直到近年來還時有發生——當然，這多少帶有一點語言感情，而本質上很大程度同民族矛盾、社會集團之間的矛盾和社會——經濟諸要素的矛盾息息相關。

我們從語言感情的這一平面出發，走進了一個更為複雜的社會語境，從而理解到語言衝突不完全是語言感情問題，而是一個政治——社會問題的側面。

16.4　國際社會的需要：國際輔助語問題

語言感情和公用語的問題，到了國際社會這一平面，則顯得更加複雜。國際聯盟時代，公用語言問題不像現在這樣尖銳，是因為那時的「列強」（即殖民國家、帝國主義國家）主宰了這個國際機構，殖民地附屬國沒有發言權。聯合國所處的國際社會不

同了，大小民族和大小國家——至少在理論上或表面上——都有自己的主權。所以聯合國從它存在的開始，就規定了大會、安理會、經社理會、託管理會，都以中文、英文、法文、俄文和西班牙文為正式語言①。這五種語言加上阿拉伯文是大會及其七個主要委員會的工作語言。五種正式語言，六種工作語言，意味著一切文件都要有五一六種譯文，同時意味著一切發言都要有五一六種語言的同聲翻譯。這又是什麼意思呢？這是說，要大批工作人員日以繼夜地工作，因為目下電子計算機還沒有達到能隨時譯出各種文件的水平。而這樣做的時候，還會引起沒有被採用為正式語言或工作語言的國家及其人民的某種程度的抱怨。

六○年代興起的世界旅遊事業，也擴大了普通人（而不是外交家、政治家、或商人）之間的接觸。這是十分重要的情景。一個外交家可以帶一個、兩個甚至三個翻譯出去；一個商人也可以帶一個翻譯出去；但是一個普通的旅遊者卻哪裡能帶得起翻譯呢？何況普通人之間的接觸，他們所要享受的是直接的接觸。旅遊者無法確定哪幾種語言是旅遊語言，因為他們只是普通人，他們沒有「權力」去作出例如「正式語言」或「工作語言」那樣的規定。當然，旅遊者走到一個他完全不懂語言的地方，靠著最原始的手勢語言，加上為旅遊服務的一些圖形符號（圖形語言），他也能解決起碼的生活需要，但是旅遊者不會滿足於解決這種最起碼的生活需要。這種不滿足，導致國際社會思索一個老問題，有沒有可能使用一種能夠很方便地傳達信息、思想和感情的交際工具呢？

---

① 聯合國又規定安理會的工作語言為中文、英文、法文、俄文和西班牙文；經濟及社會理事會的工作語言只三種（英、法、西），託管理事會和秘書處的工作語言兩種（英、法），國際法院的正式語言則為英文和法文。這裡說的中文，即漢語。參見《聯合國手冊》中文本（1981），頁14。

因此，在八〇年代，國際社會的交際工具問題，愈來愈引起人們的關切，愈來愈吸引一些有見識的人注意，當然，也愈來愈引起所有科學家以至普通旅遊者的興趣。

自從思想家笛卡兒和萊布尼茲①在十七世紀鑒於人類社會交往日益頻繁，有必要使用一種單一的語言，而提出國際語的理想以後，過去幾百年了。這個問題現在好像到了急迫要解決，而實際上還遠未能解決的時刻。

作為一種國際社會的交際工具，應當具備什麼條件呢？

1. 它應當是超民族的。

這就是說，不能選用任何一種民族語作為國際間的交際工具——國際公用語、或國際輔助語、或國際中間語，因為規定任何一種民族語作為「正式」或「輔助」語言，很可能會引起語言感情問題。這不能以使用人數多寡來作標準，如果以使用人數為標準，那麼，使用漢語的人超過十億，那麼漢語就理所當然成為國際間的公用語了。

2. 它應當是中立的。

這就是說，這種語言對任何民族、任何地區、任何國家、任何社會集團、任何容易引起衝動的事物，都是不偏不倚的，不至於祖護（或看上去似乎祖護）哪一方面。

3. 它應當是具有科學結構的。

這就是說，它作為語言結構來說是符合科學的，不是電子計算機那種純粹的不能上口的語言，而是避免了世代相傳因習慣而

---

① 笛卡兒（René Descartes, 1596－1650），法國哲學家、數學家，曾設想過一種能概括一切概念的「近乎人類思想的邏輯的鑰匙」的人類共通語。
萊布尼茲（G. William Leibniz, 1646－1716），德國哲學家和數學家，也曾設想過一種成為「理性的工具」的共通語，使用數學邏輯方法作為這種共通語的基礎。
可參看德萊仁（E. Drezen）：《世界共通語史》（*La Historio de Mondlingvo*, Leipzig, 1931），第三章。

形成的許多不合理成分，而又能表現人類複雜的思維，包括邏輯思維和形象思維的。

4. 它應當是分音節的能上口的有聲語言．

　　這就是說，它不但是書寫系統，而是能發聲的並且分音節的語言；它的書寫系統應當是拼音的，利用眾所熟知的拼音字母構成的，而不是圖形符號。

5. 它應當是有生命力和有彈性的．

　　這就是說，它在生長著，它有旺盛的生命力，它還有豐富的彈性，能夠適應表達各民族語的一般語義和語感。

6. 它應當是容易學習而又不是粗劣的．

　　這就是說，它對於任何一個有教養有文化的民族都是比較容易掌握的，因此被人們樂於使用的，但它本身不是像「基本英語」[1]或甚至「洋涇濱英語」[2]那樣粗糙的、劣等的、甚至引起

---

[1] 基本英語（Basic English），是英國心理學家奧格登（C. K. Ogden, 1889－1957）拼湊的一種「輔助語」，只使用八五〇個英語單詞，外加若干外來詞，企圖用簡化了的英語作為外國人（心目中主要是殖民地）掌握這種交際工具的橋樑。凡是八五〇字以外的語詞，都要用這八五〇個單詞來構成，例如沒有「蔥」字，說成「令眼睛出水的白色的根」──簡直有點猜謎似的。1933年前後被介紹入我國，遭到進步語言學者的抨擊，認為這種「混合語」是降低人類思維能力的手段。BASIC一字由英（British），美（American），科學（Scientific），國際（International），商業（Commercial）五個詞的第一個字母組成，意即「英美科學國際化商業（用英語）」的簡稱。當時作者也寫了雜文抨擊，題為〈御用的語言學者〉，刊1933年9月23日《民國日報》。

[2] 洋涇濱英語（Pidgin English）──十七至十九世紀流行在遠東各口岸（特別是中國口岸）的一種簡化英語。摻雜了漢語的某些語法的。僅·可表達信息的「行話」。「涇濱」（pidgin）據說係英語「生意」（business）的（粵方言）訛音。參看貝利雅耶娃與波丹波娃（Т. М. **Белеяева, И. А. Потапова**）合著：《在英國本土以外的英語》（*Английский Язык за Пределами Англии*，列寧格勒，1961），頁116以下。此書有專節講洋涇濱英語在中國。又，南洋有所謂「灘頭語」（Beach-la-Mar 或 Bêche-de-Mer）也是同類的劣等語言，我稱之為語言污染（見《語言與社會生活》，1979，§14，頁53－56），有人不同意這種說法。
與「洋涇濱」相類似的有西班牙語的「雜」種，名為creole（疑為crio＝孩子）的變異，流行於西印度群島居民中。
直到五〇年代還有語言學者為這種「雜」交語種辯護，認為土著民只要學會這種「簡易」的英語就可以交際了──見賀爾（R. A. Hall）的《不准干預洋涇濱英語》（*Hands Off Pidgin English*, 1955）。

歧義的混合語。

要符合這些條件，看來只有人工語（即以民族語為基礎經過科學概括整理而編成的語言）才能合格。推行了近百年，而在國際上被愈來愈多的人確認的人工語"ESPERANTO"①（我國稱為「世界語」），本身正在生長和發展，有了足夠的生命力，可能是國際輔助語的有資格的候選者。一百年前，當波蘭醫生、語言學者柴門霍夫提出 ESPERANTO 的方案時，他是為波蘭當時受多種語言阻隔引起的人與人的衝突有感而為的，他的出發點是以為一旦使用了國際語言（公用語言），人間的衝突就會消失，這顯然是一種善良的知識分子的幻想。但他提出的方案在國際社會（特別在普通人中間）實踐了近一百年，證明這種方案作為國際間輔助交際工具是有希望的②。

可以預見，在本世紀末，隨著國際社會的接觸更加頻繁，國際輔助交際工具問題將會更加迫切。當然，某些科學家已經對未來的宇宙間的交際工具發生興趣；但比較有現實意義的還是我們這個地球的國際交際工具問題──這是客觀的需要，不是什麼人說要就要，說不要就能不要的。

---

① Esperanto（世界語──從日本大正年間譯名，日語現在已改音譯エスペラント），是波蘭柴門霍夫（L. L. Zamenhof, 1859－1917）於1887年公布的人工語，經過社會實踐，各國約有幾百萬人學會，其基礎是印度歐羅巴語系。它在過去動盪的年代中贏得了毛澤東、魯迅、高爾基、鐵托、羅曼、羅蘭、巴比塞等人的支持，但也受到戴高樂以及其他名人的反對。

② 晚近有些科學家逐漸認識世界語在國際社會學術交流中的實用價值，例如西德控制論家佛蘭克博士（Helmar Frank）就宣稱：「某一語言既是社會的產物，它就只起著通訊工具的作用，就沒有任何理由阻止人們用更有效的、自覺創造的信碼來代替它；這種信碼應當植根於社會並且將植根於社會──或者已植根於社會。」他贊成世界語作為國際科學交際的手段。國際控制論學會的年會，正式採用英、法、世三種語言為大會工作語言。

文獻舉要

1　恩格斯：〈勞動在從猿到人轉變過程中的作用〉（1876？）
　　關於語言的起源，語言‧勞動‧思維的馬克思主義經典論述。收
　　在《自然辯證法》中。人民出版社。

2　史達林：《馬克思主義和語言學問題》（1950），人民出版社。

3　拉法格：《革命前後的法國語言─關於現代資產階級根源的研究》
　　（1894），北京商務印書館。

4　列寧：〈論純潔俄羅斯語言〉（1919或1920）
　　收在《列寧全集》中文本第三十卷，頁266－267。人民出版社。

5　恩格斯：《法蘭克方言》（1811－1882）。
　　在關於法蘭克時代的手稿和〈論日耳曼人的古代歷史〉提綱的草稿
　　中，恩格斯把這個研究著作稱為〈注釋〉，這篇論文把歷史唯物主
　　義運用於語言學的研究中。收在《馬克思恩格斯全集》第十九卷，
　　頁564－599。人民出版社。

6　恩格斯：《自然辯證法》（1873－1886）。人民出版社。

7　列寧：《哲學筆記》（1895－1911）。人民出版社。

8　毛澤東：《反對黨八股》（1942）。人民出版社。

9　馬克思‧恩格斯：《德意志意識形態》（1845　1846）
　　收在《馬克思恩格斯全集》第三卷。人民出版社。

10　恩格斯：《路德維希‧費爾巴哈和德國古典哲學的終結》（1886）。

人民出版社。

11　馬克思：《摩爾根〈古代社會〉一書摘要》（1881－1882）。人民出版社。

12　恩格斯：《家庭、私有制和國家的起源》（1884）。人民出版社。

13　摩爾根：《古代社會》（1877）

楊東蒪、馬雍、馬巨譯，北京商務印書館。本書副標題為「人類從蒙昧時代經過野蠻時代到文明時代的發展過程的研究」。

14　列維‧布留爾：《原始思維》（1910－1930俄文版）

Levy-Brühl: *Первобытное мышление*，丁由譯。北京商務印書館。

15　弗蘭柔：《交感巫術的心理學》

James George Frazer: *Sympathetic Magic.*

李安宅譯，許地山校。北京商務印書館（1931）。

（14）和（15）是法國和英國學派的著作。弗蘭柔現譯弗雷澤，他的代表作《金枝》（*Golden Bough*）還沒有中譯本。

16　索緒爾：《普通語言學教程》（1916）

Ferdinand de Saussure: *Cours de linguistique générale.*

高名凱譯，岑麒祥、葉蜚聲校。北京商務印書館。

17　薩丕爾：《語言論—言語研究導論》（1921）

Edward Sapir: *Language-An Introduction to the Study of Speech.*

陸卓元譯，陸志韋校訂。北京商務印書館（港版）。

18　布龍菲爾德：《語言論》（1933）

Leonard Bloomfield: *Language.*

袁家驊、趙世開、甘世福譯，錢晉華校。北京商務印書館。

19　趙元任：《語言問題》（1959）

這是作者對語言學以及與語言學有關的各項基本問題的演講記錄。作者說 *Language and Symbolic Systems*（1968）即此書改編本。中

文本（1979）是專為中國讀者改編的。北京商務印書館。

20 茲維金采夫：《普通語言學綱要》（1962）

    B. A. **Звегинцев** ： *Очерки по общему языкознанию.*

    伍鐵平、馬福聚、湯庭國等譯。北京商務印書館。

21 羅常培、王均：《普通語言學綱要》（1954—1955）

    北京商務印書館。

22 岑麒祥：《歷史比較語言學講話》（1960）湖北人民出版社。

23 沙夫：《語義學引論》（1960）

    Adam Schaff: *Introduction to Semantics*（Warszawa）。

    羅蘭、周易合譯。北京商務印書館。

24 John Lyons: *Semantics* vol. 1,（1977）Cambridge Univ. Press.

    萊昂士：《語義學》第一卷，英國劍橋版。

25 布洛克曼：《結構主義。莫斯科—布拉格—巴黎》（1974）

    Jan M. Broekman: *Structuralism:* Moscow-Prague-Paris（荷蘭）。

    李幼蒸譯。北京商務印書館。

26 Gustar Jahoda: *The Psychology of Superstition*（1969）.

    乍荷達：《迷信心理學》，倫敦企鵝版。

27 Umberto Eco: *A Theory of Semiotics*（1979）.

    艾柯《符號學原理》，美國印地安那大學出版社。

28 謝拜奧克：〈符號學的起源和發展〉（1980）

    T. A. Sebeok，在東京的演講，載日本《思想》雜誌1980年10月號。

29 Joseph H. Greenberg: *A New Invitation to Linguistics*（1977）.

    格林貝格：《語言學新探》，美國 Anchor Books。

30 Leonard Michaels & Christopher Ricks ed., *The State of Language*（1980），美國加州大學出版社。

米克爾、里克斯編：《語言狀況》。論文集。包括(1)Proprieties，(2)
Identities，(3)Media and the Arts，(4)Ways and Means，(5)Societies
五部分，其中有 Quentin Skinnes 的一篇〈語言與社會變化〉
（Language and Social Change），頁 562 — 578。

31　Peter Trudgill: *Sociolinguistics: An Introduction*（1974）.
特魯基爾：《社會語言學導論》，倫敦版。此書分為(1)社會語言
學——語言與社會，(2)語言與社會階級，(3)語言與種族集團，(4)語
言與性別，(5)語言與語境，(6)語言與民族，(7)語言與地理等七個部
分。

31a　エ・トラツドギル著，土田滋譯：《言語と社會》，岩波新書950。
即上書日文版。

32　J. B. Pride & Janet Holmes ed., *Sociolinguistics*（Selected Readings）
（1972）.
普拉德、荷爾默斯合編：《社會語言學（選讀）》，倫敦企鵝版。分
四部分，二十二篇論文。其中包括：

(1)費希曼（J. A. Fishman）的〈微觀社會語言學與宏觀社會語言學
之間的關係〉（The Relationship between Micro and Macro —
Sociolinguistics in the Study of Who Speaks What Language to
Whom and When, 1971），

(2)白拉德與拉瑪努延（W. Bright & A. K. Ramanujan）的〈社會語
言學的變異與語言的變化〉（Sociolinguistic Variation and
Language Change, 1964），

(3)拉波夫（W. Labov）的〈在社會語境中對語言的研究〉（The
Study of Language in its Social Context, 1970），

(4)海默斯（D. H. Hymes）的〈論交際信息的能力〉（On
Communicative Competence, 1971）。

33   А. Д. Швейцер : *Современная социолигвистика—теория, проблемы, методы* ,
      " Наука " , Москва（1977）.
      施維采爾：《現代社會語言學理論，問題和方法》，書分四部分：①
      現代社會語言學的方法論基礎，②社會語言學理論，③社會語言學
      的若干問題，④社會語言學調查研究的方法。

34   Pier Paolo Giglioli ed., *Language and Social Context*（1972）.
      《語言與社會語境》一書分五部分：①對社會語言學的理解，②言
      語和情景行動，③語言、社會化與次文化，④語言和社會結構，⑤
      語言、社會變化和社會衝突。最後一篇為〈語言衝突與政治群體〉
      （Language Conflicts and the Political Community）。

35   John Lyons, ed., *New Horizons in Linguistics*（1970）.
      萊昂士主編：《語言學新天地》，倫敦版，收論文十七篇。其中有：
      ⑿瑪夏爾（J. C. Marshall）的〈人與動物的交際生物學〉（The
         Biology of Communication in Man and Animals），
      ⒃普拉德（J. B. Pride）的〈社會語言學〉（Sociolinguistics），
      ⒄基巴爾斯基（Paul Kiparsky）的〈歷史語言學〉（Historical
         Linguistics）。

36   Neil Smith and Deirdre Wilson, *Modern Linguistics —The Results of
      Chomsky's Revolution*（1979）.
      史密斯和威爾遜：《現代語言學—喬姆斯基革命的結果》。共分十二
      章，其中有：
      ⑼語言變體（Language variation），
      ⑽語言的變化（Language Change）。

37   A. Akmayan, R. A. Demers & R. M. Harnish: *Linguistics: An
      Introduction to Language and Communication,*（1979）MIT Press.
      亞克瑪遷等：《語言學：語言與通信導論》，其中第一部《動物通信

體系》，第二部《人類語言與通信》第九章〈語言變體〉，第十二章
〈語用學〉（Pragmatics）。

38　David Crystal: *Linguistics*（1971）.
　　克里斯達爾：《語言學》，第五章，〈語言學和其他領域〉，頁252
　　起講社會語言學。

39　John B. Carroll: *Language and Thought*（1964）.
　　卡羅爾：《語言與思想》。第一章，〈語言與通信〉，講語言的主要
　　機能，通信體系。

40　杭士基：《變換律語法理論》，王士元、陸孝棟編譯，香港版。
　　Noam Chomsky: *Syntactic Structures*（1957），即（36）書所提到的
　　喬姆斯基理論。

41　《大都市の言語生活》（分析編）〔日本〕國立國語研究所報告170
　　—1，（1981，東京版）。此書有英文摘要，英文書名為《東京和
　　大阪的社會語言學調查》（*Sociolinguistic Survey in Tokyo and
　　Osaka*）。

42　《企業の中の敬語》，〔日本〕國立國語研究所報告73（1982，東
　　京版）。此書英文書名為《日本私營企業中使用敬語的社會語言學
　　調查》（*A Sociolinguistic Investigation of the Honorific Expressions in
　　Japanese Private Enterprises*）。

43　P. Soroken & Chiyo Soroken:《英會話の婉曲表現》（1977），東京
　　版。

44　國弘正雄：《アメリカ英語の婉曲語法》（1976），東京版，共三
　　卷。

45　——，《簡明社會語言學》（1977），香港青年出版社編。

46　陳原：《語言與社會生活》（1979香港版，1980北京版）。

46a　陳原：《ことばと社會生活》（1981）

(46)書的日文版,附呂叔湘論文〈語言作為一種社會現象〉,松岡榮志、白井啟介、刈間文俊、陳立人合譯。

47　W. Labov: *The Social Stratification of Language in New York City* (1966).

拉波夫:《紐約市的語言社會層調查》。

48　S. Pit Corder: *Introducing Applied Linguistics* (1973).

柯爾德:《實用語言學入門》。

49　Т. М. Беляева, Н. А. Потапова, *Английский язык за пределами Англии* (1961).

貝利雅耶娃與波丹波娃:《在英國本土以外的英語》,有兩章(頁113以下)專論混合語(洋涇濱等)。

50　《言語》1982年十一卷十期(東京·大修館)《社會言語學の動向》特集,其中包括:

(1)柴谷方良:〈社會言語學と變形文法〉,

(2)井上史雄:〈言語變化と社會言語學〉,

(3)井出祥子:〈言語と性差〉,

(4)J. V. Neustupry:〈階層言語といふ壁〉,

(5)中島和子:〈バイリンガル理論の新しい動向〉,

(6)Fred C. C. Peng:〈社會言語學の課題〉,

(7)南不二男:〈日本の社會言語學〉,

(8)陳原:〈學際科學としての社會言語學〉。

51　Frank / Yashovardhan / Frank–Böhsinger: *Lingvokibernetiko-Sprachkybernetik* (1982).

法蘭克等編:《控制論語言學》。論文集。包括法蘭克的〈控制論與語際語言學:導論〉(Kibernetiko kaj inter lingvistiko: enkondukaj rimarkoj)。

52　維納：《控制論（或關於在動物和機器中控制和通訊的科學）》，科學出版社。

N. Wiener: *Cybernetics or Control and Communication in the Animal and the Machine*（1948）.

53　維納：《人有人的用處》，陳步譯，北京商務印書館。

N. Wiener: *The Human Use of Human Beings — Cybernetics and Society*（1954）。其中第四章講語言的機制和歷史，第十一章講「語言，混亂和堵塞」。

54　阿爾貝勃：《大腦、機器和數學》，朱熹豪、金觀濤譯，吳允曾校，北京商務印書館。

Michael A. Arbib: *Brains, Machines and Mathematics*（1964）.

55　克勞斯：《從哲學看控制論》，梁志學譯，中國社會科學出版社。

Georg Klaus: *Kybernetik in Philosophischer Sicht*（1961）Berlin.其中第一章講控制論的定義和它在科學中的定義。

56　列爾涅爾：《控制論基礎》，劉定一譯，高為炳校。科學出版社。

A.Y. Lerner: *Fundamentals of Cybernetics*（1972），原文為俄文。

57　申農：〈通信的數學理論〉，見《信息論理論基礎》，上海版。

C. E. Shannon: "The Mathematical Theory of Communication"（1948）.

58　扎德：《模糊集合，語言變量及模糊邏輯》，陳國權譯，涂其枬校。科學出版社。

L. A. Zadeh: *The Concept of a Linguistic Variable and Its Application to Approximate Reasoning*（1975）。即《語言變量的概念及其在近似推理中的應用》。中文本附錄二係扎德關於模糊集的第一篇論文 "Fuzzy Sets, Information and Control"（1965）。

59　楚巴欣、布洛德斯基主編：《形式邏輯》第二篇：〈符號邏輯〉，宋

文堅等譯。上海人民出版社。

Формальная логика（1977）.

60　羅素：《數理哲學導論》，晏成書譯，北京商務印書館。

　　Bertrand Russell: *Introduction to Mathematical Philosophy*（1930）.

61　伊斯特林（V. A. Istrin）：《文字的故事》，杜松壽譯，文字改革出版社（1966）。

62　W. Chappell: *A Short History of the Printed Word*（1980）.

　　卡貝爾：《印刷字體的歷史》。

63　E. A. Wallis Budge: *The Egyptian Book of the Dead*（1895）.

　　畢德治：《埃及亡靈書》（新版1967，紐約）。

64　方國瑜編撰，和志武參訂：《納西象形文字譜》（1981），雲南人民出版社。

65　于省吾：《甲骨文字釋林》（1979），中華書局。

66　張瑄：《中文常用三千字形義釋》（1968），香港大學出版社。

67　Johannes Friedrich 著，高慧敏譯：《古語文的釋讀》，北京商務印書館。（香港）1979版。

68　魯迅：《門外文談》（1934）。

69　周恩來：《當前文字改革的任務》（1958）。

70　吳玉章：《關於漢字簡化問題》（1955）。

71　周有光：《漢字改革概論》第三版（1979），文字改革出版社。

72　《陳望道語文論集》（1980），上海教育出版社。

73　王力：《漢語史稿》（1980版），中華書局。

74　呂叔湘：《語义常談》（1980），三聯書店。

75　呂叔湘主編：《現代漢語八百句》（1980），北京商務印書館。

76　趙元任：《漢語口語語法》（1979），北京商務印書館。

77　中國語言學會編：《把我國語言科學推向前進》（1981），湖北人民

出版社。

78　E. Drezen: *La Historio de Mondlingvo*（1931）Leipzig.

德列仁：《世界共通語史》。

79　U. Linz：《危險な言語》，栗栖繼譯。（1975），岩波書店。

79a　U. Linz: *La Dangera Lingvo*（1973）。即上書的原文本。

80　Detlev Blanke: *Plansprache und Nationalsprache*（1981），民主德國科學院。

白朗克：《計劃語言和民族語》。

81　哈特曼、斯托克：《語言與語言學詞典》，黃長著等譯，上海辭書出版社。

R. R. K. Hartmann & F. C. Stock: *Dictionary of Language and Linguistics*（1972）.

82　Robert Collison: Encyclopaedias: *Their History Throughout the Ages*（1966）.

柯利孫：《各時代百科全書史》。

83　Norman Moss: *What's the Difference? A British/American Dictionary*（1977），日譯本《えい・べい語考現學—どんがどラ違ラ？》，山岸勝榮譯編。

84　《爾雅》，郭璞注。有多種版本。

社會語言學方法論四講

前　記

　　今年三四月間，我應中國社會科學院研究生院語用系之約，給社會語言學碩士研究生做一系列演講。原定講六次，後因我舊病復發，住進醫院，只講了四次便戛然中止。現在根據當日的記錄稿稍加潤色，同幾位研究生和聽講者的座談記錄附在書末，再加上一份參考書目舉要，便成這本小冊子。

　　這四講接觸到社會語言學的幾個重要問題，因為原來的意圖是啟發研究生對有關問題進行思考，講時沒有詳盡發揮，只有對變異一題講得比較充分些。對交際一題，我在演講時使用了錄影帶，可惜不能在書上顯現，我和讀者一樣感到遺憾。原來計劃還要講語言政策和社會語言學方法論兩題，結果沒有講，這裡也就沒有了。

　　這本小冊子如果能夠對讀者思考這些問題時有點啟發作用，那就太使作者高興了。

　　對整理記錄和協助操作幻燈機、錄音錄影機的厲兵、胡榕等幾位同志，我深表感謝。

陳　原

1987年9月12日在北京

第一講　變異

　　我今天要講的是社會語言學四個專題中的第一個──變異。

　　這不是社會語言學的系統課程：假定大家都已知道社會語言學的基本概念，我只想就我所研究的或者我還沒有研究透而社會語言學所應當研究和應當探討的問題，作一番啟發性的講述。

　　也許可以認為這是所謂「大學後」或者「學士後」的講課。我用「學士後」這個詞，是仿照「博士後」來的（英文分別是postgraduate和postdoctoral），大家會看到，近來「博士後」這個詞用得很多，報紙和文件都用開了，並且常常當作名詞用。近來還有個名詞叫做「繼續工程教育」，是英語continuation engineering education的翻譯，也常常見於報刊和文件：這個新詞也有點費解；可是你理解也好，不理解也好，新詞的出現是不以你個人的意志為轉移的。完全可以說，上面這些新詞已經進了現代漢語的通用語彙庫了。

　　我今天講變異，有人馬上會提出問題：你不是宣傳規範化嗎？幹嘛研究變異？幹嘛大講變異？殊不知變異同規範是矛盾的統一。沒有變異就沒有規範，沒有規範也就看不出變異。正是為了規範化的需要才研究變異。在人類社會交際中，語言文字是經常變動的，無論書面語還是口語，都不是一成不變的。其主要的原因是使用語言的這個社會是在變動著。可以說，沒有變異就沒

有語言的發展，也就沒有社會語言學。在某種意義上說，社會語言學的中心問題就是變異。我這裡講的變異，在不同的場合可以翻成不同的英文語詞，可以使用例如 variety，variation，diversity，change，differentiation 等等。總之，表達一種變化，是指語言文字某些變動。我不用「異化」這樣具有特殊含義的哲學術語，因為這個術語常常含有化成自己的對立物那種味道，有時又有「蛻變」的味道。所以我用變異這個術語。變異是普遍存在的一種社會語言現象。

社會語言學研究兩個變量，一個是社會，另一個是語言，從語言的變化可以窺見社會的變化，這是顯而易見的，至於語言文字的變化會不會給人類社會某些方面帶來一點變化，一些影響，這個問題也需要深入研究。口語的變化不大容易在一個短時期裡面看得很清楚，但文字的變化卻看得比較清楚。其實口語的變化常常會給文字帶來某些變動，人們常常從文字的變動去研究語言變化的軌跡。這些變動，我們今天就把它叫做語言文字的非規範化。非規範化的傾向是經常存在的，社會生活卻要求語言文字規範化，因為只有這樣才能使語言交際更加精確和更加有效，所以常常要糾正非規範化的傾向。

在任何一個社會裡，社會的組織和成員都要求彼此使用的語言文字有一定的規範。如果你用你的變體，我用我的變體，社會交際就會變得很困難，正如平常所說的「沒有共同語言」，就不能傳遞信息，更不能交流思想。可是，語言文字這東西自身要變動，社會對它又有影響，所以語言文字總要變，由規範變得不規範，這種非規範化天天在同規範化作鬥爭。這不是哪個人想要搗亂，而是事物運動的必然，我們不必覺得奇怪，也不必感到害怕。但是，如上面所說，規範化是社會語言共同體的需要，信息

化社會更需要規範化，因為信息化社會就是要求信息交際的高速度、高效率、高度準確；沒有規範化，高速度、高效率和高準確性也就無從談起。

下面，我想以招牌用字的規範化情況為例，談談非規範化是怎樣衝擊規範化，在開放搞活的八〇年代，社會用字為什麼會出現這樣的非規範傾向等等問題。

對招牌用字規範化情況的研究，如同社會語言學其他課題的研究一樣，不能躲在書房裡推理，要在社會上抽樣調查。這種調查也不是隨便找突出的例子加以發揮，那樣是得不到令人信服的規律性東西來的。突出的例子隨時隨地都可以找到，比如，建國門北大街上的國際郵電局就是一例。那個新建的郵電局看情況是為使館區和外國人居住區而設立的，招牌寫成「國際郵電局」，五個字中有四個字不用簡化字而用繁體字，「局」字本來沒有簡化，所以談不到繁簡問題。可以說這是一個百分之百非規範化的突出例子。這引起了一些外國朋友善意的關注，不只一個人問過我：「你們為什麼要這樣寫呢？我們跟你們學簡化字，你們國家的機構卻不用簡化字。」無獨有偶，建國門內大街上有一個新開的北京市內電話局營業廳，它的招牌也是用繁體字。前邊那個算「國際」，總還能說出點理由，你這個是北京市政府下面的一個部門，這樣寫，恐怕沒有多少理由吧。我們能不能以這一類突出的例子來證明北京市店鋪的招牌很不規範化呢？不能。當然，這是十分突出的例子，但不能成為科學研究的抽樣。要研究北京市店鋪招牌文字非規範化傾向，我以為要選取幾條街道來作連續性調查，也許選四條街道就能夠得出比較或大體符合實際的結果。一條是王府井大街，一條是東單北大街，一條是西單北大街，一條是前門大街北段（前門與珠市口之間）。這四條街道的店鋪是連

續的，而不是間斷的；是密集的，而不是稀疏或穿插有公園、空地的；是多樣化的，而不是像琉璃廠那樣單一的商品街。而且，這幾條街道是北京市商品交易最發達的地方，因此招牌的交際作用特別顯著。

我對王府井大街從東單頭條至金魚胡同這一段的店鋪作了實地調查，把兩邊店鋪的招牌全部拍攝下來，製成幻燈片。讓我們選放一些幻燈片，看看這裡的招牌用字情況。〔放映幻燈〕

——「華大呢絨綢布店」。使用了已經簡化的繁體字。

——「新世界絲綢店」。標有英文：NEW WORLD SILK STORE。

——「云峰皮鞋店」。漢字沒有問題，可是漢語拼音一貫到底：YUNFENGPIXIEDIAN。

——「新中國儿童用品商店」。這是宋慶齡的題字。

——「建华皮貨有限公司」。另標JH STORE。JH是「建華」漢語拼音的縮寫，STORE是「商店」。

——「北京工艺美术服务部」。標有英文BEIJING ARTS AND CRAFT SERVICE。門廳前寫「歡迎您光臨WELCOME TO OUR STORE」。

——「蜀苑餐廳」。用了繁體字，不是名人題字。

——「中國照相」。老字號，用了繁體字。五〇年代之前就是這樣。

——「外文书店」。這四個字是郭沫若題的。標有英文店名：FOREIGN LANGUAGES BOOKSHOP.

——「中国工商银行」。下邊的漢語拼音排成一長串：ZHONGGUOGONGSHANGYINHANG，有點像美洲印地安人的語言。

——「北京百貨大樓」。原來是簡化字，1984年為了慶祝建國三十五周年，把它換成繁體的了。

——「普蘭德洗染公司」。老字號，用了繁體字。

——「承古齋」這是古玩店。有一幅廣告，上面是漢字隸書，下面是英文。

就放映這幾張。根據我拍攝的材料表明：這段路的兩側共計七十七個店鋪招牌，其中三十九個用了繁體字，占51%，三十八個用字規範，占49%。這些招牌中加注拼音的占10.3%，但有一半沒有按正詞法規則拼寫，或是按字注音，或是連成一串。加英文的占13%。招牌上加注英文，這在1949年後是逐年減少的，到實行開放政策之前，幾乎近於零，現在又逐漸恢復了。這是一個很有趣的社會語言現象。通過實地考察，可以了解到：北京市最熱鬧的商品購買中心地段——王府井大街，招牌規範化的程度不高，規範與非規範字大致是一比一。如果把上面所說的幾條街也作一次調查，我們就可以向北京市提出一個報告，說明它的招牌用字規範化到什麼程度。如果我們選取北方另外幾個城市、南方方言區的幾個大城市，再選取邊遠省份、民族地區一些城市，作這樣的調查，那麼，我們就可以提出一個有關招牌用字規範化情況的報告，這個報告一定是很有趣、很有意思的，同時也是很有說服力的。

我講這樣一段，想提示各位，社會語言學的研究常常不是一個人坐在書齋中推斷出來的，而是要用集體的力量、抽樣、分析，才能得出可供決策參考的有價值的數據來。

上面的調查也表明，即使從招牌用字的角度看，規範化和非規範化的衝突是經常發生的，需要向社會公眾做大量的宣傳、教育、規勸工作；即使做了很多工作，也不容易達到百分之百的規

範化。急躁是辦不好事的。

　　剛才談的是招牌文字，現在想講講詞彙問題。我注意到從去年第三季度開始，報刊出現了一種新的表現法，也就是創造了一系列用「意識」作根詞的新語詞。這個「根詞」成了一個特別受到現今作者歡迎的「術語」。「意識」在英文裡叫consciousness，本來是一個哲學名詞，指高度完善、高度有組織的特殊物質—人腦的一種機能，是人所特有的對客觀現實的反映。按說它的構詞能力並不強，過去見到的只是「下意識」、「潛意識」、「意識到……」之類，但現在突然出現了許多用「意識」一詞組成的詞組，而且都出現在《人民日報》、《光明日報》、《文藝報》等一些很有影響的報刊上。今年第一期《中國語文天地》上有我的一篇文章《語言與社會》，裡頭搜集了十二個「××意識」，到今年二月底，我收集到的例子增加到二十幾個，「主體意識」、「商品意識」、「質量意識」、「消費意識」、「銷售意識」、「決策意識」、「民主意識」、「進攻意識」、「搶點意識」（在報導冰球比賽時用）、「法制意識」、「當代意識」、「自覺意識」、「自我意識」、「批評意識」、「企業意識」、「首都意識」、「巨片意識」、「共存意識」，還有什麼「詩意識」，真是五花八門，應有盡有。這裡面有些叫「××意識」的恐怕不成其為・意・識。「巨片意識」是怎樣的一種意識？很費解。是意識到在製作中的影片將成為「巨片」呢？還是意識到必須把它變成「巨片」呢？如果想表達「要拍一部『巨片』」，就說「要拍一部『巨片』」得了，何必來個「巨片意識」？有一本刊物提到「共存意識」，我反覆細看那篇論文，始終沒有找到所說的「共存意識」究竟是什麼含義。至於「首都意識」，那是出現在正式文件當中的，大概是「意識到我是首都人」吧！要是這樣推而廣之，「意識」的構

詞力可就增大到無窮了。比如，我現在就要有「講課意識」，大家要有「聽課意識」，口渴了還要有「喝茶意識」。搞出這麼多新的「意識」，有點不值得，況且難為了翻譯家，直譯成外文，恐怕洋人也很不容易理解這些詞的真正意義。

　　還有一個現象很有意思，那就是方言土語進入了書面語。前門有一塊廣告，版面相當大。上面用大大的方塊漢字寫著，「音響效果蓋了」，引起了人們極大的興趣。

```
Philips Car Stereo

THE SOUND MAKES
THE DIFFERENCE
音 響 效 果 蓋 了




飛利浦
```

嘿，「蓋了」！我也很感興趣，隨即把它拍攝下來。〔放幻燈片〕再看一看王府井一家鋪子的廣告窗〔放幻燈片〕又是「電腦」，又是「迷你」，真是典型的港台風格。

　　馬希文同志在《計算機不能做什麼》這本書的〈譯者序〉裡頭說：「我們應當慎重地對待目前在宣傳中越來越普遍使用的『電腦』，這如果不算是港台風，也至少使我想起四〇年代有人把

摩托車稱為『電驢子』。」他不贊成使用「電腦」這個詞，主張用「電子計算機」。他的意見我非常贊成。有人講演，說「電腦」這個詞如何如何比「電子計算機」好，足足講了一個小時。講完

全電腦控制迷你冲印系列

彩色冲卷擴印放大　　歡迎廣大顧客光臨

交件迅速信譽第一　　優質服務顧客至上

擴印一小時可取

之後，我坦率地說，我還是贊成用「電子計算機」[注]。馬希文同志提到「電驢子」，使我想起我小時候，廣州把珠江裡的汽艇稱作「過海電船」。「海」指的是「珠江」，「電船」指「汽艇」。現在廣州不這樣叫了。還有那個「迷你」，是英文mini-的音譯，意思是「微型」、「小型」。漢字容易望文生義，一說「迷你」，總有些不雅的意味在裡頭，與英文mini-的原義不同了。還有「擴印」，也是八〇年代才使用的詞語。從這裡我們可以看到社會因素影響到語言的變異，造成一些非規範化的東西。從宏觀方面來說，社會語言無時無刻不在發生變異，這是不以人們的意志為轉移的。變異有外部的原因，就是說有社會的、歷史的、地域的原因，有習慣的、風尚的原因；也有內部的原因，即語言文字自身的變化。許多社會語言學的著作，整章整章地寫變異，這是不奇怪的。北京大學出版的《社會語言學導論》（陳松岑著），也是連續幾章研究語言的各種變異，我認為是很對頭的。當然，不同

〔注〕後來我的主張起了變化。我現時傾向於「電腦」和「計算機」兩個語詞同時並存。在文件上或在正式場合，用「計算機」；在口頭上或非正式場合，用「電腦」。

的學派對變異的論述往往不一樣，這裡不準備進行分析；我只想談談惠特尼（W. D. Whitney）的一個很特別的見解。惠特尼是十九世紀美國語言學家，以研究梵文和比較語言學著名，現在不怎麼聞名了，但他留下一本著作，書名叫《語言的生命和生長》（*The Life and Growth of Language*），副標題為「語言科學綱要」（*An Outline of Linguistic Science*）。他這本書有一個主題是研究語言的變化的。他用的術語是「變化」（change）。他指出，語言有兩種變化，一個叫外變化（他用的術語是 out of form），一個叫內變化（他用 inner change 來表示）。外變化多半指語音變化，內變化大半指語義的變化。他認為，研究變化的重點應該放在語義變化上。我在《語言與社會生活》日文譯本的序言裡頭說過，我們的社會語言學當然應當而且可以研究語音、語法的變化，但語義的變化更值得我們探討，因為語義的變化集中地反映了社會生活的變化、社會條件的變化。也許我這個意思同惠特尼有點相近。還有一個德國的語言學家史萊赫爾（A. Schleichel），他主張「語言是一種有機體」。十九世紀上半期，歐洲的學術界有一個傾向，往往鼓吹有機體學說，許多東西都被說成是有機體。史萊赫爾的主張可以說是受了這種思潮的影響。惠特尼不完全同意史萊赫爾的見解，惠氏在上面提到過的著作《語言的生命和生長》裡反覆說，語言不是有機體，卻同有機體有點相像。這個問題也是需要進一步探索的。在控制論的創始人維納（N. Wiener）提出控制論學說前後，也常有人把語言同機器的對話引申到「人機共生」的說法，因為語言在某些方面像有機體，起到有機體的某些作用。當然，我也認為語言不是有機體。語言的變異常常受外界條件、環境的影響，這種變異對規範化有一個衝擊作用，所以使用語言的群體往往要求盡可能排除掉非規範化的因素。語言受到

社會各種因素的影響，本身又類似「有機體」那樣生長，既產生了消極的作用（即衝擊規範化，使信息交際受到阻礙），又產生了積極的作用（即適應於社會事物新概念的產生，更確切有效地進行社會交際）。不要只看到變異的消極作用，而無視變異對於豐富語言並且使語言更加適應社會交際的需要這種積極意義。

新詞的產生可以理解為語言變異的一個積極因素。新詞的問題是社會語言學研究變異的一個重要內容。呂老（呂叔湘）不久以前在《辭書研究》上發表了一篇〈大家都來關心新詞新義〉，是一篇很重要的文章。新詞的產生就表示語言起了變化。新詞新義衝擊著規範化，從這個意義上說，新詞新義是非規範化的產品。然後人們經過實踐，對其中一些真正需要的新詞，即對其中反映了新概念而用原來語詞不能表達的那些語詞，認為是合理的，必需的。社會語言學既要研究語言變異的消極方面（即衝擊並妨礙規範化的方面），也要研究語言變異的積極方面（即豐富語言表達力和適應語言交際需要的方面）。近幾年，我曾經作過多次演講，闡述過研究新詞的重大意義，在語言文字應用研究所幾次會議上也強調過這個問題，語用所的研究人員也在這上面做了不少工作。我寫了一篇關於新語詞產生的社會意義的論文，在華中工學院出版的《語言研究》上發表；後來被日本的學者看到了，收在東京明治書院出版的《應用言語學講座》第三卷中，用日文刊出前我作了一些修改，可以參看。

新詞語的產生，類似有機體的生長，從新詞語的研究中往往會得到某些啟發。比如說「頭」，本來是指人體或動物體的一個部分，是個具體的概念，慢慢變成抽象的概念了。當作「頭目」「上司」講的「頭兒」，在五○年代從沒人說，「文化大革命」以來，用得普遍極了。科長、處長、局長等等，只要有一官半職，

都被稱為「頭兒」了。只要是他的領導，他就通通稱「頭兒」。還有「頭頭兒」，什麼「造反派頭頭兒」「戰鬥隊頭頭兒」，這些「頭頭兒」在文化革命十年裡，用得也很多。這個「頭頭兒」不怎麼好聽，到後來是不是「三種人」也說不準。這些詞兒究竟是誰興起來的，是哪天興起的，就很難說了。還有一個詞「老頭兒」，現在妻子稱自己的丈夫，不論年輕的年老的，都這樣叫。稱呼的、被稱呼的都感到很舒服、很自然。可是要是直譯成外文，那就不可理解了。我在美洲碰到幾個華人，她們說：「你們最混帳的一個詞是稱自己的配偶叫『愛人』。」「愛人」在英文裡叫lover，是「情人」的意思。我當時看見在座有幾個女士，情急智生，反問她們：「妳幹嘛叫妳的配偶為『先生』？他又不是教書的，又不是看病的，怎麼稱『先生』？」於是哄堂大笑。不論「愛人」還是「先生」，都是習慣造成的，文謅謅地說，是「約定俗成」的，你有什麼辦法呢？有些詞生命很長，有的詞生命很短。我們不能說語言是有機體，但確確實實在某些地方有點像有機體。社會是由人組成的，人是有機體，有機體的許多東西會影響到語言，所以語言有類似有機體的性質，能夠出生、生長、變異、老化、死亡。「文化大革命」到處都看見「砸爛××的狗頭」，現在「狗頭」這樣的詞就很少見到了，但是在將來的詞典裡頭，恐怕還得給它一個位置。

術語的問題和新詞的問題不完全一樣。比如「愛滋病」（Aids），從醫學的角度，要研究它的病因、症狀、預防和治療。從社會語言學的角度，就要研究在現代漢語裡最初怎麼叫，後來怎麼叫，為什麼變動了，反映出當時社會的因素。社會語言學研究變異，不能滿足於一般語義上的詮釋，而要研究這種變異所受到的社會因素的影響，研究這種變異將要產生的作用。術語嚴格

的準確性同詞語鬆散的模糊性是矛盾的。術語要求百分之百的準確（我說的是要求，至於實際上做到與否是另外一回事）。術語具有單義性，一個術語只能有一義，不能有第二義；反過來，一個概念只能用一個術語表示，不能用第二個術語表示。術語要求標準化，對詞語就不能這麼要求。可以要求詞語規範化，但這種規範化也是相對的，因為語言是變動的。不可能對所有的詞要求一千年不變，一百年不變，有些是可以的，有些則不行。如果語言停滯不變，那麼這種語言就變成死的語言。即使是人工語言也不能不變，比如說世界語（Esperanto），從柴門霍夫1887年發表的《第一書》（*Unua Libro*）到現在，一百年了，變化也很大。這種變化就是規範化同非規範化抗衡的結果。非規範化一方面衝擊著規範化，一方面又豐富了語言，豐富了詞彙，豐富了語言的表達方法。非規範化同規範化是矛盾的統一體。矛盾鬥爭的結果，達到一個「內穩態」（homeostasis），就是自我平衡。「內穩態」最初是從生理學上提出來的，有人譯作「穩態」，有人譯作「內平衡」，有人譯作「穩態平衡」。內穩態通常是由兩種衝突的勢力在那裡鬥爭統一的結果。語言運動的結果也是這樣，一些東西產生了，一些東西消亡了，一些東西壓下去了，一些東西退讓了，然後形成了一個「穩態」。這就是我們常說的，語言有相對的穩定性。「內穩態」的學說後來在控制論、信息論上得到了廣泛的應用。維納在他的控制論裡提出了兩個重要概念，一個是「反饋」，一個就是「內穩態」。他所說的「內穩態」，就是指一個事物矛盾的雙方在運動中得到發展。這裡頭講「運動」，就是「變」。如果一個東西完全不變，那就不是「穩態」，而是「僵化」。不穩定衝擊著穩定，在語言上就是變異。當然，「內穩態」不能生搬硬套到一切社會現象上。任何一種有生命的語言並不害

怕非規範性的衝擊，非規範性的衝擊可以豐富語言的本身。語言變異的積極方面就在這裡。下一講我還要接著講一講影響語言變異的諸因素，還要講第二個專題語言與文化。同志們有什麼評論，有什麼問題，歡迎提出來共同討論。

〔聽眾甲〕過去人們把語言非規範化的成分一般只看作是消極的。陳原先生今天提出非規範化成分對規範化成分的衝擊具有兩重性，這個觀點很有見地。在語言規範化問題上，雖然需要通過行政等各種手段，但應當看到，非規範化在同規範化的鬥爭中，語言的發展是一個自我淘汰、自我調節、自我消長的過程。那麼，非規範化對規範化衝擊到一個什麼程度，使用語言的群體才能容忍呢？

〔答〕這個問題是一個重要的問題。不僅在國內，就是在國外，一提到語言的規範化，就把一切非規範化成分看成完全消極的東西。應當看到：非規範化還有它積極的一面。當然，至於說非規範化對規範化衝擊究竟到什麼程度，才能保證語言的穩定，才能保證信息交換最高的效能，這恐怕是我們需要進一步研究的。我今天談的「非規範化」是廣義的，我把新詞新義也放到非規範化範疇裡了。非規範化的層次不相同，我們應當根據實際情況分別採取不同步驟。比如術語，應當要求百分之百的規範化、標準化，即使不能完全做到，也要這樣要求；至於濫用繁體字、流行「迷你」這類詞語的，那就應當採取宣傳、規勸的辦法，使它規範化。比如，出版社編輯就有這樣的大權：你不規範，我就有權改正，改正就是把非規範的東西轉變為規範的東西。不過，我相信，像「迷你」這類非規範化的詞語是不會有太長的生命的，或許幾年之後就從通用的詞彙庫裡消失了。海外有人針對我提過的「反對語言污染」，說我是「語言淨化主義者」，並且證明

語言絕對不能淨化。在對待非規範化的態度上，我也認為語言的「淨化」是不可能的，總會不斷摻進雜質。我從前在一些地方提到「反對語言污染」，是有針對性的，是針對「四人幫」的。指的是講大話、空話、廢話，文化大革命十年浩劫期間這種污染是厲害的。我曾經找了當時的一篇文章讀給大家聽，足足讀了五分鐘，全是廢話，聽眾哄堂大笑。我反對「四人幫」搞「語言污染」，並不等於說我主張「語言淨化」。語言不可能百分之百淨化，但語言要健康成長。新詞新義不斷出現，在某種意義上說，就不「淨化」。但是，讓「迷你」這類的詞太多地衝擊規範化，那就使語言不能得到健康的發展，現代漢語中本來有一個「微型」一詞來翻譯mini-，這樣可以很好地、準確地表達這個概念，為什麼棄而不用，卻偏偏選一個容易讓人想入非非的「迷你」呢？這種衝擊純粹是消極的，我們應當加以排除，使語言健康地發展。

〔聽眾乙〕我有這樣一個看法：在語言發展中，有社會心理這樣一個因素。一部分詞語（如黑話）使用範圍很窄，有一些詞使用的範圍就極大地擴展。這種擴展就體現了一種心理優勢。比如，1949年前知識分子有某種優勢，於是「先生」的稱呼就擴展了，稱你為「先生」表示對你的尊重；1949年後，幹部又是一種優勢，於是「同志」的稱呼也被看作莊重、尊敬的稱呼；「文化大革命」中，「工人階級必須領導一切」，工宣隊進來了，於是「師傅」這個稱呼也流行起來，不管你是幹什麼的，都尊稱「師傅」；對外開放以後，「洋時髦」又出來了，洋東西是優勢，於是「迷你」盛行起來了。總之，語言的變化當中有社會心理的因素在起作用。這樣看問題是否正確，請教一下。

〔答〕你的看法完全正確。我剛才用的是「風尚」一詞。風

尚就是社會心理。語言變化確實有一些是來自複雜的社會心理因素的。不久前有一篇文章說，叫什麼「同志」呢？你又不是共產黨員，又不是民主黨派，建議恢復「先生、太太、小姐」一類的稱呼。這就是一種社會心理。社會環境的變化，影響到社會心理的變化。記得1949年進北京時，有一天我穿著灰色幹部服，坐三輪車。車夫看到前面有兩個解放軍在走路，連忙招呼：「喂，先生！先生，請您讓一讓。」兩個解放軍回頭看了看，說：「坐在車上的才是先生，我是同志。」車夫於是改口說：「是。同志，請您讓一下，我拉先生過去。」其實，我也是「同志」啊。五〇年代初，翻譯《資本論》的郭大力教授對我說：「在東北，聽到的都是『同志』，到北京為什麼管我叫『先生』？」為此他非常煩惱。沒有佩槍，沒有戴「軍管」臂章，人家當然稱你「先生」了。現在呢，在街上隨時都會被人稱為「師傅」的。你剛才分析得很對，這是社會因素影響的結果。這種社會心理因素對語言的影響，也是我們社會語言學研究的範圍。但我仍然認為，在我們機關裡，在我們研究所裡，在我們的事業單位裡，互稱「同志」是很值得提倡的。

〔聽眾丙〕陳原先生剛才講了語言與社會作為兩個變量相互作用，相互影響。耗散結構理論認為，系統之間的影響有個信息交換過程。系統本身的發展受外界系統這種交換的影響，而這個系統發展的過程是從無序狀態到有序狀態。如果把語言規範化部分看作有序狀態，非規範化部分看作無序狀態，那末，對於系統而言，系統的穩態過程是客觀存在的。我認為，語言非規範化部分是系統內存在的一個無序狀態部分，它要受其他系統的影響，與其他系統之間存在不斷的信息交換過程。無序趨向有序，有序再趨向無序。

〔答〕你這種看法我非常贊成。非規範化可以認為是個無序狀態，而無序狀態要趨向穩定和平衡，一定要走向有序。語言走向有序狀態表現在兩個方面：一是語言自身的淘汰，一是社會力量的約束。從有序到無序，由無序到有序，語言也是這樣不斷地發展著。在控制論建立之前，對無序持否定的態度，而實際上，世界萬物都是無序衝擊有序，使有序向更高的一級前進，然後又產生了無序。這是辯證法，不僅是語言學問題，而且是哲學的問題。

第二講 文 化

在講新的題目以前，想先講一講上次沒有講完的論題。

上一講我們接觸了這樣一些問題：活著的語言能夠不斷地、連續地產生變異，這種變異是客觀存在的，不以人的意志為轉移。為了語言群體交際效率高，不發生歧義，人們要求語言規範化。語言的變異產生了非規範化的成分。非規範化同規範化的鬥爭是永不止息的，除非這種語言死亡。只能用勸說的方法去促進語言文字規範化，而不能用強迫命令的方法。當然，在某種社會環境中，例如在我們的社會結構裡，適當地運用行政手段來加速語言文字的規範化是完全有可能的；但是想用行政命令一舉手一投足便消滅社會語言文字的一切變異，那幾乎是不可能的。

我想講講影響語言變異的諸因素。為了把各種因素說得明白些，我畫了一幅示意圖（見圖一）。

影響語言變異的第一個明顯的因素，是時間的因素；我說時間因素，包括整個歷史時期的或特定時期的，比方 1966 — 1976 這十年「文化大革命」時期，或拉法格稱的法國大革命時期。歷史語言學也是研究時間引起的語言變異，但它與社會語言學研究的角度不同。歷史語言學注重於採用歷史比較法研究語言的結構，而社會語言學則注重於採用歷史比較法研究語言的社會本質。

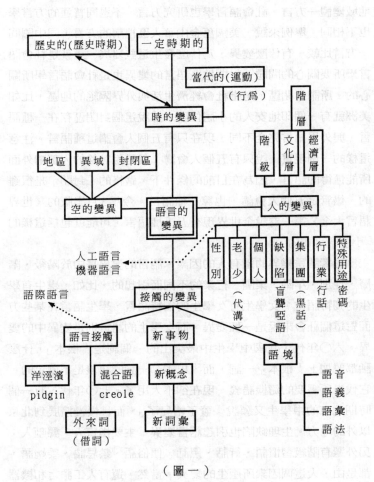

（圖一）

影響語言變異還有空間的因素。地區的不同，產生了語言的地域變體—方言。社會語言學也研究方言，不過同普通的方言學也不相同。舉例來說，美國舊金山華人區裡講的方言，同中國同一方言比較，有什麼變異，為什麼發生這些變異，這就是社會語言學所要關心的問題。封閉地區語言的變異也是社會語言學所關心的。所謂封閉區，是指社會經濟生活與外界隔絕的地區，比如美洲就有一個印地安人的小居住區，據說這個封閉區存在一種語言，與外界語言完全不同，現在只有五個人會講這種語言。注意這樣的一個現實，說只有五個人會講，就是說其餘的人都講外面所能懂得的語言，因為在目前的條件下，嚴格的「封閉」是很難的。儘管是五個人會講，也算一種語言。今年3月出版的《世界語言大全》第一卷說全世界現有五千種語言，可能就包括這樣的「小」語言在內。

　　影響語言變異的還有人的因素。語言的變異是由於階級、階層、性別、年齡、集團、行業的不同而引起的。比如，學生有學生的獨特語言，女學生有女學生的獨特語言，學生語言在某些方面對這個社會來說是一種變異，而女學生的語言則是變異中的變異。六○年代，我國中學生中最突出的一個詞是「根本」，什麼話都要加上「根本」一詞，而「根本」一詞的語義是不確定的，它代表所需要的隨機語義。現在卻不大用了。七○年代，有一個時期北京的中學生又願說「蓋了帽兒了」，而且慢慢擴展到北京以外的地方。生理缺陷也引起語言變異，主要指盲人、聾啞人；另外還有階級習慣語、行話、黑話、俚俗語、禁忌語、委婉語，都是由‧人這個因素所產生的變異。當然，還有人工語言和機器語言所引起的現象。

　　由接觸所產生的語言變異，主要包括三個方面：(1)語言接觸

所產生的洋涇濱、混合語和外來語；(2)表達新事物、新概念的新的詞語；(3)由語境的不同而引起的語音、語義、語彙和語法的變異。這裡我想著重講一下洋涇濱和混合語問題。

洋涇濱（pidgin）和混合語（creole）現在是第三世界一個很值得注意的社會語言現象。應當說，這就是兩個語言群體相接觸，同時也是兩種語言相接觸的結果。比方說，十八世紀以後，英國人到世界各地建立它的殖民地，所到之處，彼此交際很困難，於是就產生了一種洋涇濱英語（pidgin English）。1884 年一個美國人亨脫（William Hunter），來到中國廣州，回國寫了兩本書，一本叫《廣州番鬼錄》，一本叫《舊中國雜記》。這兩本書就講到當時廣州的洋涇濱英語，洋涇濱中的說法，包括語音、拼法、字序、語法等等，在英文不是那樣子的；你現在把這些「洋涇濱」語句念給英國人或美國人聽，他們也覺得「新奇」。但是，為了交際，就借用英語的單詞，不講形態變化，按漢語語法組織成一些混雜的句子。這就是語言接觸的結果。這種 pidgin 在語言交際上是有作用的。某些地方現在還使用這種語言。簡單地說，如果這種語言經過一代、兩代，傳到第三代，變成母語的時候，就是 "creole"（混合語）了。有些地方，比如南太平洋一些小島，就使用這種混合語，有以法文為基礎的混合語，有以英文為基礎的混合語。這種語言現象歷來是西方社會語言學重點研究項目之一。我在《語言與社會生活》一書中說，這種東西污染了本族的語言。外地，海外有幾位學者表示不同意我這個意見，認為它不能算是「污染」。看來，我將來有機會時還得進一步闡明我的見解。我始終認為，這種語言現象可以稱為語言污染，但這種語言現象的存在又是必要的，對於當時的交際是有效的。洋涇濱英語既污染了英語，也污染了漢語。我不贊成這種污染；但是

又應該承認這種語言現象有一種特殊的交際用途。如果是經過兩代、三代的變異，成為一種混合語，那可能不是汙染的問題，人們只好承認它是一種語言，甚至要承認它是一種自然語言。非洲黑人被販賣到美洲做奴隸，後來黑奴解放了，他們的子孫後代生活在美國，但在黑人社會中產生並發展了一種「黑人語言」（black English）。六○年代以前，美國學校的課程表裡沒有這種東西；但六○年代以後，美國的大學裡就把它列進了課程表裡。所以混合語應該說已經形成一種新的語言，不能稱之為污染了。有人在反駁我的意見時提出，如果說洋涇濱是污染，那麼，世界語（Esperanto）正是污染的典型例子。對這種說法我是不贊成的。世界語是一種以自然語言為基礎的人工語，到如今已經一百年了；它有它的生命力，不能說是污染。今天沒有時間詳細論述世界語的問題，也許將來有機會我再跟各位作進一步的討論。

除了洋涇濱和混合語之外，還有一種語言現象值得注意。這就是混同語。混同語是我給它起的名稱，即兩種語言互相摻雜使用的那種現象。例如在香港，常會接觸到這種現象，即英文語詞和廣州方言詞交替出現在一個句子裡。那是什麼樣子呢？我給大家舉個例：

> 唔該你坐「軨〔lip〕」落去打個電話毘我uncle，佢而家喺Hongkong U，話我嘅細佬哥下晝去搵佢。你話毘我細佬哥聽坐subway去，帶幾文雞去買飛（fees），嗰度唔設找續，睇下佢件衫咪嘍嘍綢綢至得。

這段話當然是我故意杜撰的，譯成普通話，是這樣的：

> 麻煩你乘電梯下去給我叔叔打個電話，他現在在香港大學，你告訴他，說我的小孩下午去找他。你告訴他那孩子坐地鐵去，帶幾塊錢去買票，那裡不找零錢的；還請你看看他衣服不要穿得邋邋

過過才好。

這裡面有許多語言現象值得注意：(1)夾雜著一些道地的英語語詞，如uncle（叔叔）、subway（地鐵）、Hongkong U（香港大學，U即university的縮略）。(2)夾雜著一些外語譯音詞，用漢字寫的。(3)方言色彩非常濃。

「軩」是「電梯」的意思，左邊「車」表義，右邊「立」表音，相當於英文的lift。讀音有人作「nip」，有人作「lip」，因為廣州河南（珠江以南）l和n是分不出來的，統讀為l。看來「軩」這個字是說北方話的外省人造的，不是廣東人造的。「飛」是英語fee的音譯，「買飛」即「買票」。

這裡面使用廣州方言土語，就不必一一枚舉了，例如，「細佬哥」（小孩）、「下畫」（下午）、「搵」（找）、「找續」（找零錢）等等都是。看起來，在香港辦事情，你要不懂一點英語，不懂一點廣州話，那可有點難。要是翻一翻香港報紙（《文匯報》和《大公報》還好一些），使用這樣的「混同語」就太多了。在香港提倡白話文、提倡普通話，不是那麼容易的〔注〕。

以上算是第一講的補充，下面轉入正題，講語言跟文化的關係。

原先我擬的講題是《語言現象與文化模式》，只用幾十分鐘的時間講這樣一個廣泛而又複雜的問題，看來是很難的，何況我對這個問題也沒有深入的研究。所以我乾脆換個題目：語言與文化。當然，這樣的一個題目，也還是十分複雜的，我只能講點皮毛見解。

〔注〕四年以後，我應邀赴香港中文大學中國文化研究所作客席研究工作，得出了「語言馬賽克現象」的理論。請參看本文集第二卷《語言和人》5.論語言「馬賽克」現象。

文化，有狹義的文化，有廣義的文化。而且從詞典學的角度看，很難用幾句話給「文化」這個術語下個恰當的定義。不同的時代，不同的階級，不同的學者，甚至不同的百科辭書都有自己對「文化」的定義。至於「文化模式」，闡述起來就更複雜了；文化模式是指文化的所有特徵在一定場合下協調一致所表現出來的現狀和典型的狀態。

　　有一次有個外國人跟我說：「你們的文化部包括的文化只是唱戲、跳舞？」我一想，可能是的吧，因為電影和出版都不歸這個國家機關領導。客人說，那應該叫做「藝術委員會」。我說：「也許是這樣，不過我們的『文化部』同蘇聯的『文化部』所領導的『文化』，可能不一樣，同法國的文化部更不一樣。」這就是說，反映到上層建築來的「文化」，其含義具有很微妙的複雜性，牽涉到各國或各民族的傳統，牽涉到政治體制以及其他種種客觀現實。

　　我們今天談語言和文化，不能從「文化」的定義出發，我想，我只能從社會語言學的角度來看問題。文化屬於上層建築，這是確定無疑的。下面的圖解也許可以展示語言文字同上層建築（包括文化）和社會經濟基礎的關係。（見圖二）。

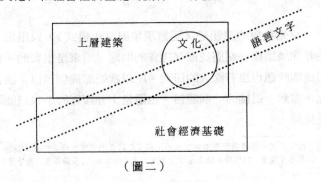

（圖二）

這個非常粗糙的圖式，表明語言文字不是經濟基礎，也不是上層建築。語言文字本身也不等於文化，而文化是上層建築的一個構成部分。但是語言文字貫穿於整個上層建築和經濟基礎。馬爾語言學派認為語言是上層建築的學說早就站不住了。語言是整個社會生活的一種交際工具，一種媒介。這已經是一種人盡皆知的常識了。上面的圖式用虛線形成的一條「紐帶」，就代表語言文字。

　　外國有些學者對語言文字與社會、文化的關係，是採取了下面的圖式（見圖三），這個圖式也說明語言文字是貫穿於社會和文化的。

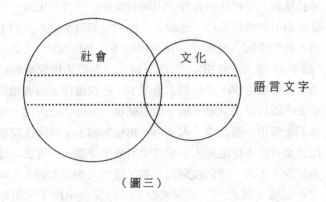

（圖三）

　　有的學者說，文化是一個綜合體。如果用函數來表示的話，可以寫成下面的公式：

$$\overline{W} = \sum (S_F + C_x + S_w + Y_w)$$

其中，$\overline{W}$＝文化綜合體，S_F＝生活方式，C_x＝傳統習慣，S_w＝思維方法，Y_w＝語言文字。

這個公式表明，文化這樣的一個綜合體，是一個民族的生活

方式加上傳統習慣和思維方法再加上語言文字,是這許多因素的總和。

　　由此可見,文化的內涵是極其複雜的。有一陣子報紙上宣傳吃飯也是文化。這樣說也不錯,因為吃飯屬於生活方式、傳統習慣,當然也在文化範疇之內。

　　說到這裡,我想講一段傳說。上個世紀最初一批到英國去留學的生徒中,有一個辜鴻銘,這個辜鴻銘在近代史上算得上是個人物,政治上他是個保皇派,學術上可以說是個十足的國粹主義者。他的英文水平極好,連英國人都佩服他。據說他畢業回國前曾經跟一些洋人辯論。當洋人發表看不起中國的論調時,他理直氣壯地說,中國比西方好,中國的文化比西方文化高,中國的傳統比西方的傳統美妙。他說:「你們見面時要拉人家的手,多彆扭,我們中國人見面時只拉自己的手,多斯文。」(這是說洋人「握手」,華人「作揖」。)他又說:「你們先戀愛後結婚,我們是先結婚後戀愛,比你們省事吧!」這位國粹主義者越吹就越起勁了,說起話來就離了譜。他繼續吹:「你們吃飯用一條長桌,我們吃飯用一張圓桌,大家都一起坐著嘛!」英國人反駁他說,用長桌可以不斷地加人,用圓桌最多十來個人,沒法增加人。辜鴻銘說:「嘻,你們沒到過天朝,我們天朝的大圓桌,可以坐得下一百幾十個人。」英國人說:「你又吹牛皮了,這樣大的桌子,用筷子怎麼夾菜呢?」辜鴻銘說:「怎麼不能?我們的筷子很長,大桌子用一兩丈長的筷子。」外國人反問:「一兩丈長的筷子,夾了菜,怎麼送到嘴裡?」辜鴻銘說:「你們西方人少見多怪,我們夾菜是給對面那個人吃的,你看中國人比你們文明多少!」

　　這個傳說當然是個笑話。不過它說明中國的傳統文化不同於

西方的傳統文化。各民族的生活方式、傳統習慣、思維方式是長期積聚下來的。在打破封建的、封閉的文化狀態之後，有些東西發生了改變。但有些東西是根深柢固的，不是那麼容易改變的。比如見面寒喧吧。英國人見面說 Good morning、Good afternoon、Good evening，法國人說 Bonjour，日本人說 ohayo、konnichiwa、konbanwa，有時還有敬語 gozaimasu，說話時還要深深地鞠一個躬。我們中國人呢，見面時總要問「您吃了沒有」（五○年代後問「您好」的多了），這也許是因為「民以食為天」，中國一向人口多，吃飯問題非常重要，大家很關心「吃了飯沒有」。去年我在東京參加社會語言學國際會議，閒談時講到這個問題。第二天在街上碰到幾個出席會議的美國朋友，他們一見面就俏皮地用英語問我：「吃了飯沒有？」我愣了一下，才明白他們是在應用我講過的話。其實，人們見了面，不管問「你好」，還是「吃了沒有」，都是無需經過大腦思考的，脫口而出，表示一種禮貌。有一次我在民族研究所作報告，有一位同志告訴我，他們那個地方，人們見面時說「您走著哪？」可見，語言這東西同文化傳統是緊密相關的，深入地研究，會發現許多有意義的東西。比如，表達時間，中國人習慣以年、月、日、時、分、秒為序，表達地址，中國人習慣按國、省、市、區、街、門牌號排列，跟西方習慣的排列次序大有差別。比如中國人寫「1987 年 3 月 11 日」，西方人寫作「3 月 11 日，1987 年」，蘇聯人寫作「11/Ⅲ 87」，國際標準組織現在規定寫成 1987-03-11。還有漢語表所屬的「的」和英文的「of」，詞序也不一樣，這使同聲翻譯發生了一定的困難。漢語說「我有一本書」，英文是 "I have a book"，幾乎是一個字對一個字，字序也一樣，但在俄文裡就不說 "Я имею книгу"，只說 "У меня книга"（直譯：在我〔這裡〕〔有〕一本書）。從這裡我們可以看出，各

民族的思維方式不是完全一樣的，所以語言的結構和次序也不會一樣。

　　海外出版了一本書，書名叫做《中國文化的深層結構》，我不想評論這本書的價值，我只想說它竟把隨地吐痰、無序擠車一類的不文明現象看作是中國文化的「深層結構」！隨地吐痰和無序擠車，都是不文明的行為，這是毫無疑問的，不過隨著生產力的發展以及精神文明的深化，這些不文明行為在不久的將來將會進入歷史博物館的，它們絕對不是什麼中國文化的「深層結構」。另外有一位中國血統的外籍學者在談到中國的文化時提出，中國的文明特徵是文化發展有連續性，而西方文化發展則是突破性的。他認為，西方文化的特點是以技術和貿易領導社會、組織社會，而中國自古以來是以宗教和政治領導社會、組織社會的。這種說法有片面性，也太絕對，很難為眾人所接受。在古代中國，科學技術都有光輝的成就，三大發明就是證據。李約瑟的多卷本專著，對此作了雄辯的證明。至於後來特別到了近代（或者到了西方所指的「中世紀」以後），中國科學技術沒有向前發展，甚至可以說停滯了，這只能從這幾百年社會發展的因素去解釋，而不能歸結於一種與西洋不同的文化模式。至於巫術和宗教，在西方社會也不是沒有力量的。控制論的創始人之一維納教授說過，巫術跟語言幾乎是同時產生的。誰也不能否認，中國的甲骨文主要是記錄了或甚至用於占卜的。總而言之，文化同語言的關係，特別是中國文化同中國語言的關係，是一個很值得探索的課題，要用歷史唯物論和辯證唯物論的觀點加以辯明。

　　傳統的文化（或者說文化的傳統）以及生活習慣與語言的習慣是密切相關的。文化的習慣、文化的傳統影響著語言的發展，反過來，語言的生長、發展和豐富，對文化習慣也有一定的影

響。可以簡單地說，語言作為一種社會現象，隨時隨地都依從於人民總的文化狀態，我這裡用「文化狀態」，這是一個帶有廣義的甚至有模糊語義的術語，其中當然包括相應的思維形式在內。

從十八世紀至今，西方形成了一種說法，簡而言之，這種說法認為語言的結構決定一個民族的文化結構。這也許就是「沃爾夫假說」（Whorf-hypothesis）在某種角度上的濃縮。這個假說有種種名稱，除了「沃爾夫假說」外，還叫「薩丕爾—沃爾夫假說」，你們知道薩丕爾（Sapir）也是有名的語言學家，沃爾夫的老師；還有叫「語言相對性假說」，還有一種索性用一個英文 "language"（語言）一個德文 "Weltan-schaunung"〔注〕，（對世界的看法）組合成一個術語：language weltanschanung即「語言世界觀」。這裡的「世界觀」與我們平時所用的哲學意義上的「世界觀」不完全一樣，但 "Weltan-schaunung" 這個詞在漢語裡找不到一個恰當的等義。「語言世界觀」的含義是什麼呢？指的是對世界的看法是由語言結構決定的，也就是說思維的方法是由語言決定的。「沃爾夫假說」最早是從十八世紀德國語言學家威廉·洪保德那裡來的。他認為，在語言中反映了它的體現者——人的精神品質的特定世界觀。沃爾夫發展了洪保德的學說。沃爾夫的老師愛德華·薩丕爾也贊成沃爾夫的假說，所以後來也稱為「薩丕爾—沃爾夫假說」。

語言的結構真的會決定或者制約文化的方式以及思維的方式嗎？我不以為然。看來研究社會語言學的學者不贊成這個說法的

〔注〕請參看佛洛伊德《精神分析引論》第三十五講〔1933〕（即引論的「新編」第七章），其中說到這個字「怕是德文所特有的一個名詞，不易譯成外國字。我若試為此詞下一定義，你們也必將嫌它不合適。我的意思以為世界觀是一個理智的結構——是一個包羅萬有的假說，對我們的存在有關的一切問題作一個統一的解答，既不能有任何疑問，並使我們所注意的萬事萬物各在其內有相當的地位。」

愈來愈多。「薩丕爾——沃爾夫假說」是在研究印地安人各種語言的基礎上建立起來的。作過這樣一個實驗,是關於講納瓦荷語(Navajo)的兒童的。納瓦荷語是印地安人的一種語言,這種語言在第二次世界大戰裡立過功。那是在日本向珍珠港發動突然襲擊之後,美國太平洋艦隊使用納瓦荷語編寫密碼,日本當時無人懂得納瓦荷語,一直到戰爭結束它還沒能破譯這種密碼。上面講到的實驗是這樣進行的:選擇兩組實驗對象:甲組是以納瓦荷語為母語的兒童,乙組是以英語為母語但又從小會講納瓦荷語的兒童。通過心理語言學的試驗,發現甲組兒童能夠非常準確地應用他的語言結構去分析他將要做的行動。在納瓦荷語中,同一個動作,比如說「拿」,客體不同,動詞的用法就不一樣。「拿起一個杯子」、「拿起一支筆」、「拿起一頂帽子」、「拿起一張凳子」,不同的東西,「拿」的說法不一樣,拿圓形的東西是一種說法,拿長條形的東西又是一種說法 。 但是 , 甲組兒童可以毫不費力地表達出來,而乙組兒童就常常搞錯,因為在英語裡不管「拿」什麼,都是相同的一個詞。是不是可以根據這個實驗得出結論說:語言結構決定思維方式呢?很多人認為不能得出這個結論,因為這種論證不充分,可以舉出反證,證明其非。大家知道,漢語裡頭量詞是非常豐富的,西方語言量詞卻非常之少。我們說「一個杯子」,不能說「一張杯子」;說「一張紙」,不能說「一支紙」。以漢語為母語的兒童會不會弄錯呢?據我觀察,有的時候也會弄錯,我自己也常常出錯,因為我的母語是廣州方言,廣州方言與北方話的量詞有很多不同。這正說明文化傳統、文化積累在某種程度上同語言是緊密吻合著的;語言反映了這種傳統習慣,而不是制約了這種習慣。漢語說「一把椅子」、「一支筆」、「一本書」,在英語裡卻說 "a chair"、"a pen"、 "a book"，只用一個不定冠詞就行了。外國人學漢語，掌握量詞的用法有困難。這是一個民族千百年來文化傳統習慣影響到語言，而不是語言制約傳統習慣。「沃爾夫假說」恰恰相反，認為先有語言習慣，才制約我們說「一個杯」而不說「一張杯」、「一支杯」。

當然，語言在某個時期，某種程度上對文化傳統是有影響的。這一點也應當講清楚。

要講中國的文化特徵，很困難，要講中國文化的模式，就更困難。這裡我們只能討論一下：從社會語言學出發所發現的中國文化有哪些值得注意的特點。

頭一點值得注意的是：至少在近代，我們的文化從總的傾向說是封閉型的。應當說，這種封閉性質的文化同封閉型社會經濟結構是捲合的。一個開放型的社會具有封閉型的文化，那是不可思議的。但文化的封閉卻又不能完全歸咎於長期的封建主義制度，儘管封建主義是重要的原因。因為漢唐時期雖也是封建主義統治，卻有過不同程度的開放。封閉的原因在於封建主義還是在於包括思想原因在內的種種社會因素，這裡暫且不下個確定的結論。但社會經濟封閉的結果造成文化的封閉，這卻是事實。既然是封閉型的文化，就不大容易吸收外來的東西。在特定的短時期中也許這封閉狀態受到過衝擊，但後來終歸又回到以封閉狀態為主的局面。第二點值得注意的是巫術的作用。控制論的創始人維納 1936 年在清華大學當教授，回國以後，他說：中國各處都有一個最奇特的現象，就是「敬惜字紙」。寫了字的紙跟一張白紙不一樣，寫了字的紙變成神聖的東西。不論寫什麼字，不論你認不認識字，有字的紙都要敬而惜之。這就是巫術在起作用。巫術同文字之間的關係在中國最清楚不過的了。我說的「巫術」，是

廣義的。從前巫婆用紙剪一個人形，寫上張三的生辰八字和姓名，一燒，張三就會死，不死也得大病一場。這當然是巫術。我講的「巫術」，意義比這一點還要廣泛得多；這種廣泛的「巫術」，在現代仍然還在起作用。「文化大革命」時期，可以說達到了登峰造極的地步。那時候，到處張貼大標語，比方說要「打倒張三」，就把「張三」兩個字倒過來寫，還要用紅筆在上面打個「×」。這麼一搞，彷彿張三就倒了。這是十足的語言文字「靈物崇拜」，是巫術。人們見得多了，往往見怪不怪。其實，這是值得奇怪的。這種事情，甚至今天也常常可以碰見。幾天前我在一輛公共汽車裡看見一張大標語：「全體總動員，大幹五十天，全力壓事故，各人作貢獻。」也許，這樣的標語一貼出來，司乘人員就心安理得了，乘客也有安全感了。可是，事故怎麼能壓呢？貼了標語，還是可能撞死人。「大幹五十天」，那第五十一天怎麼辦？這種東西不要小看，嚴格地說來，是與幾千年來的巫術一脈相承的。人們總以為貼上這麼一張東西，造造聲勢，就萬事大吉了。其實解決不了什麼問題。講實在的，重要的是司機開車時要專心致志，不要走神，不要說話，不要開快車，不要喝酒。當然，還有客觀條件，例如自行車要走自行車道，不要搶汽車道，人要走人行橫道，不要到處竄。靠這張紙造聲勢，本來無可厚非。我這是從社會語言學的角度，說說它的底蘊。這種標語同「不准吐痰」不一樣。「不准吐痰」是法規性的東西，它可以限制你、制約你，甚至處罰你。說到這裡，只要留心一下，就會發現：同是表達「不准吐痰」的禁令，也是各有千秋的。「請勿吐痰」、「請不要吐痰」、「嚴禁吐痰」、「不准吐痰」，提法不一樣，客氣的程度不一樣，這是同貼出標語的「衙門」大小、身分高低、文化修養等等有很大關係。這些告示跟剛才講的「巫術」

性質的標語不一樣，這是法規性的東西。

語言反映了美感，這可以說是從社會語言學角度所見的又一個語言跟文化關係的特徵。我國自古以來就喜歡題詞、題字。你不管到那個名山大川，幾乎所有的山洞，都有許多名人名家留下的字跡。記錄語言的文字符號變成了一種美感的傳遞工具，於是形成一門書法藝術。書法藝術同漢字系統是密切相關的，拉丁字母也講究書寫的美，但沒有形成像漢字系統所構成的書法藝術。這種書法藝術也使一些西洋學者迷醉。例如西德有名的Springer Verlag的老闆，蓋爾茨（Görtz）醫學博士，就是熱心研究東方書法的西方專家，他對中國書法之美讚不絕口，最近送給我兩大冊研究成果是下了工夫的。中國的書法是中國文化傳統的一項內容，雖然不能說舉世無雙，但至少在世界上是受矚目的、受羨慕的傳統。書法這東西傳達出來的不是一般的語言信息，而是美的信息，美感的信息。這是中國文化所特有的。

語言文字又有信息，又有美感，既訴諸人類的理智，又訴諸人類的感情和對美的感受，這是一個非常奇異的現象，這當然是人類社會所特有的現象。

這裡我想說一說中國語言中喜歡用數目字作概括這樣一個特點，這個特點恐怕是某種思維方式影響到語言結構的緣故。先不講古代「三從四德」、「三教九流」等等，就講「文化大革命」期間流行的「三忠於四無限」，那時是順口溜，到處喊，現在你問問年輕人，恐怕很少有人知道它「三」忠於是什麼，「四」無限又是什麼。還有「三反」一詞，五〇年代，「三反」就是反貪污、反浪費、反官僚主義；「文化大革命」時，「三反」是指反黨、反社會主義、反毛澤東思想。同樣利用數字概括而成的語詞，因時代不同而改變自己的語義。所以「三反」這兩個字信息

量是很大的。外國也有這種概括法，但是很有限。比如新聞原則五 W（When、Where、Who、What、Why即何時、何地、何人、何事、何故），三 A 革命（Factory Automation、Office Automation、Home Automation即工廠自動化、辦公室自動化、家庭自動化），納粹對婦女所持的三 K 政策（即孩子、廚房、教堂Kind、Küche、Kirche），意思是婦女不可參加政治活動。至於美國「三 K 黨」，則是 "Ku Klux Klan"，英語並不念 "three K"，「三 K 黨」一詞也是漢語利用數字概括而成的語詞。漢語中這類語詞真是不勝枚舉。開始講「五講四美」，後來又補充成「五講四美三熱愛」，有些地方又設「五四三辦公室」，很像一個什麼保密單位或者專案機構。最近宣傳增產節約、增收節支，又出現了「雙增雙節」的提法，近來對基本建設又有「三保三壓」的說法。什麼叫「三保三壓」？那是保計劃內的生產、保生產性建設、保國家重點建設；壓計劃外的生產、壓非生產性建設、壓非國家重點建設。其實一正一反，意思一樣。如果你不是搞經濟的，不是搞基本建設的，根本就不懂什麼叫「三保三壓」。這麼四個字，信息量非常之大。文字的簡潔性以及由此產生的美感，使得說話人有點飄飄然。不過這種縮略語的生命往往是有限的，過不了多久，有些就從語言系統裡消失了，可是編詞典的人就犯難了。像剛才說的「三反」，就要講清楚不同時期的不同含義，否則後人就不了解這些語詞的準確語義。

　　用四個漢字組成的語詞或詞組、成語，是漢語比較常見的一種構詞方式。近來有好些學者注意到這個現象，而且把一些四字詞排比研究，寫成專門文章，這是一個方面；另一方面也出現了通篇文章幾乎都是用四字詞構成的，當然也免不了有些硬湊，顯而易見文言成分也增加了，也可以說，書面語的成分增加了，而

離開口語更遠了。古漢語的駢文講「四六」，四個字加六個字，其中也包含不少四字詞或詞組。為什麼會出現這種現象呢？當然可以從語言本身找出答案，但我們是不是可以從社會語言學的角度出發加以探究呢？四字詞同我們的思維方式或社會習慣有什麼聯繫呢？這都是值得探索的問題。

　　社會習慣是廣義的文化中的一個組成部分。社會習慣往往影響到語言的表現法，也就是說，習慣往往使語言傳遞信息有不同的方式。舉一個淺顯的例子。中國人同外人接觸時，習慣於採取一種謙虛的態度，或叫做「自謙」，有時在八〇年代的年輕人看來，「自謙」得過分，至於西方人看來，簡直「自謙」得不可理解。請別人吃飯，儘管山珍海味，我們習慣上還自稱「菜少酒薄」，或者用口語化的說法，「沒什麼好吃的」；西方人覺得難以理解，西方人習慣在這上頭絕不「自謙」；他會說，「這是最好的東西」。西方人不理解為什麼不拿最好的東西款待客人？既然是在當時當地當事人的條件下拿得出的最好的東西，為什麼不老老實實說，反而說「沒有什麼好吃的」，這豈不是有點虛偽，有點造作？東方人卻不這樣看，他不以說「沒什麼好吃的」這種謙虛詞語是虛偽，他確實認為儘管他目前沒有更好的辦法，他只能拿這種東西款待你，但這東西絕不是最好的，即絕不是理想中最好的。所以東方人往往說「不怎麼樣」，一點也不造作。西方人的習慣看重目前，東方人的習慣著重未來即理想境界。東方人給客人滿滿地斟了一杯好茶，西方人一飲而盡，西方習慣不能讓杯子裡的東西留著，留著就是不好吃，或你不想吃，其實就是對主人的不滿。當西方人飲完，杯子空了，東方人立即又一次給他倒滿茶，因為東方習慣不能讓客人的杯子空著，客杯空了就表示主人看不起客人，至少沒有款待好客人。然後這位西方人一看杯

子滿了，立即又一次一飲而盡，因為他的習慣只有飲空了杯子才算對得住主人的款待。等他一飲光，東方主人又給他斟滿，因為主人認為空了杯子就怠慢了客人；西方客人又一次飲光，藉以表示他領主人的盛情。空了，斟滿；滿了，喝光；空了，斟滿；滿了，喝光，如是循環不已。這就叫做東西方習慣不同所引起的一種有趣的交際現象。做學術報告時東西方人也有不同的習慣，所以也使用了完全不同的言詞。東方人做學術報告開頭總是說，「這個問題我研究得不透，只講一點粗淺的意見，可能完全不對。」西方人聽了覺得很奇怪，既然還沒有研究透，為什麼你就發表了；既然自知粗淺，為什麼不把它修飾好再講；既然認為不對，為什麼還要拿出來。按西方習慣，報告人應當說，這個報告的內容我研究了三年，花了我全部精力，我以為是發前人所未發的，大家如有不同的意見，請提出來商討。東方人聽了覺得西方人太自滿、自傲、自以為了不起，其實西方人不以為是自高自大，反以為是實事求是。這種習慣不是一天形成的，而是幾百年幾千年深入人心的某些信條、某些禮儀、某些風俗、某些思想逐漸養成的。不能說哪一種習慣是絕對好的，另一種是絕對壞的。當然，習慣是會隨著社會條件的變動而改變的，隨之而來的是語言的改變——其中最敏感的是語彙的改變。

生活習慣不一樣，引起語言用法的不同。誰也不能說哪一個民族的語言表現能力高於另一個民族的語言表現能力，但是由於語言行為習慣導致的語言表達方式的相異，有時這個民族的文化精華（警句、警語）很難為另一個民族所了解，更難於寫成另一種民族語時達到同樣的感受境界。比如傳誦了兩千年的古羅馬凱撒將軍的「豪言壯語」——

　　Veni，vidi，vici

（我來了，我見了，我勝了。）

表達了這位勇士的性格—那麼自負，那麼自信，那麼豪邁。這裡三個雙音節的動詞（第一人稱單數現在時的動詞，按拉丁文語法不必用主語，即能表達出‧我做了什麼），寫成漢語，不能不加「我」字，前人或譯作

　　　　我來，我見，我勝

近人或不理解其簡潔產生力量，而作詮釋性的改譯，

　　　　　我到來了，看見而且勝了。

不只軟綿綿的，而且沒有那麼一種力量的感覺，簡直看不出這是凱撒的話！

　　孫中山用「民有、民治、民享」來翻譯林肯的名言

　　　　　of the people，

　　　　　by the people，

　　　　　for the people.

我看是確切的，雖則有些評論家還以為不足。"people" 到了漢語成了「民」，那是無可懷疑的；三個單音節的前置詞

　　　　　of、by、for

到了漢語，只能變為三個相對應的動詞，這是因為兩種語言結構不同，只有這樣轉譯才能最確切的表達原來的語義和語感，捨此別無其他選擇。of、by、for 變成「有、治、享」，這是兩種語言習慣所形成的，再深一層說，可否認為這是兩種不同的文化傳統所制約的呢？況且在漢語的文化傳統中並無相等的概念，因此，不能不認為在本世紀初孫中山把「新世界」（新興的資產階級美國）的所謂「民主」觀念，用現代漢語傳達給中國人時，採用了「民有、民治、民享」是當時最佳的選擇—後來孫中山的民族主義、民權主義、民生主義，也是從「民有、民治、民享」發

展而來的，我說「發展」，因為這裡並不是照抄，不是「全盤西化」。

由此可見，把文化傳統和生活習慣的濃縮語—成語、諺語、俚語由一種文字改寫（翻譯）為另一種文字是一樁艱難的工作，比之引進新的科學術語更加艱鉅，其原因是這些語言表現往往是濃縮的文化，有很多民族的、歷史的、社會的、生活的以至語言習慣的因素交織在內。

在這一講裡，正如開講時說過的，我不打算剖析中華民族的文化模式，我只想提示各位：我們的文化傳統與語言文字的關係以及這兩者之間的相互作用，應當是當代社會語言學所要探討的重大課題。

在結束這一講時，我想就近來海外提出的術語「漢字文化圈」講一點自己的意見。「圈」就是英語的sphere。漢字圈、漢語圈、文化圈、漢字文化圈，這是四個不同的概念。把「漢字圈」同「文化圈」這樣兩個概念結合而成「漢字文化圈」，產生了一種叫做「漢字文化」的事物。有沒有「漢字文化」呢？能不能把中華民族的文化簡單歸結為漢字文化呢？或者換句話說，能不能把一個叫做「漢字文化」的概念代替漢民族文化或甚至中華文化呢？這都是值得深思的問題，且不說這個概念跟某種政治概念（例如東亞共榮圈）相鄰接、相接觸或相對比而引起的一種具有某種政治傾向的印象。我不贊成使用「漢字文化圈」這樣的術語，因為在現時代不存在這樣的「文化圈」。日本使用漢字，中國使用漢字，不能認為現代日本的文化模式僅僅因為部分利用同樣的書寫系統（漢字系統），就同使用這種書寫系統的現代中國文化模式一樣，且不說兩個民族的文化傳統。把使用漢字系統（在使用上也還有程度不同的區別）作為信息交際手段的國家和

地區納入一個單一的「文化圈」中，那麼，這個「文化圈」將不是一個現實世界的實體，而不過是一個具有某種主觀傾向的人為的假想體。這比毫無意義還要壞些。如果注意到去年 12 月 20 日出版的英國著名雜誌《經濟學家》（ *the Economist* ），提到「英語圈」而不是「英語文化圈」時，那就會對這個問題有一個了解。同是使用英語，英國文化和美國文化是完全不一樣的，科學不能把這兩者納入一個「圈」裡。

第三講　交　際

　　這一講所提到的「交際」，就是英語中的"communication"，這個字在另外的場合可以譯作「通信」；這裡講的是社會語言之間的交往，因此我傾向於使用「交際」這個詞。什麼叫「交際」呢？你可以找到從各個角度各個學科給這個術語所下的形形色色的定義，其中我想介紹美國斯坦福大學理論物理學教授Noyes所下的一個簡明定義。他說，從發信者到受信者之間的信息運動過程就叫做「交際」，不管這種信息運動是用語言形態還是非語言形態，都可以稱為交際。人與人的交際、人同機器、人同動物的交際，所有這些統統是一個運動過程。社會語言學研究的重要（不是唯一）對象，就是交際。一般的語言學、傳統的語言學研究語言，是把語言看作一個抽象的靜態系統，一個理想的系統，甚至一個封閉性系統。社會語言學研究語言，是把它看作一個動態系統，一個開放性系統，一個時刻變異著的運動過程。下圖（見圖四）就是語言交際的模型。信息由發信者發出，通過信道被受信者接收。語言交際就是訴諸聽覺的有聲語言的運動，這裡包括若干要素：語義（semantics）、語調（intonation）、聲強（intensity）、語態（genre）、語感（nuance）和情境（situation）。非語言交際就是訴諸視覺的無聲語言的交際。無聲語言大致包括體態語言（用身體、手、眼睛的動態和靜態表達）和圖形語言

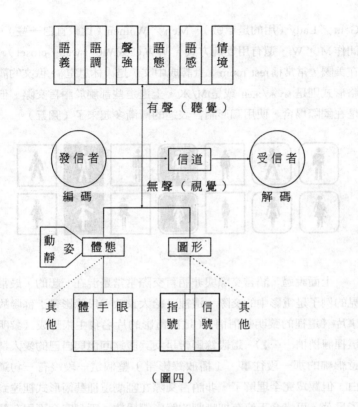

（圖四）

（包括指號、信號等等）等等。

在交際過程中，語言交際與非語言交際常常是混在一起的。
以表達「廁所」這個概念為例：天安門西角上那個廁所寫作「公
廁」，新式的旅館裡寫作「洗手間」（並非專供洗手用），或是寫作
「盥洗室」。一般的則寫上「男」、「女」或是「男廁」、「女廁」。香
港、廣州常常可以看到「男界」、「女界」的標誌。採用英文的
標誌，寫法也有多樣：Gentlemen／Ladies（用的是複數），

Gent／Lady（用的是單數），Men／Women（比較直白一些），簡作 M／W。還有用委婉方式，叫 W.C. 或 WC（water closet）。在美國，常常稱 rest room，直譯成中文，是「休息室」。俄文的簡略形式則是 муж/жен 或是 М/Ж。上邊這些都屬於語言交際。但是在國際場合，使用圖形語言表達的漸漸多起來了（圖五）。

（圖五）

上面說過，語言交際與非語言交際常常是混在一起的，最常見的例子是電影中的交際。這裡，給大家放一段錄影帶：蘇聯故事片《這裡的黎明靜悄悄》（這部電影的片名我主張譯成《黎明這裡靜悄悄……》）。這段錄影帶是女兵麗達回憶與自己的愛人情意綿綿的那一段往事。〔播放錄影帶〕整個這一段沒有一句道白，但觀眾完全理解了。非語言交際在啞劇這種藝術形式裡達到了昇華。可惜今天沒有把啞劇的錄影帶播放。啞劇完全不用有聲語言，只是用面部表情和動作去表現複雜的豐富的語義內容，達到交際的目的。語言有的時候比不上不用語言，正所謂在一定場合，「無聲勝有聲」。有時，「眉來眼去」比起「千言萬語」表達的信息要多得多，社會語言學者常常注意到眼睛是怎樣「說話」的。

但是在人類社會，一般說交際主要還是通過有聲的語言。當然，語言交際也常常要用非語言形態來補充或加強，使信息傳遞

更加完善，自然非語言交際有時也可以減弱、取消語言交際的信息。比如，要強調力量，說話者可能揮動拳頭；要明確指出「你」，可能用指頭指著對方。這是加強語義或語感的非語言交際。至於減弱、取消語義，也可舉一個例。比如，一個人患肺癌，已經到晚期了。他問醫生：「大夫，我的病怎麼樣？」醫生應當和藹地對病人說：「不礙事兒，會治好的。」如果醫生板著臉，嚴肅地說：「不礙事，會治好的。」他的面部表情（非語言交際）就取消了他的語言信息，等於說「你希望不大了」。再比如，小學生上課，一個小學生對老師的提問回答得很不好。老師瞪著眼睛，生氣地說：「嗨！你說些什麼呀！」「你幹什麼去了！」這就損害了小學生的自尊心，產生了消極的後果。如果這位老師是斯霞式的老師，她會微笑地說：「你答得不怎麼好。」這一笑，實際上取消了這個「不怎麼好」，而是表明「非常不好」。不過，小學生容易接受，或許會激發他的上進心。還有，平時我們說某某人「笑裡藏刀」，就是說這個人很陰險，用「笑」這種動姿掩蓋他那個真實的意圖。

那麼，人的交際模型到底是怎樣的呢？下面我想分別介紹幾個模型，並提出一個建議的模型。

第一個交際模型是關於信息傳遞的最古老的模型，是奧地利醫學家卜勒（Bühler）提出來的（見圖六）。卜勒是研究腦神經病理學的，後來轉而研究語言交際。那時候還沒有「信息學」這個字眼，但他在近代信息論方面可是一個先鋒。1939年希特勒上台，卜勒受迫害，跑到美國去了。他的這個模型是1934年發表的。中間的三角形表示語言符號，外面還有一個虛線畫的圈，按他的解說，表示語音，因為，空氣中的聲波是抓不住的，所以用虛線表示。事物的概念（語義）是外加到語言符號上去的。發

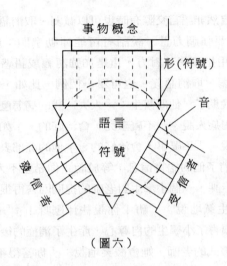

（圖六）

信者運用語言符號同受信者交際。卜勒提出，語言交際具有三種機能，一個是表達（Ausdruck，即expressive），就是我傳遞給你；一個是祈使（Appell，即instigating），就是我要你根據我的指令去做某種動作；一個是描寫（Darstellung，即descriptive），就是描寫發信人同受信人之外的一些情況與關係。這種觀點很接近現代控制論的反饋學說。這就是語言交際一個古典模型。

　　第二個模型是克勞德·申農（Claude Shannon）模型（見圖七）。申農在他的《通訊的數學原理》提出了他的理論。沃倫·韋弗（Warren Weaver）在闡釋申農的模型時，作了簡化。在這個模型中，有發信者（信源）、受信者（信宿），交際要通過一條信道。信息源通過信道受到噪聲的干擾，信息不能完全保持高精確度。由於申農是從電磁傳播來研究這個問題的，因此要有編碼器，通過信號轉換後，又經接收器解碼，才送到受信者那裡。

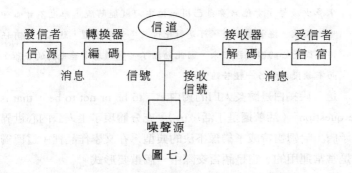

剛才我說過，交際一般要有發信者和受信者，但是也有特殊情況：沒有受信者也能交際，獨白就是一種特殊的語言交際。獨白分為兩種，一種獨白是有聲的，一種獨白是無聲的。獨白是自己跟自己說話。下面請大家看一段英國故事片《王子復仇記》哈姆雷特的一段獨白。哈姆雷特從父親老哈姆雷特的鬼魂那裡得知他的父王是被人謀殺的，他憤怒、痛苦、猶豫、延宕。他在海邊的峭崖上有一段獨白：〔播放錄影帶〕

　　活著還是不活，這是個問題；究竟哪樣更高貴？是忍受那狂暴的命運無情地摧殘，還是挺身去反抗那無邊的煩惱？把它那掃一個……乾淨？去死？去睡，就結束了？如果睡眠能結束我們心靈的創傷和肉體所承受的千百種痛苦，那真是求之不得的天大的好事。去死，去睡，去睡。

　　（畫外音：也許會做夢！）

　　哎，這就麻煩了。即使擺脫了這麼世，可在這死的睡眠裡又會做些什麼夢呢？真得想一想，就這樣顧慮使人受著終身的折磨，誰甘心忍受那鞭撻和嘲弄、受人壓迫，受盡誣衊和輕視，忍受了失戀的痛苦，法庭的拖延、衙門的橫征暴斂、默默無聞的勞動確實換

來多少凌辱。當他只要自己用一把尖刀就能解脫，誰也不甘心呻吟、流淚，拖著這殘生，可是對死後又感覺到恐懼，就從來沒有任何人從死亡的國土裡回來，因此動搖了，寧願忍受著目前的苦難，而不願投奔向另一種苦難。

這一段獨白是膾炙人口的獨白。"to be or not to be，that is the question"（活著還是不活……），充分體現了主人公內心世界的矛盾，哈姆雷特成了猶豫不決的典型。在文學作品裡，這種獨白是常常運用的，它是語言交際中一個重要形式。

下面我們接著講第三個模型。這是美國著名的語言學家海姆斯（Hymes）1962年的模型。1972年他修改了他的模型，我還是欣賞他1962年的模型（見圖八）。這個模型一共有七個要素：

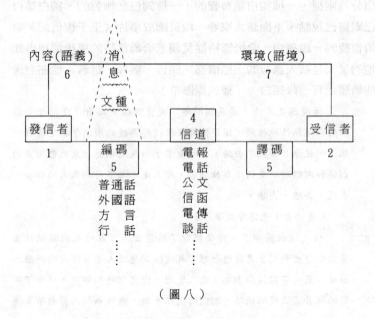

（圖八）

1.發信者，2.受信者，3.消息的文種，4.信道，5.編碼和譯碼，6.內容和語義，7.語境（settings）。其中「信道」可以是電報、電話、公文、信函、電傳、談話等等，不等於申農所說的無線電或有線電報那個信道，海姆斯的信道包括的內容廣泛得多了。所謂「消息的文種」，是指文體。這裡「編碼」同申農的編碼也不一樣，它不限於語言文字轉換為電磁訊號，還包括不同語言、不同方言的轉換。前天趙紫陽總理接見港澳的政協委員，後面坐著的那個人是翻譯，他不是外語翻譯，而是方言翻譯，就是承擔北方話（普通話）廣東話編碼和譯碼工作的。通過他的轉換，受信人才能接受準確的信息。

在介紹三個交際模型之後，我想談談我所建議的一個模型。我的模型比較簡單。發信者—信道—受信者當然不能少，但譯碼、編碼我就略去了。可是，我突出了這樣一個東西：發信者通過信道，可以是訴諸聽覺的有聲語言，也可以是訴諸視覺的無聲語言。其中有聲語言包括這樣幾個成分：語義、語調、聲強、語態、語感、語境，無聲的語言包括圖形、體態。（見圖四）

下面我想舉一些實例來講交際的模型。第一個是電影《鐵面人》錄影帶：這個電影是根據法國作家大仲馬的小說《布拉熱洛那子爵》改編的，寫的是十七世紀法國的一場驚心動魄的宮廷政變。路易十四的孿生哥哥菲利普本來是王位的合法繼承人，但是卻被戴上鐵面具，押送到荒僻的聖瑪格里特島終生囚禁。內務大臣科爾貝爾和宮廷衛隊長達達尼昂要廢黜驕奢淫逸的路易十四，便設法劫走菲利普。在別墅裡，菲利普學會了騎馬、擊劍、跳舞，熟悉了王族的族譜和路易十四的嗜好。國王命名盛典那天，菲利普喬裝打扮，潛入宮裡。國王的心腹財政大臣富凱真假難辨，反將路易十四當作圖謀篡位的人，把他押送到荒島囚禁，而

且套上了鐵面具。最後富凱和他的幫凶杜瓦爾也受到了處罰。這個電影可能並不反映真正的歷史。伏爾泰寫過一本歷史著作《路易十四》，其中有一段專講這個「鐵面人」。這件事仍然是歷史的懸案，我們且不管它。我想通過這部電影中宮廷舞會一場戲，看一看人物對話的語調、語境對語義變化的影響。〔播放錄影帶〕

菲利普：我第一次，〔注意，他說漏了嘴，忙改口。〕第一次看到你這麼美。娘娘。

皇　　后：你和平時不一樣〔皇后看出來了〕親愛的。

菲利普：我還是一如既往。

皇　　后：舞步也有點異樣。

菲利普：你跳得還是那麼好。

皇　　后：如果不是我親眼看見，我會以為跟我跳舞的不是我的丈夫。

菲利普：對不起，親愛的，要不是丈夫那是誰？

皇　　后：是個冒充的。

菲利普：要是這樣，你怎麼一點也不吃驚呢？

皇　　后：我從來不大驚小怪，不像你的母親。我跟他是多年的夫妻。

菲利普：這麼說你已經識破我是篡位的？

皇　　后：不錯。

菲利普：要揭露我嗎？

皇　　后：這對我沒好處，除非是你肯來和我同房，聊勝於無。

菲利普：這個事陌生人是愛莫能助。

皇　　后：恰恰相反。

菲利普：我要是做到了，你是不是就不會說出我是誰？我要是在位，我能保證你像現在一樣，是皇后。

皇　　后：還要保證我的孩子的安全，保證他們有朝一日能夠繼
　　　　　承王位。

菲利普：我的保證你信得過嗎？

皇　　后：要是不守信用，當心掉腦袋！

菲利普：要是說出去，當心割舌頭！

皇　　后：好吧。

菲利普：說這些，說這些幹嘛？我還想太太平平做國王呢！

皇　　后：我祝福你，一定成功。請不要見怪，我想去休息了，
　　　　　我怕我在場你不能盡興。

菲利普：晚安，娘娘，賜福於你。

皇　　后：賜福於你。

　　下面是另外一段錄影帶，請看——

〔菲利普邀路易絲小姐跳舞。內務大臣科爾貝爾在旁邊同財
政大臣富凱對話〕

科爾貝爾：恭喜你先生，你的這個舞會太成功了。

富　　凱：遠遠比你估計的還要成功。

科爾貝爾：不要估計得太早了！

富　　凱：親愛的科爾貝爾先生，你自以為是的老毛病又犯
　　　　　了，總是不等閉幕就出來謝幕。

科爾貝爾：你的毛病是戲演完了還總是不肯下台，要知道等
　　　　　明天國王一離開巴黎，你就會被指控犯有盜用國
　　　　　家金庫罪而遭逮捕。你的副官杜瓦爾將作為一名
　　　　　同謀一起被逮捕。

富　　凱：科爾貝爾先生，現在我不得不告訴你，你陰謀廢
　　　　　黜國王，把他哥哥菲利普推上王位，失敗了。

　　這兩段對話反映了一個特殊語境下語言交際的複雜情況。

第二個例子是電影《東方快車謀殺案》。它是根據英國著名偵探小說女作家阿加莎‧克里斯蒂的同名小說改編的。參加該片演出的英美明星有十七名之多。影片以一列火車上發生的一件神秘謀殺案為中心，細緻地描寫了矮個兒的比利時偵探波羅的偵察破案過程。下面一段錄影帶是波羅盤問德拉戈米羅夫公主的一場戲，請注意聽對話的語調變化。〔播放錄影帶〕

　　〔十四號房間的公主和希爾德加德‧許米特，

　　公主靠著靠墊，閉著眼睛。

　　希爾德加德在朗讀一本德文書。

　　有人敲門。列車主任席略爾‧布克和波羅進來。布克向公主介紹波羅。〕

　　　　布克：啊，夫人。

　　　　公主：啊，席略爾先生。

　　　　布克：這位是大偵探波羅先生，現在對案件進行調查。

　　　　公主：希爾德加德給我念了不少報上刊登的你經手的案子，可
　　　　　　　我不得不讓她停下來。現在唯一使我聽了不打瞌睡的只
　　　　　　　有文學作品了。我需要繼續做我的好夢。您來點法國白
　　　　　　　蘭地？

　　　　布克：啊，不客氣，謝謝。

　　　　公主：很好，現在你是想讓我承認殺了那個叫什麼什麼名字的
　　　　　　　那個人嗎？

　　　　布克：恰恰相反，夫人，倒是我自己有些話要承認。〔波羅抓
　　　　　　　住公主旁邊的座位上躺著的兩隻小獅子狗的脖子，輕輕
　　　　　　　提起，讓布克抱著它們，自己坐在座位上。布克抱著兩
　　　　　　　隻小獅子狗，從希爾德加德手裡接過斟上白蘭地的酒
　　　　　　　杯。〕

波羅：非常榮幸，您肯賞光讀了關於我的報導，而我承認，我
　　　也讀過關於您的報導。

公主：請說下去。

波羅：我無意中記起一件事，您就是那個被綁架的女孩戴西的
　　　母親阿姆斯特朗夫人的教母。

〔閃現一下新聞記者紛紛湧向從著陸的飛機裡走出來的阿姆
斯特朗夫人的短鏡頭。〕

波羅：您是怎樣成為阿姆斯特朗夫人的教母的，夫人？

公主：我是她母親的朋友和崇拜者，那位大名鼎鼎的美國女演
　　　員林達·阿登。

〔波羅突然加大嗓門，並且做了個從舞台上學來的動作。〕

波羅：嘿——，您為什麼把匕首拿來？

公主：您這是背台詞，還是提問題？

波羅：背台詞。我在倫敦看過兩次她演麥克佩斯夫人的戲。

　　　這個偵探波羅已經知道匕首是這位公主帶來的。這次謀殺行
為並不是單純的出於卑劣動機的暴行，而是十二個人一椿正義的
復仇。波羅突如其來地提高嗓音（上引文用黑體字表示），模仿
舞台人物的道白，加強了威懾力，然後又緩和了下來。西方人比
較坦率，跟一個貴婦人說話也敢這樣放肆，這在中國人看來簡直
不可思議。我們在達官貴人面前習慣於低聲下氣。這種聲強的變
化在語言交際中有它特殊的功用。

　　　下面再舉一個例子談談語態。什麼叫語態呢？在談這個問題
之前，先讓我們看一段電影錄影帶—奧地利故事片《希茜公主》
第一集的片段。〔播放錄影帶〕這是影片裡男主人公奧地利年輕
的皇帝同大臣的一段對話，幾乎是答非所問，地道的「王顧左右
而言他」。

大臣說：「這個，明天早上就要執行，您必須現在簽字。」皇帝沒有直接回答，不說「推遲兩天」，而說「我還要研究」。

大臣說：「這是經最高軍事法庭判決的，請您馬上簽字。」皇帝不直接加以否定，而是說「好，放在這兒，還要研究」。

大臣又說：「皇太后已經同意了的」。這可是至高無上的決定，母親的意見反對不得呀！皇帝卻沉著氣，說「我已經清楚了」。

大臣這時還不知趣，還要說下去，皇帝卻平靜地說：「謝謝你了」。實際上是下逐客令，大概相當於舊中國官場的一聲「送客」。這樣的語言交際已經不是普通的交際了，有點兒「瞎說一氣」的意味了，就像法國人說的 "et patati et patata"。

下面一個例子是講語感。這種語感常常僅僅用一兩個字就表露無遺。語言大師的高明之處正在於此。現在放一段錄影帶（《溫莎行動計劃》）。溫莎公爵因為娶了一個平民女子為妻而失去了王位，流亡國外。德國納粹分子想綁架他，扶植他當傀儡。這個計劃被英國間諜機關獲悉，英國政府派官員召溫莎回國。英國駐葡萄牙大使塞爾第前來拜見溫莎，但又不肯稱他的夫人為「殿下」，於是開始了一場耐人尋味的對話。〔播放錄影帶〕

副　官：塞爾第先生來了，殿下。

溫　莎：啊，塞爾第。

塞爾第：殿下。

溫　莎：稍等一下。莉拉，請把這花給夫人送去。塞爾第，國內有什麼情況嗎？

塞爾第：殿下，政府要您和夫人盡可能馬上回國，里斯本港有兩架水上飛機，供您使用。

溫　莎：那麼我弟弟呢？國王他對這事怎麼看哪？

塞爾第：這事請示過國王了。

溫　莎：告訴我，塞爾第，我們回國以後我弟弟會召見我和夫人嗎？只要他召見一刻鐘就行了。

塞爾第：我肯定首相會給您安排一個適合的位置。〔請注意：這裡是答非所問。這是一種特殊的語言交際。〕

溫　莎：我非常希望得到你的信任，塞爾第。我離開祖國以後沒有職務，你們對我妻子甚至不肯叫她一聲「殿下」。〔夫人上場〕

夫　人：啊，對不起，打擾了。

塞爾第：沒關係，呃殿……下。我正要告辭，我一定向政府轉達您的願望。

夫　人：吃了飯走吧。

塞爾第：不了。謝謝，呃——殿，請原諒，殿下。

溫　莎：沒什麼，塞爾第，再見。

塞爾第：再見，殿下。

（塞爾第離開）

夫　人：這花兒真好看。

溫　莎：你喜歡，我很高興。

夫　人：啊，我感到很遺憾，塞爾第那麼吃力地稱呼我「呃——殿——，啊，殿下」。大概我是英國唯一的「呃——殿下」……。

在這裡，「呃—殿下」，請注意不是「殿下」，而是「呃……殿一下」。只需要說一個字，重複一個字，文學效果就加重了。這就是語感。

以上主要是利用錄影帶資料，形象地講述了語言交際模型中有聲語言交際，也涉及一些非語言交際。下面著重談一談非語言

交際中的圖形。

　　圖形應用相當廣。特別是當今世界各國交往頻繁，語言文字的隔閡又很大，運用圖形（信號和指號）傳達信息，是一個重要手段。記得二○～三○年代時，指揮交通是用警棍（警棍的不同位置和方向構成了圖形）。後來普遍採用了交通信號燈：紅色——停，黃色——注意轉換，綠色——行進。這種信號已是經各國公認。記得「文化大革命」的時候，「紅衛兵」破「四舊」，提出一項「革命」的措施：用紅燈表示前進，因為紅色象徵革命，只有「紅色」才有資格指揮人們前進。如果照這樣做，那就要完全違反世界交通的習慣。幸好周恩來不久出來說話了，把這套「改革」給否定了。這件事只能表現「紅衛兵」的狂熱和幼稚，染上了「左派幼稚病」。

　　上面所說的是信號，這裡再談談指號。目前許多國家在公共場地（如機場、車站、賓館）都採用了這種指號（見圖九）。這

（圖九）

種指號具有明晰性、可讀性和統一性。不管你是哪一個國家的公民，使用什麼樣的語言和文字，看到這種圖形，都可能了解它所表達的信息。我們國家開放不久，還沒有普遍採用這種指號。但如果你到過巴基斯坦的卡拉奇（那裡是國際交通樞紐之一），你就會發現這種圖形多的是。一進候機室，你用不著詢問任何人，你就可以找到你所要找的去處。否則，依靠問詢處，那服務員就需要懂若干種語言，這樣的人就難找了。

當然，也不能走極端，不適當地誇大這種符號的作用。有一些理想派，提出取消文字，用某種統一的符號取而代之。這種想法好像有道理，因為古代羅馬、古代希臘、古代埃及、古代巴比倫、古代中國，曾經用某種圖畫式文字作交際的工具。但是，時代發展了，發展到今天的信息化社會，單純用這種象徵性的符號進行交際，是行不通的。

這一講主要講語言交際的模型。社會語言學研究語言交際，有廣闊的領域，豐富的內容需要我們深入地探討。比如一停頓的研究。現在西方有人專門研究人們說話時停頓的頻率、停頓的長短和它的意義，甚至出現了一門新學科—停頓學。我們電台電視台的播音員，如果不注意正確的停頓，在不該停頓的地方停頓了十分之一秒，甚至把一個詞從中間斷開了，那就會引起了歧義。中小學語文教學中如果沒有重讀停頓的訓練，小孩子背課文，也像讀經那樣，搖頭晃腦地放連珠砲，那將來小孩成長了，他的傳送信息的能力也受到阻礙。停頓是應用語言學應當注意的課題。即類語言（paralanguage）的研究。類語言，或者叫假語言，它不是語言，但又是語言。比方說，某個樓房裡突然發生了火災，或是這個地方發生地震，人們就會大叫起來，喊出的不知是些什麼東西。如果錄下來，做一番分析，可能了解到：操不同語言或

方言的人，這種類語言會有規律性的東西。

接著值得注意的是對委婉語的研究。所謂委婉語（euphemism），指用一種不明說的、能使人感到愉快的或含糊的說法，代替具有令人不悅的含義或不夠尊敬的表達方法。比如上廁所。作為「文明人」，在語言交際時覺得這樣直說，是有點粗魯和不雅的表達方式，而採用更婉轉、優雅的說法：「我去洗個手」、「我去打個電話」、「我出去一下子」。聽起來跟上廁所毫無關係。現在連小孩子也懂得怎麼說這類話。我發現小孩子不怎麼說「拉屎」、「撒尿」，而說「大便」、「小便」。我問一個小孩子：「為什麼這樣說呀？」小孩子回答：「老師說了，這樣好聽。」

此外，還要研究進行交際的民族特點。這個交際包括語言交際和非語言交際。比如，東方人體態語怎麼樣？東方人怎樣用眼睛說話？這種研究又深入到更細微的領域。日本人提出一項研究成果，說日本人大腦兩個半球的機制同歐美人不完全一樣。美國人提出異議，中國人大概也持反對意見。我對人腦沒有研究，持中立態度，還要看看科學實驗的最後結論。

最後我想談一談所謂「永久三角效應」的理論。美國理論物理學家諾易斯（Noyes）是從量子力學的角度提出這個理論的。就是說，對任何系統狀況的探索和觀察，必須注意到該系統所受干擾的狀況，否則，所得結論是不完全的。這就是很著名的測不準原理。傳統語言學在研究語言時，把語言看作一種理想的、典型的靜態系統，而社會語言學研究的是處於運動狀態的、有生命力的、受環境影響經常產生變異的系統。在語言研究中應當注意到這種「永久三角效應」。比方說，在一個密閉的房間裡，甲乙兩個人在對話。對話不外有三種情況：⑴講秘密話，屬於陰謀一類；⑵講私房話，不是搞陰謀，但不能讓第三者聽到；⑶無事閒

聊。不管是哪一種情形，當第三者突然開門進來，或是兩個對話者忽然聽到室外有響動，甲乙的對話會立刻中止。因為受到了第三者的干擾，於是產生了三角效應。俗語說：隔牆有耳。甲乙兩人在對話時，就有了這種警覺。這種語言交際中的三角效應很有意思。當第三者的干擾產生時可能產生不同的效果：比如改變話題。本來在講「悄悄話」，突然變了：「啊，昨天的電影怎麼樣？」「那電影糟透了！」……從這裡看出，社會語言交際是複雜的。有人注意到外來干擾對語言交際產生的影響，並設計出各種各樣的模型。諾易斯教授把量子力學的理論引用到語言學上面來，雖然說得很玄妙，但還是值得我們深入探討的。這一講就講到這兒，有什麼問題，請提出來。

〔**聽眾**〕陳原同志談到語言交際和非語言交際，我很受啟發。我想說三點看法。

第一，非語言交際的作用除了「補足」和「減少」兩方面外，是不是可以再提一下「擺脫」和「抵制」兩個作用呢？所謂擺脫，就是採用某種非語言形式（如微笑），對付那些難以答覆的話語。比如，一個獨身的中年人被人家將了一軍：「哎呀，你都五十了，怎麼還不結婚呀？」這個問題自有苦衷，對方又不是密友，難以從頭道來，只好一笑了之。這不是補足，也不是取消，而是擺脫。所謂抵制，就是有點兒「以其人之道還治其人之身」的意味。比如，一個外地人問一個北京人：「喂，百貨大樓怎麼走？」這個北京人對這樣不禮貌的行為很不高興，於是只用腳往百貨大樓的方向踢一下。

第二，交際是一種錯綜複雜的行為。有人際交際，有人機交際。人機對話是一絲不苟的，提出某種模型看來是行得通的。而人際交際，除了語言本身的一些因素外，還有心理的、社會的、

文化的、地域的因素。即使一種因素，在不同場合對不同的人、不同的身分也有不同的變化。呂叔湘先生在一篇文章裡就說過：「即使是個人語言（idiolet）也不保證內部完全一致。在不同場合，跟不同的人在一起，說不同的話；不但是用的字眼兒有所不同，句法也會有出入，甚至語音也會起變化，可以說是『隨宜取用，不拘一格』。」所以，對人際交際概括出某種模型，是不是有些困難？

第三，陳原先生在談到語言交際的幾個要素時，提到「聲強」。我覺得聲強是語調問題，不管聲強怎樣，它是表現語調。另外，語義同語感也分不開。在分析這些要素時，是不是可以合併一些？

〔答〕好。你的意見可以補充我的一些說法。所謂「模型」，實際上就是構擬一種理想的境界，表現出各種因素的地位和作用。究竟如何分析這些因素，當然可以提出不同的見解。語言交際模型就是試圖揭示語言交際的過程。非常感謝。

第四講 定 量

　　這一講講定量分析問題。我不準備講測量語言要素的一般公式和方法，這屬於大學課程裡的內容，大家比較熟悉。我想著重講一講社會語言學關於量的概念、意義和定量跟定性分析的關係。

　　社會語言學在它形成和發展的最初階段，不甚注意語言要素的量的分析。比如，英國學者特魯基爾（Peter Trudgill）寫的《社會語言學導論》（*Sociolinguistics: An Introduction*），是比較有名的一種入門讀本，七〇年代出版，現在譯成了多種文字，中文譯本也快出書了。這本書分七章：(1)社會語言學——語言與社會；(2)語言與社會階級；(3)語言與種族集團；(4)語言與性別；(5)語言與語境；(6)語言與民族；(7)語言與地理。七章的內容很少注意到量的問題。社會語言學家費希曼（J.A. Fishman）、海默斯（D.H. Hymes）等等早期編寫的社會語言學著作裡頭，也沒有多注意量的問題。只是到了七〇年代末和八〇年代初，像赫德森（R.A. Hudson）的《社會語言學》（*Sociolinguistics*）和法索德（R.W. Fasold）的《社會語言學·第一卷》（*Sociolinguistics Vol.1*）才專門討論了語言定量分析（quantitative analysis）的問題。

　　定量分析和定性分析是從化學這門學科來的，定量分析要比定性分析困難得多。我在大學學習化學作量的測定時，一因手段比較

落後，二因我自己操作技術笨，很少測得準確的數據。現在信息科學有了突飛猛進的發展，這對數據處理等有極大的幫助。比如字頻統計，十九世紀末，德國人搞德語詞頻統計，據說動員了幾千人。北大和新華印刷廠搞字頻統計，也動員了很多人。由於參加工作各人的水準不一樣，測定的準確度要打折扣，有時要打很大的折扣。電子計算機的普遍應用，使許多學科的研究有了一個現代化的手段。不僅是自然科學，還有社會科學，其中包括社會語言學等學科，都可以利用計算機通過量的測定去研究質的問題，然後用定性的結果再進行定量研究，如此循環往復，使研究不斷深化。

數量的問題在人類社會交際活動中，在人類思維的發展史上，並不晚於語言符號。這就是說，數的出現並不晚於語言符號。數這種符號對於人類思維來說；表示由具體的概念發展到抽象的概念。數量的發展對於人類從具體的思維到抽象的思維這一過程，具有很大的作用。美國構造學派語言學家布龍菲爾德（L. Bloamfield）說過，數學不過是語言所能達到的最高境界。這就是說，思維的表達或者說知識的表達，可以用語言，也可以用非語言。非語言大致分為兩種，一種是體態語，一種是圖形語。但除此之外，還可以用數來表達思維。一個數既是抽象的，又是具體的。英國哲學家羅素（B. Russell）說過一個例子：人類長久以來不知道用「二」來表達一對公雞，因為這個「二」已經是抽象的，是具體的抽象。思維的表達常常可以用數來表現，或者說用一個數可以表達一個具體的事物。寫過《世界史綱》的威爾斯（H.G. Wells）曾指出，非洲布須曼的原始人只會數「一」和「二」，三以上的數不會數。在墨西哥一帶居住的古代瑪雅人也只知道用「一」和「二」，不知道「三」。用現在的觀點來看，這恰恰是我們的二位計數法，等於我們電子計算機運算中的「1」和

「0」。這些原始民族為什麼採用二進制呢？人們比較傾向於這樣一種解釋，即人們最初是用兩隻手即兩個拳頭來數數目的。學會了用十個指頭計數之後，就出現了十進制。有的學者又進一步考證，人類把腳也用於計算，結果產生了二十進制。至於十二進制和八進制等等，也都有另外的解釋，只是它們已不在手與腳的範圍，在這裡我就不加論列了。

剛才我說過的：人類思維的表達方式，可以用語言，可以用非語言，也可以用數。數的發展推動了思維的發展。數常常可以代替語言，比語言還高級一些。今天信息化社會就常常用數來表達一個具體的事物。身分證就是一例。現在有這麼一個數碼，110103180506001，這個數碼可以分作三組：前六位110103是地區碼，這是由國家標準局統一規定的。這個碼表示北京市宣武區前門那個區域。第二組180506是出生年月日碼，表示這個身分證持有者是生於1918年5月6日，這是按照國際標準組織的標準寫法記錄的，5月寫作05，不作5，6日寫作06，不作6。這兩組碼就是表示1918年5月6日出生的、辦證時居住在北京市宣武區前門地帶的人。如果同時具備這種情況的人很多，那麼男的取奇數，順序給號：001、003、005……，女的取偶數，順序給號002、004、006……。總之，身分證上這個數碼是不可重複的，一人一碼。就是遷居，這個號碼根據《身分證法》第三十三條也是不變更的。這就是由數字代表一個事物，今後全國電子計算機聯網，一查就知道你是誰。

除了身分證以外，還有一個實際例子，這就是統一書號，過去我們有一個《全國圖書統一編號方案》，對於圖書出版、發行統計和管理很有益處。這個書號是由圖書分類號、出版社代號和序號三個部分組成。比如我的那本《社會語言學》，統一書號是

9259.001。第一位「9」是圖書十七種分類中第九類，代表語言文字類。「259」是國家出版局統一規定的出版社代號，代表學林出版社。001代表學林出版社出版的語言文字類圖書的第一種。從1987年1月1日起，中國開始實行ISBN書號。原來的全國統一書號與新標準書號並存一年，從1988年1月1日起廢止。ISBN是International Standard Book Number（國際標準書號）的縮略寫法。它是國際標準化組織（ISO）於1972年頒布的一項國際標準，它的結構是由一個冠有ISBN字元的十位數字所組成。這十位數字分為四個部分，各部分之間用短線「—」隔開。第一部分叫組號，是代表一個國家或地理區域或語種的編號，這個編號由國際書號中心設置和分配。分配給中國的組號是「7」，英國、美國和其他英語國家的組號是「0」。第二部分是出版者號，這是由國家或地區的ISBN中心設置和分配的。中國的ISBN中心是1982年成立的，現在設在國家新聞出版署。第三部分是書名號，是由出版者給予每種出版物的編號。第四部分是校驗位（Check Digit），是按編碼方法算得的，供檢驗書號是否有錯誤。這樣一來，每一本書就只有一個碼，比如ISBN7—144—00321—6，而這個碼只代表一本書，在全世界上都不應有重碼。採用國際標準書號有利於國際交流，有利於實現計算機對出版物的管理。

剛才舉了兩個實例，一個是身分證編碼，一個是ISBN標準書號編碼，都是說明一個問題：數字能表達思想，表達具體的事物，它既是抽象又是具體的。

下面想講一講定量分析的抽樣問題。語言要素的定量分析，最重要、最有決定性的問題是抽樣。不同的樣本可以得出很不相同的結果。這裡我想以字頻統計為例對這個問題加以說明。圖十是從1928年陳鶴琴的數據到1985年字頻統計十個高頻字的情況

表（右邊兩列數據是英語字頻兩次測定的十個高頻字）。

　　1985年中國文字改革委員會和國家標準局對1977－1982年間社會科學和自然科學一千一百零八萬餘字的抽樣統計，現代漢語中前十個高頻字依次是：的、一、是、在、不、了、有、和、人、這。這是用大樣本，是從語料非常多的情況下測定的。1928年陳鶴琴的統計、台灣國民學校1967年的統計、新加坡盧紹昌1976年的統計，使用語料比較少，但測定的結果有很多是相似的。這裡面有個樣本的選擇問題。《史記》字頻統計，結果同上面所列舉的大不相同。比如新近進行的所使用的《史記》樣本，全文約七十萬字輸入電子計算機，統計的結果，前十個高頻字分別是：之、十、王、為、從、不、子、而、年、日。這就說明樣本的選擇是一個十分重要的問題。

　　抽樣，第一個要講目的性，就是說你為了解決什麼問題進行工作的。表一右邊的兩行是英語詞頻統計。一個是1967年庫切拉（Kuc era）統計的，現在存於布朗大學（Brown University）的詞頻，使用一百多萬字語料；一個是1969年AHI的詞頻統計，使用的語料是五百多萬字。兩項測定的結果很接近。這說明，目的相同，雖然抽樣不同，統計的結果也會大同小異的。剛才說的《史記》用字情況當然不會同於別的字頻統計，因為它的目的就是考察《史記》，而不是現代漢語。

　　第二個問題是抽樣的原則。第一條原則，在結構上要連續的而不是離散的。不能隨調查者的主觀意圖選取樣本。這同我第一講所說的北京市招牌用字調查是同一個道理。第二條原則，在分布上要是均勻的而不是非均勻的。一個連續結構裡也有均勻與非均勻之分。比如說兩本書，都從頭至尾作統計，不是東抽一節，西抽一節，這是做到了連續的，但是如果第一本書是小說，三百

	陳鶴琴	台灣（國民學校）	新加坡（盧紹昌）	新華廠	文改標準會	語言學院（詞頻）	《史記》	英語 Kucera	英語 AHI
	1928	1967	1976	1976	1985	1985	1987	1967	1969
	560.000	750.000	440.000	21.000.000	11.000.000	1.810.000	700.000	1.014.232	5.088.721
1	的	的	的	的	的	的	之	the	the
2	不	一	一	一	一	了	十	of	of
3	一	是	在	是	是	一	王	and	and
4	了	我	△	在	在	是	為	to	a
5	是	了	是	了	不	不	從	a	
6	我	有	會	不	了	我	不	in	in
7	他（上）	不	有	和	有	在	子	that	is
8	有	在	加	有	和	著	而	is	you
9	△	他（國）	國	大	△	個	年	was	that
10	一（／）		們	這	這	有	日	he	it
〔覆蓋〕		13%	12%	11.40%	12.35%	17.67%		24.4%	23.6%

（圖十）

頁，第二本是政治理論，二十頁，那就不是均勻分布了。這樣抽樣的結果，不會準確的。剛才講的AHI詞頻調查採取這樣的辦法：抽取一本書開卷的五百個字。不管你是幾千頁的巨著，還是幾十頁的小冊子，一律取一開卷的頭五百個字。AHI所採取的這個辦法，人們認為還是比較簡便可行的。第三條原則，在抽樣面積上是大樣本還是小樣本；樣本的面積愈大，測出的字頻可靠性就愈大，誤差就愈小〔注〕。要調查現代漢語用字的頻率，那麼就得包括書籍、報紙、雜誌等等，而且文藝的、政治的、經濟的、法律的等等都得包括進去。一千一百萬字的樣本要比六十萬字的樣本可靠性大些，這是不言而喻的。有了電子計算機，進行大面積的抽樣統計，是比較容易解決的，關鍵在於樣本的選擇問題。去年搞的詞頻統計，問題就比較多。一是現代漢語「詞」的切分問題，一是抽樣的原則問題，事先可能都沒有通過審慎的、科學的研究，所以花費力量很大，可靠性卻不那麼強，這是很可惋惜的。語言學院完成的《漢語頻率詞典》，其可靠性就比較大些，這是因為他們的目的性明確，樣本的選擇也有一定的規則，至於前年的字頻統計一般來講還是可以的，應當抓緊出版。我主張所有科學成果（除了國家機密外）都要及時公布，供各方面研究使用，這才能發揮信息的共享性能。在去年年底召開的漢字問題學術討論會上，我講過，1975年人工測定的字頻和1985年計算機測定的字頻（見圖十一）所得到的兩條字頻曲線，幾乎是捲合的。雖然在覆蓋率（分布面積）方面具體內容有差異，但兩者是可以互相印證和參照的。

　　值得注意的是，這兩條字頻曲線在序號162這一點上重合。

〔注〕是不是樣本的面積愈大愈好；或者說，能夠說明問題而採用的樣本以多大為宜，我後來有所闡述，請看第三卷所收《現代漢語定量分析》一書的序論。

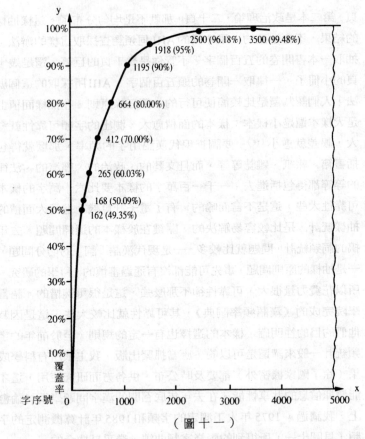

（圖十一）

〔說明〕這是根據1985年8月5日公布的字頻測定製成的字頻曲線─此次所用語料為11,873,029字共得字種7,745個。曲線表截至字序為5,000時的覆蓋頻率。x軸為字序號（即字種多少），y軸為覆蓋率（即覆蓋面的百分比）。圖中注明的幾處數字表示字序和百分比的關係，例如字序為162，覆蓋面即為49.35%─理論上說，認得字序1至162這一百六十二個字，即可認識現代漢語各種文本（平均數）所用漢字的一半。字序至2,500（即常用字），覆蓋面達96.18%；字序由2,501─3,500（即次常用字）。字序1至3,500時，覆蓋面即達99.48%，其餘字序3,501至7,745，累計的覆蓋面共達0.52%，即不到1%。

一百六十二個字覆蓋率（或者說累頻）大約是50%。當然，1975年的統計材料，由於當時歷史的特點，內容上具有某些特殊性，使有些字的頻率顯得不正常。這本身就給社會語言學工作者提供了一個很有興味的研究課題：分析一下兩項數據的頭一百六十二個字，有哪些一樣，有哪些不一樣，為什麼不一樣，這就說明了兩種不同的語境。

字頻統計和詞頻統計是大規模的科研項目。通過統計可以確定常用字、常用詞；對於編寫中小學課本，制定掃盲標準，設計中文打字機字盤和電子計算機軟體，解決印刷廠的字架設計都有極大的作用。另外，對於漢字教學、漢字應用、語言學研究都是重要的基本建設工作。

下面我想簡單地談談字頻的序號問題。一般地說，字頻統計是按降頻順序排列的。序號越小，頻率越大；序號越大，頻率越小。這裡面有值得深入研究的一些規律問題。外國有很多人在研究這個問題，提出各種各樣的公式，早些年有Zipf公式，後來又有Mendeblot公式，等等。但有一點應當注意到，這些人的研究都是英、法、俄這樣西方文種，我們中國語文怎麼辦，還得由我們自己來取得數據。為什麼這樣說呢？外國的單字和單詞，就是"word" "Wort" "mot" "слово"，而我們漢語，字和詞不是一回事。現代漢語中詞的切分至今還沒有一個被大家公認的或者說令人信服的標準。現代外國語作詞頻統計比較容易，因為書面語中詞與詞之間是有間隔的。而我們漢語書面語中，字與字、詞與詞之間沒有間隔。早在二〇年代，黎錦熙就呼籲「洗乾淨腦子裡許多的漢字面孔」，採取「詞類連書」的辦法。例如：「既　只是　標　音節　的　符號，同音　的　就　不必　異形。」1934年胡愈之又提出用別字和分詞連寫的辦法，來改革漢字系統。如

果現代漢語書面語都採用這樣排法，那麼用電子計算機統計詞頻，就好辦多了。可是問題並不這麼簡單，怎樣切分詞，人們的認識並不一致。比如說「吃飯」，有人說是一個詞，有人說是兩個詞，各有各的理由，爭論很激烈。根據能不能單獨成句來確定漢語的詞有困難；根據語言成分活動能力的強弱來確定詞的界限有困難；運用擴展的辦法來確定漢語的詞也存在一系列複雜的問題。人解決不了詞的切分問題，電子計算機也不能替你切分。詞的切分問題不解決，那詞頻統計就難以得出一個準確的結果。這個基礎理論問題需要由語法學家、詞彙學家以及其他專家共同去研究解決。不過，這個問題不能無限期地拖下去。不能在較短的時間內解決這些基礎理論問題，計算機應用的發展就要受到限制〔注〕。所以，我常常產生一種「大兵團作戰」的思想。這個詞是借用的，不是「左」傾做法的那種「大兵團」。現代科學的發展，要求各交叉學科相互配合，共同作戰，單槍匹馬是成不了大氣候的。現在人們為了簡便，乾脆把外國的一些現成公式搬來，沒有多大意思。熵、冗餘度，都要研究，但不能硬搬公式；因為現代漢語裡的平均信息量和冗餘度都是很複雜的問題。為長久之計，解決根本性的問題，就要做細緻的工作。說到這裡，我想到關於漢語冗餘度的一種原始的簡單的方法。下面是昨天報紙的一段新聞摘錄，如果去掉中間一些字，看看能不能讀出來：

　　李先念在講□中還著重介□了中□□□黨十一屆三中□會所制□的建□具□中□特□的社□□□的路□和政□。他說：「今後我□將繼□堅□不移地並□更加妥□地貫□執□這一路□，反□資

〔注〕有些文字處理軟體在聯想方面出現的「詞」，不是語法概念上的「詞」，但它有實用價值。例如「不得不」，一般在語法上很難說是一個詞，可是在聯想上可以當作一個詞出現，方便文字處理用戶。

□□自□□，排□可□出□□的一切幹□，把社□□□現□化建
□事□不斷推向□進。」

　　這裡缺四十二個字，可以猜得出來。那末，簡單地說，這個
現代漢語文本的冗餘度就是六十左右。雖然不是採用學者們那種
科學的辦法，而是採用很簡單的、很原始的辦法，也得出一個結
論。

　　如果再變一變，恐怕就不大好猜了：

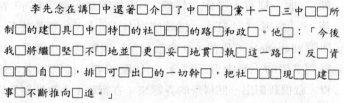

　　李先念在講□中還著□介□了中□□□黨十一□三中□□所
制□的建□具□中□特□的社□□□的路□和政□。他□：「今後
我□將繼□堅□不□地並□更□妥□地貫□執□這一路□，反□資
□□□自□□，排□可□出□的一切幹□，把社□□□現□□建□
事□不斷推向□進。」

　　這裡去掉了四十八個字，也都能猜出來。那麼這個冗餘度就
更大了。這種方法是原始的，但如果能採用大面積的抽樣，還是
會得出一個很有參考價值的數字，說不定會發現過去某些結論不
那麼可靠。我這樣說，主要想表明：我們現在研究社會語言學，
要從中國的現代漢語實際出發，不能機械地搬用外國的東西。社
會語言學，一個社會，一個語言，它們就在我們身邊。社會語言
學可以說是無孔不入的，沒有一個領域不可以研究。你可以從任
何一個角度去研究社會語言學。沒有電子計算機，照樣可以研
究，正如第一講我說過的商業區招牌用字規範化情況調查那樣。
我們的社會語言學研究者應該走出書房，在大街上，在人群裡，
在社會生活中，在人們的語言交際中去研究。

　　對語言要素進行量的測定，是為了對語言結構得出一個準確
的數據。但是語言本身在交際過程中常常是模糊的。準確性與模
糊性是對立的，又是統一的，它們相互滲透，相互補充。準確性

與模糊性是社會語言學研究的一個重要課題。特別是人工智能研究的發展，涉及機器如何理解自然語言的一系列複雜問題，因此出現了語言工程學。學者們對語言的模糊性進行著饒有興味的研究。

談到模糊，這裡分三種情況。一種在英文裡叫ambi-guity，即模稜兩可，二義性。一種叫vagueness，含糊；還有一種叫generality，意思是籠統。這三者都是社會語言學裡所說的「模糊」。頭一種有人譯作「歧義」。比如同樣一個「紅」，在「紅花」、「紅軍」、「紅人」這幾個詞中，所表示的意義就不一樣。所謂vagueness，我在《社會語言學》裡舉過一些例子。比方說我們常講的「老中青三結合」。什麼叫老，什麼叫中，什麼叫青，就很難劃出一個科學的界線來（在行政上人為地劃分那是另外一回事）。同樣是「老」，年齡跨度大得很，你說模糊不模糊。所謂generality，怎麼解釋好呢？我只想到一個例子。甲和乙是朋友，一同出門坐公共汽車，但不是到一個地方，一個乘三站地，一個到終點。上車時給售票員遞過去兩毛錢要買票。如果是乘1路公共汽車，那麼只需說一句：「同志，買兩張票！」因為1路，不管乘幾站地，都是一角錢。如果是乘20路，那就要多說幾句了：「同志，買兩張票，一張一毛的，一張五分的。」因為20路車是六站五分，要是坐七站，就是一毛。同是「兩張票」，信息是不一樣的，語義是不同的。一個不必再用語言說明，一個非得再說明一下，否則，乘務員也會反問你：「兩張一毛的嗎？」這個就是generality。

上面所說的三種情況，都體現了交際過程中語言的模糊性。有人會問：既然這樣模糊，怎麼能做定量分析呢？這裡頭值得研究的學問多著呢!語言邏輯學家在這方面已經取得了很多成果。

這裡，舉一個例子，比如某次車禍，「在大約八十～九十個乘客中，只有很少幾個受傷的。」這個句子就模糊得很。有多少乘客呢？是八十一個，還是八十五個，沒有準確的數字，只告訴你「大約八十～九十個」。有多少乘客受傷了呢？不是很多，「只有很少幾個」，但究竟幾個，也不清楚。別看意思很模糊，但是語句卻很準確。語言邏輯學就要研究這個。一個模糊的句子，可以包括若干個準確的句子。語言的模糊性在某種場合下可以轉變為語言的準確性。

歸納起來，今天就講了這麼三個問題：數量問題與社會語言學；定量分析與抽樣；語言的模糊性與定量。

這個講座共講了四講。第一講是講變異問題；第二講是講文化問題；第三講是講交際問題；第四講是講量的問題。因為聽講的人四次不完全一樣，我想在這裡再概括地講一講四次講過的東西。

㈠社會語言學中有一個重要的問題；規範化與非規範化的對立與統一。語言的變化是有序—無序—有序這樣一個發展過程。有序是一種穩定的狀態，它保證社會交際的正常進行。因此，國家的語言政策就要進行規範化的工作。但是，由於外部（主要是社會）各種因素的影響，語言本身又會向無序方向發展，在一定的時期，一定的環境裡，非規範化因素可能增加。這就是變異，但不是異化，語言絕不在發展過程中否定自己，變成另一種語言。語言的變異最明顯的是詞彙系統，當然也有語言的變異和語法的變異。詞彙是語言中最活躍的成分，新詞的產生就是詞彙變異的一種突出的表現。沒有語言的變異，語言就是僵死的、無生命力的。即使人工語言（如世界語）本身也要產生變異。曼德勃勞德在他的一本著作中講過，就詞序與詞長的關係來講，就字母

的分布來講，自然語言幾乎是一樣的，只有人工語言世界語和伏拉皮克語的結果不一樣。維納在《人有人的用途》這本書中引用過這句話。我認為，這個結論是值得懷疑的，要麼抽樣有錯誤。我認為，只要是活的語言，流行的語言，包括像世界語這樣活的人工語言都要變化，不斷產生新詞。當然，語言群體對那些不需要的詞，不符合語言習慣的詞，破壞語言系統的生造詞，要加以排除。新詞一經約定俗成，就是合法的，就豐富了語言。所以，我以為語言變異固然有它的消極作用（人們從來是看重這個消極作用的），但還有它的積極作用。因此，在語言政策上，一方面要強調規範化，一方面要注意確認變異的合理部分，使它豐富我們的語言。

　㈡社會文化傳統對語言有影響。這種影響可以看作是語言的文化背景。比如，在英語裡只有snow（雪）一個詞，而愛斯基摩人卻有不同的詞來稱呼正在下著的雪、在地上的雪、像冰塊的雪、半融化的雪、風吹起來的雪等等。再比如，從鴉片戰爭以後一直到1949年時，廣州方言裡面出現了很多的外來借詞，就是到現在，這種借詞也還活著。這說明文化傳統、文化背景和文化模式往往影響語言的結構，包括語音、詞彙、語法和語言表達方式。因為一個特定的語言群體的文化傳統往往包含著它的特定的思維方式。舉一個簡單的例子。漢語「我讀報紙。我不看小說。」這兩句話在英語裡的字序同漢語一樣；而日語這兩個句子的字序卻與漢語和英語都不同。日語句子的結構是SOV即〔主—賓—動〕，漢語和英語的句子結構是SVO即〔主—動—賓〕。在日語裡，謂語作為表達句意的主要成分之一，放在句子的末尾，人們稱之謂「文末決定論」。當然，漢語與英語也有各自不同的特點，上次談到的年、月、日和省、市、區的排列順序，就是典型

的例子。語言的這些特點，與文化背景是有關係的，是同一個語言群體的思維方式有關係的。至於與物質的因素（大腦）是不是有關呢，人們正在研究。大腦皮層、大腦神經元對思維方式在哪些方面有影響，現在還不大清楚。日本角田忠信提出：東方人（特別是日本人）的大腦構造有特點。英美人不同意這種觀點。但我認為，大腦既然是思維的物質基礎，語言的不同習慣很可能同這種物質的構造有某些關係。

文化傳統對語言的影響，也同變異一樣，有其積極的一面，也有其消極的一面。消極的一面表現在「語言的靈物崇拜」等方面；積極的一面則表現在像漢語善於用數字歸納，運用四字格增加語言的美感等等。我們的社會語言學應當在這方面積極去發掘，去探索。

㈢關於社會交際的信息傳播模型。「模型」這種說法是從西方來的。所謂信息傳播模型，是指社會交際過程，是指信息根據什麼渠道、採取什麼措施、運用什麼方式達到傳播的目的的。社會交際有語言交際和非語言交際。非語言交際一般包括體態語和圖形語。非語言交際可以彌補語言交際的不足，加強語言交際的效果，在一定場合下可以代替語言交際。

所謂交際模型，無非是表述交際的過程與方式，是經抽象了的、概括了的模式。德國詩人歌德有一句名言：「一切理論都是灰色的，只有生命之樹常青。」如果從社會語言學的角度去體會這句話，那就是說，生活永遠是語言的源泉、思想的源泉，語言學理論不過是對生活的某些現象的概括；這種概括往往並不那麼高明。

信息傳播模型，概括起來就是：發信者經過信道，用各種方法傳達給受信者。這是一場運動，或者叫運動的方法。為使這種

運動生效,即發信者所發的信息能夠被受信者最優地得到,這裡頭就有一個重大的問題:必須有一定的剩餘信息(或者說多餘信息)。即使是電信傳播也要有適當的冗餘量。廣播室叫做 dead room,正式術語叫「消音室」,這種房間吸音能力非常強,聲音的輻射降到最底限度。在這樣的房間裡說話,感到非常難受,沒有一點兒「殘響」(reverberation,迴響)。這就像語言交際中沒有冗餘度一樣,接受起來也非常不方便,很難有較高的準確度。

㈣我講的最後一個問題就是:語言的定量分析問題。定量與定性不是一組對立物,兩個事物不在同一平面上。社會語言學從七〇年代末開始注意語言的定量分析。隨著電子計算機技術、人工智能、機器人學(robotics)的發展,定量分析的必要性和可能性更為突出。語言量的測定非常廣泛,包括音素、詞素、字頻與詞頻、句子的結構和表現法的排列等等。這中間又碰到語言的模糊性和定量分析的準確性之間的關係問題。

這個講座到這裡就講完了。本來還要講兩講,談談語言政策和社會語言學方法論的問題,現在不準備講了。下周準備開一個座談會,請幾位研究生和對社會語言學有興趣的同志隨便談談。大家先準備一下,針對我談過的幾個問題發表一下自己的意見,評論也好,研究心得也好,質疑也好,總之要暢所欲言。

謝謝同志們。

附　錄

座談記錄

　　參加座談的有社科院研究生院語用系研究生蘇金智、姚佑椿、汪慧君、陳佳平、郭曉峰、陳紅玉、黃慧之，民族系研究生周慶生，語用所學術秘書屬兵，《語文建設》編輯部李釗祥。

　　陳　原：原計劃講一次討論一次，但時間保證不了，就只好集中座談一次。今天我想聽聽你們有什麼見解。範圍可以廣泛一些，不要限於我講的這幾個題目。要有點兒自由討論的氣氛，也可以插話。今後我們可以多採用這種交談的方式研究一些問題。據說外國導師的家裡條件好，研究生來了隨便坐坐，準備一些茶點，就自由地討論起來。可惜我家裡沒有這個條件，坐不下幾個人，只能在這個辦公室裡談。好，就從我旁邊的同志開始吧！

　　郭曉峰：陳原先生第一講講的是變異。先生強調了變異的積極作用。這是我最感興趣的。從前人們似乎只看到它的消極作用，好像講語言文字的規範化就是要管住人們，只能這樣，不能那樣。其實，變化中的語言是很值得研究的，現在研究所裡搞的

新詞新語新用法，就是一項。還有廣告語言。現在我們國內的廣告不怎麼吸引人，一講就是「三包四換」，不如外商廣告那麼有味兒。還有新聞語言，也有值得研究的地方。規範應當蘊涵在引導之中，不要搞那種被動的消極的工作。我們國家語委的工作是不是也應這麼做。我將來有時間也要試著做一做。

陳　原：你的設想很好。長期以來，搞規範化或者做什麼，總是強調一切按我這個框框辦。不這樣辦，就是不規範。應當看到，語言文字的變異是必然的。提到新詞新語，我想起了一件事，有一次領導同志問我：「各國對新詞新語由什麼機關發布？」我說：「如果不講術語，一般語詞好像沒有哪個機關去管。在日本，有個國語研究所，下設一個新詞語部，負責收集新詞語。在法國，名義上由法蘭西學院負責審定發布的。」

我覺得，語言文字應用研究所應當集中一批專業和業餘的人對新詞新語進行規模較大的工作，分工協作。我每天都看電視，堅持了三年。不管是新聞、故事片、電視片，還是廣告，不管它好或是壞，我都看。我就是注意語言文字的變異。三年來，我記了幾本筆記本。當然，一個人是做不好的，我個人這樣做不過想從這裡得到一點啟發。要有一批人來做，搞現代科學，一個人的力量是有限的。我希望能集中力量研究一些有價值的課題（比如說同音詞的研究）。蘇聯一個研究社會語言學的女同志叫 Семенас，她告訴我，她那個東方學研究所裡有一個研究室，專門搞俄語的新詞，每年出一本。實際就是做規範化工作，也是研究語言變異的工作。法國《拉魯斯詞典》採用電子計算機編排，每年都能加進新詞。當然，這樣做比起在原來詞典的末尾加上 addenda（附錄）的辦法來得簡捷，但也有一個缺點，即讀者不知道這一年增加了什麼，而且每年都要買一本新版。我想，語用所要加強這方

面的工作，爭取每年都能發布這麼一本新詞新義新用法。《語言建設》也可以想辦法促進這個。

李劍祥：我是非常歡迎語用所出成果的。有好的成果我們一定及時刊登。

陳　原：現在語用所供應你們關於新詞的文章還比較不那麼豐富。有些新詞不必要立論太多，比方說「精神文明」，就不必過多解釋，解釋多了有時候還會不確切，甚至出毛病。

李劍祥：「新詞新語新用法」連載，我們打算長期地搞下去，因為新詞新語總是不斷地產生。每過一段時間可以集中起來，出一本增訂本。這樣可以配合國家語委的工作：一方面體現了語委這個機構的性質和任務，一方面又反映了我們的研究成果，同時也把我們的刊物辦活了。

周慶生：聽了陳先生的課很受啟發。這裡有一個問題要請教一下。上一次談到「師傅」這個詞，認為是「文化大革命」工人階級領導一切的時候流行開來的。我覺得，詞彙是一個開放系統，任何開放的系統都存在物質和能量的交換。系統受環境影響，就要發生變化。可是環境變化所引起系統的變化為什麼是這樣，而不是那樣呢？以前稱「同志」，為什麼現在叫「師傅」而不叫別的什麼呢？為什麼「師傅」能流傳開，而「先生」、「太太」、「小姐」流傳不開呢？這中間還有其他因素。至少有一種求異的思想，並且能夠得到大家的接受。中央人民廣播電台過去報告節目時，都是「下個節目是……」，現在是「接下來……」，這恐怕受香港的影響，從南方傳過來的。這是電台的求異表現，表現「開放」、「與眾不同」、「和過去不一樣」。我認為，新詞新語的產生，從外因上說，是環境變化；從內因上說，是人們的求異思想，兩種原因結合，就產生了新詞。

厲　兵：中央人民廣播電台改用「接下來……」這樣說法，有一段來歷。我記得中央台有一份內部簡報，刊登了海外華僑的一封信，信中批評「下一個節目……」的說法不妥，我們電台接受了這個意見，改成現在這個樣子。其實，「下一個節目……」、「下面……」沒有什麼不妥。大概在各種語言中都有一個奇怪的現象，一些表示方位的詞，如「前」、「後」、「上」、「下」等，也可以表示時間順序。「下面演電影」，根據語境可以理解為(1)下面一層的大廳演電影；(2)下面一段時間演電影。那封來信把「下面」只看作表示方位，當然覺得彆扭，這說明他對漢語普通話還不大熟悉。

陳　原：這一件事啊，他們應該找一些語言學家來研究（眾笑）。過去缺乏這種橫向聯繫。其實，找有關單位了解一下，可以出一點主意。「接下來……」這種說法我也不習慣。

郭曉峰：還有「師傅」這個詞，現在也不那麼流行了，至少已經成為某一社會層次裡的用詞了。在大飯店就很少聽得見了。工廠的工人現在稱「師傅」為「老師」了，儘管這師傅並不是知識分子，但也稱「老師」，這可能是剛從學校出來的新工人的一種習慣勢力罷。還有，在大飯店裡，稱呼「小姐」現在很普遍，廣州早就流行了。北京也開始流行了。

周慶生：你說的那個「老師」，可能是方言。像「小姐」這種稱呼，在咱們研究生院就聽得很多（眾笑）。

陳　原：你們女同志聽到人家叫你「小姐」，你高興不高興？

郭曉峰：在學生中間屬於開玩笑或半開玩笑，是善意的玩笑。在廣州買東西，你管女服務員叫「小姐」，她是很高興的。

厲　兵：是這樣的。我到廣州、深圳時，開始還有顧慮，不

敢貿然稱女服務員為「小姐」，而稱人家為「同志」。這些售貨員不知是因為你是北方人哪，還是對「同志」這種稱呼不感興趣，表現得挺冷淡。但你要是稱她為「小姐」，她確實是很高興的，大概覺得地位變了。

姚佑椿：這裡邊求異心理確實很重要。語言產生的新的成分，如果與原先那個「單位」沒有什麼區別，應當說是個多餘成分，屬於不規範的東西，比如不叫「足球」叫「皮球」，有了「國手」，又出現了「國腳」，算不算規範呢？很明顯，你這個「皮球」不道地，是方言詞。但是有些東西就難說了，變異是悄悄地產生的。比如說「臉」吧，在古漢語裡是指「頰」這塊地方，也就是現在所說的「臉蛋兒」，誰要是把「臉」用作「從額到下巴」整個面部，恐怕一定被指責為不規範，因為整個面部已經有三個「面」字。可是由古漢語發展到現代漢語，卻實實在在地變過來了，只有少數方言目前還保留古漢語那個意思。所以說變異這東西確實很複雜，規範起來有很多困難。或許需要一個權威機關認可，予以公布。

陳　原：公布了，人家也不一定聽你的。語言這東西可不像賣毛豬，我說你不合格，你就得拉回家再養幾天。語言是一個開放系統，你想限制也限制不了。不要以為你是權威機關，一宣布個什麼東西，人家就聽你的。首先，人家題詞就不一定聽你的。就講那個招牌吧，你能說「你那個字不規範，換一換吧？」說到招牌題字，我一向不主張請名人，但社會風氣卻要名人題招牌，這你也沒有辦法。語言文字這東西，涉及面很廣，放出來要慎重，回收也要慎重。不然會引起社會的反應。這種反應有時是很強烈的，有時甚至是政治性的。

姚佑椿：語言這東西不同於法律，可以由人去作硬性規定。

其中一個主要原因在於：語言文字是比較模糊的東西，難以規定一個死的標準。就拿陳原先生所說的那個「意識」吧。究竟哪些「意識」是規範的，哪些意識是不規範的，要做出評斷，都可能帶有人為的因素。我看，不妨任其自由，讓它使用，大家都願意使用了，也就得到公認了，有的勢必「自生自滅」。國家語委應用科學的方法，對新詞語作量的統計，提出一個標準，起碼給報刊編輯們一個參考信息，以便在編輯過程中有所取捨。

周慶生：陳原同志在談到語言和文化傳統問題時，提到中國人見面總愛說「你吃了嗎」這個現象。對於這種現象，有一些文章解釋說：這體現了中國人「民以食為天」的傳統。我覺得這樣概括不大符合實際。其實，中國人見面時打招呼主要還是涉及剛剛發生的事情。比如：在幼兒園接孩子，可能問：「哦，接孩子？」上班的路上，可能問：「欸，你上白班？」並不是任何時候都問「你吃飯了」。我覺得，見面時圍繞兩個都知道的、剛剛發生的事情打招呼，這才是中國人的文化傳統。英國人見面一般都是談天氣，其實並不是真的關心天氣，只是沒話找話，彼此建立一個感情上的聯繫，避免不自然的局面。我們中國人也一樣，其實並不是真的關心你是不是接孩子，是不是上白班，也不是真的關心你是不是吃過飯了，只是一種感情上的聯繫。這在功能上是一樣的，但是文化傳統並不一樣。

陳　原：那麼，我要問一下，為什麼英國人見面時要談天氣，而不談他們當前的事？為什麼中國人見面時要談當前的事？

周慶生：這正是中國的文化傳統。中國人談比較務實的事。

李釗祥：我看過一個材料，說英國人見面談天氣，是因為英倫三島天氣總不好，他們最關心天氣，所以一見面總要從天氣開頭兒。

汪慧君：所謂務實的事，常常涉及隱私，有些國家（比如說英國）不喜歡別人談他的隱私。所以他們不問對方「上哪兒去」、「買什麼東西」等等。

陳　原：這是他們的禁忌。

汪慧君：所以，他們就談天氣。

周慶生：現在工人之間見面有時也不答腔，擠一下眼睛，耍一個鬼臉，就建立了聯繫，這算是非語言交際了。

陳　原：這可以跟美國人見面時所談的話比較比較。他們不問「你好」什麼的，只是說一聲「嗨」，就走過去了。

周慶生：看來，給你一個面部表情，或者「嗨」一聲，就表示我見到你了，我沒有忽視你的存在。

姚佑椿：也可能是現在生活節奏快了的緣故，沒有工夫說那麼多的話。比如，我騎自行車，那邊另一個人也騎自行車過來。如果問「欸，上哪兒去了」，兩個人「唰」地錯了過去，根本不容你回答他，回答了，他也聽不到。因此，擠一下眼睛，點一下頭，就解決了問題。說到底，這僅僅是個形式上的禮節。

陳佳平：日本有一個教授專門從事所謂「眼睛語言」的研究，他透過實驗證明，瞳孔是個很神秘的東西，有些現象還不能作出正確的解釋，比如：一個女人遇到一個她有好感的男人，她的瞳孔就會放大，反之縮小。這使我想到一個問題：既然是「眼睛語言」，就是指 "eye-sight language"，而他所說的這個瞳孔現象，只能說是 "symptom"（徵候），而不是 "symbol"（符號）。既然不是「符號」，就不屬於非語言交際的問題，而是一個生理學問題。

陳紅玉：社會語言學研究的對象是言語行為，不是所有的交際行為。符號語言是不是不應屬於社會語言學範疇，而是符號學

範疇？

　　陳　原：符號學其實並不研究符號。符號學(semiotics)是起源於三〇年代中邏輯實證論哲學的一種觀點。我講的是圖形，這種圖形還是應當屬於社會語言學中非語言交際。

　　姚佑椿：巴克主編的《社會心理學》在談到非語言交際時援引了埃克曼的論點。埃克曼並不認為眼睛是他稱為六種基本表情的最佳表示者。只有悲傷和恐懼才基本上是透過眼部表示的。高興和驚訝似乎由眼部及臉下半部表示的。埃克曼攝製了一部電影，然後分別向三組觀察人員放映。第一組僅看被攝人的頭部及臉；第二組僅看被攝人頸部以下的軀幹部分；第三組看整個身體。這三組觀察者最後對被攝者情緒的描述很不同。

　　陳　原：（笑）這個實驗很有意思。在一個文化集團中某一種公認的表情的含義在另一個文化集團中也許有著完全不同的含義。這要做大規模的比較研究。而且，攝取自然狀態的而不是演員裝扮的表情，是很不容易的。人家高興時，你去拍照，可能被看作搗亂；人家不高興時（如喪事），你去拍照，人家會說你沒良心。採用電子計算機取得某些參考數據，可能是比較好的。

　　周慶生：從電影、電視片裡選取一些片段也是可以的。比如說表示「喜悅」吧，可以集中各種不同的喜悅，有中國的、外國的。集中起來做比較。

　　陳　原：電影和電視片在研究語言交際和非語言交際方面是一個有用的工具。現在又有錄影機，可以定格，是很方便的。

　　汪慧君：陳先生在講課時談到冗餘度問題。我覺得把冗餘度和規範化聯繫起來考慮，是很有意思的。人們在語言交際過程中要表情達意，不發生誤解，所以需要有共同的規範。但由於語言交際時有冗餘度，即使某些成分缺少，人們也能從上下文猜出

來。即使不規範也發生不了誤解，所以，違反規範就是可能的了。有時交際本身需要，並不講規範。交際不僅要求準確，還希望簡單、迅速、生動、優美。例如，速記者追求快，書法家追求美，他並不管你的規範化，反正有冗餘度，自己認得出，別人看得懂，就算達到了目的。

陳　原：是的，書法家以美作為第一標準。我猜想，從前的人寫草書、行書除了追求快之外，有時還少一點，多一點，純粹為了平衡。後來，這種不規範倒成為後來人的樣板了。關於語言文字標準化的提法，我看值得商榷。什麼叫標準？我們有國家標準、部頒標準。如果對科學術語，提出標準化，還是可以的。但是人們日常交際使用的語言文字，哪裡能有標準化呢？你能限制得了嗎？1951年6月6日《人民日報》社論提出「為語言純潔和健康而鬥爭」，是從列寧那篇文章來的。

厲　兵：提「語言健康地發展」是說得通的，至於「標準化」，確實需要斟酌。特別是「語言文字規範化、標準化」這樣一串下來，就有點問題了。這是個偏正詞組，說「文字規範化、標準化」，還辦得到，因為總歸有那麼幾個表作依據，但語言是不是能標準化呢？就很難說了。其實，我理解，這樣提可能是想表達這樣一個意思：陸續制定一些條例。這個「標準化」，實際是條例化，或者說「標準化化」。不管是國家標準，還是部頒標準，陸陸續續，一個一個搞出來。

陳　原：這就是「標準化化」？

厲　兵：是的，實際上是專業機構工作的方向─盡可能多地制定一個個標準，讓全國有所遵循。標準多了，不就「化」了。所以，我總覺得「規範化」和「標準化」不是同一層次的東西。「規範化」除了指語言文字本身，更多的是對語言文字使用者提

出的要求，而「標準化」更多的是我們工作的設想。

　　另外還有一點感想，就是陳原先生提過的「大兵團作戰」的思想。

　　陳　原：我講了兩年了，一提出來有些同志就很反感，好像我主張1958年的「人海戰術」，不是的。我的意思是現代科學非得集中一大批人共同攻克一個目標。牛頓由見到蘋果落地發現萬有引力的時代過去了，現在更多的學科都是相互交叉、相互滲透的，不集中一批有關學科的研究人員，不相互協作，有些項目是完成不了的。新詞新語的研究是這樣，《信息交換用漢字編碼字符集》是這樣，搞字頻統計、詞頻統計也是這樣。靠一個人或少數幾個人是做不好的。

　　周慶生：陳先生說得對，有一些新學科，特別是交叉學科，沒有一批人去共同研究，是不行的。關鍵是要有挑頭的人，有組織者。丁肇中不組織一批人做實驗，靠他一個人也是無能為力的。

　　厲　兵：是的，對「注音識字，提前讀寫」實驗，上海師範大學曾性初教授放了一通炮。我們且不說曾先生的觀點是否正確，但他所提到的「西施效應」確實應當引起重視。既然是實驗，就要講究科學，不能搞「樣板團」。

　　汪慧君：如果對比班師資水平和學生水平不一樣，就難以得到可靠的實驗數據。

　　陳　原：我們搞語言學研究，不能弄虛作假，否則，那是偽科學。搞科學研究畢竟不是中央電視台排春節聯歡會，預先編排、拍攝好，再弄成「現場直播」的那種辦法。搞聯歡會可以，搞科學是不行的。

　　蘇金智：陳先生講語言變異時，談到語言和社會的共變關

係。我想，語言變量和社會變量之間的關係還需要進一步說明。語言的變異主要是語言內部引起的呢，還是主要由外部引起的？按照唯物辯證法的思想，事物發展的原因是由內因決定的。我想自然現象可以這樣解釋，大部分社會現象也可以這樣解釋。可是作為特殊的社會現象的語言，要這樣簡單地加以解釋，未免失之於牽強。語言的產生、發展、消亡都是由社會決定的，而不是由於本身的原因決定的，這是大家所熟悉的。既然外部因素是主要的，那麼我們的規範化就應該大膽地接受在社會中廣泛地接受所謂非規範的語言現象。當然對社會運用的普遍程度要作定量分析。比如「打掃衛生」剛出現時，有人認為它不規範，不符合語言內部構造規律。如果我們做一番統計，發現半數以上的人使用它，我們就可以承認它。語言符號約定俗成的特點不是僅僅在語言產生階段是這樣的，而是貫穿於它的全部發展過程。約定俗成就是規範。正如陳先生講課時談到的，規範和非規範無時不在鬥爭，非規範的衝擊一旦停止，語言的生命也就終止。

汪慧君：有的人解釋，「打掃衛生」實際上符合造詞規律，「衛生」在這裡是結果賓語，和「挖洞」、「寫文章」、「洗乾淨」一樣，動詞後面的部分是動作的結果。

蘇金智：這是後來的解釋。當初不少語言學家都認為不合乎規範。後來，社會上用開了，一些語法學家只好又去解釋，找出理論依據來。這種事很多。

陳紅玉：既然是約定俗成，就不是什麼標準。語言學家可以客觀地描寫它，而不可能去規定它、預測它。

蘇金智：做規範化工作，是不是有語言應用普遍性和可接受性這樣的原則。語言的結構是主觀的，可以這樣說，也可以那樣說。例如漢語和英語大部分句式是 SVO，日語則是 SOV，漢語

如出現SOV句式，有可能被認為是不規範的。如果大家都這樣說，也就是規範的了。「我飯吃了」，就是SOV句式，可是有人偏要解釋為S1S2V，這是不必要的。還有「下個星期五」，我們漢語裡是指下一周的星期五，英語或者日語裡是指這個星期的星期五，講不同語言的人如果各自按照自己的習慣去理解，這就產生歧義了。

厲　兵：這恐怕不是對「下星期五」理解的習慣問題，而是義域問題。英語中的「next」，還有俄語中的"следующий"，在詞義上同漢語中的「下」並不是一一對應的。next指「緊接著來到的」。還有一點，在時間序列裡，漢語講究名實相副，如一年的三百六十五天、一年的五十二周、一年四季度、一年十二個月，這些「日」、「周」、「季度」、「月」元素是相同的，所以，才有「下周」、「下個季度」、「下個月」。但一個周裡的七天，春、夏、秋、冬四季在漢語裡不當作同元素系列，「下星期五」只能理解為「下周星期五」，因此，next Friday、next summer譯成漢語時，就得考慮具體情況了。如果說話時是星期五以前，那next Friday就是本周星期五，因為緊接著來臨的確實有一個Friday，這個Friday不會是下周的Friday。如果說話時是星期五六，那自然是指下周的Friday了。

蘇金智：我是說語言結構在這個語言中是這樣的，在那個語言中是另一個樣的，內部結構這個東西很活，你要承認它，它就是合乎規律的，語言社團的主觀意志是起很大作用的。

厲　兵：你談的是指語言的語法結構吧！語言的語音、詞彙、語法三個方面，各種語言所以不同，它的原因可能相當複雜。這屬於雙語比較問題了。但作為某一個語言的變異，我覺得主要表現在詞彙方面，或者說在一個有限的時期內，詞彙的變異

是最為明顯的。其次是語音，不大容易體驗到的是語法。

陳　原：變異是從宏觀上講的，並不是天天都在變異。

蘇金智：國外社會語言學有許多理論，比如說語言的階層特徵、性別特徵等等。我們是不是也可以研究工人、農民、幹部語言的特徵。我懷疑，不同階層人真是說不同的話。這和我們社會主義國家裡人與人同志式的平等關係好像有矛盾。還有性別方面的語言差異，我們是不是那麼明顯呢？不同的社會，語言運用的情況就不一樣，我們應該根據不同的社會環境去研究它，應該用多種模式，多種方法去研究。

陳　原：你能給我一個定量分析，我就信服你說的。你大概是說，日本女性的語言同男性的語言有明顯的差別，而中國的現代漢語這方面沒有差別，或者差別不那麼明顯。這個結論必須經過調查，作出量的分析，那我才信服。搞社會語言學的都比較注意男女的語言差別，也注意階層（或者是階級）的語言差別。至於中國怎麼樣，我不能下結論，因為我沒有深入研究。

蘇金智：還有一個問題，社會語言學的研究對象問題。社會中的語言、語言中的社會，都是需要研究的。有的同志在社會語言學著作中好多地方涉及社會問題，這樣做是不是我們搞語言學的方向？

厲　兵：你的意思是不應當把社會語言學搞成語言社會學。是不是？

陳　原：R.W. Fasold有兩本書，一本叫《社會的社會語言學》，一本叫《語言的社會語言學》。

周慶生：這個問題我也有一些考慮，就是說，中國的社會語言學應當把重點放在什麼地方。從國外來看，美國好像分三派：一派是研究社會方言，一派是研究語言和文化，還有一派是研究

宏觀社會語言學。蘇聯則是把雙語研究作為社會語言學的重點。為什麼呢？因為他們國家50%以上人口是少數民族。民族問題、民族語言問題是個大問題。

　　陳　原：從烏茲別克召來的新兵不懂俄語，統一訓練很困難。在蘇聯軍隊中大致有一半人不講俄語，這當然是個大問題。

　　周慶生：而中國跟蘇聯就不同了。中國有五十六個民族，漢族人口占全國的93%，儘管少數民族居住地區很廣，約占全國總面積的60%以上，但是人口很少，在幾個民族自治區裡，漢族人口比少數民族的人口還多。而俄羅斯人在蘇聯的加盟共和國裡頭卻是少數民族。在這種情況下，我們社會語言學研究應該把重點放在哪裡呢？

　　陳　原：我們最近準備開一個社會語言學科學討論會。這個會議的一項議題就是試圖研究這個問題──具有中國特點的社會語言學應該把重點放在哪兒，研究的主要對象是什麼？方向是什麼？社會語言學在我們國家還是一門新興科學，這些方面問題需要大家共同研究。

　　我非常欣賞日本開科學討論會的方法。去年七月在日本召開社會語言學國際討論會。上邊有十幾個人在討論，或者辯論，有同聲翻譯，下面是旁聽的，人少的時候，可以口頭提出問題，人多（比如三百人）時，遞紙條子。這樣的會上下都可以交流。我很想把這種方法應用到我們這兒來。其實，一個小圈子，彼此都了解各人的學術觀點，在會上又重複一通，有什麼意思呢？不如有些群眾觀點，讓更多的人，哪怕是學科不同的人，都能參加討論。另外，開會散發論文也是一種浪費。不管你對這個問題懂不懂，感不感興趣，一律奉送一份論文。要是乘飛機，這行李就可能超重。不如發一份論文提要，講過之後，如果有興趣，就跟發

言人索取一份。不感興趣，就不要了。還有一個分組討論，可以有選擇地參加，不願聽或聽不懂，你乾坐在那裡不是浪費時間嗎？學術討論，不能勉強。我作演講，有三個人聽，他們跟我對話，那我們四個人都得益匪淺，「酒逢知己千杯少」嘛。如果聽眾來了一千人，對你的報告不感興趣，雖然聽完了也熱烈鼓掌，那也是出於禮貌，表示「你可講完了，該散會了」，那多沒意思啊！我是不願意去做這樣的報告的。所以，這次舉辦講座時，我跟厲兵說，有三個人願意聽，我就講。我希望語用所今後搞學術活動，要有一種新的作風。這方面我還寄希望你們這批青年人。我看今天就座談到這裡。以後有機會還希望舉行這樣的討論會，有辯論，有批評，這樣才能彼此有所啟發，有所提高，有所得。

參考書目舉要

這份書目不列入一般社會語言學的著譯，只列舉四次演講所提到的若干專著和論文；有些專著雖然在演講沒有提到，但作者認為有必要參看的，也列舉在內。

第一講

① 惠特尼：《語言的生命和生長》

William D. Whitney, *The Life and Growth of Language*.

（New York，1979重印本）。

② 呂叔湘：〈大家都來關心新詞新義〉

（《辭書研究》，1987年第一期）。

③ 陳原：〈新語の出現とその社會的意義〉

（《應用言語學講座》，第三卷，東京，1985。修訂本見陳原《社會語言學論叢》一書）。

④ 陳松岑：《社會語言學導論》（北京，1985）。

⑤ 伯奇菲爾德：《英語論》

Robert Burchfield, *The English Language*.

（Oxford, 1985. § 7. Vocabulary）

⑥ 隆多：《術語學概論》

Guy Rondeau, *Introduction à la terminologie*.

（Québec，1983；中譯本，北京，1985）。

⑦ 德列仁：《科學技術術語國際化問題》

Ernst Drezen, *Pri Problemo de Internaciigo de Scienceteknika Terminaro*.

（Saarbruücken，1983重印本）。

⑧ 維爾納：《術語學教程》

Jan Werner, *Terminologia Kurso*.

（Brno, 1986）

⑨ 唐納斯：《語言與社會》

William Downes, *Language and Society*.

（London, 1984.）

第二講

① 莫拉夫茨克：《對語言的理解》

J.M.E. Moravcsik, *Understanding Language*.

（Den Haag, 1977.）

② 卡羅爾：《語言與思想》

John B. Carroll, *Language and Thought*.

（New Jersey, 1964.）

③ 塞米涅茨：《社會語境與語言發展》

O. E. Семенец , *Социальный конслект и языковое развитие*.

（ Киев , 1985.）

④ 伊文思：《引文的變異》

Gareth Evans, *The Varieties of Reference*.

（Oxford, 1982.）

⑤ 夏鼐：《中國文明的起源》（北京，1985）。

⑥ 金克木：《比較文化論集》（北京，1984）。

⑦ 何新：《諸神的起源》（北京，1986）。

⑧ 格林貝爾格：《語言學新探》

Joseph H. Greenberg, *A New Invitation to Linguistics*.

（New York, 1977.）

第三講

① 涅斯特普尼：〈語言行動模式〉

（J. V. Neustupny。見南不二男編，《言語と行動》，東京，1979）。

② 林四郎：〈言語行動概觀〉
（同上引書）。

③ 海姆斯：《說話的人種學》
D. H. Hymes, *The Etnography of Speaking.*
（Den Haag, 1968.）

④ 申農：《通訊的數學原理》
Claude E. Shannon, *The Mathematical Theory of Communication.*
（New York, 1949.）

⑤ 克納普：《人類交往中的非語言交際》
Mark L. Knapp, *Nonverbal Communication in Human Interaction.*
（New York, 1978.）

⑥ 凱：《今日的非語言交際》
Mary R. Key, *Nonverbal Communication Today.*
（Amsterdam, 1982.）

⑦ 諾耶斯：《永久三角效應》
H. Pierre Noyes, *The Eternal Triangle Effect.*
（見⑥Key所編書）。

⑧ 斯蒂伯納等：《國際符號彙編》
Erhardt D. Stiebner et al., *Eine Sammlung Internationale Beispiele.*
（München, 1982.）

⑨ 江川清等：《記號の事典》（東京，1985.）

第四講

① 赫德森：《社會語言學》（第五章）
R. A. Hudson, *Sociolinguistics.*
（Cambridge, 1980.）

② 法索德：《社會的社會語言學》
Ralph Fasold, *The Sociolinguistics of Society.*

（Oxford, 1984.）

③ 卡羅爾等：《字頻表》

John B. Carroll, *Word Frequency Book.*

（New York, 1971.）

④ 《現代漢語頻率詞典》（北京，1986.）

⑤ 巴里麥等：《模糊性論集》

Thomas. T. Ballmer, *Approaching Vagueness*

（Amsterdam, 1983.）

⑥ 角田忠信：《日本人の腦》（東京，1985.）

⑦ 巴里麥：《語言交際的生物學基礎》

Thomas T. Ballmer, *Biological Foundations of Linguistic Communication.*

（Amsterdam, 1982.）

語言與社會生活：社會語言學 ╱ 陳原著. --
　初版. -- 臺北市：臺灣商務, 2001 [民 90]
　　面： 　公分, -- （ Open；1:25 ）
　參考書目：面
　ISBN 957-05-1681-X（平裝）

　1. 社會語言學 - 論文, 講詞等

800.15　　　　　　　　　　　89016786